C. C. Bergius wurde 1910 in Buer/Westfalen geboren. Er war Fluglehrer, Wetterflieger und Flugkapitän. Nach dem Zweiten Weltkrieg begann er seine Karriere als Schriftsteller. Seine Bücher liegen in neunzehn Sprachen übersetzt vor und sind in einer Gesamtauflage von elf Millionen Exemplaren verbreitet.

Von C. C. Bergius sind außerdem erschienen:

Spanisches Roulette (Band 1376)
Heißer Sand (Band 3230)

Dieses Buch wurde auf chlor- und säurefreiem Papier gedruckt.

Vollständige Taschenbuchausgabe Januar 1993
Droemersche Verlagsanstalt Th. Knaur Nachf., München

Das Buch wurde 1951 erstmals unter dem Titel »Blut und Blüten für Dschingis-Chan« im Verlag Zimmer und Herzog veröffentlicht.
Umschlaggestaltung Adolf Bachmann, Reischach
Umschlagabbildung AKG, Berlin
Druck und Bindung brodard & taupin
Printed in France
ISBN 3-426-03229-5

2 4 5 3

C.C. Bergius

Dschingis-Chan

Roman

Knaur

1. Buch

I

Aus der Faust der Knaben rann Blut – rot wie Rubin.

Sorgan-Schira denkt daran, als er den Kopf zur Seite wendet und die Umrisse des neben ihm durch die Nacht jagenden jungen Reiters sieht. Undeutlich hebt sich seine Gestalt vom Rücken des Steppenpferdes gegen den funkelnden Sternenhimmel ab. Er liegt müde vornübergeneigt und hält sich an der Mähne des Tieres fest.

Der alte Reiter schlägt den Filzkragen hoch, da es empfindlich kalt geworden ist. Schauer jagen ihm über den Rücken. Seine Knöchel sind erstarrt, und die Haut der Wangen spannt sich schmerzhaft, wenn er die Lippen bewegt. Er haucht sich in die Hände und spürt wohltuend den warmen Atem. Dann fahren seine Finger durch den struppigen Bart, den silberne Fäden durchziehen.

Der neben ihm reitende Schatten schiebt sich näher heran. Sorgan-Schira blickt zu ihm hinüber. Das Weiße seiner Augen schimmert kalkig.

Die Umrisse des Knaben Temudschin werden deutlicher. Er schläft im Reiten. Hinter ihm hockt schwarz die Nacht.

Sorgan-Schira sieht den Rhythmus des jungen Reiters vor den herabhängenden Sternen und meint, auf der Stelle zu galoppieren; denn das Sternenbild hinter der schlafenden Gestalt reitet mit. Temudschin wird von Bürte träumen, denkt er, von Bürte, die er plötzlich verlassen mußte …

Drei Jahre tummelte sich der Knabe auf den Weideplätzen der Chungiraten. In den Abendstunden lag er mit Bürte unter einem Lorbeerstrauch und hielt ihre Hand in der seinen. Sie sprachen wenig, schauten sich nur an und genossen die seltsame Ruhe, die sie einhüllte.

Glasklar funkeln bei den Chungiraten die Sterne; sie hängen tiefer als sonst irgendwo. Blauer leuchtet der Himmel im Licht der Sonne, und schwarzer erstarrt bei ihnen die Nacht. Trocken ist die Luft und heiß der Wind, der im Sommer von der Wüste Gobi herüberweht, im Winter aber eisig dahinfegt.

Doch mag es bei den Chungiraten heiß oder kalt sein, in den Abendstunden leuchtet bei ihnen stets alles versilbert. Die Haut Bürtes schimmerte seidig im milden Glanz des silbernen Mondes.

Temudschin ist erst zwölf Jahre alt, aber im kommenden Sommer soll er Bürte heiraten und das Geschlecht der Kiut-Bürtschigin, der grauäugigen Bürtschigin, mit dem der Chungiraten verbinden. So hat es sein Vater Jessughei mit Dai-Ssetschen abgesprochen.

Bürte ist im Alter von Temudschin. Sie ist schön, und Jessughei sah es mit Befriedigung, als er vor drei Jahren seinen Sohn zum Stammplatz der Chungiraten brachte.

Als Temudschin Bürte sah, fühlte er sich sofort zu ihr hingezogen. Ihre dunklen Augen waren warm, und die sanfte Art, mit der sie ihn behandelte, tat ihm gut. Wenn er aufbrauste, legte sie ihre Hand auf seinen Arm. Dann wurde er ruhig, und eine seltsame Milde überkam ihn. Es war, als hüllte sie ihn in einen Mantel ein.

Oft betrachtete er Bürte erstaunt, wenn sie mit wohlklingender fester Stimme sagte, wie er dieses und jenes machen sollte. Ihre dunkelbraunen Augen waren dabei in die Ferne gerichtet, und ihre Nasenflügel vibrierten wie Nüstern eines edlen Tieres. Es sah aus, als wittere sie ...

Sorgan-Schira lauscht in die Nacht. Nur das Schlagen der Hufe tönt in der Dunkelheit. Es klingt, als wären die Felsspalten des Hochlandes hohl. Seine Augen suchen den Horizont, der sich dunkel vom nächtlichen Himmel abhebt. Vereinzelt drängen sich Felsblöcke in die Sternenbilder.

Mitternacht ist lange vorbei. Sorgan-Schira ahnt hinter der Kälte, die vom Himmel herabfällt, schon die Wärme des kommenden Tages. Dann müssen sie durch glühenden Sand reiten. Doch jetzt weht der Wind noch eisig über die hohe Ebene.

Eine Sternschuppe fällt vom Himmel. Ein gutes Omen? Der alte Krieger sucht ein gutes Zeichen, denn fünf Tage und Nächte ist er vom Onon über die Sand- und Steinwüste Gobi nach Süden gejagt, um Temudschin zu holen, weil Jessughei nach seinem Sohn verlangt ...

Dai-Ssetschen hatte den getreuen Krieger nur unwillig angehört, als er den Wunsch Jessugheis vernahm. Seine scharfe Mongolenfalte vertiefte sich und ließ die Augen noch schräger erscheinen. Gegen jede Sitte verstieß es, den zukünftigen Mann seiner Tochter unerwartet zurückzuholen. Wollte Jessughei mit ihm brechen? War womöglich alles nur List gewesen, um in Ruhe mehr Zelte im Lager der Bürtschigin zu vereinen.

Vierzigtausend Zelte hatte Temudschins Vater vor drei Jahren um sich versammelt. Von allen Verwandten seines Stammes war er zum Bagatur des Geschlechtes der Kiut-Bürtschigin ernannt worden. Jessughei-Bagatur, Jessughei der Starke! Nachkomme des großen Kabul-Chan.

Dai-Ssetschen trat erregt aus dem Zelt, in dem er Sorgan-Schira empfangen hatte. Buntgeschmückt leuchteten seine Filzhütten; bedeutend wohlgefälliger als die Jessugheis erschienen sie ihm. Die Kleider seiner Mannen waren feiner und farbiger, und ihre Waffen waren kunstvoller verziert. Der Einfluß des nahen und starken Chin machte sich bemerkbar. Das gesegnete Land schickte seine Kaufleute mit herrlichen Stoffen, mit Schmuck und gehärteten Waffen, um einfaches Salz dafür zu erhalten. Sein Lager war reich geworden, doch die Stämme unter seinem Banner verloren ihre Kriegslüsternheit. Der Handel mit Chin verdrängte den Kampfgeist und raubte die Lust zu streiten. Wollte Jessughei ihn nun überfallen?

Das Volk der Kiut-Bürtschigin hatte jahrelang im Auftrage des Kaisers von Chin gegen die Tataren gekämpft, bis Jessughei sie endlich besiegte. Den großen Häuptling der Tataren, Temudschin, nahm er gefangen und brachte ihn in sein Ordu. Es war geradezu zu der Zeit, da seine Frau Oelön-Eke, Mutter Wolke, ihm den ersten Sohn schenkte, und nach alter Sitte gab er diesem, dem wichtigsten Ereignis des Jahres entsprechend, den Namen Temudschin.

Der Schamane wahrsagte, daß Temudschin ein mächtiger Krieger werden würde, weil bei seiner Geburt aus der Faust Blut rann – rot wie Rubin.

Sorgenvoll blickte Dai-Ssetschen über sein reiches Lager, und als er die dunklen Bergketten sah, hinter denen die Sonne wie ein feuriges Fanal versank, dachte er an die schwarzen Tataren, die Jessughei in schweren Schlachten niedergerungen hatte. Wollte er sich nun auch gegen weiße Tataren erheben?

Er fühlte eine bleierne Müdigkeit in sich. War die Arbeit für sein Volk vergebens gewesen? Gegen die Macht Jessugheis konnte er nicht ankämpfen.

In diesem Augenblick, da ihn eine bange Frage erfüllte gestand er sich ein, daß ein anderer Verlust ihn noch mehr schmerzen würde: Temudschin! Er hatte ihn liebgewonnen, als wäre er sein eigener Sohn.

Oft sah er ihn mit Bürte in den warmen Nächten auf der Weide liegen, und er hatte sich gefreut, wenn die beiden dem Lauf des Baches folgten, um im silberschwarzen Wasser zu baden. Einmal hatte er sie belauscht. Nicht, daß er ihnen nachgestellt hätte; ein Zufall hatte ihn dorthin geführt und seine Neugier geweckt.

Der Mond goß helles Licht über die jungen Körper und zeigte schimmernd ihre Formen in der blauglänzenden Nacht. Zart und schlank sah er Bürte vor sich stehen. Den Kopf hatte sie in den Nakken gelegt, um zum Himmel emporzuschauen. Ihr dunkles Haar leuchtete wie Ebenholz.

Der alte Dai-Ssetschen strich sich über die Stirn. Was sollte mit Bürte werden, wenn Temudschin ging?

Sorgan-Schira ahnte nicht, was sich hinter der Stirn Dai-Ssetschens abspielte, als er aber die müden Augen des Chungiraten auf sich gerichtet sah, sagte er schnell: »Temudschin wird wiederkommen und Bürte holen. Sein Vater verlangt nach ihm, weil er den Tod in sich trägt.«

Die Augen Dai-Ssetschens weiteten sich: »Was sagst du da?«

»Die Wahrheit! Auf einem Ritt durch das Land traf Jessughei einen Tatarenstamm, der ein großes Fest feierte. Da es einer jener Stämme war, die er unterworfen hatte, konnte er die an ihn gerichtete Einladung nicht abschlagen. Die Tataren boten ihm den Ehrenplatz und reichten das beste Fleisch, das sie anbieten konnten. Aber sie hatten ihre Niederlage nicht vergessen: im Fleisch lauerte der Tod!«

Nun verstand Dai-Ssetschen den plötzlichen Wunsch Jessugheis. Keine Zeit war mehr zu verlieren. Mit dem Notwendigsten versorgt, brachte er Sorgan-Schira und Temudschin auf den Weg.

Tag und Nacht reiten die beiden seitdem nach Norden über die Wüste Gobi der Heimat entgegen, die zwischen den Flüssen Onon und Kerulen am Rande der nördlichen Mongolei liegt.

Der alte Krieger hofft, daß die Sternschnuppe, die er am Himmel sah, ein gutes Omen ist, denn der Stamm der Bürtschigin kann auf die Stärke Jessugheis nicht verzichten. Noch ist Temudschin zu jung. Die Stämme seines Vaters würden ihm nicht gehorchen.

Sorgan-Schira sucht erneut die Gestalt des Knaben zu erspähen. Gewiß, er ist groß geworden und zeigt keine Schlaffheit seit der Stunde, da sie durch brennende Glut und starrende Kälte reiten. Auch ist er kräftig gebaut. Er hat eine breite Brust, reitet wie ein Erwachsener und stellt sich geschickt an, wenn es gilt ein Tier zu jagen. Doch das allein genügt nicht, um Mongolenstämme zusammenzuhalten; denn dunkel wie die Nacht, die hinter ihm hockt, lauern drohende Gefahren. Besonders von Targutai, dem Oberhaupt der Tai-Tschuten, die Jessughei unterstellt sind. Sorgan-Schira ist selber Tai-Tschute und gehört zu Targutai, aber er ist nicht glücklich darüber.

Nur die straffe Hand Jessugheis fesselt Targutai an das Lager. Die Faust Temudschins ist noch nicht kräftig genug. Gewiß, seine grauen Augen blicken schon bestimmt, und es floß auch Blut aus seiner Hand, als er das Licht der Welt erblickte. Aber das reicht nicht aus.

Und Oelön-Eke, die Lieblingsfrau Jessugheis?

Temudschins Mutter ist zweifellos kräftig und zielbewußt, aber wie sollte sie Targutai zwingen können?

Sorgan-Schira legt den Kopf zurück und sucht seinen Richtstern. Vor ihm reiten goldene Punkte so schnell wie das Pferd. Schwerelos schwingt er zwischen Himmel und Erde. Alles Feste ist von der Nacht verwoben. Nur ewige Felsen, die sich dunkel in die Sternenbilder schieben, zeigen klare Formen. Manchmal wirken sie wie Steine, die von Riesen geschleudert wurden.

Dem alten Krieger Jessugheis sind die Felsen wertvolle Zeichen, da die Hochebene in ihrer Nähe unerwartet steil abfällt. Auf gewundenen und zerrissenen Pfaden geht es bald hinunter in die weite Wüste, die sich vor dem Fluß Kerulen ausbreitet. Es ist gut, daß der Morgen heraufsteigt. Fahl spinnt das erste Licht seine Fäden und läßt die undeutlichen Silhouetten als graue Schatten hervortreten.

Temudschin wird erkennbar. Immer noch liegt er vornübergeneigt. Aber es ist kein Wunder, daß er fest schläft. Auch Sorgan-Schira kann seine Müdigkeit kaum noch verbannen. Die Augen schmerzen ihm vom angestrengten Ausschauhalten. Er reibt sich die Wangen. Das schwankende Licht macht müde, denkt er. Ich werde schlafen, wenn Temudschin die Führung übernimmt.

2

Die graugelben Wasser des Onon spülen gurgelnd um einen alten Baum, dessen Zweige am Ufer des Flusses im Schmutz treiben. Mit schwankenden Stößen greift versengender Wind aus der Wüste in die hängenden Äste und läßt sie unter der Glut verdorren.

Der Menke-Kökö-Tengri, der ewig blaue Himmel, glast schweflig. Im Dunst der Hitze schwimmt der Horizont und läßt die kühlen Wälder auf den nördlichen Höhenzügen des fernen Kettengebirges nur noch schwach ahnen. Über den Bergen stehen kantig weiße und gelbe Wolkentürme. Ein aufgescheuchter Vogel schreit ein irres Lachen. Der schwüle Dampf eines heraufziehenden Gewitters legt sich wie eine fiebrige Last über die Erde. Kraftlos rascheln die Blätter an den Sträuchern, matt und schlaff schleichen Menschen und Tiere. Bleierne Schläfrigkeit senkt sich über alles. Zermürbende Gereiztheit breitet sich aus. Erst die Nacht oder ein herniederprasselnder Regen wird Erlösung bringen.

Temudschin, der in das Lager seines Vaters zurückgekehrt ist, lehnt erschöpft an einem Baum. Schweiß perlt auf seiner Stirn. Er blickt gequält auf seine Füße, die im Wasser pendeln. Mit wütender Bewegung wirft er plötzlich seine Filzjacke fort.

In der Nähe steht sein Bruder Kassar und legt eine Angel aus, um die spärliche Kost der Bürtschigin zu ergänzen. Alles ist anders gekommen, als es zu erwarten war …

Als Temudschin und Sorgan-Schira über das Hochplateu geritten waren, erreichten sie im Morgengrauen einen Weg, der durch gewundene und zerklüftete Felsspalten in die wandernde Wüste hinabführte. Der Wind schlug ihnen bald heiß entgegen und wirbelte gelbbraune Sandkörner um die Füße der Pferde. Sie stürmten durch das trockene Meer, das Berge abträgt und Hügel aufbaut. Die Hufabdrücke ihrer Tiere waren verweht, ehe sie sich umdrehten. Reste von Skeletten lagen ausgedörrt am Weg.

Später kamen vereinzelte Gräser, die mit hängenden Halmen in die tötende Glut blickten. Hatten sie sich zu weit vorgewagt? Dann kamen kleine Büschel, die verbissen um neues Land kämpften. Sie sahen bleich aus. Vorpostenkampf, der traurig macht. Doch nicht zwecklos war ihr Ringen. Hinter ihnen breitete sich die Steppe aus. Olivgrün schimmerte sie im glasigen Dunst, der sich am Horizont verdichtete und die Luft schlieren ließ. Es war die Spiegelung der saftigen Weiden zwischen Kerulen und Onon, die Heimat der Kiut-Bürtschigin.

Mit klopfendem Herzen war Temudschin an einer seichten Stelle durch den Fluß geritten. Er nahm sich nicht die Zeit zur Rast, ließ das Pferd nur kurz die lechzende Zunge kühlen und sah sehnsüchtig zu den Bergen des Nordens hinüber. Dann jagte er weiter. Er wollte seinen Vater noch lebend antreffen.

Die Hufe schlugen dumpf in den weichen Boden. Die Freude über die Rückkehr trieb ihm das Blut in das Gesicht, und in das Pochen des hoffnungsvollen Herzens schlug der Rhythmus: Der Vater lebt, Bürte kann kommen! Der Vater lebt, Bürte kann kommen!

Wochen und Monde sind seitdem vergangen ...

Temudschin fährt sich mit dem Handrücken über die Stirn, als er zu Kassar hinüberblickt, der ein Netz ausbreitet. Eigentlich müßten sie auf der Weide sein und das Vieh hüten, aber die unerträgliche Hitze trieb sie an das Wasser. Und der Ärger über die Halbbrüder Bektar und Belgutei.

Mit Kassar ist er Tag und Nacht unterwegs, um verlorene Tiere aufzutreiben. Der Bestand an Vieh wurde zu gering, als daß sie sich den Verlust eines Pferdes oder Schafes leisten könnten. Schon lange schlachten sie kein Tier mehr. Sie suchen sich Wurzeln, Kräuter und Beeren oder schießen mit Pfeilen hinter Vögeln her. Aber es nützt ihnen wenig, denn die Halbbrüder nehmen ihnen die Beute fort. Ohne ein Wort zu sagen, tun sie es. Sie sind stärker.

Einen von beiden müßten sie umbringen: Bektar oder Belgutei. Dann hätten sie Ruhe. Mit einem würden sie schon fertig werden. Besser aber wäre es, wenn Targutai daran glauben müßte; denn er trägt die Schuld an der plötzlichen Not ...

Mit Sorgan-Schira war Temudschin nach endlosem Ritt in das Ordu seines Vaters gejagt. Seine Stirn war schweißverklebt, als er um die letzten Zelte der langen Reihe bog, die zum freien Platz vor der Filzhütte des Vaters führte. Er sah nicht die Menschen, die erschrocken zur Seite wichen, gewahrte auch nicht den merkwürdigen Ausdruck in den Augen derer, die ihm nachblickten. Er suchte die Hütte des Vaters. Gewißheit wollte er haben, herauskommen aus dem quälenden Widerstreit zwischen Hoffnung und banger Sorge.

Dann sah er das Zelt Jessugheis und wußte alles. Er brauchte nicht mehr in die Augen der Umherstehenden zu blicken. Die Ssulde, das Feldzeichen seines Vaters, hing nicht am Eingang. Leer war die Stange, die er nicht anders als mit vier Roßschweifen und Jakhörnern an der Spitze kannte.

Spürte das Pferd die jähe Lähmung des jungen Reiters? Es fiel in gemächlichen Schritt, stand vor dem Zelt still, schnaubte und ließ den Kopf sinken. Weiße Flocken tropften in den Sand, als wollte das Tier dem Toten sichtbare Zeichen der gemachten Anstrengung vor die Füße legen.

Steif und regungslos blieb Temudschin sitzen. Unentwegt schaute er auf die leere Stange. Seine Gedanken wanderten. Er sah sich verlassen vor einer grauen Wand stehen. Nächtliche Stille umgab ihn. Unheimlich spürte er etwas Gespenstiges aufsteigen. Er fühlte eine kalte Hand. Ein Abgrund tat sich auf. Er hörte den lachenden Schrei eines Schakals ...

Wie fernes Echo klingt der Ruf in Temudschins Ohr, wenn er an diese Stunde zurückdenkt. Heute quält ihn die Hitze wie damals der grauenhafte Schrei. Seine Hand wischt den Schweiß von der Brust, als wollte sie einen Stein fortwälzen.

Der schwüle Dunst zerrt an den Nerven. Heiß faucht der Wind durch die Zweige des Baumes. Drohend wachsen die Wolkenberge am Horizont. Aus weiter Ferne rollt es dumpf. Es brodelt wie der Ruf einer Kriegstrommel.

Kassar ärgert sich, daß keine Fische anbeißen. Temudschin aber freut sich darüber. Warum sollen sie Fische fangen, wenn die Halbbrüder sie ihnen doch fortnehmen? Nur um der Hoffnung willen, daß es gelingt, sie heimlich der Mutter zu bringen?

Oelön-Eke sitzt seit Jessugheis Tod den ganzen Tag in der Hütte. Ihr gelbes Gesicht wurde hoffnungslos, und ihre Augen, die sonst grau leuchteten, blicken stumpf aus dunklen Schatten. Ihre Lippen sind nur noch ein Strich.

Wenn sie am Herd steht, kocht sie Hirse, Lauch und Wurzeln. Häßlich riecht das in der Nase eines Mongolen. Aber was wollen sie machen ...?

Als Temudschin zurückkehrte, schloß ihn seine Mutter schweigend in ihre Arme. Lange Zeit sagte sie nichts. Dann aber erklärte sie mit dumpfer Stimme: »Dein Vater sprach im Sterben von dir. Er fühlte im Tode, daß du ein großer Krieger wirst. Er sagte, du sollst in schweren Zeiten den Kopf nicht hängen lassen. Bittere Tage schickt der Menke-Kökö-Tengri zur Prüfung. Immer sollst du an dich glauben, nie den Mut verlieren. Deine Feinde sollst du aus dem Weg räumen, damit sie dich nicht besiegen. Das läßt dir dein Vater sagen.«

Nach einer kurzen Pause fuhr sie mit ein wenig veränderter Stimme fort: »Ich will dir heute auch etwas mit auf den Weg geben. Dein Vater und der Schamane meinten, du würdest ein großer Krieger werden. Laß es dir ein Gefühl der Sicherheit geben, doch baue nicht darauf. Du wirst nur etwas, wenn du verbissen an dir arbeitest. Um Großes zu schaffen, mußt du klug, mutig und hart sein. Du bist noch jung, höre daher auf den Rat der Alten, aber höre nicht einen, sondern höre viele Menschen an. Frage, wen immer du fragen kannst, und bilde dir erst dann ein Urteil. Und merke dir: besser als anhören, ist ansehen. Furchtlos bist du, wenn du gegen eine Übermacht ankämpfst. Das ist nicht unbedingt klug, oft aber notwendig. Überlege daher, ob du mit Klugheit oder mit Mut weiterkommst. Mußt du mutig sein, dann kenne kein Zaudern. Nimm alle Kraft zusammen und schlage unerschrocken zu. Zeige dich hart! Je härter du mit deinen

Feinden umgehst, um so besser ist es für dich. Frißt du sie nicht, werden sie dich fressen!«

Und nun fressen Bektar und Belgutei die Beute, die wir mit viel Mühe machen, denkt Temudschin, als er beobachtet, wie Kassar erneut die Angel auswirft. So, wie das Leben jetzt abrollt, ist es nichts wert.

Die Bürtschigin sind vom Schicksal gezaust wie noch nie. Soll er, Temudschin, sich ergeben beugen? Er kann es nicht, und er kann sich auch nicht unter dem Zwang ducken, den Targutai ausübt.

Niemand konnte damit rechnen, daß Targutai, der Häuptling der Tai-Tschuten, nach dem Tode des Vaters das Lager der Bürtschigin verlassen würde. Auf einem Kuriltai, einer Versammlung der Häuptlinge, hatte er alle aufgewiegelt. Er, der im Schutze der Macht Jessugheis groß geworden war, trieb mit den Tai-Tschuten das Vieh fort und setzte sich frech auf die besten Weiden der Bürtschigin am Unterlauf des Onon.

Oelön-Eke war auf der Versammlung erregt aufgesprungen. Sie hatte die Ssulde des Verstorbenen ergriffen und mit flammenden Augen die Anwesenden aufgefordert, sich unter die Fahne der Bürtschigin zu stellen. Aber nicht einer der Häuptlinge trat unter das Banner Jessugheis. Selbst Muchuli nicht, dem der Vater in der Todesstunde die Sorge um seine Familie anvertraut hatte. Jeder nützte die Gelegenheit, sich unabhängig zu machen. Stamm um Stamm, Volk um Volk zog mit Targutai davon, und keiner dachte daran, sich dem Sohne Jessugheis zu unterstellen. Der war ihnen zu jung, um ihm zu gehorchen.

Und Oelön-Eke?

Männer gehorchen nicht gerne dem Befehl einer Frau, mag sie noch so klug und tüchtig sein. Gerade dann nicht. Eine schwache Frau kann man zur Seite drücken, Oelön-Eke aber nicht. Sie läßt sich nicht fortschieben, wenn sie die Macht erst in Händen hält. Da gehen die Krieger lieber gleich und erreichen so, was sie wollen. Noch kann Mutter Wolke niemanden zwingen.

Ohnmächtig und machtlos mußten Oelön-Eke und Temudschin zusehen, wie ihr Hab und Gut zusammenschmolz und zerrann. Nur wenige Tiere und einige Zelte verblieben ihnen ...

Und in einem der Zelte sitzen meine Halbbrüder, gegen die ich nicht aufkomme, denkt Temudschin. Und sie schmausen Fische, die Kassar und ich gefangen haben.

Ein großes Leben hatte er führen wollen. Er versprach Bürte, sie in einem Jahr zu holen. Ein halbes Jahr ist nun vorbei, und die Zukunft ist hoffnungslos. Aber das Wort des freien Bürtschigin hat er gegeben. Freier Bürtschigin! Temudschin lacht plötzlich schallend.

Kassar blickt erschrocken auf. »Was hast du?«

Temudschin reckt den Oberkörper, stößt sich vom Baum ab und

geht zu Kassar hinüber. Seine Füße schleifen im Sand. Er setzt sich neben den Bruder und zeigt auf die Angel. »Hat keinen Zweck.«

Kassar nickt und deutet auf die geisterhaft wachsenden Wolken. »Meinst du deshalb?«

Temudschin schüttelt den Kopf. »Mag sein, daß bei dieser Hitze kein Fisch anbeißt. Zweck hat es aber auch so nicht.«

»Ich weiß. Und doch ...« Er unterbricht sich. »Warum lachtest du so furchtbar?«

»Ich dachte an Bürte, der ich mein Wort als *freier* Bürtschigin gab.«

»Denkst du viel an sie?«

Schweigen.

Immer stärker drängt sich Bürte in Temudschins Gedanken. Alles sieht er mit ihren Augen. Er geht über die Weiden und denkt, daß er mit ihr dort laufen möchte. Er sieht die fernen Berge im blauen Abendlicht und freut sich darauf, sie Bürte zeigen zu können. Sie kennt keine dichten Wälder, da es bei den Chungiraten nur spärliche Ulmenhaine gibt. Bei ihnen herrscht auch kein Kampf. Ihre Stämme treiben Handel mit den Chin-Völkern. Eigentlich muß man ihr Volk verachten.

Er wird Bürte noch viel zeigen können. Auch den Kampf. Sogar in den Wäldern wird hier gefochten. Mit feindlichen Merkiten und Oiraten. Ja, hier läßt es sich besser leben als im Süden der Gobi. Jeder nimmt sich, was er braucht, und kein dummer Tauschhandel verweichlicht die Menschen.

Temudschin fährt jäh hoch. »Kassar, wir machen etwas falsch. Ich denke gerade daran, daß es das Recht eines jeden ist, sich zu nehmen, was er braucht. Stimmt das?«

»Ja.«

»Ist es aber nicht auch jedem zugestanden, sich nichts rauben zu lassen?«

»Natürlich!«

»Was Bektar, Belgutei und Targutai tun, ist also ihr gutes Recht: das Recht des Stärkeren. Nur dieses gilt. Wir müssen deshalb etwas unternehmen, damit wir stärker werden, als sie es sind. Ist das klar?«

»Fragt sich nur: Wie?«

»Wir unterliegen alle dem Gesetz der Gewalt. Mit Gewalt wird uns genommen, mit Gewalt müssen wir nehmen!«

Langgezogenes Rollen steht am Horizont. Eine aufgeschreckte Wildente zieht keckernd aus dem Schilf. Die Luft spannt sich zum Zerreißen. Die Sonne sticht wie mit glühenden Nadeln. Gleich Lanzen fallen ihre Strahlen durch schmale Lücken.

Bektar taucht auf und geht auf die Halbbrüder zu.

Als Temudschin ihn sieht, überschlagen sich seine Gedanken. Gehört er, Temudschin, nicht zum alten Steppenadel? Kennt er seinen Stammbaum nicht bis in das elfte Glied?

Wo mag Belgutei sein?

Sein Stammvater ist Bürte-Tschino, der Grauwolf. Ein Prinz aus Tibet war er, und seine Frau hieß Moral-Goa, das strahlende Reh.

Will Bektar wieder stehlen?

Soll er, Temudschin, weiterhin in Schmach und Schande leben? Sind es nicht die Halbbrüder, die den Schmerz der Ohnmacht täglich ins Unerträgliche steigern?

Wo mag Belgutei sein?

Temudschin hört die Schritte Bektars im Sand knirschen. Er blickt zu Kassar hinüber. Seine Gedanken fliegen. Er weiß, er braucht Kassar nur in die Augen zu schauen und ...

Temudschin sucht das Gesicht des Bruders. Seine Gesichtsmuskeln zucken. Er fühlt, wie sich die Haut über den Backenknochen strafft. Das Blut in den Schläfen klopft. Seine Augen bohren sich in Kassar hinein. Er gewahrt ihn kaum noch, sieht nur rote Schleier und erhebt sich.

Kassar folgt ihm.

Der klägliche Laut eines Vogels dringt vom anderen Ufer herüber. Die Luft steht still. Blauschwarz türmen sich Wolkenbänke ineinander. Farben vermischen sich. Ein Blitz zuckt am Himmel. Bleich schlägt sein Licht über den Horizont und läßt Berge aufleuchten. Donnerschläge folgen. Die Natur gerät in Aufruhr. Und dann dringt in das Toben des Windes plötzlich der Schrei eines zu Tode Getroffenen ...

Im Feuer des Hades, im jähen Aufruhr der Elemente stehen Temudschin und Kassar. Wirr klebt ihnen das Haar in der Stirn. Mit geweiteten Lidern starren sie in gebrochene Augen.

Temudschin kann den Anblick nicht mehr ertragen und wendet den Kopf. Seine Hände tasten zum Hals.

Blitze stehen wie Schwerter am Himmel.

Er schließt die Augen, will nichts mehr sehen vom Schrecken der entfesselten Mächte. Er kann das marternde Grollen des Donners nicht mehr hören. Irgend etwas krallt sich in seine Schultern. Eine Stimme raunt. Nein, es ist keine Stimme, es klingt wie das Brechen eines Schädels.

Laufen muß er, um dieses Etwas aus dem Rücken zu verlieren. Aber er kann nicht. Wie Kassar. Gelähmt stehen sie und sagen nichts. Doch sie sehen sich an!

3

Tage gleiten wie ein langsam sich abspulendes Band dahin. Temudschin ist es zumute, als wehe in den Duft der schwarzen Erde der Hauch einer roten Erinnerung. Einer mußte sterben! Gemeinsam mit Kassar wird er sich durchsetzen. Belgutei allein kann nur noch gehorchen. Der Kampf in der Familie hört auf, und der Streit um Sein oder

Nichtsein, den Targutai den Bürtschigin auferlegte, kann seinen Anfang nehmen. Er wird viel Kraft kosten, kann aber aufgenommen werden, weil nun Ruhe im Rücken der Kämpfenden herrscht.

Als Temudschin Bektar erschlug, kreisten seine Gedanken noch nicht so klar. In das Gefühl der Schmach und Schande mischten sich Wut und Zorn. Das gab den Impuls und stellte die Notwendigkeit des Handelns über die Richtigkeit.

Blitzartig aber dachte er so, als er mit Kassar vor dem Toten stand und sich ein Zittern in seine Schultern krallte, das ihn forttreiben wollte. Da brauchte er nicht mehr zu laufen. Wohl war er noch gelähmt, doch er konnte Kassar ansehen. Und das war mehr. Denn mit diesem Blick feierte das Gewissen den ersten Triumph im Aufkeimen der inneren Unruhe.

Im herniederprasselnden Regen war er zu Oelön-Eke gegangen. Die Haare hingen ihm in die Stirn, aber sein Blick war nicht mehr verzerrt. Nur fahl noch leuchtete sein Gesicht im Licht der Blitze; es blieb jedoch unbewegt.

Als er den Vorhang zum Zelt Oelön-Ekes zurückschlug, mischte sich prasselnder Hagelschlag in das Toben des Gewitters. Schwefliggrün leuchtete der Himmel unter zuckenden Blitzen.

Entgeistert starrte ihn die Mutter an. Dann wich sie zurück, als wehe der Tod in den Raum. Ihre Hände tasteten zum Mund. Frage und Angst lagen im Ausdruck ihres Gesichtes. Ihre Augen drückten Nichtglaubenwollen, Hoffen und Verzagtheit aus. Sie rang nach Luft. Dann schrie sie plötzlich: »Wer?« Schluchzen schüttelte ihren Körper.

Temudschin vermeinte, den Namen nicht nennen zu können. Doch dann sagte er: »Bektar.«

Als gäbe ihr die unabänderliche Gewißheit Kraft zu erlösendem Ausbruch, wurde Oelön-Eke jäh zu einem Fanal von Zorn und Wut, das wie ein Irrlicht flackerte. Der aufgespeicherte Kummer von Wochen und Monden brach sich Bahn und befreite sich.

Schweigend ließ Temudschin den Ausbruch über sich ergehen. Sie nannte ihn einen Teufel, ein tollwütiges Tier, das blind die Zähne in das eigene Fleisch schlägt. Aber stimmte das? Trug er den Krieg in die Familie? Er hatte doch nur die Absicht, die Familie von Schmach und Unterdrückung zu befreien. Dazu gehört Ruhe im eigenen Kreis. Gewiß, Oelön-Eke hatte recht, wenn sie erklärte, er habe sich zweier Arme beraubt, die ihm im Kampf gegen die Feinde hätten nützen können. Aber hätten sie ihm geholfen? Er muß an das Elend denken, in das sie geraten sind, will das unwürdige Leben beenden. Mit jeder Faser seines Seins sehnt er den Tag der Vergeltung herbei. Darum erschlug er Bektar. Den Zorn des Himmels fürchtet er nicht, eher den Haß, den Belgutei nun empfinden muß.

Vielfach überlegte Temudschin in den nächsten Tagen, wie er Belgutei für sich gewinnen könnte. Im Guten möchte er mit ihm auskommen, damit Sicherheit und Verlaß entsteht. Treue und zuverlässige Gefolgsleute muß er haben, wenn er eines Tages gegen Targutai antreten will.

Als er dies erkannte, suchte er Belgutei auf. Allein ging er zu dem Stärkeren. Er mußte nun jenen Mut aufbringen, von dem die Mutter bei seiner Rückkehr gesprochen hatte. Offen wandte er sich an den Halbbruder und sagte: »Ich habe dir deinen Bruder und besten Freund genommen, und ich weiß, daß du das nicht verstehen kannst. Aber es mußte sein, Belgutei. Wir waren im eigenen Lager in zwei Gruppen gespalten, und wir werden nie mit Targutai fertig werden, wenn unter uns Uneinigkeit herrscht. Hier, ich gebe dir mein bestes Pferd. Es soll dir ein treuer Freund sein und den Schmerz lindern, den ich dir antun mußte. Wenn wir uns in Zukunft gegenseitig helfen, wird die Zeit nicht ferne sein, da unsere Herden wieder zwischen Onon und Kerulen auf fetten Weiden treiben. Willst du meine Hand annehmen?«

Belgutei blickte ihn an, als wollte er auf den Grund seiner Seele schauen. »Ich werde versuchen, dich zu verstehen«, sagte er schließlich. »Ob ich vergessen kann, was du mir angetan hast, weiß ich nicht. Meine Hand gebe ich dir nicht, aber dein Pferd will ich nicht zurückweisen, damit kein Nein die Brücke gefährdet, die du bauen willst. Im Kampf will ich dir helfen, das andere müssen wir der Zukunft überlassen.«

Einige Tage später liegt Temudschin auf der Weide und denkt an sein Gespräch mit Belgutei. Er könnte soweit zufrieden sein, seine Stimmung aber schwankt zwischen Sorge und Zuversicht, da Targutai eine Versammlung einberief, auf der er sich von allen Häuptlingen zum Oberhaupt der Bürtschigin ernennen lassen will. Der Bürtschigin!

Temudschin kann die Nachricht nicht glauben. Zu unwahrscheinlich erscheint es ihm, daß sich Targutai an die Spitze der Bürtschigin stellen will. Doch warum sollte dieser Häuptling darauf verzichten, schon jetzt dafür zu sorgen, daß ihm der Sohn Jessugheis nie zur Gefahr werden kann? Wenn das sein Plan ist, schwebt er, Temudschin, in Lebensgefahr, und Oelön-Eke muß schnellstens von den Weiden der Bürtschigin abziehen, damit sie nicht als Geisel festgehalten werden kann. Um Klarheit zu gewinnen, sandte er Belgutei in die Nähe des Tai-Tschuten-Lagers.

Temudschin, der mit zwiespältigen Gefühlen die Rückkehr des Halbbruders erwartet, horcht plötzlich auf. Hörte er nicht das Stampfen von Pferdehufen? Nein, er muß sich getäuscht haben. Nur das unterbrochene Zirpen von Grillen dringt an sein Ohr. Er späht in die Richtung, aus der Belgutei kommen muß; es ist nichts zu sehen.

Der heiße Wind, der vor Tagen aus der Steppe wehte, ist eingeschlafen. Lilablau schimmern im Norden die Berge. Zarte Dunstfahnen liegen wie wehende Schleier in der Luft. Die Sonne wirft gleißendes Licht und läßt die verbrannte Weide aufleuchten. Ein Bild in Glasfarben breitet sich aus, Temudschin aber sieht nichts von der

Natur. Seine Augen spähen nur dorthin, wo Himmel und Erde zusammenstoßen. Er steht auf, geht einige Schritte und setzt sich wieder in das Gras, das trocken ist und strähnig durch seine Finger gleitet. Dann legt er sein Ohr auf die Erde und lauscht. Nichts. Irgendwo in der Ferne bellt ein Hund. Ein Vogel singt in großer Höhe sein Lied.

Temudschin blickt empor. Nach längerem Suchen entdeckt er den Vogel. Verwundert schüttelt er den Kopf. Woran mag es liegen, fragt er sich, daß die Stimme des Vogels auf eine solche Entfernung so klar zu hören ist? Unbegreiflich erscheint es ihm. Wenn der Vogel in seiner Nähe säße, würde er ihn kaum lauter hören können. Das muß doch einen Grund haben.

Nachdenklich blickt er in die Ferne. Wieder war es ihm, als donnerten Pferdehufe über den Boden. Aber es ist nichts zu sehen. Enttäuscht läßt er sich zurücksinken und verfällt in neues Grübeln. Ob man hellklingende Glocken auch so weit hören könnte wie die Stimme des Vogels? Dann müßte man Schellen an Pferde binden und Meldereiter schon auf große Entfernung hören können. Temudschin nimmt sich vor, das einmal auszuprobieren. Natürlich wird es schwer sein, helltönende Glocken zu erhalten, aber die Chin-Handwerker können sie gewiß aus Silber machen.

Er richtet sich plötzlich auf und lauscht. Deutlich trug der Wind den Schlag von Hufen an ihn heran. Er blickt nach Osten und sieht eine helle Staubwolke, die schnell größer wird. »Endlich!« stöhnt er und eilt dem heranstürmenden Reiter entgegen.

Es ist Belgutei. Wie ein Sturm jagt er daher. Der Kopf seines Pferdes ist weit vorgestreckt, die Nüstern gebläht, fiebrig die Augen. Flocken schäumen aus dem Maul.

Belguteis Gesicht ist rot vor Anstrengung. Er keucht und ringt nach Luft. Abgehackt fliegen die Sätze: »Targutai ist zum Oberhaupt der Bürtschigin gewählt! Die Tai-Tschuten kommen nach hier! Unseren Zelten soll nichts geschehen, aber dich, den ältesten Nachfolger Jessugheis, wollen sie gefangennehmen. Du mußt fliehen! Sofort!«

Temudschin wird grau. Darf er Belgutei vertrauen? »Mich will man gefangennehmen?« fragt er ungläubig. »Ist das wahr, Belgutei?«

»Ich schwöre es beim Haupt Oelön-Ekes! Du mußt fort, Temudschin! Targutai will dich jagen, um unsere Schwäche zum Ausdruck zu bringen.«

Temudschin fühlt, daß Belgutei die Wahrheit sagt. Etwas nicht Gekanntes steigt in ihm hoch: Angst, jämmerliche Angst. Stumm und verwirrt blickt er vor sich hin. Er kann nicht begreifen, daß das Unwahrscheinliche zur Tatsache geworden ist. Seine Augen werden eng, aber ihre graue Farbe gleißt wie ein schwarzer Stein im Sonnenlicht.

Seine Gesichtsmuskeln zucken. Er macht jäh kehrt und springt auf das Pferd. »Komm, Belgutei, wir wollen keine Zeit verlieren. Wir müssen Oelön-Eke Bescheid geben. Du treibst mit Kassar das Vieh in Zeltnähe. Ich sehe ein, daß ich fort muß, und ich werde mich fürs erste verstecken. Ihr verlaßt das Lager so schnell wie möglich. Zieht zum Burkan-Kaldun, dort treffen wir uns. In der öden Gegend wird man uns nicht suchen. Oben auf der Bergkuppe können wir neu anfangen. Seht zu, daß ihr heute noch abrückt. Wählt verschwiegene Pfade, denn Targutai darf nicht erfahren, wohin wir ziehen.«

4

Wie eine berstende Wand fällt die Nacht herein. Temudschins Augen leuchten im indigoblauen Licht der Nacht. Orangegläsern steigt der Mond über den Horizont.

Keine Schwere spürt Temudschin in sich, als er über die schimmernde Steppe hinwegjagt. Nichts mehr hat feste Formen.

Der Wald, den er erreichen will, dringt tief in die Steppe hinein. Es ist ein Wald, von dem Temudschin schon viel Schreckliches gehört hat. Am liebsten würde er ihn meiden, doch er muß hinein. Targutai und Genossen sind hinter ihm her.

Er sah ihre Staubwolken noch am östlichen Rand des Blickfeldes, als er sich auf sein Pferd schwang. Zu lange hatte er sich bei Oelön-Eke aufgehalten. Sie drängte ihn zwar dauernd fort, aber er hatte geglaubt, ihr noch dieses und jenes sagen zu müssen. Vor allem wollte er ihr verständlich machen, warum Targutai ihr nichts tun würde, wenn er sie ohne ihn antreffen würde. Auch sollte sie wissen, daß sie am Burkan-Kaldun sicher wäre.

Doch dann hatte Oelön-Eke ihn angeschrien: »Ich fühle, daß Targutai in der Nähe ist! Mach, daß du endlich fortkommst! Gedörrte Streifen Fleisch und getrocknete Milch sind längst unter deinem Sattel verstaut.«

Es war wirklich höchste Zeit, denn kaum waren ihre letzten Worte verklungen, da stürzte Kassar ins Zelt und rief: »Targutai kommt ...!«

Nur der Wald kann ihn noch retten, wenngleich es eine merkwürdige Rettung ist, die auf ihn wartet. Heiß droht der Wald. Schauerliche Stimmen wohnen in ihm. Zermürbend ist der Ruf der Tiere. Lockrufe, Verzweiflungsschreie und Todesklirren sind die ewigen Pulsschläge des Waldes. Ungezählte Füße stampfen seinen Boden, doch kein Fuß ist zu sehen. Unheimliche Schatten spannen das Hirn in höchste Erregung. Das Röhren von Tieren schwingt wie ein Gong durch die Nacht, eigene Schreie klingen wie brechendes Glas. Hin und wieder breitet sich tötende Stille aus. Dann möchte man rufen, um sich zu hören, aber die Angst vor einem neuen Gezeter hält den Mund verschlossen.

Der Tag bringt andere Schrecken. Die Luft steht still und scheint aus dem Boden zu kommen. Alles dampft und läßt die Augen tränen.

Temudschin springt vom Pferd, als er den Wald erreicht. Er schlägt das abgehetzte Tier in der brutalsten Weise, obgleich ihm das Herz dabei blutet. Es geht nicht anders. Der Hengst muß fort, damit die

Feinde nicht sehen, an welcher Stelle er verschwunden ist. In der Ferne glaubt er schon das Donnern von Hufen zu hören und rast in den Wald hinein.

Zweige schlagen ihm ins Gesicht. Dornen zerreißen seine Hände und Füße. Es hilft nichts. Weiter, weiter! Solange die Reiter nicht in der Nähe sind, kann er ungehindert vorwärtsstürmen.

Immer schwüler wird die Luft. Er streift durch hohes Gras. Im fahlschimmernden Licht des Mondes vermag er nur wenig zu erkennen. Lianen und Rotange spannen sich wie Seile um die Bäume.

Temudschin bleibt stehen und lauscht. Deutlich vernimmt er Rufe. Er darf nicht weitergehen, weil ihn das Geschrei der Waldbewohner sonst verrät. Er sitzt zwar noch nicht tief genug im Wald, aber für die Nacht wird es reichen.

Sein Herz pocht ihm im Halse. Süßer Duft betäubt seine Sinne. Er setzt sich. Vor ihm baumelt ein Schatten. Er greift hin Es ist eine langkelchige Blume.

Seine Gedanken wandern unwillkürlich zu Bürte, die immer noch vergebens auf ihn wartet. Ein Jahr lang schon. Ob sie weiterhin warten wird? Sie und Dai-Ssetschen werden davon gehört haben, daß das Ordu der Bürtschigin leer wurde. Die Steppenpferde sind schnell, doch schneller noch ist die Kunde. Wie wird Dai-Ssetschen sich verhalten? Als sein Vater mit ihm sprach, befehligten die Bürtschigin vierzigtausend Zelte. Doch nun ... Warum sollte Bürte wohl auf ihn warten. Ausgerechnet auf ihn.

Temudschin denkt an seine olivenfarbene Haut, an seine knollige Nase, seine kleinen Augen und sein rotblondes Haar. Farblos wie der Klang seiner Stimme ist alles an ihm. Er kommt sich nicht begehrenswert vor.

Tage und Nächte vergehen. Hungrig und abgespannt liegt Temudschin im Wald unter wirrem Gestrüpp. Faul riecht die Erde. Er richtet sich plötzlich auf. Knackten dort nicht die Zweige?

Temudschin drückt sich an den Boden und kriecht tiefer in sein Versteck. Kalkweiß blickt er in die Richtung, aus der das Geräusch kam. War es nur ein Tier? Möglich. Aber Targutai und seine Krieger weilen in der Nähe. Er hörte sie rufen und sich verständigen, und in der Nacht sieht er den rotschimmernden Widerschein ihrer Lagerfeuer.

Da knackt es doch wieder! Temudschin preßt den Kopf auf die Erde. Das ist gewiß dumm von ihm, aber was soll er tun. Das dauernde Auf-der-Lauer-Liegen hat ihn mürbe gemacht. Am liebsten möchte er fortlaufen. Sollten sie ihn dann fangen, nun gut. Wenn er sich nur nicht mehr verstecken muß. Hier wird er feige.

Das Brechen von Zweigen rückt näher. Ein Tier kann es nicht sein, denn er hört das Rascheln von Blättern, wie wenn jemand im Vorbeigehen einen Zweig durch die Hand gleiten läßt.

Temudschin hält es nicht mehr aus. Ihm ist zumute, als führe ihm im nächsten Augenblick ein Schwert in den Rücken. Vorsichtig richtet er sich hoch und lugt in die Richtung, aus der das Geräusch kommt.

Eine dunkle Gestalt steht in seiner Nähe. Sie blickt hinter sich, gerade so, als überlege sie, ob es Zweck hat noch weiterzugehen.

Der Fremde geht nicht zurück, sondern weiter. Noch ein paar Schritte, und er steht unmittelbar vor Temudschin.

Der Mann hält genau vor seinem Gebüsch.

Temudschin erkennt ihn. Es ist Sorgan-Schira, der tage- und nächtelang mit ihm durch die Wüste ritt. Zu ihm darf er Vertrauen haben, denn wenn er auch Tai-Tschute ist, er war einer der getreuesten Krieger seines Vaters.

Temudschin springt so plötzlich aus dem Dickicht heraus, daß der Alte zusammenfährt. »Sorgan!« ruft er. »Du mußt mir helfen! Ich halte es hier nicht mehr aus. Ich hungere seit Tagen. Sorgan, hilf mir!«

»Bist du wohl leise«, zischt der alte Krieger und sieht ihn unsicher an. »Wie soll ich dir helfen? Was verlangst du von mir?«

Temudschin umklammert Sorgan-Schiras Arm. »Ich verlange von dir, daß du mir die Treue hältst, die du meinem Vater geschworen hast! Sorgan, der ewig blaue Himmel schickt dich zu mir. Du sollst mir Hilfe bringen. Fühlst du das nicht?«

Der Alte fährt sich über den Bart. »Geh sofort in dein Versteck zurück. Ich bin nicht allein im Wald. Versteck dich, Bengel! Ich habe Targutai zu gehorchen und muß dich festnehmen, wenn du nicht sofort verschwindest.«

Temudschin schöpft Hoffnung und kriecht eilig in das Dickicht zurück. Dann schiebt er einige Zweige zur Seite und blinzelt den Alten an. »Was soll ich tun, Sorgan? Gib mir einen Rat.«

Der Krieger überlegt nicht lange, sondern greift in die Tasche und gibt Temudschin ein Stück steinharte Milch und einen Streifen getrocknetes Fleisch. »Was soll ich dir für einen Rat geben?« sagt er. »Der Wald wird morgen völlig durchkämmt. Targutai hat Hilfe herbeigerufen. Er will dich unbedingt haben. Du mußt noch heute Nacht einen Ausbruch wagen. Verhalte dich bis dahin ruhig und ...« Er unterbricht sich und nagt an seinen Lippen. »Unsere Pferde sind links vom Lagerfeuer.«

Wenn ich frei bin und für die Sache der Bürtschigin werben kann, werde ich Sorgan-Schira in mein Lager holen, denkt Temudschin. Manch anderer Tai-Tschute wird mit ihm kommen. Vor allen Dingen auch Dschelme, der Sohn Sorgan-Schiras. Ja, Dschelme will ich bei mir haben. »Hör zu, Sorgan«, ruft er hinter dem schon zurückgehenden Krieger her.

Der dreht sich unwillig um. »Was willst du noch?«

»Sag Dschelme, daß er mich auf dem Burkan-Kaldun treffen kann. Ich werde sofort anfangen, Stämme zu sammeln.«

Der Alte lachte. »Sieh lieber zu, daß du mit heiler Haut aus dem

Wald herauskommst. Das dürfte jetzt wichtiger sein. Aber du hast recht«, fährt er nach kurzem Zögern fort. »Laß den Mut nicht sinken und verliere nie den Glauben an dich selbst. Ich werde dir Dschelme senden.«

Bis zum Abend verhält sich Temudschin ruhig. Gemächlich kaut er Fleisch und Milch, dann legt er sich hin, um in der Nacht frisch zu sein. Aber er kann nicht schlafen. Tausend Gedanken jagen ihm durch den Kopf. Er fühlt, daß sich sein Jugendtraum erfüllen wird.

Der Lockruf eines Pfeffervogels dringt an sein Ohr. Temudschin blickt in die Kronen der Bäume. Das fahle Licht schimmert lähmend. Eine leichte Bewegung der Blätter läßt ahnen, daß Wind die oberen Zweige streift. Wie eine Filigranarbeit, die er in Chin gesehen hat, leuchtet zwischen den goldumränderten Blättern kobaltblauer Himmel ...

Ja, er war in Chin gewesen und hat viel gesehen. Mit den Kaufleuten, die zu den Chungiraten kamen, war er in jenes rätselhafte Land gezogen.

Dai-Ssetschen war sehr böse gewesen, weil er niemandem gesagt hatte, daß er die Kaufleute begleiten würde. »Warum hast du das getan?« hatte er ungehalten gefragt, als er zurückgekommen war.

Temudschin hatte die Schultern gezuckt. Wie sollte er das dem alten Mann erklären? Mit Abneigung und wachsender Verachtung hatte er bei den Chungiraten das Treiben der Kaufleute beobachtet, die Waren brachten und andere dafür mitnahmen. Sie führten Sachen bei sich, die deutlich zeigten, daß ihr Land vermögend und mächtig sein mußte. Die Händler erzählten auch viel von den Städtern und sagten, das seien Menschen, die an einem Platz in festen Zelten wohnten. Um ihre Wohnungen hätten sie Lehmwälle gezogen, um sich vor den Tataren zu schützen. Er konnte das nicht verstehen. Warum verschanzen sich Menschen hinter Mauern, wenn sie stark sind? Und weshalb handeln sie mit Waren, wenn sie Macht haben? Warum nehmen sie sich nicht einfach, was sie brauchen? Irgend etwas stimmte da nicht. Sie konnten keine gewaltigen Heere haben, oder sie mußten feige sein. Sonst hätten sie doch den Mut, sich zu nehmen, was sie benötigen. Er wollte wissen, ob sie zu verachten waren; um das festzustellen, war er nach Chin gegangen.

An einem Morgen hatte er sich in hellem Frühlicht der Stadt genähert, die sich wie ein Block aus einem Meer von Sand und Schlamm erhob. Dunkel und drohend sah ihr Wall mit seinen Scharten und Türmen aus. Er ritt durch einen Torbogen aus luftgetrockneten Steinen und stand dann plötzlich mitten zwischen Häusern, die bunt und hell in der Sonne leuchteten. In einer Reihe waren sie ausgerichtet. Es war nicht zu begreifen.

Beinahe ängstlich ritt er an den Häusern entlang, bis er einen großen Platz erreichte, der durch Bäume aufgeteilt war, die in gleichmäßigen Abständen ihre Äste emporstreckten, um den Menschen bei glühender Hitze Schatten zu spenden. In der Mitte des Platzes stand ein großer Drache. Um ihn herum wimmelten unzählige Menschen, die für kleine Metallstücke Gemüse, Früchte, Fleisch und Käse kauften. Seltsam. Niemand gab einen wirklichen Gegenwert.

Phantastisch fremd war alles, dazu von einer bunten Schönheit übergossen. Die Menschen trugen Gewänder von leuchtenden Farben. Sie waren gut gewachsen und bedeutend schlanker als die Mongolen. Schwarzes, glänzendes Haar schmückte ihre Köpfe. Die Männer trugen Zöpfe, und die Frauen hatten ihr Haar aufgesteckt.

Es war ein flirrendes Bild, das sich Temudschin bot. Zerlumpt und abgerissen kam er sich vor. Er wußte bald nicht mehr, wohin er schauen sollte. Überall gab es Neues zu sehen. Malerische Tore wechselten mit gespenstigen Bauten. Er ging durch Gassen, in denen kunstfertige Handwerker saßen, die einen großen Eindruck auf ihn machten. Mit wenigen Griffen schufen sie aus einem Klumpen Lehm auf einer drehenden Scheibe allerlei Gefäße. Mit einem Pinsel zogen sie so geschickt und sicher bunte Kreise, daß es nicht zu begreifen war. Und die Chin-Frauen schufen wundervolle Stickereien. Ihre Finger waren dabei so schnell, daß man ihnen nicht folgen konnte.

Aber unsagbar laut war alles. Irgend etwas wurde immer gerufen. Männer mit schweren Körben, die an einer über der Schulter liegenden Stange baumelten, schrien frech um Platz, und Handwerker boten ihre Waren mit monotonen Rufen an. Und ein Geruch wogte über der Menge, daß es manchmal nicht auszuhalten war. Dazu kam ein unbeschreibliches Geschiebe und Gepuffe. Mehrfach wurde er so brüsk zur Seite gestoßen, daß er befürchtete, in einen Stapel bunter Schalen oder kleiner Tonstatuen zu fallen, die Götter sein sollten. Oder ein Gott. Immer derselbe. Merkwürdig. In großen Haufen lagen Götter umher, und es gab Menschen, die sie kauften.

Sonst machten die Städter ja einen klugen und geschickten Eindruck. Ob sie ernstlich glauben, daß man sich einen Gott kaufen und ihn zu Hause aufstellen kann, damit er Segen bringt, Sünden verzeiht und Unheil abwendet? Für reiche Menschen gab es Götter aus Elfenbein. Eigenartig.

Was machen wohl die Armen, die sich keinen Gott kaufen können, fragte sich Temudschin. Vielleicht brauchen die keinen, weil sie so wenig sündigen, daß sie nicht einmal Geld für Nahrung haben.

Wahrscheinlich kaufen sich nur schlechte Menschen Tongötter, überlegte er weiter. Sie stellen sie in ihre Räume, damit die Götter sehen können, wie sie sündigen. Das beruhigt das Gewissen, weil man sich dann sagen kann, daß alles, was man tat, vor Gott geschah.

Es gab aber noch mehr seltsame und unerklärliche Dinge bei den Städtern. In einer engen Gasse erlebte Temudschin wie das Gedränge plötzlich beängstigend wurde, nur weil ein besonders bunt gekleideter Herr vorbeiging. Sein goldgelber Rock war mit Drachen- und Wolkenmotiven bestickt, die in der Sonne herrlich glänzten, und er trug ein Barett auf dem Kopf, das von einem Ambrahalbmond geschmückt war. Sein Gesicht glich einer Maske. Unbeweglich blickten seine Augen nach vorn. Er sah nichts von dem, was um ihn herum geschah; weder die Menschen noch die Waren, die feilgeboten wurden. Starr schaute er vor sich hin. Genau auf den Schädel des Dieners, der vor ihm herging. Ein zweiter Diener folgte ihm.

Die Menschen pufften und stießen sich in die hintersten Winkel, damit der Herr ungehindert vorbeigehen konnte. Ehrfurcht und Glück lagen dabei in ihren Augen. War dieser Mensch ein Gott? Nicht so ein Tongott, ein besserer. Es gab viele Fragen, auf die Temudschin keine Antwort finden konnte. Unheimlich fremd war alles.

Der Herr wäre ein hoher Beamter, wurde ihm gesagt. Das Wohl und Wehe der Bürger läge in seinen Händen.

Wie kann ein Mann zum Gedeih der Menschen wirken, wenn er sich nicht umschaut, fragte sich Temudschin. Er sieht dann doch nicht das Elend der Bevölkerung und erfährt nie die Wahrheit.

Später sah er einen ehrwürdigen Greis, um den viele Menschen versammelt waren. Sein blasses Gesicht war von Runzeln und Falten zerfurcht. Schneeweißes Haar glänzte über seiner hohen Stirn. Ihn zierte kein Schmuck. Er trug einen einfachen schwarzblauen Rock.

Der Alte hob seine dünnen, knochigen Arme empor, deutete zur Sonne und verkündete, daß sie in kurzer Zeit verschwinden und dann wiederkommen würde.

Das konnte natürlich nur Unsinn sein, denn warum sollte die Sonne das tun? Und woher wollte der Greis das wissen? Die Sonne richtet sich doch nicht nach einem alten Mann.

Die Menschen sagten, der Weißhaarige sei ein Gelehrter, ein Mann, der über vieles nachdenkt und darum mehr als andere weiß.

Weiß man mehr, wenn man nachdenkt? Nun, eine Weile wollte Temudschin warten. Er würde ja sehen, ob ein Mensch, der denkt ...

Als er später den Platz verließ, war die Sonne fortgegangen und wiedergekommen, so wie der Greis es vorausgesagt hatte. Er behauptete, der Mond hätte sich dazwischengeschoben. Unheimlich.

Temudschin nahm sich vor, über vieles nachzudenken. Er wollte jedoch damit bis später warten. Zunächst mußte er erst alles sehen. Eine Frage aber drängte sich ihm unerbitterlich auf: Wenn ein Gelehrter immer recht hat, warum haben dann hohe Beamte statt Diener nicht Gelehrte an ihrer Seite?

Er kam an ein großes Tor, ging hindurch und stand zu seiner Verwunderung wieder draußen vor der Stadt. Jäh, wie sie angefangen hatte, war sie auch zu Ende. Er holte sein Pferd, um sie zu umreiten und von außen zu betrachten.

Immer am Wald entlang ritt er wie um eine Insel. Er sah die mächtigen Türme und Verteidigungsanlagen und dachte, daß es nicht leicht sein würde, eine Stadt zu überfallen. Versucht hatte man es schon, das zeigten ausgebesserte Stellen, doch die Mauern waren Brecher in den heranschlagenden Wogen geblieben.

Dann aber erblickte er etwas, das sein Mongolenherz höher schlagen ließ: die Verteidiger der Stadt. Sie waren mit prächtigen Schilden und Waffen aus gehärtetem Eisen ausgerüstet. Eine lederne Kopfbedeckung mit dickem Wulst und breitem Nackenschutz schmückte ihre Häupter. Doch wo hatten sie ihre Pferde? Wollten sie etwa zu Fuß in den Krieg ziehen? Temudschin mußte lachen, als er sich vorstellte, wie er mit seinem Vater und den Männern der vierzigtausend Zelte über die weite Ebene dahindonnern würde, wenn diese Soldaten ... Man erzählte ihm jedoch, daß Tausende, Zehntausende und notfalls Hundertausende von Kriegern aufgeboten werden könnten. In jeder Stadt sei ein Lager für Soldaten eingerichtet.

Wenn sie kämpfen, wie sie marschieren, dann sind sie gefährlich, dachte Temudschin. Es sah herrlich aus, wenn sie in mehreren Reihen große Schwenkungen durchführten. Jeder gehorchte aufs Wort. Alles machten sie zusammen. Nur ein Wort ertönte und ... Es war erstaunlich.

Temudschin schaute den Soldaten tagelang zu, merkte sich alles und überlegte, wie man es ermöglichen könnte, die von ihnen ausgeführten Bewegungen mit riesigen Truppen zu Pferde durchzuführen. Das Erteilen der Befehle bereitete ihm Kopfschmerzen, denn wie sollte man auf große Entfernungen Befehle geben?

Seit jenen Tagen grübelt Temudschin oft über diese Frage nach. Er tut es auch jetzt, da er im Wald liegt und in die hohen Kronen der Bäume blickt, die ihre Äste wie Korallenarme zum Himmel emporrecken. Im Geiste sieht er sich an der Spitze von Tausenden und aber Tausenden geeinten Mongolen über die Steppe jagen und auf geheimnisvolle Zeichen riesige Schwenkungen ausführen.

Bei diesem Gedanken zuckt er jäh zusammen. Da ist es, was er suchte und nicht fand: Zeichen muß er geben! Man kann weiter sehen als hören. Überwältigt von dieser Erkenntnis schließt er die Augen und schläft ein, ohne es zu wollen.

Als er wach wird, herrscht Finsternis. Erschrocken reibt er sich die Lider. Ist es wirklich Nacht? Hat er die Zeit verschlafen? Nur vereinzelt dringt das Licht eines Sternes durch das Blattgewirr.

Schnell springt er auf. Wie lange mag er geschlafen haben? Er muß den Ausbruch noch heute wagen. Stürmisch hastet er los. Zweige schlagen ihm in das Gesicht. Glitschig streift ihn etwas. Dornen reißen Wunden in Wangen und Hände. Und dann zetert, schreit und poltert es mit einem Male; die Nacht ist plötzlich von Urlauten erfüllt.

Temudschin hastet wie ein Irrer weiter. Nur hin und wieder bleibt er stehen und horcht, bis ihm endlich kühle Luft entgegenschlägt. Er hat den Rand des Waldes erreicht und genießt den Wind, den er tagelang nicht mehr erlebte. Vor ihm breitet sich dunkel die Steppe aus.

Mond und Sterne sind von Wolken verhangen. Der Wald schwingt nur noch wie ein ferner Gong.

Das Lager der Tai-Tschuten liegt weiter im Westen. Temudschin sieht den wehenden Schein der Lagerfeuer und freut sich, daß er in ziemlicher Entfernung von den Zelten herausgekommen ist. Der Lärm, der mit ihm durch den Wald zog, hätte ihn verraten können. Targutai hat bestimmt Posten ausgestellt. Er wird sich vorsichtig an die Pferde heranschleichen müssen, wenn es ihm gelingen soll, eines zu stehlen.

Plötzlich springt etwas Dunkles vor ihm hoch, und gleich darauf packt ihn der eiserne Griff eines Mannes und schleudert ihn zu Boden. Schneller als Temudschin es begreifen kann, geht alles vor sich. Wie aus einem bösen Traum erwacht er, als er gefesselt vor Targutai geführt wird.

Mit sichtlichem Behagen weidet sich der Tai-Tschute am Anblick des Bürtschigin. Höhnisch blickt er auf Temudschin herab. Seine Augen glänzen, als er das Gesicht des Knaben mustert. Schütteres, rotblondes Haar. Kleine, graue, aber kluge Augen mit fast wimperlosen Lidern. Olivfarben seine Haut. Knollig die Nase. Das kräftige Kinn zeigt Energie. Die aufgeworfene Unterlippe deutet Sinnlichkeit an. Hinter dem stolzen Blick lauert Verschlagenheit. »Ein echter Kiut-Bürtschigin bist du«, sagt er schließlich. »Ich habe dich nie so genau betrachtet wie heute. Es ist gut, daß ich dich habe«, fügt er hinzu und denkt, daß es gut ist, ihn lebend zu haben. Zuerst wollte er ihn kurzerhand umbringen; er wäre ein guter Fraß für die Aasgeier gewesen, die mit der Truppe ziehen. Aber dann hatte er es sich anders überlegt. Denn wenn er Temudschin tötet, werden Kassar oder Belgutei die rechtmäßigen Erben der Bürtschigin. Und wenn er auch diese vernichtet, sind andere da, die eines Tages ihren Anspruch erheben. Das würde eine Kette ohne Ende. So ist es einfacher. Er behält Temudschin als Gefangenen und hat endgültig Ruhe. Er befiehlt deshalb, den Bürtschigin in den »Kang« zu schließen.

Temudschins Stolz soll getroffen werden. Ein Bürtschigin im hölzernen Joch! Doch nicht genug damit. Targutai ordnet an, daß kein Krieger, sondern ein Knabe, der jünger ist als Temudschin, die Bewachung übernimmt.

Schwer lastet das Joch auf den Schultern Temudschins. Seine im Kang eingeschlossenen Handgelenke schmerzen, aber das alles ist nichts gegen die Pein, die sein Innerstes aufwühlt. Er, ein Bürtschigin, im Kang der Tai-Tschuten! Bewacht von einem Nomadenbengel niedrigster Abstammung! Gehänselt und ausgelacht von jung und alt! Wie soll er über diese Schande hinwegkommen?

Mit den Kriegern geht auch Sorgan-Schira an ihm vorbei. Wie alle anderen, so speit auch er vor dem Gefangenen aus, aber Temudschin weiß, warum der Alte es tut. Stumm und ergeben sieht er Sorgan-Schira an, und niemand bemerkt, daß seine Augen ihm unauffällig folgen. Ein Plan keimt in ihm. Er will flüchten. Die Schmach, die ihm angetan wird, ist nur erträglich bei dem Gedanken, sich selbst zu befreien. Er sucht Hilfe in dem Gedanken, daß jedes Leid auch ein Geschenk in sich trägt. Aus seinem Schmerz erwächst ein eiserner Wille, und Temudschin ahnt in dieser Stunde, daß ein glattes Dasein nur schlaff und flach machen kann.

Noch in dieser Nacht will er handeln. Zuvor aber muß er warten, bis Targutai und dessen Zechkumpane von der bis zur Gärung geschlagenen Stutenmilch berauscht sind.

Die Wolken ziehen träge dahin. Gespenstig schieben sich ihre Schatten über die weite Ebene. Das schwache Licht des Mondes huscht verwirrt umher, bestreicht einen Baum, ein Zelt, dann irgendeinen Punkt in der Weite. Temudschin beobachtet das Spiel des Lichtes und sieht darin eine Hilfe, die ihm der Himmel schickt. In der beständigen Wanderung von Hell und Dunkel wird es schwer sein, einen einsamen Reiter zu finden.

In Gedanken reitet er bereits. Er vergißt die Last des Kangs und die Schmerzen, die das Joch seinen Gelenken bereitet.

Lautes Gröhlen reißt ihn aus seinen Träumen. Er blickt auf den Knaben, der übermüdet vor ihm sitzt. Er muß jetzt handeln. Mit einem Sprung ist er bei dem Jungen, auf dessen Kopf der schwere Kang hinabsaust.

Temudschin hört das hohle Krachen, aber er darf jetzt nicht denken. Deckung nehmend läuft er in kurzen Sprüngen zu einem Zelt, an dessen Seite ein kleiner Strauch steht. In dieses Zelt hatte er Sorgan-Schira eintreten sehen, nachdem jener an ihm vorbeigegangen war.

Keuchend steht er vor dem Eingang. Seine Nasenflügel zittern. Er spürt, daß der alte Krieger allein ist, und dringt in das Zelt. Ruhig lauscht er in der Dunkelheit. Er hört einen Menschen atmen und flüstert: »Sorgan! Ich bin's!«

»Ewiger Himmel!«

Temudschin vernimmt das Zurseiteschieben von Felldecken. Dann tappen Schritte auf ihn zu.

»Wo bist du?«

»Hier.« Er fühlt eine Hand.

»Wie kommst du hierher? Was hast du gemacht?«

Atemlos erzählt Temudschin seinen Überfall auf den Jungen. »Du mußt mir helfen, Sorgan! Du mußt!«

»Unmöglich! Du tötest uns beide. Geh. Temudschin, verlaß mein Zelt!«

»Nimm mir den Kang ab, mehr verlange ich nicht.«

Der alte Krieger schraubt und werkt, bis Temudschin von der Last des hölzernen Jochs befreit ist. Wie der frische Wind, der seine Stirn kühlte, als er aus dem Wald herauskam, berührt ihn nun die Schwerelosigkeit. Er reibt seine steifgewordenen Handgelenke und drückt dem Alten die Hand. »Mehr Hilfe brauche ich nicht, Sorgan. Den

Weg zu den Pferden finde ich. Und den Kang nehme ich mit, damit er dich nicht verrät. Ich werde ihn irgendwo in den Fluß werfen.«

Zitternde Hände suchen seinen Kopf. »Du hast Mut, Temudschin«, erwidert der getreue Gefolgsmann und fügt plötzlich hinzu. »Aber ich kann dich doch jetzt nicht allein lassen!«

»Unsinn, Sorgan. Du mußt bleiben. Hier kannst du mir mehr dienen als draußen. Aber schicke mir Dschelme. Und komm später ebenfalls zu mir. Ich werde dich nie vergessen, Sorgan!«

»Der Menke-Kökö-Tengri möge dich beschützen!«

Temudschin schleicht zum Standplatz der Pferde. Aus dem Zelt Targutais dröhnen Lieder und rauhes Männerlachen. Schnell löst er ein Tier vom Baum, legt den Kang auf den Rücken und schreitet behutsam vorwärts. Seine Füße suchen den Boden, als ginge er auf dornigem Pfad. Erst als der Gesang der Tai-Tschuten nur noch verzerrt an sein Ohr dringt, sitzt er auf.

Wolken jagen über ihn hinweg. Er klopft den Hals des Pferdes. »Hab Dank, Menke-Kökö-Tengri!«

Der Himmel wirft sanftes Licht durch Wolkenfetzen.

5

Die Hufe des dahinjagenden Pferdes schlagen auf rote Felsspalten. In großen Sätzen nimmt Temudschin gefährliche Risse, die gleich Gräben durch mondsteinige Felsen ziehen. Ewig glühende Sonne hat den Boden zerrissen und die Erde gespalten. An kantig geborsteten Felsen schleift körniger Sand. Nur selten stillt Regen den Durst dieser Erde, selten breitet der Schnee sein weißes Tuch hier aus. Sonne und Sand, Kälte und Sturm singen ihr unentwegtes Lied der Zerstörung; Kantate des Himmels und der Hölle zugleich.

Doch mag die Natur ächzen und stöhnen, das Herz des dahinjagenden jungen Reiters schlägt unbeirrt. Seine Augen sprühen Funken in der aufgehenden Sonne, die das gleichtönige Braungrau der Felsen rot aufleuchten läßt. Die Verzagtheit der letzten Tage ist gewichen. Nicht mehr Flucht ist es, was ihn zum Burkan-Kaldun treibt; Tatendrang beseelt jetzt seinen Geist. Jünglinge will er um sich versammeln, um Rache an Targutai zu nehmen. Und Bürte wird er zu sich holen. Ein Ordu will er schaffen, das ihrer würdig ist. Er weiß, daß sie auf ihn wartet. Kein Zweifel nagt mehr in seiner Brust. Sorgen und Gedanken, die ihn in erzwungener Rast quälten, sind plötzlich wie fortgeweht.

Dennoch gibt es etliche Fragen, die ihn bedrücken. Er weiß nicht, ob die Seinen den Berg erreicht haben. Wie hat Belgutei sich verhalten? Zu frisch und unerprobt ist die Freundschaft mit dem Halbbruder. Konnte Kassar sich durchsetzen?

Wenn er über Kassar und Belgutei nachdenkt, beschleicht ihn ein unangenehmes Gefühl. Warum, das weiß er nicht, aber an Kassar ist etwas, das ihn beunruhigt. Sind es seine eigenartigen Augen?

Temudschin reißt sich zusammen. Beinahe wäre er in einem Felsspalt gelandet. Verteufelt aufpassen muß man in dieser Gegend. Doch das ist gut so. Am Burkan-Kaldun ist man dadurch vor Überfällen gesichert.

Temudschin schwört sich, nicht eher zu ruhen, bis Herde und Ordu zurückgewonnen sind. Und dann will er alles vergrößern und zu Ausmaßen bringen, die selbst sein Vater Jessughei nicht kannte. Der Falke in der Stammfahne des Geschlechtes der Bürtschigin soll zu neuem Flug aufsteigen. Sein Auge soll alles erspähen, seine Krallen soll er einschlagen, wo immer er mag.

Das Pferd kämpft gegen eine sich steil erhebende Höhe an. Temudschin sucht die Bergkuppen nach Zelten ab, kann jedoch keines entdecken. Er stürmt in eine Mulde und hofft, von der nächsten Anhöhe eine bessere Übersicht zu gewinnen. Er muß in der Nähe des Burkan-Kaldun sein.

Plötzlich erspäht er das Zelt Oelön-Ekes, vor dem winkende Menschen stehen. Sie müssen ihn schon eine Weile beobachtet haben, denn sie sind wie zum Empfang versammelt. Wie gut es tut, erwartet zu werden. Es wird ihm ganz heiß vor Freude. Wie mag es erst sein, wenn man von einer Frau erwartet wird!

Sein junger Körper gärt. Der heiße Ritt und die Trunkenheit des Sieges machen ihn taumelig. Ein fiebernder Rausch geht auf. Er fühlt die weichen Arme Bürtes ...

Aber dann legt sich ein bitterer Geschmack auf seine Zunge. Seine Sinne bäumen sich auf. Sie wollen nicht mehr warten. Irgendein Körper ... Seine Zunge ist trocken und lechzt nach Erlösung. Die Sehnsucht schreit. Doch dann erstarren die Muskeln, erschrocken am eigenen Schrei.

Temudschin springt vom Pferd und ruft überschwenglich: »Die Bürtschigin sind wieder vereint! Dem Himmel sei Dank!«

Die Augen der Mutter ruhen voller Stolz auf ihm. Ihre stille und große Hoffnung ist zurückgekehrt. Als sie aber hört, daß Temudschin in den Kang gelegt wurde, verdunkelt sich ihr Blick. Aschgrau wird ihr Gesicht. Ihr Sohn, ein Kiut-Bürtschigin, lag im Kang der Tai-Tschuten?

»Warst du lange im Kang?« fragt sie mit spröder Stimme.

»Nur kurze Zeit«, antwortete er lachend. »Eine halbe Nacht mag es gewesen sein.«

Das Gesicht der Mutter erhellt sich. »Nur die halbe Nacht? Erzähle, wie du herausgekommen bist. Mir scheint, du hast aus der Schande, in den Kang gekommen zu sein, eine Ehre gemacht.«

Temudschin wird verlegen. Keinesfalls darf er erzählen, daß Sorgan-Schira ihm geholfen hat. Schnell weht solche Kunde über das

Land, und der alte Krieger wäre dann nicht mehr zu retten. Er muß die Wahrheit verschweigen.

»Komm, Junge, rede!« mahnt die Mutter. »Ich fühle mit dir die Schande des Kangs. Befreie mich!«

Irgend etwas muß er sagen. Das erste Geschehen kann er ohnehin berichten, ohne Sorgan-Schira zu schaden, und bis dahin wird ihm schon etwas einfallen. So schildert er zunächst den Überfall auf den Knaben und behauptet dann frech, gefesselt und mit dem Kang auf den Schultern auf ein Pferd gesprungen zu sein.

Daraufhin fragt ihn sein Bruder erstaunt: »Und wie bist du aus dem Kang herausgekommen?«

Es hilft nichts. Temudschin muß weiter lügen. »Ja ...«, sagt er, »ja also ... Ich bin eine Weile geritten und dann ...« Er legt seine Hand an den Kopf und setzt eine Leidensmine auf. »Ich habe mich so lange mit aller Gewalt an einen Baum geschleudert, bis sich das Holz des Kangs spaltete.« Und als bäte er um Verzeihung für die unmöglich erscheinende Tat, fügt er schnell hinzu: »Es war glücklicherweise ein Kang aus sprödem Holz.«

Der Jubel der Mutter kennt keine Grenzen, und die Brüder johlen vor Begeisterung. Das ist eine Lösung, auf die nur ein Bürtschigin kommen kann.

Die Kunde fährt wie ein Lauffeuer durch die Stämme der angrenzenden Länder, und ihr Widerschein fällt auf Temudschin zurück. Sein Haupt wird von Strahlen geschmückt, und voller Verwunderung bemerkt er, daß die Lüge ihn bekannter und beliebter machte, als die Wahrheit es je vermocht hätte. Sehr nachdenklich wird er, als er dieses erkennt. Er wird es sich merken.

Aber noch etwas gibt es, das Temudschin nachdenklich werden läßt. Seine Sorge um Belgutei war unbegründet. Treu und ergeben hatte er dem Halbbruder geholfen. Und Oelön-Eke erzählte ihm, daß Belgutei und nicht Kassar es war, der sich die meisten Gedanken um sein Wohlergehen machte.

Wie ist das möglich, fragt er sich immer wieder. Habe ich nicht seinen Bruder erschlagen? Wenn ich Belgutei wäre, würde ich Kassar oder Temudschin bei der erstbesten Gelegenheit umbringen. Ich muß mit ihm sprechen, muß wissen, warum er so ist.

Auf der Jagd nach Murmeltieren fragt er den Halbbruder: »Warum hast du dir eigentlich Sorgen um mich gemacht? Magst du mich jetzt?«

Mit freiem Blick antwortet Belgutei: »Wie sollte ich dich leiden mögen. Ich sagte dir damals schon, daß ich nicht weiß, ob ich je vergessen kann, was du getan hast.«

Erstaunt horcht Temudschin auf. »Und warum stehst du zu mir?«

»Wegen Targutai. Außerdem hast du mir dein Pferd geschenkt, obwohl du es nicht nötig hattest. Mir zeigtest du damit deinen ehrlichen Willen, Frieden zu stiften. Ich rede nicht so, weil mir das Pferd lieb geworden ist, sondern weil du es mir zu einem Zeitpunkt schenktest, da ich unterlegen war.«

Lange denkt Temudschin über diese Antwort nach. Belguteis Reagieren soll ihm eine Lehre sein, denn er erreichte mehr, als er vermuten konnte. Er hatte den Halbbruder bestechen wollen und erkennt nun, daß Geschenke verläßliche Freundschaften eröffnen, wenn man sie zu einem günstigen Zeitpunkt macht. Das imponiert offensichtlich und schafft Vertrauen. Seltsam ist die Welt.

6

Die Sonne wirft eintöniges Feuer auf den Burkan-Kaldun. Der Himmel ertrinkt in Gold und Blau, und auf dem Boden welkt das Gras in rotbraunen Büscheln. Temudschin erledigt seine täglichen Aufgaben. Er muß sich um das Vieh und um die Ernährung kümmern. Am liebsten möchte er fortlaufen und kämpfen.

Oft packt ihn die Verzweiflung. In seiner erzwungenen Untätigkeit kommt er sich überflüssig vor. Sein gelähmter Tatendrang macht ihn aufsässig. Kein Stamm kommt am Burkan-Kaldun vorbei. Abseits aller Mongolenstraßen liegt der geliebte und gehaßte Berg. Nur hin und wieder dringt eine Kunde aus der weiten Steppe zu ihm herauf. Die Furcht, daß etwas Großes an ihm vorübergehen könnte, macht Temudschin krank. Mag der Berg auch das Stammland der Bürtschigin sein, ihm fehlen die fetten Weiden am Onon. Ihre Erdschollen möchte er wieder sehen und riechen.

Auch kann er die Fäden, die ihn mit Bürte verbinden, kaum noch fühlen. In unerbittlicher Klarheit drängt sich ihm eine Aussichtslosigkeit auf, die von Tag zu Tag stärker wird. Er sieht keine Brücke mehr, über die Träume und Sehnsüchte wandern können. Die Stunden seligen Erlebens verblassen. Nur wenn am Abend die Sonne über den verbrannten Büscheln verglüht und rottrunkenes Licht auch Fahles warm erscheinen läßt, ruft sein Blut in Sehnsucht nach Bürte. Dann wird der Wind weich wie ihre Hände, und mit ihm weht der Duft ihrer Haut.

Doch sein Blut darf nicht wallen. Die schneeige Starre eisiger Berge gleitet über ihn, und im Widerstreit der Gefühle schreit sein Innerstes in Auflehnung gegen Oelön-Eke, die ihn daran hindert, in saftige Täler hinabzusteigen, um sich zu holen, was er braucht. Kräftige und gesunde Tiere möchte er von den Feinden rauben; sie aber duldet es nicht. Ständig macht sie ihm klar, daß die Gefahren noch zu groß sind. Er sieht es ein, wenn sie ihm an Beispielen erklärt, daß man im Leben nichts überstürzen darf, doch er haßt ihre Vergleiche, die ihm nur die gegenwärtige Ohnmacht vor Augen führen.

»Wird aus einem Setzling etwa in kurzer Zeit ein Stamm?« fragt sie ihn. »Und was geschieht, wenn der Sturm über einen jungen Baum hinwegfährt?« Sie blickt ihn vielsagend an. »Ja, nun schweigst du, weil du bekennen müßtest, daß der Sturm ein Bäumchen schon zerbricht, wenn kräftige Stämme erst anfangen, sich zu wiegen. Du bist noch kein Stamm, Temudschin! Wahnsinn wäre es, würdest du allein in den Kampf ziehen. Der erste Sturm wehte dich fort wie den Sand in der Wüste.«

In das hoffnungslose Dasein dieser Tage fällt ein Geschenk des Himmels. Ein junger Mongole erscheint auf dem Burkan-Kaldun und bittet um Hilfe, weil Räuber ihm sein Vieh gestohlen haben. Temudschin hört nicht die Not, die in den Worten liegt. Er hört den Ruf einer Fanfare, die zum Streit auffordert. Da gibt es nichts zu überlegen, das sieht auch Oelön-Eke ein. Ihr Sohn muß dem Notruf wie ein Medizinmann folgen, der gezwungen ist, einen von der Pest Befallenen zu pflegen, selbst wenn er dadurch erkranken sollte.

Oelön-Eke willigt kurz entschlossen ein. Im Grunde ihres Herzens ist sie stolz über Temudschins Tatendrang. Sie weiß, daß die Räuber ihm willkommene Gelegenheit geben, seinen Hunger nach Ferne und Sturm zu stillen. Und halbe Hilfe gewähren die Bürtschigin nicht. Wenn er von diesem Ritt nicht heimkehren sollte, dann hat es nicht anders sein sollen. Mutter Wolke weiß, daß ihr Sohn lieber stirbt, als einem Mongolen nicht beizustehen. Sie hilft darum schnell, die Pferde zu satteln und notwendige Nahrung zu verstauen.

Nach kurzem Abschied stürmen die jungen Reiter den Berg hinunter, durchqueren die Steinwüste und jagen wie ein Wirbelwind über Berge und Steppen. Erst als nach Tagen die Bande am Horizont auftaucht, machen sie halt, um in Ruhe ihr weiteres Vorgehen zu überlegen.

Temudschins Plan ist waghalsig. Wenn die Räuber schlafen, will er Feuer in ihre Zelte werfen. Während dieser Zeit soll Boghurtschi, so heißt der Retter aus seiner Not, die Pferde von den Pfählen lösen und davonreiten. Er selbst will etwas länger verharren, um zurückbleibende Tiere anzutreiben. Denn die Verfolger könnten sie leicht einholen, weil sie mit der Herde nur langsam vorwärtskommen können. Temudschin hofft, daß sich die Bande in der ersten Aufregung nur um die brennenden Zelte und nicht um die Pferde kümmert. Das Gelingen des Planes ist nur möglich, wenn das Feuerschlagen schnell vonstatten geht und die Feinde nicht ahnen, daß sie verfolgt wurden. Darum verweilt er mit dem neuen Freund in weiter Ferne, um sich erst in der Nacht dem Lager zu nähern.

Temudschin wie Boghurtschi wissen, daß ein Fehlschlag ihr Leben kostet. Wenn der Überfall aber gelingt, wird die Kunde auf dem Wind reiten und viele aufhorchen lassen.

Die Nacht breitet ihre Tücher aus und läßt die Sterne wie Leuchtfeuer am Himmel erscheinen. Sie erinnern Temudschin an Nächte mit Bürte, doch er bezwingt den Schlag seines Herzens und ruft den Verstand. Um die Zukunft geht es, um Bürte! Der Pferderaub darf nicht mißlingen. Das Blut muß kalt wie der Hauch des Todes sein.

Langsam gehen sie dem Lager entgegen, das durch den Feuerschein gut zu sehen ist. Zu Fuß wandern sie, damit kein Tierlaut sie verrät. Kein Wort sprechen sie. Der ihnen entgegenwehende Wind trägt Fetzen dröhnenden Gelächters herüber. Erleichtert stellen sie fest, daß nicht viele Gestalten im Lager versammelt sind. Ihre Silhouetten bewegen sich gespenstig vor den schlagenden Flammen.

Nach langer Wartezeit verschwinden die Räuber in ihren Zelten. Das Feuer wird kleiner, und als nur noch helle Schleier in dünnen Fäden emporsteigen, blicken sich Temudschin und Boghurtschi vielsagend an. Aber sie brechen noch nicht auf. Sie wollen warten, bis die Männer in einen tiefen Schlaf gesunken sind. Doch ihre Gedanken wandern der Zeit voraus. Haben sie alles richtig bedacht? Jeder möchte etwas sagen, aber sie haben vereinbart, kein Wort zu sprechen.

Endlich ist ihre Zeit gekommen. Die schmale Mondsichel ist untergegangen und läßt die Nacht erstarren.

Langsam schleichen sie an die Zelte heran. Temudschin untersucht die Feuerstelle. Er findet unter der Asche noch glühenden Dung und nimmt ihn mit nackten Händen auf.

Der Schrei eines Vogels läßt die Freunde erstarren.

Hastig rennt Temudschin zum ersten Zelt. An die Möglichkeit, entdeckt zu werden, denkt er nicht. Er sieht nur seine Aufgabe und läuft schnell mehrere Male hin und her, bis genügend Glut an den Zelten liegt. Dann eilt er zu den Pferden, die Boghurtschi schon abgebunden hat. Schnell sitzen sie auf, und dann warten sie, bis kleine Flämmchen entstehen, die um sich greifen. Ohne Hast entfernen sie sich nun. Während Boghurtschi verhalten die Tiere nach Osten antreibt, reitet Temudschin in die entgegengesetzte Richtung, wo er in einiger Entfernung wendet und das Lager beobachtet.

Mit Sorge sieht er, daß die Pferde dem Freund nur unwillig Folge leisten, und er wundert sich eben darüber, daß noch keiner der Männer erscheint, als jäh laute Rufe ertönen und dunkle Gestalten aus den Zelten stürmen. Da entdeckt er, daß ein Pferd wie verloren am Lager stehengeblieben ist. Boghurtschi treibt die Herde jetzt verbissen an und verschwindet in der Finsternis.

Temudschin stürmt auf das verbliebene Tier los, um es fortzuscheuchen, aber er kommt zu spät. Einer der Räuber hat es bereits erreicht, springt auf seinen Rücken und hetzt hinter Boghurtschi her.

Blitzschnell hält Temudschin sein Pferd an, um zu verharren, bis kein Ruf den davonstürmenden Reiter mehr erreichen kann. Dann nimmt er seinen Bogen, prüft die Sehne, legt einen Pfeil auf und stürmt vor. Den Bogen gespannt, rast er auf die vor ihm reitende Gestalt los, zielt und läßt den Pfeil abschnellen.

Der Mann bricht zusammen. Im Vorbeijagen sieht er schreckgeweitete Augen, dann prescht er in die Dunkelheit hinein. Wüßte er nicht die Richtung, die Boghurtschi genommen hat, er fände die Herde nicht. Aber es ist gut, daß kein Lichtschein die Finsternis erhellt, denn der Reiter, der hinter der Herde herjagt, würde bald erkannt haben, daß nur ein Mann die Pferde führt, und sein Pfeil würde dann ebenso tödlich gewesen sein wie das Geschoß, das er soeben losschnellen ließ.

Nach kurzer Zeit hört Temudschin das Stampfen von Hufen. Er weiß nun, daß er unmittelbar hinter der Herde ist, und er versucht, das Dunkel zu durchdringen. Undeutlich sieht er die Umrisse der Pferde. Er rückt weiter vor und erkennt eine Gestalt. Boghurtschi ist es nicht, der ist größer. Es muß ein weiterer Verfolger sein. Seine Arme sind vorgewinkelt. Offensichtlich spannt er den Bogen und zögert nur noch abzuschießen, weil die Sicht zu schlecht ist.

Temudschin hört die antreibenden Rufe Boghurtschis. Jetzt ist alles klar. Er legt einen Pfeil auf die Sehne und will gerade zielen, als aufgewirbelter Staub die Sicht raubt. Aufs neue sucht er den Reiter. Er findet ihn, legt an und läßt den Pfeil losschnellen.

Unklar erkennt er, daß sich die Arme des Gegners plötzlich vorstrecken, als suchten sie Halt. Schnell treibt er sein Pferd an den Getroffenen heran, der zu wenden versucht. »Das könnte dir so passen«, ruft er und greift nach seiner am Gurt hängenden Keule, die krachend auf den Schädel des Gegners niedersaust.

Die Nacht schenkte den Sieg, doch nicht den Sieg allein. Die aufrichtige Freundschaft zweier junger Männer wurde geboren.

Boghurtschi führt Temudschin zu seinem Vater und erzählt diesem, wie sehr ihm der neue Freund geholfen hat. Dann bittet er darum, die Hälfte der Pferde dem Bürtschigin schenken zu dürfen.

Temudschin wehrt ab. Nicht ein einziges Pferd will er nehmen. Er spricht von der heiligen Verpflichtung zu helfen und erklärt, jede Gabe ablehnen zu müssen.

Ratlos sehen sich Vater und Sohn an. So etwas haben sie noch nicht erlebt. Ist Temudschin denn kein Mongole?

Er ist es mehr, als sie ahnen. Nicht ein paar Pferde, sondern eine Gefolgschaft will er haben, mit der er ganze Herden rauben kann. Aber das verschweigt er. Er wendet nur an, was er durch Belgutei erfuhr.

Boghurtschi ist verwundert. Er weiß zwar, daß die adeligen Stämme der Mongolen sich immer großzügig zeigen, aber ein verdientes Geschenk hat noch niemand abgelehnt. Schöne Worte werden vorher wohl gemacht, um die Angelegenheit schmackhaft zu gestalten, doch so wie die Sklavin die Peitsche, die Freundin eine Aufmerksamkeit und der einfache Mann seinen Lohn bekommt, so erhält der Adel sein Geschenk. Und nun wirft Temudschin alles über den Haufen? Er hilft und verschenkt den Teil, den er sich redlich verdiente?

Boghurtschi kann sich nicht damit abfinden. Er weiß um die Ehre, unter der Standarte der Bürtschigin zu kämpfen, und plötzlich steht sein Entschluß fest. An der Seite des jungen Freundes will er für die Sache der Bürtschigin gegen Targutai kämpfen.

Temudschin hat gesiegt. Er hat seinen ersten Gefolgsmann und weiß, daß Boghurtschi ein Freund sein wird, auf den er sich verlassen kann. Er weiß aber auch, daß das Gerücht nun über Wüsten und Steppen dahinfliegen wird. Nicht nur seinen Sieg, auch die Kunde, daß er Gefolgsleute annimmt, wird man überall besprechen. Und das ist ihm im Augenblick wichtiger als das Hab und Gut eines mongolischen Bauern.

7

Seit Wochen lebt Temudschin nicht mehr in der Tiefe. Er ist gleichsam aufgetaucht und gewinnt manchen jungen Mann, der bis dahin irgendwo sein Dasein fristet. Und er ist nicht enttäuscht darüber, daß sich die Zahl seiner Gefolgschaft nur langsam vergrößert. Ihm genügt es vorerst, daß das Dunkle der Vergangenheit wie fortgeblasen ist, und er hält sehnsüchtig nach Dingen Ausschau, die ihm das Leben in weiter Ferne bieten soll. Sein Wille ist zwar noch eine kleine Flamme, aber das Feuer ist entfacht, und die Stille, die über dem Burkan-Kaldun lastete, ist verschwunden. Manches Zelt richtete sich über Nacht auf, und unter allen Filzdecken züngelt die Sehnsucht nach Ferne, Kampf und Eroberung.

Denn das Gerücht, das mit Geschwüren der Lüge und Beulen der Verleumdung Gift und Galle speit, wählt seit Monden ein neues Mittel. Es hilft dem jungen Bürtschigin, indem es ihn lobt und preist. Die Augen junger Männer glänzen, wenn sie vom Temudschins Taten hören. Er ist in ihrem Alter. Sie träumen von seinen Leistungen und wissen, daß sie Fäuste wie er haben. Von ihren Taten spricht man nur deshalb nicht, weil sie mit Alten zusammenleben. Die lassen sie nicht zu Worte kommen. Man sollte zu Temudschin gehen. Bei ihm versammelt sich die Jugend. Er ist aus guter Sippe, und wenn man nicht lange zögert, sitzt man an der Spitze.

Nach Boghurtschi soll Dschelme, der Sohn des Tai-Tschuten-Kriegers Sorgan-Schira, zu Temudschin gegangen sein. Wenn sogar ein Tai-Tschute … Gewiß, Targutai kann keiner leiden. Er hat die Bürtschigin beraubt, daß es eine Schande ist. Aber es werden auch schon Namen aus anderen Stämmen genannt, die sich Temudschin angeschlossen haben sollen. Und alle rühmen seine Großzügigkeit.

So denken manche Burschen, und von Tag zu Tag wächst Temudschins Ordu. Er zeigt sich zurückhaltend, aber innerlich jubelt er vor Glück.

Oelön-Eke riet ihm, sich so zu verhalten. »Trägst du übergroße Freude zur Schau, so verlangen sie Dank für ihr Kommen«, sagte sie ihm. »Zögerst du jedoch bei der Aufnahme, so sind sie dankbar, wenn du sie nimmst. Vergiß nicht, daß sich bei dir nun Spreu und Weizen versammeln. Du wirst trennen müssen, wenn der Weizen zur Saat kommen soll.«

Temudschin befolgt den Rat der Mutter.

Der Burkan-Kaldun gleicht einem kleinen Heerlager, und das spärliche Grün wird immer knapper, da sich die Herde mit jedem Zelt vermehrt. Temudschin muß daran denken, in eine andere Gegend zu ziehen. Das aber heißt Kampf, und er will nicht leichtsinnig zerstören, was langsam erwuchs. »Eine Niederlage am Anfang ist das Ende«, hatte ihm Mutter Wolke einmal gesagt.

Er denkt nun oft an die Beispiele Oelön-Ekes und nimmt sich vor, geduldig zu warten. Mit dem selbstauferlegten Zwang wächst jedoch die Sehnsucht nach Bürte. Oft vermeint er zu verbrennen. Er wälzt sich auf seinem Lager und findet keine Ruhe.

In solchen Stunden greift er zum Krug mit Kumys. Die warme, bis zur Gärung geschlagene Stutenmilch treibt seine Sinne aber in wahnwitzige Träume. Er muß Bürte bald holen.

An Targutai hat er freilich noch nicht Rache genommen, doch er hat nun immerhin ein eigenes Ordu. Wenn es auch nicht so groß ist, wie er es sich erwünscht, es ist immerhin ein Lager, das er aus eigener Kraft geschaffen hat. Und seine Männer sind furchtlose Krieger und getreue Kameraden. Er ist ihr erster Freund, und darum wird er siegen und nicht untergehen.

Seine Gedanken wandern immer wieder zu Bürte. Sie erweckte in ihm das Sehnen nach Größe, stachelte seinen Ehrgeiz an. Wenn sie es auch unbewußt tat, er braucht sie nun und stürmt deshalb eines Tages mit seinen engsten Freunden nach Süden, dem Stammplatz der Chungiraten entgegen. Über Berge und Steppen, quer durch die Wüste Gobi jagen sie dahin.

Während des langen Rittes verbannt Temudschin Zweifel, die ihn manchmal überfallen. Warum sollte Bürte nicht auf ihn gewartet haben? Sie ist doch jung. Gewiß, sie hat drei Jahre länger warten müssen, als es verabredet war. Aber was sind drei Jahre, wenn sie hinter einem liegen? Nichts. Es ist nur gut, daß beide nicht ahnten, welche Trennungszeit ihnen das Schicksal auferlegte. Das Wissen wäre unerträglich gewesen. Hoffnungen, die Kraft zum Ausharren geben, hätten sich in Hoffnungslosigkeit verwandelt. Im Geiste erblickt er das Leben, das sich an Bürtes Seite auftun soll. Die nahe Erfüllung verwirrt ihn.

Nach heißem Ritt wird das Lager der Chungiraten erreicht, wo Temudschin mit großem Jubel begrüßt und zum Zelt des Häuptlings geführt wird. Bürte vermag sich kaum zu rühren, als der Langersehnte so unerwartet vor ihr steht. Sie glaubt, die Sinne zu verlieren. Undeutlich nimmt sie wahr, daß kräftige Arme sie umschließen. Sie begreift nicht, daß die Zeit der ungestillten Sehnsucht vorbei sein soll, und sie fragt sich ängstlich, ob die Sinne ihr nicht einen Traum vorgaukeln. Erst als sie die Lippen Temudschins fühlt, gibt sie sich ganz der Seligkeit des Augenblickes hin.

Bürtes Vater greift lachend ein. »So geht das nicht, Temudschin!

Noch ist Bürte meine Tochter und nicht deine Frau. Berichte zuerst, wie es um dich steht. Hast du ein eigenes Ordu?«

Temudschin sieht ihn betroffen an.

»Sei unbesorgt«, fährt Dai-Ssetschen beschwichtigend fort. »Wir kennen deinen Kampf und nahmen regen Anteil. Ich war glücklich, daß du mich nicht um Hilfe angegangen bist, denn es ist besser, sich allein durchzusetzen. Für später ist das sehr wichtig, da das Leben Kämpfe bringt, mit denen man leichter fertig wird, wenn die Jugend nicht rosig verlief. Darum sandte ich dir auch keine Unterstützung, obwohl ich wußte, wie sehr dich deine Feinde bedrängten.«

Temudschin wendet sich an Bürte. »Bist du in dieser Zeit nicht verzweifelt? Es muß doch furchtbar sein, aus der Ferne zusehen zu müssen.«

Dai-Ssetschen antwortet für seine Tochter: »Bürte betrachtete sorgenvoll deinen Kampf, erlebte ihn aber im Bewußtsein deines Sieges und im Warten auf den heutigen Tag.«

Temudschin legt seinen Arm um Bürte. Das Wissen, daß sie warten kann und auch in Stunden der Gefahr den Glauben nicht verliert, beglückt ihn. Sie enger an sich ziehend, wendet er sich an Dai-Ssetschen: »Sei unbesorgt um deine Tochter. Mein Streben glättet mir den Weg in die Zukunft, in der ich Hand, Hirn und Gewissen aller sein will, die mich umgeben. Ich werde nie den Glauben an mich selbst verlieren. Das schwöre ich dir in dieser Stunde!«

Dai-Ssetschen blickt lange hinter der Karawane her, die zum Bürkan-Kaldun aufbricht. Er gab seine Tochter einem Manne, der noch nicht reif ist und noch schwer zu ringen haben wird. Aber wenn ihre Zukunft auch nicht gesichert ist, er fühlt die Kraft, die dem unbeugsamen Willen des jungen Bürtschigin entspringt. Und es beruhigt ihn, daß der Sohn Jessugheis nicht daran denkt, sich mit Fremden zu verbünden. Er weiß, wie leicht man an Menschen gerät, die den Tatendrang anderer ausnutzen.

Bürte und Temudschin werden von etlichen jungen Kriegern aus dem Lager der Chungiraten begleitet, die der Sitte ihres Volkes entsprechend bei der Tochter des Häuptlings bleiben. Daß Dai-Ssetschen den Kreis der Freunde vorsorglich durch einige energische Männer seines Lagers vergrößern ließ, verheimlicht er vor Temudschin, der voller Stolz ist, wie sein Ordu über Nacht wächst. Für ihn ist es ein verheißungsvoller Auftakt zur kommenden ›Lebenseröffnung‹, die vor seiner Mutter erfolgen soll. Die ›Eheschließung‹ bringt später der Tod, der das Zusammensein auf dieser Erde beendet, um Ehepartner im anderen Leben für immer zu vereinen. Denn die Ehen der Mongolen sind ewig wie das Leben der Seelen.

8

Wie es der Lauf dieser Welt ist, die Kranke und Elende flieht und zu Verlassenen macht, läßt sie Gesunde und Starke zusammenströmen. In Schmerz und Verzweiflung taumeln die einen, in Rausch und Wonne jubeln die anderen. Hier senkt sich ein Grabstein, schafft endlose Nacht, dort heben Leidenschaften in himmlische Höhen.

Eifrig rüsten sich alle zum Ehrentag ihres Anführers. Brennende Sonnenstrahlen sind für sie feuriger Schmuck, und im mit dürrem Gras bestandenen Boden erblicken sie einen Teppich in Pastelltönen. Die Frauen laufen geschäftig umher und legen letzte Hand an die Vorbereitungen zur Hochzeitsfeier. Ihre Haare sind gefettet und schimmern ölig unter Blumenkränzen. Bunte Steine klirren an ihren olivfarbenen Hälsen.

Die Männer tragen den Kriegsschmuck. Helle Fellhauben mit breitem Nackenschutz lassen ihre Gesichter dunkler erscheinen. Auf ihren Rücken hängen Bogen, in ihren Köchern stecken tödliche Pfeile. Ihre Fäuste umspannen Lanzen, die mit bunten Bändern geschmückt sind.

Als die Vorbereitungen beendet sind, bildet die Menge einen Weg zum Zelt Oelön-Ekes.

Aus dem Heim Mutter Wolkes treten zwei feierlich geschmückte junge Mädchen, deren mit bunten Fäden verflochtenes Haar über die Schultern gelegt ist. Tücher aus grobem Leinen spannen sich über ihre Brüste, weite Filzröcke fallen bauschig über ihre Hüften.

Hinter ihnen erscheinen Boghurtschi und Dschelme. Boghurtschi ist über den Durchschnitt groß. Seine stahlblauen Augen und sein ernstes Gesicht verraten Willen und Energie. Sein kräftig gewölbtes Kinn und seine straffe Haltung entsprechen nur wenig den Zügen seiner Rasse.

Dschelme wirkt neben Boghurtschi wie eine Kugel. Er ist klein, hat breite Backenknochen und tiefliegende Augen, die alles zu sehen scheinen und feurig blitzen. Seine Nase ist krumm, seine Schultern sehen wie runde Polster aus.

Die beiden ernsten Gefolgsmänner Temudschins gehen hinter den Mädchen durch die von der Menge gebildeten Gasse. An ihrem Ende wenden sich die Blutsschwestern Bürtes dem Zelt Temudschins zu, während Boghurtschi und Dschelme sich der Hütte Bürtes nähern. Zusammen rufen sie das Paar aus ihren Zelten.

Streng gekleidet steht Temudschin im Schatten seines Zeltes. Ein breiter Ledergurt spannt sich um seine Filzjacke. Seine Beine stecken in engen Hosen, die in Filzstiefeln enden. Auf dem Kopf trägt er eine Haube aus Lammfell. Er sieht zu Bürte hinüber. Das rote Licht der aufgehenden Sonne fällt auf ihren in zartgrünes Leinen gehüllten Körper. Ein Gürtel aus gelber Seide strafft den Stoff und läßt ihn in weiten Falten herabfallen. Ihre Füße stecken in roten Seidenpantoffeln.

Zwischen den Brautwerbern geht das Paar aufeinander zu. Zum Zeichen der Bereitschaft, Bürte aufzunehmen, streckt Temudschin ihr die Arme entgegen. Als sie voreinander stehen, legt Bürte ihre Hände über die Brust und senkt das Haupt: Sinnbild der Unterwerfung.

Temudschin hebt ihren Kopf. Dann öffnet er ihre überkreuzten Hände und erklärt, daß er ihre Unterwerfung nicht mißbrauchen wird.

Das Paar muß nunmehr zum Zelt der Mutter schreiten, um den Segen zu empfangen, aber Temudschin unterbricht plötzlich die althergebrachte Zeremonie. Er nimmt seinen Gürtel, kniet vor Bürte nieder und legt sich den Ledergurt über den Nacken.

Bürte ist erschrocken. Doch sie versteht, was Temudschin zum Ausdruck bringen will, und nimmt schnell das Zeichen des Mannes, den Gürtel, von seinen Schultern und legt ihn um seine Taille. Damit deutet sie spontan an, daß sie ihrem Mann in guten und schlechten Zeiten beistehen will.

Temudschin, der einer plötzlichen Regung folgte, als er sich den Gürtel über den Nacken legte, weiß, daß sie beide einem inneren Ruf gehorchten. Er spürt aber auch, daß Bürte eine Macht ausstrahlt. Undeutlich ahnt er, daß eine Frau einen Mann in gigantische Höhen heben, aber auch in tiefe Schluchten stürzen kann.

Das unerwartete Verhalten des jungen Paares begeistert die Versammelten. Sie jubeln, obgleich sie wissen, damit gegen Sitte und Brauch zu verstoßen.

Oelön-Eke ist nicht traurig darüber. Sie hebt ihre Hände und verkündet mit leuchtenden Augen: »Ich kann euch nicht mehr segnen, nachdem der Himmel euch durch die Sprache eurer Herzen verband. Nur stumm vermag ich seinem Segen noch sichtbaren Ausdruck zu verleihen.«

Kräftige Fäuste ergreifen das Fleisch der Hammel und Rinder, die über den Feuern schmoren. Die erhitzten Gesichter werden glänzend, und bald träufelt überall Fett von den Lippen. Sorgen vergehen. Fröhlich zechen und trinken, singen und lieben jung und alt. Nichts bedrückt die Menschen im Ordu Temudschins. Der Häuptling schenkt ihnen einen herrlichen Tag, und auf dem Bürkan-Kaldun ist man sicher.

Selber der Himmel lacht; es gibt keine Sorgen. Warum sollte man sich auch welche machen? Weil das Licht der Sonne so eigenartig vergeht? Man hat doch oft ein blutiges Abendrot gesehen.

»Ein Hochzeitsgeschenk des Himmels«, ruft jemand, als die Sonne jäh versinkt. Aber die Stimme klingt nicht. Sie flattert kläglich hinter dem Sinn der Worte her. Erschrak sie vor dem eigenen Klang?

Plötzlicher Wind zerrt die Worte und lähmt die Herzen. Unheimlich dunkel dräut es von Norden. Zieht ein Unwetter herauf?

Einige schlagen ihre Fellkragen hoch. Kälte rieselt über ihre Rükken. Doch dann stürzt die Nacht wie eine brechende Mauer herein und verhüllt das Gespenst, das schon heranritt. Die fröhliche Stimmung kehrt zurück, und selbst ängstliche Gemüter beruhigen sich.

Die Lagerfeuer werfen spielende Schatten. Fröhlich ist es, zu trinken und zu scherzen, wenn man in Flammen schauen kann. Vorn krabbelt Wärme hoch, hinten fließt Kälte schaudernd herab. Man hat beides, Lust und Grauen. Das prickelt in süßem Streit.

Die Männer beobachten, daß ein Rost mit glimmendem Dung in das Zelt des jungen Ehemannes getragen wird. »Die Chungiraten haben schöne Dinge«, krächzt ein alter Krieger. »Man sollte nach Chin ziehen, dort winkt Beute!«

Die Worte des Alten zünden nicht, weil andere lüsterne Bemerkungen wie kleine Pfeile umherschwirren lassen.

»Hat Bürte nicht Wärme genug?«

»Doch, doch. Aber sie weiß, was gut ist.«

Der alte Krieger gibt sich nicht geschlagen. Es gelingt ihm schließlich, anzügliche Bemerkungen fortzulenken. Und dann dauert es nicht lange, bis alle Männer im Geiste kostbare Beute heimtragen.

Temudschin wird sie eines Tages nach Chin führen, das steht fest. Er war schon dort. Schlau ist er. Als Zehnjähriger ging er nach Chin, um Städte zu erkunden.

Unsinn ist das? Zu was soll er denn sonst nach Chin gegangen sein?

Zufällig? Wenn man es so nimmt, ist alles Zufall. Oder Bestimmung. In Tibet drüben, wo der Urvater Temudschins, der Prinz Bürte-Tschino, herkommt, nennt man es Kismet. Ja, ja, keiner kann seinem Schicksal entrinnen. Auch Temudschin nicht.

Temudschin nicht? Er ist doch Schicksal!

Wieso?

Das kann man nicht so genau sagen. Die Natur versteckt hinter allem, was schmerzlich ist und doch sein muß, ihr Gesicht. Richtig weiß man alles erst später, wenn man tot ist. Im Leben kann man nur fühlen …

Es gibt Menschen, die sagen, sie ahnen alles. Wissen die Bescheid?

Ja. Aber auch erst, wenn sie nicht mehr leben.

Hahaha …!

Da ist nichts zu lachen. Es gibt Menschen, die viel ahnen, aber nicht ahnen, wie sehr es wirkliches Wissen ist, was sie beschleicht. Eine ferne Erinnerung ist es oft, die sich zaghaft über solche Menschen legt. Sie ist eingehüllt in Schleier, die so dünn sind, daß man das Geringste durch sie hindurch fühlen kann, aber sie sind so eng gewebt, daß ein Durchschauen nicht möglich ist. Nur hin und wieder wird das hinter solchen Schleiern liegende Wissen angestrahlt, und dann kann man hindurchschauen und etwas erkennen, weil man selbst ja im Dunkeln steht.

Und wer strahlt das Wissen an?

Das frühere Leben. Jeder war schon einmal auf dieser Welt, und wenn er …

Hahaha ...! Man muß viel Kumys getrunken haben, um so etwas zu glauben.

Nein!

Wieso nicht? Es ist immer gut, viel Kumys zu trinken, wenn man über solche Dinge spricht. Wie kann man derartiges nur ohne Kumys glauben?

Nun ja, es ist richtig, daß man manchmal an einer Stelle steht und genau weiß, daß man sie noch einmal gesehen hat. Und man kennt sie doch!

Es wird eine Verwechslung sein.

Möglich. Wie aber, wenn im Gedächtnis kein ähnlicher Ort gefunden werden kann? Dann muß es eine Erinnerung aus dem früheren Leben sein, die Licht hinter den Schleier wirft, der das Wissen verbirgt. Außerdem ...

Die Männer springen erschrocken auf. In die abendliche Stille peitscht jäh ein orkanartiger Sturm, der die Lagerfeuer auseinanderwirbelt. Funken fegen dicht über den Boden dahin. Der Wind pfeift und heult. Nur mit äußerster Not können die Feuer gelöscht werden. Der wärmende Rost wird aus Temudschins Zelt getragen. Ein Windstoß erfaßt ihn und jagt einen Bogen funkelnden Regens durch die Nacht.

Das Gespenst der Angst reitet los. Temudschin aber lacht. Um Bürtes willen kommt ihm der Wirbel nicht ungelegen, denn er verschont sie vor der Sitte, unter Scherzen und Lachen auf das Lager gelegt zu werden. Und eher, als er es erhoffen konnte, ist er allein mit ihr.

Umschlungen sitzen sie im dunklen Zelt. Die Luft ist heiß vom glimmenden Dung. Temudschin geht zum Eingang, um den Vorhang zu lüften, doch kaum macht er sich dort zu schaffen, da schreit Bürte erschrocken auf. Das Zelt ächzt in allen Bändern. Ein Orkan hämmert mit dröhnenden Schlägen gegen die Wände und jagt aufgewirbelten Staub durch Ritzen und Spalten. Wie knatternde Segel schlagen die Wände.

Temudschin ist sorglos. Er weiß, daß sein Zelt gut verankert ist. Derartige Stürme sind ihm nicht unbekannt. Gewiß, der heutige Sturm ist ungewöhnlich stark, aber es gibt keinen Grund zur Sorge. Er schließt Bürte deshalb in die Arme und spricht beruhigende Worte. Fast muß er dabei schreien, so ächzt das Zelt. Böen und Hagel lassen das Innere erdröhnen.

Unheimlich ist die Finsternis. Aber Bürte fühlt Temudschins Kraft. Eine süße Müdigkeit legt sich über sie. Ein Zittern streichelt ihren Leib. Sie spürt Temudschins Atem. Ihr Kopf fliegt zurück. Heiße Lippen pressen sich auf ihren Mund und brennen wie höllische Glut.

Legt sich der Orkan oder übertönen Leidenschaften die Schrecken der Nacht? Das junge Paar weiß es nicht. Hingegeben der Glut der Küsse entfachen sie in ungezügeltem Begehren ein knisterndes Feuer. Das Sehnen nach Hingabe wird Sucht nach Erlösung, bis ein Schrei das Rauschen des Hagels verdrängt. Schmerz und Glück erklingen in einem Ton. Dann hüllt die rote Wolke der Ohnmacht schützend ein.

Und als führe Phöbus mit glühendem Sonnenwagen über den Horizont, leuchtet plötzlich heller Schein in den Augen der Umfangenen. Träumen sie? Nein, das Zelt brennt!

Temudschin stürzt nach draußen, ehe Bürte erfaßt, was geschieht. Fremde Krieger warfen Brandfackeln in die Zelte und rauben, was sie finden. Wer sich entgegenstellt, wird getötet. Geschrei und Waffengeklirr erfüllt die Nacht wie das metallische Schlagen von Becken. Doch ehe Temudschin etwas unternehmen kann, ist der Spuk vorbei.

In schmalen Rinnsalen fließen Gefolgsleute zurück, die in Felsschluchten Schutz gesucht hatten. Nicht Feigheit ließ sie flüchten. Jeder Mongole weiß, daß bei nächtlichen Überfällen immer der Angreifer siegt. Schlaftrunken und vom plötzlichen Feuerschein geblendet, kann niemand kämpfen.

Männer mit gespaltenen Köpfen und Frauen mit durchstochenen Leibern liegen umher.

Zögernd tritt Temudschin an sein Zelt heran, das bis zum Boden niedergebrannt ist. Von Bürte ist nichts zu sehen. Als er waffenlos flüchtete, bedachte er nicht, daß Bürte und die anderen Chungiraten derartige Überfälle nicht kennen. Sie wußten deshalb nicht, daß jeder für sich so schnell wie möglich das Weite suchen muß. Als es ihm einfiel, war es zu spät. Er konnte nur noch hoffen, daß ihr die Flucht gelang. Und er hofft es auch jetzt noch, denn sie liegt nicht zwischen den Toten.

Eine bange Zeit verstreicht. Hin und wieder kehrt eine blaßwangige Gestalt zurück. Jeder wird ausgefragt, doch niemand sah Bürte. Umgeben von den Freunden steht Temudschin an seinem Zeltplatz. Roter Schein fällt auf sein Gesicht und beleuchtet den Meißel der Angst bei der Arbeit.

Mit der Erhaltung seines Gleichgewichtes beschäftigt, überhört er einen Krieger, der vor ihn hintritt. Die Anwesenden erstarren, da von Bürte die Rede ist. Dann erfaßt auch Temudschin den Sinn der vom Wind zerfetzten Sätze. Er packt den Mann bei den Armen und schreit: »Was hast du gesagt?«

Mit verzerrtem Gesicht schaut der Krieger seinen Häuptling an. Ihm ist zumute, als müßte er sein eigenes Todesurteil sprechen. »Bürte rief dich!« antwortete er gequält.

»Wo, Mann? Rede, wenn dir dein Leben lieb ist!«

»Sie ist geraubt. Ich hörte sie vom Pferd des Räubers rufen.«

Temudschin läßt den Mann los. Der Sturm zerzaust sein Haar. Er fühlt ausbrechenden Schweiß und zwingt sich zu fragen: »Konntest du feststellen, was für Krieger es waren?«

Der Mann duckt sich, als erwarte er einen Peitschenhieb. »Ich hörte, wie sie Bürte einen anderen Temudschin, einen stolzen Merkiten versprachen.«

»Merkiten sind es gewesen?« Angst und Grauen packt Temudschin. Vor Jahrzehnten war sein Vater in die Wälder der Merkiten eingebrochen und hatte Oelön-Eke geraubt. Übte das Volk nun Rache? Die Brust wird ihm eng. Seine Hände greifen zum Hals. Bürte in den Armen eines anderen Mannes? Verzweifelt blickt er in die Gesichter der Freunde.

Die senken ihre Köpfe.

Irgend etwas muß er tun. Er starrt in die Trümmer. Wohin er blickt, geistert Vernichtung.

Sein Herz gefriert zu Eis. Er kann weder weinen noch klagen. Ihm ist zumute, als müsse er seine Seele aushauchen. Er wirft den Kopf zurück, hämmert gegen seine Schläfen und schreit: »Es ist meine Schuld! Warum bin ich nur fortgelaufen?«

Nicht lange währt die Verzweiflung. Temudschin beschwört sich, nicht mutlos zu werden. Er muß einen Entschluß fassen. Wenn er sich nicht sofort ein Ziel steckt, ist er verloren. Er wendet sich an die Getreuen und sagt mit bleierner Stimme: »Wir werden Bürte holen und Rache nehmen. Das Blut der Merkiten soll ihre Wälder rot färben. Ich werde Rache nehmen wie nie ein Mensch zuvor!«

Boghurtschi schaudert. Wohl versteht er Temudschins Not, er will aber nicht, daß der Freund den Fluch des Himmels auf sich lädt. »Ich verstehe deinen Schmerz«, sagt er gedämpft. »Achte jedoch darauf, daß hinter allem, was du tust, ein Sinn liegt. Rache sollst du nehmen, aber hüte deine Zunge, deine Hände und dein Blut. Der ewige Himmel wendet sich schnell von verhärteten Herzen.«

Temudschin braust auf. »Meine Zunge spricht, was das Herz befiehlt, und meine Seele weiß, was ich sage! Meine Rache soll dem Schmerz Bürtes entsprechen. Was mir aber die Kraft geben wird, das Blut in alle Himmelsrichtungen fließen zu lassen, das ist die Uneinigkeit der Mongolen. Ich werde nicht mehr zusehen, wie Häuptlinge Sippen verdrängen und Weiber rauben. Der grausamsten Mittel werde ich mich bedienen. Mongolen kennen das Blutvergießen, aber vor einem Blutbad fürchten sie sich. Deshalb werde ich einen Strom von Blut fließen lassen, einen Strom, der alle entsetzen und zittern lassen wird. Dann werden sie aus Angst, in diesen Strom zu geraten, gehorchen und mir folgen.«

9

Temudschin ist kaum mehr Herr seiner Sinne. Was in ihm nach Küssen und Zärtlichkeit rief, schreit nun nach Vernichtung und Mord. An Bürte darf er nicht denken. Angst und Sorge peinigen ihn Tag und Nacht. Der Gedanke, daß seine Frau im Arm eines fremden Mannes liegt, treibt ihn in wilde Raserei. Das unabhängige Leben der Bürtschigin wollte er Bürte schenken und eine Sippe mit ihr gründen, deren Nachkommen nicht den schweren Weg gehen sollten, den ihm das

Schicksal auferlegt hatte. Und nun? Der Sturm des Hades hatte aufbegehrt und das begonnene Werk zynisch unterbrochen.

Vier Jahre hatte er auf Bürte gewartet. Wie lange soll er jetzt von ihr getrennt sein? Alles in ihm bäumt sich auf. Sinnlos erscheinen ihm die Worte Oelön-Ekes über Setzling und Baum. Was nützt dem kleinen Stamm das gemächliche Wachsen? Je langsamer er wächst, um so größer ist die Gefahr, im Lauf der Zeit einem Sturm zum Opfer zu fallen. Schnell muß stark werden, was den Stürmen trotzen will.

Temudschin ist aufgebracht. Er will nicht mehr auf dem Burkan-Kaldun sitzen und warten. Zum ›Andah‹, zum Blutsbruder seines Vaters Jessughei, will er reiten und ihn um Hilfe bitten.

Toghrul ist der Chan der Keraiten. Sein Land ist reich und hat feste Siedlungen zwischen den Wassern von Tula und Orkon. Die Karawanenstraßen des mächtigen Chin führen durch sein Gebiet in die Länder der Naimanen und Ujguren. Er wird Toghrul an die Blutsbrüderschaft mit seinem Vater erinnern. Die kostbaren Geschenke, die ihm Dai-Ssetschen zur Hochzeit machte, wird er Toghrul überreichen. Irgendwie wird er dann helfen müssen, zumal es ja nicht um Macht, sondern um Bürte geht, die gerettet werden soll. Ihren Notruf wird er so lange in den Ohren des alten Chan erschallen lassen, bis sich sein Herz erweicht. Denn es ist mehr als Liebe, was ihn mit Bürte verbindet. Eine unbekannte Macht schwingt zwischen ihnen. Vielleicht ist sie das, was man Schicksal nennt, jenes Unbegreifliche, das alle Wege vorschreibt. Sie ist es auch, die ihn jetzt zu Toghrul treibt.

Mit den wenigen Freunden, die ihm verblieben sind, reitet Temudschin über endlose Steppen zum Hauptplatz der Keraiten. Schneller, als sie glaubten, erreichen sie den Tula, wo sie verwundert die Hütten des fremden Stammes betrachten. Temudschin läßt sich sofort bei Toghrul melden, der ihn zu seinem Erstaunen auch gleich empfängt.

Er hatte sich einen würdigen, alten Chan vorgestellt und ist verwirrt, als er vor einem Greis steht, dem Schalk und Habgier im Blick liegen. Die Augen des Herrschers fliegen hin und her, als hätten sie Angst, etwas nicht zu sehen. Sein Gesicht ist von Falten durchfurcht, sein weißes Haar steht ihm wuschelig auf dem Kopf, und unter seinen wulstigen Lippen hängt ein dünner Bart, den schon ein Windhauch zur Seite weht. Ein beachtlicher Bauch und eingefallene Schultern geben ihm das Aussehen eines auf Beinen stehenden Termitenhügels.

Toghrul bereitet dem Sohn Jessugheis einen herzlichen Empfang, und Temudschin stellt mit Freude fest, daß der alte Chan, der es nicht nötig hat, einen jungen Häuptling stehend zu empfangen, ihn vor seiner Hütte begrüßt.

Neugierig beobachtet der Greis, wie Temudschin sich vor ihm verneigt. Sein männliches Auftreten gefällt ihm. Er hat eine breite Brust und gute Haltung, denkt er und streift mit flüchtigem Blick seinen Sohn Sengun, der hinzukommt. Gewiß, auch Sengun ist gut gewachsen. Aber etwas liegt in seinem Gesicht, mit dem Toghrul nicht fertig wird. Ist es die geierhafte Nase, die ihn neidisch erscheinen läßt? Sein Blick ist verschlagen, denkt er, als er das zurückfliehende Kinn seines Sohnes mit dem des Bürtschigin vergleicht. Dabei gewahrt er den sorgenvollen Blick seines Gastes.

»Was führt dich zu mir, mein Freund?« fragt er und lacht glucksend.

Temudschin sieht den Greis durchdringend an. »Toghrul-Chan! Ich bringe dir alle Geschenke, die ich von meinem Schwiegervater zur Hochzeit erhielt. Als Sohn deines Andahs Jessughei-Bagatur bitte ich dich, mich als deinen Blutssohn zu betrachten. Und ich will offen bekennen, daß ich dir das letzte Hab und Gut der Bürtschigin bringe, um Hilfe zu erhalten. Die Merkiten haben mein Weib geraubt. Ihr Schrei nach Erlösung dringt ungehört aus den Wäldern im Norden. Die Dunkelheit der Zukunft verfinstert ihre Seele und trübt meine Sinne. Toghrul-Chan, hilf mir, Bürte befreien! Leihe mir Waffen. Es geht nicht um Ruhm oder Beute. Ich will Bürte und Bestrafung der Männer, die sie mir raubten. Den Kampf um Vieh und Weideplätze werde ich führen, wenn ich genügend eigene Krieger versammelt habe.«

Vielleicht stellen Gedanken, Worte oder Wünsche eine geheime Verbindung her, denkt Toghrul, als er in den von Kummer erfüllten Augen Temudschins das Bild einer Frau sieht, die ihm wehmütig zulächelt. Verwirrt senkt er die Lider und antwortet: »Gerne bin ich dein Blutsvater. Das Leid deines Weibes ergreift mich. Ich wäre nicht wert, länger zu leben, wollte ich mich dem Ruf zweier Liebenden verschließen. Ich bin aber alt, Temudschin, du mußt meine Krieger selbst in den Kampf führen.«

Temudschin glaubt nicht richtig zu hören. Er soll die Truppe führen? Ungläubig starrt er Toghrul an, dann umarmt er den Greis, der ihm gutmütig den Rücken klopft.

Als sie sich lösen, weist Toghrul auf seinen Sohn. »Dies ist Sengun, mein Ältester, Temudschin. Reicht euch die Hand und erneuert die Freundschaft unserer Sippen. Wer weiß, vielleicht werdet ihr Blutsbrüder, wie es eure Väter waren.« Er lacht glucksend zu seinen Worten, und während sich seine Hände um den Bauch legen, suchen seine Augen die Geschenke, die Boghurtschi und Dschelme hinter Temudschin ausbreiten. Als er sieht, daß es dort blitzt und funkelt, kann er den Blick nicht mehr wenden. Nun, er hilft Temudschin, da wird es wohl verständlich sein, wenn er schnell einmal nachsieht, ob es sich auch lohnt.

Dadurch entgeht ihm ein Glimmen in den Augen seines Sohnes, als Temudschin diesen begrüßt. Nur widerwillig reicht Sengun dem Bürtschigin die Hand. Wer ist dieser Temudschin schon? Mögen Gerüchte ihn loben und verherrlichen, er ist und bleibt der Nachkomme eines ›Bagatur‹, der Sohn eines ›Starken‹, wohingegen er der Nachfolger eines ›Chans‹, eines ›Herrschers‹, ist. Wie kommt der Vater dazu, ihn dem Sprößling eines Bagatur vorzustellen? Kann er nicht verlangen, daß dieser ihm vorgestellt wird?

Temudschin spürt die Abneigung Senguns und ahnt, daß etwas nicht in Ordnung ist.

Senguns Gesicht zuckt nervös, als er ironisch sagt: »Darf ich hoffen, meine Krieger im Feldzug gegen die Merkiten selbst zu befehligen?«

Temudschin überlegt blitzschnell. Feldzug? Mit fremden Kämpfern will er keinen Feldzug führen. Ruhm und Beute fallen dann an den Besitzer der Truppe. Sind andere Vorteile zu sehen, wenn er sich zum Krieg gegen die Merkiten entschließt? Sie sitzen in schluchtenreichen Wäldern, und es wird Opfer über Opfer kosten, sie zu zerschlagen. Ein gewaltiges Heer würde er gebrauchen, um sie völlig unterwerfen zu können. Später, wenn er ein eigenes Heer besitzt - ...

Jäh schießt ihm ein Gedanke durch den Kopf. Das Glück, das sich ihm heute bietet, ist im Unglück geboren. Genau so war es in der Nacht, in der er in den Kang gelegt wurde. Er muß das Unglück zwingen, ihm Glück zu bringen. Ungeahnte Möglichkeiten bieten sich ihm. Die Gelegenheit, an der Spitze der Keraiten zu reiten, darf er nicht ungenutzt lassen. Wie ein Lauffeuer wird die Kunde durch die Wüste jagen: Temudschin an der Spitze der Keraiten! In aller Munde wird er sein. Mancher Stamm wird zu ihm stoßen. Wenn aber Sengun mit ihm zieht, wird es heißen: Sengun und Temudschin kämpfen gegen die Merkiten.

Für Sengun ist der Raub Bürtes ein willkommener Anlaß, einen Feldzug zu entfachen. Das muß unbedingt vermieden werden; denn würden die Merkiten geschlagen, dann wäre Sengun mächtiger als je zuvor.

Wenn Temudschins Gedanken auch wie ein Wirbelwind wehen, so entsteht doch eine Pause im Gespräch. Sengun nimmt an, der junge Häuptling könne sich nicht entschließen, das Kommando mit ihm zu teilen. Da er aber weiß, daß sein Vater ein gegebenes Wort nicht so leicht zurücknimmt, besonders nicht, wenn er Geschenke bekommen hat, ist er bestrebt, eine Einigung mit Temudschin herbeizuführen. In der Annahme, der Bürtschigin würde kaum auf Krieger verzichten, die unter seinem Kommando stehen, will er ihn dahin bringen, auch ihn um Beistand zu bitten, und er glaubt, diesen am besten zu erreichen, wenn er sich uninteressiert stellt. Er fragt darum: »Möchtest du den Kampf um Bürte lieber alleine führen? Ich würde das verstehen und bin bereit, mit meinen Kriegern die Sicherung des Landes zu übernehmen.«

Temudschin frohlockt insgeheim. Nun muß er keine Ausrede mehr suchen. »Ich danke dir für die edle Haltung, die aus deinen Worten spricht«, antwortet er. »Deinen Vorschlag nehme ich gerne an.« Damit wendet er sich an den Chan, der gerade eine kostbare Vase mit aus einem Block geschlagenen Kettengliedern betrachtet. »Toghrul, dein Sohn hat soeben vorgeschlagen, mich allein gegen die

Merkiten ziehen zu lassen, weil es ein Kampf um Bürte ist. Ich bin Sengun von ganzem Herzen dankbar dafür. Er will mit seinen Truppen den Schutz der Heimat übernehmen, und ich bitte um dein Einverständnis.«

Die Falten des Greises vertiefen sich. »Ich habe nichts dagegen einzuwenden, Temudschin. Aber wirst du fertig, wenn dir nur meine Krieger zur Verfügung stehen? Wir haben unsere Truppen geteilt. Viele Krieger stehen unter Senguns Befehl. Natürlich unter meinem Oberkommando«, fügt er schnell hinzu.

»Wenn du mir gestattest, mit deinen Mannen ein wenig umherzuziehen, würde ich manchen Stamm aufnehmen können, der bereit ist, gegen die verruchten Merkiten zu kämpfen. Wir würden stark genug werden.«

Der Greis blickt nachdenklich vor sich hin. »Das ist sicher richtig. Du vergißt nur, daß dein Weib dann länger auf die Befreiung warten muß.«

Temudschin ist um keine Ausrede verlegen. »Ich würde Bürte nicht warten lassen, wenn ich wüßte, bei welchem Stamm sie ist«, sagt er augenblicklich. »Das habe ich ohnehin zuvor noch herauszufinden.« Und dann fügt er übergangslos hinzu: »Ist die Morgengabe, die ich ausbreiten lassen konnte, groß genug, um dich zu erfreuen?«

Die Augen des Alten blinzeln, und seine Hände reiben sich wohlig.

10

»Temudschin steht an der Spitze der Keraiten!« Wie ein Schlachtruf fliegt die Meldung über die Steppe, und die Kunde von der Freundschaft mit dem Herrscher der Keraiten verfehlt die Wirkung nicht. Mancher Stamm schließt sich dem jungen Bürtschigin an.

Mit sicherem Instinkt wandert Temudschin in weiterer Entfernung an den Weideplätzen bekannter Sippen vorüber. Einzeln und in Scharen kommen sie zu ihm, da sie annehmen, daß er zum Feldzug gegen Targutai rüstet. Sie wissen, daß dann nicht nur Beute, sondern auch fette Weiden winken.

Mit Toghrul hatte er vereinbart, seine wahren Absichten nicht bekanntzugeben. Der alte Chan hatte Verständnis dafür, daß er die Merkiten in Sicherheit wiegen will, und er versprach, über alles zu schweigen. Sengun redet ebenfalls nicht, weil er an die Sicherheit der Kämpfer seines Vaters denkt, die später ihm gehören werden. Und wenn sie zurückkehren, sollen sie ihm die Kampfweise des Mongolen erklären. Man weiß nie, ob der Freund von heute nicht der Feind von morgen ist.

Oft wird Temudschin von den ungeduldig werdenden Kriegern gefragt, gegen welchen Stamm er eigentlich in das Feld ziehen will. Er lächelt dann stumm vor sich hin, und die Männer kehren schmunzelnd an ihre Lagerfeuer zurück. Sein Mienenspiel sagte ihnen genug. Für sie ist es klar, daß er zum Kampf gegen Targutai rüstet. Offen bleibt nur die Frage, warum er dauernd planlos durch die Steppen kreuzt. Manchmal läßt er seine Truppe so langsam reiten daß die Krieger verwundert die Köpfe schütteln, dann wieder hetzt er Menschen und Tiere bis zur Unerträglichkeit. Fragen nach dem Warum beantwortet er nicht. Nur Kassar, Belgutei, Boghurtschi und Dschelme wissen, daß er die günstige Gelegenheit, Stämme zu gewinnen, so lange wie möglich ausnutzen will. Auch mit Muchuli sprach er offen darüber.

Muchuli wächst ihm immer stärker ans Herz. Er ist ein breitschultriger Mongole, dessen Wangen wie Hamstertaschen herabhängen. Seine Nase glänzt, als wäre sie gefettet, und seine winzigen Augen sind voller Güte. Er sieht überhaupt so aus, als könne er keiner Fliege etwas zuleide tun. Doch er ist energisch und von schnellem Entschluß.

Nach dem Überfall auf dem Burkan-Kaldun brachte Muchuli die erste klare Nachricht von Bürte. Ohne ein Wort zu sagen, hatte er sich auf eines der verbliebenen Pferde geschwungen und die Verfolgung der Merkiten aufgenommen. Nach Tagen kehrte er zurück und brachte die Kunde vom Aufenthaltsort Bürtes. Wie er den Platz ausfindig machte, war sein Geheimnis.

Eines Abends sitzt Temudschin mit seinen Freunden am Lagerfeuer und läßt durch seine abweisende Art wieder einmal kein Gespräch aufkommen.

Boghurtschi unterbricht schließlich entschlossen die Stille. »Woran denkst du?« fragt er beinah gereizt.

Die Männer sehen ihren in den letzten Monaten zum Tyrannen gewordenen Häuptling an. Nicht, daß er unmenschlich geworden wäre; er bedrückt einfach durch sein ewiges Schweigen. Seine Gegenwart legt sich lähmend auf alle. Warum er so ist, weiß niemand. Der Raub Bürtes allein ist es gewiß nicht.

Muchuli wendet sich an Temudschin, der in die Flammen starrt, als habe er Boghurtschis Frage nicht gehört. »Wir müssen dich sprechen!« sagt er drängend.

»Legt los«, erwidert Temudschin ungerührt.

Muchuli deutet auf umherstehende Krieger. »Es sind zu viel Ohren hier.«

Temudschin hebt den Kopf und mustert die Freunde. Lauerndes Mißtrauen liegt in seinem Blick. Dann erhebt er sich und geht in sein Zelt.

Die Freunde folgen ihm. Dschelme schlägt die über dem Eingang hängende Decke zurück, damit der Schein des Lagerfeuers das Innere erhellt.

Mit flüchtiger Bewegung fordert Temudschin auf, Platz zu nehmen, und als alle sitzen, fragt er kalt: »Was gibt's?«

Boghurtschi beugt sich vor. »Ich spreche im Namen aller.«

»Ein Verschwörung?«

»Wenn es dir guttut, ja!« antwortet der erste Gefolgsmann.

Erstaunt blickt Temudschin auf. Dann lehnt er sich zurück, bis sein Gesicht im Schatten liegt. »Also, rede.«

Boghurtschi räuspert sich. »Wir sind in Sorge um Bürte. Seit vier Monden sammeln wir Stämme und reden nicht einmal von ihr. Der Sinn unseres Auszuges war doch, Bürte zu befreien. Wir möchten wissen, was du planst.«

Die Freunde atmen auf. Endlich ist die Frage gestellt, die alle bedrückt.

»Meint ihr etwa, ich hätte Bürte vergessen?« fragt Temudschin lauernd.

»Weiche uns nicht aus«, entgegnet Boghurtschi. »Wir möchten wissen, wann du gegen die Merkiten ziehen willst. Daß du die Gelegenheit, an der Spitze der Keraiten zu stehen, nach besten Kräften ausnutzt, verstehen wir. Aber jetzt muß Bürte vorgehen!«

Temudschin überlegt, was er den Freunden sagen soll. Muß er seine geheimsten Gedanken, den Sieg seines grenzenlosen Ehrgeizes preisgeben? Er dreht sich zur Seite, um die Freunde beobachten zu können. In ihren Gesichtern will er lesen und nur so lange sprechen, bis er erkennt, daß sie zufriedengestellt sind. Weitere Erklärungen will er für spätere Tage aufbewahren, denn er muß die Geduld der Freunde noch auf eine harte Probe stellen. Mit ruhiger Stimme antwortet er: »Ich weiche euch nicht aus. Als ich damit begann, scheinbar planlos umherzuziehen, stellte ich fest, daß wir nicht nur Stämme sammelten, sondern auch etliche Völker beunruhigten. Sie griffen zu den Waffen, als wir in ihre Nähe kamen, legten sie jedoch beiseite, wenn wir vorbeizogen. Ohne es zu wollen, verursachten wir unter den Mongolen eine große Unruhe. Ich ahnte nicht, daß sich derartiges ereignen würde, mußte diese Tatsache aber ausnutzen. Das werdet ihr doch einsehen, oder ...?«

»Wie kann denn Unruhe nützlich sein?« entgegnet Boghurtschi skeptisch.

Temudschin richtet sich auf. »Unruhe bringt Unsicherheit, und eine Unsicherheit der Häuptlinge wird manchem Mann im Lager zu denken geben. Sie werden sich fragen: Ist Temudschin eine derartige Gefahr, daß wir zu den Waffen greifen müssen, wenn er nur in die Nähe kommt? Schlimmer aber als das zu den Waffen Greifen ist das Fortlegen derselben. Darum treibe ich euch immer wie der Wind an den Stämmen vorbei, während ich mich ihnen langsam nähere. Die Häuptlinge sollen keine Gelegenheit finden, mich zum Kampf zu stellen. Ich zwinge sie, das Kriegsgerät wieder fortzulegen, und ich garantiere euch, daß ihre Krieger sich mit der Zeit fragen werden, ob ihr Häuptling wohl Angst hat. Mehr will ich nicht. Denn wenn diese Frage erst einmal auftaucht, gibt es bald nur noch eine Antwort. Auf billige Weise erreiche ich so, daß ich stärker erscheine, als ich bin. Die

Vorteile, die sich daraus ergeben, brauche ich euch wohl nicht zu schildern.«

Muchuli räuspert sich. »Glaubst du wirklich, daß uns das helfen kann? Meines Erachtens wäre es einfacher, die Merkiten gemeinsam mit Sengun zu schlagen.«

Temudschin lacht. »Sengun wäre dabei schön stark geworden.«

»Natürlich! Du aber auch. Und deine Feinde wären vernichtet.«

»Was ich unbedingt vermeiden will.«

»Mein Bruder beliebt zu scherzen«, ruft Kassar.

»Ich scherze?« ereifert sich Temudschin. »Mir scheint, es ist gut, daß ich für euch alle denke!«

Boghurtschi schüttelt den Kopf. »Du willst doch nur Rache nehmen.«

Temudschins Gesichtsausdruck wird verschlagen. »Jawohl! Nicht Sengun, sondern ich werde Rache nehmen. Aber das ist nicht der Grund, warum die Merkiten stark bleiben sollen. Ihr wißt daß Keraiten, Merkiten und Tai-Tschuten untereinander verfeindet sind, weil ihre Grenzen zusammenstoßen. Wo aber liegen diese Grenzen? Am Onon, am Land der Bürtschigin, das heute die Tai-Tschuten besitzen. Ich muß also dafür sorgen, daß bestehende Spannungen erhalten bleiben, damit einer auf den anderen achtet und mir das Gleichgewicht hält. Wenn Sengun gegen die Merkiten ziehen würde, könnte er im Falle eines Sieges so stark werden, daß er auch Targutai vernichten kann, und das würde bedeuten, daß er mein Land beherrscht. Versteht ihr jetzt, warum ich keinen Feldzug gegen die Merkiten will?«

Erstaunt blicken ihn die Freunde an. Temudschin hat recht. Solange die drei Stämme ...

»Deine Überlegung ist klug«, wendet Boghurtschi ein. »Aber was hat das damit zu tun, daß du Bürte nicht befreist?«

Temudschin wird böse. »Ich habe euch die Erklärung gegeben, weil Muchuli mich fragte, warum ich mich nicht mit Sengun vereinige. Gegen die Merkiten ziehe ich noch nicht, weil ich weitere Stämme sammeln und noch mehr Unruhe in das Land tragen will. Darüber hinaus ist mir der Gedanke gekommen, aus dem Umherwandern eine Kriegslist zu machen. Wenn wir an einem Stamm vorbeigezogen sind, legen alle Männer, wie wir erfahren haben, die Waffen wieder fort. Was geschieht nun, wenn wir plötzlich, vielleicht in der Nacht, in Windeseile zurückreiten? Wir überfallen dann einen beruhigten Gegner und haben gesiegt, noch bevor der Kampf beginnt.«

Die Freunde nicken zustimmend, Boghurtschi aber bleibt nachdenklich. Es ist ihm peinlich, auf den Kern der Sache zurückkommen zu müssen, und Kassar, der spürt, daß Boghurtschi über Bürte sprechen will, kommt ihm zu Hilfe.

»Hör zu«, sagte er. »Die an dich gestellte Frage ist noch nicht beantwortet. Sie lautet: Warum befreist du Bürte nicht?«

Temudschin springt auf. Sein Gesicht ist rot vor Zorn. »Was geht euch das an?« ruft er erregt. »Das ist eine Frage, die nur Bürte an mich stellen darf. Mischt euch nicht in Sachen, die allein Bürte und mich angehen. Wenn ich befehle, meine Frau noch nicht zu befreien, so habe ich meine Gründe. Fühlt ihr nicht, daß ich leide?« ruft er leidenschaftlich aus. »Verlangt ihr, daß ich mein Herz vor euch ausbreite?«

Boghurtschi legt seine Hand auf Temudschins Schulter. »Wir werden keine weiteren Fragen stellen. Kommt, laßt uns gehen«, fährt er an die Kameraden gewandt fort.

»Wartet«, entgegnet Temudschin. »Ich schwöre euch, daß ich Bürte befreien und Targutai töten werde. Von heute an wird mir täglich einer von euch melden, daß ich meinen Schwur noch nicht eingelöst habe. Jeden Morgen will ich es hören, bis es nichts mehr zu melden gibt.«

Die Männer verlassen ihn und versammeln sich in der Hütte des ersten Gefolgsmannes. Ihr Temudschin ist ihnen ein Rätsel geworden.

Boghurtschi spürt die Beunruhigung. »Hört zu«, sagt er. »Wir wollen wegen Bürte keine Fragen mehr an uns und Temudschin stellen. Derartige Dinge verwirren und sind vielleicht sogar schädlich, weil es sich hier um einen Streit zwischen Herz und Seele handelt. Solche Kämpfe werden Außenstehenden nie verständlich sein.«

Temudschin wälzt sich unruhig auf seinem Lager. In seine Gedanken an Bürte und jenen fremden Häuptling, der sie zu dieser Stunde womöglich in den Armen hält, drängt sich das Gespräch mit den Freunden. Welche Überlegungen mögen sie nun anstellen, fragt er sich. Durchschauen sie meinen Ehrgeiz? Es war dumm von mir, die tägliche Meldung zu verlangen, aber ich wußte nicht, wie ich einen Abschluß herbeiführen sollte. Wahrscheinlich werden sie nun über die verlangte Meldung viel reden. Vielleicht ist das ganz gut. Den Kriegern wird es einen großen Eindruck machen, und das Dumme, das ich tat, wird man für etwas Großes halten. Und wenn andere Stämme davon hören, wird es ihnen kalt über den Rücken laufen. Auch nicht schlecht. Dann sitzt ihnen die Angst wenigstens schon im Nacken. Angst lähmt. Zuversicht hilft. Vor Gefahren werde ich mich stets siegesgewiß zeigen. Das gibt der Truppe ein Gefühl der Sicherheit.

Nur gut, daß die Freunde wegen Bürte nicht weiter in mich drangen. Ich weiß selber nicht, was mit mir ist. Jahrelang war mein Sehnen nach Bürte so stark wie jetzt der Gedanke an Macht. Liebe ich Bürte nicht mehr? In zerrissenen Träumen erscheint sie mir immer wieder. Mein Blut drängt ihr entgegen, doch ich bin nicht mehr verliebt in sie.

Temudschin fragt sich oft, woran das liegen mag. Es kann nicht nur sein Ehrgeiz sein, der diese Wandlung brachte. Könnte er doch mit Bürte sprechen. Er würde ruhig werden, wenn sie in seinen Armen liegt.

Seine Gedanken überschlagen sich. Eifersucht steigt in ihm hoch. Er findet keinen Halt mehr. Wird Bürte je wieder seine Frau sein können? Was weiß er von ihren Gefühlen, was von dem Fremdling, der sie raubte? Kann aus Schmerz nicht Lust werden? Die Wahrheit wird er nie erfahren. Vielleicht verschweigt sie ihm ein Erlebnis, das ihr gerade diese Stunde bringt. Er wird immer nur hören, daß sie gezwungen war ...

Temudschin ist dem Wahnsinn nahe. Er weiß, daß er Bürte unrecht tut. Gerade darum aber denkt er unentwegt an Macht. Er berauscht sich an Machtvorstellungen wie andere an der Liebe, und wenn er einschläft, träumt er von Städten in Chin, die er überfallen will. Mitunter gewahrt er allerdings ein Stadttor, das sich lautlos auftut. Kein Mensch ist zu sehen. Eisige Luft weht ihm entgegen. Und fern hinter dem Tor sieht er Bürte. Nackt. Verzweifelt streckt sie ihm die Arme entgegen. Ihr Mund bewegt sich, aber kein Laut dringt über ihre Lippen. Doch er weiß, was sie ruft: »Temudschin, erlöse mich!«

Monde kommen und vergehen, bis Temudschin plötzlich wie ein Blitz aus heiterem Himmel über die Merkiten herfällt. Nur mit äußerster Not kann sich ihr Führer, der berühmte Fürst Tuchta-Beg, in seine Wälder retten. Temudschin befiehlt, die Verfolgung einzustellen, denn den Fürsten will er nicht. Noch nicht. Bürte wollte er befreien, und er fand sie mit einem Kind im Arm.

Wie der Gott des Zornes steht er vor ihr. Seine Nasenflügel beben, der Schweiß der Schlacht rinnt über seine Wangen. Das Blut der Feinde klebt an seinen Händen. Nur langsam kehrt er in die Wirklichkeit zurück.

Ein Kind? Hoffnungslos erscheint ihm alles. Er kämpft gegen Tränen an. Wie durch einen Schleier sieht er Bürte. Ihre Lippen beben wie vor einem Jahr, als er sie nach langer Trennung an sich drückte. Und doch war es anders in jener Stunde. Damals lag Glück in ihren Augen, heute hingegen erblickt er ein von Sorge entstelltes Gesicht. So mag ein Mensch aussehen, dem selbst der Tod keine Erlösung mehr bringen kann.

Und was ist mit dem Kind? Er kann es doch nicht ...

Temudschin fühlt das Unrecht, das er Bürte antut. Er kann seine Kräfte umwandeln, sie aber ist Frau und hat nur die Kraft zur Liebe. Und ihre Augen sagen ihm, wie sehr sie ihn liebt.

Mitleid erfaßt ihn, da er erkennt, daß er Schmerzen der Vergangenheit, in die sich Nöte der Gegenwart mischen, auch noch bestrafen will. Alles mag geschehen, aber Bürte darf nicht dafür bestraft werden, daß sie Schmach und Schande ertrug.

Sein Blut, das zu Eis erstarrte, wird wieder warm. Sein Blick wird ruhig und sein Verstand klar.

Bürtes angstgeweitete Augen füllen sich mit Tränen. Sie ahnt, daß ein Sturm in Temudschin tobt. Unverwandt sieht sie zu ihm hoch.

Er tritt an ihr Lager. Ermattet fällt ihr Kopf zurück. Schweiß der Schlacht legt sich auf ihr Gesicht.

Nach einer Weile löst sich Temudschin von ihr und wendet den

Kopf zur Seite. Zwei graue Augen blicken ihn an. »Ist es ein Junge?« fragt er.

Bürte nickt. »Siehst du die Augen der Kiut-Bürtschigin? Ich war so glücklich, als ich ...«

Er legt seine Hand auf ihren Mund. »Wir haben einen Gast, Bürte. Er soll Dschutschi heißen – Gast.«

11

Das Schicksal, das mit Temudschins Kriegern in die Wälder der Merkiten stürmte, reitet als Gerücht in die Steppe zurück. Entsetzt horchen die Mongolen auf. Temudschin tötete, was sich ihm entgegenstellte. Wer sich ergab, wurde gefesselt und mußte in einer langen Reihe Aufstellung nehmen. Dann stieg Temudschin auf einen Baumstumpf, schaute über die Feinde hinweg und verkündete mit unheimlich klingender Stimme: »Jeden Schwur, den ich leiste, löse ich ein. Bürte ist befreit. Wir stehen an der Quelle des roten Stromes. Boghurtschi, Dschelme, Muchuli, Kassar und Belgutei, seid Vollstrekker des Strafgerichtes, das mir der Mende-Kökö-Tengri auferlegte. Kein Merkite bleibt am Leben!«

Die Leichen häuften sich zu Bergen. Die Erde nahm das Blut nicht mehr auf. Und während der ganzen Zeit stand Temudschin auf seinem Platz. Nicht ein Muskel zuckte in seinem Gesicht.

Dem Blutbad folgte ein Strom der Lust. Vom Blutrausch umnebelt stürzten sich die Krieger auf die gefangenen Frauen und Töchter der Merkiten, denen sie die Kleider mit blutbesudelten Händen vom Körper rissen.

Viele Mongolenstämme sind empört. Nur nichts mehr von Temudschin hören. Unheilverkündend klingt ihnen sein Name. Wird er auch zu ihnen kommen? Das mächtige Heer Toghrul-Chans steht hinter ihm. Was sollen sie machen? Ist es nicht richtig, freiwillig zu ihm zu gehen?

Doch dann atmet man erleichtert auf. Ein neues Gerücht besagt, Temudschin habe die Krieger der Keraiten an Toghrul zurückgegeben. Er verfolgt die Merkiten nicht, nahm nur Rache für den Raub seiner Frau. Mehr wollte er nicht.

Nach den furchtbaren Schreckensmeldungen kann man diese Kunde kaum glauben, doch von allen Seiten kommt die gleiche Nachricht. Und überall wird erzählt, daß Temudschin jegliche Beute verschmähte. Alles Eroberte überließ er seinen Kriegern. Streng ist er nur mit seinen Feinden. Seine Untertanen haben es mehr als gut. Ein idealer Häuptling ist er für sein Gefolge. Ein Häuptling, der nicht fordert, sondern gibt.

Manchem Mongolen erscheint es plötzlich ungerechtfertigt, seinem Häuptling etwas geben zu müssen. Man fühlt sich ausgenutzt. Und dafür soll man eines Tages womöglich seinen Kopf opfern? Nein!

Temudschin ist der rechtmäßige Nachkomme Jessugheis. Ihm gehörten die Weiden am Onon. Wenn man jetzt zu ihm geht ...

So denken sogar Angehörige des Steppenadels wie Kutschar, Daritai und Altan. Der zu den Dschurjaten zählende Dschamugha bricht deshalb kurz entschlossen mit seinem Stamm auf, um sich dem Bürtschigin anzuschließen.

Dschamugha ist ein Andah Temudschins. Als Kinder spielten sie miteinander und schlossen Blutsbrüderschaft. Temudschin entsinnt sich nur dunkel an die vorübergehende Freundschaft mit dem Dschurjaten. Als Dschamugha ihn an die Andahschaft erinnert, spielt ein leichtes Lächeln um seinen Mund, da er unwillkürlich daran denkt, daß er vor knapp einem Jahr Toghrul darum bat, sich als sein Blutssohn betrachten zu dürfen.

Er blickt in die gehetzt wirkenden Augen des Häuptlings. Wie Irrlichter flackern Grausamkeit und Ehrgeiz darin. Dschamugha gefällt ihm nicht. Seine breit vorstehenden Backenknochen und sein brutaler Mund machen keinen vertrauenerweckenden Eindruck. Seine Hände erinnern an die Fänge eines Geiers.

Am liebsten möchte er Dschamugha nicht aufnehmen, aber eine nicht geringe Anzahl von Zelten steht hinter dem Dschurjaten. Gewiß, sein Stamm setzt sich durchweg aus gemeinem Volk zusammen, das wenig Pferde und viel Weiber hat, doch er braucht jeden Mann, weil er bald gegen Targutai ziehen will. Deshalb erlaubt er Dschamugha, sich weiterhin als sein Andah zu betrachten, und heißt ihn und sein Volk willkommen.

Dschamugha ist es nicht leichtgefallen, seinen Jugendfreund aufzusuchen. Er kann sich schlecht unterordnen und tut es nur, weil er zu wissen glaubt, daß Temudschin Targutai schlagen will. Auf diese Weise wird er zum Onon kommen, wo seine Herden prächtig gedeihen werden. Er weiß, was er will, und er weiß auch, warum er den mit der Zeit aufflackernden Streit zwischen seinen Leuten und der Gefolgschaft des Bürtschigin insgeheim kräftig schürt. Temudschin macht ihn zwar nachdrücklich darauf aufmerksam, daß er unbedingten Frieden im Lager wünscht, Dschamugha aber ahnt, daß sein Andah schützend die Hand über ihn hält. Mögen die eingebildeten Gefolgsleute des Adels also reden, was sie wollen. Sie bilden sich doch nur etwas darauf ein, den Dung von Schafen nicht ertragen zu können.

Dschamugha beneidet den Adel nicht, aber er kann es nicht verschmerzen, daß er als Häuptling der Dschurjaten nicht zum ›Rat‹ gehört. Seiner Meinung nach müßte er die gleichen Rechte wie Boghurtschi, Dschelme, Muchuli, Kassar und Belgutei haben, mit denen der junge Bürtschigin den ›Rat der Edlen‹ bildet und alle Dinge des Ordus bespricht. Und hatte Temudschin nicht erklärt: »Blut adelt den Menschen nur bedingt. Tapferkeit, Treue und Umsicht sind die Merkmale des Edlen.« Warum also gehört er nicht zum ›Rat‹?

Während Temudschin sich mit seinen Freunden zu einer Beratung zurückzieht, macht Bürte einen Spaziergang durch das Lager. Überall sitzen Krieger, die plaudernd ihre Pfeile spitzen oder ihre Schwerter wetzen. Des öfteren muß sie stehenbleiben, um ein paar Worte zu wechseln; als Frau des Häuptlings hat sie gewisse Verpflichtungen zu erfüllen. Sie ist sehr beliebt, weil sie sich lange Leidensgeschichten geduldig anhören kann und helfend Hand anlegt, wenn sie sieht, daß jemand mit der Arbeit nicht fertig wird.

Heute abend muß sie auf andere Dinge achten, da sie Dschutschi spazieren führt, der beständig Neues entdeckt. Für ihn ist die Welt noch voller Wunder. Immer wieder zerrt er an ihrer Hand und zeigt auf den Boden. »Da-da!«

Bürte lächelt. Für sie klingt Dschutschis »Da-da« wie der Lockruf des Nachtvogels. Wankend steht Dschutschi auf krummen Beinchen und deutet auf den Boden. »Da-da!«

»Was ist denn da?« fragt Bürte und bückt sich. Es fällt ihr schwer, denn sie erwartet ihr zweites Kind.

Dschutschi knickt den Oberkörper plötzlich vor und läßt sich fallen. »Bau ...!«

Bürte lacht und beobachtet, wie ihr Kind mit Daumen und Zeigefinger etwas vom Boden nehmen will.

»Ba, Dschutschi!« ruft Bürte, als sie sieht, daß er einen Wurm aufheben will.

Für Dschutschi ist es aber kein »Ba!«. Er möchte haben, was sich da so eigenartig am Boden ringelt.

»Komm, Dschutschi, das ist nichts für dich«, sagt Bürte und nimmt ihn auf den Arm. »Mit elendem Gewürm gibt man sich nicht ab.«

Dschamugha, der gerade an Bürte herantritt, hört die letzten Worte. Durch Bemerkungen der Edlen argwöhnisch geworden, verdunkelt sich augenblicklich sein Gesicht. Er will schnell weitergehen, als Bürte sich umdreht.

»Du hier?« sagt sie verwundert und reicht dem Dschurjaten, den sie nicht gerade schätzt, die Hand.

»Was macht Dschutschi?« fragt Dschamugha, der nicht weiß, was er sagen soll und froh ist, über das Kind reden zu können.

Bürte schaut den Buben an und ist glücklich, den Dschurjaten nicht ansehen zu müssen. »Es geht ihm gut, wie du siehst. Er hält mich nur immer schrecklich auf. Ich muß mich beeilen, Dschamugha. Auf Wiedersehen.«

Er hält sie zurück. »Ich hätte Temudschin gerne gesprochen.«

»Da wirst du warten müssen«, erwidert sie und setzt sich in Bewegung. »Er ist jetzt mit den Edlen versammelt.«

Der Dschurjate blickt finster hinter ihr her. Sollte sie dahinterstekken, daß ich nicht in den Rat komme? Was sagte sie zu Dschutschi? Mit elendem Gewürm gibt man sich nicht ab! Wenn ich feststelle, daß sie ...

Wenig später sitzt Bürte bei Oelön-Eke und erklärt aufgebracht: »Wenn Temu mit diesem Dschurjaten brechen würde, kämen die edelsten Geschlechter zu uns. Temudschin fühlt sich ihm gegenüber nur verpflichtet. Wenn man ihm doch klarmachen könnte, daß er diesen Häuptling fallenlassen muß!«

Mutter Wolke weiß, daß Bürte recht hat. Sie weiß aber auch, wie schwer es ist, ihren Sohn zu beeinflussen. »Ich habe Temudschin schon gesagt, daß Dschamugha nicht zu uns paßt. Aber er hört ja nicht auf mich. Man müßte ...«

»Was?« fragt Bürte, als Oelön-Eke schweigt.

»Wofür bist du eine Frau? Bring es ihm zwischen den Umarmungen bei. Vorm Einschlafen haben wir den größten Einfluß.«

Wenige Wochen später zieht Dschamugha mit den Dschurjaten aus dem Lager. Temudschin ist nicht gewillt, sich weiterhin Klagen über diesen Volksstamm anzuhören. Außerdem plant er Dinge einzuführen, von denen fremde Häuptlinge nichts zu wissen brauchen. Bürte hat ihm recht gegeben und eingesehen, daß es besser ist, sich von Dschamugha zu trennen. Am Schluß hat sie ihm sogar geraten, den notwendigen Schritt bald zu tun, weil dann edlere Stämme zu ihm kommen würden. Er ist gespannt, ob sie recht behält.

Der Bruch des jungen Bürtschigin mit Dschamugha wirkt wie ein befreiendes Gewitter und wird zum Signal für manch edle Sippe, die sich nicht entschließen konnte, ein Ordu zu wählen, in dem gemeines Volk nistet. Temudschin ist schließlich der Sohn Jessugheis-Bagaturs, und den Beinamen Bagatur erhält nur, wer außer großen Leistungen auch Größe besitzt.

Neben Edlen wie Daaritai, dem Enkel Katul-Chans, Kutschar, einem Verwandten aus der älteren Linie der Bürtschigin, und Altan, einem Sohn Katul-Chans, kommen auch Häuptlinge von Stämmen, denen die Namen der Adeligen schmeicheln. Sie möchten in der Nähe des Glanzes leben, zumal offensichtlich ist, daß Temudschin zum Kampf gegen Targutai rüstet. Wenn man jetzt zu ihm geht, winkt nicht nur das Land am Onon, sondern auch das Hab und Gut der Tai-Tschuten.

Temudschins Ordu zählt bald über zehntausend Zelte. In Dunst und Rauch gehüllt liegt es in einer Mulde zwischen schützenden Hügeln. Zufrieden blickt er von einer Anhöhe zum Lager hinunter: »Schau nur, wie dort das Leben pulst!« sagt er an Boghurtschi gewandt und weist auf die Zelte, zwischen denen von Herdfeuern weiße Wolken zum Himmel emporsteigen. Die Menschen laufen geschäftig umher, das Vieh grast in Rudeln auf den Weiden, und die Frauen waschen, putzen und sorgen für das leibliche Wohl. Die Krieger indessen rüsten zu einem Spiel, das Temudschin erfunden hat: ein Spiel für Männer.

Er versammelte eines Tages die Edlen seines Rates und legte vor ihnen ein Anzahl kleiner Hölzer in den Sand. Lange Linien ließ er entstehen, die er nach hinten staffelte, und als er fertig war, führte er mit den Hölzern Bewegungen durch, wie er sie bei den Kriegern in Chin gesehen hatte. Dabei erklärte er den Freunden das für sie erdachte Spiel. Auf Zeichen mit bunten Wimpeln führte er Schwenkungen durch, griff er Abteilungen an, umfaßte er Gruppen und schloß sie ein. Begeistert sahen ihm alle zu, und als er ihnen erklärte, daß sie das Spiel nicht mit kleinen Hölzern, sondern mit lebenden Gruppen durchführen sollen, kannte ihr Jubel keine Grenzen.

Jedem der vor ihm Stehenden sprach er tausend Mann seines Lagers zu, das er nach Sippen aufteilte und in Kampfeinheiten zusammenfaßte, die er ›Guran‹ nannte. Die Führer erhielten den Auftrag, mit ihrem Guran in geschlossener Einheit das Angreifen, Schwenken und Wenden zu üben. Auf den Pferden sitzend natürlich, damit er demnächst groß angelegte Spiele mit allen Einheiten veranstalten könne, bei denen einige Guran den Angriff und andere die Verteidigung zu übernehmen hätten.

Seit dieser Stunde übten Anführer und Krieger Tag für Tag. Jedes Guran setzte seinen Ehrgeiz darein, besser schwenken und genauer die Richtung halten zu können als alle anderen, und schon in kurzer Zeit waren die Krieger hervorragend aufeinander eingespielt. Und als alles soweit vorbereitet war, ritt Temudschin mit Boghurtschi auf die naheliegenden Anhöhen, um ein günstiges Gelände für die Verteidigungsgruppe zu suchen.

»Mir gefällt dieser Hügel«, sagte er seinem Vertrauten. »Er kann vom Ordu aus gesehen werden. Ich möchte, daß sich die Frauen am Kampf begeistern und ein Gefühl der Sicherheit bekommen. Wenn sie die Spiele beobachten, werden sie erkennen, daß sich auch der zahlenmäßig Geringere aus der Verteidigung heraus entwickeln kann.«

Im Geiste erteilte er schon Befehle vermittels bunten Fähnchen, denn er hatte die Himmelsrichtungen in Farben dargestellt, so daß beim Aufblitzen einer bestimmten Farbe jeder sofort wußte, in welche Richtung er zu stürmen hatte.

Als die Sonne an diesem Tage blutrot versinkt, reiten die Krieger überglücklich in ihr Zeltlager zurück. Ein herrliches Spiel hat Temudschin ihnen geschenkt. Es ging fast wie im richtigen Kampf zu, nur daß sich alles geordneter, ruhiger und sicherer vollzog. Und daheim prahlt mancher Mann bei seinem Weib: »Schade, daß die Anführer der Guran manchmal eingegriffen haben. Viel fehlte nämlich nicht, dann hätten wir die eingebildeten Leute von Daaritai, Altan und Kutschar zu Brei geschlagen. Dabei verteidigten wir den Berg mit nur einem Guran! Morgen werden wir wieder spielen. Leg ein paar ordentliche Streifen Fleisch zurück. Und laß es dir nicht einfallen, Temudschin beim Zehnten etwas abzunehmen. Er beschenkt uns dauernd und ist so bescheiden, daß wir ehrlich geben wollen, was ihm gehört.«

12

Die Edlen aller Stämme besprechen mit Temudschin den Aufbruch des Ordus, der notwendig geworden ist, weil dringend neue Weideflächen benötigt werden. Die Umgebung des Lagers ist bereits völlig abgegrast. Auch zwingt der nahe Winter einen Platz zu suchen, der Schutz vor der einbrechenden Kälte bietet.

Temudschin will den Zug durchführen, als müsse er zum Kampf gegen Targutai aufbrechen. Ein Guran soll als Spähtrupp vorausreiten, eine gleiche Einheit soll als Nachhut die Sicherung übernehmen und dafür Sorge tragen, daß verlaufene Tiere eingefangen werden. Nur zu oft werden in der Verlegung begriffene Stämme, die ihren ganzen Besitz mit sich schleppen, plötzlich aus dem Hinterhalt überfallen. Und Frauen und Kinder, die dem Verteidiger im Wege stehen, sind nach gewonnener Schlacht willkommene Sklavinnen und Sklaven.

Temudschin befürchtet keinen Überfall; dafür ist sein Zug zu groß. Er wählt die neue Formierung aus Übungsgründen und stellt aus gleichem Grunde auch die übrigen Guran als eigentliche Sicherung an die Seite der sich durch die Steppe schlängelnden Kolonne. Auf diese Weise ist er im Ernstfall vor jeder Gefahr geschützt, denn Wagen, Vieh, Weiber und Kinder sind nun von kampfbereiten Kriegern umgeben.

Zwei Tage reitet der endlose Zug bereits durch die Weite der Steppe. Braunroter Steinboden, der vereinzelt von dornigen Gestrüpp durchzogen ist, wechselt mit gelbbraunem Sand. Die blauen Silhouetten der Wälder im Norden liegen schon weit zurück, und im Süden drängt das tafelförmig ansteigende Steinmeer der Wüste Gobi immer näher heran. Hin und wieder faucht ein heißer Wind über die Karawane hinweg und bringt die letzten Grüße des scheidenden Sommers. Bald wird der Sturm aus dem hohen Norden sein grimmiges Lied singen. Noch aber weiß das Blau des Menke-Kökö-Tengri nichts von der klirrenden Kälte des Winters. Nur die Sterne frieren schon, und auch der Mond sieht bleicher aus als sonst.

Schweflig steigt der Dunst des Zuges in die Höhe und zeigt den Weg, den die Karawane nimmt, bis plötzlich Unruhe in den gemächlichen Ritt kommt. Im Galopp sprengen Boten heran und melden, kriegsmäßig ausgerüstete Tai-Tschuten gesehen zu haben. Die Spitze habe den Kampf angenommen und stehe bereits im Gefecht.

Temudschin gibt den Befehl zu halten. Seine Augen suchen das Gelände ab, das für ihn denkbar ungünstig ist. Weit und breit ist keine Erhebung zu sehen, auf die er Wagen und Herden werfen könnte. Im Norden greift ein Wald in die Steppe hinein. Er überlegt fieberhaft und versetzt sich in die Kampfweise der Tai-Tschuten, die in breiter Front kämpfen. Fünf Glieder tief staffeln sie ihre schweren Reiter, dann öffnen sie ihre Reihen, um leichtere Kräfte durchfluten zu lassen und ...

Das Bild der bevorstehenden Schlacht rollt vor seinen Augen ab. Er muß schnell handeln und aus der Not eine Tugend machen. Als erstes befiehlt er die Bildung einer Wagenburg, um jedes Durcheinander zu vermeiden. Dann bestimmt er den Wagenkreis als südlichen Flügel und den Wald als nördliche Flanke. Zwischen Wald und Wagenburg will er seine Guran aufbauen.

Während Frauen und Mädchen in fliegender Hast die Fahrzeuge zu einem Kreis zusammenschieben und mit Ketten untereinander verbinden, treiben die leichten Abteilungen, die in gegerbten Lederjakken kämpfen, das Vieh in den Ring. Die schweren Kämpfer schnallen sich indessen Eisenplatten vor die Brust und schützen ihre Pferde durch Ledermonturen, die Kopf und Brust bedecken. Alles geht flink von der Hand. Durch unzählige Kriegsspiele geübt, sitzt jeder Griff.

Nur bei den Frauen herrscht Durcheinander. Das Vieh wird zusammengetrieben, Wagen zurechtgeschoben, Kinder weinen und alte Weiber fahren sich durch das Haar und flehen den Segen des Himmels herab.

In Bürte schwingt plötzlich der Kampfgeist ihrer Vorfahren. Sie fühlt, daß mit dem bevorstehenden Kampf die Wiederherstellung der Ehre der Bürtschigin ihren Anfang nimmt. Der Himmel öffnet Temudschin den Weg zum Onon. Sie sieht im bevorstehenden Gefecht eine willkommene Gelegenheit, Rache zu nehmen und den Weg des Leides zu verkürzen. Das Schicksal ist es, das hier spricht. Als Mutter der kommenden Generation der Bürtschigin wird sie nicht zurückstehen. Im Gegenteil. Die Blicke aller Frauen sollen auf sie gerichtet sein. Verzagte will sie mitreißen. Für Temudschin will sie kämpfen. Das Band der Ehe will sie für alle Zeiten festigen.

Wer nicht kämpfen kann, den schickt sie in die Mitte der Wagenburg. Den Alten übergibt sie die Kinder. Langsam entsteht Ordnung und Ruhe im Ring.

Temudschin reitet noch einmal zum Wagenkreis, um letzte Anweisungen zu geben. Er sieht das entschlossene Gesicht Bürtes, die den Frauen gerade Verhaltensmaßregeln erteilt. In ihren dunklen Augen liegt Mut und Vertrauen. Die bevorstehende Schlacht pulst bereits in ihr, denkt er. Hier brauche ich nichts mehr anzuordnen. Sie hat die Weiber in der Hand.

Eine Zuneigung, wie er sie seit langem nicht mehr spürte, erfaßt ihn, als Bürte mit fliegenden Haaren auf ihn zujagt. Ihr Atem schlägt aus ihrem wie zum Kuß geöffneten Mund. Über eine Deichsel hinweg reicht er ihr wortlos die Hand. Kurz ruhen ihre Augen ineinander, dann stürmen sie in entgegengesetzten Richtungen davon.

Die ersten Gefangenen, die der Vortrupp machte, werden vor Temudschin geführt und einer Folterung unterzogen. Was er von ihnen erfährt, ist ungünstig. An die dreißigtausend Tai-Tschuten rücken heran. Targutai holt zum großen Schlag aus. In der Hoffnung auf leichte Beute hat sich ihm mancher Stamm angeschlossen. Mit der Hauptmacht steht er bereits in unmittelbarer Nähe. Die Schlacht kann jeden Augenblick beginnen.

Sofort läßt Temudschin seine Vorhut einholen und gruppiert sie an einem für sie bereitgehaltenen Platz. Von der Wagenburg bis zum Wald bilden seine Krieger nunmehr eine geschlossene Reihe. Noch einmal versammelt er die Anführer um sich, um ihnen seinen Schlachtplan zu erläutern. Dann beendet er seine Besprechung mit den Worten: »Muchuli, du stehst mit deinem Guran der Wagenburg am nächsten. Nach dem Durchbruch säbelst du dich so schnell als möglich zurück und übernimmst die Sicherung des Frauenrings. Nördlich von dir schließen sich Boghurtschi, dann Dschelme und Altan an. Den linken Flügel hält Daaritai. Südlich von ihm folgen Belgutei, Kutschar und Kassar.« Er zerrt an der Mähne seines Pferdes, das erregt den Kopf zurückschlägt. »Wir Heerführer kämpfen an der Spitze. Wenn ich falle, übernimmt Boghurtschi den Befehl. Nach ihm: Dschelme, Kassar, Belgutei.«

Es entgeht ihm nicht, daß die Adeligen Kutschar und Altan unwillig aufschauen und Daaritai die Lippen zusammenpreßt. Er sagt aber nichts, sondern entläßt die Freunde mit den Worten: »Der Menke-Kökö-Tengri sendet uns diesen Kampf, damit unser Vieh bald wieder am Onon weiden kann. Nach der Schlacht ändern wir die Marschrichtung. Wir ziehen direkt zu den Winterplätzen der Bürtschigin!« Er reißt sein Pferd herum und reitet wie der Sturm an der Front der Guran entlang. »Wir ziehen von hier zu den fetten Weiden zwischen Onon und Kerulen!« ruft er seinen Kriegern zu.

Als er zurückreitet, braust es im Rhythmus des Hufschlages: »Temudschin! Temudschin! Temudschin!« Mit einem Male sehnen alle den Kampf herbei. Jeder will zeigen, was er im Spiel lernte. Niemand zweifelt am Ausgang der Schlacht, obwohl der Gegner zahlenmäßig überlegen ist. Sie kämpfen ja in Guran, und das entscheidet!

In der Ferne donnert der Hufschlag von Tausenden von Reitern. Am Horizont wirbeln Wolken von Staub empor. Dann stürmt das Heer der Tai-Tschuten in breiter Front heran. Die schwere Reiterei, geschützt von Eisenplatten und Lederkappen, bleibt jäh stehen und öffnet ihre Reihen. Eine Flut von leichten Kämpfern ergießt sich über das Feld und jagt den zehn Glieder tief gestaffelten Kriegern Temudschins entgegen. Mit höchster Geschwindigkeit rasen sie heran, um durch Pfeilsalven Breschen in die Mauer des Gegners zu schlagen, in die Targutais schwere Truppen einbrechen sollen.

Für die Heranstürmenden sind aber nur die ersten Reihen Temudschins sichtbar, weil die Guran genau hintereinander aufgestellt sind. Und niemand darf sich bewegen. In dem Augenblick jedoch, da die heranstürmenden Feinde einen Sturzbach von Pfeilen losschnellen lassen wollen, schwirrt aus den unbeweglich verharrenden Kampfreihen Temudschins eine Wolke von Geschossen auf die Angreifer zu. Aus dem Stand sind die Pfeile abgeschossen. In Ruhe hat jeder Kämpfer den auf ihn zustürmenden Reiter ins Auge gefaßt und gezielt. Scharen stürzen von ihren Pferden, und im nächsten Augenblick setzen sich die Guran in Bewegung und hetzen hinter den erschrocken wendenden Tai-Tschuten her.

Temudschin hätte gern noch eine zweite Salve abgesandt, da der Feind aber wendet, setzt er seine Truppe als geschlossene Einheit in Bewegung. Hufe donnern. Staub wirbelt auf. An der Spitze seiner Mannen jagt Temudschin hinter fluchtenden Tai-Tschuten den Hauptkräften der Angreifer entgegen. In massiven Blöcken von hundert Mann Breite und zehn Mann Tiefe wälzen sich die Guran vorwärts und versuchen die Lücken zu erreichen, die von Targutais schwerer Reiterei offengehalten werden, um die zurückkehrenden leichten Kräfte durchfluten zu lassen. An ihren Fersen heften sich die Guran, und ehe der Feind seine Kampflinie schließen kann, prallen Temudschins Krieger in die offengehaltenen Tore und schlagen sich kaltblütig durch die feindlichen Linien.

Grellrote Fahnen blitzen auf. Wie von Geisterhand geleitet wenden die Kämpfer. Aus dem Rücken der Kampflinie kommend, schlagen sie sich erneut durch Targutais Reihen. Wieder ertönt das Prasseln der Keulen und Sausen der Säbel. Arme werden vom Körper getrennt, Schädel gespalten. Hufe trampeln letzten Hauch aus blutenden Kehlen.

Jagend kreisen und wenden die Guran, die Tai-Tschuten aber kämpfen verbissen und sind in der Überzahl. An einer Stelle gewinnen sie sogar die Oberhand.

Verzweifelt wehren sich die Krieger der Bürtschigin. Ihre Lanzen stechen nach allen Seiten, bis Temudschin plötzlich stürzt. Ein Pfeil steckt in seiner Kehle.

Targutai nutzt die sich ihm bietende Gelegenheit und kämpft hart und verbissen weiter. Rufe erschallen. Von allen Seiten stürzen Tai-Tschuten herbei. Ein Knäuel von sich gegenseitig erschlagenden Kriegern schiebt sich hin und her. Schädel krachen. Pferde stürzen. Todesklirren auf beiden Seiten.

Die Notfahne der Mongolen leuchtet auf. Sofort stürmen drei Guran herbei. Wirbelnd fegt der Tod umher, bis sich die in Gefahr geratene Abteilung wieder geschlossen hat.

Muchuli löst sich vom Gegner und jagt der Wagenburg entgegen. Hier aber hatte ein Hagel von Pfeilen die leichten Kräfte Targutais bereits zurückgeschlagen. Als Muchuli erkennt, daß er sich um die Frauen nicht zu sorgen braucht, geht er zum Angriff über und reitet wie der Wind hinter den Tai-Tschuten her.

Langsam verebbt der Lärm der Schlacht. Die Stämme, die sich Targutai angeschlossen hatten, wirbeln wie treibende Blätter über die Steppe. Tausende von Tai-Tschuten düngen den Boden, viele Tausende sind gefangengenommen. Unter ihnen befindet sich auch Targutai.

Mit hängendem Kopf sitzt er zwischen seinen Häuptlingen. Seine Augen flackern. Er begreift seine Niederlage nicht.

Nicht allzu weit von ihm entfernt liegt Temudschin auf einer Felldecke. Seine Freunde blicken besorgt auf ihn nieder. Dschelme, dem es gelang, ihn aus der Schlacht herauszutragen, zieht vorsichtig den Pfeil aus dem Hals des Freundes und betrachtet die Wunde. Ist die Spitze des Pfeils vergiftet?

Wenn ich die Wunde aussauge, ist Temudschin auf jeden Fall gerettet, denkt er. Ich könnte dann zwar den Tod in mir tragen, aber ... Dschelme überlegt nicht lange, sondern wirft sich an den Hals des Freundes und saugt, so fest er kann.

Gespannt beobachten ihn die Kameraden. Bürte wischt sich kalten Schweiß von der Stirn. Dann atmen alle erleichtert auf. Temudschin öffnet die Augen und blickt umher.

»Was ist mit den Tai-Tschuten?« fragt er hastig.

»Der Sieg ist dein«, sagt Boghurtschi. »Targutai und siebzig Anführer sind gefangen. An die sechstausend Feinde säumen das Feld.«

Temudschin richtet sich halb auf und befiehlt mit heiserer Stimme: »Alle Gefangenen köpfen!«

Erschrocken weichen seine Anführer zurück.

Der Häuptling blickt sie zornig an und schreit mit sich überschlagender Stimme: »Glaubt ihr etwa, der Kampf sei zu Ende? Er endet erst, wenn alle Mongolen vereint sind. Vielleicht auch dann noch nicht. Die Gefangenen müssen sterben, damit ihr Blut sich nicht zu irgendeiner Zeit erneut gegen uns erhebt. Boghurtschi, du bist mir dafür verantwortlich, daß ...« Er unterbricht sich und deutet auf seinen Hals. »Wer hat die Wunde ausgesaugt?«

»Dschelme!«

Temudschin reicht dem Freund die Hand.

Als der Abend sich senkt, ist das Urteil vollstreckt. Vor allen Stämmen des Landes stempelt der Sohn Jessugheis diejenigen zu Rebellen, die es wagen, Familienrechte anzutasten.

Am nächsten Morgen tritt Temudschin erholt aus seinem Zelt heraus. Der Himmel färbt sein Kleid mit Sonnenstrahlen und taucht die Erde in eine Flut von Gold, als sei nichts geschehen. Schafe durchstreifen wirres Dornengestrüpp, auf verwelkten Halmen glitzern Tränen der Nacht.

Behutsam befühlt Temudschin seine Halswunde. Dann reckt er sich und blickt zufrieden in den frischen Morgen. Die Weiden der Bürtschigin sind ihm zurückgegeben. Seine Hauptwidersacher sind vernichtet, und die Merkiten werden es im Augenblick nicht wagen, ihn anzugreifen. Es lohnt sich jetzt, daß er sie nicht verfolgte. Noch nicht verfolgte!

Weit und breit gibt es keine Feinde. Dschamugha wird ihm natürlich gram sein. Auf ihn und seine drei Edlen im eigenen Lager wird er achtgeben müssen. Sie alle sind zu ehrgeizig.

Temudschin muß plötzlich lachen. Ihm wird bewußt, daß die Adeligen im Grunde genommen mehr auf sich als auf ihn aufpassen. Jeder der drei dünkt sich über dem anderen stehend, und deshalb duldet keiner, daß einer der ebenbürtigen Freunde stärker wird. Sie sind so stolz auf ihre Sippen, daß sie sich lieber der weniger angesehenen Familie der Bürtschigin als dem Sohn eines Katul-Chans oder dem Nachkommen eines Kabul-Chans unterstellen.

Als Temudschin in sein Zelt zurücktreten will, sieht er Boghurtschi, Altan und andere Gefolgsleute auf sich zukommen. »Wie geht es Dschelme?« fragt er.

»Dem Tengri sei Dank. Der Pfeil war nicht vergiftet. Aber wir bringen dir hier einen Tai-Tschuten, der ins Lager kam, um dich zu sprechen. Mit uns will er nicht reden.«

Temudschin sieht einen Krieger, dessen Hände gefesselt sind. Er hat ein klares Gesicht und wasserblaue Augen. »Bindet ihn los!« befiehlt er. »Ein Feind, der den Mut hat, mich aufzusuchen, wird nicht gefesselt.«

Der Krieger wirft sich vor ihm nieder. »Töte mich, Temudschin. Mein Leben ist verwirkt, denn eines Tages wirst du erfahren, daß ich den Pfeil abschoß, der dich traf. Ich will aber nicht ewig vor dir flüchten müssen; lieber sterbe ich ehrenvoll als geschlagener Krieger. Wenn du mir jedoch das Leben schenken willst, so nimm mich in deine Dienste. Aus Dankbarkeit würde ich alles für dich tun, denn ich liebe das Leben und den Kampf – aber nicht die Flucht.«

Die Umherstehenden lachen, Temudschin aber schaut den jungen Krieger nachdenklich an. »Wie heißt du?«

»Dschirguadai. Ich gehöre zum Stamm Issut.«

»Du bist ein wenig überschwenglich, Dschirguadai«, erwidert Temudschin lächelnd, »aber du scheinst einen guten Kern zu haben. Sei darum ab heute mein Gefährte. Zur Erinnerung an deine Tat gebe ich dir den Namen »Dschebe«, Pfeil. Suche dir neun Mann aus, die du als Zehnter führen sollst.«

Zweites Buch

1

Die Zeit rast wie ein stürzendes Gebirgswasser. Temudschin ist achtundzwanzig Jahre alt und denkt mit Unbehagen an Zeiten zurück, in denen er viele Pläne, die er faßte, nicht verwirklichen konnte. Er ist weder der siegreiche Heerführer geworden, von dem er träumte, noch gelang es ihm, die Mongolen zu vereinen. Gewiß, aus seinem Ordu wurde ein gewaltiges Zeltlager, und sein Befehlsbereich erstreckt sich über weite Teile des Landes. Überall sitzen Stämme, die sich ihm angeschlossen haben. Sogar manches Volk der versprengten Tai-Tschuten ist mit Geschenken zu ihm gekommen und hat um Nachsicht gebeten. Er hat alle aufgenommen, auch Männer, denen er gram sein müßte. So Munlik, dem Jessughei kurz vor seinem Tode das Wohl der Familie anvertraute; doch nach dem Verrat Targutais ließ er die Bürtschigin schnöde im Stich. Kein Wort des Vorwurfes sprach Temudschin, als Munlik zu ihm kam. Er beschämte ihn vielmehr, indem er ihn auf den Ehrenplatz setzte, den er früher bei seinem Vater innegehabt hatte.

Aber was hat er davon, daß in seinem Ordu alles geordneter vor sich geht als in anderen Lagern? War das sein Ziel? Er wollte Feldzüge unternehmen, um die Mongolen zu einigen, schiebt diesen Wunsch jedoch immer wieder hinaus, weil er spürt, daß seine Truppe noch nicht reif genug ist.

Oft liegt er auf der Weide und überdenkt Vergangenheit und Zukunft. Dann sieht er nicht nur Sterne, nach denen er greifen will, sondern auch die gemachten Fehler, die ihn zwingen, sich zu beherrschen. Es kommen freilich auch Tage, an denen ihn die Ungeduld plagt. Dann redet er sich ein, das Hinausschieben einer Entscheidung sei ein Fehler. Die Niederlage Targutais beweist es. Hatte er damals etwa die Absicht gehabt, den Kampf zu suchen? Nein. Also kann eine schnell herbeigeführte Schlacht oft besser sein als eine auf weite Sicht vorbereitete.

Die aufgezwungene Untätigkeit macht ihn unzufrieden. Seine Krieger sind hervorragend ausgerüstet. Geordnet und geregelt läuft alles. Was soll er also machen?

Er geht auf die Jagd oder legt sich, wie heute, mit Bürte an den Onon. Sie ist immer glücklich, wenn er ihr Gesellschaft leistet. Für ihn ist es aber nicht leicht, da seine Gedanken beständig woanders weilen.

Der Ruf eines Vogels erklingt. Vibrierender Wind streicht raschelnd durch das trockene Laub der Sträucher.

Bürte reißt ihn aus seinem Grübeln. »Stimmt es eigentlich, daß Dschamugha Truppen gegen dich sammelt?«

Temudschin lacht. »Es fliegen viele Federn, wenn ein Huhn gerupft wird; dann heißt es schnell, daß zwei Hennen im Topf schmoren.«

»Das sage ich mir auch«, erwiderte sie mit sanfter Stimme. »Viele Federn kommen oft von nur einem Huhn. Du solltest aufpassen. Ein einziges Huhn kann eine Menge Federn verstreuen.«

Er blickt seine Frau fragend an. »Was willst du damit sagen?«

Sie legt ihre Hand auf seinen Arm. »Manches Gerücht mag nicht stimmen. Einem Teil solltest du jedoch nachgehen, denn etwas könnte wahr daran sein.«

»Möglich. Wenn ich aber jeder Mär nachgehen wollte, müßte ich für eine Erzählung zehn Reiter in alle Richtungen schicken, und am Schluß erhalte ich zehn verschiedene Meldungen.«

Er unterbricht sich und zeigt zum Himmel hoch. »Hörst du die Lerche? Vor vielen Jahren lag ich hier auf der Weide und wartete auf Belgutei, der auskundschaften sollte, ob Targutai sich wirklich zum Oberhaupt der Bürtschigin gemacht hatte. Da brachte mich ein solcher Vogel auf den Gedanken, Meldereitern helle Glocken umzuhängen, um sie schon von weitem hören zu können.«

Bürte betrachtete ihn nachdenklich. »Meldereiter? Wofür?«

Temudschin erläutert ihr die Bedeutung dieser Boten, die im Krieg schnell und sicher Nachrichten überbringen müssen.

Daraufhin lächelt Bürte und fragt einfältig: »Warum übst du eigentlich im Frieden Kriegsspiele?«

»Dumme Frage«, antwortet er ungehalten. »Damit meine Männer die Kampfweisen im Krieg wie im Schlaf beherrschen.«

»Aha!«

»Was soll dein ›Aha‹?«

»Ich meine, daß es dann auch zweckmäßig wäre, die Meldereiter im Frieden üben zu lassen. Durch sie könntest du ständig Nachrichten erhalten, die dir dienlich wären.«

Temudschin kneift die Lider zusammen. Die Idee ist gut, denkt er. Ich werde etwas daraus machen. »Du hast mich auf einen guten Gedanken gebracht«, sagt er und umarmt seine Frau. »Ich schenke dir dafür einen langen, langen Abend. Aber erst in den nächsten Tagen, denn jetzt muß ich fort.«

So ist er, denkt Bürte, als sie hinter ihm hersieht. Kaum ist er da, stürmt er wieder fort. Aber er hat mir einen Abend versprochen. Immer seltener werden Zärtlichkeiten zwischen uns. Ob es daran liegt, daß mein Körper gelitten hat? Vier Söhne habe ich ihm geschenkt: Dschutschi, Tschagatai, Ugedei und Tuli. Temudschin hat allerdings einmal gesagt, daß Frauenkörper durch Geburten geadelt werden wie Krieger, die Verwundungen erlitten haben. Ob das wirklich so ist?

»Ich glaubte dich bei Bürte«, begrüßt Boghurtschi seinen Häuptling, als er in dessen Zelt eintritt.

Temudschin nickt. »Ich war auch bei ihr und ließ dich holen, weil sie mich auf einen Gedanken gebracht hat, den wir besprechen müssen.« Er lehnt sich zurück und entwickelt den Plan, sämtliche Stämme, die zu seinem Befehlsbereich gehören, mit Meldereitern zu versehen, damit er über alle Dinge, die sich ereignen, stets genau informiert ist.

Boghurtschi hört aufmerksam zu, schüttelt jedoch den Kopf, als Temudschin endet. »Der Plan ist gut. Du wirst ihn aber nicht ohne Genehmigung des Rates durchführen können.«

»Wieso?«

»Möchtest du einen Melder bei dir sitzen haben, der anderswo berichtet, was bei dir geschieht? Daaritai, Kutschar und Altan haben in deinem Uluss etliche Stämme, die ihnen gehören, und sie werden kaum damit einverstanden sein, daß du Spitzel in ihre Lager setzt. Und andere Häuptlinge werden genauso denken. Es wird also nicht ohne den Rat abgehen, und ich befürchte, du wirst auf erheblichen Widerstand stoßen.«

Temudschin schweigt eine Weile, bis er sich plötzlich vor die Stirn schlägt. »Ich hab's! Schicke mir Gökschu und setze für morgen eine Besprechung der Edlen an.«

Boghurtschi lacht. »Der Vertraute des Himmels soll zu dir kommen? Ich gehe wohl nicht fehl, wenn ich annehme, daß du ihn in der Meldereiterangelegenheit sprechen willst?«

Temudschin klopft ihm auf die Schulter. »Belaste dein Gewissen nicht zu sehr.«

»Sei unbesorgt«, erwidert der erste Gefolgsmann. »Mein Gewissen bist du.«

Temudschin nickt bedächtig. »Ich muß euer aller Gewissen sein, nachdem ich mich zu eurer Hand und zu eurem Kopf machte. Die Verantwortung wird mir nicht leicht. Ich bin mir aber meiner Aufgabe bewußt und werde es schaffen.«

Als Boghurtschi gegangen ist, überlegt er, welches Gremium er über den Rat der Alten setzen könnte. Er denkt an einen Kreis, in dem nur er und seine engsten Freunde sitzen, denn er wird eines Tages Befehle geben müssen, die den Edlen nicht passen. Seine Wünsche muß er in Form von Gesetzen erlassen, die zuvor seine engsten Freunde billigen sollen. Auf ihren Rat will er nicht verzichten. Seine Auffassungen sollen im Feuer der Meinungen erhärtet sein, aber es muß vermieden werden, daß Interessen einzelner den großen Plan verwässern. Sicherlich wird es gut sein, wenn er sich zur Erreichung dieses Zieles des Vertrauten des Himmels bedient. Für den Schamanen ist es leicht, den Widerspruch der Masse auszuschalten.

Gökschu ist der Sohn Munliks, den Temudschin beschämte, als er ihn bei seiner Rückkehr auf den alten Ehrenplatz setzte. Der Schamane ist von kleiner Gestalt. Seine Augen liegen in tiefen Höhlen und glänzen fiebrig. Sein hageres Gesicht und seine dünnen Arme und Beine lassen nicht vermuten, welch fanatische Kraft in ihm steckt. Er weiß, daß sein Vater tief in der Schuld Temudschins steht, und ist bestrebt, ihm zu helfen, wo er nur kann. Aber er denkt auch daran, daß Temudschin seinen Vater kaltstellte, als er ihn auf den Ehrenplatz setzte. Aus der Erhöhung machte er eine Erniedrigung, indem er den Inhaber eines Ehrenplatzes im Rat für nicht stimmberechtigt erklärte. Gökschu ist deshalb bestrebt, das alte Verhältnis zu der befreundeten Sippe wiederherzustellen, und seine Stellung als Vertrauter des Himmels bietet ihm manche Möglichkeit, Temudschin zu Gefallen zu sein. Er sitzt nicht nur im Rat der Edlen, sondern steht auch in direkter Verbindung mit dem Himmel. Darüber hinaus hat er bewiesen, daß er weder Krankheiten noch Kälte kennt. Mit nacktem Körper setzte er sich im Winter in den Schnee, und böse Geister verjagt er, wenn es sein muß, mit der Peitsche aus den Leibern seiner Mitmenschen.

»Setz dich, Gökschu, ich muß mit dir sprechen«, sagte Temudschin, als der Schamane in sein Zelt eintritt. »Du unterhältst doch Boten, die direkt zum Himmel reiten, nicht wahr?«

»So ist es. Sie sind unsichtbar und reiten schneller als der Wind. Und sie sind heilig!«

Temudschin unterdrückt ein aufsteigendes Lachen. »Heilig sind deine Melder?«

»Ja. Sonst dürften sie im Menke-Kökö-Tengri nicht erscheinen.«

»Kannst du sie jederzeit zum Himmel schicken?«

»Natürlich.«

»Und du erhältst bald Antwort?«

»Sie reiten schneller als der Wind.«

»Gökschu! Im Interesse des Ordu muß ich Meldereiter einsetzen, die auftauchende Fragen meiner Häuptlinge schnellstens vermitteln sollen. Im Krieg wird es ihre Aufgabe sein, die Verbindung zwischen den kämpfenden Truppen aufrechtzuerhalten. Kannst du den ewigen Himmel fragen, ob derartige Melder, die uns Mongolen entscheidend helfen würden, als heilige Boten anzusehen sind?«

Gökschu macht ein erschrockenes Gesicht. »Warte«, antwortet er nach kurzer Überlegung. »Ich werde den Menke-Kökö-Tengri fragen.« Unbekümmert verdreht er seine Augen nach innen.

Temudschin ist gespannt, wie lange die Boten des Schamanen zum Himmel reiten werden. Mag Gökschu ihn etwas hinhalten, er muß sein Gesicht wahren, wird aber einen positiven Entscheid geben.

Plötzlich kommt Leben in den Schamanen. »Ich habe eine gute Meldung für dich«, ruft er. »Der Himmel befiehlt mir, deine Melder in das Heer der heiligen Reiter einzureihen. Ich muß sie zu geheiligten Boten machen, damit Meldungen, von denen das Leben vieler abhängen kann, eine entsprechende Behandlung erfahren.«

Temudschins Gesicht zeigt Genugtuung. »Ich habe mir das gedacht und ließ dich deshalb holen. Ich möchte nämlich nichts tun, was dem

Himmel mißfällt. Rede aber vorerst mit niemandem darüber. Morgen wirst du den Befehl des Himmels im Rat der Edlen bekanntgeben.«

Als Temudschin am nächsten Tag dem versammelten Rat seinen Wunsch vorträgt, tritt ein, was Boghurtschi voraussah. Daaritai und andere Häuptlinge sprechen gegen den Plan.

Gökschu meldet sich augenblicklich zu Wort und erklärt: »Temudschin, ich vermag nicht darüber zu urteilen, ob die Schaffung von Meldereitern anderen Stämmen zum Vor- oder Nachteil gereicht. Als Schamane weiß ich jedoch um die Heiligkeit der Meldungen, da zwischen mir und dem Menke-Kökö-Tengri täglich Boten reiten. Solltest du je solche Kräfte einsetzen wollen, müßte ich sie zu heiligen Meldern machen, denen jeder, auch der höchste Fürst, den Weg freigeben und sogar sein Pferd zur Verfügung stellen müßte. Bitte, beachte das.«

Temudschin nickt nachdenklich. »Ich werde mich dem Befehl des Himmels beugen«, erwidert er. Doch sosehr er sich im Augenblick über seinen Erfolg auch freut, es drängt sich ihm der Gedanke auf, welch gefährliche Macht hinter einem Gesandten des Himmels steht. Die Stellung eines Beauftragten des Tengris erscheint ihm plötzlich bedenklich, denn wenn dieser Machtgelüste verspüren sollte ...!

Daaritai meldet sich zu Wort. Immer hat der Enkel Kabul-Chans irgendwelche Bedenken. Er ist nicht dumm, aber eben darum oft recht unbequem. »Ich vernehme mit Freude«, sagt er mit ironischem Lächeln an Gökschu gewandt, »daß der Schamane uns entscheidende Hilfe gewährt. Doch es bleibt die Frage offen, ob andere Stämme damit einverstanden sind, daß wir bei ihnen Meldereiter unterhalten. Ich könnte mir denken, daß wir durch eine solche Einrichtung böses Blut erregen und ...«

Eine Handbewegung Temudschins schneidet jedes weitere Wort ab. Aber er spricht nicht sofort, sondern blickt zu Boghurtschi hinüber, der unschwer ahnt, daß er Daaritai nun hineinlegen und Gökschu wissen lassen will, daß er und nicht der Schamane den Sieg erringt. »Sehr recht hast du, Daaritai«, erklärt er gelassen. »Auch ich würde Einspruch erheben, wenn ich in meinem Ordu Boten eines anderen Stammes dulden müßte. Ich muß jedoch falsch verstanden worden sein, denn um solches geht es hier nicht. Ich denke ausschließlich an die Interessen der weit auseinanderliegenden Stämme, denen ich die Möglichkeit geben will, meine Hilfe anzurufen. Sie selbst sollen ihre Boten ernennen, und sie können sie zu mir senden, wann immer sie wollen. Beispielsweise, wenn sie etwas zu melden haben oder Fragen an mich richten möchten. Ich wünsche die Meldereiter lediglich, um das Gefühl der Sicherheit zu erhöhen und im Falle eines Krieges Meldungen wie der Wind über die Steppe fliegen lassen zu können, und ich kann mir nicht vorstellen, daß ein Stamm dadurch argwöhnisch werden könnte.«

Daaritai schließt sich Temudschins Auffassung an und stellt seine Bedenken zurück.

Später sitzt Temudschin mit den engsten Freunden in seinem Zelt beisammen. Sie trinken Kara-Kumys, ein Kumys, der so lange geschlagen wird, bis sich alle trüben Teile gesetzt haben und eine wasserklare Flüssigkeit übrigbleibt, die stark berauscht. Man lacht, ist in fröhlicher Stimmung und die Gespräche werden immer lauter, bis Temudschin zu schweigen gebietet und seine Unterredung mit Gökschu schildert. In übertriebener Form ahmt er nach, wie der Schamane die Augen verdrehte und seine Boten zum Himmel jagte.

Die Männer schütteln sich vor Lachen.

»Auf die himmlischen Boten!« ruft Belgutei.

Alle heben ihre Krüge.

Als sie absetzen, wischt Dschelme sich Tränen aus den Augen und fragt Temudschin: »Warum machst du um die Meldereiter eigentlich so viel Aufhebens? Wo liegt dein Vorteil? Glaubst du wirklich, daß die Stämme sich dieser Boten bedienen werden?«

Temudschin fährt sich mit dem Handrücken über den Mund. »Ich vergaß euch zu sagen, daß die Boten fürstlich bewirtet werden müssen. An Fleisch und Kumys darf es nicht fehlen. Sie sollen gerne zu uns kommen. Gebt ihnen auch schöne Geschenke mit auf den Weg, damit ihre Frauen nicht dagegenreden, wenn die Kerle dauernd unterwegs sind. Und ein wenig aushorchen … Ich denke, wir verstehen uns. Das Ganze wird sich in kurzer Zeit einspielen.«

2

Der Tag versinkt wie ein loderndes Feuer. Die Schatten der Zelte dehnen sich, und vom Fluß ertönt das Geschrei einiger Badender.

Leichter Abendwind streift über Bürte, die Temudschin vor ihrem Zelt erwartet, da er ihr heute den versprochenen Abend schenken will. Sie ist glücklich darüber, daß er selbst daran dachte, sein Versprechen einzulösen. Ihr Zelt ist zum Empfang gerüstet, und sie schmückte sich wie nie zuvor. In einer Anwandlung von Gefallsucht steckte sie sich sogar eine weiße Heckenrose ins Haar. Am Fluß kam sie auf den Gedanken. Als sie über das Wasser gebeugt ihr Haar ordnete, fiel einer der Rosen, die sie gepflückt hatte, in ihr Spiegelbild. Sie fand, daß die Blume in ihrem dunklen Haar gut aussah, und konnte plötzlich nicht widerstehen, sie als Schmuck zu benutzen.

Ob Temudschin sie auslachen wird? In Chin sollen sich die Frauen sogar Nadeln in das Haar stecken. Am liebsten möchte sie nochmals zum Wasser hinunterlaufen, um nachzusehen, ob die Rose auch gut sitzt. Aber es ist zu spät; ihr Mann kommt über den freien Platz schon auf sie zu.

Gut, daß er im Abendlicht ihr vor Erregung gerötetes Gesicht nicht sehen kann. Wie er nur daherkommt! Seine Hüften schieben sich bei jedem Schritt ungelenk vor. Er ist es nicht gewohnt, zu gehen, reitet immer. Mit den Armen rudert er, als müßte er Luft zur Seite schaufeln.

Einige Schritte vor ihr bleibt er jäh stehen. »Nanu«, ruft er verwundert. »Schmückst du dich wie eine Prinzessin von Chin? Blüten im Haar? Gar für mich?«

Sie nickt lebhaft. Alles in ihr schreit nach Zärtlichkeit. Ungestüm legt sie ihre Arme um seinen Hals und schließt die Augen.

Er schnuppert. »Du riechst gut.«

Bürte gibt ihm einen Klaps. »Ich habe mich gebadet. Wenn dich der gute Geruch stört, mußt du auch ein Bad nehmen.«

Ohne sich zu besinnen, stülpt Temudschin sein Wams über den Kopf und wirft ihn von sich. Hose und Filzstiefel folgen.

»Was ist nur in dich gefahren?« ruft sie lachend.

»Dein guter Geruch! Außerdem habe ich maßlosen Hunger. Darum die Eile.« Sich auf die Brust schlagend läuft er davon.

Bürte schüttelt den Kopf, doch ihre Augen glänzen, als sie die Kleidung aufhebt und in sein Zelt trägt. Dann richtet sie das Essen an, wie sie es von den Kaufleuten aus Chin lernte.

In Tonschalen legt sie kaltes Hühnerfleisch, Wild, Hammelbraten, Sellerie, Kastanien und verschiedene Getreidearten. Eine Schale füllt sie mit Reis, den Dai-Ssetschen sandte. Gebratene Felchen liegen auf einer aus Bambusfasern gefertigten Schüssel. Auf einem Brett türmen sich kleine Schafskäse. Zwischen den Schalen liegen eingelegte Eier. Ein Krug mit frischer Stutenmilch und einer mit Kumys stehen in der Mitte. In der Ecke des Zeltes leuchten Heckenrosen, und von der Zeltspitze herab hängt die Wunderlampe aus Chin, deren Schale sie mit Tran füllte. Anschließend zupft sie eine Weile an ihrem Kleid herum und legt den Filzrock in stärkere Falten, um ihre Taille schmaler erscheinen zu lassen.

Als Temudschin zurückkommt, hat er sich den braunschwarzen Zobelmantel umgehängt, den er von seinem Schwiegervater zur Hochzeit erhielt. Überrascht bleibt er stehen, als er sieht, welche Vorbereitungen Bürte getroffen hat: »Was ist denn heute nur los?« fragt er aufgekratzt.

»Viel! Du bist mein Gast. Es kommt selten vor, daß du einen ganzen Abend für mich frei hast. Ich will dich verwöhnen.«

Er schließt sie in die Arme. »Ich weiß, daß ich anders geworden bin, aber du wirst immer über allen stehen.«

Sie nehmen Platz. Temudschin spricht dem Dargebotenen eifrig zu. Seine Hände greifen in die Näpfe und führen Fisch, Fleisch und andere Speisen in den Mund. Schmatzend kaut er, und zwischendurch leckt er sich die Fingerspitzen ab. Auch rülpst er des öfteren laut und vernehmlich.

Bürte sieht ihn glücklich an. Sie hört gerne, daß es ihm gut schmeckt. »Mit dem Zobelmantel siehst du wie ein Chan aus«, sagt sie hintergründig.

Temudschin stemmt seine Fäuste in die Hüften. »Was willst du damit sagen?«

»Daß der Titel gut zu dir passen würde!«

»Spionierst du herum?«

»Darf ich nicht hören, was andere sagen?«

Er erwidert nichts.

»Stimmt es, daß man dich zum Chan vorgeschlagen hat?«

Er brummt etwas vor sich hin.

Bürte rückt näher an ihn heran. »Ich weiß doch, daß es so ist. Freust du dich nicht darüber?«

Temudschin stellte sich selber oft diese Frage. Irgendwie denkt er freudlos daran, Chan zu werden. Er möchte natürlich nicht darauf verzichten. Die Ernennung bringt Vor- und Nachteile. Wenn er zum Chan ernannt wird, erwachsen neue Widersacher. Neid und Mißgunst greifen schnell nach Erfolgreichen. Selbst im eigenen Lager.

Er wendet sich an Bürte. »In dieser Stunde sitzt der Rat der Edlen zusammen und berät, wer Chan werden soll.«

»Wer?« fragt sie erschrocken. »Der Rat der Edlen! Warum bist du nicht dabei?«

Er ergreift ihre Hand. »Hör zu, Bürte. Munlik hat mich zum Chan vorgeschlagen. Er will gutmachen, was er Oelön-Eke und uns angetan hat. Nun wirbt er überall bei den Stämmen, damit sie mich zum Herrscher machen.«

»Das ist doch gut! Höre nur, wie das klingt: Temudschin-Chan!«

Er hebt sie auf den Schoß: »Ich finde, daß es gar nicht gut klingt. Aber überlege: Hätte ich ›Ja‹ gesagt, würde es heißen, ich hätte mich selbst zum Chan gemacht. Ich muß berücksichtigen, was in den Köpfen von Daaritai, Sschatscha-Beg, Altan und dem Sohn Katul-Chans vorgeht. Darum habe ich, als mir die Würde des Herrschers angetragen wurde, vorgeschlagen, daß man den Titel zunächst den Edelsten in unseren Reihen anbieten soll. Dann bin ich gegangen und ...« Er küßt ihren sich öffnenden Mund.

Dennoch purzeln ihre Worte wie Reiskörner aus einem Sackloch. »Bist du wahnsinnig? Daaritai als Chan? Oder Sschatscha-Beg?« Sie schlägt die Hände über dem Kopf zusammen. »Wo sind deine großartigen Pläne? Verzichte ich dafür auf ein Leben mit dir?«

Temudschin preßt sie an sich. »Ich weiß, was ich will. Keiner der Edlen soll sagen können, er sei nicht gebührend gewürdigt worden. Jedem gebe ich die Möglichkeit, Chan zu werden. Und zwar vor mir!«

»Und wenn einer von ihnen Chan wird?«

Er schüttelt den Kopf. »Keiner von ihnen wird es.«

Ihr Mund bleibt vor Staunen offenstehen.

Temudschin lacht. »Wie oft muß ich deinen Mund heute noch ...?«

Bürte reißt sich los. »Jetzt sagst du mir sofort, warum ...«

»Weil Daaritai, ein Enkel Kabul-Chans, sich niemals unter den Sohn Katul-Chans stellen wird. Umgekehrt gilt das gleiche. Und

Sshatscha-Beg wird sich nicht unter den Enkel Kabul-Chans stellen. Und Altan weder unter den einen noch den anderen. Das würde gegen deren Ehre gehen. Lieber wählen sie mich zum Chan. Sie bilden sich ein, sich mir nicht unterstellen zu müssen, weil ich niedrigerer Abstammung bin. In mir sehen sie gewissermaßen ihren Sachverwalter.«

Bürte begreift das nicht und schüttelt den Kopf. »Du spielst ein gefährliches Spiel.«

»Es ist nicht gefährlicher als das Spiel, in das Männer sich einlassen, wenn sie eine Frau heiraten.«

»Du . . .!« Bürte wirft sich über ihn.

Er fühlt ihre weichen Lippen. Sein Blut gerät in Wallung.

Sie streckt sich in wohligem Sehnen, und als sie am nächsten Morgen erwacht, ist es lichter Tag und ein Zweig mit rotweißen Blüten liegt auf ihrem Fell. Der erste Gruß des jungen Chan.

3

Temudschin blickt über die saftigen Weiden zwischen Onon und Kerulen. In weiter Ferne liegen sanft ansteigende Hügel, die im milden Licht der Sonne bläulich leuchten. Zufrieden überdenkt er die letzten Wochen, und er errechnet den Zuwachs des Lagers, seitdem er Chan geworden. Dabei vergißt er nicht, auch das Anwachsen der Feinde in seine Pläne einzubeziehen. Er ist genau informiert. Die Geschenke an die fliegenden Melder machen sich bezahlt. Ständig kommen und gehen die ›heiligen‹ Reiter, die er wie Fürsten bewirten läßt und mit denen er selbst oftmals plaudert. Dabei muß er immer wieder die traurige Feststellung machen, daß aus Treue und Glauben schnell Untreue und Haß werden können. Er befürchtet deshalb, noch nicht stark genug zu sein, um seine Pläne durchzuführen. Nicht, daß er zögert. Er berücksichtigt nur, daß mit einem Schlag alles verloren sein kann. Heute locken seine Weiden und die Hoffnung auf Beute, aber schon morgen kann es sein Hab und Gut sein, das als Beute winkt. Er hat es beim Tod seines Vaters erlebt.

Temudschin horcht auf, als er den Klang von hellen Glocken vernimmt. Ein Melder stürmt auf das Lager zu. Der Chan winkt ihn zu sich, und wenig später geht er mit dem Boten gemächlich zum Ordu, wo er ihn Belgutei übergibt, der die Aufgabe übernommen hat, Boten zu bewirten und zu beschenken. Er fordert den Halbbruder auf, sofort die Oerlök, die Höchsten des Lagers, zusammenzurufen.

Boghurtschi, Dschelme, Muchuli, Kassar und Belgutei hat er zu Oerlök gemacht. Mit ihnen berät er sich außerhalb des Rates der Edlen. Sie stimmen sich ab, wenn es gilt, durch Rede und Scheinrede den Rat von Dingen zu überzeugen, die sie für richtig befunden haben.

Der Chan muß die Oerlök dringend sprechen. Der Reiter brachte ihm die Nachricht, daß eine Abordnung des Kaisers von Chin über die Karawanenstraße durch die Wüste Gobi zieht, um Toghrul aufzusuchen. Er weiß nicht, welchen Auftrag die Abordnung hat, möchte die Boten des Kaisers aber bitten, auch ihn aufzusuchen. Bürte soll einen feierlichen Empfang vorbereiten. Als Chungiratin weiß sie in solchen Dingen Bescheid.

Die Besprechung mit dem Oerlök ist kurz, und bald rast ein Bote der Gesandtschaft entgegen.

Da es zu den Aufgaben der Abordnung des Kaisers gehört, alles Wissenswerte über die ›Barbaren hinter der Mauer‹ zu erfahren, folgt sie gerne der Einladung des jungen Chan. Man hatte schon von dem neuen Herrscher zwischen Onon und Kerulen gehört, und was man vernahm, war nicht uninteressant.

Auf großen Hengsten rücken die Gesandten heran. Das Ledergeschirr ist kunstvoll mit Silber und leuchtenden Steinen verziert. Auf den Köpfen der Pferde sind wundersame Federbüsche angebracht, und eines der gewaltigen Rosse trägt einen Fahnenträger mit der Standarte des Kaisers von Chin.

Vor dem Zelt des Chans steigt ein besonders festlich gekleideter Reiter hoheitsvoll vom Pferd und läßt sich dabei von Knechten stützen.

Die Umstehenden staunen. Wie mag er aufsitzen, wenn er schon nicht allein absteigen kann?

Temudschin unterdrückt ein Lachen. Bürte flüstert ihm zu, daß er sich vor den Gästen verbeugen müsse; das wäre so üblich. Er denkt nicht daran. Erst will er einmal sehen, wie sich die Fremden verhalten.

Der Wortführer, offensichtlich ein hoher Beamter, geht auf ihn zu. Auf dem Kopf trägt er ein dunkles Seidenbarett, aus dem hinten ein schwarzer Zopf quillt. Sein von einem blauen Seidenschal gegürteter goldgelber Damastrock ist mit Drachen- und Wolkenmotiven durchwirkt, und unter seinen blaßroten Kreppbeinkleidern schauen weiße Seidenstrümpfe und scharlachrote Stoffpantoffel hervor. In seiner Linken hält er ein hauchdünnes Spitzentuch, mit dem er sich die Stirn betupft. Äußerst verbindlich und mit einem Lächeln, das durch feurig blitzende Augen noch unterstrichen wird, sieht er den Chan und Bürte an, die ihn empfangen. Bürte kreuzt die Hände und verbeugt sich. Ihre Augen blicken verstohlen zu ihrem Mann hinüber, der nur unmerklich den Kopf neigt und die Augen unverwandt auf den vor ihm Stehenden gerichtet hält.

Der Gesandte fühlt den Widerstand des Chans, spürt aber auch dessen guten Willen. Ein feines Lächeln huscht über sein Gesicht, als er sich ebenfalls kaum sichtbar verneigt.

Beide müssen plötzlich lachen. Das verstößt zwar gegen die Zeremonie des kaiserlichen Hofes, aber warum soll sich ein Gesandter unter Barbaren nicht einmal barbarisch benehmen? Noch dazu, wenn ihm der junge Chan gefällt und alles feierlich gerüstet ist.

Woher mag die Frau des Chans die Sitte unseres Landes kennen, fragt sich der Gesandte. Rührend ungeschickt legte sie die Hände über die Brust. Es ist sicher gut, diesen Herrscher kennenzulernen. Sein Ordu ist anders als sonst. Man könnte es beinahe sauber nennen.

Der Chan überreicht dem Gesandten einen Zobelfellkragen als Gastgeschenk.

Der Abgeordnete des Kaisers von Chin verbeugt sich und holt aus seiner weiten Ärmeltasche ein goldenes Rauchöfchen hervor, das mit Schriftzeichen verziert ist. Er reicht es dem Chan und sagt: »Die Inschrift heißt: ›Langes Leben‹. Ich wünsche es Euch.«

Temudschin bedankt sich und fordert den Gesandten auf, in sein Zelt einzutreten. Gemeinsam gehen sie zum Eingang, vor dem ein kleines Feuer knistert. Der Chan wendet sich an den Boten des Kaisers und bittet ihn, über das Feuer zu springen, bevor er das Zelt betritt: »Es nimmt die bösen Geister fort«, fügt er hinzu.

Im Zelt staunt der Gesandte über die in seiner Heimat übliche Anordnung der Gerichte, Schalen und Blumen. Als er aber hört, daß Bürte eine Chungiratin und der Chan ein Nachkomme Jessugheis-Bagatur ist, wird ihm vieles verständlich. Der Großvater Jessugheis, Kabul-Chan, herrschte über die Yakka-Mongolen und kämpfte mit ihnen gegen den Kaiser von Chin. Damals verbündete sich der Sohn des Himmels mit den Tataren, seinen eigentlichen Feinden. Er machte aus der Not eine Tugend, brach die Macht der Mongolen und ließ den siegreichen Kabul-Chan vergiften. Sein Sohn Katul zog danach nicht mehr gegen Chin, sondern kämpfte gegen die Tataren und nahm Rache. Doch wo er einen Stamm niederschlug, standen zwei neue auf. Immer mächtiger wurde dieses beutelüsterne Volk, das schließlich raubend und plündernd in Chin einfiel. In seiner Not wandte sich der Kaiser an Jessughei, der es verstanden hatte, alle Kiut-Bürtschigin zu vereinen und das Ansehen der Mongolen wiederherzustellen. Jessughei zögerte nicht lange und half dem Sohn des Himmels. Die Schwerter seiner Krieger fettete er mit dem Blut der Tataren.

Verständlich, daß zwischen der Abordnung und dem Chan ein vertrautes Gespräch entsteht, in dem Temudschin erfährt, daß Toghrul zum Kampf gegen die erneut plündernd in Chin einfallenden Tataren eingeladen werden soll.

Augenblicklich nimmt sich Temudschin vor, den Blutsvater zu bitten, den Kampf gegen die Tataren aufzunehmen. Er wird ihm sein Heer zur Unterstützung anbieten, denn dann ... Fieberhaft arbeiten seine Gedanken. Nur zerstreut nimmt er noch am Gespräch teil. Hier bietet sich ihm eine glänzende Gelegenheit, seine Krieger zu schulen, ohne neue Feinde zu bekommen; denn alle Stämme hassen die Tataren. Und er kann endlich seinen Vater rächen! Wenn er sich mit Toghruls Heer vereint, ist er unschlagbar, und mancher Mongolenstamm wird sich ihm anschließen, weil Tataren, die aus Chin zurückfluten, mit unermeßlicher Beute beladen sind.

Temudschin fiebert. Er sieht seine Melder schon durch Wüsten und Steppen reiten, um alle Nomaden zum Kampf einzuladen. Bevor sie sich ihm anschließen, sollen sie jedoch durch das Land der Tataren ziehen, um Stämme und Lagerplätze auszukundschaften.

Als die Gesandtschaft aufbricht, jagen bereits schnelle Boten zu Toghrul. Der alte Chan nimmt das Anerbieten seines Blutsohnes dankbar an, denn gemeinsam werden sie unschlagbar sein.

Wenige Wochen später vereinigen sich die Heere und beziehen eine günstige Stellung hinter der Chin-Mauer, die sich wie ein endloser Drache über die Berge dahinzieht. Fliegende Melder halten Verbindung mit dem General der Chin-Armee, der die Tataren schließlich schlägt und sie den wartenden Keraiten und Mongolen entgegentreibt, welche das raubgierige Volk in der Wüste zerschmettern. Kein Tatare findet den Weg in die Heimat zurück.

Den Keraiten und Mongolen bleibt nichts anderes übrig, als die Beute aufzuteilen. Und was für Beute! Ihre Augen quillen über. Sie hören schon viel vom mächtigen Chin, ahnten aber nicht, daß der Reichtum hinter der Mauer so groß sein würde. Dorthin müßte Temudschin sie führen.

Für den jungen Chan ist die Tatsache, daß die Mongolen unter seinem Befehl zum ersten Male vereint in den Kampf gezogen sind und gesiegt haben, wichtiger als alles Gold und Silber, das vor ihm liegt. Und als er sich von dem Chin-General verabschiedet, der als ›Wächter der westlichen Grenze‹ die Mauer verteidigt, erklärt dieser bewegt: »Ich werde dem Sohn des Himmels von euren Taten berichten und ihn bitten, euch in das Goldene Buch der Krieger eintragen zu lassen.«

Tschang-Tsung, der Kaiser von Chin, nimmt die Meldung seines Generals gnädig auf. Er ernennt Toghrul-Chan zum ›Wang-Chan‹, Fürst-Chan, und macht den unbekannten Mongolenhäuptling Temudschin zum ›Tschao-Churi‹, zum Bevollmächtigten gegen die Rebellen an der westlichen Grenze.

Man schrieb das Jahr 1194 n. Chr.

4

Im Strom der Krieger, der sich über die alte Karawanenstraße von Chin in das Keraitenland ergießt, treibt auch Temudschin. In seiner Nähe reiten die Getreuen, aber niemand achtet auf ihn. Müde, teilnahmslos und mit hängenden Köpfen sitzen sie auf ihren Pferden. Ihre Lippen sind aufgesprungen und von einer Salzkruste überzogen. Die Filzjacken haben sie bis zum Gurt geöffnet. Der Schweiß, der vor Tagen noch über ihre Körper rann, ist versiegt. Die Haut verlor ihre Sprache. Poren schlossen sich mit Staub und Schmutz. Der Wüstensand sengt und verbrennt ihre Leiber.

Still wird es in den Siegern, die wie ein Heer von Sklaven durch glühenden Sand reiten. Matt treiben sie ihre Pferde an, die immer wieder stehenbleiben wollen. Schlaf oder Tod, es ist jetzt gleich.

Das Gespenst der Wüste sitzt allen im Nacken. Hitze und Trockenheit, Durst und Wahn – alles in unendlichen Massen. Wenn ein Pferd zusammenbricht, greifen sie zum Schwert, schlagen die Adern auf und trinken das Blut, um dann erschlafft zu Boden zu sinken. Der Tod gab ihnen Leben und Müdigkeit; dahinter hockt ein anderer Tod.

Wenn am Horizont Wälder und Seen auftauchen, setzt sich niemand mehr in Bewegung. Ein jeder kennt die Pein des Jagens hinter den Lügen der Natur und weiß, daß sie nur noch stärker gequält werden sollen. Sie schließen die Augen, pressen die Lippen zusammen und torkeln weiter, bis der Geruch von Harz in ihre Nasen steigt. Dann wissen sie, daß keine Fata Morgana sie narrt, daß der dunkle Streifen eines Waldes in wenigen Stunden am Horizont auftauchen wird.

Temudschin führt seine Krieger bewußt durch die Wüste. Keiner von ihnen würde den Weg fortsetzen, wenn er wüßte, daß ihn eine Schwenkung nach Norden bald zum eigenen Ordu brächte. Das Ordu darf er ihnen nicht zeigen, denn dort würde der Besitz der goldenen Beute alle in einen Zustand von Trunkenheit versetzen. Wochen würden vergehen, bis er zur Toghrul aufbrechen könnte, Wochen, die er nicht verschenken kann.

Ein unstillbarer Hunger nach Macht hat ihn gepackt und in einen Zustand versetzt, der dem des Schakals gleicht, der Blut gewittert hat. Er lechzt nach Ruhm und Siegen. Der Gedanke, zu herrschen und zu unterwerfen, läßt ihn nicht mehr ruhig schlafen. In ihm wirkt eine Macht, die ihn mehr und mehr verändert.

Vor Tagen, als er wußte, daß sein Weg am Onon vorbeigeht, dachte er an Bürte. Er wollte sie besuchen, aber all das, was früher ein knisterndes Feuer in ihm entfacht hatte, reizte ihn nicht mehr. Ruhig war er geworden, und er segnete diesen Zustand insgeheim. Ein unbekannt wohliges Gefühl beschlich ihn, als er sich bewußt wurde, daß er in Bürte nur noch die Mutter seiner Söhne sah.

War das Licht der Liebe erloschen? Er schob die Frage fort, weil er wußte, daß Ehrgeiz ihn berauschte. Bürte wird immer in meinem Herzen bleiben, sagte er sich. Nur anders als bisher. Mir wird es guttun, dann und wann zu ihr zu gehen, um jene Ruhe zu finden, die mich als Junge überkam, wenn sie ihre Hand auf meinen Arm legte. Darauf möchte ich nicht verzichten. Ich werde zu ihr gehen, wenn ich mich nach Ausgeglichenheit sehne.

Toghrul empfängt den Verbündeten und Tschao-Churi des Kaisers von Chin mit dem Glanz und Pomp, den er seiner neuen Würde als Wang-Chan beimißt. Die Freude, diese Ehrung in seinen alten Tagen noch erfahren zu haben, läßt den Greis glucksend lachen.

Temudschin überreicht ihm zum Zeichen seiner Ergebenheit kostbare Geschenke. Decken aus goldenem Gespinst, hauchdünne Seidengewebe in leuchtenden Farben, Schalen aus Jade und Elfenbein sowie Edelsteine aller Art breitet er vor dem erstaunten Andah aus. Er legt Wert darauf, das Bündnis mit dem Keraiten zu erweitern, denn das Abkommen wurde nur für den Kampf gegen die Tataren abgeschlossen. Gemeinsam mit Toghrul könnte er alle Widersacher vernichten.

Der alte Wang-Chan ist mit seinem Blutsohn außerordentlich zufrieden, und er veranstaltet glänzende Feiern, damit sich auch die kleinen Leute am neuen Reichtum berauschen können. Auf freien Plätzen wehen bunte Fahnen und Wimpel. Um die Eingänge der Zelte winden sich Girlanden. Unzählige Hammel und Fohlen drehen sich am Spieß. Geschenke werden verteilt. Männer wie Frauen schmükken sich mit Beutestücken. Mit aus Gold getriebenen Wappen oder Tellern vor der Brust, wandern sie stolz umher. Man geht auf und ab, zeigt sich und gibt sich dem Essen und Trinken hin, um sich schließlich an Spielen und Tänzen zu ergötzen.

Am nächsten Morgen ziehen unaufhaltsam Reiterkolonnen an Toghrul und Temudschin vorbei. Unter einem Dach aus straffgespannter Chin-Seide folgen sie aufmerksam den Vorführungen, die von den mongolischen Kriegern dargeboten werden.

In den aufgewirbelten Sand dringt der jubelnde Schrei aus unzähligen Kehlen, als sich die Guran in mächtigen Blöcken von tausend Mann vorbeiwälzen. Fahnen blinken, und Abteilungen schwenken und wenden wie von Geisterhand geführt. Temudschin stellt seine in täglichen Spielen geübten Männer zum ersten Mal zur Schau. Die Form der Zusammenfassung kann er ohnehin nicht mehr verheimlichen, mit ihnen zu kämpfen aber versteht nur er.

Toghruls Wangen sind vor Erregung gerötet.

Mit bleichen Lippen verfolgt Sengun das eindrucksvolle Bild. Verstohlen blickt er zu Temudschin hinüber, dessen Gesichtsausdruck ihm härter als früher erscheint. Er fühlt, daß der junge Chan eine Macht geworden ist, die gefährlich werden kann, und er sagt ihm deshalb: »Ich beglückwünsche dich zu deinen Reitern. Du hast Großes geschaffen. Es ist das eindrucksvollste Bild, das ich je sah.« Dann wendet er sich an den Wang-Chan: »Was sagst du, Vater? Ich kann dir zu deinem Wahlsohn nur gratulieren und tue es ohne Neid.«

Toghrul strahlt. »Deine Worte machen mich glücklich. Du hast mir aus dem Herzen gesprochen, Sengun. Wenn ihr beide zusammenhaltet, wird euch niemand angreifen. Ihr hingegen könnt schlagen, wen immer ihr wollt.«

»So soll es sein, Toghrul!« erklärt Temudschin. »Ich bin froh, wenn dein Sohn und ich Freunde werden. Rufe mich, wenn du mich brauchst«, wendet er sich an Sengun. »Ich werde dir und deinem Vater jederzeit beistehen. Ihr könnt immer über mich verfügen.«

Nachdenklich streicht sich Toghrul über den Bart. »Wenn ich über dich verfügen kann ... Laß uns in meine Hütte gehen, ich muß dich sprechen, Temudschin.«

Der letzte Schein der untergehenden Sonne fällt in Toghruls Lehmhütte und taucht den Raum in ein rotes Licht. In schrägen Strahlen wirbelt Staub umher, der mit dem Untergang der Sonne plötzlich wie ein Spuk verschwindet.

Toghrul, der eine Weile auf das einfallende Licht blickte, schaut Temudschin an. »Hast du den Staub gesehen?«

Der Chan nickt. »Jetzt ist er verschwunden.«

»Du meinst, er ist nicht mehr da?«

»Der Staub ist natürlich noch da, aber die Sonne ging schlafen, und man kann ihn somit nicht mehr sehen.«

»Nun hast du recht. Ich mußte, als ich eben in das Gewoge schaute, an unsere Feinde denken. Immer sind sie da, sehen kann man sie aber nur, wenn entsprechendes Licht auf sie fällt.«

»Hast du Erfahrungen gemacht, die dich nachdenklich werden lassen?« fragt Temudschin, der schon vor Wochen die Meldung erhielt, daß während des Feldzuges gegen die Tataren Naimanen in Toghruls Land eingefallen sind. Doch er gibt sein Wissen nicht preis, um niemandem Einblick in seinen gut arbeitenden Nachrichtendienst zu gewähren. Schon gar nicht Toghrul, der ihn um Beistand bitten soll. Auf diese Weise hofft er zu einem festen Bündnis mit dem Blutsvater zu kommen, denn auch er benötigt Hilfe.

»Weiß der Himmel!« entgegnet Toghrul. »Das freche Pack der Türk-Völker ist mir in den Rücken gefallen. Jahrelang hatte ich Ruhe im Westen, und ich bildete mir ein, dort keine Feinde mehr zu haben. Nun habe ich erfahren müssen, daß Gegner, die man nicht wahrnimmt, doch da sind.«

»Willst du sie nicht bestrafen?«

»Eben darüber wollte ich mit dir sprechen. Würdest du mir helfen?«

»Selbstverständlich«, erwidert Temudschin und denkt: Nun habe ich ihn da, wo ich ihn haben wollte. Jetzt wird es zum Bündnis kommen.

Die Vereinigung von Keraiten und Mongolen ist bald abgesprochen, und dann werden Pläne für einen gemeinsamen Straffeldzug festgelegt. Der Herrscher der Keraiten ist überglücklich und stößt mit kristallklarem Kara-Kumys auf die neue Verbindung an.

Nachdem sie getrunken haben, sagt Temudschin: »Laß uns übereinkommen, Toghrul, daß wir Meinungsverschiedenheiten stets persönlich bereinigen und uns niemals eines Vermittlers bedienen.«

»Das ist ein guter Vorschlag«, antwortet Toghrul. »So wollen wir es halten.«

An diesem Abend sitzen der alte und der junge Chan noch lange beisammen und erzählen von Freunden und Bekannten. Ausführlich muß Temudschin von der Hochzeitsfeier seiner Mutter berichten.

Toghrul kann es nicht fassen, daß Munlik Oelön-Eke heiratete. Eine Witwe wird bei den Mongolen nur selten geehelicht, weil sie nach ihrem Tode zu ihrem ersten Mann zurückkehren muß.

Nachdem sich der Greis von seiner Verwunderung erholt hat, gluckst er zufrieden: »Ich kann mir denken, daß die Hochzeit großartig war.«

Temudschin nickt. »Ja, es wurde mächtig getrunken. Leider kam es zu Schlägereien.«

»Was hast du gemacht?«

»Gewähren lassen und zugeschaut. Glaube mir, Toghrul, manchen meiner Gefolgschaft erlebte ich anders, als ich es vermutete.«

»Das ist immer so. Was machst du nun mit denen, die dich enttäuschten?«

»Ich gebe ihnen eine Chance.«

5

Seit Monden reitet Dschamugha von Stamm zu Stamm, um neue Freunde zu gewinnen. Er kann die Schmach nicht verwinden, die ihm Temudschin angetan hat, sucht Merkiten, Seldschuten, Barguten, Tataren und sogar Chungiraten auf, um gegen die Bürtschigin zu hetzen. Überall erklärt er: »Temudschin zieht mit Toghrul durch die Lande und unterdrückt alle Nomadenvölker der Mongolei. Jahr für Jahr jagen die beiden friedlichen Stämme, ohne daß sich jemand ernstlich gegen die erwehren kann. Toghrul macht Gefangene zu Sklaven, Temudschin macht sie zu Kriegern, denen er alle Rechte einräumt. Sein Heer schwillt an, und es ist nicht abzusehen, wohin das führt, wenn sich andere Stämme nicht zusammenfinden und gegen ihn erheben. Er wird uns eines Tages niedermetzeln und unsere Herden an sich reißen. So wie er es jetzt mit den anderen macht. Menschen, die er nicht braucht, jagt er in die Wüste, Frauen und Mädchen läßt er schänden.«

»Und das macht Toghrul-Chan mit?« fragt ihn mancher entsetzt.

»Ja«, antwortet Dschamugha. »Jahrzehnte vergrößerte der Wang-Chan sein Reich nicht um den Wurf eines Steines. Der Bürtschigin muß ihn behext haben.«

Dschamagha ist leicht wie Spreu, weiß aber gut zu reden. Es gelingt ihm, die Führer vieler Stämme am Argun zu versammeln, sich unverbrüchliche Treue zu schwören und ihn zum Gur-Chan, zum Chan der Völker zu wählen.

Der Feldzug der Rache kann beginnen. Dschamugha entscheidet, sofort gegen Temudschin zu ziehen und nicht auf entlegene Kräfte zu warten. Er kann seine Ungeduld nicht beherrschen und weiß, daß Temudschin im Augenblick allein in seinem Ordu sitzt. Toghrul hält sich an seinem Stammplatz am Tula auf, ist also Hunderte von Kilometern von Temudschin entfernt. Eine günstigere Gelegenheit kann er sich nicht wünschen.

6

Temudschin ist nicht abergläubisch im eigentlichen Sinne des Wortes, doch er glaubt an Zeichen, die der Himmel schickt. Wenn im Winter ein Gewitter über den Bergen steht, hat das etwas zu bedeuten, und es wird dann gut sein, den Schamanen nach den Wünschen des Menke-Kökö-Tengri zu fragen. Wenn der Teufel aber so rumort, daß in der Erde Risse und Sprünge entstehen, kann auch der Vertraute des Himmels nicht mehr helfen, denn der Teufel handelt schneller, als man den Tengri anrufen kann.

Der Chan hat keine Zeit, über das Jenseits nachzudenken; das Diesseits bürdet ihm gerade genug auf. Er glaubt es wenigstens. In letzter Zeit überfällt ihn des Nachts ein Gefühl, als poche eine Faust gegen seine Brust. Dieses ununterbrochene Klopfen bringt ihn zur Verzweiflung. Irgendein Geschehnis scheint ihn zu mahnen, auf der Hut zu sein. Eine unbekannte Kraft muß dahinterstecken. Sind es die Fäuste seiner Vorfahren, die ihn warnen wollen? Ist es das eigene Gewissen?

Temudschin fährt sich über das Gesicht. Schweißtropfen stehen ihm auf der Stirn. Er hört den gleichmäßigen Atem Bürtes und spürt, daß hinter dem einzig Wirklichen, das er im Augenblick wahrnehmen kann, große Schatten stehen.

Seit Tagen geht er wortkarg durch das Zeltlager. Einmal übersah er sogar Oelön-Eke, so tief war er in Gedanken versunken gewesen. Die Untätigkeit bedrückt ihn, aber Krieger und Pferde müssen Erholung haben.

In dieser Nacht wird Temudschin vom Geläut eines nahenden Boten geweckt. Instinktiv spürt er, daß eine wichtige Nachricht auf ihn zukommt. Er springt vom Lager, wirft sich den Fellmantel über die Schulter und tritt vor das Zelt.

Funkelnd leuchtet der nächtliche Himmel. Vom Fluß weht ein frischer Wind herauf. Ein leichtes Frösteln überfällt ihn, aber er braucht nicht lange zu warten, bis ihm Sorgan-Schira, der noch vor Beginn der Schlacht gegen Targutai zu ihm gestoßen war, mit einem Boten seines Schwiegervaters erscheint, der in tage- und nächtelangem Ritt die Wüste Gobi überquerte. Eigenartig, denkt Temudschin. Ausgerechnet Sorgan-Schira, der mit mir durch die Gobi ritt, führt mir nun einen Melder zu, der die gleiche Strecke zurücklegte. Ob Geschehnisse, die auf verschiedenen Ursachen basieren, doch miteinander zu tun haben und sich der gleichen Menschen bedienen. War Sorgan nicht schon oft in schicksalsschweren Augenblicken ganz unerwartet aufgetaucht? Sollte er auch heute wieder ...?

Temudschin führt den Melder in sein Zelt. Der Krieger nimmt

Platz und lehnt sich erschöpft zurück. Seine Augen sind umschattet, die Wangen eingefallen. Er meldet, was Dai-Ssetschen ihm auftrug: »Die Wasser des Argun steigen. Ihr Rauschen dringt bis an das Ohr der Chungiraten, die kommen sollen, um sich im Schaum der Wellen zu baden. Kräftigen sollen sich die Stämme. Gar mancher Häuptling folgte dem Ruf.«

Temudschin springt auf. Seine Feinde vereinigen sich und wollen gegen ihn ziehen? Sogar Chungiraten wurden aufgefordert? Die Gegner scheinen übersehen zu haben, daß sein Schwiegervater ein Chungiraten-Häuptling ist.

Noch in der Nacht versammelt er seine Oerlök, und dann jagen Hunderte von Boten aus dem Lager, um feindliche Kräfte aufzuspüren. Das Ordu wird in höchste Alarmbereitschaft versetzt. Lagerfeuer werden gelöscht und Pferde an die Zelte gebunden, um im Notfall sofort aufsitzen zu können. Die Kriegsrüstung wird bereitgestellt; schon bald ist jeder so weit, daß nur noch Kleinigkeiten zu erledigen sind. In Streifen geschnittenes Fleisch sowie harte Stücke getrocknete Milch werden in den Satteltaschen verstaut. Man wetzt noch einmal über die Säbel und feilt die Spitzen der Pfeile nach.

Dauernd kehren fliegende Boten in das Ordu zurück, keiner aber bringt die erwartete Meldung.

Temudschin wird nervös. Er kommt sich wie ein Verdurstender vor, dem ein Krug Wasser versprochen wird, der aber zusehen muß, wie sich das Gefäß nur tropfenweise füllt.

Endlich, nach zwei Tagen jagen Melder in das Lager, die er schon für getötet hielt. Sie sehen abgespannt aus. Über weite Strecken hatten sie untereinander Verbindung gehalten, um Genaueres über den Aufmarsch der entdeckten Feinde melden zu können.

Dschamugha ist Gur-Chan! Merkiten, Barguten, Seldschuten und Hatakiten haben sich vereinigt, um den Bürtschigin zu überfallen. Ewiger Dank dem blauen Himmel, daß Dai-Ssetschen ihn warnte. Der geplante Überfall wäre tödlich gewesen.

Temudschin entschließt sich, nicht im Ordu zu warten, sondern der drohenden Gefahr entgegenzuziehen, um die Schlacht auf geeignetem Gelände auszutragen. Unzählige Boten jagt er los, die ihn über die Bewegungen des Gegners informieren sollen. Dann gruppiert er seine Guran und rückt dem Feind entgegen.

Fahlblau glänzt der morgendliche Himmel. Kein Lufthauch rührt sich. Die aufgehende Sonne beleuchtet das Antlitz des Chan. Er blickt nach Osten, wo die mächtigen Guran eng aufgereiht stehen. Dumpf wie der Klang einer Trommel klingt das Brodeln der Menge. Die Krieger bilden eine blauschwarze Mauer.

Ein in der Mitte der Guran postierter Reiter hebt den Arm. Augenblicklich bricht das Raunen ab. Temudschin gibt seinem Pferd die Sporen. Er weiß, daß die Augen aller Krieger jetzt auf ihn gerichtet sind, will ihnen zeigen, daß er in aller Ruhe der Schlacht entgegensieht. Als er nahe an seine Mannen herangekommen ist, hebt er die

Hand. Sofort schwenken die Flanken vor und richten sich neu aus. Kein Wort wird gesprochen. Man vermeint, das Rauschen der Steppenhalme hören zu können.

Der Chan hebt seine Stimme: »Der heutige Tag bringt uns die langersehnte Entscheidung. Ich bin glücklich, den Kampf ohne unsere tapferen Verbündeten führen zu müssen. Nicht die Größe eines Heeres entscheidet über den Sieg, ausschlaggebend ist der Geist der Truppe. Euer Kampfgeist und meine Schlachtenführung werden uns den Sieg bringen. Das heutige Gefecht wird entschieden sein, noch bevor es richtig begonnen hat. Ich befehle deshalb den Feind nach dem Sieg mit allen Kräften zu verfolgen. Niemand darf sich von der Verfolgung abhalten lassen. Wenn der Gegner aufgerieben ist, werden wir zurückkehren, die Beute sammeln und sie gerecht verteilen.«

Temudschin, der bei den letzten Worten die Gesichter seiner Heerführer beobachtet, sieht hier und da eine verdächtige Reaktion. Er weiß, daß er mit dem heiligen Recht der Nomaden bricht, nach der Schlacht als erstes Beute zu machen. Doch er muß auf seiner Anordnung bestehen, damit die Vernichtung des Feindes vollkommen wird.

Um die Mittagszeit rücken die feindlichen Kräfte in aufgelockerter Marschordnung an die von Temudschin gut ausgewählte Stellung heran. Wie eine Sturzflut brechen seine Krieger hinter einem Wald hervor. Die völlig überraschten Feinde wenden jäh und ergreifen die Flucht. Dschamugha ist es zumute, als führe eine riesige Faust aus dem Himmel. Er begreift nicht, was geschieht. Zu plötzlich kommt der Überfall. Nur Flucht kann ihn noch retten.

Wie eine brechende Welle, die alles auf ihrem Wege zerschlägt, so zertrümmert Temudschin, was sich ihm entgegenstellt. Dann jagen seine Guran hinter den Feinden her, die sich völlig auflösen und in alle Winde zerstreuen.

Die Freude an der Verfolgung aber ist Temudschin genommen, weil er im Vorbeistürmen sah, daß Daaritai, Altan und Kutschar mit ihren Kriegern Beute machen. Sie befolgen seinen Befehl nicht und widersetzen sich der Anordnung, den Gegner zu verfolgen. Er sagt nichts, denn ungeschützt liegt das Heer der Feinde vor ihm, das es völlig zu vernichten gilt.

Bevor er aber tiefer in die feindlichen Länder eindringt, sammelt er seine Kräfte und hält Gericht. Sein Heer umstellt das Gefolge der edlen Verwandten und nimmt ihnen die gesamte Beute ab. Dann erklärt er Daaritai, Kutschar und Altan als unwürdig und schickt sie nach Hause. An der Unterwerfung der feindlichen Gebiete dürfen sie nicht teilnehmen.

»Ich lasse mir die Unterjochung nicht mehr gefallen!« schreit Daaritai. »Uns edelste Mongolen stellt Temudschin neben einfache Krieger. Wir haben ihn zum Chan gewählt, damit er Sachverwalter unserer Interessen ist und nicht, um unsere Rechte zu schmälern.«

Daaritai schäumt vor Wut. Sein Blick streift Altan und Kutschar, die blaß auf ihren Pferden sitzen. Ihnen graut vor der Heimkehr in das Ordu. Jeder wird den Finger auf sie richten. Ausgeschlossen sind sie. Als Edle müssen sie daheim bleiben, während andere Siege erringen.

Daaritai ahnt, was in Altan und Kutschar vorgeht. Um dafür zu sorgen, daß deren Mut nicht müde wird, fährt er fort: »Soll unsere Nachkommenschaft auf Generationen hinaus von einem Emporkömmling geknebelt werden? Glaubt ihr, daß von uns und den Unsern jemals wieder die Rede sein wird, wenn Temudschin so weitermacht? In selbstmörderischer Verkettung gingen wir einem Glücksritter auf den Leim. Es wird Zeit, daß wir uns auf das Blut unserer Vorfahren besinnen. Temudschin rottet uns Edle aus, weil er die Masse braucht. Unseren Reichtum wirft er ihr als Köder vor die Füße. Und was hat das Volk davon? Nur Not! Denn überall werden Männer wie Temudschin aufstehen und sich gegenseitig bekämpfen, weil sie unersättlich sind und nicht Maß und Ziel halten können. Gewaltige Kämpfe wird es eines Tages geben, denn hinter jeder dieser Gestalten steht die Masse. Ist Dschamugha nicht schon ein anderer Temudschin? Es wird höchste Zeit, daß wir den Knoten lösen, bevor er als Geißel geschwungen wird. Der Masse tun wir damit einen Dienst, auch wenn sie es heute noch nicht erkennt. Sie wird gepeinigt werden, weil kein Blut mit Vergangenheit, sondern die Knute regiert. Tradition des Blutes aber ist notwendig, wenn Herrscher sich nicht am Herrschen berauschen wollen.«

Erstaunt blickt Altan und Kutschar auf ihren Gefährten. Von der Seite haben sie die Dinge nie betrachtet.

»Dann hätte Temudschin uns ja gerade noch zur rechten Zeit die Augen geöffnet«, begeistert sich Altan.

Kutschar macht ein bedenkliches Gesicht. »Ob rechtzeitig, das möchte ich bezweifeln. Was können wir jetzt noch tun? Wohin sollen wir uns wenden?«

Die Augen Daaritais brennen. »Wollen wir zusammenhalten?«

Beide geben ihr Wort.

Der Enkel Kabul-Chans hat den Sohn Katul-Chans unter sich, denkt Daaritai mit Genugtuung und erklärt: »Wir werden aufbrechen und uns unter Toghruls Schutz stellen.« Er lacht, als er die verblüfften Gesichter der Freunde sieht. »Meint ihr, daß er uns nicht aufnehmen wird? Täuscht euch nicht. Wir werden ihm erklären, daß wir mit Temudschins Vorgehen nicht mehr einverstanden sein können, nachdem wir gesehen haben, daß er alle Stämme unterwerfen will.

Nach seiner Rede vor der heutigen Schlacht befürchten wir das Schlimmste auch für Toghrul; deshalb stellen wir uns ihm zur Verfügung. Bedenkt, daß Temudschin heute morgen erklärte, er sei glücklich darüber, ohne Verbündete kämpfen zu können. Hat er das etwa nicht gesagt? Sind nicht alle Krieger unsere Zeugen? Was glaubt ihr, was Toghrul ...«

»Du weißt doch, daß Temudschin es nicht so gemeint hat«, unterbricht ihn Kutschar.

»Aber er hat es gesagt! Und darum wird uns der Wang-Chan aufnehmen.«

Toghrul hört sich schweigend an, was Daaritai, Altan und Kutschar berichten. Seine Augen blicken aus winzigem Spalt. Unfaßlich erscheint es ihm, daß Temudschin ihn hintergehen will. Und er wird es nicht glauben. Sein Blutssohn soll danach trachten, ihn zu überfallen? Da stimmt etwas nicht.

Er wischt einige Krumen von seiner Jacke, als wollte er lästige Gedanken fortstreichen. Dann fährt er sich durch den Bart und blickt in das Gesicht Daaritais, dessen hohe Stirn Klugheit verrät. Seine scharfgezogenen Lippen deuten Energie und Kraft an, aber hinter seinen schrägen Augenschlitzen lodert Falschheit.

Altan und Kutschar haben alltägliche Gesichter. Sie sehen überzüchtet aus und scheinen Daaritai willenlos zu gehorchen.

Toghrul wird es unheimlich zumute. Er will warten, bis Sengun kommt, um in Ruhe mit ihm zu überlegen. Bis dahin wird er nicht mehr nachdenken. Nach kurzem Zögern wendet er sich an die Verwandten des Bürtschigin und sagt: »Ich habe dich angehört, Daaritai, und ich kann euch vorerst nur erwidern, daß ich zu eng mit Temudschin verbunden bin, als daß ich ... Ich bin ein alter Mann und kann mich nicht mehr schnell entscheiden. Ich werde die Dinge mit meinem Sohn besprechen. Bis dahin mögt ihr in meinem Land wohnen, weil Temudschin mir nicht mitgeteilt hat, mit euch in Fehde zu liegen. Siedelt euch also an, wo ihr wollt.«

Als die Besucher fortgegangen sind, legt sich Toghrul müde zurück. Seine Hand fährt über die Stirn. Ein brennendes Verlangen erfaßt ihn, den Blutssohn zu sprechen, dem er versicherte, Mißverständnisse nur in persönlicher Aussprache aus dem Weg zu räumen. Sorge und Angst machen ihn kraftlos.

Während der Greis in den Schlaf sinkt, denkt er an Sengun, der oft versteckte Bemerkungen über den Bürtschigin machte. Hat er Temudschin besser durchschaut, oder ist er nur eifersüchtig?

Dschamugha schäumt gleich einem übervollen Krug Stutenmilch, die zur Gärung geschlagen wird. Neid, Gift und Galle zerfressen sein Inneres und machen seine Zunge noch beredter. In tausend Sprachen spricht sie, als er auf Sengun eindringt.

Daschmugha durchquerte das Land der Keraiten, um in das Gebiet der Naimanen zu flüchten. Er wollte Baibuka-Taiang aufsuchen und um Hilfe bitten, denn er weiß, daß dieser Herrscher die auf niedriger Stufe stehenden Mongolen nicht leiden kann. Auf seinem Ritt durch Toghruls Reich traf er auf einen Zug von Kriegern, die unter Senguns Führung zum Hauptlager des Wang-Chan zurückritten. Es wäre ihm ein leichtes gewesen, Sengun auszuweichen, aber er sagte sich, daß eine Ausweitung der Grenzen des Bürtschigin dem Nachkommen Toghrul-Chans nicht gleichgültig sein könne. Selbst Toghrul müßte nachdenklich werden, wenn er vom Ausgang der Schlacht höre.

Der Sohn des Wang-Chan wußte nichts von der Ernennung und Niederlage des Gur-Chan. Was Dschamugha ihm aber erzählt, läßt ihn aufhorchen. Allein und ohne seine Verbündeten zu verständigen war Temudschin gegen Merkiten, Barguten und andere Stämme in den Krieg gezogen? Über Nacht fiel er sengend in fremde Länder ein? Und nur weil sein Andah Dschamugha von einigen Völkern zum Gur-Chan ernannt worden war? Eifersucht und Neid gegen einen einzigen Menschen ließen Temudschin friedliebende Stämme vernichten?

»Es ist gut, daß ich dich traf«, schließt der Dschurjate seine Hetzrede. »So konnte ich dich auf meinem Weg zu Baibuka-Taiang, mit dem mich Freundschaft verbindet, wenigstens warnen. Du siehst an mir, wie Temudschin mit seinen Freunden verfährt. Der Andah von heute ist der Feind von morgen. Richte dich danach, wenn du nicht willst, daß dich das gleiche Schicksal erwartet.«

Sengun, der zunächst mit heimlicher Freude vernommen hatte, daß Temudschin ohne den Wang-Chan in das Feld gezogen war, wird bleich. Er haßt diesen unermüdlichen Mongolen und bittet Dschamugha, als Gast bei ihm zu bleiben. Dringend notwendig ist es, daß der Vater alles erfährt. Es kommt jetzt nicht mehr darauf an, gegen den Bürtschigin zu hetzen, sondern gegen ihn ins Feld zu ziehen. Dieser Gedanke ist ihm allerdings höchst unangenehm, weil er die Schlagkraft der Armee Temudschins kennt. Er muß schnellstens Verbündete sammeln, und der Gur-Chan soll ihm dabei Hilfe leisten. »Dschamugha«, sagt er, »du mußt mit meinem Vater sprechen. Er würde mir das Ungeheuerliche kaum glauben, weil er weiß, daß ich Temudschin nicht mag.«

Der Dschujarte horcht auf. Sengun und Temudschin verstehen sich nicht? Dann hat er mehr erreicht, als er sich erträumen konnte. Er spürt seine Niederlage nicht mehr, da er einen Verbündeten gefunden hat, der mit Temudschin verbunden ist. Das muß den verhaßten Mongolen vernichten.

8

Das Blätterdach der hohen Bäume fängt die Strahlen der Sonne auf und läßt die Hitze des Tages nicht in den Wald eindringen. Ein leiser Wind vermischt den süßen Duft der Pflanzen mit dem herben Geruch der Erde. Alles schimmert in grünen Farbtönen: goldgrün in den hohen Zweigen und schwarzgrün im Moos unter den Bäumen. Dazwischen leuchten silbergraue Stämme mit dunklen Schatten, riesige Ulmen und Buchen, vereinzelt auch mächtige Araukarien.

Die Bäume stehen in einem braunen Teppich, der an die Kindheit denken läßt, in der man mit bloßen Füßen durch trockene Blätter streifte. Ihr Rascheln erzählt von Sonne, Mond und Sternen. Und von Vögeln, die in den Bäumen nisten.

Heute sehen die Blätter mehr als sonst. Mongolen sind in die Wälder der Merkiten eingebrochen und tragen den Krieg in beschauliches Dasein. Temudschin feiert den Tod und die Unterwerfung vieler Völker. Er braucht nichts anderes mehr zu tun, als Stämme zu empfangen, die ihm willig Geschenke zum Zeichen der Ergebung bringen. Sie wollen ihre Zelte nicht in Flammen aufgehen sehen. Der Chan ist zu mächtig geworden. Man zittert, wenn sein Name genannt wird.

Nur wenige Stämme, die sich nicht unterwerfen wollten, flohen mit dem Fürsten Tuchta-Beg, der inständig hofft, daß sich das Glück doch noch gegen den Bürtschigin wendet. In der Tiefe der Wälder gedenkt er seine Krieger zusammenzufassen und den Strom von Blut in ein anderes Bett zu leiten.

Vorerst sitzt jedoch Temudschin in seinen Wäldern, und erstmalig sind seine Söhne Dschutschi, Tschagatai und Ugedei bei ihm. Nur Tuli, der Jüngste, mußte als Herdbewahrer daheim bleiben.

Stundenlang hockt der Herrscher mit seinen Oerlök zusammen, um die Weiterführung des Feldzuges zu besprechen. Erst am Nachmittag tritt er aus seinem Zelt, um sich durch einen kurzen Ritt zu erfrischen. Im gestreckten Galopp fegt er über eine Schneise. Die würzige Luft tut ihm gut. Er fühlt eine befreiende Leichtigkeit in seine Glieder zurückkehren. Sein Gesicht belebt sich, seine Augen erhalten frischen Glanz.

Während er durch den Wald reitet, denkt er an Tage zurück, in denen er den sehnlichen Wunsch hatte, Bürte in dieses Gebiet zu führen. Doch es kam anders. Er weiß nun, daß er ihr die Wälder nie zeigen wird. Das, was er einstmals als groß empfand, ist in ihm wie ausgelöscht. Er schätzt Bürte ganz außerordentlich, aber die Aufgabe, die er sich stellte, läßt ihn nicht zur Ruhe kommen. Und wenn ihm der Körper zu schaffen macht, sind genügend Frauen von Gegnern im Gefolge, deren er sich bedienen kann.

Als Temudschin vom Ritt zurückkehrt, ist seine Müdigkeit gewichen. Mit sich selbst zufrieden, gibt er sein Pferd an der Koppel ab und geht durch das Lager. Zwischen den Zelten vermischt sich der Geruch des Waldes mit Bratenduft. Er hatte eine riesige Treibjagd veranstaltet, an der alle Krieger teilnehmen durften. Für die nächsten Wochen steht Wild in ausreichendem Maße zur Verfügung.

Vor einem etwas abseits liegenden Zelt erblickt er ein Weib, das er nie zuvor gesehen hat. Himmel, ist die üppig, denkt er fasziniert. Ihre Kleidung ist nicht mongolischer Art. Das Tuch, das sich prall über ihre Brust spannt, ist aus grauem Leinen. Ein reichgeschmückter Gürtel aus weichem Filz schmückt ihre Taille, ein aus mattglänzendem Rehleder gefertigter Rock betont ihre volle Hüfte. Ihr goldgelbes Haar ist in Zöpfen um ihren Kopf gelegt, ihre stahlblauen Augen schauen fragend unter breiten Lidern hervor. Ihre runden Arme schimmern wie Seide.

Temudschin starrt die Frau verzückt an. Er glaubt, nie ein begehrenswerteres Weib gesehen zu haben. Ein Taumel erfaßt ihn. Gebannt nähert er sich der Fremden, die ihn katzenhaft mustert. Er sieht nur noch ihren Körper und ihren üppigen Mund.

Sie lacht ihn mit einem Male an. Er spürt, daß hinter ihrem Lachen die Sehnsucht nach Küssen steht. Irgend etwas müßte er ihr sagen, doch er, der große Chan und siegreiche Heerführer, findet kein Wort. Sein Hirn ist eine einzige Flamme.

Sie lacht immer noch. Ihre Lippen sind leicht geöffnet und lassen eine Reihe gleichmäßiger Zähne sehen. Wie die eines Raubtieres, denkt Temudschin, und im selben Augenblick weicht die Lähmung, die ihn erfaßt hatte. »Wer bist du?« fragt er erregt.

Sie antwortet mit sonorer Stimme: »Chulan, die Tochter eines Merkitenfürsten. Mein Vater schickte mich zum Zeichen seiner Unterwerfung. Kennst du den Chan? Seit Wochen bin ich hier, aber ich habe ihn noch nie gesehen. Ich glaube, er will mich nicht.«

Temudschin muß sich beherrschen, um sich nicht zu verraten. Seit Wochen zeigt man ihm dieses Weib nicht? »Du hast den Chan noch nicht gesehen?« fragt er, um irgend etwas zu sagen.

»Nein. Ich fürchte, er macht mich zur Sklavin.«

Er schüttelt den Kopf. »Das kann ich mir nicht denken. Du bist ihm sicherlich nur noch nicht gemeldet worden.«

Sie schüttelt den Kopf. »Kassar, der Bruder des Chan, besucht mich täglich. Über den Herrscher spricht er nie.«

Temudschin starrt sie entgeistert an. Kassar möchte sich dieses Geschenk auf das eigene Lager legen? Daraus wird nichts. Ihn packt die Wut. Ist dieses Weib womöglich schon die Kebse seines Bruders geworden? Er muß sie fragen. Ihm ist zumute, als legte sich ein Klumpen Blei auf seine Brust. Er begreift sich nicht mehr. Er steht doch zum ersten Mal vor dieser Frau. »Gehörst du Kassar?« fragt er unvermittelt. »Hast du dich mit ihm verbuhlt?«

Sie schaut ihn aus verschleierten Augen an. »Nein!«

Temudschin spürt, daß sie noch etwas sagen will. Er sieht, daß sich ihr Mund schon bewegt, dann jedoch stumm bleibt.

»Was wolltest du noch sagen, Chulan?« fragt er argwöhnisch.

Sie schaut ihn verlangend an. »Wie hübsch du meinen Namen aussprichst. Du legst die Betonung nach hinten. Ich wurde immer anders gerufen.«

»Wie rief man dich, Chu*lan*?«

»Daheim legt man die Betonung auf den Anfang. Das macht den Namen härter.«

»Und was wolltest du vorhin sagen?«

Sie schaut zu Boden. »Ach, es ist dumm. Ich weiß nicht, warum ich es sagen wollte, aber ... Ich könnte mich niemals mit Kassar verbuhlen.«

Temudschins Stimme vibriert. »Warum nicht?«

Sie stößt ein Stück Holz zur Seite. »Weil ich in einen Mann verliebt bin, dessen Leistungen ich bewundere. Irgend etwas in mir drängt zu ihm. Ich weiß nicht, ob du das verstehen kannst. Du bist ein Mann. Bei uns Frauen gibt es etwas, das ...« Sie lacht plötzlich. »Vielleicht erlebe ich eine furchtbare Enttäuschung, wenn ich ihn zum ersten Male sehen. Ich kenne ihn nämlich nicht.«

»Du kennst den Mann nicht, den du liebst?«

»Das ist ja das Furchtbare. Ich liebe den Chan!«

Wie durch einen roten Schleier sieht Temudschin das Weib. Seine Stirnader schwillt in jähem Verlangen.

Sie sieht die Veränderung und weicht zurück. »Ewiger Himmel! Bist du womöglich ...?«

Seine Arme legen sich um ihre Schulter. Ihr Gesichtsausdruck ist noch erschrocken, aber ihre Bereitschaft zur Liebe, zum Sichgeben und Verschenken wird sichtbar. In glühendem Verlangen pressen sich ihre Lippen aufeinander.

Temudschin zieht sie in ihr Zelt. Sie bietet sich seinen verlangenden Händen und stöhnt unter der Glut seiner Küsse.

Als der Chan das Zelt verläßt, kommt es ihm vor, als gehöre ihm Chulan schon seit Jahren. Er geht nicht gleich ins Lager zurück. Alles in ihm ist in Aufruhr. Erst später will er seine Oerlök aufsuchen.

Im Bewußtsein, sich nicht wieder von Chulan trennen zu können, versprach er ihr, sie zu heiraten. Sie will ihn auf allen Feldzügen begleiten. Jederzeit soll er sie umarmen können.

Temudschin ist glücklich darüber und traurig zugleich. Er befindet sich im Widerstreit der Empfindungen. Seine langjährige Liebe zu Bürte legt ihm eine Verpflichtung auf, die Chulan schmerzen muß. Bürte ist und muß die einzige Mutter seiner rechtmäßigen Nachkommen sein und bleiben. Das ist er ihr schuldig. Niemals würde er ihre Rechte schmälern. Sie ist die Frau, mit der er sich nach dem Tode wieder vereinigen wird, von ihr hat er seine Söhne. Das stellt sie über jede andere Frau.

Das Wissen, Chulan keine Rechte einräumen zu können, trübt die Stunde des Glückes. Er versucht sich zu trösten, indem er sich sagt, daß er Chulan durch Liebe entschädigen wird. Bürte wird das natürlich schmerzen, doch was soll er tun? Er kann sich nicht teilen.

Bei diesen Gedanken ist ihm nicht wohl zumute. Er fühlt sich wie ein Totengräber, der sich selbst das Grab schaufeln muß. Und da er seine schon totgeglaubte Liebe zu Bürte ins Grab legt, spürt er, daß noch Leben in ihr steckt. An der Bahre seiner Liebe überfällt ihn die Gewißheit, Bürte nie verlassen zu können.

Was er für Chulan empfindet, kannte er bisher nicht. Er weiß, daß nicht nur seine Sinne gefesselt sind, daß sich vielmehr etwas anderes aufgetan hat und noch entwickelt. Leidenschaft war es ohne Zweifel, was sie zueinandertrieb, ihre Erlösung aber war mehr als Selbstzweck. Das hatte er nicht ahnen können. Erst in der Umarmung überkam es ihn.

Doch er fühlt auch, daß er als Mann besiegt wurde, ist aber nicht traurig darüber, sondern gibt sich glücklich diesem Bewußtsein hin. Wenn er nur nicht dauernd an Bürte denken müßte. Sie tut ihm leid, so leid, daß er sie am liebsten in die Arme schließen möchte. Warum konnte sie ihm in all den Jahren nicht sein, was Chulan schon nach einer Stunde wurde? Gewiß, Bürte kann nichts dafür, er aber auch nicht. Es ist ihr Schicksal, jene unwiderstehliche Macht, die alles bestimmt. Sträuben hilft da nichts. Man kann sich nur beugen.

Dennoch schaudert ihn vor der Armut, die sich um Bürte legen wird. Warum müssen mit dem Glück immer Schmerzen verbunden sein? Weil das Glück sonst nicht richtig empfunden werden könnte?

Temudschin wird von einer nie gekannten Unruhe überfallen. Er, der mit allem fertig wird und sich hemmungslos über vieles hinwegsetzt, kommt plötzlich nicht mehr mit sich in das reine. Beiden Frauen möchte er gerecht werden: Chulan möchte er lieben, Bürte Schmerzen ersparen.

Er fährt sich durch das Haar und rennt zu Chulan zurück.

9

Nach endlosen Besprechungen mit Sengun, Dschamugha, Daaritai, Kutschar und Altan steht Toghrul ermattet auf. Er sehnt sich nach Ruhe und Einsamkeit. Immer neue Erklärungen brachte er vor, um Temudschins Verhalten zu deuten, aber auf alles und jedes hatten Sengun und seine neuen Freunde eine Antwort. Und was sie sagten, war vielfach einleuchtend.

Der Greis schaut bedrückt um sich. Noch einmal muß er alles überdenken. Das Benehmen des jungen Chan gegen Dschamugha ist ohne Frage eigenartig. Der Dschurjate hatte seinem Andah schließlich geholfen, Bürte von den Merkiten zu befreien, und er war bereit gewesen, auch gegen Targutai zu kämpfen. Wenn er nicht gegen die Tai-Tschuten ins Feld zog, lag das an Temudschin, der sich ohne Grund von ihm trennte. Dem Wang-Chan erscheint dieses Gebaren unfaßlich, aber könnten nicht doch Gründe vorliegen, die Temudschin zwangen, sich von Dschamugha zu trennen?

Dann bleibt jedoch immer noch die Tatsache bestehen, daß der Chan den früheren Freund, wenige Tage nach dessen Ernennung zum Gur-Chan, heimtückisch angriff. Temudschin muß neidisch geworden sein, weil sein Andah zum ›Chan der Völker‹ gewählt wurde. Die Ernennung gefällt Toghrul zwar auch nicht, aber er nimmt die Wahl nicht ernst. Doch unabhängig davon: wer heute gegen seinen Blutsbruder in den Krieg zieht, kann sich morgen gegen den Blutsvater erheben.

Dem Wang-Chan fällt es schwer, weiter zu denken. Sein in vielen Jahren gewachsener Instinkt sagt ihm, daß etwas an der Sache nicht stimmt. Könnte Dschamugha nicht neidisch auf Temudschin sein? Und gilt für Daaritai, Kutschar und Altan nicht das gleiche? Wie soll er das prüfen?

Der Ärger der Verwandten darüber, daß Temudschin ihnen das Recht auf Beute absprach, ist natürlich gerechtfertigt. Was mag der Bürtschigin sich dabei gedacht haben? Welchen Sinn haben Kampf und Sieg, wenn keine Beute gemacht werden darf?

Toghrul, der nachdenklich auf und ab geht, beobachtet die Versammelten und sieht, daß sich Daaritai und Dschamugha flüsternd unterhalten, während Kutschar und Altan auf Sengun einreden. Ihm ist zumute, als hätte er sein Leben nutzlos vertan. Da sitzen Männer, die noch vor kurzem gegeneinander ins Feld zogen, friedlich zusammen, als wären sie langjährige Freunde. Er fährt sich über die Augen, möchte das Unfaßliche fortwischen. Gerät Sengun nicht in ein reißendes Bergwasser? Ist nicht auch er neidisch? Es sind doch immer wieder die gleichen Dinge, welche die Menschen ins Unglück stürzen. Unduldsamkeit machte seinen Sohn bei vielen Häuptlingen unbeliebt. Das muß er in seine Überlegungen mit einbeziehen. Ein starker Mongolenstamm kann Sengun schnell zur Gefahr werden.

Der Wang-Chan weiß, daß seine Tage gezählt sind. In diesem Augenblick aber fühlt er sich so schwach, daß er glaubt, die nächste Stunde nicht überleben zu können. Die schmerzliche Last der ungetanen Dinge, die sich vor dem Tode bemerkbar macht, senkt sich über ihn.

Die Gesichter, die ihn anstarren, um eine Entscheidung zu erheischen, werden ihm immer unsympathischer. Nein, er wird sich nicht entscheiden. Er hat Temudschin versprochen, sich persönlich mit ihm auszusprechen, wenn Meinungsverschiedenheiten aufkommen sollten.

Toghrul legt seine Hand auf den Rücken und preßt sie gegen sein schmerzendes Kreuz. Dann sagt er mit Grabesstimme: »Ich werde Temudschin bitten, zu mir zu kommen, um alles zu besprechen und zu bereinigen.«

Sengun braust auf: »Willst du dich wieder von ihm einwickeln lassen?« Er will noch mehr sagen, schweigt aber, weil Dschamugha ihn zwingend ansieht und den Kopf schüttelt. Ist der Dschurjate damit einverstanden, daß Temudschin kommt? Natürlich, denkt er im nächsten Augenblick. Es wäre die einfachste Lösung. Er korrigiert sich deshalb und sagt: »Vielleicht hast du recht, Vater. Wir wollen keinen Streit vom Zaun brechen. Möglicherweise gelingt es uns, den Zwist beizulegen.«

Beglückt mustert Toghrul seinen Sohn. Er ist zu froh, als daß er darüber nachdenken könnte, woher der plötzliche Meinungswechsel kommt. Und er will auch nicht nachdenken. »Ich habe nicht gewußt, einen so klugen Sohn zu haben«, sagt er erleichtert. »Dein Vorschlag ist gut und wird sicher zu einer befriedigenden Lösung führen. Schicke mir sofort einen Boten für Temudschin. Ich möchte ihm selber sagen, was er ausrichten soll. Ach, ich bin froh, daß diese Last von mir fällt.«

10

Das kostbare Zelt aus Tierfellen, das Chulans Vater dem Chan schenkte, ist abseits vom Lager errichtet. Vereinzelt durch das Blattgewirr fallende Sonnenstrahlen lassen es im opalen Licht aufleuchten. Im Innern liegen Temudschin und Chulan auf weichen Fellen und vertreiben sich die Zeit.

Ein vor dem Zelt anhaltender Reiter, der sich umständlich räuspert, läßt Temudschin aufhorchen. Wenn Boghurtschi ihn hier stören läßt, muß etwas Wichtiges geschehen sein. Er tritt ins Freie und wendet sich an den Boten, der ihm meldet, daß eine Nachricht von Bürte eingetroffen sei.

»Sage ihm, daß ich gleich komme«, erwidert er und kehrt in das Zelt zurück.

Chulan nestelt gerade an ihrem Brusttuch. Ihre Beine leuchten bronzefarben unter einem dunkelbraunen Wildlederrock hervor, der ihre Hüfte eng umschließt. Ihre Füße stecken in goldenen Pantoffeln, die Temudschin ihr zur Hochzeit schenkte. Sie stammen aus einem Chin-Palast, den die Tataren plünderten. Ursprünglich waren sie für Bürte gedacht, der er jedoch etwas anderes schenkte: einen kleinen hübschen Jungen. Als er die aus Chin zurückkehrenden Tataren schlug, fiel ihm der Junge auf, der ihn anstarrte, als wollte er sagen: Rühr mich nicht an! Er trug eine kostbare Seidenbluse, die mit goldenen Zeichen verziert war. Ein zobelverbrämter Gürtel mit Perlenstikkereien schmückte seine Taille, ein Armreif aus purem Golde zierte sein Armgelenk. Diesen Knaben namens Schigi-Kutuku, der aus irgendeiner Herrscherfamilie stammte, schenkte er Bürte. Ihr ist er bestimmt mehr wert als goldene Pantoffeln.

Chulan streckt ihm die Arme entgegen.

Der Chan ist im Geiste schon bei Bürtes Melder. Er erklärt deshalb schnell, daß Boghurtschi ihn dringend benötige, und er verspricht ihr, so bald als möglich zurückzukommen.

Als Temudschin in sein Zelt eintritt, gewahrt er erstaunt, daß außer dem Melder Bürtes auch Boghurtschi, Kassar, Belgutei, Muchuli und Dschelme anwesend sind. »Nanu«, sagt er und sieht Boghurtschi an. »Gibt es eine wichtige Nachricht?«

»Ja, Temudschin.«

Er wendet sich an den Boten. »Welchen Auftrag gab dir Bürte-Chatum?«

»Deine Gemahlin läßt dir sagen, daß starke Tiere nie von schwächeren angegriffen werden. Junge Tiere aber können einen Überfall erleiden, wenn sich das Muttertier entfernt.«

Temudschin geht nachdenklich auf und ab. Den Kopf vornübergeneigt bleibt er schließlich vor dem Melder stehen. »Weißt du Näheres?«

»Nein.«

»Gut, dann kannst du uns verlassen.«

Als er mit den Oerlök allein ist, fragt er: »Weiß jemand von euch, was dahintersteckt? Ich verstehe den Sinn der Worte, begreife aber nicht, wieso unser Ordu in Gefahr sein soll. Vor wem?«

Keiner der Anwesenden vermag das zu sagen.

Temudschin ahnt, daß Bürte die Meldung mit Absicht unklar abfaßte. Sie will ihn zwingen, unverzüglich zu kommen. Wahrscheinlich sieht sie eine Gefahr, hat aber keine Beweise. Es müssen jedoch gewichtige Gründe sein, die ihr diesen Zwang auferlegten, denn nie zuvor handelte sie so. Der Chan entschließt sich, den Feldzug abzubrechen, und befiehlt den Aufbruch zum Onon.

In einen Filzmantel gehüllt reitet Chulan neben Temudschin durch die Nacht. Ihr Gesicht schimmert olivfarben im Licht des Mondes, der tief über den Hügeln steht und aussieht, als wäre er aus Eis. Auch die Sterne scheinen vor Kälte zu zittern.

Noch spürt man den warmen Atem des Bodens in diesen Nächten, aber der Sommer ist vorbei. Ein paar Wochen noch, dann pfeift eisiger Wind über die weiten Ebenen und vertreibt den Duft des Herbstes.

Der Chan schnuppert den Geruch von Erde, Blumen und Wald. Eine Art Katerstimmung überfällt ihn, als er bedenkt, daß Chulan mit ihm zu Bürte reitet und Bürte nichts davon weiß, daß er sich eine zweite Frau genommen hat. Ihn beschleicht plötzlich Angst. Wie konnte er vergessen … »Boghurtschi!« ruft er.

Sein unerwarteter Ruf läßt Chulan zusammenfahren. »Was ist?« fragt sie erstaunt. »Du riefst, als wärest du in Not.«

Er führt sein Pferd an das ihre heran und legt seine Hand auf ihren Arm. »Verzeih, wenn ich dich erschreckte. Aber da kommt Boghurtschi. Ich muß ihn dringend sprechen.«

Nachdem er mit seinem Getreuen vorausgeritten ist, sagt er: »Laß im Morgengrauen halten. Wir schlagen die Zelte auf.«

Verwundert sieht ihn der erste Gefolgsmann an. »Hast du deine Pläne geändert?«

Temudschin zögert. »Ja und nein. Frag mich nicht nach Gründen. Es ist nichts, um das du dir Gedanken machen müßtest. Versammle nach dem Aufschlagen der Zelte die Oerlök.«

Nach diesem Gespräch reitet er mit Chulan dem Morgengrauen entgegen. Nur einsilbig beantwortet er Fragen, die sie an ihn stellt. Sie weiß nicht, warum er so unerwartet still wurde, fühlt aber, daß sein Schweigen auch sie angeht.

Als Temudschin am Tag der ersten Vereinigung plötzlich unerwartet zu ihr zurückkehrte, ahnte Chulan, daß ihn nicht die Sehnsucht, sondern das Bestreben, sich zu betäuben, zu ihr trieb. Sie fühlte, daß er Gedanken an Bürte ausweichen wollte, und sie zog ihn liebevoll an sich. Auch heute spürt sie, daß seine Gedanken wieder um Bürte kreisen. Aber er kommt nicht zu ihr wie damals. Er schweigt, und sein Schweigen ist schmerzlich. Eifersucht steigt in ihr auf. Sie will sich davon befreien und kann es nicht.

Mit neun Heerführern sitzt Temudschin in seinem Zelt. Boghurtschi hat neben ihm Platz genommen, während alle anderen ihm gegenübersitzen. Nur Kassar lehnt abseits an der Filzwand.

Die Augen der erprobten Kämpfer sind auf den Chan gerichtet. Was mag er sich wieder ausgedacht haben? Es muß etwas Außergewöhnliches sein, denn noch nie hat er das Heer auf dem Marsch anhalten und Zelte aufschlagen lassen.

Der Chan sieht die auf ihn gerichteten Blicke, die das Treffen noch unangenehmer machen, als es ohnehin schon ist. Doch es hilft nichts. Er muß die Unterredung hinter sich bringen.

Mit spröder Stimme beginnt er. »Etwas Unangenehmes habe ich mit euch zu besprechen. Ihr wißt, daß Bürte meine Frau ist, und es ist euch ebenfalls bekannt, daß ich Chulan heiratete. Bürte weiß aber nichts davon, und es fällt mir nun schwer, mit Chulan zu ihr zu gehen. Doch ich muß meine zweite Frau mitnehmen, weil sonst ihr Vater, der neu unterworfene Merkitenfürst, ungehalten sein würde. Nehme ich sie aber mit, wird das Treffen mit Bürte peinlich.« Er lacht verkrampft. »Eine verteufelte Situation, und ich weiß mir keinen anderen Rat, als einen von euch zu Bürte zu schicken. Einer muß in meinem Namen mit ihr sprechen und sie bitten, mich mit Chulan im Ordu aufzunehmen.«

Betreten senken die Krieger ihre Köpfe. Jeden beschleicht das Gefühl, für die von Temudschin genannte Aufgabe auserkoren zu sein. Lieber schlagen sie zehn Schlachten, als Bürte ... Ihr Chan macht es sich bequem, sehr bequem.

Sorgan-Schira versteckt sich hinter Munlik. Als er den Kang von Temudschins Schultern nahm, hatte er Sorgen, jetzt hat er Angst.

»Wer ist bereit, den ehrenvollen Auftrag zu übernehmen?« fragt Temudschin.

Himmel, was macht man nur?

Muchuli nimmt allen Mut zusammen und erklärt: »Ich übernehme den Auftrag.«

Seine Worte lassen die Beklommenheit weichen, die alle bedrückte. Der Chan mag nun reden, was er will, das Schlimmste ist überstanden.

Auch Temudschin ist erleichtert. Er wird diese Stunden nicht vergessen. Wenn nun auch noch unangenehme Tage folgen, in denen er auf Bürtes Nachricht warten muß, das Peinliche, mit den Oerlök über derartige Dinge sprechen zu müssen, ist vorbei. Er hätte natürlich auch einen Befehl erteilen können, aber dann hätte es sich herumgesprochen, warum er nicht weiterzieht. So hat er eine Garantie dafür, daß niemand etwas erfährt. Unwillkürlich fährt ein Seufzer über seine Lippen, und als Belgutei ihn in gemachter Manier wiederholt, geht ein befreites Schmunzeln über die Gesichter der Freunde.

Nur Muchuli macht ein ernstes Gesicht.

»Nimm es nicht zu schwer«, sagt ihm Temudschin und fügt leise hinzu: »Erkläre Bürte, daß ich die Entwicklung nicht gewollt habe. Und sieh zu, daß du die Sache gut löst. Ich erwarte dich, so bald als möglich.«

Seit Stunden sitzt Muchuli bei Bürte. Temudschins Auftrag lastet wie ein böser Traum auf ihm, und je weiter die Zeit schreitet, um so schwerer werden seine Gedanken. Er hatte sich vorgenommen, Bürte gleich die ganze Wahrheit zu sagen, doch dann hatte sie sich so angelegentlich nach dem Wohlergehen ihres Mannes und seiner Freunde erkundigt, daß er sich seines Auftrages nicht entledigen konnte. So hoffte er denn, daß sich irgendwann eine geschickte Überleitung ergeben würde.

Als sich das Gespräch aber immer mehr in die Länge zieht und Bürte über die belanglosesten Dinge spricht, wird es ihm unheimlich zumute. Er sieht keine Möglichkeit, sich in geschickter Weise des Auftrages zu entledigen. Sobald er einen Ansatz macht, erstickt ihn Bürte im Keim.

Manchmal glaubt er, eine böse Ahnung lasse sie so handeln. Sie muß sich doch sagen, daß er ihr etwas auszurichten hat. Dieses Wissen macht den Verlauf der Unterredung für ihn immer beängstigender, zumal er erkennt, daß ihm die Führung des Gespräches mehr und mehr entgleitet.

Mit dem sicheren Instinkt der Frau spürt Bürte, daß Muchulis Erscheinen einen schmerzlichen Grund in sich trägt. Sie weiß, daß Schreckliches auf sie zukommt, und sie schützt sich mit alltäglichen Fragen vor dem Außerordentlichen, das sie erfahren soll. Sie will ihre Unruhe bändigen und Kraft sammeln. Niemand soll sie verzagt sehen.

Bürte weiß, daß andere Frauen Temudschins Lager teilen und daß die Zärtlichkeit seit Jahren in ihm erloschen ist. Die Süße der Begegnung, die Dauer verspricht und alle Gefahren der Liebe nimmt, ist gewichen. Für Temudschin gibt es nur noch Umarmungen, in denen Selbstverständlichkeit liegt, und Bürte weiß, daß diese keinen Bestand haben. Wenn er sie oft ohne Schonung, beinahe brutal in die Arme nimmt, legt sich kein Feuer mehr auf ihre brennenden Lippen. Sie schließt dann die Augen und trinkt mit Schmerzen die Erinnerungen vergangener Tage. Auflehnen kann sie sich nicht, auch nicht, wenn sie schreien möchte. Trost sucht sie im Verweben von Vergangenheit und Gegenwart, denn ihr Körper wurde ein Schatten, der blind und taub für Äußeres ist. Leben zieht sie aus inneren Gesichten. Schon lange lebt sie unter dieser Maske und leidet darunter, wie sie die Schmerzen auch gerne erträgt. Denn ihr Herz spannt sich in immer neuer Hoffnung. Zuflucht sucht sie in der Einsamkeit und Leere einer öden Wüste, und wenn Verlassenheit nackt und grausam vor ihr steht, dann weiß sie, daß ihr Schoß nie wieder vom Rausch der Liebe durchflutet sein wird. In solchen Stunden des Hinscheidens allen menschlichen Glanzes, der aus Liebesglut erwächst, empfindet sie, daß Lust und Unlust keine Gegensätze sind, vielmehr der gleichen Glut entstammen und nebeneinanderliegen wie Tod und Leben.

In dieser Erkenntnis bricht Bürtes Lähmung. Verschlossene Kammern öffnen und füllen sich mit Milde und Güte. Sie empfindet für Temudschin wie eine Mutter für ihren Sohn.

Bürte gewahrt den verzweifelten Ausdruck Muchulis und sagt beherzt: »Und nun, mein Freund, nenne den Grund deines Kommens.«

Muchuli erschrickt. Anstatt erleichtert zu sein, glaubt er eine Hand zu spüren, die seine Kehle zudrückt. Hilflos erwidert er: »Temudschin schickt mich, um dir zu sagen … zu sagen …« Ihm ist plötzlich alles gleich. Wut überfällt ihn. Warum war er nur so dumm, sich zu melden. Gewiß, das ist nicht mehr zu ändern, aber er wird nicht stottern, sondern reden, wie ihm zumute ist. »Bürte«, beginnt er erneut. »Temudschin hat alle Sitten und Bräuche fallenlassen. Er hört weder auf seine Getreuen noch auf die Edlen seines Gefolges. Sündig ergötzt er sich an der Üppigkeit eines vollbusigen Weibes. Tage und Nächte verbringt er auf ihrem Lager. Nicht länger als die Strahlen der Sonne brauchen, um auf die Erde niederzufallen, kannte er dieses Weib, als er sie zu seiner Frau machte. Am Tage tat er es, die Nacht konnte er nicht erwarten. Als es dunkel wurde, feierte er schon Hochzeit. Chulan heißt das Weib.«

Bürte stützt sich auf ihr Fell. Ein stechender Schmerz raubt ihr fast die Sinne, doch Muchuli soll sie gefaßt sehen. Sie erhebt sich und geht einige Schritte.

Auch Muchuli steht auf. Betreten schaut er zu Bürte hinüber und denkt: Ich muß wahnsinnig geworden sein, solches zu sagen.

Bürte überlegt, ob Muchuli zum Ausdruck bringen wollte, daß Temudschin nicht zu ihr kommen will. Nein, sagt sie sich, das kann es nicht sein. Niemals würde er mir das antun. Es erleichtert sie, daß Muchuli die Nerven verloren hat, denn nun kann sie ihre Verzagtheit hinter Fragen verstecken. Sie fordert den Freund ihres Mannes auf, Platz zu nehmen, setzt sich zu ihm und erkundigt sich, ob er ausrichten sollte, was er sagte.

Muchuli senkt den Kopf. »Nein. Ich konnte mir einfach nicht mehr helfen. Verlogen saß ich hier und ...«

Sie fällt ihm in die Rede. »Es ist gut, Muchuli. Sprich nicht weiter darüber. Wie lautet dein Auftrag?«

»Temudschin bittet dich, mit Chulan in das Ordu kommen zu dürfen«, antwortet er und fügt hastig hinzu: »Weißt du, Bürte, er hat Chulan heiraten müssen. Sie ist die Tochter eines Merkitenfürsten, und er mußte ... Unser neuer Verbündeter hätte ihm gram sein können. Dein Mann will dich nicht verletzen. Er sendet mich, um dich um deine Genehmigung zu bitten.«

Eine Weile vergeht, ohne daß Bürte etwas sagt. Regungslos liegen ihre Hände im Schoß gefaltet. »Wo ist Temudschin?« fragt sie schließlich.

»Er lagert mit dem Heer zwei Tagesritte von hier. Sobald er deine Antwort hat, will er aufbrechen.«

Bürte erhebt sich. »Sage dem Chan, daß ich mich seiner Einsicht und Macht beuge. Er wird wissen, mit welchen Fürsten er sich verbünden muß. Im übrigen gibt es viel Wild im Wald, und der Chan allein weiß, wieviel Pfeile er verschießen kann, ohne daß seine Hände erlahmen. Als seine erste Frau kann ich mich nicht freuen, wenn er sich eine zweite nimmt. Aber ebenso schlimm, wie es sein mag, wenn auf einer Weide nur ein Pferd steht, dürfte es sein, wenn zuviel Rosse darauf Nahrung suchen. Auf jeden Fall bitte ich den Chan, sich zum neuen Weib auch ein neues Zelt schenken zu lassen.«

11

Seit Muchuli zu Bürte geschickt wurde, ist Temudschin ungewöhnlich wortkarg. Er fühlt sich wie von Nebel umgeben und weiß nicht, ob Sprühregen daraus fallen oder die Sonne genügend Kraft haben wird, ihn aufzulösen.

Er wartet auf Muchuli, der an diesem Abend zurück sein sollte. In der Frühe des nächsten Morgens will er weiterziehen, denn zur Sorge um Bürtes Antwort gesellt sich immer mehr die Frage, die ihn zwang, den Feldzug abzubrechen. Um Mitternacht ist Muchuli aber noch nicht zurück. Temudschin wälzt sich auf seinem Lager, Bilder vergangener Zeiten steigen vor ihm auf. Mondlicht. Nachtblau der Himmel. Ein Lorbeerstrauch. Mattglänzende Haut eines Mädchens. Dunkle Rehaugen ...

Seine Hand legt sich auf die Stirn. Ob Bürtes Gedanken gelegentlich auch in vergangene Zeiten zurückwandern? Dumme Frage. Wofür lebt eine Frau denn, wenn nicht für die Liebe? Er macht es sich bequem, gewinnt Neues und nennt es ›Großes‹, ›Niegekanntes‹, aber das andere, das Frühere will er ebenfalls behalten.

Gewiß denkt Bürte, daß ihn ein phantastischer Sinnesrausch erfaßt hat. Das stimmt ja auch. Aber sie wird nicht ahnen, daß er in gewisser Hinsicht darunter leidet.

Als Muchuli endlich zurückkehrt, sagt ihm der Chan: »Geh ein wenig mit mir. Die kühle Luft tut uns jetzt gut.«

Während er dies sagt, schaut er hinter Chulan her, die Boghurtschi in die entgegengesetzte Richtung führt.

Chulan blickt ebenfalls zurück. Verstohlen hebt sie die Hand.

Temudschin wendet sich wieder an Muchuli. Der lacht hellauf. »Was sind wir doch für tapfere Krieger. Die Augen einer Frau lassen unser Herz schneller schlagen, aber ebenso behende in die Hose sakken. Du, der siegreiche Feldherr, hast Angst, zu Bürte zu gehen. Das aber sage ich dir: Du frißt jetzt alleine aus, was du dir eingebrockt hast!«

»Das will ich ja. Mir fällt es nur schwer, weil Bürte so anständig ist. Sie ist viel zu gut für mich.«

»Für dich ist jede Frau zu gut. Darum bin ich ganz froh, daß du nun einmal in die wunden Augen der Mutter deiner Kinder blicken mußt. Im übrigen scheinen Bürtes andere Sorgen nicht gerade gering zu sein. Na, du wirst es ja gleich hören. Die Oerlök versammeln sich deinem Wunsche entsprechend heute nachmittag.«

Der Chan nickt. »Den Weg zu Bürte hast du mir nicht gerade leicht gemacht. Glaubst du wirklich, daß es keinen Zweck hat, nochmals mir ihr über Chulan zu sprechen? Ich möchte unbedingt erreichen, daß die Frauen ...«

»Nein, Temudschin! Mit allem ist sie einverstanden, aber Chulan wünscht sie nicht kennenzulernen.«

Der Chan macht eine hilflose Geste und sucht Bürtes Hütte auf, in der er sie alleine antrifft. Sie lehnt gedankenverloren an der Mittelsäule des Zeltes, doch als sie Temudschin gewahrt, begrüßt sie ihn unbefangen und fordert ihn auf, Platz zu nehmen.

»Bürte! Ich muß dir sagen ...«

»Du brauchst mir nichts zu sagen«, unterbricht sie ihn. »Wir wollen über gewisse Dinge weder jetzt noch später sprechen. Es ist alles gut. Und nun setz dich.«

Temudschin nimmt unsicher Platz.

Nach einigen Fragen über das persönliche Wohlergehen sagt Bürte: »Weißt du eigentlich, daß Dschamugha ein Freund Senguns wurde und daß Daaritai, Altan und Kutschar im Ordu Toghruls sitzen?«

Temudschins Augen werden zu Schlitzen, und besorgt hört er sich an, was Bürte des weiteren berichtet. Ihre Mitteilung stimmt ihn nachdenklicher, als er es sich eingestehen will. Die Keraiten haben im Augenblick das ganze Heer frei, da an ihren Grenzen völlige Ruhe herrscht. Und Dschamugha, Daaritai und Sengun? Das sieht fast so aus, als ob ... Nein, sein Verhältnis zu Sengun ist nicht schlecht; von dieser Seite droht keine Gefahr. Er weiß natürlich nicht, was die ehemaligen Freunde unternehmen, um gegen ihn zu hetzen. Dschamugha ist unermüdlich. Unmöglich aber erscheint es ihm, in Toghrul einen künftigen Gegner zu sehen. Inniger kann eine Verbindung zwischen zwei Herrschern nicht sein. Darüber hinaus hat er mit dem Greis verabredet, daß sie miteinander sprechen wollen, wenn irgendwelche Mißverständnisse auftauchen sollten. Toghrul wird sich an sein Wort halten.

Temudschin versucht Bürte zu beruhigen, doch sie will sich ihre Sorgen nicht nehmen lassen. »Denke daran, daß Toghrul dich kurz vor der Schlacht gegen die Naimanen verlassen hat!« warnt sie ihn.

Er schüttelt den Kopf. »Ein Mißverständnis war das. Er ist ja auch wiedergekommen.«

»Aber nicht, um dir zu helfen. Er kam, weil ihn die Grenzstämme erneut überfielen. Und schickte er dir den Beuteanteil?«

»Ach, Bürte! Das ist seine Art.«

»So kann man es auch nennen.«

Bürte ist fest davon überzeugt, daß sich ein Unheil zusammenbraut. Sie sagt ihrem Mann, daß sie ein Gefühl für Dinge habe, die sich in Kürze ereignen. Die Sache mit Chulan hätte sie auch geahnt. Nicht, daß sie über diese Frau jetzt reden wolle, aber selbst wenn Muchuli nicht gekommen wäre ...

Der Chan versucht das in ihm aufkeimende Mißtrauen zu unterdrücken. Er will Bürtes Befürchtungen nicht wahrhaben, wenngleich er fühlt, daß sie nicht ganz unrecht hat. Daaritai, Kutschar und Altan wurden ohne Frage seine Feinde. Aber kann er mit Toghrul brechen, nur weil er den Abtrünnigen Platz gewährt? Irgendwo müssen sie ja bleiben. Er sollte nicht auf Frauen hören.

Seine Überlegungen werden durch die Schritte einiger Männer unterbrochen. Er nimmt den Zeltvorhang zur Seite und erblickt Sorgan-Schira mit einem fremden Krieger. »Was gibt's?« fragt er ungehalten.

»Ein Bote des Wang-Chan wünscht dich zu sprechen.«

Temudschin wirft Bürte einen bedeutsamen Blick zu. »Hast du gehört? Ein Bote von Toghrul.« Dann fragt er den Melder.

»Welche Kunde bringst du?«

Der Bote strafft sich. »Der Wang-Chan sieht mächtige Vögel über schluchtenreicher Gegend. Seine Augen sind zu alt, um zu erkennen, ob es sich um Störche oder Aasgeier handelt. Er bittet dich, ihn aufzusuchen, um gemeinsam Ausschau zu halten.«

»Ich danke dir«, erwidert Temudschin. »Laß dich gut bewirten und ruhe dich ordentlich aus. Du hast mir eine gute Nachricht gebracht.«

Der Melder verläßt das Zelt, und Temudschin wendet sich an Bürte. »Nun, steht Toghrul zu seinem Wort?«

Sie sieht ihn ängstlich an. »Wirst du zu ihm gehen?«

»Nimmst du etwa an, daß ich hierbleibe? Ich werde mir die Vögel sogar genau ansehen!«

Bürte ringt die Hände. »Wenn du gehst, ist es dein Ende.«

Er tritt an sie heran. »Sei unbesorgt, Bürte. Das Heer lasse ich hier, weil wir zum Winterplatz verlegen müssen. Die Krieger sollen schon alles zur Umsiedlung vorbereiten. In wenigen Tagen bin ich zurück.«

Der Ritt in den beginnenden Tag befreit Temudschin von der Last, die sich auf seine Schultern wälzte. Der Himmel ist verhangen. Bleifarbene Tropfen hängen an den Bärten der Männer, die gleich schemenhaften Gestalten durch den Morgendunst reiten.

Der Chan, der von Munlik und einigen anderen Freunden begleitet wird, will am Abend das Ordu Oelön-Ekes erreichen, das er ihr und Munlik schenkte. Der nächste Tag soll ihn dann in das Lager des Blutsvaters bringen.

Als er Bürte verließ, beschwor sie ihn so inständig, nicht zu Toghrul zu reiten, daß er wankend wurde. Um sie zu beruhigen, sandte er den Melder mit einer frohen Botschaft zurück. Er bat für Dschutschi um die Hand der Tochter des Herrschers der Keraiten.

»Du wirst sehen«, sagte er zu Bürte, als der Bote das Lager verlassen hatte, »daß mein Blutsvater erkennen wird, wie sehr ich mich ihm verbunden fühle. Jeder Hetze dürfte damit die Spitze genommen sein.«

Bürte gab es auf. Sie wußte, daß es keinen Zweck hatte, weiterhin zu versuchen, Temudschin umzustimmen. Auch sagte sie sich, daß es keinen Sinn habe, gegen das Schicksal anzugehen. Sie hatte erfahren, daß sie Temudschin trotz aller Bemühungen nicht hatte an sich fesseln können, und sie hatte es verlernt, sich wichtiger zu nehmen als das Unabwendbare, dem niemand zu entrinnen vermag.

Während Temudschin durch den frühen Morgen reitet, hört er im Geiste schon das glucksende Lachen des gutmütigen Greises, vor dem er kostbare Geschenke ausbreiten will. Und daheim im Lager ist alles in bester Ordnung. Er kann sich auf seine Oerlök verlassen und darf getrost einmal einige Tage abwesend sein.

Vorsorglich gab er Boghurtschi allerdings genaue Anweisungen, was zu tun wäre, wenn ... Denn ein wenig schwankend hat Bürte ihn doch gemacht. Auch wollte es ihm nicht gefallen, daß Kassar ihn bat, mit den Seinen ein eigenes Winterlager aufsuchen zu dürfen. Sein Bruder sieht Chulan oft merkwürdig an. Vielleicht ist es ganz gut, wenn Kassar nicht mehr im Lager ist. Er ist eifersüchtig auf ihn. Wenn er sich vorstellt, daß sich sein Bruder womöglich doch mit Chulan verbuhlt hatte, gerät sein Hirn in Aufruhr.

Temudschin zieht seine Haube tiefer in die Stirn und schließt den Fellkragen enger. Die Fragen um Bürte, Chulan, Toghrul, Dschamugha und Daaritai nehmen ihn mit.

»Was sagst du nun?« fragt Dschamugha den Wang-Chan. »Siehst du jetzt, worauf der Bürtschigin hinaus will? Eine Versippung der Mongolen und Keraiten! Kampflos will er dein Reich gewinnen. Ob er wirklich glaubt, daß du ihn nicht durchschaust?«

Toghrul ist wie gelähmt und vermag kein Wort zu sagen. Unablässig hämmern Worte der Warnung und des Hasses auf ihn ein. Sein Sohn schreit ihn an und erklärt, das Land zu verlassen, falls sein Vater auf Temudschins Vorschlag eingehen sollte.

Der Greis stützt sein müdes Haupt in die Hände. Vielleicht macht er wirklich Fehler und wäre es im Interesse seines Landes besser, wenn der mächtig gewordene Bürtschigin ... Er stöhnt, da er weiß, daß er sich nicht mehr widersetzen kann. Sein Glaube ist müde geworden.

Gespannt beobachten ihn die Anwesenden.

»Gebt mir die verdiente Ruhe«, sagt er nach einer Weile. »Ich bin müde vom Leben, das hinter mir liegt. Der Enttäuschungen waren zu viele. Von mir aus mögt ihr tun, was ihr wollt, aber laßt mich aus dem Spiel. Ich kann eure Argumente nicht entkräften und möchte durch meine einseitige Meinung kein Unheil heraufbeschwören. Doch aus der Sache, die ihr vorhabt, wird nichts! Schlagt sie euch aus dem Kopf, und schaut mich nicht an, als wüßtet ihr nicht, wovon ich rede. Ein alter Mann sieht viel. Temudschin ist mein Gast, und solange er das ist, wird ihm kein Haar gekrümmt. Hütet euch, das Gastrecht anzutasten!«

Kühler als die hereinbrechende Nacht, in der Temudschin das Ordu seiner Mutter erreicht, ist der Empfang, den Oelön-Eke ihm bereitet. Kopfschüttelnd registriert er, daß sie am Herd stehenbleibt und in einem irdenen Topf rührt. Ihr weißes Haar, das seit der Wiederverheiratung nicht mehr so strähnig in die Stirn hängt, schimmert im Schein der roten Flammen. Nur flüchtig wirft sie einen Blick zu ihrem Sohn hinüber.

»Was hast du?« fragt er schließlich ungehalten.

»Solltest du das nicht wissen?« fährt sie ihn an.

Der Chan nimmt Platz und beobachtet, wie seine Mutter Munlik begrüßt.

»Geht es um Chulan?« fragt er, als sie wieder an den Herd tritt.

Oelön-Eke stemmt die Hände in die Hüften und schaut ihn verächtlich an. »Das wagst du noch zu fragen? Empfindest du nicht die Unwürdigkeit deines Tuns?«

Er schlägt sich auf die Schenkel. »Was soll das Oelön? Hat mein Vater nicht mehrere Frauen gehabt?«

»Natürlich. Aber er hat mich immer vorher in Kenntnis gesetzt. Ich war und blieb sein erstes Weib. Und was tust du? Du machtest deine zweite Frau zur ersten. Bürte ist zur Nebenfrau herabgesunken. In Lust verbuhltest du dich mit Chulan, nur weil ... Schweig!« ruft sie, als sie sieht, daß ihr Sohn sie unterbrechen will. »Ich will nichts hören und schwöre dir, daß du mein Heim nie wieder betreten darfst, wenn du Bürte nicht als erste Frau würdigen solltest.«

In Temudschin mischen sich Zorn und Heiterkeit. »Wir wollen nicht mehr darüber sprechen«, erwidert er. »Ich bin alt genug, um zu wissen, was ich tue. Und was Bürte angeht: Sei unbesorgt. Ich weiß, was Sitte und Brauch ist.«

Sie schaut ihn geringschätzig an. »Und weshalb kommst du? Etwa, um mich über deine Heirat in Kenntnis zu setzen? Das ist nicht mehr notwendig. Die Kunde übernahm schon, was Sitte und Brauch ist.« Nach diesen Worten wendet sie sich der Kochstelle zu und hantiert geräuschvoll mit Töpfen, Löffeln und Kannen.

Temudschin hängt eigenen Gedanken nach, bis ihn Mutter Wolke in verändertem Tonfall fragt: »Sind die neuen Weideplätze schon bezogen?«

»Wir bereiten gerade alles vor und wollen in den nächsten Tagen umsiedeln«, antwortet er. »Ich bin auf dem Ritt zu Toghrul, um …«

»Wohin willst du?« unterbricht sie ihn hastig. » Zum Wang-Chan? Hast du denn nicht gehört, daß …«

Temudschin wehrt lachend ab. »Ich weiß, ich weiß. Ich sandte gestern einen Boten an Toghrul und bat für Dschutschi um die Hand seiner Tochter. Damit dürfte wohl alles in Ordnung sein.«

»Was tatest du?« ruft sie entsetzt. »Ewiger Himmel, wie konntest du einen solchen Fehler machen.«

Er blickt sie verwundert an. »Ich verstehe dich nicht.«

»Weißt du denn nicht, daß Ehrlichkeit am leichtesten in unrechtes Licht zu setzen ist? Wenn man etwas aus Berechnung tut, überlegt man vorher alles genau und kleidet das Falsche in ein sauberes Gewand. Wo man aber Rechtes tut, schützt man sich nicht, weil man keinen Grund dafür sieht. Alles Gute wird schnell im Keim erstickt, weil es sich ohne Verteidigung zeigt und keinen Hinterhalt kennt.« Sie macht eine abwehrende Bewegung, als Temudschin etwas sagen will. »Laß mich aussprechen, mein Junge. Dein Vater wurde mit den Tataren fertig, solange er mit ihnen kämpfte. Als er aber gläubig an ihrem Fest teilnahm, starb er durch Gift. Dein Urgroßvater Kabul-Chan, der sich siegreich mit den Chin-Völkern schlug, starb ebenfalls an Gift. Und du, der du durch eine Heirat Gutes erreichen willst, wirst von Toghrul fallengelassen werden, weil deine Feinde dem Greis nun sagen können: Sieh dir Temudschin an. Haben wir nicht gewarnt? Auf billige Weise will er dein Reich mit dem seinen vereinen.«

Der Chan springt auf. »Teufel, du hast recht! Man sollte doch alle Widersacher auf der Stelle umbringen.« Er sieht ein, daß er einen großen Fehler gemacht hat, und fragt sich, wie er sich jetzt aus der Sache herausziehen kann. Dringender denn je erscheint es ihm, den Wang-Chan schnellstens aufzusuchen.

Oelön-Eke beschwört ihn, das auf keinen Fall zu tun. Sie empfiehlt ihm, Toghrul einen Boten zu senden und ihm mitzuteilen, daß er wegen der Verlegung des Ordus im Augenblick nicht abkommen könne, jedoch so bald als möglich einen neuen Zeitpunkt nennen würde.

Temudschin kann sich nicht entschließen, dem verbündeten Herrscher eine Absage zu erteilen.

»Setz dich und überlege in Ruhe«, rät ihm die Mutter.

Widerwillig nimmt er Platz. Er weiß, das Oelön-Eke recht hat, aber gerade das paßt ihm nicht.

Munlik, der bis jetzt geschwiegen hat, wirft schüchtern ein: »Ich versuche die ganze Zeit, mich in deine Lage zu versetzen. Sicherheit bietet nur Oelön-Ekes Vorschlag. Wenn du zu Toghrul gehst, wirst du nicht wiederkommen.«

Nach langem Zögern schickt der Chan einen Boten zum Blutsvater und reitet zum eigenen Ordu zurück.

Erstarrt hört Toghrul den Melder Temudschins an. Sengun, der neben ihm steht, befürchtet schon, die Nachricht würde seinen Vater vernichten. Doch dann sieht er, wie sich der Greis jäh strafft und mit einer seit Jahren nicht mehr bei ihm gehörten Schärfe ruft: »Den Boten fesseln! Sofort alle Heerführer zu mir!«

Sengun begreift nicht, was in seinen Vater gefahren ist. Seine Hände zittern vor Aufregung.

Toghrul geht mit festen Schritten auf ihn zu. »Los, tue was ich gesagt habe!«

Sengun blickt ihn wie ein Gespenst an, und als Dschamugha, Daaritai, Kutschar und Altan sich mit den Heerführern der Keraiten beim Wang-Chan versammeln, glauben alle, einer Sinnestäuschung zu unterliegen. Mit weitausholenden Schritten geht Toghrul auf und ab. Seine weißen Haare wehen wie eine Fahne im Wind, bis er plötzlich vor den Versammelten stehenbleibt und mit brennenden Augen verkündet: »Hört zu. Temudschin behauptet nicht kommen zu können, weil er sein Ordu verlegt. Ich weiß nun, daß er nicht kommen will. Und warum will er nicht kommen? Weil er ein schlechtes Gewissen hat. Wenn ich auch alt bin, ich werde jetzt Abrechnung halten. Den Weg zum Winterplatz werden wir dem Bürtschigin ersparen. Macht euch kampfbereit! So schnell wie möglich brechen wir auf. Im Überfall wollen wir ihn besiegen.«

12

Ein klarer Tag, wie ihn nur die Zeit zwischen Herbst und Winter zu schenken vermag, breitet sich über dem Ordu der Mongolen aus. Am Himmel segeln vereinzelte Wolken, und von den Feuerstellen steigen weiße Rauchfahnen senkrecht in die Höhe. Es ist ein Tag, der froh und traurig macht, weil er wie ein Frühlingstag spricht und doch von kommenden Wintertagen erzählt.

Temudschin empfindet dieses, als Sorgan-Schira bei ihm stehenbleibt und sagt: »Ein herrlicher Tag, was?«

Der Chan nickt und nimmt seine Haube vom Kopf. »Man könnte meinen, es sei Frühling. Eben dachte ich, ein besseres Wetter hätten wir uns zur Verlegung nicht wünschen können.«

»Weiß der Himmel«, antwortet Sorgan-Schira und geht weiter.

Der Chan blickt auf die Wagen, die von Männern und Weibern beladen werden. Das Lager ist voller Geschäftigkeit. Überall liegt Hab und Gut umher. Alle sind erfüllt von der Freude, einmal wieder in eine andere Gegend zu ziehen.

Und doch, die Sorge um die eingetretene Spannung mit den Keraiten bedrückt jeden. Richtig froh wird man erst sein, wenn sich der Zug in Bewegung gesetzt hat. Dem Chan ist anzumerken, daß es ihm lieber gewesen wäre, wenn er die Krieger noch angetroffen hätte, die schon zu ihren Stämmen abgezogen sind.

Zwischen den Zelten donnern plötzlich hastige Rufe, und ein Hirte schreit: »Die Keraiten kommen! Sie sind kriegsmäßig gerüstet!«

»Wo sahst du sie?« ruft der Chan außer sich.

»An der Grenze unseres Landes.«

»Da haben wir die Schweinerei«, tobt er unbeherrscht. »Warum hörte ich nur auf Oelön-Eke.« Er wendet sich an Sorgan-Schira, der herbeieilt. »Hole schnell die Oerlök.«

Spätestens am Abend werden die feindlichen Streitkräfte eintreffen, überlegt Temudschin. Er weiß, daß er sich unmöglich zum Kampf stellen kann. Eine List muß ihn retten. Sein Blut fiebert. Auf den geringsten Vorsprung kommt es jetzt an.

Die Oerlök und etliche Männer und Frauen eilen auf ihn zu.

»Ist es wahr, daß ...?«

Der Chan beruhigt das Volk. »Geht an eure Plätze und packt in Ruhe weiter. Es ist kein Grund zur Sorge vorhanden. Ihr erhaltet rechtzeitig Anweisungen.« Er wendet sich an seine Freunde. »Kommt!«

Sie folgen ihm in seine Hütte.

Bürte erscheint am Eingang. »Ist es wahr?«

»Bitte laß uns jetzt allein«, unterbricht er sie. »Sorge dafür, daß in Ruhe aufgeladen wird, und besänftige die Weiber.«

Sie läuft fort.

Der Chan wendet sich an die Heerführer. »Die Keraiten stürmen heran. Wahrscheinlich Sengun, Dschamugha und Genossen. Ihr könnt euch denken, was sie wollen. Aber sie sollen sich täuschen. Mein Plan ist klar. Die Zelte lassen wir stehen, nur das Hab und Gut wird aufgeladen. Spätestens am Mittag rücken Weiber und Kinder nach Osten ab. Keine Marschordnung. Jeder soll sich so schnell wie möglich fortbewegen.« Er macht eine kurze Pause und wendet sich an Dschelme. »Du bleibst mit dreißig Mann im Lager. Ihr zündet die Feuer an, sobald es dunkel wird. Dann folgt ihr uns. Wir begleiten die Wagen einen halben Tagesritt weit und beziehen in der Gebirgsgruppe, in der wir als Kinder früher oft gespielt haben, eine günstige Stellung. Hinter der Schneise findet ihr uns. Alles Weitere später.«

»Du kannst dich auf mich verlassen«, erwidert Dschelme.

Temudschin nickt und blickt die Freunde an. »Wir müssen schnell fortkommen. Ich rechne damit, daß unsere Feinde, die nicht wissen, daß wir die Krieger der fremden Stämme bereits entlassen haben, einen nächtlichen Überfall planen. Deshalb lasse ich die Feuer anfachen. Wir gewinnen dadurch Zeit und verwirren den Gegner. Morgen müssen wir den Kampf so oder so durchstehen. Mehr überlegen ist jetzt sinnlos.« Er wendet sich an Boghurtschi. »Sende Melder an alle Stämme. Sämtliche Krieger sollen sofort aufsitzen und sich einen Tagesritt hinter der Gebirgsgruppe mit uns versammeln. Und nun, verschenkt keine Zeit!«

Jäh gleicht das Lager einem Ameisenhaufen. Jeder greift zu und hilft, wo er kann. Wahllos türmen sich Geräte und Kostbarkeiten auf den Wagen. Das Ordu ist von Rufen und Schreien erfüllt.

Temudschin taucht überall auf und mahnt zur Besonnenheit und Eile. Flüchtig streifte ihn Verzagtheit, doch sie versank in der Geschäftigkeit der Gegenwart, und er nahm sich vor, sich durch nichts bedrücken zu lassen. So wie er einst aus der Schande, in den Kang gekommen zu sein, eine Ehre machte, so will er nun aus der Flucht einen Weg zum Sieg machen. Schon Chulans wegen muß er siegen. Er könnte ihr sonst nicht mehr in die Augen schauen.

Als die Sonne hoch am Himmel steht, zieht eine schwer beladene Karawane nach Osten. Wagenräder knarren, Geräte klappern. Peitschen knallen und treiben zu äußerster Kraft an.

Der Chan und seine Krieger umkreisen die Karawane. Wo es not tut, springen sie von ihren Pferden, um mit geschickten Händen zu helfen. Unablässig treiben und beschleunigen sie den Marsch.

Dennoch kommt mit der Zeit Ruhe und Ordnung in den Zug. Die Aufregung legt sich, und der beginnende Abend kündet schon von der Sicherheit, welche die kommende Nacht bringen wird. In das monotone Stampfen der Hufe mischt sich nur noch das Knarren der Räder und Knirschen des Sandes, als Temudschin mit den Kriegern wendet und zurückreitet. Mag jetzt kommen, was will, die Familien sind in Sicherheit.

Mit einbrechender Dunkelheit läßt der Chan eine günstige Verteidigungsstellung beziehen. Es ist ein Hügel, der nur durch einen Geländeeinschnitt erreichbar ist und nicht umfaßt werden kann. Dann bildet er zwei Gruppen und weist jedem Heerführer einen bestimmten Platz an.

Dschamugha, der neben Toghrul und Daaritai steht, weist plötzlich nach Osten. »Da! Seht!«

Am Horizont leuchten gelbrote Punkte auf.

Der Wang-Chan reibt sich vergnügt die Hände. »Wenn Temudschin ahnte, was ihm blüht ...!«

Sengun, Kutschar und Altan treten hinzu. »Das Fest kann bald beginnen«, sagt einer von ihnen in ausgelassener Stimmung.

Gespannt blicken alle nach Osten. Die roten Feuer vermehren sich. Ihr Widerschein läßt den Abend wie eine rote Fahne wehen. Dahinter steigt der Mond glasig in die Höhe.

Toghrul wendet sich an seine Anführer. »Mein verruchter Blutssohn hat keinen Wind bekommen. Unser Ritt war schneller als die Kunde. Die Gerechtigkeit jagte mit uns.« Er legt seine Hand auf Daaritais Schulter. »Du gehst südlich am Lager vorbei. Sengun nördlich. Im Westen vereinigt ihr euch. Auf mein Hornsignal – Hohoho ..., ich werde selber blasen – stürzt sich alles auf das Lager. Haut nieder, was ihr findet, aber bringt mir Temudschin lebend. Ist das klar?«

Die Männer nicken und sitzen auf, um zur Truppe zurückzureiten, die sie in sicherer Entfernung zurückließen. Toghrul, der mit Sengun an der Spitze reitet, wird von den Heerführern der Keraiten flankiert. In einiger Entfernung folgen Dschamugha, Daaritai, Kutschar und Altan.

Dschamugha blickt noch einmal zurück; er kann sich von dem verheißungsvollen Schein der Feuer nicht trennen. Sein Herz klopft vor Aufregung, als er mit gedämpfter Stimme an seine Freunde gewandt sagt: »Dies wäre die schönste Nacht meines Lebens, wenn der kindische Alte da vorne nicht wäre.«

Schweigen.

Leise ahmt Dschamugha den Wang-Chan nach. »Hohoho ..., ich werde selber blasen.«

Verstohlenes Lachen.

»Selber blasen! Und wer macht nachher die dicke Beute? Dabei sind wir es gewesen, die ihn in Schwung gebracht haben.«

»Hast recht«, erwidert Altan. »Findet ihr nicht auch?«

Kutschar nickt. »Natürlich. Mir ist der Greis vom ersten Tag an auf die Nerven gefallen. Erst wollte er nichts von der Sache wissen, und nun – selber blasen! Was meinst du, Daaritai?«

»Ich meine, daß ein Kampf vor uns liegt, den wir nicht auf die leichte Schulter nehmen sollten. Der Mann, der drüben sitzt, heißt Temudschin.«

»Temudschin! Wer ist er denn schon. Glück hat er gehabt, sonst nichts. Heute Nacht soll er zeigen, was er kann.«

Die Stimmen verstummen. Gleichmäßig rumort das Stampfen der Pferde. Schatten bewegen und verschieben sich. Daaritai bindet sich den Fellkragen zu. Es wird schnell kühl in dieser Jahreszeit.

Kläglich flattert der Ton eines Kriegshornes durch die Nacht.

»Bist du von Sinnen?« schreit Dschamugha, reißt Toghrul das Horn aus der Hand und läßt es in aufpeitschendem Rhythmus erschallen. Dann schleudert er es dem Wang-Chan vor die Füße, tritt seinem Pferd in die Weichen und stürmt davon. »Selber blasen!«

Der Wang-Chan blickt verbissen hinter ihm her.

Von allen Seiten jagen Keraiten auf das Flammenmeer zu. Hufe donnern und Schilde schlagen. Ein ohrenbetäubendes Geschrei erfüllt die Nacht. Dann springen die Krieger von ihren Pferden und stürmen in die Zelte.

Siegestrunken saust der Krummsäbel Dschamughas auf ein Lager.

Fast verliert er das Gleichgewicht dabei. Liegt dort niemand? Zum Teufel, sollte ... Er dreht sich hastig um und rast nach draußen.

Überall rennen Keraiten aus den Zelten heraus.

»Eine List«, schreit Dschamugha. »Eine List!«

Jeder hat plötzlich das Gefühl, im nächsten Augenblick von einer Lanze durchbohrt zu werden. Allen wird es unheimlich zumute. Keiner weiß, wohin er sich wenden soll. Dschamugha springt auf sein Pferd. »Zurück! Zurück! Im Westen sammeln!«

Panik bricht aus. Schatten jagen durcheinander. Jeder springt auf das nächstbeste Pferd und rast davon. Schilde und Waffen gehen verloren. Man glaubt die Faust Temudschins im Nacken zu verspüren.

Wütend fahren die Arme Toghruls durch die Luft. »Seid ihr wahnsinnig geworden?« Seine Augen sprühen vor Zorn. Schneeig leuchtet sein Haar im Licht der Feuer. »List soll das sein? Ausgeflogen ist Temudschin! Seht doch richtig hin. Das Gerät liegt noch überall herum. Hier, Nahrung. Geflüchtet ist die Bande. Der verdammte Bürtschigin hat sein Ziel erreicht, und ich möchte wissen, welcher Anführer meine Truppe in eine derartige Verwirrung gebracht hat? Kostbare Zeit geht uns jetzt verloren.« Er wendet sich an einen Heerführer. »Treib das Heer zusammen! Ich will sofort die Verfolgung aufnehmen.«

Der Heerführer eilt davon.

Toghrul geht schweigend auf sein Pferd zu, neben dem ein alter Krieger steht, der ihm beim Aufsitzen behilflich ist und väterlich sagt: »Behalte ruhiges Blut, Wang-Chan.«

Der Greis reißt seinen Hengst herum und sprengt davon.

Wortlos und müde reitet das Heer der Keraiten durch die Nacht. Das Stampfen der Hufe dröhnt dumpf und monoton. Vereinzelt schlägt metallischer Klang dazwischen.

Toghrul tastet nach seiner Kehle, die vom Schreien heiser wurde. Hohl und ausgepumpt fühlt er sich.

Die neben ihm reitenden Verbündeten sind von Wut und Haß erfüllt, weil der Greis sie vor allen Kriegern wie blutige Anfänger behandelte. Aufbegehren konnten sie nicht; sie hatten wirklich den Kopf verloren. Aber ist das ein Wunder? Sie kennen Temudschin besser als er und wissen, daß man bei ihm nie weiß, woran man ist.

Das Licht des untergehenden Mondes vermischt sich mit dem ersten Schein des heraufsteigenden Tages und legt etwas Gespenstiges über die Gestalten, die erschöpft durch die Steppe reiten. Plötzlich aber kommt Bewegung in die Spitze des Zuges. Vom Osten stürmen Reiter heran. Sie melden, die Überlebenden des vorausgeschickten Vortrupps zu sein. Befehlsgemäß waren sie den Spuren der Karawane nachgeritten, bis sie an eine Stelle kamen, an der Pferdespuren abzweigten, denen sie folgten. In einer Gebirgsgruppe trafen sie dann unerwartet auf eine Einheit Temudschins, von der sie vernichtend geschlagen wurden.

Während die Melder den Verlauf des Gefechtes und das Gelände schildern, steigt die Sonne langsam empor und legt blutige Farben auf die Gesichter der in langer Linie heranrückenden Keraiten. In der Ferne wird das Gelände sichtbar, in das sich der Chan zurückgezogen hat.

Dschamugha lacht verkrampft. »Temudschins letztes Morgenrot!«

»Lobe den Tag nicht vorm Abend«, entgegnet Daaritai.

Dschamugha knurrt unverständliche Worte.

Toghrul versammelt die Heerführer und weist auf die vorausliegende Hügelgruppe. »Die Stellung Temudschins ist ungünstig für uns. Das zeigt aber, daß er schwach sein muß. Wahrscheinlich hat er seine Krieger schon entlassen. Wie dem aber auch sein mag, wir müssen den Kampf aufnehmen, obwohl wir uns schlecht entwickeln können. Bestimmt wartet der Bürtschigin auf Verstärkung, und jedes Zögern wäre deshalb falsch. Wir werden ihn in Wellen angreifen und zermürben. Unserer Überzahl kann er nicht entgegentreten, und für uns ist es ein Vorteil, daß wir gegen nur eine Front ankämpfen müssen.« Er macht eine kurze Pause und fragt dann: »Wer will den Angriff einleiten?«

Daaritai meldet sich.

Dschamugha räuspert sich. »Ich rücke nach. Wie wird die Beute aufgeteilt?«

Erstaunt sieht ihn der Wang-Chan an. »Wie immer. Ich habe den Oberbefehl; die Hälfte gehört somit mir.«

Der Dschurjate blickt zu Daaritai hinüber. Der betrachtet die Hügelgruppe und fragt: »Können wir Temudschin nicht durch ein Seitental angreifen?«

Dschamugha schüttelt den Kopf. »Ausgeschlossen. Ich kenne die Gegend genau. Als Kind war ich mit Temu ...«

»Schon gut«, unterbricht ihn Toghrul. »Der vor uns liegende Kampf interessiert mich mehr als dein alter Spielplatz.« Dann drückt er jedem Heerführer die Hand und sagt: »Ich beobachte die Schlacht von einer Anhöhe und gebe von dort meine Befehle. Jede Anordnung muß sofort ausgeführt werden. Vergeßt nicht, daß ihr nicht den rechten Überblick haben könnt, wenn euch der Kampf umbrandet. Und nun befehle ich die Eröffnung der Schlacht! Der Menke-Kökö-Tengri sei mit uns.«

13

Von einer günstig gelegenen Anhöhe beobachtet Toghrul, wie Daaritai das Gefecht einleitet. Er stürmt an der Spitze seiner Abteilung einer Erhebung entgegen, auf der die Stammfahne der Bürtschigin weht. In den Strahlen der Morgensonne leuchten die Säbel, Keulen und Bogen seiner Krieger wie flüssiges Gold, wohingegen die Silhouette der auf der Kuppe des Berges stehenden Mongolen wie ein finsterer Wald wirkt.

Aus einer Senke heraus stürmt Daaritai mit den Seinen dem Licht des erwachenden Tages entgegen.

Auf der Höhe winkt eine Fahne. Gleich darauf schwirrt ein Schwarm von Pfeilen den Anstürmenden entgegen.

Reiter stürzen. Pferde stieben auseinander.

»Daaritais Truppe ist von der Sonne geblendet!« schreit Sengun aufgeregt.

Eine zweite Flut von Pfeilen ergießt sich über die Angreifer. Wieder brechen etliche Kämpfer zusammen. Pferde bäumen sich auf. Lanzen brechen. Die Stürmenden geraten in Unordnung. Der Angriff stockt.

Von der Bergspitze ertönt jäh Geschrei. In rasendem Sturm jagen die Krieger Temudschins den Hügel hinab, schießen im Ritt nochmals Pfeile, schleudern dann Lanzen, greifen zu den Handwaffen und prallen mit den Kräften Daaritais zusammen. Metallisches Klirren läßt die Luft erzittern. Über den Häuptern wirbeln Säbel und Keulen. Staub fährt hoch. Der Lärm der Schlacht dröhnt.

Dschamugha setzt sich mit seinen Mannen in Bewegung.

Auf der Berghöhe erscheint ein neuer Wald von Lanzen. Die Truppe verharrt, bis der Feind nahe herangekommen ist, dann jagt sie plötzlich den Berg hinunter.

Verzagt sieht Toghrul, wie sich die Reihen Daaritais auflösen. Er greift nach dem Arm seines Sohnes, der neben ihm steht. »Was sollen wir machen?«

»Nicht nervös werden«, antwortet Sengun. »Wir sind im ersten Waffengang. Berg und Sonne helfen Temudschin, wir aber haben genügend Reserven. Da, Dschamugha greift an.«

Hinter den anstürmenden Kriegern des Dschurjaten fegt der Staub in die Höhe. Er treibt die Pferde zu höchster Leistung an und zieht mit seinem Hengst davon, als wollte er im Schwung bis zur Bergkuppe vordringen.

»Sieh dir den Dschamugha an«, sagt Toghrul anerkennend. »Das hätte ich ihm nicht zugetraut. Aber mir wird jetzt klar, warum er als zweiter ... Der Kerl berechnet doch alles.«

Die zurückflutenden Männer Daaritais jagen zur Seite und öffnen Dschamugha den Weg. Die Sandwolke des ersten Treffens verzieht sich. Toghrul erschrickt. Auf halber Höhe haben sich die Streiter Temudschins neu formiert, und von oben stürmt die nächste Abteilung in rasendem Tempo herbei. Ein zweifacher Pfeilhagel schwirrt den Dschurjaten aus der unteren Truppe entgegen, die sich dann, wie von Geisterhand geleitet, teilt und ein Tor bildet, durch das der Chan mit der zweiten Gruppe den Feinden entgegenstürmt. Aus fliegendem Ritt lassen auch seine Männer ihre Pfeile und Lanzen in die Reihen der Angreifer hinabsausen. Dann krachen ihre Schilde mit denen der Keraiten zusammen.

Betäubend wird der Lärm der Schlacht. Erneut hüllt Staub die

Kämpfenden ein. Zäh und verbissen wehren sich die Krieger Dschamughas. Wie ein keuchendes Ungeheuer wälzt sich eine Abteilung am Hügel zurück.

»Sengun!« ruft Toghrul aufgeregt. »Altan soll schneller aufrükken. Und du mußt sofort hinterherstürmen. Wir dürfen Temudschin keine Gelegenheit geben, sich neu zu formieren. Auf dem Hügel sammelt sich seine erste Einheit. Er kämpft scheinbar nur mit zwei Gruppen. Wir müssen ihn mürbe machen. Schnell, sonst ist es zu spät!«

In immer neuen Wellen stürmen die Keraiten heran, aber das Bild ändert sich nicht. Abwechselnd sausen die beiden Gruppen Temudschins den Hügel hinunter, und jedesmal ergießt sich ein dreifacher Pfeilregen über die Feinde, die ihre Geschosse kaum abschnellen lassen können.

Die Keraiten erleiden schwere Verluste. Ihre Truppen werden auseinandergesprengt, und die sich jeweils begegnenden Abteilungen sind sich beständig im Wege.

Toghrul sieht, daß seine Krieger erlahmen. Aber auch Temudschins Kräfte werden schwächer. Seine Reihen sind stark gelichtet. Als die Sonne im Zenit steht, verzagt der Greis. Einen leichten Sieg hatte er erhofft, und nun ...? Seine Hand legt sich schützend über die Augen. Dann ruft er: »Die Mongolen schwenken rote Fahnen. Was bedeutet das?«

Die in seiner Nähe stehenden Melder murmeln etwas von Verständigungszeichen.

Toghrul sieht, daß schwache Kräfte Temudschins versuchen, einen Keil in die Reihen der Keraiten zu treiben. »Das wird seine Niederlage«, frohlockt er und zeigt auf die Spitze der Mongolen.

Die Melder starren gebannt auf das wogende Bild. Verliert Temudschin die Nerven? Glaubt er, einen schmalen Keil durch das ganze Heer treiben zu können?

Immer tiefer dringen die Mongolen in die feindliche Truppe hinein. Eng zusammengedrängt beißt sich das Guran Schritt für Schritt vorwärts. Untereinander wechseln die Krieger laufend die schwerumkämpften Randplätze. Sie säbeln und mähen nieder, als wären sie unantastbar. Jeder Versuch, sie zu sprengen, wird im Keim erstickt. Und sie schaffen den Durchbruch.

Toghrul erkennt, daß seine Krieger in der Schneise eingeschlossen sind. Nach zwei Seiten müssen sie nun kämpfen. Das Blatt hat sich gewandelt. Seine Einheiten werden angegriffen. Aus der Verteidigung heraus ist Temudschin zum Angriff übergegangen.

Der gelungene Durchbruch gibt den Mongolen neue Kraft und deprimiert die Feinde. Niemand aber ahnt, daß der Durchbruch eine Verzweiflungstat war, die Temudschin einleitete, um seine müde werdenden Kämpfer mit neuer Hoffnung zu erfüllen. Er muß den Abend gewinnen. Nur Wagemut und geschicktes Operieren können ihm noch helfen.

Als sich die Verwirrung der Feinde legt, jagen seine Krieger von beiden Flanken wahre Schwärme von Pfeilen in die dichtgedrängten Massen, und als der letzte Pfeil verschossen ist, greifen sie zu Säbeln und Keulen, mit denen sie in irrsinniger Besessenheit auf die Häupter der Keraiten einschlagen.

Der Chan weiß, daß seine Männer nur noch eine kleine Weile so weitermachen können. Fast mechanisch kämpfen sie. Ihre Bewegungen werden zusehends langsamer, ihre mit Blut verschmierten Wangen fallen immer mehr ein. Grüne Schatten liegen unter ihren Augen. Sie sind fast am Rande ihrer Kraft, als die Keraiten plötzlich versuchen, seitlich auszubrechen. Mühevoll klettern ihre Pferde den steilen Hügel empor. Temudschin begreift nicht, was das zu bedeuten hat. Was will Toghrul? Seine Krieger fluten immer stärker zur Eile. Soll er von hinten gefaßt werden?

Vor dem Wang-Chan liegt Sengun mit einem Pfeil in der Brust. Der Greis verlor die Nerven und gab den Befehl, die Schlacht durch Flucht über die Hügel zu beenden. Seine Kämpfer sind zu Tode geschwächt. Er rechnet damit, daß sich Temudschin nicht erholen kann, und er beabsichtigt, ihn am nächsten Morgen erneut zu stellen. Zunächst muß Sengun gerettet werden. Er bangt um seinen Sohn.

Im letzten Licht des Tages erreicht Temudschin die Bergkuppe, um die so verbissen gerungen wurde. Scharfe Falten liegen um seinen Mund. Er kann sich kaum auf den Beinen halten und setzt sich neben der Stammfahne auf den Boden. Mit dem Ärmel wischt er sich über die Stirn. Dann lehnt er sich an die Fahnenstange und betrachtet die hohlwangigen Gesichter der ihn umgebenden Krieger. Keiner sagt ein Wort. Sie sitzen oder liegen am Boden und starren vor sich hin. Ihre Pferde stehen mit hängenden Köpfen neben ihnen; es sieht aus, als horchten sie in sich hinein.

Die Augen des Chans wandern von einem zum andern, bis er plötzlich denkt: Himmel, wo ist Boghurtschi? Bei der Truppe, die den Durchbruch erzwang, kann er nicht sein. Er kämpfte auf diesem Hügel. Neben ihm schlugen sich Ugedei und der Freund des ersten Gefolgsmannes. Alle drei fehlen.

Temudschin möchte die in seiner Nähe liegenden Krieger befragen, unterläßt es aber, weil er weiß, daß die Männer genug mit sich selber zu schaffen haben.

Die Dunkelheit bricht ein. Verluste werden gemeldet. Der Chan bedeckt seine Augen. Als ihm ein Krieger das Fehlen seines Sohnes Ugedei, Boghurtschis und dessen Freundes meldet, sagt er kaum hörbar: »Ich verstehe das. Wie sollten sie sich im Tode trennen, nachdem sie im Leben unzertrennlich waren.« Dann versinkt er in ein trübseliges Schweigen, bis er sich mit einem Male aufrichtet und den Befehl gibt, die Verwundeten auf die Pferde zu binden und zu den Frauen zu schaffen.

Die Verletzten werden aufgeladen. Klagende Rufe werden laut. Dazwischen fallen Flüche. Ein Krieger beschwört seine Kameraden, ihn zu töten, damit er die Schmerzen nicht mehr ertragen muß.

Temudschin geht zu dem Schwerverwundeten, den er in der Dunkelheit nicht erkennen kann. »Wo bist du verletzt?« fragt er teilnahmsvoll.

»Chan«, jammert der Krieger, »hilf mir! Ich habe keine Angst vorm Tod, aber …« Seine Worte gehen in verzerrten Lauten unter.

Temudschin fragt einen Kameraden des Verwundeten: »Was ist mit ihm?«

»Ein Arm ist abgeschlagen, das linke Bein zerfetzt.«

»Laß mich mit ihm allein.«

Der Chan weiß, daß keiner seiner Männer Angst vor dem Sterben hat. Natürlich suchen sie den Tod nicht, aber das Dasein ist für sie nur schön, wenn sie kämpfen, jagen und lieben können. Ergeht es ihnen wie dem Schwerverletzten, dann sterben sie lieber. Der Tod soll nur nicht schleichend kommen.

Halb erstickt quälen sich Schreie aus der Kehle des Kriegers, bis er ermattet zurücksinkt. Eine wundersame Stille breitet sich aus. Seine Augen schimmern in mildem Glanz, als er mühsam den Kopf hebt. »Bist du es, Temudschin?«

»Ja.«

»Gut, daß du da bist. Laß mich nicht weiter …«

»Sei unbesorgt«, unterbricht ihn der Chan.

»Meine Frau …«

»Ich sorge für sie, das verspreche ich dir. Und deine Söhne sollen Krieger werden, wie du es warst.«

»Warst! Wie das klingt. Ich lebe noch und bin schon tot.«

»Bleibe ruhig, und habe Dank für deine Treue.«

Der Krieger bäumt sich auf. Seine Hände verkrallen sich. Unterdrückter Schmerz quillt aus seinen zusammengepreßten Lippen. Dann schreit er, daß die Nacht erbebt.

Temudschin zieht sein Schwert. Bruchteile von Sekunden zögert er, dann erstirbt der Schrei in farblosem Gurgeln.

Der Chan senkt den Kopf und geht zurück. Bei jedem Schritt hämmert es in ihm: Töten! Töten! Töten! Warum müssen wir ewig töten? Um leben zu können? Ist das Leben denn Wahnsinn? Gibt es keinen anderen Weg? Kann Leidenschaft nur in Gewalttätigkeit ihre Erlösung finden?

Verwundert horcht Temudschin in sich hinein. Was sind das für Fragen? Martert ihn das Gewissen? Hat er nicht um seines Ehrgeizes willen Tausende geopfert? Er verscheucht die Gedanken, doch sie weichen nicht und verlangen eine Antwort auf die Frage, ob er handeln mußte, wie er es tat.

Ja, er muß so handeln. Mittel zum Zweck ist er. Die Natur zeigt ihm täglich, daß nicht Vernunft, sondern das Gesetz der Macht regiert. Aber liegt womöglich hinter dem Gesetz der Macht die höchste Vernunft? Aus dem Schoß unserer Erde quillen ungezählte Wesen, die nicht sterben, sondern leben wollen. Doch ein Geschöpf ist stärker als das andere, und das ist gut. Denn nur was stärker ist, kann töten und muß töten, wenn es leben will. So fällt jeder über den anderen her.

Wäre es nicht so, eine Unzahl von Lebewesen würde erwachsen. Wenn dauernder Tod nicht regulierend dezimierte, würde die Erde bald nicht mehr genug Nahrung für alle bieten. Und wären alle gleich stark, würde ein endloses Vernichten beginnen, bis niemand mehr existierte. Das will die Natur nicht. Sie ist Leben und nimmt darum nur dort fort, wo sie verschwenderisch zuviel verschenkte.

Verschwenderisch zuviel verschenkte?

Ja, damit das Starke, das im Schwachen Nahrung findet, sich entwickeln kann.

Bei Tieren mag das der Fall sein, nicht aber beim Menschen.

Gerade beim Menschen. Denn der Mensch vermag zu denken, und im Denken liegt die Gefahr zu denken, daß es Vernunft ist, was das Hirn sagt. In unvernünftiger Vernunft würden wir ein System ersinnen, das unseren Bestand in erträglichen Grenzen hält. Mit der Unterbindung der natürlichen Vermehrung aber würde sich Krankes durchsetzen und bliebe manch Großes ungeboren. Deshalb sendet die Natur Seuchen und Katastrophen, und wo diese nicht ausreichen – Kriege, die todsicher sind. Ein jeder weiß, daß nur ein starkes Volk den Krieg überlebt, und alle Völker trachten deshalb danach, die stärkste Nation auf Erden zu werden. Das scheint ihnen Sicherheit zu bieten, dient in Wirklichkeit jedoch der Natur; denn die Starken werden sich gegenseitig zur Gefahr und kämpfen um ihre Stellung, und – nichts mehr läuft zuwider der Natur.

Was das Ganze soll?

Die Frage vermag der Chan nicht zu beantworten. Vielleicht kann es der Menke-Kökö-Tengri, der möglicherweise seine Freude an diesem Spiel hat. Vielleicht kann auch der keine Antwort geben, weil da etwas entstanden ist, das er gar nicht wollte. Der Himmel ist weit von der Erde entfernt. Wie soll er da all das Furchtbare sehen? Wenn man vom Berg ins Tal schaut, erkennt man ja auch nichts Häßliches.

Dem Chan wird es leichter ums Herz. Er fühlt, daß er nichts Unrechtes tut. Er ist ein ausführendes Organ der Natur. Kein Richter wird ihn je verurteilen.

In diesem Augenblick tritt Boghurtschi vor ihn hin und meldet: »Es ist alles in Ordnung, Temudschin. Ich bin eben mit Boro-Kula und Ugedei zurückgekehrt. Wir konnten nicht eher kommen, weil Ugedei von einem Pfeil getroffen wurde und wir die Wunde aussaugen mußten. Er ist zwar noch ohnmächtig, aber er lebt.«

Wortlos umarmt der Chan den Freund.

In der Nacht verebbt das Stöhnen der Verwundeten, die abtransportiert werden. Nur selten noch peitscht ein Schrei über den Hügel und läßt die Gedanken der Krieger mit den Verletzten zu den Familien wandern. Es sind nicht wenige, die sich im Augenblick wünschen, verwundert zu sein.

Sie begreifen den Chan nicht. Hat ihn die Niederlage verwirrt? Sie glaubten nicht richtig zu hören, als er verkündete, daß kein Gesunder den Berg verlassen darf. Will er sich nochmals stellen? Sie sind doch besiegt. Gewiß, die Schlacht haben sie nicht verloren, aber es besteht nicht die geringste Aussicht, mit dem zahlenmäßig überlegenen Feind fertig zu werden. Der Chan muß verwirrt sein. Sonst würde er schleunigst den Rückzug befehlen.

Die Männer fangen an zu tuscheln. Wahnsinn ist es, weiterhin zu verharren. Sie entschließen sich nach einer Weile, offen mit dem Chan zu sprechen. Er war immer ein zuverlässiger Führer.

Temudschin hört sie ruhig an und fragt dann nur: »Wollt ihr eure Kameraden, die sich durch die feindlichen Linien schlugen, im Stich lassen? Wenn wir den Rückzug nicht gemeinsam antreten, sind sie verloren und sterben morgen den gleichen Tod, den viele heute schon starben.«

Beschämt ziehen sich die Krieger zurück. Wie konnten sie nur die Kameraden vergessen: Einer nach dem anderen hockt sich auf den Boden. Sie versuchen zu schlafen, aber die Aufregung des hinter ihnen liegenden Kampfes läßt ihre Nerven nicht zur Ruhe kommen.

Der Mond steigt hoch und erhellt die Nacht. Blausilbern schimmert der Dunst in den Tälern. Die Hügel stehen gleich erstarrten Wogen vor dem Horizont.

Am Nordhang des Hügels werden Geräusche vernehmbar. Die Männer laufen zum Rand der Kuppe und blicken den Berg hinab. Gleißend badet das Mondlicht in Schildern, Schwertern und Lanzen.

»Die Kameraden kommen!« rufen sie wie erlöst. »Temudschin, sie kommen!«

Nun zögert der Chan nicht mehr. Er gibt den Befehl, nach Osten aufzubrechen.

14

Seit Tagen flüchtete Temudschin mit den ihm verbliebenen Kriegern durch Steppen und Wüsten. Keine Pause können sie sich gönnen, die Keraiten hetzen unermüdlich hinter ihnen her. Aber das ist nicht das schlimmste. Alle verbündeten Stämme haben ihn verlassen. Als die zu seinem Fluß gehörigen Häuptlinge vom Kampf mit Toghrul hörten, fürchteten sie den Untergang des Bürtschigin. Sollten sie sich mit den Keraiten überwerfen, nur damit der Wang-Chan sie plündert und beraubt? Nein, Temudschin soll seine Rechnung alleine zahlen. Er hat sie über den bevorstehenden Krieg weder informiert noch befragt. Außerdem haben sie genug erobert. Auf ihren Weiden grasen fette Herden, und Weiber und Sklaven haben sie im Überfluß.

Da Temudschin keine Rettungsmöglichkeit mehr sieht, sendet er

Boten an Toghrul, Daaritai und die anderen Verwandten, denen er erklärt, nicht verstehen zu können, warum sie ihn plötzlich bekämpfen. Er hat ihre Beute doch immer reichlich bemessen. Und bot er den Verwandten nicht die Würde des Chan an? Warum also sind sie erzürnt?

Er ersucht darum, den Kampf einzustellen und Abgeordnete zur Verhandlung zu entsenden. Jeder soll einen Beauftragten schicken.

Dem stolzen Bürtschigin wurde es schwer, diese Bitte zu stellen, und er verschweigt seinen Getreuen, daß er sie stellte. Allein will er alles durchstehen. Er fürchtet, die Freunde könnten mutlos werden, wenn er eine ungünstige Antwort erhält. Und es ist gut, daß er schwieg, denn die Antwort lautet: Krieg bis zur Vernichtung! Gnadenloser Kampf dem Bürtschigin und seinem Gefolge!

Hoffnungslos treibt der Chan mit seinen Männern fern aller Wege über tote Erde dahin. Immer mehr muß er gegen die Verzagtheit ankämpfen, die ihn Tag und Nacht beschleicht. Was hatte er sich vorgenommen, als ihm die Nachricht vom Herannahen Toghruls gebracht wurde? Er hatte sich geschworen, niemals zu verzagen.

Jawohl, sagt er sich, mag kommen, was da will, ich gebe nicht auf. Zu verlieren habe ich nichts mehr, ich kann nur noch gewinnen. Und wenn ich bis an das Ende der Mongolei fliehen muß. Vielleicht gelingt es mir dort, zwischen den unwegsamen Sümpfen des Baldschun-Sees ein Versteck zu finden und unsere Spuren zu verwischen, bis wir wieder erstarkt sind und Rache nehmen können.

Nachdem er sein Gleichgewicht wiedergefunden hat, sendet er einen Boten zu Kassar, der sich, als hätte der Himmel es so gewollt, von ihm getrennt hatte, um weit im Osten sein Winterlager aufzuschlagen. Er bittet den Bruder, sofort mit seinen Kriegern zu ihm zu stoßen. Dann läßt er seine abgemergelt und zerschunden aussehenden Männer antreten. Grau schimmert ihre Haut. Ihre Augen sind ausdruckslos, ihre Lippen gesprungen und von Geschwüren besetzt.

»Freunde«, sagt er ihnen, »wenn es auch so aussieht, als wäre unser Ende nahe, so weiß ich doch, daß Großes vor uns liegt. Ich glaube, der Himmel will mir im Augenblick nur zeigen, auf wen ich mich verlassen kann. Nur auf euch soll ich bauen, nicht auf sogenannte ›Freunde‹ in anderen Stämmen. Da ich dieses erkenne, verzage ich nicht mehr. Ich sandte eben einen Boten an meinen Bruder, damit er mit den Seinen zu uns stößt. Kämpfer werden wir jedoch nicht. Vorerst werden wir nur Krieger und Stämme sammeln, die ich eurer Führung anvertraue. Haltet noch eine Weile aus, denn ich brauche euch als Anführer meines zukünftigen Heeres, und ich ernenne euch alle in dieser Stunde zu Terschanen. Von jeder Abgabe seid ihr befreit, und Beute, die ihr in Schlachten macht, gehört ausschließlich euch. Darüber hinaus darf jeder Terschane neunmal ungestraft eine Tat begehen, die sonst mit dem Tode gesühnt wird. Und jederzeit habt ihr freien Zutritt zu meinem Zelt.«

Im ersten Augenblick können die Krieger das Gehörte kaum begreifen. Dann aber bricht jubelnde Begeisterung aus. Sie schleudern ihre Hauben in die Höhe und umarmen den Chan.

Die Keraiten fallen raubend und plündernd über die Stämme der Mongolen her, und manch Abtrünniger, der sich nun doch der schönen Zeiten mit Temudschin erinnert, versucht diesen zu finden.

Toghrul hält seine Krieger fest in der Hand. Sie gehorchen dem veränderten Greis gern, zumal ihnen der Feldzug große Beute bringt. Wenn sie in das Heimatland zurückkehren, haben sie ausgesorgt.

Der alte Wang-Chan sitzt erstaunlich aufrecht und fest im Sattel. Schmerzen, die ihn früher plagten, gibt es nicht mehr. Ihn treibt ein Tatendrang, als wolle er in seinen letzten Tagen nachholen, was er ein Leben lang versäumte – sein Reich zu vergrößern.

Stolz reitet er der aufgehenden Sonne entgegen. Dauernd donnert er Befehle, auch wenn es kaum etwas anzuordnen gibt.

In weiterer Entfernung von ihm reiten Dschamugha, Daaritai, Kutschar und Altan. Blaulila erheben sich im Süden die Berge der Wüste Gobi, über welcher der Tengri ocker leuchtet. Vor dem Gebirge steht pastellfarbener Dunst, der die Höhenzüge wie auf einem See schwimmen läßt.

Die Hufe der Streitmacht Toghruls lassen die Luft erzittern, und der aufgewirbelte Staub hängt wie eine Gewitterwolke am Himmel, als Dschamugha hinter sich blickt und sieht, daß niemand in der Nähe ist. »Die gestrige Beute war gut, findet ihr nicht auch?« sagt er wie nebenbei.

Kutschar blickt ihn verwundert an. »Gut? Wenn ich sehe, was Toghrul eingeheimst hat, bin ich anderer Meinung.«

»Ich meinte ganz allgemein. Wenn man natürlich betrachtet, was der Alte sich nahm ... Aber beklagen wir uns nicht. Die Schuld liegt bei uns.«

»Bei uns?« empört sich Altan. »Stehst du etwa auf seiten Toghruls?«

Dschamugha lacht. »Bestimmt nicht. Aber solange wir uns seine Zuteilungen gefallen lassen, haben wir kein Recht, böse auf ihn zu sein, sondern müssen wir dankbar entgegennehmen, was man uns schenkt.«

»Schenkt? Wir erkämpfen uns doch unseren Anteil. Erst durch uns macht er reiche Beute. Wenn wir nicht gewesen wären ... Ich muß gestehen, das Ganze will mir nicht mehr gefallen. Kommandieren. Befehlen. Beute verteilen.«

»Und Lachen«, wirft Daaritai ein und ahmt Toghrul nach. In diesem Augenblick reitet Sengun von hinten heran. Er hört das nachgeahmte Lachen seines Vaters und stutzt.

Daaritai fährt sich durch den Bart. »Sein Hohohooo ... macht mich eines Tages noch verrückt. In meinen Händen kribbelt es manchmal. Zu albern ist sein Gehabe.«

Dschamugha nickt zustimmend. »Wenn wir einer Meinung sind, können wir uns leicht helfen. Der Zweck unseres Kampfes war, an

Temudschin Rache zu nehmen. Seine Macht ist nun endgültig gebrochen, wenn er überhaupt noch lebt. Es erhebt sich also die Frage: Was soll dieser Feldzug noch? Toghrul macht sich auf unsere Kosten reich. Wenn es nach mir ginge ...«

»Was dann?« fragt Kutschar, da Dschamugha nicht weiterspricht.

»Ist Toghrul nicht alt genug?«

Kutschar grinst. »Verdammt alt ist er. Und wir sind immer noch ohne Land.«

Sengun wird blaß. Er greift in die Mähne seines Pferdes und setzt sich ab. Was soll er tun? Die vier sofort festnehmen lassen? Sein Verhältnis zu den Häuptlingen ist nicht gut. Möglicherweise machen sie Schwierigkeiten. Dann wären Dschamugha und Genossen gewarnt. Das beste wird es sein, mit dem Vater zu sprechen.

Aus der Sonne kommend, jagen von Südosten einige Krieger heran.

Toghrul hebt sich im Sattel. Seine Augen leuchten. Was wird man ihm melden?

»Kassar zieht mit seinen Kriegern nicht weit von hier nach Südosten«, ruft einer der Krieger. »Wenn wir uns beeilen, treffen wir mit ihm zusammen.«

Der Greis jauchzt und winkt behende seine Heerführer heran, denen er erregt sagt: »Kassar liegt vor uns! Wir bilden sofort Kampfordnung. Die Vortruppe einziehen. Gruppe Daaritai schwenkt nach Nordosten und verhindert einen möglichen Rückzug. Gruppe Dschamugha verlegt den Weg nach Südosten. Das Heer greift in breiter Front an.« Er wendet sich an die Boten. »Wie lange seid ihr geritten?«.

»Seit Sonnenaufgang.«

Toghrul überlegt einen Moment und erklärt dann: »Kampfbeginn am Mittag. Die Gruppenführer rücken sofort ab. Hohohooo ...! Das Ende der Bürtschigin nimmt seinen Anfang! Daß mir dieser Kassar noch in den Weg laufen mußte!«

Sengun reitet an den Wang-Chan heran. »Ich muß dich dringend sprechen, Vater.«

»Heute abend beim Festessen, mein Sohn. Jetzt wird gekämpft.«

»Es ist dringend, Vater!«

»Nichts ist dringender als die Vernichtung der Mongolen.«

»Aber ich sage dir ...«

»Schweig und gehorche! Ich habe jetzt eine Schlacht zu führen. Meine Gedanken sind bereits im Kampf. Du übernimmst die Spitze des Heeres und leitest das Gefecht ein. Wir Keraiten lassen es uns nicht nehmen ...« Er macht plötzlich ein besorgtes Gesicht. »Hindert dich deine Wunde?«

»Nein, die hindert mich nicht. Aber ...«

»Dann ist alles gut«, unterbricht ihn der Wang-Chan und fährt gedämpft fort. »Es wird ein leichter Kampf werden. Sonst würde ich dich nicht an die Spitze stellen.«

Die Sonne versinkt und taucht die Erde in rote Glut, als wollte sie vergossenes Blut unsichtbar machen. Kassar ist geschlagen und flüchtet mit seinen Angehörigen nach Osten.

Toghrul stellt die Verfolgung ein. Es ist genug. Der Kampf wurde heißer, als er dachte. Wären seine Krieger nicht in der Überzahl gewesen, er hätte die Schlacht verloren. Den Rest der Mongolen wird er irgendwann finden. Weitaus mehr beschäftigt ihn die Frage, was mit Sengun ist. Er fiel während der Schlacht immer mehr ab, und kaum war der Kampf beendet, da verlangte er ihn schon wieder zu sprechen. Was mag ihn nur bedrücken? Nun, er wird es bald wissen. Noch wehrte er den Sohn ab. Er möchte zunächst sehen, welche Beute der Tag brachte. Dann aber sieht er, daß Sengun in weiterer Entfernung vom Zelt mehrere Posten aufstellt. Was hat das zu bedeuten? Er wird unruhig, ruft seinen Sohn zu sich und zieht sich mit ihm zurück.

Sie haben sich kaum in sein Zelt begeben, da folgt ihnen Altan.

Einer der von Sengun postierten Krieger hält ihn an. »Du darfst jetzt nicht zum Wang-Chan. Er hat eine Besprechung mit Sengun.«

»Ich darf nicht zu Toghrul? Ich, der Sohn Katul-Chans? Mir scheint, du bist wahnsinnig geworden.«

Der Keraite stellt sich ihm in den Weg. »Ich darf dich nicht vorbeilassen. Weder dich, noch Daaritai, Kutschar oder Dschamugha darf ich an das Zelt heranlassen.«

Altan sieht den Mann betroffen an. Das sieht ja aus, als ob ...

Im nächsten Moment zwingt er sich zu lachen. »Natürlich, du hast recht. Ich vergaß, daß heute ...« Er klopft dem Posten auf die Schulter und geht davon.

Ist ihr Plan entdeckt? Er eilt zu Dschamugha, sagt ihm hastig einige Worte und läuft mit ihm weiter zu Daaritai und Kutschar, denen er berichtet, was er festgestellt hat. »Wir müssen verraten sein«, fügt er hinzu. »Wenn ausgerechnet wir vier ... Der Krieger war ein Tölpel, mir den gegebenen Befehl zu nennen. Wir müssen fort. Schnell!«

Dschamughas Augen werden brennend. »Könnten wir ihnen nicht zuvorkommen?«

Daaritai schüttelt den Kopf. »Nein. Und ich will euch sagen, warum nicht. Ich spüre seit langem, daß ich nicht zu euch gehöre. Heute morgen schon wollte ich euch meine Meinung sagen, doch da kamen die Boten und meldeten Kassar. Unsere Wege trennen sich von nun an. Mir ist es gleichgültig, was ihr denkt und wohin ihr geht.«

Das Gesicht Dschamughas verzerrt sich. »Ach, so ist das. Du glaubst, jemand Besserer zu sein. Hast du uns womöglich verraten?«

Daaritai wendet sich um und geht.

»Wir müssen flüchten!« schnaubt Dschamugha erregt. »Am besten zu den Naimanen, deren Land neben dem der Keraiten liegt.«

Über einen Bach, der schwarzes Sumpfwasser zum Baldschun-See trägt, schallt plötzlich der Ruf: »Daaritai besucht uns!«

Temudschin springt auf. »Daaritai?« Ob er als Abgeordneter Toghruls kommt? Er blickt über den Bach und sieht im Dunst des abklingenden Tages den Verwandten vom Pferd steigen. Nur wenige Krieger umgeben ihn. »Was gibt es, Daaritai?« ruft er ihm kalt entgegen.

Der Abtrünnige geht mit gesenktem Kopf über eine kleine Brücke. »Temudschin, ich bin gekommen, um mich hinter dich zu stellen. Ich meine es ehrlich und fand den Mut zu dir zu gehen, weil es dir im Augenblick schlecht geht und du nicht auf den Gedanken kommen kannst, daß mich Berechnung leitet. Bitte, nimm mich wieder auf.«

Der Chan hebt einen Zweig vom Boden und blickt Daaritai an. Seine Lippen sind fahl. Ohne sein Gegenüber aus den Augen zu lassen, bricht er den Zweig durch, legt die Teile zusammen, bricht sie nochmals durch und schleudert sie jäh fort. »Zu mir kommen, gegen mich kämpfen, dann wieder zu mir kommen? Nein, so geht das nicht. Ich weiß, warum du gegangen bist. Es war dein Recht, wie es das meine war, den Befehl hinsichtlich der Beute zu erteilen. Jetzt aber will ich wissen, weshalb du, der du gegen mich gekämpft hast, nun wieder an meiner Seite stehen willst. Hast du keine Ehre mehr im Leib, oder vergißt du die Verpflichtung, die das Blut dir auferlegt?«

Daaritai fährt sich über die Stirn und schüttelt den Kopf. »Ich verließ dich, weil ich zornig war. Du weißt es. Ich sah den Emporkömmling in dir und glaubte mich meines Blutes besinnen zu müssen, das zu herrschen gewohnt ist. Ich fühlte mich verpflichtet, gegen dich zu kämpfen, weil du die Massen aufwiegelst und dich von ihnen tragen läßt. Ich glaubte, Herkunft über Leistung setzen zu müssen, also das Umgekehrte von dem, was du tust. Und heute? Ich fühle nach wie vor die Verantwortung des Blutes in mir und komme, so unglaubwürdig es klingen mag, gerade deshalb zu dir zurück. Denn ich habe inzwischen erlebt, wohin es führt, wenn ›Tradition‹ befiehlt. Toghrul, Altan, Kutschar, Sengun: jeder regiert oder will regieren. Keiner aber ist befähigt dazu. Sie alle denken nur an Beute. Wie ich seinerzeit. Und Dschamugha ist jener Emporkömmling, den ich in dir sah. Wie Schuppen fiel es mir von den Augen. Ich sah plötzlich deine Selbstlosigkeit und fühlte, daß du nicht für dich, sondern für andere kämpfst. Heute weiß ich, wie wichtig es ist, unser Volk zu einigen. Deine Härte ist notwendig, und das Blut, das mich in jener unseligen Stunde zwang, gegen dich zu kämpfen, legte mir nun die Verpflichtung auf, mich von denen zu trennen, die nur an sich denken. Und da ich die Trennung vollziehen mußte, blieb mir nichts anderes übrig, als zu dir zu gehen. Ich baue darauf, daß du mich frei ziehen läßt, falls du mich nicht aufnehmen willst. Denn du sagtest …«

»Daaritai!« unterbricht ihn der Chan hastig. »Zerstöre den Sinn deiner Worte nicht durch Angst um dein persönliches Wohlergehen. Ich habe dich immer als denkenden Kopf geschätzt, wenngleich du mir viel Schwierigkeiten bereitet hast. Aber eine gewisse Falschheit liegt ebenfalls in dir. Schau mich nicht so betroffen an. Es ist so. Und ich weiß auch, warum. Falscher Ehrgeiz leitet dich. Du trägst das Blut großer Vorfahren in dir und möchtest ihre Größe erringen. Dir fehlen aber, und das weißt du sehr genau, die notwendigen Voraussetzungen dafür. Finde dich damit ab, Daaritai. Das gehört zum Lauf der Dinge. Meine Söhne und Enkel werden ebenfalls zurückfallen, wenn ich die Größe erreichen sollte, die ich mir erwünsche. Dafür sorgt die Natur, die dauernd regulierend wirkt. Mit jedem Herrscher beginnt ein großes Sterben. Hat das Sterben aber stattgefunden, dann sorgt die Natur dafür, daß wieder Ruhe herrscht: die Nachkommen des Herrschers erschlaffen. Wenn du also nach Höhen strebst, die dir nicht zukommen, mußt du zwangsläufig falsch werden. Falscher Ehrgeiz aber treibt in irre Bahnen. Stecke einen Pflock zurück, Daaritai, und du wirst die Größe erreichen, die du kraft deines Geistes erreichen kannst. Blut bringt uns nicht weiter. Nur Köpfe vermögen Leistungen zu vollbringen. Wende deinen Kopf also richtig an. Dein Geist ließ dich zu mir zurückkehren, dein Blut aber redete den letzten Satz. Und nun nimm meine Hand, wenn du beherzigen willst, was ich sagte. Kannst du es nicht, dann geh lieber, weil du sonst an meiner Seite ewig unzufrieden sein würdest.«

Ohne zu zögern ergreift Daaritai die Hand des Chans.

Die entstehende Pause überbrückt Temudschin mit der Frage: »Wie sieht es bei Toghrul aus?«

»Schlechte und gute Botschaften kann ich dir bringen. Kassar wurde geschlagen.«

Die Stirn des Chans legt sich in Falten. »Ist meinem Bruder etwas geschehen?«

»Er entkam mit wenigen Kriegern.«

Temudschin seufzt erleichtert. »Und wie lautet die gute Nachricht?«

»Dschamugha, Kutschar und Altan haben sich ebenfalls mit Toghrul überworfen. Sie wollen zu Baibuka-Taiang flüchten.«

»Flüchten?« Die Augen des Chans werden skeptisch. »Warum?«

»Es wird dir genügen, wenn ich sage, daß es um Beutefragen ging.«

»Spielten Beutefragen auch bei dir eine Rolle?«

»Dieses Mal nicht. Ich gebe dir mein Ehrenwort!«

In die Stille der Sümpfe dringt der Ton eines Gongs, der langsam näher kommt: Kassar rückt mit den Überlebenden seines Ordus heran. Seine Krieger sind zu Tode ermattet. Ihre Gesichter sind hohl. Sie sinken von ihren Pferden, als hätte der Schlag sie getroffen.

Bald danach bricht die Nacht herein. Im Mondlicht hört sich Temudschin den Bericht seines Bruders an. Dann grübelt er lange vor sich hin, bis er Kassar einen Plan vorträgt und danach aus dem Gefolge seines Bruders zwei besonders dürftig aussehende Gestalten auswählt, denen er erklärt: »Ihr reitet sofort in Toghruls Lager.«

Entsetzt sehen die Männer sich an. »Wir ...? Chan, wir können nicht mehr! Bitte gib uns zunächst Ruhe.«

»Ich gebe euch weder Ruhe noch etwas zu essen!« erwidert er bestimmt. »Sofort reitet ihr los. Ihr könnt gar nicht elend genug aussehen. Nicht, daß ich euch quälen will. Im Gegenteil, ich mache später alles gut an euch. Ihr müßt nur das Ordu der Keraiten in dem Zustand erreichen, in dem ihr euch jetzt befindet. Unser aller Leben hängt davon ab. Vielleicht noch mehr. Die Zukunft der Mongolen kann es sein.«

»Das konnten wir nicht wissen«, sagt einer der beiden schüchtern. »Wir werden deinen Befehl ausführen.«

Der Chan zieht sie an sich heran. »Wund nun paßt auf: Ihr meldet dem Wang-Chan, was mein Bruder euch jetzt sagt.«

Kassar tritt vor. »Ich, Kassar, sende euch zu ihm, weil wir nichts mehr zu essen haben. Meldet ihm, ich sei bereit, mich ihm zu unterwerfen, wenn er schwört, mir mein Leben zu lassen. In diesem Fall bitte ich darum, mir einen Gesandten zu schicken, der mich abholen soll. Ich verlange nicht, daß mir irgendwelche Rechte eingeräumt werden, bitte lediglich darum, daß er meine Frau und Kinder freigibt. Bis zu meinem Kommen soll er sie als Faustpfand halten. Mehr sagt und wißt ihr nicht!«

»Es sei denn«, fällt der Chan ein, »er würde euch fragen, was ihr von mir wißt. Erzählt ihm dann, ihr glaubtet mich in den Sümpfen gesehen zu haben. Das Mondlicht wäre auf mein Gesicht gefallen und ich hätte«, er hebt die Arme und macht schwankende Bewegungen, »so dagestanden und immer gerufen: Ich bin tot und lebe. Ich bin tot und lebe. Ihr wißt, ihr dürft nicht lügen. Darum habe ich euch vorgemacht, was ihr sagen sollt.«

Am nächsten Tag werden zwei wankende Gestalten vor Toghrul geführt. Entsetzt betrachtet er die Krieger, die kaum noch in der Lage sind, sich vorwärts zu bewegen. Daß Menschen so viel ertragen können, denkt er und ruft seinen Männern zu: »He, bringt Felle für die Männer. Und Nahrung und Kumys.« Dann blickt er die armseligen Gestalten prüfend an. »Ihr seht ja aus, als hätte euch die Schwindsucht gepackt. Trinkt Kumys, der vertreibt Krankheiten.«

Allmählich kehrt Leben in die Mongolen zurück.

Der Wang-Chan sieht sie interessiert an, und sie berichten ihm, was Kassar ihnen auftrug.

Die Augen Toghruls glänzen. Wenn Kassar sich ergibt, beherrscht er, Toghrul, die Mongolen. Niemand kann ihm dann das Recht streitig machen, sich Herrscher der Mongolen zu nennen. »Habt ihr etwas von Temudschin gehört?« fragt er hastig.

Die beiden Krieger sehen sich verlegen an. »Wenn du uns fragst, müssen wir die Wahrheit sagen«, antwortet einer von ihnen. »Wir sahen ihn in den Sümpfen des Baldschun-Sees.«

Der Greis fährt sich durch das Haar. »Wo saht ihr ihn?«

»Er stand in den Sümpfen, der Mond beschien sein Gesicht. Wir haben uns bestimmt nicht getäuscht. Die Arme streckte er zum Himmel empor, und während er hin und her schwankte, rief er mit tiefer Stimme: ›Ich bin tot und lebe. Ich bin tot und lebe.‹ Dann war er plötzlich fort. Aber man hörte ihn lachen. Schauderhaft hat er gelacht, Wang-Chan. Wir machten, daß wir fortkamen.«

Toghrul schlägt sich auf die Schenkel. »Hohohooo ...! Bringt Kara-Kumys für unsere Freunde. Oh, sind das köstliche Witzbolde, Hohohooo ...«

Nach einer Weile sagt sich: Wozu noch Zweifel hegen. Kassars Frau und Kinder sind in meiner Hand. Ich werde ein großes Fest veranstalten, damit Keraiten und Mongolen sehen, welch großzügiger Herrscher ich bin. Und wenn sich alle betrinken sollten! Was spielt das für eine Rolle angesichts der Tatsache, daß Temudschin wahnsinnig geworden ist.

Der Wang-Chan befiehlt, ihm ein Horn zu bringen. Dann ritzt er seinen Finger an, läßt einige Tropfen Blut hineinfallen und schwört, Kassar nichts zuleide zu tun, ihn würdig zu empfangen und ein Versöhnungsfest zu feiern. Kassar ist schließlich nicht Temudschin; nur gegen ihn richtete sich sein Haß.

In Begleitung eines Beauftragten reiten die Boten zurück.

Muchuli federt wie ein Ball aus dem Sattel und lacht Temudschin an. »Bin ich nicht schnell zurückgekommen?«

Der Chan klopft auf die Schulter des Freundes, dessen Gesicht schmal geworden ist. Seine Haut ist fahlgrau. »Kein Wunder, daß du schneller als sonst warst. Bei deiner Gewichtsabnahme muß das Pferd ja leichter laufen können. Aber erzähle. Was hast du erfahren?«

»Unweit von uns, auf der östlichen Seite des Sees, sitzen zwei Stämme, deren Männer einen guten Eindruck machen. Es sind zwar nur Nomaden, die keine Schlachten gewohnt sind, aber sie haben derbe Fäuste. Dennoch wird es gut sein, sie zu überrumpeln. Freiwillig dürften nur wenige mit uns kommen wollen.«

»Hast du das Versteck von Chulan, Bürte und den anderen Familien gefunden?«

»Bürte und Chulan haben bei verschiedenen Völkern am äußersten Rand unseres Landes Unterschlupf gefunden. Ebenso die anderen Familien. Deinen Frauen geht es gut; ich erzähle dir nachher davon. Übrigens habe ich einige hundert Krieger anwerben können. Sie kommen noch im Laufe des Tages hierher.«

Temudschin wirft Boghurtschi einen bedeutungsvollen Blick zu. »Das klingt nicht schlecht. Wenn wir in der Nacht aufbrechen und die von Muchuli bezeichneten Stämme in der von uns besprochenen Weise aufsuchen, können wir am Nachmittag wieder zurück sein.

Eher werden die Boten Kassars auf keinen Fall hier eintreffen. Hoffentlich haben wir morgen früh wieder Nebel.«

Boghurtschi nickt und fragt Muchuli: »Wieviel Krieger werden wir drüben auftreiben können?«

»Drei- bis vierhundert. Aber was führt ihr im Schilde?«

Temudschin stützt seine Arme auf den Rücken seines Steppenpferdes. »Wir riskieren jetzt alles. Vielleicht sind wir in einigen Tagen mächtiger, als wir es je waren.«

»Immer langsam mit jungen Stuten«, entgegnet Muchuli. »Soweit mir bekannt ist, sind wir eine lächerlich kleine, abgekämpfte Truppe. Wie sollen wir ...?«

»Denk nach!« unterbricht ihn der Chan. »Toghrul beherrscht im Augenblick das ganze Land. Kein Feind steht in der Mongolei und in seinem Gebiet. Geht dir ein Licht auf?«

Muchuli stößt einen Pfiff aus. »Wenn das gelänge ...« Er schüttelt plötzlich den Kopf. »Es geht nicht, Temudschin. Unsere Leute sind zu abgekämpft.«

Der Chan lacht und wendet sich an Boghurtschi. »Was macht der Kumys?«

»Die Männer schlagen an allen Beuteln.«

Muchuli blickt die beiden fragend an.

Temudschin grinst. »Du kannst neugierig wie ein Weib sein. Stell keine Fragen, sondern erzähle von Chulan und Bürte.«

Der Mond schüttet silbernes Licht in das Wasser des Baches, neben dem die Krieger Temudschins eng zusammengekauert liegen. Die Nächte werden eisiger, und etliche der Männer, die sich mit abgerupften Grasbüscheln zudeckten, werden vor Kälte immer wieder wach, obwohl sie todmüde sind. Ihre hohlwangigen Gesichter wirken im Nachtlicht wie Totenschädel. Zwischen ihnen stehen ihre Pferde mit herabhängenden Köpfen. Ein gespenstiges Bild.

Temudschin liegt unmittelbar am Wasser. Er betrachtet den Sternenhimmel, da er nicht schlafen kann. Schließlich stößt er Boghurtschi an.

Der Freund richtet sich auf. »Was gibt's?«

»Wir rücken ab. Ich habe keine Ruhe mehr.«

Wenig später reitet ein Geisterzug am schwarzglänzenden Bach entlang. Die Hufe der Pferde sind auf dem weichen Boden kaum zu hören.

Vom Bach erschallt der schrille Schrei eines Vogels. Wildenten fliegen keckernd davon.

Langsam versinkt der Mond im Südwesten. Vom Wasser steigen Schleier hoch, die mit der Zeit dichter werden, und als der Morgen graut, tauchen die Krieger des Chans wie eine Geistertruppe bei den Stämmen auf, die Muchuli ausmachte. Gebannt starren Männer, Weiber und Kinder in ausgemergelte, vom Tod gezeichnete Gesichter. Sind das Menschen, die da auf klapprigen Pferden sitzen?

Bewegungslos blickt die Truppe vor sich hin. Niemand wendet den Kopf oder spricht ein Wort.

Die Bewohner des Lagers beginnen zu zittern. Unheimlich wird ihnen zumute, als sie erkennen, daß der Anführer des Zuges der sagenumwobene Temudschin ist. Selbst in der Abgeschiedenheit ihrer Welt hörten sie von ihm. Sie wollen um Hilfe schreien, aber die unverändert stillsitzenden Krieger lähmen sie. Wenn doch nur ein Wort gesprochen würde. Wie lang mag der Zug sein? Er verschwindet im Nebel und scheint endlos zu sein.

Dann spricht der Anführer. Nur wenige Worte sagt er. Es ist ein Befehl, der drohend über allen schwingt. Alle Männer des Lagers haben sofort ihr Pferd zu nehmen, aufzusitzen und zu folgen. Wohin, das sagt er nicht.

Entsetzt blicken die Männer ihre Frauen an. Dann legen sie fort, was sie gerade in der Hand halten, nehmen ihre Steppenpferde und sind in der schweigenden Truppe eingereiht, ehe sie begreifen, was geschieht. Voneinander getrennt, reiten sie zwischen den Mongolen davon, und als der Bann des Schreckens, dem sie folgten, von ihnen fällt und sie sich erkundigen, wohin sie reiten, deuten die Mongolen nur nach vorn.

Am späten Nachmittag erreicht der Zug das Versteck des Chans. Er läßt absitzen, versammelt die Männer um sich und sagt ihnen: »Der Himmel sandte mir Zeichen, die bedeuten, daß das Reich der Mongolen und der Keraiten in Kürze mir untertan sein wird. Er verlangt allerdings, daß beide Gebiete in einer einzigen Nacht erobert werden, und ich glaube, daß diese Nacht vor uns liegt.«

Die fremden Krieger schauen sich betroffen an. Der Chan steht mit dem Himmel in Verbindung und erhält von dort Zeichen? Nun begreifen sie manches. Darum also gehorchten sie ihm wortlos. Eine überirdische Kraft leitet ihn. Nun, dann wollen sie sich würdig zeigen und verbissen kämpfen, wenn er sie dazu auffordert.

Sie fangen an, mit den Mongolen zu plaudern, lassen sich von siegreichen Schlachten berichten und von riesiger Beute, die man des Abends in das Ordu trägt.

Wenige Stunden später entsteht plötzlich Leben um Temudschin. Die Boten, die Kassar zu Toghrul schickte, sind mit einem Gesandten des Wang-Chan zurückgekehrt.

Der Abgeordnete erschrickt, als er den Chan erblickt.

Kassar tritt lächelnd an ihn heran, ritzt seinen Finger auf und läßt einige Tropfen in das Horn des Boten fallen, wobei er den Eid leistet, nicht gegen den Wang-Chan zu kämpfen.

Der Gesandte ist entsetzt: »Das ist ... Das ist ...«

»Eine List, du Schafskopf!« ruft Temudschin und erteilt den Befehl, augenblicklich aufzusitzen. »Nicht Kassar, sondern ich werde gegen Toghrul kämpfen!«

Seine Krieger machen sich in aller Eile fertig. Ihre Gesichter strahlen. Wohl sehen sie abgemagert aus, aber die Glut, die aus ihren Augen leuchtet, überstrahlt alles.

»Hört zu«, erklärt ihnen Temudschin, als alle abmarschbereit sind. »Unermeßlicher Reichtum liegt vor uns. Wir reiten zum Lager Toghruls, das zu einer großen Feier rüstet. Wir überfallen die Keraiten in der Nacht und metzeln nieder, was sich uns in den Weg stellt. Die Beute soll ausschließlich euch gehören. Für mich will ich nichts. Ich bestehe aber darauf, daß ihr zunächst unermüdlich hinter dem bestimmt flüchtig werdenden Feind herhetzt. Und damit ihr auch etwas von der Feier habt, ließ ich Kumys für euch bereitstellen. Trinkt ihn, bevor wir abrücken.«

In das aufbrausende Geschrei der Krieger raunt Muchuli: »Das also war es. Der Kumys dürfte nicht ohne Wirkung bleiben.«

16

Die Sonne versinkt und taucht die Erde in ein blutiges Rot. Dann ersterben alle Farben. Grau wälzt sich der weichende Tag nach Westen.

In der Dämmerung jagen die Krieger des Chans über ödes Land, und je weiter sie sich von den Sümpfen des Baldschun-Sees entfernen, um so karger wird der Boden.

Temudschin, der kraftlose Grasbüschel unter sich hinweghuschen sieht, denkt daran, daß er vor wenigen Wochen noch ein erledigter Mann war. Aber sein Wille war nicht gebrochen, und das war entscheidend.

In ihrer Hoffnungslosigkeit hatten ihn die Freunde eines Tages gefragt: »Worauf wartest du eigentlich?«

»Auf den Zufall, der mir helfen soll«, hatte er ohne zu zögern geantwortet.

»Auf einen Zufall willst du warten?«

»Was sollte ich im Augenblick anderes tun? Wir sind entkräftet und unsere Zahl ist zu gering, als daß wir an einen Kampf denken könnten. Also muß uns der Zufall helfen. Das mag eigenartig klingen, doch setzt sich unser Leben nicht vielfach aus Zufälligkeiten zusammen? Nur wenige erkennen, daß die in den Zufällen liegenden Gelegenheiten aufgegriffen werden müssen. Der Verlauf eines jeden Lebens wird durch Erkennen und Anwenden von vielen Zufällen bestimmt, in denen freilich immer beides liegt: Glück und Unglück.«

Eine solche Gelegenheit sieht Temudschin in der vor ihm liegenden Nacht. Wenn es ihm gelingt, Toghrul und Sengun zu vernichten, steht er mit einem Schlag nicht nur wieder an der Spitze der Mongolen, dann beherrscht er auch das Reich der Keraiten. Dieser Tatsache wurde er sich bewußt, als er die abgekämpften Krieger Kassars vor sich stehen sah und sich an die Nachricht über Toghrul erinnerte, die er von Daaritai erhalten hatte. Und ebenso schnell, wie er die einmalige Chance erkannte, entschloß er sich, zu handeln. Zugegeben, Verzweiflung und Ohnmacht treiben ihn in einen ungleichen Kampf, aber um jeden Preis muß er versuchen, aus dem Elend herauszukommen, in das er geraten ist.

Der gleichmäßige Rhythmus der Hufe läßt ihn ruhig werden. Gedanken an ein Mißlingen des Planes verbannt er durch Siegeszuversicht.

Spärlich fällt das Licht von der hoch am Himmel stehenden Mondsichel. Die Reiter wirkten schemenhaft. Das Weiße ihrer nachtgeweiteten Augen leuchtet unwirklich. Jedem von ihnen ist bekannt, welche Entscheidung die Nacht bringen soll, und alle sind begierig, ihrem Chan zu zeigen, mit welchem Mut sie zu kämpfen verstehen. Der Kumys wärmt ihre Leiber und beschwingt die Sinne. Jauchzen möchten sie, da sie wieder Kraft in ihren Körpern fühlen. Aber sie vergessen nicht die letzte Mahnung des Chans: »Absolute Stille muß herrschen!«

Das Donnern der Hufe versetzt sie in Kampfstimmung. Sie werden kämpfen wie nie zuvor. Alles wollen sie mit einem Schlage zurückerringen. Die Süßigkeiten des Lebens liegen als greifbare Frucht hinter dieser Nacht.

Temudschin verlangsamt das Tempo, als in der Ferne ein erster rosiger Schimmer sichtbar wird. Bald darauf tauchen rote Punkte auf, die wie die Augen eines Vampirs glühen.

Bedächtig führt der Chan seine Truppe an das Lager heran. Zügig entwickelt er einen weiten Halbkreis. Während ein Teil der Krieger im Osten verharrt, rücken andere Teile nördlich und südlich am Lager vorbei.

Dann endlich ist es soweit, daß alle Kämpfer ihre Ausgangsstellung bezogen haben. Ihre Fäuste umspannen den Knauf ihrer Schwerter und den Stiel ihrer Keulen. Unruhig tänzeln die Tiere. Zerfetzt dringt aus der Ferne der Gesang angeheiterter Menschen. Schatten bewegen sich vor den Lagerfeuern.

Der schmetternde Klang des Kriegshornes erlöst die Krieger aus der Gespanntheit des Wartens. Sie lasen ihre Pferde mit gewaltigen Sätzen vorwärts stürmen. Schreie erschallen von allen Seiten. Die Tiere werden zu äußerster Kraftanstrengung angetrieben. Jeder Augenblick ist jetzt kostbar.

Bevor der Feind sich besinnen kann, erreicht Temudschin das Lager. Seine Kämpfer stürmen über die Menschen hinweg, die erschrokken fliehen wollen. Schwerter und Keulen sausen auf trunkene Gestalten herab. Wie besessen fegen die Mongolen durch das Lager. Gnadenlos wird niedergemetzelt, was sich ihnen entgegenstellt. Röcheln und Stöhnen überall. Dazwischen das Klirren der Waffen und Krachen der Keulen.

Die Keraiten sind wie gelähmt. Unfähig, sich zu einer Tat aufzuraffen, blicken sie dem Tod entgegen. Nur wenigen gelingt es, Rettung in der Flucht zu suchen.

Als der Chan sieht, daß der Widerstand gebrochen ist, gibt er den

Befehl, das Töten zu beenden und die noch lebenden Krieger zusammenzutreiben. Viele werden gefangengenommen, Toghrul und Sengun aber verstanden es, sich mit einigen Anführern abzusetzen. Damit ist der endgültige Sieg in Frage gestellt, und es ist notwendig, unverzüglich die Verfolgung aufzunehmen. Temudschin versammelt sofort alle Krieger und richtet neue Gruppen ein, die er mit gefangenen Keraiten auffüllt. Er weiß, daß er sich auf sie verlassen kann, wenn er ihnen das Leben schenkt, und sie wissen sehr wohl, daß er ihnen früher reichlich Beute zukommen ließ.

Als die Gefangenen zwischen seinen Männern aufgeteilt sind, wendet er sich an die Truppe und ruft: »Verräter hetzten meinen Blutsvater gegen mich auf und zwangen ihn zum Kampf gegen mich. Ich bedaure diesen Streit, der mich zwingt, die Kräfte meines Wahlvaters zu zerschlagen. Euch Keraiten gebe ich die Möglichkeit, in meinen Reihen für euer Volk zu kämpfen. Ihr konntet in den letzten Wochen sehen, wohin eure Führung treibt, weil niemand kräftig genug ist, sich zu behaupten. Mich kennt ihr, und ihr wißt, daß ihr euer Hab und Gut nicht verliert, wenn ihr in meinen Reihen kämpft. An der Beute zukünftiger Feldzüge werdet ihr selbstverständlich teilhaben. Ich kenne keine Unterschiede zwischen Keraiten und Mongolen. Für mich gibt es nur Tapfere und Feiglinge.«

Die Keraiten brechen in einen unbeschreiblichen Jubel aus, der Chan aber wendet sich angeekelt ab und denkt an jene Häuptlinge, die ihn in höchster Not verließen, um sich dem Feind zu beugen. Sobald seine Macht gesichert ist, wird er für klare Verhältnisse sorgen. Jeden Häuptling wird er sich genau ansehen, keinen wird er in Zukunft unkontrolliert lassen. Ein Netz von Meldern soll sich über das ganze Land ausbreiten.

Eine kleine Truppe läßt er zur Sicherstellung und Bewachung der Beute zurück, dann jagt er mit allen anderen hinter den Flüchtenden her.

Der mit leichtem Schnee vermischte Regen, der seit Tagen auf die Erde herabrieselt, wird spärlich, und zwischen den nach Westen abziehenden Wolken dringt hin und wieder die Sonne hervor. Ein warmes Licht breitet sich aus, aber die dennoch verbleibende feuchte Kälte setzt Toghrul mächtig zu. Seine Glieder schmerzen entsetzlich. Kraftlos sitzt er auf seinem Pferd. Aschgrau ist die Farbe seiner Haut. Seine Augen sind glanzlos.

Er hält sein Pferd an, und ein neben ihm reitender alter Krieger ist ihm beim Absteigen behilflich. Mit schlurfenden Füßen schleppt er sich zu einem Baum, an dem er Halt sucht.

Eine Weile steht er so und versucht herauszuhören, was die Krieger hinter seinem Rücken tuscheln. Er traut niemandem mehr.

Sein Sohn erteilt Befehle.

Wie wichtig er sich dabei gibt, denkt Toghrul. Seine Stimme verrät Falschheit. Warum nur ließ ich mich dazu überreden, gegen Temudschin zu ziehen. Ich ahnte und spürte … Und dennoch geriet ich in das Fahrwasser falschen Ehrgeizes.

Unerbittlich drängt sich dem Wang-Chan die Erkenntnis auf, daß er vernichtete, was er ein Leben lang aufgebaut hatte. Schwindel erfaßte ihn, als er bedenkt, daß das Unglück, das nun über sein Land hereinbricht, unabwendbar ist. Hoffnungslos und nicht mehr wandelbar wie der klägliche Rest seines Leibes ist die Zukunft seines Volkes. Er wendet sich um und will die Krieger rufen, doch bevor ein Laut über seine Lippen dringt, fällt er ohnmächtig zu Boden.

Als er wieder erwacht, stehen Männer vor ihm, die besorgt auf ihn niederblicken. Sein Kopf liegt im Arm des alten Kriegers, der ihm Kumys einträufelt. Er erkennt seinen Sohn. »Wo bin ich?« fragt er verwirrt.

»Im Land der Ujguren«, antwortet Sengun kalt.

Toghrul streicht sich über die Stirn. »Im Land der Ugjuren …?« Er sieht seinen Sohn schmerzerfüllt an. »Es ist weit mit uns gekommen, wenn wir schon bei den Ujguren Schutz suchen müssen.«

»Wenn es dir lieber ist, kannst du zu deinen Feinden, den Naimanen, flüchten«, erwidert Sengun zynisch. »Dumm genug bist du dazu. Aber dorthin mußt du allein gehen. Ich habe genug von dir. Wohin wir durch dich gekommen sind, siehst du ja. Oder bemerkst du es immer noch nicht?«

Der Wang-Chan erstarrt. Narrt ihn ein Traum? Er sieht das haßverzerrte Gesicht seines Sohnes und richtet sich auf. »Was hast du gesagt? Durch meine Dummheit sind wir …?«

»Etwa nicht?« unterbricht ihn Sengun. »Wollte ich dich nicht vor der Schlacht mit Kassar warnen? War ich es nicht, der vergeblich versuchte, dich zu sprechen? Hättest du auf mich gehört, würde Daaritai deinen Herzenssohn nicht unterrichtet haben können. Die Schuld an unserem Untergang trägst du, du ganz allein!«

Toghrul traut seinen Ohren nicht. Er schließt die Augen und vergegenwärtigt sich die Zeit, in der Sengun noch auf seinen Knien herumhampelte. Doch er kann die sich ihm aufdrängenden Bilder nicht festhalten. Er kommt nicht von den Augen los, mit denen Sengun ihn anblickt. Vergiß, vergiß, beschwört er sich. Die Unerbittlichkeit des Lebens schmerzt ihn. Er wünscht sich den Tod herbei.

Verwirrt reibt er sich die Stirn. Die Fellhaube rutscht dabei zurück und gibt sein weißes Haar frei. »Es ist gut«, sagt er. »Laß mich allein.« Dann blickt er in das zerfurchte Gesicht des neben ihm hockenden Kriegers. »Nur mein alter Freund soll bei mir bleiben.«

Fast einen Monat lang hält sich Toghrul mit dem Rest seiner Kämpfer in der Unergründlichkeit eines dichten Waldes verborgen. Zur Versorgung bricht Sengun mit einer kleinen Scharf fast täglich in das Land der Ujguren ein, deren Bauern er unerbittlich plündert. Schwere Kämpfe hat er nicht zu bestehen, da das Volk friedliebend ist und von Ackerbau und Viehzucht lebt.

Früher war es anders gewesen. Da hatte dieses Volk türkischer Rasse einmal sogar die ganze Mongolei beherrscht, bis es von anstürmenden Nomadenvölkern besiegt und nach Zentralasien vertrieben wurde, von wo es später in den nordöstlichen Teil Kara-Chitans zog. Wohl wurde es dort zum Vasall dieses Staates, seine kulturelle Bedeutung aber verlor es nicht.

Entrüstet über die beständigen Plünderungen der Keraiten, schließen sich die Grenzbauern der Ujguren zusammen. Sie verständigen sich, als Senguns Truppe auftaucht, kreisen sie ein und schlagen zu. Verzweifelt versucht Sengun, sich mit den Seinen zurückzuziehen, doch es gelingt ihm nicht. Er wird gefangengenommen und hingerichtet.

Toghrul liegt auf seinem Fell und blickt gedankenverloren in die Spitze des Zeltes. Er hört das Donnern von Pferdehufen, und als er vernimmt, daß die Reiter vor seinem Zelt halten, erhebt er sich von seinem Lager. Unmittelbar darauf wird der Vorhang seines Zeltes zur Seite geschoben, und ein Krieger, der mit Sengun ausgeritten war, tritt in den Raum. Er ringt sichtlich nach Luft.

Der Greis spürt, daß ein großer Schmerz auf ihn zukommt. Seine Augen werden starr. »Was gibt es?« fragt er kaum hörbar.

Der Krieger blickt zu Boden. »Sengun ist erschlagen.«

Toghrul bewegt sich nicht. Kein Wort kommt über seine Lippen. Er versucht zu denken, hört aber immer nur die spröden Worte: Sengun ist erschlagen. Sengun ist erschlagen.

Der Krieger wird unruhig. Hat der Wang-Chan ihn nicht verstanden? Warum erwidert er nichts? »Toghrul!« sagt er schließlich verzweifelt.

»Ja?«

»Dein Sohn ist erschlagen!«

Der alte Fürst nickt unmerklich. Dann läßt er sich zurücksinken und entgegnet gequält: »Geh!«

Als Toghrul am nächsten Morgen aus seinem Zelt heraustritt, jagen tiefe Wolkenfetzen über die Wipfel der Bäume. Er zieht seine Lammfellhaube tief in die Stirn und legt sich eine weite Filzdecke über die Schulter. Dann blickt er zu den Wolken hoch und wendet sich an seinen alten Krieger, der zwei gesattelte Pferde vorführt. »Wir werden Schnee bekommen. Willst du nicht doch zurückbleiben?«

»Nein, Wang-Chan, ich verlasse dich nicht, wenngleich ich nicht begreifen kann, warum du zu den Naimanen reiten willst. Es wird unser letzter Ritt sein, ich spüre das. Wie sollte es auch gut ausgehen, wenn du, der du ein Leben lang gegen dieses Volk gekämpft hast, um deine Grenzen zu verteidigen ... Glaubst du wirklich, daß sie dich aufnehmen werden?«

»Um eine Aufnahme geht es mir nicht«, erwidert der Greis. »Aber laß das meine Sorge sein. Sengun ist tot, in mir alles zerbrochen. Ich weiß, daß ich mein Reich nicht wiederaufrichten kann; zu deutlich fühle ich die Knöchel des Todes an mein Herz pochen. Rede nicht dagegen«, fährt er hastig fort, als der Krieger etwas dagegen sagen will. »Mein Leben hat bereits viel zu lange gedauert. Oft schon meinte ich, die letzte Stunde sei für mich gekommen, doch wenn der Tod auch immer wieder an mir vorbeiritt, ich starb in Gedanken bereits einige Male. Und in diesen geistig erlebten Sterbestunden beschlich mich vielfach ein eigenartiges Gefühl, weißt du, als ob sich alle Dinge, die man noch zu erledigen hat, als schmerzliche Last auf die Seele legten, damit man unter ihrem erdrückenden Gewicht nicht scheiden kann. Ich glaube manchmal, daß ich nur deshalb nicht gestorben bin.«

Toghrul streicht über den Hals seines Hengstes. »Es hilft nichts. Junge Menschen können sterben, alte Menschen müssen sterben. Ich bin alt und will nicht mehr leben. Deshalb muß ich die drückende Last, die sich in den letzten Wochen auf mich legte, schnellstens fortschaffen. Einen letzten Versuch zur Rettung meines Volkes will ich noch machen. Ich reite zu Baibuka-Taiang. Und sollte ich mich in ihm täuschen, nun gut, dann waren meine letzten Tage wenigstens kein verzweifeltes Warten auf das Ende. Solches Warten kann einen irre machen. Auch das habe ich schon kennen und fürchten gelernt. In das Sehnen nach erlösender, ewiger Ruhe tritt ständig erneut die schmerzliche Hoffnung, daß diese endgültige und nie wieder zu belebende Ruhe doch noch auf sich warten läßt. Ein gräßlicher Widerstreit ist das. Aber sprechen wir von etwas anderem. Du wirst mich kaum verstehen und womöglich denken, ich sei wahnsinnig geworden. Laß uns aufbrechen.«

Bald darauf reitet der Greis mit dem alten Krieger davon. Tagelang geht es über öde Steppen und karstige Berge. Der kalte Wind läßt Toghrul bis ins Mark frieren. Regen und Schnee peitschen sein Gesicht. Ausgehöhlt und abgemergelt sitzt er auf seinem Pferd. Seine Beine baumeln schlaff herunter. Hin und wieder stöhnt er und stemmt seine Hände in den Rücken.

Immer seltener spricht der Wang-Chan. Nur wenn er sich am Abend eng an den Bauch seines Steppenpferdes drückt, den Schwanz des Tieres durch die Beine zieht und an seinen Leib legt, um sich zu wärmen, wird er gesprächig. Er erzählt dann von vergangenen Tagen und erfreut sich am Licht verflossener Zeiten. Doch am Schluß drängt sich die Gegenwart immer wieder unerbittlich an ihn heran. Er verflucht sich, Dschamugha und die Verwandten des Bürtschigin, die das Unglück über sein Land brachten, und er schläft in der Hoffnung ein, daß sein Ritt zu Baibuka-Taiang nicht ganz ohne Erfolg bleibt.

Einige Tage reitet er bereits durch das Land der Naimanen, als sich die Wolken verziehen und der Himmel blau erstrahlt. Wohltuend wärmt die Sonne die Haut des kranken Wang-Chan, der seine Haube abnimmt und in zuversichtlicher Stimmung weiter nach Norden reitet.

»Ich weiß nicht, was heute mit mir ist«, sagt er sichtlich zufrieden an seinen Begleiter gewandt. » Macht es der strahlende Himmel oder die wärmende Sonne? Mir ist mit einem Male so leicht zumute, wie schon lange nicht mehr. Sicher erfahre ich heute etwas Gutes.«

Der Krieger schüttelt verdrießlich den Kopf. »Was soll dir in diesem Land schon Gutes widerfahren?«

Die Worte sind kaum gefallen, da jagen etliche Krieger aus einem Wald heraus, der tief in das Gelände greift. Ihnen wären die einsamen Reiter kaum aufgefallen, wenn Toghrul nicht augenblicklich den Versuch gemacht hätte, Deckung zu suchen. Die Reiter bemerken das, reißen ihre Pferde herum und stürmen auf die beiden zu.

Besorgt blickt der Wang-Chan den Naimanen entgegen.

»Laß die alten Kerle ziehen!« ruft einer von ihnen, als sie näher kommen. »Das sind keine Wegelagerer, sondern Angsthasen.«

Er will gerade wenden, als ein anderer ruft: »Moment mal, den Greis kenne ich doch.« Er reitet näher an den Wang-Chan heran und schreit plötzlich: »Natürlich, ich habe mich nicht getäuscht. He, Alter, bist du nicht Toghrul, der Wang-Chan der Keraiten?«

Wie von einer Tarantel gestochen fliegen die Köpfe seiner Kameraden herum. Toghrul soll das sein? Ungläubig starren sie auf den Greis.

»Wahrhaftig!« ruft ein anderer. »Das ist Toghrul!«

Die Naimanen springen von ihren Pferden. »Haben wir dich endlich, du Halunke? Herunter von deinem Roß!«

Von beiden Seiten zerren sie an Toghruls Kleidung und reißen ihn vom Pferd.

Der Wang-Chang fällt hin. »Laßt mich erklären, warum ich hier bin«, keucht er heiser.

Klatschend fährt eine Hand in sein Gesicht.

Er schließt die Augen.

Pausenlos treffen ihn weitere Schläge.

Toghrul weiß, daß jede Rettung für sein Land verloren ist, wenn es ihm nicht gelingt, den Kriegern klarzumachen, daß er zu Baibuka-Taiang muß. Mit aller Gewalt öffnet er die Augen. Das Licht des Tages sticht schmerzlich. Die vor ihm stehenden Krieger gewahrt er wie durch einen Schleier. Mühsam ruft er: »Ich bin auf dem Weg zu Baibuka-Taiang.«

Die Naimanen lachen. »Zu Baibuka-Taiang willst du? Ach, dann haben wir ja den gleichen Weg. Wir werden dich dorthin führen. Deinen alten Körper brauchst du jedoch nicht mitzunehmen. Es genügt, wenn dein Kopf dort ankommt. Hahahaa ...!«

Noch während die Krieger lachen, tritt ihr Häuptling vor Toghrul. »Ich werde dich köpfen. Der Fürst wird eine schöne Belohnung auswerfen.«

Toghrul sieht, daß der Häuptling sein Schwert ergreift. »Ich habe keine Angst vorm Tod«, sagt er betont. »Zuvor aber muß ich Baibuka-Taiang sprechen. Es ist wichtig für ihn.«

»Rede keinen Unsinn, sondern mach dich fertig. Deine Stunde ist gekommen. Wenn du noch einen Wunsch hast, der erfüllbar ist, so nenne ihn.«

Der Wang-Chan senkt den Kopf. Er spürt, daß der Tod nun endgültig vor ihm steht. Sein Herz wird ruhig, da er weiß, daß das ständige Fragen nach dem Ende gleich aufhören wird. Eine unabänderliche Gewißheit steht plötzlich vor ihm, und mit ihr weicht die Last der ungetanen Dinge, die er als so bedrückend empfand, wenn er an das Sterben dachte. Ganz anders, als er es sich vorgestellt hatte, ist ihm mit einem Male zumute. Leicht und schwerelos fühlt er sich. Alles wird unwichtig angesichts der Tatsache, daß das Leben gleich aufhört und das langsame Hinübergleiten in das Jenseits, das er seit langem im Inneren erlebt, nun endgültig durch wirkliches Sterben von außen her beendet wird.

Sein Kopf wird also in den Sand rollen und zum Oberhaupt der Naimanen getragen werden. Und sein Fleisch werden die Geier fressen. Nun gut. Das ist zwar anders, als er es sich vorgestellt hatte, aber was macht das? Es wundert ihn plötzlich, daß es denen, die vor ihm stehen, so wichtig erscheint, seinen Kopf zu Baibuka-Taiang zu tragen. Was haben sie nur davon?

Das Leben auf dieser Erde geht so oder so weiter, gleichgültig, ob sein Kopf nun im Sand liegenbleibt oder nicht. Der Tod ändert nicht das große Leben um einen, sondern löscht nur das kleine Leben im eigenen Innern aus. Wohltuend empfindet Toghrul in dieser Stunde die Gewißheit, daß der Tod kein schrecklicher Feind, sondern ein Freund ist, der himmlische Ruhe bringt. Nur Gedanken an ihn sind schrecklich, weil sie aus einem wandelbaren Leben in ein unabwandelbares Dasein hinübergreifen müssen.

Der Wang-Chang lächelt, da er sich an jener Schwelle stehen sieht, über die man von der fremden Wildnis dieser Erde in den süßen Hain des Jenseits eintritt. Er blickt sein Gegenüber bittend an. »Ein Wunsch, den du erfüllen kannst, liegt mir am Herzen. Laß meinen Begleiter zurückziehen. Er tat seine Pflicht wie du.«

»Deine Bitte soll erfüllt werden«, erwidert der Häuptling. »Hast du sonst noch etwas zu sagen?«

Toghrul nickt. »Du wirst mich kaum verstehen, aber ich danke dir dafür, daß du mich von diesem Leben erlöst.«

Die Augen des Häuptlings brennen haßerfüllt.

Wie schwer machen wir Menschen uns doch das Leben, denkt Toghrul. Mein Gegner weiß, daß ich gleich geköpft sein werde, und er ist dennoch unzufrieden. Eigenartig, wie man die Dinge aus der Ruhe heraus betrachtet, die uns überkommt, wenn der Tod unabänderlich vor einen hintritt. Schade, daß man im Leben völlig anders denkt. Toghrul gesteht sich ein, daß er zeit seines Lebens genauso empfand wie der vor ihm stehende Häuptling, der sich nun als Richter fühlt und mit ruhigem Gewissen sein Urteil vollstreckt.

Der Wang-Chan sieht, daß sich das Schwert hebt. Ohne es zu wollen, beobachtete er, wie sich die Haut an den Wangen des Naimanen spannt und wie dessen Halsmuskeln stärker hervortreten. Glasklar hört er den Gesang eines Vogels, dann das scharfe Sausen des Schwertes und das Brechen seines Genickes. Er fühlt, daß Warmes in seine Kehle rieselt, und schließt mit letzter Kraft die Augen.

17

»Ihr wißt also, was in den nächsten Tagen zu tun ist«, sagte Temudschin und erhebt sich von seinem Fell. »Noch irgendwelche Fragen?«

Boghurtschi schüttelt den Kopf. »Alles klar. Widme dich in Ruhe deinen Frauen.« Er lacht unwillkürlich. »Klingt komisch: deinen Frauen.«

Der Chan zuckt die Achseln. »Auf jeden Fall klingt es verheißungsvoller, als es in Wirklichkeit ist.«

»Du Ärmster.«

Muchuli reicht Temudschin die Hand. »Mach's gut. Und vergiß nicht ...«

»Raus mit dir, du hartgesottener Junggeselle.«

Belgutei lacht hinter Muchuli her. »Ich möchte dir ...«

»Schweig!«

Unter Lachen und Scherzen verabschieden sich die Freunde. Nur Sorgan-Schira macht ein ernstes Gesicht, als er dem Chan die Hand reicht. »Sei gut zu Bürte«, sagt er gedämpft.

Temudschin schließt den Alten in die Arme. »Hab' keine Sorge. Ich weiß, was ich der Mutter meiner Kinder schuldig bin.«

Monate ununterbrochener Arbeit liegen hinter dem Chan. Sorgfältig baute er seine zerbrochene Macht wieder auf. Sein Leben verläuft seit jener Nacht, die die große Wendung brachte, in völlig anderen Bahnen, und in dieser Stunde, in der er sich zum ersten Male wieder etwas Ruhe gönnen kann, ist er sich des Glückes bewußt, das ihm geholfen hat. Er weiß aber auch, daß er den Weg, der durch jenes unheimliche Zwischenreich führte, nicht zu Ende gegangen wäre, wenn er aufgehört hätte, an sich selbst zu glauben.

Zufrieden reckt er seine steif gewordenen Glieder. Eine straffe Organisation gewährleistet nun die Sicherheit des Reiches. Alle Häuptlinge, die ihn in der Not verließen, wurden beseitigt, und jeder Stamm mußte es sich gefallen lassen, Sonderbevollmächtigte aufzunehmen. Unter Beachtung der heiligen Zahl Neun wurde über je neun Zelte ein Oberhaupt gesetzt, das wiederum einem Zehnten untergeordnet war.

Der Chan überlegt, ob er den für den heutigen Tag erwarteten Familien entgegenreiten soll. Er hatte sich nicht dazu entschließen können, die Angehörigen eher kommen zu lassen, weil er das Ordu erst in Ruhe wiederaufbauen wollte. Nun jedoch, da der heiß herbeigesehnte Tag endlich da ist, quälen ihn zwiespältige Empfindungen. Er möchte sich auf sein Pferd schwingen und den heranrückenden Familien entgegenstürmen, weiß aber nicht, wie er sich Bürte und Chulan gegenüber verhalten soll. Noch immer leben die Frauen streng voneinander getrennt, und wenn er zuerst Bürte begrüßt, wird Chulan ungehalten sein, und wenn er zunächst Chulan ... Nein, das geht nicht. Bürte ist seine einzig rechtmäßige, ihm vom Vater gegebene Frau.

Temudschin spürte die in ihm gärende Kraft. Draußen lacht der Himmel. Die Luft ist mild und würzig. Vögel singen sehnsüchtige Lieder. Überall macht sich der Frühling bemerkbar.

Der Chan wehrt sich gegen den ihn beherrschenden Zwang. Er stürmt nach draußen und springt auf sein Pferd.

Die Hufe schlagen in rotbraune Erde. Fern am Horizont wird eine Staubwolke sichtbar. Wie ein Pfeil fliegt er dahin, bis er die Karawane erreicht und sein Name von allen Seiten gerufen wird.

Bürte sprengt an seine Seite. Ihr dunkles Haar flattert wie eine Fahne, ihre Augen gleißen wie schwarze Steine unter den Strahlen der Sonne. Sie streckt ihm ihre Arme entgegen.

Er preßt sie an sich, küßt sie und streicht zärtlich über ihr Haar. Dabei blickt er über ihre Schulter hinweg zu Chulan hinüber, die in nicht allzuweiter Entfernung stolz aufgerichtet auf ihrem Pferd sitzt. Ihr rötliches Haar funkelt feurig. Als sie erkennt, daß Temudschin zu ihr hinüberschaut, wirft sie den Kopf in den Nacken, reißt das Pferd herum und stürmt davon.

Chulan kommt sich plötzlich ausgestoßen vor. Sie liebt Temudschin, und es berührt sie schmerzlich, wenn sie sieht, daß er ihr nicht ganz gehört. Das zerrt an ihr und läßt sie immer wieder unvernünftig handeln. Wie jetzt, da sie hätte fühlen müssen, daß Temudschins Verhalten durchaus natürlich war. Aber sie begreift nicht, daß es auch im Leben von nur noch Vertrauten Augenblicke gibt, die voller Zärtlichkeit sein können. So hetzt sie ihr Pferd wutentbrannt nach Süden, um das Ordu erst mit hereinbrechender Dunkelheit aufzusuchen.

Dabei war es Sehnsucht nach Chulan gewesen, was den Chan hatte aufbrechen lassen. Als Bürte ihm dann jedoch entgegenstürmte, segnete er insgeheim den Umstand, der ihn zwang, alles nach Sitte und Brauch zu lösen. Und gerade darum empört ihn Chulans Verhalten. Gewiß, in erster Linie trifft Bürte die Schuld. Nach wie vor lehnt sie es ab, mit seiner zweiten Frau zusammenzutreffen. Aber muß Chulan deshalb eifersüchtig sein?

Als er neben Bürte nach Westen reitet, sind seine Gedanken bei Chulan, doch er schickt keinen Boten hinter ihr her. Er verübelt es ihr, daß sie ihm die Freude des Wiedersehens trübte.

Zerstreut hört er Bürte zu, deren Worte wie ein stürzender Wasserfall sprudeln. Und dann überhäuft sie ihn mit Fragen, die er nur widerwillig beantwortet. Ja, er ist mächtiger als zuvor. Natürlich hat er alle unbotmäßigen Häuptlinge beseitigt. Nein, Gefahren existieren nicht mehr. O ja, er hat eine ganze Menge Pläne. Jetzt, da viele Länder unter seinem Befehl stehen, kann er an die Verwirklichung seiner geheimsten Wünsche denken. Gewiß, er muß seine Macht zunächst noch festigen, aber ... Nein, nein, er setzt sich nicht noch einmal der Gefahr aus, von fremden Stämmen im Stich gelassen zu werden. Der Rückschlag soll ihm eine heilsame Lehre sein.

Es ist schon spät, als Chulan in das Lager reitet. Sorgan-Schira, der auf sie gewartet hatte, führte sie zu ihrem Zelt. Als sie es betritt, bleibt sie einen Augenblick erwartungsvoll stehen, dann wirft sie sich enttäuscht auf ihr Lager.

Wie anders hatte sie sich das Wiedersehen mit Temudschin vorgestellt! Nun graut ihr davor, ihm entgegentreten zu müssen. Sie weiß, daß sie dumm handelte. Was soll sie ihm sagen, wie sich ihm erklären?

Eine letzte Hoffnung begrub sie, als sie ihr Zelt leer fand. Sie hatte geglaubt, daß zwei Arme nach ihr greifen würden. Ursprünglich hatte sie nicht an diese Möglichkeit gedacht, aber die Augen Sorgan-Schiras hatten so merkwürdig aufgeleuchtet, als er sie kommen sah, daß sie den Chan in ihrem Zelt vermutete. Erneut schlagen Flammen der Eifersucht aus der Glut ihrer Sehnsucht. Gequält wühlt sie ihren Kopf in das Fell, bis sie Schritte hört, die sich ihrem Zelt nähern. Das ist Temudschin, denkt sie und streift hastig ihre Kleidung ab.

Die Schritte kommen näher. Chulan fährt sich nervös durch das Haar. Alles in ihr schreit nach Küssen. Ihr Herz schlägt bis zum Halse.

Die Schritte gehen vorbei.

Chulan ist zumute, als wäre sie bis zu diesem Augenblick nicht allein gewesen. Mit offenen Augen starrt sie in die Dunkelheit. Tränen rollen über ihre Wangen.

Sorgan-Schiras tritt in Bürtes Zelt, in dem der Chan seiner ersten Frau Gesellschaft leistet.

»Entschuldige mich einen Augenblick«, sagt Temudschin an Bürte gewandt und geht hastig auf den alten Krieger zu.

Bürte schüttelt den Kopf. »Mir scheint, du bist über jede Störung glücklich. Und das schon so kurz nach meiner Rückkehr.«

Er blickt zurück. »Nein, Bürte. Es ist nur ...«

»Du brauchst mir keine Erklärungen zu geben«, unterbricht sie ihn.

Er lacht hölzern, geht nach draußen und kehrt bald darauf in sichtlich aufgeräumter Stimmung zurück.

»War es eine gute Nachricht?« fragt ihn Bürte. »Hast du wieder einen Krieg gewonnen?«

Er greift nach einem Krug und trommelt nervös gegen das Gefäß.

Sie beobachtet ihn eine Weile und sagt dann: »Mußt du eigentlich hin und wieder dumm sein, um dich von deiner manchmal beängstigenden Gescheitheit zu erholen?«

Er sieht sie erstaunt an. »Was willst du damit sagen?«

»Daß du im Augenblick schrecklich dumm bist. Zwischen uns gab es doch nie Heimlichkeiten. Die Gradlinigkeit unseres Umganges sorgte dafür, daß unser neues Verhältnis zueinander für keinen von uns zum Unglück wurde. Wir sollten es auch weiterhin so halten. Sage also ruhig, daß Chulan eingetroffen ist.«

Temudschin umarmt Bürte. »Was bist du für eine wunderbare Frau! Bei dir komme ich mir immer schlecht vor.«

Sie schiebt ihn behutsam zurück. »Setz dich noch eine kurze Weile zu mir. Ich werde dich dann in Gnaden entlassen.«

Er setzt sich auf den Boden und nimmt seine Haube ab.

»Aber, Temu!« ruft sie entgeistert. »Du bist ja weiß geworden. Wie kommt das?«

Gelassen antwortete er: »Wahrscheinlich wollte der Himmel mir die zu meinen inneren Werten passende äußere Würde geben.«

Vorsichtig tritt Temudschin in das Zelt Chulans. Einen Moment lauscht er angespannt in die Dunkelheit, dann geht er langsam auf ihr Lager zu und beugt sich über sie. Er riecht den Duft ihrer Haut. Behende läßt er seinen Zobelmantel von den Schultern gleiten. Er spürt ihren heißen Atem. Ein Zittern überfällt ihn, als er sich behutsam neben sie legt. Ihr junger Leib entzündet ein jähes Verlangen. Ungestüm schiebt er seinen Arm unter ihren Kopf.

»Temudschin!« Chulans Stimme klingt wie der sehnsüchtige Laut des Nachtvogels.

Heiße Lippen ersticken einen Schrei.

Sie befreit sich von den über sie hereinbrechenden ungestümen Liebkosungen. »Temudschin! Ich wollte ...«

Erneut schließen Lippen ihren Mund.

Wieder drängt sie den Chan zurück. »Temudschin! Kannst du mir verzei ...«

Ihr Worte sterben unter Küssen, und sie gibt es auf, sich zu erklären. Wozu auch? Es ist alles gut. In ihr Blut schlägt das Feuer der Sehnsucht. Willig bietet sie sich seinen Händen. Mit lechzenden Sinnen trinken sie das Glück der Stunde.

18

Grüblerisch schreitet Baibuka-Taiang durch die große Halle seines Palastes. Die Arme verschränkt und den Kopf geneigt, betrachtet er die von geschickten Handwerkern geschaffenen Ornamente des Fußbodens. Das Verfolgen bestimmter Muster hilft ihm, sich zu konzentrieren.

Seine Frau steht in einer weiten Nische und schaut auf das im Süden liegende Altai-Gebirge. »Ich kann mir nicht helfen, Baibuka«, sagte sie nach einer Weile, »du machst einen großen Fehler. Es stimmt mich nachdenklich, daß dieser Emporkömmling Dschamugha heute zu deinem Gefolge gehört. Spricht es nicht für den Chan der Mongolen, daß er sich von diesem Menschen trennte?«

Unwillig blickt der Fürst seine Frau an, die langsam auf ihn zugeht. Ihr kastanienbraunes Haar glänzt wie Kupfer. Ein schwarzes Leinenkleid, das in der Taille von einer dünnen Goldkordel gehalten wird, betont ihre schlanke Gestalt. Ihre weichen Lippen haben die Farbe von Rosenblättern. Eine leichte Röte fließt über ihre Wangen, als sie die Augen ihres Mannes auf sich ruhen fühlt. Wenn er weniger besessen wäre, könnte vieles besser werden, denkt sie unzufrieden.

»Ich habe das Gefühl, daß du mehr Zuneigung zu den Mongolen als zum eigenen Volk verspürst«, poltert er unbeherrscht. »Wir Naimanen stehen auf wesentlich höherer Stufe. Der Einfluß Kara-Chitans und der Geist der Ujguren hat uns geformt. Du mußt begreifen, daß ich mich mit diesem hergelaufenen Bürtschigin niemals verbünden werde.«

»Du solltest nicht so abfällig von ihm reden. Wenn du ehrlich bist, mußt du zugeben, daß die heute an deinem Hofe lebenden Edlen Kutschar und Altan seine Vettern sind. Beide haben sich als wankelmütig und wenig kraftvoll erwiesen, und damit dürfte feststehen, warum Temudschin sich dieser Verwandtschaft entledigte. Oder glaubst du, was sie dir erzählen?«

»Nicht alles. In einem aber haben sie recht: Der Bürtschigin achtet weder Tradition noch Blut. Ein dreister Emporkömmling ist er, der jede alteingesessene Sippschaft verdrängen möchte.«

»Blende deine Augen nicht durch Haß«, warnt ihn seine Frau. »Temudschin ist ein Eroberer. Er gleicht deinem Vater, der das Land der Naimanen durch kühne Feldzüge zu einem Reich machte, das sich über das ganze Altai erstreckte. Erst die nach seinem Tode durch dich und deinen Bruder Buiruk-Chan vorgenommene Teilung spaltete das Reich. Nach Toghruls Tod bist du nun unmittelbarer Nachbar der Mongolen. Berücksichtige das. Du mußt jetzt klug handeln. Versuche doch nicht, mit dem Kopf durch die Wand zu rennen.«

»Ich bin kein kleiner Junge und weiß, was ich will«, erregt sich der Fürst. »Nachdem dieser verdammte Häuptling Toghrul erschlagen hat, sind die Dinge für mich natürlich bedeutend schwerer geworden. Na, ich habe dem Kerl eine Lehre erteilt, die er nicht vergessen wird.« Während der Fürst spricht, steigt er die Stufen zu einer Erhöhung empor, auf der ein vergoldeter Thron steht. Seine Hand streicht über einen in Silber gefaßten Totenschädel, der auf der Rücklehne befestigt ist und nach Osten blickt. »Ich habe Toghruls Kopf hier anbringen lassen, damit ich täglich an das Keraitenreich erinnert werde. Wenn er mir früher auch sehr zu schaffen machte, ich muß jetzt danach trachten, sein Reich wiederaufzurichten, damit ich eine Sicherheitszone vor meinem Gebiet liegen habe. Würde der Wang-Chan noch leben, könnte ich ihn zu meinem Schutzschild machen. Durch dauernde Aufstände in seinem Land würde ich für Unruhe sorgen, und dann hätte ich ...«

»Hätte! Würde! Wenn! Baibuka, stelle dich auf den Boden der Tatsachen! Das Land der Keraiten besteht nicht mehr. Du mußt mit den Mongolen auskommen, wenn du nicht untergehen willst, und du kannst es ohne Bitterkeit tun, da du nie Streit mit ihnen hattest.«

Das Gesicht des Fürsten wird verbissen. »Zum Teufel, es muß doch eine andere Möglichkeit geben, sich gegen diesen Bürtschigin zu schützen. Ich will mich nicht mit ihm verbünden. Er wird nur so stark, weil sich alle aus Angst vor ihm in ein Bündnis mit ihm retten. Das mache ich nicht mit.«

Seine Frau blickt sorgenvoll auf die in der Ferne liegenden Berge, über die duftige Wolken nach Osten segeln. In diesem Augenblick wird der große Vorhang am anderen Ende des Saales zur Seite geschoben und ein schmaler Kopf blickt in den Raum.

»Tatatungo!« ruft Baibuka-Taiang und eilt dem Eintretenden entgegen. »Gut, daß du da bist.«

Der Gelehrte, der einen von Gold und Silber durchwirkten Umhang trägt, verbeugt sich übertrieben.

Baibuka-Taiang reicht ihm die Hand.

»Du kommst wirklich wie gerufen, Tatatungo«, bestätigt die Frau des Fürsten. »Es geht wieder um Temudschin, und es fehlte nicht viel, dann hätten wir uns zerstritten. Nun kann natürlich nichts mehr geschehen«, fügt sie lächelnd hinzu und hakt sich bei ihrem Mann ein.

Der Fürst sieht sie prüfend an. »Wenn du anfängst verbindlich zu werden, muß ich auf der Hut sein. Ich kenne das aus Erfahrung«, sagt er an den Gelehrten gewandt. »Doch zur Sache. Du bist zwar kein Staatsmann, hast mir aber als mein Kanzler und Siegelbewahrer schon manch guten Rat erteilt. Ich muß mein Reich gegen die Mongolen schützen, und ich frage dich: Was würdest du an meiner Stelle tun?«

Ohne zu zögern antwortet der Schriftgelehrte: »Klug sein.«

»Und wann bin ich klug?«

»Wenn du keinen Fehler machst.«

Baibuka-Taiang verzieht sein Gesicht. »Daß man bei dir immer erst nach der zehnten Frage die erste beantwortet bekommt.«

»Das stimmt nicht ganz«, entgegnet Tatatungo verbindlich. »Ich beantworte deine erste Frage unverzüglich und ich erläuterte sie auf Grund deiner zweiten Frage ausführlich.«

Ärgerlich stampft Baibuka-Taiang auf. »Nun gut. Und wann mache ich keinen Fehler?«

»Wenn du klug bist!«

»Und wann bin ich klug?« ereifert sich der Fürst mit lauter Stimme, obwohl er weiß, daß er damit nichts erreicht.

»Du bist klug, wenn du beispielsweise keine Dummheiten machst.«

»Und wann mache ich keine Dummheiten?« seufzt Baibuka-Taiang ergeben.

»Das kann ich schwer sagen.«

»Warum?«

»Weil ich nicht immer bei dir bin.«

»Was hat das damit zu tun?«

»Sehr viel. Denn du kannst nur Dummheiten machen, wenn ich nicht bei dir bin«, antwortet der Gelehrte lachend.

Der Fürst wird ernst. »Sag mir jetzt vernünftig, was du in meiner Lage tun würdest.«

»Ich würde mich mit Temudschin verbinden.«

Baibuka-Taiang wird wütend. »Den Rat kannst du dir ersparen. Wenn ich schon Bündnisse eingehen muß, dann nur mit gleichrangigen Freunden.«

Der Gelehrte wiegt bedächtig den Kopf. »Du mußt wissen, was du tust. Ob deine Auffassung aber deinem Reich dienlich ist ... Laß mich einmal in Ruhe nachdenken«, unterbricht er sich. »Vielleicht weiß ich einen anderen Rat. Da wäre zum Beispiel der Fürst Tuchta-Beg mit seinen Merkiten. Durchaus gleichrangig. Beim Kampf außerhalb der Wälder werden dir seine Krieger zwar kaum etwas nützen, aber darauf kommt es ja weniger an.«

»Sei nicht gehässig, Tatatungo!«

»Gehässig nennst du das? Nun gut, dann bleiben nur die Onguten.«

»Die Onguten?« fragt Baibuka-Taiang verwundert und denkt: Der Rat ist gut. Warum kam er nicht selber darauf? Dieses Volk sitzt auf der anderen Seite des Mongolengebietes, und der Bürtschigin müßte somit an zwei Fronten kämpfen. »Tatatungo«, unterbricht er seine Überlegungen, »dein Rat ist hervorragend. Sofort werde ich einen Boten zum Onguten-Chan Alakusch-Tekin senden.«

Der Kanzler starrt den Herrscher entsetzt an. »Das war doch nur ein Scherz von mir. Ich nannte einfach das am weitesten von hier entfernt wohnende Volk. Die Onguten sitzen an der Grenze von Chin! Wie willst du da ...?

Der Fürst lacht aus vollem Halse. »Einen Witz wolltest du machen? Sei überzeugt, er brachte mich auf den besten Einfall meines Lebens. Das ist übrigens der Unterschied zwischen dir und mir. Aus Gedanken machst du Witze, während ich aus einem leicht hingeworfenen Scherz große Entschlüsse ziehe. Überlege: Mit den Onguten nehme ich Temudschin in die Zange!«

Der Siegelbewahrer wird nachdenklich. »Weiß der Himmel, du hast nicht ganz unrecht. Mit den Onguten könnte es gehen.«

Temudschin liegt in der Hütte Chulans, als ihn Kassar im Auftrag von Boghurtschi bittet, zu einer Besprechung zu kommen.

»Ich komme gleich«, antwortet er gedankenverloren und starrt in die Spitze des Zeltes.

Als er sich nach einer Weile erhebt, sieht er, daß Kassar und Chulan sich anlächeln.

Jäh fährt er den Bruder an: »Was stehst du hier herum? Ich habe doch gesagt, daß ich komme.«

Betroffen weicht Kassar zurück. Er nickt Chulan verlegen zu und verläßt das Zelt.

Kaum ist er fort, da schnaubt der Chan seine Frau an. »Warum hast du das getan?«

»Was?« fragt sie verwundert.

»Glaubst du, ich hätte nicht gesehen, daß du Kassar angelächelt hast? Ich rate dir gut, Chulan, mach meinen Bruder nicht verrückt. Du weißt, daß er in dich verliebt ist.«

Chulans Augen schillern wie grüne Smaragde. »Du bist unverschämt«, schreit sie ihn an.

»Was bin ich?«

»Unverschämt, habe ich gesagt. Mit keinem Menschen hier verkehre ich, und wenn ich deinen Bruder ansehe, dann spiele ich schon mit dem Feuer? Willst du mich denn lebendig begraben?«

Erstaunt blickt der Chan sein junges Weib an. Im Zorn ist sie noch schöner, denkt er zufrieden. Wie ihre Nasenflügel beben! Ihre Zähne blitzen dann wie das Gebiß eines Raubtieres. Und ihre Augen ... »Soll das heißen, daß du dich beklagst?« fragt er sie schließlich. »Gebe ich dir nicht alles, was ein Mann seiner Frau geben kann?«

Chulan geht auf ihn zu. »Verstehe mich richtig. Ich weiß, daß du alles für mich tust. Aber ich fühle mich eingesperrt. Laß mir meine Freiheit. Ein Käfig ist auch dann ein Käfig, wenn seine Stäbe aus Gold sind, und Vögel, die man einsperrt, fliegen fort, sobald sie Gelegenheit zur Flucht finden. Sei nicht so schrecklich argwöhnisch; es beleidigt meine Liebe zu dir. Mehr, als nur dich lieben, kann ich nicht.«

Der Chan ergreift ihre Hände. »Du hast recht. Deinetwegen habe ich auch keine Sorge. Aber Kassar ... Seit ich dich kennenlernte, habe ich bei ihm immer ein dummes Gefühl. Doch lassen wir das«, beendet er das Thema und nimmt Chulan in die Arme.

Erregt schwingen die Stimmen der Oerlök durcheinander, als der Gesandte der Onguten das Zelt des Chan verlassen hat.

»Mach kurzen Prozeß!« ruft Muchuli mit donnernder Stimme.

»Bildet Baibuka-Taiang sich etwa ein, daß er uns schlagen kann?« wettert Gökschu, der Vertraute des Himmels. »Er sollte sich das Ende Toghruls vor Augen halten.«

»Der Naimane glaubt wahrscheinlich, daß wir im Bergland nicht richtig kämpfen können«, wirft Daaritai ein.

»Und deine ehemaligen Freunde Kutschar, Altan und Dschamugha werden ihm in den Ohren liegen«, bemerkt Belgutei spitz.

Daaritai wird blaß. Immer wieder muß er anzügliche Bemerkungen einstecken.

Der Chan mischt sich ein. »Ruhe!« donnert er. »Ich habe gerade gehört, daß meinem Vetter Daaritai versteckte Vorwürfe für zurückliegende Dinge gemacht wurden. Und das zu einem Zeitpunkt, da erneut Gefahren auf uns lauern. Ich erkläre deshalb folgendes: Wer jemanden, der sich etwas zuschulden kommen ließ, angreift oder hänselt, nachdem dieser von sich aus Farbe bekannt hat und sich anstrengt, seinen Fehler gutzumachen, wird in Zukunft schwer bestraft. Ich dulde kein Wühlen in Fehlern, die als abgegolten gelten. Eine strafbare Handlung darf nur einmal ihre Buße finden.« Er nickt Daaritai aufmunternd zu und wendet sich an Boghurtschi. »Und nun zu Baibuka-Taiang. Wieviel Krieger wird er vereinigen können?«

»Das ist schwer zu sagen«, antwortet der erste Gefolgsmann. »Nach dem Bericht der Onguten stehen Merkiten, Tataren und versprengte Einheiten der Keraiten unter seiner Fahne. Es dürfte kaum weniger als fünfzigtausend, aber auch nicht mehr als achtzigtausend Mann sein.«

Der Chan nickt. »Das entspricht meiner Schätzung.«

»Traust du den Onguten?« fragt Munlik.

Verwundert wendet sich Temudschin an Oelön-Ekes Ehemann. »Wie kommst du darauf?«

»Könnte die erhaltene Nachricht nicht eine bewußte Falschmeldung sein, um uns ohne Sorge abziehen zu lassen? Ich begreife nämlich nicht, wieso sich die Onguten, die sich bekanntlich auf höherer Stufe stehend wähnen und uns bislang stets gemieden haben, plötzlich auf unsere Seite stellen.«

Der Chan lächelt. »Deine Skepsis ist berechtigt, denn die Onguten sind so, wie du es sagtest. Aber sie haben andere Interessen als die Naimanen. Sie verkaufen Baibuka-Taiang, weil ihnen ein festorganisierter Staat auf dieser Seite des Landes lieber ist als eine Unzahl von Stämmen und Banden. Im Laufe vieler Jahre haben sie oftmals die Erfahrung machen müssen, daß plötzlich Nomadenhorden durch ihr Land zogen, um in Chin, das auf der anderen Seite ihrer Grenzen liegt, einzufallen. Daß sie dabei geplündert wurden, ist klar. Zu allem Übel aber mußten sie bei den darauf folgenden Strafzügen der Chin-Armeen erneut herhalten. Sie begrüßen die Zusammenfassung meiner Stämme, und Alakusch-Tekin benutzt heute die günstige Gelegenheit, mir einen Dienst zu erweisen und mich ihm zu verpflichten.«

»Armer Baibuka-Taiang«, bemerkt Kassar trocken.

Belgutei nickt. »Dschamugha wird ihn eines Tages ebenfalls auf dem Gewissen haben. Man sollte diesen Kerl in tausend Stücke reißen.«

»Da bin ich anderer Meinung«, entgegnet der Chan lachend. »Mir half er entscheidend. Volk um Volk hat er mir zugetrieben. Was will ich mehr?«

»Wann werden wir aufbrechen?« fragt Daaritai, dem das Gespräch unangenehm wird.

»So bald als möglich. Vorher werde ich aber – man verbrennt sich nur einmal am Feuer – alle Häuptlinge zu einem Kuriltai einladen, um mir bestätigen zu lassen, daß ein jeder mit dem Feldzug einverstanden ist.« Er lacht. »Etwas anderes, als ja sagen, können sie doch nicht.«

»Mir gefällt das nicht«, erklärt Boghurtschi mit ernster Miene. »Die

Männer sollten zumindest ihre Meinung vortragen können. Jetzt werden sie beispielsweise kaum Neigung verspüren, in den Krieg zu ziehen, und sie würden, wenn sie reden könnten, alle möglichen Einwände machen. Das aber dürfen sie nicht, und deshalb werden sie sich immer unterdrückt fühlen.«

»Und würde ich ihnen gestatten, Einwände zu erheben, dann müßte ich bald nach ihrer Pfeife tanzen«, erwidert der Chan.

»Darf ich einen Vorschlag machen?« mischt sich Daaritai in das Gespräch. »Wenden wir eine List an. Wir erfüllen deinen Wunsch und erzielen die von Boghurtschi gewünschte Wirkung, wenn wir wie folgt vorgehen: Auf dem Kuriltai gibst du zunächst einmal dein Begehren bekannt. Einige von uns machen dann Einwände und sprechen im Sinne der Häuptlinge, die Bedenken äußern. Dann aber lassen sich diejenigen von uns, die gegen dich reden, mehr und mehr überzeugen, und zu guter Letzt schließen sie sich voll deiner Meinung an. Das wird einen guten Eindruck machen und manchen mitziehen. Im übrigen können wir jenen Häuptlingen, die absolut auf deiner Seite stehen, vorher die Weisung geben, im gleichen Sinne zu verfahren, und am Schluß geben dir dann deine Oerlök und Terschanen die Stimmenmehrheit.«

Das dröhnende Lachen, das den Worten Daaritais folgt, geht nach einer kurzen Weile in ein erregtes Stimmengewirr über, und als sich die Freunde in später Stunde trennen, sieht mancher von ihnen mehr Sterne als sonst am Himmel leuchten.

19

Die Sonne spendet wohltuende Wärme. In ihrem Licht leuchten die Weiden wie bunte Teppiche. Gleich duftigen Schleiern liegt erstes Grün über den Bäumen, deren Äste und Zweige sich noch wie Korallenarme in den Himmel recken. Die Südhänge der Hügel sind weiß betupft, und aus den Bäumen ertönen fröhliche Lieder.

Plötzlich verstummt der Gesang. Donnernde Hufe lassen die Luft erzittern. Staub fegt in die Höhe. Die Guran der Mongolen wälzen sich durch eine Hügelgruppe in eine Ebene, die sich weit ausbreitet. Dumpf brodelt das Stampfen der Pferde. Waffen klirren. Gleich Siegesfanfaren ertönen Kommandos, die von Abteilung zu Abteilung fliegen.

Temudschin blickt prüfend über fruchtbare Weiden, die sich vor ihm ausbreiten. Dann gibt er kurze Befehle. Melder jagen nach allen Seiten, und bald darauf tauchen bunte Wimpel über den Köpfen der Krieger auf. Das Heer verlangsamt den Ritt und steht schließlich still.

Der Chan wählte die Ebene mit ihren saftigen Weiden zum Kampfplatz für die Schlacht mit Baibuka-Taiang. Wie immer, so will er auch dieses Mal dem Gegner den Gefechtsplatz vorschreiben. Auf weiten Flächen können sich seine Guran am besten entwickeln.

Bis auf einige Abteilungen, die als Kundschafter ausgesandt werden, sitzen alle Krieger ab, und bald darauf breitet sich ein behäbiges Lagerleben aus. Von knisternden Feuern wehen Rauchfahnen zum Himmel empor. Man ißt, trinkt, schwatzt und schläft. Der Feind aber läßt sich nicht sehen.

Enttäuscht stellt Temudschin fest, daß er seinen Gegner nicht mit den zügellosen Stämmen vergleichen kann, gegen die er bislang ins Feld zog. Seine Kundschafter berichten ihm, daß Baibuka-Taiang mit achtzigtausend Kämpfern eine günstige Stellung bezog, in der er die weitere Entwicklung der Dinge offensichtlich in Ruhe abwarten will. Daß die Mongolen im Grenzbereich seines Landes stehen, scheint ihn nicht zu stören.

Als der Chan erkennt, daß sich der Naimane nicht beirren läßt, ruft er die Oerlök zusammen. Seine Auffassung, sich das Kampfgelände auf keinen Fall vorschreiben zu lassen, wird allgemein geteilt. Da er den Kampf aber wünscht, Baibuka-Taiang jedoch nicht zwingen kann, seine günstige Stellung aufzugeben, will er versuchen, ihn durch List in eine andere Gegend zu locken. Eine stärkere Abteilung mit abgemagerten Pferden soll in das Land einfallen und sich beim ersten Widerstand sofort zurückziehen, um beim Gegner die Meinung aufkommen zu lassen, der schlechte Zustand der Tiere lasse die Mongolen übervorsichtig vorgehen. Indessen soll das gesamte Heer unauffällig nachrücken und jederzeit bereit sein, eine Entscheidungsschlacht anzunehmen.

»Ich sehe, daß ihr mit meinem Vorschlag einverstanden seid«, beendet der Chan seine Ausführungen. »Dennoch bitte ich euch, meinen Plan sorgfältig zu prüfen. Wir müssen jeder Gefahr aus dem Wege gehen. Unsere Pferde sind sehr geschwächt, und das vor uns liegende Bergland wird sie noch weiter entkräften.«

Die letzten Worte sagt er, um zu verhindern, daß die Heerführer begeistert zustimmen. Vor wichtigen Entscheidungen ist er immer bestrebt, stürmische Bejahungen zu unterbinden.

So nicken ihm die Freunde denn auch zunächst nur bedächtig zu. Dschelme allerdings macht einen nervösen Eindruck.

»Was ist los mit dir?« fragt ihn der Chan.

Der zweite Gefolgsmann antwortet: »Gib mir die Führung der Vortrupps. Ich kenne das Gelände hier.«

»Kommt nicht in Frage!« ruft Muchuli dagegen. »Woher willst du diese Gegend überhaupt kennen? Laß dich auf nichts ein«, fährt er an Temudschin gewandt fort. »Gib mir den Vortrupp.«

»Und wenn du dich auf den Kopf stellst, ich kenne diese Gegend«, wetterte Dschelme dagegen.

Muchuli sieht ihn skeptisch an. »Warst du wirklich schon mal hier?«

»Ja.«

»Wann denn?« fragt Temudschin verwundert.

Der Sohn Sorgan-Schiras wird verlegen. »Als Junge. Mein Vater ...«

Weiter kommt er nicht, da alle hellauf lachen.

»Als Junge machte er hier in die Hosen«, ruft Muchuli.

Temudschin schüttelt belustigt den Kopf. »Also, wer von euch übernimmt den Vortrupp?«

»Ich habe mich zuerst gemeldet«, erklärt Dschelme.

»Er hatte schon vor der Schlacht mit Toghrul ein besonderes Kommando«, brummt Muchuli unwillig dagegen.

»Feuerchen anmachen, damit Toghrul in der Nacht etwas sehen konnte, nennst du ein besonderes Kommando?« entrüstet sich Dschelme und wendet sich an den Chan. »Gib mir als Entschädigung für mein damaliges Schlafkommando ...«

»Gut, du übernimmst den Vortrupp.«

Der zweite Gefolgsmann lacht Muchuli ins Gesicht.

»Ich bin noch nicht am Ende!« ruft Temudschin dazwischen. »Muchuli übernimmt das Heer.«

Der biedere Muchuli schaut den Chan bestürzt an. »Ich soll ...?«

»Ja, du! Selbstverständlich nur, damit ich kein verärgertes Gesicht zu sehen bekomme.«

Jetzt lacht Muchuli Dschelme an.

Zufrieden schmunzelt der Chan. Wieder einmal ist es ihm gelungen, einen Heerführer zu bestimmen, ohne bei dessen Kameraden Neidgedanken aufkommen zu lassen.

Baibuka-Taiang blickt sorgenvoll von der Höhe seiner Gebirgsstellung über die sich vor ihm ausbreitende Ebene. Im Osten steigt die Sonne wie eine violette Scheibe aus einem Meer von Hügeln, die sich gleich dunklen Wellen im Nebel der Niederung wälzen. Nur einige hohe Wolken segeln am Himmel. Blaue Dunststreifen wehen wie Trauerbänder durch den Morgen.

Er kann sich nicht dazu entschließen, dem Drängen seiner Heerführer und seiner Verbündeten nachzugeben, die den Feind um jeden Preis angreifen möchten. Nach wie vor hält er an der Absicht fest, den Gegner zunächst tiefer in das Gebirge zu locken.

»Sieh doch ein, daß unsere Krieger nicht begreifen können, warum wir den sich ständig feige zeigenden Gegner nicht ernstlich verfolgen«, sagt ihm der Merkitenfürst Tuchta-Beg. »Dauernd beobachten sie, daß die Mongolen leicht zur Umkehr gezwungen werden können, und es ist niemandem verständlich, daß wir, anstatt den Befehl zu geben, hinter dem Feind herzuhetzen, uns weiter zurückziehen. Jeder sieht, daß wir saftige Weiden, fruchtbare Felder und blühende Orte preisgeben, und ich muß gestehen, daß mir die Unruhe unserer Krieger verständlich ist.«

»Mir auch«, entgegnet Baibuka-Taiang verbissen. »Der Chan der Mongolen hat aber schon manchen Gegner überrascht, und ich fürchte, daß eine List hinter der ganzen Sache steckt. Es ist doch merkwürdig, daß es uns trotz der Wankelmütigkeit Temudschins nicht gelingen will, an irgendeiner Stelle durchzubrechen, um einen

Blick hinter die immer wieder heranrückenden und dann flüchtenden Abteilungen zu werfen.«

Dschamugha nickt bestätigend. »Ich gebe dir recht, Baibuka-Taiang. Bei Temudschin kann man nicht vorsichtig genug sein. Außerdem verlieren wir nichts, wenn wir weiterhin in unserer Stellung verharren.«

Erregt mischt sich ein naimanischer Heerführer in das Gespräch. »So kann man nur reden, wenn man nicht im eigenen Lande steht. Uns Naimanen blutet das Herz, wenn wir tatenlos zusehen müssen, wie Stück für Stück unseres Landes besetzt wird. Baibuka-Taiang«, fährt er an seinen Herrscher gewandt fort. »Lange kann ich meine Krieger nicht mehr zwingen, vom Feind abzulassen. Auch die Tataren sind über unsere Kampfführung schon ungehalten, und ich glaube, andere Verbündete denken ebenso.«

»Jawohl«, bekräftigte Tuchta-Beg. »Meine Männer sehen die abgeklapperten Pferde des Gegners und reden nur noch von ... Aber lassen wir das. Sie sind zu erregt. Im Gegensatz zu deinen Leuten haben die meinen ja schließlich eine Rechnung mit Temudschin zu begleichen.«

»Fällt das Wort bei euch auch schon?« fragt der naimanische Heerführer anzüglich.

»Ich höre es seit Tagen.«

»Von welchem Wort redest du?« fragt Baibuka-Taiang streng.

Der Krieger blickt verlegen zu Boden. »Das Wort heißt Feigheit!«

Baibuka-Taiangs Stirnader schwillt an. »Man wirft mir Feigheit vor? Das glaube ich nicht«, ruft er im nächsten Atemzug. »Du greifst meine Ehre an, um mich gefügig zu machen. Aber daraus wird nichts. Mit Lügen kommst du bei mir nicht weiter. Meine Krieger sind nicht feige. Und wenn sie es wären, trügest du die Schuld. Denn du bist für Zucht und Ordnung verantwortlich.«

Entgeistert blickt der Feldherr seinen Fürsten an. »Nun ist es genug. Meine Krieger sagen mir, ich soll mich zu meinen Frauen scheren, wenn ich nicht angreife, und du beschimpfst mich, weil ich den Feind wie eine Hammelherde zusammentreiben will? Unter deinem Vater hat kein Gegner meinen Rücken gesehen, heute hingegen ... Wundere dich also nicht, wenn alle unzufrieden sind. Entbinde mich vielmehr der Heeresführung, wenn du glaubst, daß in meinen Reihen Zuchtlosigkeit herrscht. Lieber gehe ich nach Hause. Lange beherrschen sich deine Männer ohnehin nicht mehr. Sie wollen auf eigene Faust handeln, und was dann geschieht, das weißt du. Vergiß dabei nicht, daß in unserem Lager Naimanen, Merkiten, Keraiten und Tataren stehen. Und alle sind unzufrieden.

Immer bleicher wird das Gesicht Baibuka-Taiangs, und als Tuchta-Beg und andere Häuptlinge die Worte des Heerführers bestätigen, befiehlt er kurz entschlossen den Vormarsch.

Seine Armee verläßt die zerklüfteten Berge und reitet nach Osten, wo sie auf den Vortrupp trifft, den Dschelme führt, der sofort auf einen nördlich gelegenen Hügel reitet, um das Gelände übersehen zu können. Als er erkennt, daß sich ihm die ganze Heeresmacht der Naimanen entgegenwälzt, schickt er eilig einen Boten zu Temudschin, setzt sich dann an die Spitze seiner Truppe und jagt den Hügel hinauf, von dem er Ausschau gehalten hatte.

Die Naimanen erkennen, daß die Mongolen bestrebt sind, die Höhe zu gewinnen, um eine günstige Ausgangsstellung zu erlangen. In ihrer Überheblichkeit lachen sie über die kleine Streitmacht, an deren Spitze eine winzige Gestalt wie ein Kugelblitz den Abhang hinaufrollt.

»Wüßte ich nicht, daß Dschelme da wie ein Ball auf seinem Pferd sitzt, würde ich glauben, der Teufel sei es«, ruft Altan seinem Freund Kutschar zu, mit dem er den nördlichen Flügel der Naimanen führt. Da sie am weitesten vorne liegen, erhalten sie Befehl, den Hügel im Norden zu umgehen und dann von Osten kommend, aus dem Rükken anzugreifen.

Die Hauptstreitmacht strebt gradlinig weiter, um die Anhöhe später mit leichter Schwenkung nach Norden zu erstürmen. Nachfolgende Verbände sollen direkt auf die Erhebung zustoßen, so daß sie die Höhe gleichzeitig erreichen.

Baibuka-Taiang reitet mit Dschamugha auf einen südlich gelegenen Berg, von dem er die Schlacht beobachten will. Er freut sich nun doch auf den Kampf, der ihm bereits entschieden zu sein scheint. An sich wäre es nicht notwendig gewesen, die Armee so sorgfältig vorgehen zu lassen, aber er will den Sieg aus einer genau vorbereiteten Schlacht erringen, um ein genußreiches Schauspiel zu erleben und dem Gegner die Möglichkeit zur Flucht zu nehmen.

Mit kräftigen Schlägen hetzt er sein Pferd zur Bergkuppe hoch. Es erleichtert ihn nun, daß er nicht weiter darauf bestand, in der Gebirgsstellung zu verharren. Deshalb ruft er dem Dschurjaten zu: »Bist du nicht auch ganz froh, daß es endlich soweit ist? Womöglich gerät Temudschin noch heute in unsere Hände.«

»Nach meinen Erfahrungen stelle ich mir derartiges nicht mehr vor«, entgegnet Dschamugha. »Meine Erlebnisse mit Temudschin haben mir gezeigt, daß man ihm nie trauen darf. Ich begreife offen gestanden nicht, wie er mit einer solch geringen Streitmacht in dein Land einfallen kann. Ein unheimliches Gefühl sitzt mir im Genick. Ich zittere davor, daß es sich als eine Faust erweist, die mir die Kehle zudrückt.«

Baibuka-Taiang lacht. »Mach dir keine unnötigen Sorgen. Schau nur in das Tal; es wird deine Bedenken vertreiben. Das Gefecht dürfte beendet sein, noch bevor es richtig ...« Er unterbricht sich und greift nach dem Dschurjaten. »Da! Was bedeutet das?«

Dschamugha fährt herum und schließt wie geblendet die Augen. Dann ballt er die Hände zu Fäusten und schreit in ohnmächtiger Wut: » Ich habe es geahnt! Hätte ich doch ...« Die Stimme versagt ihm den Dienst. Entgeistert starrt er auf das Heer, das sich aus der Ebene wie eine Sturzflut über das wellige Vorland ergießt.

Geistesabwesend fragt Baibuka-Taiang: »Wer sind die Männer, die dort auf uns losstürmen?«

Dschamugha rauft sich die Haare und schreit verzweifelt: »Die Bluthunde meines Andahs sind es. Sie lechzen nach Menschenfleisch. Temudschin legt einen eisernen Ring um uns. Genau unserer stärksten Abteilung entgegen strebt die Hauptkampfgruppe der Mongolen. Kassars Fahne weht vor dieser Einheit.« Er blickt suchend über das Gelände. »Wir müssen uns beeilen, wenn wir nicht umzingelt werden wollen. Der Mann, der dort drüben wie ein Falke vor der Truppe dahinfliegt, ist Temudschin. Wahrscheinlich will er die in diesem Gelände schwierige Umfassung einleiten. Oh«, stöhnt er schmerzerfüllt, »habe ich nicht gesagt, daß er ein hungriger Geier ist, der sich unerwartet vom Himmel herabstürzt! Sieh dir seine Heerführer an. Wie von der Kette losgelassene Raubtiere stürmen sie dahin. Das dort ist Dschebe, der Pfeil, der dem Chan einstmals in den Hals schoß. Daneben Boghurtschi. Ihm folgt Belgutei. Und da ...« Er ringt nach Luft. »Auch der Verräter Daaritai jagt wieder an der Spitze eines Guran. Schau sie dir an, Baibuka-Taiang! Betrachte sie genau. Du hast mir ja nicht glauben wollen. Jetzt siehst du, daß ich nicht übertrieben habe. Reiten diese Bestien nicht wie der Wind? auf, auf Baibuka-Tajang! Auf, in den Tod! Wir müssen unsere Truppen herumwerfen, wenn wir noch ...«

Halsbrecherisch stürmen beide den Berg hinunter. Steine und Geröll poltern hinter ihnen her. Gerade noch rechtzeitig erreichen sie ihre Hauptstreitmacht, die in ein furchtbares Gemetzel gerät.

Von der Anhöhe stürzt sich Dschelme mit den Seinen auf die verwirrt wendenden Krieger der Feinde. Er kämpft wie auf einer Insel stehend gegen die Wogen eines Meeres, das der Chan mit seinen Truppen aufpeitscht. Nur im Westen bleibt eine geringfügige Lücke, durch die größere Einheiten jedoch nicht fliehen können, weil die Flanken der Mongolen die steil ansteigenden Berge bereits erreichen.

Durch die Überrumpelung mutlos gemacht, kämpfen Naimanen, Keraiten, Tataren und Merkiten zunächst uneinheitlich, dann aber vollbringen sie wahre Wunder an Tapferkeit. Angefeuert durch das furchtlose Vorgehen ihres Fürsten, der verbissen an der Spitze seiner Krieger kämpft, gewinnen sie an verschiedenen Stellen sogar Gelände zurück.

Auch Dschamugha führt seine Männer in todesmutigen Gegenangriffen langsam wieder vorwärts. Der verbissene Kampf dauert aber nicht lange, da Baibuka-Taiang getroffen wird. Er kapituliert jedoch nicht, sondern schlägt sich mit klaffender Kopfwunde, bis er zusammenbricht und vom Pferd stürzt.

Der Tod des Fürsten lähmt die Naimanen, und als Dschamugha erkennt, daß Baibuka-Taiangs Kampfgruppen verwirrt zurückweichen, faßt er seine Dscharjuten zusammen und durchbricht in plötzlichem

Ansturm eine schwache Stelle im Ring der Mongolen. Tuchta-Beg und einige Einheiten der Tataren folgen ihm, und noch bevor Temudschin es verhindern kann, sind alle Anführer aus dem Kessel ausgebrochen. Zurück bleibt ein Heer, das enttäuscht die Waffen sinken läßt.

Temudschin gibt den Befehl, die Schlacht einzustellen. Dann versammelt er seine Oerlök, um das weitere Vorgehen mit ihnen zu besprechen. Bevor er aber dazu kommt, wird ihm eine schlanke Gestalt vorgeführt, die in einen reichverzierten Umhang gehüllt ist.

»Dieser Mann wurde gefangengenommen und wünscht mit dir zu sprechen«, meldet der Krieger. »Da er keine Waffen bei sich trägt und behauptet, zum engsten Gefolge Baibuka-Taiangs zu gehören, erfüllten wir seine Bitte.«

Temudschin betrachtet das hagere Gesicht eines Mannes, der ihn aus klugen Augen neugierig mustert.

»Seid Ihr der Chan der Mongolen?«

»Der bin ich. Und wer bist du?«

»Tatatungo«, sagt der Fremde.

Der Chan lacht.

»So, so, du bist Tototunga. Verzeih, wenn mir das nichts sagt. Wer bist du sonst noch?«

»Ich bin auch sonst nur Tatatungo.«

»Da hast du sicher recht. Ich meinte jedoch, wen du darstellst?«

»Auch nur Tatatungo.«

Die Oerlök werden unruhig. Was bildet dieser Kerl sich ein? Sollen sie ihn niederschlagen?

»Aha«, erwidert der Chan gutgelaunt. »Bei dir muß man sich wohl genau ausdrücken, du Spaßvogel. Ich möchte wissen, wer du bist und was du dort in der Hand hältst!«

»Oh«, entgegnet Tatatungo mit nervösem Gehabe, »so viel Fragen auf einmal? Zunächst muß ich Euch enttäuschen. Ich bin kein Spaßvogel, sondern – und damit beantworte ich Eure erste Frage – etwas scheinbar Notwendiges, doch anscheinend Unnötiges.«

Der Chan betrachtet den Fremden neugierig. »Drücke dich anders aus. Was bist du? Scheinbar notwendig und anscheinend unnötig?«

»Ja, denn ich bin ein Mensch.«

Temudschin steigt vom Pferd und geht auf Tatatungo zu. »Hältst du uns Menschen für notwendig und doch unnötig?«

»Der Tengri bewahre mich davor, solches zu behaupten. Ich sehe in uns Menschen Geschöpfe, die der Himmel als Krönung all dessen schuf, was er auf die Erde setzte. Darum sagte ich: Scheinbar notwendig.«

»Und warum sagst du: Anscheinend unnötig?«

Tatatungo weist über das Schlachtfeld. »Hat es nicht den Anschein, als wären wir unnötig? Seht Euch die vielen Toten an. Angesichts des Mordes brach der Himmel nicht ein und stürzten nicht Fluten von Tränen auf die Erde nieder. Bedenkt: Menschen werden um getötete

Väter, Söhne und Freunde weinen, die Sonne aber geht lachend schlafen, als sei nichts geschehen. Muß sich da nicht die Frage aufdrängen, ob wir unnötig sind? Ich persönlich glaube es nicht«, fährt er hastig fort. »Wir sind nötig und begreifen nur den Sinn des Geschehens nicht.«

»Bist du Gelehrter?«

»Nein. Wäre ich es, würde ich den Sinn des Tötens kennen. Doch halt, verzeiht, das stimmt nicht. Auch als Gelehrter könnte ich diesem Sterben nur einen Sinn geben, der meinem Denken entspricht, aber wohl kaum der Wahrheit nahekommen würde.«

Der Chan hängt förmlich an den Lippen Tatatungos. »Willst du damit sagen, daß auch Gelehrte nicht alles ergründen können?«

»So ist es. Sie wissen natürlich über manches sehr genau Bescheid, aber wo es sich um Dinge handelt, die erst beginnen, wo Erde, Wasser, Feuer, Luft ihr Ende finden, da können auch sie keine Antwort geben.«

Nachdenklich schiebt Temudschin seine Fellhaube zurück. »Wo Erde, Wasser, Feuer, Luft ihr Ende finden? Wo finden diese Dinge ihr Ende?«

Tatatungo lächelt. »Das ist eine Frage, die kein Mensch beantworten kann. Kennt Ihr nicht die Geschichte von dem Buddha-Mönch, der sich diese Frage stellte?«

»Nein. Erzähle sie.«

»Nun, ein junger Mönch wollte diese Frage beantwortet haben, und da er selbst sie nicht beantworten konnte, versetzte er sich durch geistige Sammlung in einen Zustand, der es ihm gestattete, den zu den Göttern führenden Weg zu gehen. Er ging ihn und kam zu den Devas, die er fragte, wo das Ende der vier großen Gebilde zu finden sei. Sie konnten es nicht sagen und schickten ihn zu den Götterkönigen, die ihn jedoch zu den dreiunddreißig hohen Göttern schickten, weil diese, wie sie erklärten, noch herrlicher und größer als sie selbst seien. Und als er die dreiunddreißig Götter befragte, wiesen sie ihn an Indra, den obersten König der Götter. Indra wiederum sandte ihn an die Yamagötter, und so wanderte der Mönch immer weiter, bis er endlich die Brahmawelt erreichte. Aber auch dort sagte man ihm nur: ›Mönch, das wissen wir nicht. Du mußt dich an Brahma, den Allmächtigen, wenden. Nur er kann deine Frage beantworten.‹ Da erkundigte sich der Mönch, wo sich Brahma aufhalte, und es wurde ihm geantwortet, daß man das nicht wisse. Er solle warten, bis heller Glanz hervorbreche, dahinter würde Brahma gewiß erscheinen. Nun, kurz danach erschien Brahma tatsächlich, und als der Mönch seine Frage gestellt hatte, sagte der Allmächtige: ›Ich bin Brahma, der Große, der unumschränkte Herrscher, der Wirkende, der Schöpfer, der allerorts Regierende, der alles Lenkende, der Vater alles Gewordenen und Zukünftigen.‹ Dann schwieg er. Der Mönch schaute ihn daraufhin erstaunt an und wiederholte seine Frage, und nochmals zählte Brahma alle seine Eigenschaften auf, um dann erneut zu schweigen.

Als der Mönch zum drittenmal seine Frage an ihn richtete, nahm ihn Brahma zur Seite und erklärte leise: ›Mönch, wie kannst du eine solche Frage an mich richten? Die Götter der Brahmawelt denken, daß ich alles weiß, aber auch ich kann nicht sagen, wo die vier großen Gebilde ihr restloses Ende finden. Geh zu Buddha und frage ihn.‹ Da lief der Ärmste zu seinem großen Lehrer und fragte ihn. Und Buddha antwortete: ›Mönch, du hast deine Frage nicht richtig gestellt. Du mußt mich fragen: Wo haben Feuer, Wasser, Erde, Luft keinen Bestand? Darauf kann ich dir antworten: Im Bewußtsein von uns Menschen nicht, denn das Bewußtsein selbst ist unerklärlich.‹ Du siehst, Chan, selbst Buddha rettete sich vor der Frage nach dem äußeren Bestand dieser Welt nur dadurch, daß er sie in eine falschgestellte umwandelte.«

Die Augen Temudschins glänzten. »Sag, Tototangu ...«

»Ich heiße Tatatungo.«

»Das ist mir egal. Sag, Tututonga ...«

»Tatatungo!«

»Himmel, ich bin aufgeregt, und es ist mir gleichgültig, wie du heißt. Wichtig ist mir nur, daß du da bist, Tungatoto. Wer ist Buddha?«

»Ihr kennt Buddha nicht? Er lebte vor über tausend Jahren in Indien und hinterließ der Menschenwelt als Vermächtnis eine Lehre, die keinen Weltschöpfer und Weltregenten kennt. Sie hat keine religiösen Lehrsätze, die man glauben muß, um den ewigen Frieden zu erhalten. Jeder Mensch, ob er nun Laotse oder Konfutse verehrt, die Shinto-Götter der Japaner anbetet oder an böse Geister oder Dämonen glaubt – jeder, der Tibeter wie der Mongole, kann die Lehre Buddhas als Richtlinie für sein Denken und Handeln annehmen. Buddha wendet sich an alle Menschen und zeigt ihnen den von ihm als richtig erkannten Weg zur Erkenntnis der Wirklichkeit. Er zeigt aber nur den Weg. Von jedem einzelnen hängt es ab, ob er ihn geht oder nicht. Ob der Weg der richtige ist, vermag nur zu ermessen, wer ihn bis zum Ende gegangen ist. Aber alle, die ihn gingen, bezeugen, daß er zu unvergänglicher Glückseligkeit führt.«

»Tangotuta, du mußt mir vieles von dem erzählen, was du weißt, besonders von diesem Buddha. Der gefällt mir. Verdammt geschickt, wie er die Frage des Mönches abgebogen hat. Aber jetzt möchte ich noch wissen, ob Buddha an das Eingreifen eines Gottes in die Weltordnung glaubt.«

»Nein. Buddha lehrt, daß ein Anfang nicht zu erkennen ist und daß sich das Entstehen und Vergehen auf dieser Welt nach ehernen und unabänderlichen Gesetzen abwickelt, also ohne Eingreifen eines Gottes. Er kennt nur eine sittliche Weltordnung, die feststeht und keinen Raum für göttliche Gnade oder Ungnade offenläßt.«

Der Chan lacht. »Und du wolltest mir davon reden, daß der Mensch scheinbar nötig und anscheinend unnötig ist? Du sprichst von den ehernen und unabänderlichen Gesetzen dieser Welt und begreifst nicht, daß der Kampf um das Dasein dazu dient, das Schwache und Faule auszumerzen? Das muß doch zu jenem Gesetz gehören, das unsere Welt regiert. Oder wendet sich dieser Inder gegen den Krieg?«

»Seinen Jüngern sagt er, daß Gespräche über Politik, Könige, Diebe, Minister, Krieger und so weiter ungeeignet sind.«

»Du weichst mir aus. Es war nicht von Gesprächen für Jünger die Rede. Antworte auf meine Frage.«

»Buddha sagt, daß Feindschaft von Feindschaft kommt und nie Ruhe bringt. Erst durch Versöhnlichkeit kommt Ruhe auf.«

»Da hat er vollkommen recht. Aber wenn sie nun einmal da ist, diese Feindschaft, soll man sich dann erschlagen lassen?«

»Natürlich nicht. Doch nicht wer im Kampf siegt, sondern wer sich selbst bezwingt, ist ein Großer.«

Bedächtig nickt der Chan. »Das hast du schön gesagt. Ich höre daraus, daß der Kampf als Notwendigkeit anerkannt wird. Wir müssen jetzt leider aufhören«, fährt er fort, als Tatatungo ihm widersprechen will. »Aber wir werden noch manches Gespräch miteinander führen. Woher weißt du eigentlich so viel?«

»Ich weiß nur wenig, habe jedoch einiges gelesen und ...«

»Du kannst lesen?« ruft der Chan begeistert. »Womöglich auch schreiben?«

»Ja. Ich bin Ujgure und war Kanzler und Siegelbewahrer Baibuka-Taiangs. Hier, dies ist das Siegel des Naimanenfürsten.«

Temudschin legt seine Hand auf die Schulter des Schriftgelehrten. »Ich will dir etwas sagen: Du wirst von nun an als mein Kanzler mit mir ziehen und meine Söhne und die Kinder der Oerlök mit den Schriftzeichen vertraut machen.«

Tatatungo schüttelt den Kopf. »Wer sagt denn, daß ich mit Euch gehe?«

Temudschin lacht. »Ich!«

»Und warum glaubt Ihr über mich verfügen zu können?«

»Ich verfüge nicht über dich. Ich sagte nur, daß du mit mir ziehen wirst. Habe ich da nicht recht?«

»Und warum nehmt Ihr an, daß ich mit Euch gehe?«

»Weil ich das fühle. Ich bin nur ein einfacher Steppenmensch, aber ich habe einen gesunden Instinkt, und der sagt mir, daß du mich mit deiner Mönchsgeschichte fesseln wolltest. Also legst du Wert darauf, mit mir zu ziehen.«

Mit unverhohlener Bewunderung sieht Tatatungo den Chan an. »Ihr beobachtet scharf, Temudschin. Ja, ich werde mit Euch gehen. Könnt Ihr aber auch erraten, warum ich Euch fesseln wollte?«

Der Chan sieht den Siegelbewahrer an. »Warte«, sagt er und überlegt, warum der ehemalige Vertreter des Naimanenfürsten wohl Wert darauf legen könnte, ihn durch ein Gespräch an sich zu ziehen. Angst um das persönliche Wohlergehen? Er sieht die furchtlosen Augen des Kanzlers. Nein, das ist es nicht. Doch dann glaubt er zu wissen, welche Beweggründe Tatatungo treiben. »Willst du für das Naimanenreich sprechen?«

»Ja, Chan. Vernichtet es nicht. Die Werte dieses Volkes liegen höher als bei Euren bisherigen Gegnern.«

»Ich habe den Kampf Baibuka-Taiangs gesehen. Er zeigte sich als Held. Ich werde deshalb Gnade walten lassen; wie weit, das vermag ich noch nicht zu sagen. Dazu muß ich das Volk erst kennenlernen. Ich werde aber an deine Bitte denken«, schließt er und wendet sich an Belgutei. »Du sorgst für das persönliche Wohlergehen meines Siegelbewahrers Tototunga.«

»Denkt an die Worte Buddhas«, ruft Tatatungo hinter ihm her. »Nur wer sich selbst besiegt ...!«

20

Während ein Teil des Mongolenheeres die Bewachung der gefangenen Naimanen übernimmt, streift der Chan mit seinen Kriegern durch das sich ungeschützt vor ihm ausbreitende Bergland. Nur hin und wieder stoßen sie auf versprengte feindliche Abteilungen, die sich zumeist sofort ergeben. Der unermüdliche Dschamugha aber ist unauffindbar, und dem Fürsten der Merkiten gelingt es, sich in die schützenden Wälder seiner Heimat zurückzuziehen.

Gütschlük, der Sohn Baibuka-Taiangs, der mit Tuchta-Beg entfliehen konnte, zieht sich in das Altai-Gebirge und von dort weiter nach Westen zurück, wo er beim Bruder seines Vaters, Buiruk-Chan, Aufnahme findet. Nur Altan und Kutschar werden gefangengenommen und – hingerichtet.

Bevor der Chan zum Ritt durch das Naimanenreich aufbrach, untersagte er jegliche Plünderung. Er gestattete seinen Kriegern jedoch, von den Verbündeten der Naimanen zu nehmen, was sie wollten.

Eine eigenartige, ihm unbekannte Ruhe kehrt in ihm ein. Irgendwie berauscht er sich an seiner Güte, und beständig denkt er an das, was ihm Tatatungo erzählte. Er ist stolz darauf, diesen Gelehrten gewonnen zu haben, und er freut sich schon jetzt auf kommende Debatten. Zweifellos spricht ihm Tatatungo nicht nach dem Mund, und er selbst wird ebenfalls reden, was er denkt. Beide werden sie dabei lernen. Vorerst muß ihm der Kanzler jedoch alles erzählen, was er weiß. Und er soll alles aufschreiben, was er, der Chan, sagt und anordnet.

Zum ersten Male denkt Temudschin an die Zukunft seiner Nachkommen. Seine Anordnungen sollen festgelegt werden, damit nach seinem Tode keine Unklarheiten und Streitigkeiten aufkommen können.

Am Nachmittag erreicht er den Palast Baibuka-Taiangs. Verwundert betrachten er und sein Gefolge die hohe Halle, durch die der

Fürst einst gedankenschwer wanderte. Sie rufen ihre Namen und erfreuen sich am Echo, das von den glatten Wänden zurückfällt.

Temudschin gerät in siegestrunkene Stimmung. Alle ernst zu nehmenden Gegner sind beseitigt, das Volk der Mongolen ist geeint. Nun kann er an die Verwirklichung seiner großen Pläne herangehen.

Ausgelassen nimmt er auf dem vergoldeten Thron Baibuka-Taiangs Platz, der vor einer mit roter Seide bespannten Wand steht. Dabei macht er ein bewußt strenges Gesicht.

Unter schallendem Gelächter marschieren die Oerlök an ihm vorbei.

»Boghurtschi, komm zu mir«, ruft er seinem ersten Gefolgsmann zu. »Du gehörst an meine Seite.«

»Was bedeutet dieser Schädel hier?« fragt Boghurtschi, als er an den Thron herantritt. »Das ist doch ...«

Der Chan dreht sich um und entdeckt einen in Silber gefaßten Totenkopf auf der Rücklehne des Thrones. Er sieht den Freund entgeistert an. »Meinst du, daß es Toghrul ist?«

»Ich nehme es an. Die seltene, nach oben sich verjüngende Kopfform ... Ich sah sie nur beim Wang-Chang. Und da er sich in seiner Not an Baibuka-Taiang wandte ...«

Temudschin ist außer sich. »Welch eine Niedertracht, den Kopf eines Herrschers, der gebrochen und geschlagen in dieses Land flüchtete, als Siegeszeichen auf den Thron zu setzen«, empört er sich. »Für so etwas habe ich kein Verständnis. Wenn er ein unter großen Mühen niedergezwungener Gegner gewesen wäre, könnte ich es verstehen. Toghrul aber, ein Greis, der sein Reich friedlich zu regieren versuchte, hat den Naimanen nichts getan. Bei den Streitigkeiten zwischen ihm und Baibuka handelte es sich stets nur um Überfälle der Grenzbevölkerung. Niemals konnte sich der Naimanenfürst über zu weit ausgedehnte Strafzüge beklagen. Und nun diese Rache? Zum Teufel, jetzt weiß ich nicht mehr, welcher Geist in Baibuka-Taiang steckte und in seinem Volke herrscht. Ich glaube, ich muß meinem prächtigen Kanzler den Wunsch verweigern, den ich ihm gern erfüllt hätte.«

Eine Weile betrachtet der Chan den Kopf Toghruls. Dann sagt er: »Eine Gemeinheit ist es, was man mit dir im letzten Jahr machte. Ich werden deinen Schädel in dein Land bringen, damit du die verdiente Ruhe findest.« Er erhebt sich und steigt die Stufen hinab. »Bringt mir Kara-Kumys. Ich habe keine Lust, mir den Tag verderben zu lassen.«

Bald darauf sitzt Temudschin mit seinen Oerlök zusammen. Er trinkt in verhaltenem Zorn, und erst als er einige kräftige Züge genommen hat, kehrt der alte Glanz in seine Augen zurück.

Als die Heerführer auf den neuen Kanzler zu sprechen kommen und Muchuli versucht, auf Zehenspitzen gehend den bedächtigen Gang Tatatungos nachzuahmen, entsteht ein Gelächter, das kein Ende nehmen will.

»Ruhe!« donnert der Chan schließlich. »Wißt ihr, daß mir dieser

Mann aus Indien, dieser Buddha, keine Ruhe mehr läßt? Er muß ein verdammt schlauer Bursche gewesen sein. Wenn ich bedenke, wie er die schwierige Frage des Mönches, die er nicht beantworten konnte, abgebogen hat ...! So was gefällt mir. Ich bin richtig neidisch geworden, weil ich nicht den Einfall hatte.« Er greift zum Krug, trinkt und wischt sich über den Mund. »Dieser Inder scheint sich an Fragen über Krieg und Frieden sehr geschickt vorbeigedrückt zu haben. Der gute Togotunta geriet mächtig in Verlegenheit. Aber ich werde alles herausbekommen. Natürlich muß jemand, der eine Lehre aufstellt, um manches herumreden, weil er nur Schönes und Sauberes lehren darf. Doch ich werde aufpassen.«

»Ich kann mir vorstellen, daß du im Überdenken von Dingen, die Tatatungo dir erzählt, Erholung findest«, wirft Daaritai ein. »Es gibt sicherlich nichts Schöneres, als über Erde, Mond, Sterne und Menschen nachzudenken.«

»Für mich gibt es schönere Sachen«, erklärt Dschelme.

»Hast recht«, pflichtet ihm Temudschin bei. »Für mich auch. Ich erinnere nur an das, was einem Mongolen die größte Wonne bereitet.«

»Und was ist das?« fragte Daaritai.

Seine Frage löst viele Antworten aus.

»Schlachten schlagen!«

»Siege erringen!«

»Frauen besitzen!«

»Reiten!«

»Jagen!«

»Trinken!«

Der Chan schüttelt immer wieder den Kopf und sagt schließlich genüßlich: »Nein. Das höchste Glück eines Mongolen ist es, die Pferde der Feinde zu reiten und die Leiber ihrer Frauen zu pflügen.«

In den begeisterten Aufschrei ruft Dschebe: »Du hast gut reden. Wo sind die Weiber unserer Feinde? Gib sie uns, auf daß wir dein Wort wahr machen können. Ich lechze danach, das höchste Glück zu erfahren.«

In den Rausch des Getränkes steigt jäh die Sehnsucht nach weichen Frauenarmen.

»Bringt mir ein junges Weib!« brüllt der Chan und setzt den Krug erneut an die Lippen.

Mit brennenden Augen starrt Temudschin in die Frühlingsnacht. Die Mondsichel steht am Himmel und rückt die welligen Hügel der Umgebung in greifbare Nähe. Die Nacht ist erfüllt von Froschgeschrei, das von einem Tümpel unterhalb des Palastes heraufdringt.

Wie aus einem Traum erwachend, wendet sich der Chan um, als Schritte hinter ihm laut werden. Ein Krieger mit Chin-Lampen geht auf ihn zu. »Wo soll ich das Lager aufschlagen?«

Temudschin weist in eine Ecke nahe der Wandöffnung und nimmt dem alten Mann zwei Lampen ab. Eine von ihnen stellt er auf den Boden, dann schaut er zur rotbespannten Wand hinüber und schreitet langsam dem Thron entgegen. Regungslos betrachtet er den Totenschädel seines Blutvaters. Dann stellt er das Licht auf den Sessel, dreht sich um und kehrt zurück. »Du kannst gehen«, sagt er dem Krieger, streift seine Filzjacke ab und schlüpft in seinen Zobelmantel.

Der Mann hat den Raum kaum verlassen, da schiebt Belgutei ein Mädchen in den Saal, das verlegen stehenbleibt.

Der Chan bemerkt es und winkt es heran.

Sie geht auf ihn zu.

Er nimmt eine Lampe und hält sie hoch, um besser sehen zu können. Seine Augen flackern. Wollüstig wölbt sich seine Unterlippe. Sein Kinn schiebt sich vor. Er macht den Eindruck eines Panthers, der sich auf sein Opfer stürzen will.

Verführerisch sinnlich leuchten ihm Lippen entgegen, die leicht geöffnet sind.

Ich werde euch küssen, denkt er, stellt die Lampe auf den Boden und betrachtet die runden Körperformen des Mädchens. »Weißt du, was du hier sollst?« fragte er und versucht den Ausdruck ihres Gesichtes zu erspähen. Das Licht ist jedoch zu schwach. Erst als sie verwirrt den Kopf senkt, wird ihr Gesicht vom Licht der am Boden stehenden Lampe stärker erhellt. Angst und Spannung werden erkennbar.

Temudschins Blut wallt. Das unklare Bild, das er gewinnt, versetzt ihn in eine Erregung, die sich noch steigert, als er die kräftigen Arme der jungen Frau sieht. Das Verlangen, ihr im Augenblick des höchsten Glückes Schmerz und Pein zu bereiten, treibt rote Schleier vor seine Augen. Er reißt sie an sich. Seine Hände verkrallen sich in dem Leinen, das ihre Brust umspannt.

Narrt ihn ein Traum? Er spürt mit einem Male, daß ihre Lippen seine Küsse erwidern. Wie von eisigem Wasser getroffen taumelt er zurück. Will das Geschöpf ihn um den höchsten Genuß bringen?

Nach Atem ringend, betrachtet er die junge Frau wutverzerrt. Ihr Brust liegt frei. Ihre Lippen glühen. Sie lächelt ihn an. Doch dann sieht sie die plötzlich veränderten Züge des Chans und erschrickt. Sie spürt eine drohende Gefahr, fühlt sich aber wie von einem Magnet zu dem Manne hingezogen, der einfach nimmt, was er braucht. Sie verbrennt unter der Glut, die seine Küsse entfachten. Um Schutz vor den Augen zu suchen, die sie unentwegt anstarren, wirft sie sich in die Arme des Chans.

Halb im Reich der Träume versunken begreift sie nicht, was im nächsten Augenblick geschieht. Sie spürt nur brennende Schläge und sieht zwischen tanzenden Kreisen einen haßerfüllten Menschen, der drohend fragt, ob sie eine Naimanin sei.

Sie muß überlegen. Naimanin? Nein, sie ist eine Tatarin.

Erneut wird sie gestoßen und geschlagen. Sie stolpert durch die Halle. Flüche und Schmähungen fliegen hinter ihr her. Unter Aufbietung letzter Kräfte klammert sie sich an ein Eisengitter und hört den heiseren Ruf des Chans nach einem Weib der Feinde. Keine Hure will er.

Wie von Furien gehetzt rennt Temudschin in der Halle des Palastes umher. Manchmal bleibt er stehen und fährt mit den Händen durch die Luft, als müsse er einen Gegner niederringen. Seine Augen flakkern in wilder Gier. Immer wieder blickt er zu Toghruls Schädel hinüber, als wollte er sich von ihm bestätigen lassen, daß er, um der schmachvollen Behandlung willen, die sein Blutsverwandter erfuhr, das Recht hat, sich zu geben, wie er will. Künstlich steigert er seinen Zorn über die dem alten Wang-Chan widerfahrene Schande. Die Wut über jene Tatarin, die ihn um den höchsten Genuß der Quälerei brachte, peitscht seine Sinne zur wilden Raserei.

Vom Gang erschallt der durchdringende Schrei einer Frau, der gleich darauf erstickt wird. Augenblicklich denkt der Chan: Wenn deine Schönheit deiner Angst gleichkommt, steht mir ein besonderer Genuß bevor. Ich will entschädigt werden für die Enttäuschung, die diese elende Tatarin mir brachte.

Der Vorhang wird zur Seite geschoben. Zwei Krieger zerren ein Weib in die Halle. Es wirft den Kopf zur Seite, befreit sich aus den Fäusten der Mongolen und stößt einen markerschütternden Schrei aus.

»Was soll das?« empört sich Temudschin.

Die Krieger mißverstehen ihn. »Chan, wir ...«

Mit einer schroffen Bewegung unterbricht er sie.

In die angstgeweiteten Augen der Frau tritt Hoffnung, da sie den Zuruf des Chans nicht auf sich bezieht, sondern als an die Krieger gerichtet deutet. »Bist du der große Chan?«

Temudschin ahnt, daß das Weib nicht begriffen hat, worum es geht. »Ja, der bin ich«, antwortete er.

»Chan! Die Männer ... Befreie mich von ihnen.«

Temudschins Augen glänzen in unverhohlener Freude, da er erkennt, daß er zunächst die nicht unangenehme Rolle eines Retters in höchster Not übernehmen kann. Das wird ihn tausendfach entschädigen. Ein ahnungsloses Opfer steht vor ihm. Mit ihm kann er spielen wie eine Katze mit der Maus, bis sein Hunger größer geworden ist als die Lust am Spiel. Diese Vorstellung veranlaßt ihn, die Krieger wütend anzufauchen. »Was habt ihr euch bei eurem Tun gedacht?« schreit er erregt. »Raus mit euch!«

Die Männer verschwinden eilig hinter dem Vorhang.

»Komm, mein Kind«, sagt der Chan an die junge Frau gewandt. »Setz dich zu mir, und beruhige dich zunächst einmal.« Er nimmt ihre Hände und führt sie in die Ecke, in der das Lager bereitet wurde. »So, setz dich dorthin.«

Im Schein der Lampen gewahrt er erfreut, daß ein Mädchen von annähernd achtzehn Jahren vor ihm steht. Ihre Haut schimmert wie Seide.

Sie blickt ihn dankbar an.

Ihr schlanker Körper enttäuscht ihn, doch als er ihre kleinen Brüste sieht, nimmt sein Gesicht einen genießerischen Ausdruck an. »Setz dich doch«, fordert er sie nochmals auf.

Sie läßt sich schüchtern nieder.

Mit Genugtuung gewahrt er ihre Unbeholfenheit. »Bist du eine Naimanin?« fragt er und setzt sich zu ihr.

»Ja. Ich gehöre zum Gefolge der Frau Baibuka-Taiangs.«

Er fährt sich durch den Bart. »Hattest du vorhin viel Angst?«

Sie nickt. »Ich danke dir für deine Hilfe.«

Er macht eine wegwerfende Bewegung. »Warum hattest du Angst?«

Verwundert sieht sie der Chan an. »Ich weiß nicht ...« Sie schweigt verlegen.

»Kannst du mir nicht sagen, warum die Angst hattest?«

»Doch. Aber ... Die Krieger wollten ...«

»Was wollten die Krieger?«

Ihre Hand greift zum Hals. »Sie wollten ... Sie wollten ...« Bittend richtet sie ihre Augen auf den Chan.

»Ach, jetzt verstehe ich«, sagte er lachend. »Sie wollten deinen Körper. Das meinst du doch, ja?«

Nervös zupfen ihre Finger an dem Fell, auf dem sie sitzt.

»Hattest du viel Angst?«

Sie bejaht seine Frage. »Warum?«

Ihre Hände verkrampfen sich im Fell. »Ich weiß nicht ... Ich kann es nicht sagen.«

Der Chan weidet sich an ihrer Verlegenheit. »Was weißt du nicht? Und was kannst du nicht sagen?«

Die junge Frau starrt ihn verzweifelt an. »Warum fragst du mich das alles? Das sind doch Dinge, die ... Selbst wenn unsere Fürstin mit uns über Gewisses sprach, wurde ich verlegen.«

»Worüber sprach eure Fürstin mit euch?«

Mutlos läßt sie den Kopf sinken. »Über Mann und Frau.«

Temudschin spielt den Erstaunten. »Darüber sprach die Frau Baibuka-Taiangs mit euch? Was sagte sie?«

Das Weib stöhnt: »Das wir uns nicht ... Sie sagte, wir sollten uns nicht mit Männern einlassen, bevor wir verheiratet sind.«

»Hast du deine Fürstin gern?«

»Sehr. Wir lieben sie alle.«

»Das ist schön«, erwidert Temudschin mit einem Gesichtsausdruck der Anerkennung, Neid und Unzufriedenheit erkennen läßt. Kurz vor der Erfüllung seiner Wünsche stört ihn die Entdeckung, daß er eifersüchtig auf Menschen sein kann, die anders sind, als er es ist. Und das Bewußtsein, daß er die Sauberkeit der vor ihm sitzenden Frau im Grunde seines Herzens schätzt und achtet, versetzt ihn in eine gereizte Stimmung. Der Zorn über seine unbeherrschte Triebhaftigkeit peitscht sein Blut und läßt ihn in wilde Empörung über Empfindungen geraten, die sich lähmend auf die lustvollen Erwartungen dieser

Stunde legen. Aufgewühlt wittert er den Geruch des jungen Weibes, das ahnungslos vor ihm sitzt. Der Gedanke, erster Tau auf einer sich entfaltenden Blume zu sein, versetzt ihn in wilde Erregung. Unbeherrscht fragt er: »Du hast noch keinem Mann gehört?«

Erschrocken weicht sie vor der Gier zurück, die ihr entgegenschlägt. Ihr Mund öffnet sich zum Schrei, doch kein Laut dringt über ihre Lippen.

Der Chan geht auf sie zu. Seine Hände greifen nach ihr. Sie hört das Reißen ihres Kleides. Dann krallen sich Nägel in ihre Brust. Lippen pressen sich auf ihren Mund.

Als verscheuchten diese Berührungen einen lähmenden Traum, stößt sie einen gellenden Schrei aus und schlägt in das Gesicht des Chans. Dann zerrt sie in seinen Haaren und beißt ihn in ihrer grenzenlosen Verzweiflung in den Arm. Ein Schlag raubt ihr fast die Besinnung. Sie bäumt sich auf. Vergebens.

Keuchend geht Temudschin in der Halle auf und ab. Er versucht zu denken, aber sein Kopf ist wie ausgebrannt.

Aus der erleuchteten Ecke des Saales dringt leises Weinen. Mit zusammengekniffenen Augen schaut er zu dem Mädchen hinüber, das entblößt auf dem Fell liegt. Während eine Hälfte ihres Körpers in das magische Licht des Mondes getaucht ist, legt der Schein der flackernden Lampen die andere Hälfte in ein blutiges Rot.

Der Chan nagt an seinen Lippen. Er kann den Anblick der Weinenden nicht mehr ertragen. Mit wenigen Schritten ist er neben ihr und wirft eine Decke über sie. Dann lehnt er sich über die Brüstung und blickt in die Nacht.

Klagende Rufe eines Kauzes dringen an sein Ohr. Er streicht sich über die heiße Stirn. Ihm ist zumute, als habe er eine Schale Flüssigkeit getrunken. Mit Verwunderung stellt er dies fest. Noch nie hat er sich Gedanken gemacht, wenn er sich eine Frau nahm. Das junge Geschöpf da muß weg. Er kann Weinen nicht ertragen und will sich an nichts erinnern. »Steh auf und geh!« ruft er unbeherrscht.

Sie ist für einen Augenblick still, dann aber windet sich ihr Körper erneut in schmerzlicher Pein.

»Du sollst aufhören!« schreit er mit sich überschlagender Stimme. »Ich mache alles gut, aber verschwinde!«

Sie richtet sich auf und hält die Decke vor ihren Körper. »Gutmachen willst du? Glaubst du, daß man das Geschehene auslöschen kann wie ein Licht? Ein Mann wie du kann nichts gutmachen. Krieger, die ein Weib überfallen, mögen bei aller Gefühllosigkeit ihres Tuns noch so gut sein, daß sie, wenn der Rausch vorbei ist, gutmachen können. Du aber, der du ein Mädchen einfangen läßt, dich dann als Retter hinstellst und dich in Wirklichkeit an ihrer Ahnungslosigkeit weidest, um sie schließlich in kalter Überlegung zu mißbrauchen, du kannst nichts gutmachen. Der Teufel scheinst du zu sein.«

Bleich vor Zorn brüllt Temudschin: »Mach, daß du fortkommst, wenn dir dein Leben lieb ist!«

Sie springt auf. »Meine Angst vor dir habe ich verloren. Mir kannst du nichts mehr tun.« Sie sieht den Blick des Chans auf ihren Brüsten ruhen. »Töte mich meinetwegen, aber schau meinen Körper nicht an!« ruft sie empört.

Temudschin sieht ihr schmerzerfülltes Gesicht und muß unwillkürlich an Bürte denken, die einst ähnlich vor dem Häuptling der Merkiten gestanden haben mag. Die Schamlosigkeit seines Tuns wird ihm bewußt. Er nimmt die Decke auf und legt sie über die Schultern des Mädchens. »Verzeih«, sagt er. » Und überlege, ob ich nicht doch etwas für dich tun kann. Laß es mich wenigstens versuchen.«

Erstaunt sieht sie ihn an. Seine plötzliche Unsicherheit rührt sie fast. »Du kannst nichts gutmachen«, erwidert sie.

»Wünsche dir irgend etwas«, beschwört er sie. »Ich werde es dir geben.«

»Was du genommen hast, kann niemand zurückgeben «

Der Chan nickt. »Das weiß ich auch. Ansonsten aber kannst du dir wünschen, was du willst. Ich werde deinen Wunsch erfüllen. Willst du meine Frau werden?«

Ihre Augen leuchten plötzlich. »Jeden Wunsch würdest du mir erfüllen?«

»Ja.«

»Dann verlaß unser Land und gib unsere Männer frei.«

Temudschin sieht sie fassungslos an. »Ich soll ...?«

»Ja, du sollst«, unterbricht sie ihn. »Laß uns in Frieden leben. Wir tun dir nichts, warum du also uns? Glaubst du, daß aus einer Unterdrückung Gutes erwächst?«

Er geht schweigend durch die Halle. Riesengroß fällt sein Schatten auf die Wände. Erstaunlich, welche Schatten eine kleine Gestalt hervorrufen kann, denkt er und geht zu dem Mädchen zurück. »Ihr scheint ein gutes Volk zu sein«, sagt er milde. »Und mein Schatten ist sicherlich schwächer, wenn ich mich weit von euch entferne. Der Siegelbewahrer des Fürsten hat mich bereits gebeten, euch zu schonen. Ich möchte es auch, aber die Rache, die Baibuka-Taiang nahm, mißfällt mir zusehr.«

»Welche Rache meinst du?« fragt sie gespannt.

Er weist auf den Totenschädel Toghruls. »Das ist mein früherer Freund.«

»Ich weiß«, entgegnet sie. »Sein Kopf wurde nach Osten gewandt am Thron befestigt, um unseren Fürsten beständig an das Land der Keraiten zu erinnern, dessen Führer so schrecklich umkam. Die Häuptlinge, die ihn töteten, wurden schwer bestraft. Doch welche Rache meinst du?«

Temudschins Gedanken kreisen. Er sieht Baibuka-Taiang heldenmütig sterben und hört die Worte Tatatungos: ›Nur wer sich selbst besiegt ...‹ Erneut betrachtet er das Mädchen und sagt schließlich:

»Du hast mehr für deine Heimat getan als mancher Fürst mit seinem Heer. Ich werde eure Krieger entlassen. Sie sollen Ihre Waffen zurückerhalten und mir dienen. Eine Garantie aber muß ich haben. Ich werde eure Fürstin heiraten. Du sprachst gut von ihr.« Er sieht den Morgen heraufsteigen und stellt sich vor, was Tatatungo sagen wird, wenn er ihm erzählt, daß er sich selbst besiegte. »Und noch eine Bedingung muß ich stellen«, fährt er hastig fort. »Bleibt alles unter uns, wenn ich deinen Wunsch erfülle?«

Ein mitleidiges Lächeln umspielt ihren Mund. »Ich verspreche es.«

»Dann führe mich zu deiner Fürstin, damit sie erfährt, welche Ehre ich ihr erweise.«

Wenige Tage später macht Temudschin wahr, was er dem jungen Mädchen versprach. Dann befiehlt er, den Aufbruch vorzubereiten.

Die Oerlök wissen nicht, was sie von der veränderten Haltung ihres Chans halten sollen. Sie begreifen seine Milde nicht und fragen voller Sorge, wie sie zu Beute kommen sollen, wenn Feinde wie Freunde behandelt werden. Aber sie erlebten schon bald, daß Temudschin seine Härte nicht verloren hat. Als er von versprengten Einheiten der Dschurjaten, Merkiten und Tataren hört, die sich in den Bergen versteckt halten, bricht er die Vorbereitungen zum Abmarsch ab und befiehlt mehreren Abteilungen, die Einheiten bis zu ihrer restlosen Vernichtung zu verfolgen.

Tagelang hetzen seine Krieger hinter den Feinden her. Auch das von Dschamugha geführte Volk wird aufgespürt und verfolgt.

Im Augenblick höchster Not beschließt der Stamm jedoch, sich durch Auslieferung seines Oberhauptes zu retten. Man setzt Dschamugha fest und übergibt ihn den Mongolen.

Gefesselt wird der langjährige Widersacher vor Temudschin geführt, der ihn mit den Worten begrüßt: »Es hat lange gedauert, bis ich dich erwischte. Ich kann dir meine Anerkennung nicht versagen. Es war nicht leicht, dich zu bekommen. Du hast dir redlich Mühe gegeben, mir das Leben schwer zu machen, aber ohne es zu wissen, hast du viel zu meinem Aufstieg beigetragen. Ohne dein selbstsüchtiges Treiben stünde ich heute nicht hier. Wärst du Toghrul nicht in den Rücken gefallen, hätten dich meine Krieger heute bestimmt nicht gefesselt.

Dschamugha lacht verächtlich. »Deine Krieger? Meinem eigenen Volk blieb es vorbehalten, das zu tun. So liegen die Dinge. Mich hättest du allenfalls töten, aber niemals gefangennehmen können. Notfalls wäre ich bis an das Ende der Welt geflüchtet, und dort hätte ich mir, wenn du gefolgt wärst ... Aber lassen wir das. Bedanke dich bei meinem Volk.«

Blitzschnell wendet sich der Chan an Munlik. »Stimmt das, was Dschamugha sagt?«

Der Heerführer nickt.

Die Hände des Chans ballen sich. Empört schreit er: »Wo sind die Dschurjaten?«

»Auf dem Weg hierher.«

Er ruft Boghurtschi, Muchuli und Dschebe zu sich. »Sofort reitet ihr den Dschurjaten entgegen. Nicht einen dieses Stammes laßt ihr am Leben. Ein Volk, das seinen Häuptling verrät, hat seine Lebensberechtigung verloren. Macht kurzen Prozeß.« Dann wendet er sich an Dschamugha. »Es tut mir leid für dich. Wie ich bestrebt war, meine Widersacher auszuschalten, so gabst du dir Mühe, mich zu erledigen. Mir fällt es nun schwer, über dich zu richten, denn was dein Volk dir angetan hat, hast du nicht verdient. Aber ich kann nichts anderes tun, als ...«

»Die Stunde wird mir leicht, da du mich als deinen Feind anerkennst«, unterbricht ihn der Häuptling. »Gewähre mir nur eine Bitte. Laß mich den Tod ohne Blutvergießen finden. Du weißt, ich verliere sonst meine Seele.«

Der Chan geht auf den Dschurjaten zu. »Was immer du getan hast, in den Schlachten kämpftest du mit verbissenem Mut. Deine Seele sollst du nicht verlieren.«

Dschamugha blickt seinem Blutsbruder in die Augen. »Leider erkenne ich dich zu spät. Aber ich habe dich wenigstens noch richtig kennengelernt. Der Kummer über mein Volk öffnet mir die Augen. Neid hatte mich geblendet.«

Der Chan nickt. »Er spornte dich auch an. Du warst nur zu ungeduldig und legtest keinen höheren Sinn in den Kampf. Denk daran im nächsten Leben. Es wird dir helfen.«

In kurzer Reihenfolge betreten die Heerführer der Mongolen den Palast Baibuka-Taiangs, in dem die Verpflichtung der naimanischen Häuptlinge stattfinden soll. In kleinen Gruppen finden sie sich zusammen und vertreiben sich die Zeit mit prahlerischen Reden.

Temudschin betritt den Saal und begrüßt die Versammelten. Dann erkundigt er sich bei Boghurtschi nach dem Stand der Aufbruchsvorbereitungen.

»Die Gruppen sind abmarschbereit«, antwortet der erste Gefolgsmann. »Munlik wird durch das Land der Keraiten ziehen und dem Volk den Kopf Toghruls übergeben. Belgutei übernimmt die Führung des Zuges zum Ordu. Boten sollen Ugedei darüber verständigen, daß er nach beendigter Verfolgung der Merkiten und Tataren in das Ordu zurückkehren soll. Er wird ...«

»Halt!« unterbricht ihn der Chan. »Ich mußte mir heute nacht, als ich an die Ausrottung der Dschurjaten und an unsere Erfahrungen mit den Tanguten dachte, über gewisse Dinge schlüssig werden.« Er wendet sich an die Heerführer. »Ihr wißt, daß einige unserer Abteilungen bei der Verfolgung der Feinde in den südlich des Naimanenreiches gelegenen Tangutenstaat Hsi-Hsia eingedrungen sind und dort verschiedene Grenzorte gebrandschatzt haben. Nur berichtete mir

Dschebe, daß dieses Volk auf engem Raum in Städten lebt. Hsi-Hsias Heer kämpft zu Fuß, und Dschebe konnte sämtliche Abteilungen leicht niederreiten. Da er keine weiteren Anweisungen hatte, ist er zurückgekehrt, und unser erstes Treffen mit den Tanguten dürfte somit als ein räuberischer Überfall gedeutet werden. Und das ist gut. Denn wenn ich bedenke, daß im Westen von Hsi-Hsia das Land Kara-Chitan liegt, das sich bis über Pamir erstreckt und, wie ich von Tatatungo erfuhr, von einem alten Kaiser regiert wird, der kriegerischen Abenteuern abgeneigt ist und sein Reich von Statthaltern derart hart verwalten läßt, daß Vasallenländer, wie die Heimat Tatatungos, unter dem Druck stöhnen und seufzen, dann meine ich, daß wir diesen Völkern helfen sollten. Zumal es doch noch ein Reich gibt, das mir erhebliche Sorgen bereitet: Chin!«

Die Heerführer sind nicht mehr zu halten. Sie umringen ihren Chan und bestürmen ihn mit der Frage: Wann geht es nach Chin?«

»Darüber sprechen wir später«, erwidert er gutgelaunt. »So leicht, wie ihr es euch vorstellt, geht es mit diesem Reich nicht. Ich wollte euch nur meine Gedanken aufzeigen, damit ihr versteht, daß ich für unbedingte Ruhe im eigenen Reich sorgen muß. Und damit komme ich auf den Ausgangspunkt meiner Rede zurück. Ich bin mir angesichts der Ausrottung der Dschurjaten darüber klargeworden, daß das Volk der Tataren, das uns ständig zu schaffen macht, die gleiche Behandlung verdient. Mit anderen Worten, ich will diesen Stamm nicht mehr sehen. Belgutei soll sofort einen Boten zu Ssubutai schicken, den ich dringend sprechen möchte. Ihr wundert euch darüber?« fragt er, als er die erstaunten Mienen der Oerlök bemerkt. »Nun, er wird ab heute als neuer Heerführer in euren Reihen stehen.«

Boghurtschi tritt vor. »Temudschin! Ssubutai hat sich hervorragend geschlagen, und er ist zweifellos ein ausgezeichneter Führer. Ich meine jedoch, daß du zunächst an Jesukah denken müßtest. Er ist unermüdlich und ...«

»Ich weiß, welches Loblied nun folgt«, unterbricht ihn der Chan. »Dennoch kann ich Jesukah als Heerführer nicht brauchen. Er kennt kein Leid, keine Schmerzen, keine Müdigkeit, keinen Hunger und keine Kälte. Für ihn gibt es nur Kampf und Vorwärtsstürmen, und eben weil er nichts anderes kennt und immer rücksichtslos mit sich selbst ist, wird er ein Heer, das ich ihm anvertraue, bald zugrunde richten. Nein, als Heerführer kann ich ihn nicht einsetzen. Er soll eine hohe Stellung erhalten, aber es muß ein Posten sein, auf dem er nicht selbständig regieren kann.« Nach diesen Worten wendet er sich an seinen ältesten Sohn. »Dschutschi, du wirst mit Ssubutai und Dschebe aufbrechen, um einen Befehl auszuführen.

Der Sohn blickt den Vater entgeistert an. »Willst du die Tataren wirklich völlig vernichten? Woher glaubst du das Recht zu besitzen, ganze Volksstämme zu beseitigen?«

Ironisch fragt der Vater: »Habe ich nicht die Macht dazu? Na, also. Merke dir: Macht ist Recht.«

»Niemals!« braust Dschutschi auf. »Macht gibt nur Recht, wenn das Recht Macht verlangt. Benutze von mir aus deine Macht, um Völker zu unterwerfen, aber das Lebensrecht eines unterworfenen Stammes darfst du nicht antasten. Du mußt es sogar sichern.

Die Augen des Chans werden zu schmalen Schlitzen. »Willst du mich Recht und Unrecht lehren? Hast du womöglich vor dich meinen Befehlen zu widersetzen?«

Dschutschi blickt seinen Vater furchtlos an. Er ahnt, warum der Chan gerade ihm den Befehl erteilt. Wider seinen Willen heiratete er eine Tatarin. Gewiß, der Großvater Jessughei wurde von Tataren ermordet, aber was geht ihn das an? Er liebt seine Frau. Und steht überhaupt fest, daß der Chan sein Vater ist? Ein Merkitenhäuptling kann ebensogut sein Vater sein. Dschutschi fühlt, daß er behutsam vorgehen muß, wenn er etwas für die Tataren erreichen will. Mit ruhiger Stimme antwortet er: »Ich will mich deinen Anordnungen nicht widersetzen. Es geht mir auch nicht darum, zu beanstanden, was du befiehlst. Aber es handelt sich hier um die Tötung eines ganzen Volkes. Du weißt, daß die Tataren ...«

»Schweig!« unterbricht ihn der Chan. »Ich lege keinen Wert darauf, ganze Völkerschaften auszumerzen. Aber die Dschurjaten beraubten sich selbst des Rechtes, weiterhin unter der Sonne leben zu dürfen. Das gleiche gilt für die Tataren. Immer wieder haben sie sich gegen uns erhoben. Bei meinen Zukunftsplänen muß ich, wie ich schon sagte, absolute Ruhe im Lande haben. Das sollte dir genügen, wenn nicht schon der Tod deines Großvaters ...«

»Ich heiße Dschutschi!« begehrt der Sohn auf. »Du warst es, der mich ›Gast‹ nannte. Komm mir also nicht mit dem Tod deines Vaters. Ich weiß, um was es geht. Mich willst du treffen, weil meine Frau ...«

»Bist du wahnsinnig geworden?« wettert der Chan, dessen Gesicht rot anläuft. »Ich weiß, warum ich einen Strom von Blut fließen lasse, und ich befehle dir hiermit, das Volk der Tataren restlos auszurotten! Wirst du den Befehl ausführen?«

Dschutschi wird aschfahl. Er spürt, daß er zum Tode verurteilt wird, wenn er sich widersetzt. »Ja« preßt er gequält hervor. Dann dreht er sich um und läuft davon.

Der Chan stampft mit dem Fuß auf. Soll er den Sohn zurückrufen? Schon öffnet sich sein Mund, und die Oerlök sehen bereits das Unvermeidliche kommen, da wendet er sich an seinen ersten Gefolgsmann und sagt in aller Ruhe: »Fahre fort. Boghurtschi. Ich bin gespannt auf deine Ausführungen.«

Drittes Buch

I

Mitternacht der San-Shih Wang Shang, der letzten Nacht des sterbenden Jahres, ist vorüber. Der Lärm der Knallfrösche verebbt. In Yen-King lebende Familien kehren in ihre Häuser zurück, um einander die Wünsche zum neugeborenen Jahr darzubringen.

Während die Herren und Herrinnen der Häuser noch wie aus Marmor gehauene Statuen in ihren Empfangshallen sitzen, um alle unter ihrem Dach Lebenden zum Kotou zu empfangen, blickt ein einsamer Wächter von der hohen Stadtmauer über das Häusermeer Pekings hinweg. Keine Stimme dringt zu ihm hinauf. Stumm wie der Mond, der sein helles Licht über die bunten Majolikadächer schüttet, liegt die Stadt unter ihm. Das übliche Bild, das sie sonst bietet, ist verbannt. Man hört nicht die langgezogenen Rufe der Kulis, die um Platz für ihre Gefährte schreien, vernimmt nicht das wogende Geraune der Menschen, das sonst aus der Tiefe heraufdringt, wartet vergeblich auf das Gekreische der Maulesel, die normalerweise selbst des Nachts an den Straßenecken zur Vermietung bereitstehen.

Vor den Türschwellen liegen die Hülsen der Feuerfrösche, die um Mitternacht abgefeuert wurden, um die Luft für das Jahr des Bars (1206 n. Chr.) reinzufegen. Die Türen sind verschlossen und werden sich erst nach zwei oder drei Tagen wieder öffnen, je nachdem, wie es in der betreffenden Sippe Brauch ist. Während dieser Zeit geht niemand aus.

Der Wächter blickt zufrieden über die unter ihm liegende Stadt. Sein Blick sucht die im Mondlicht liegende Ebene, die von silbrigen Bächen und Kanälen durchzogen ist. Vereinzelt stehende Weiden lassen ihre zarten Zweige wie die Perlenschnüre eines Vorhanges herabfallen.

Ein junger Offizier nähert sich dem Wächter und wünscht ihm, als dieser seine Meldung erstattet hat, ein gutes neues Jahr. Dann steigt er eine breite Wendeltreppe hinab und durchquert auf gepflasterten Straßen verschiedene Höfe. Sein Weg führt an Gebetstempeln, Pavillons und Pagoden vorbei, bis er sich durch kleine Haine und über kühn geschwungene Marmorbrücken dem kaiserlichen Palastbereich nähert, der nochmals von einer Mauer umgeben ist.

Lautlos öffnet sich vor ihm ein von zwei Bronzelöwen flankiertes kupferbeschlagenes Tor. Er tritt hindurch und steht bald darauf im eigentlichen Palastbereich des Kaisers Tschang-tsung. Unwillkürlich verweilt er einen Augenblick vor der Schönheit des Bildes, das sich ihm darbietet. Er blickt auf einen im blauen Nachtlicht liegenden Hof, der von zierlichen Häusern flankiert ist.

Während sich in gerader Richtung weitere Höfe aneinanderreihen, erheben sich seitlich einige Hügel mit kleinen Schlössern, deren Golddächer feurig funkeln.

Der junge Offizier schreitet über große Marmorplatten auf eines der Häuser zu und betätigt dreimal den an der Tür angebrachten Bronzeklopfer.

Schlurfende Schritte nähern sich. Ein Diener öffnet die Tür mit ehrerbietiger Verneigung.

Der Offizier betritt die Halle und geht auf einen Vorhang aus Perlschnüren zu, vor dem er stehenbleibt und den Namen des Beamten Li-to aus dem Amt der Verwaltung der Riten ruft und ihm meldet, daß die halbe Zeit von Mitternacht bis zum Sonnenaufgang verstrichen ist. Dann verbeugt er sich und verläßt das Haus.

Li-to, ein kleiner Mann mit stechenden Augen, tritt nach einer Weile aus seinem Raum. Er ist in ein zartgrünes Seidengewand gehüllt, das mit kunstvollen Drachenmotiven bestickt ist. Vor einem silbernen Spiegel setzt er sich ein dunkelblaues, von einem goldenen Halbmond geschmücktes Barett auf. Dann betrachtet er prüfend sein Gesicht, wobei er wohlgefällig den Geruch von Pomade und Moschus schnuppert, den er verbreitet. Danach geht er zur Haustür, die sein Diener unterwürfig öffnet, und schreitet mit gravitätischen Schritten davon.

Zunächst geht er über einen mit Kies bedeckten Weg auf einen kleinen See zu, der im Licht des Mondes wie eine silberne Scheibe glänzt. Unter einer überdachten Pergola bleibt er eine kurze Weile am Wasser stehen, dann kehrt er dem See den Rücken und überquert auf einer zierlichen Brücke einen kleinen Bach, hinter dem eine breite Steintreppe beginnt, die zu den Schlössern hinaufführt.

Als Li-to die oberste Stufe erreicht hat, nimmt er aus seiner Ärmeltasche ein hauchdünnes Seidentuch, das er sich unter die Nase hält, um mit tiefen Zügen den Duft seines Parfüms zu genießen. Dann schreitet er hoheitsvoll auf den kaiserlichen Palast zu.

Er kommt gerade an einer überlebensgroßen Bronzekuh vorbei, als von der entgegengesetzten Seite eine schlanke Gestalt in die gleiche Richtung einbiegt und ihn mit gekünstelt klingender Stimme fragt: »Sind Sie es, mein lieber Li-to?«

»Ja, hoher Fürst«, erwidert er und verneigt sich vor dem Neffen des Kaisers Tschang-tsung. Als er sich wieder aufrichtet, blicken ihn Augen an, die wie feurige Kohlen brennen. Ein dünner Bart umrahmt die schmalen Lippen des Fürsten. Sein Rock ist aus weißer Atlasseide und mit Edelsteinen besetzt. »Oh, Erhabener Fürst«, fährt Li-to schnuppernd fort. »Sie müssen mir verraten, welches Parfüm Sie benutzen. Der Geruch ist köstlich.«

Yün-chi lächelt und schlägt mit einem Gesicht, das Befriedigung und Stolz verrät, seinen Rock zurück und nestelt an einem herzförmigen Parfümfläschchen aus rotem Wildleder, dem er einen Flakon entnimmt, welchen er Li-to unter die Nase hält. »Was sagen Sie dazu?«

»Ich sage nichts mehr, erlauchter Yün-chi«, stöhnt Li-to. »Ich versinke nur noch in tausend Wonnen.«

»Sie sind ein Schmeichler.«

»Bis heute war ich es nicht, gnädiger Fürst. Aber es ist durchaus möglich, daß der köstliche Duft meine Sinne verwirrt.«

Huldvoll lächelnd steckt Yün-chi das Fläschchen zurück und fragt: »Haben Sie meinen Onkel, den erhabenen Kaiser Tschang-tsung, aus der Halle der Enthaltsamkeit zu rufen?«

»Ja, edler Fürst. Mir wurde die ehrenvolle Aufgabe zuteil, den Sohn des Himmels aus der Chai-Kung zur Großen Opferfeier aufzufordern.«

»Wir haben noch genügend Zeit, mein Lieber. Kommen Sie, gehen wir zum Wasser. Die Nacht ist so wundervoll, daß es schade wäre, schon jetzt den Palast aufzusuchen. Schauen Sie nur, welch herrliches Bild sich uns darbietet: blasser Himmel, tuschfarbene Baumsilhouetten, dahinter blaugraue Umrisse von Dächern und Türmen. Und vor uns der glitzernde See. Es ist bedauerlich, daß man die hinter diesem Bild liegende himmlische Ruhe nicht malen kann. Warum läßt sich so etwas eigentlich nicht darstellen?«

»Wollte man die Ruhe wiedergeben, müßte man darauf verzichten, das Leben zu zeigen, das hinter allem steht«, antwortet Li-to. »Betrachten Sie nur den See. Er ist betörend in seiner Stille, und doch ist er belebt. Sehen Sie sein Glitzern? Wenn ich sein Wasser betrachte, muß ich an die grüne Schlange denken, die in ihm lebt und durch ihre Zauberkraft jederzeit ein großes Strafgericht abhalten kann. Wenn die Götter zürnen, können sie das Wasser durch die grüne Schlange bis zum Himmel steigen lassen und die ganze Erde überschwemmen. Erhabener Fürst, das sind geheimnisvolle Mahnungen, die selbst in der größten Ruhe der Natur zu finden sind, niemals aber in einem einfachen Bild.«

»Möge der blaue Himmel verhüten, daß uns die Götter zürnen«, entgegnet der Fürst. »Das Große Opfer, das wir ihnen heute bringen wollen, werden sie hoffentlich gnädig aufnehmen.« Er sieht seinen Begleiter prüfend an. »Haben Sie den Text der Gebete für das Große Opfer verfaßt? Ich sah gestern die hölzernen Tafeln und hatte Gelegenheit, das mit blauer Seide überzogene Gebet für den Himmel zu lesen. Es gefiel mit sehr gut.«

Li-to verbeugt sich und denkt daran, daß Yün-chi nach dem Tode des ehrwürdigen Tschang-tsung der Kaiser von China werden wird. »Ja, ich schrieb die vier Gebete, die in diesem Jahr dem Himmel, der Erde, der Sonne und den Gottheiten gesandt werden sollen«, erwidert er stolz. »Aber ich glaube, wir müssen jetzt gehen, edler Fürst. Drüben streben Würdenträger und hohe Offiziere bereits dem Palast entgegen.«

Mit weiteren Gästen des Regenten gehen sie durch großzügig angelegte Hallen, in deren Marmorplatten sich das Fackellicht spiegelt. Die Decken sind mit Lackarbeiten verziert, und mit kunstvollen Ornamenten versehene Türen führen von Saal zu Saal und von Halle zu Halle.

In einem großen Raum sind die Würdenträger der Verwaltung und der Armee versammelt. Während Fürst Yün-chi auf die Familienangehörigen des Kaiserlichen Hauses zugeht, schreitet Li-to, nach einem Ko-tou vor den versammelten Prinzen, Prinzessinnen und Fürsten, zur Chai-Kung hinüber, in welcher der Sohn des Himmels im Gebet verharrt.

Völlige Ruhe tritt ein. Nur das Zischen der Fackeln ist noch zu hören. Während Li-to durch die hohe Tür in die Chai-Kung eintritt, verneigen sich alle Anwesenden.

Die kleine Halle ist nur von zwei Kerzen erhellt. Gespenstig wirkt in ihrem Licht die in der Mitte des Raumes aufgestellte Statue des Schweigens: ein Mönch, der einen Zeigefinger auf seine Lippen gelegt hat und in der rechten Hand eine Tafel mit den Regeln des Fastens trägt. Nicht weit von dieser Figur kniet der Sohn des Himmels.

Li-to macht einen dreifachen Ko-tou und meldet dem Kaiser, daß die Zeit des Sonnenaufgangs naht.

Der Herrscher erhebt sich und geht zu einer in der Wand eingelassenen Nische, um die notwendige Waschung vorzunehmen. Dann legt er die althergebrachten Zeremonienkleider an.

Li-to kontrolliert deren ordentlichen Sitz. Rock und Beinkleider sind aus himmelblauer Seide gefertigt; die Robe ist mit kostbaren Edelsteinen und Perlen besetzt. Seine Füße stecken in zierlichen Goldpantoffeln. Der Kopf des Herrschers ist unbedeckt.

Der Kaiser geht in den Raum, in dem sich die Gäste versammelt haben. Von zwei Zeremonienmeistern geleitet begibt er sich zum Altar, wo einer seiner Begleiter die Leitung der Zeremonien übernimmt, während der andere die Bewegungen ausruft, die der Herrscher auszuführen hat.

Ehrfürchtig folgen die Versammelten jeder Bewegung des Monarchen, als dieser dem Himmel das aus neun Teilen bestehende Große Opfer darbringt. Als erstes legt er die Erzeugnisse des Landes auf den Altar: Seidenballen in den Farben der göttlichen Empfänger; Blau für den Himmel, Rot für die Sonne, Gelb für die Erde, Weiß für den Mond und andere Gottheiten. Dann bringt er das erste Stieropfer dar, und während er in der Mitte des Altars niederkniet, das als Mittelpunkt der Welt gilt, führt eine Gruppe von Solaten den ›Tanz der militärischen Führerschaft‹ aus, um kundzutun, daß alle Geister, die sich nun versammeln, unter ihrem Schutz stehen. Dabei verliest Li-to die von ihm aufgesetzten Gebete.

Hierauf folgen Fußfälle, um die Geister ehrfürchtig zu begrüßen, und nach dem zweiten Stieropfer vollführen die Beamten der Verwaltung den ›Tanz der Segnungen‹. Und damit der Sohn des Himmels wahren Anteil am ›Wein und Fleisch des Glückes‹ nimmt, überreicht ihm Li-to Wein und Fleisch, das der Kaiser kostet und dann an die Anwesenden verteilt. Nach Beendigung dieser Handlung ist die Zeremonie beendet, und die höchsten Würdenträger des Reiches beginnen mit der Erstattung des Neujahrsberichtes. Die Mandarine geben Auskünfte über ihre Verwaltungsbereiche, die sich der Kaiser wie teilnahmslos anhört. Er wird jedoch lebhaft, als die Generale an die Reihe kommen und über Waffen und Verbesserungen berichten. Unter ihnen befindet sich der General der Mauer, der korpulente Eunuche Hu-scha-hu, der von Gicht geplagt ist und das rechte Bein nur mühsam bewegen kann. Seine Augen blicken feurig und stehen im Gegensatz zu seiner sonstigen Erscheinung. Er ist allgemein beliebt und wird, wenngleich er das Vertrauen des Regenten auf etwas rätselhafte Weise errang, als ruhiger und nüchtern wägender Offizier geschätzt, der sich in unermüdlicher Arbeit der schützenden Mauer widmet, deren Einheiten ihm als ›Wächter der westlichen Grenzen‹ unterstellt sind.

Der Kaiser blickt den Eunuchen fragend an. »Nun, mein lieber Hu-scha-hu, werde Ich Mir heute unangenehme Meldungen über die Barbaren anhören müssen?«

Der General verbeugt sich. »Nein, Erlauchter Kaiser. Ich kann berichten, daß jenseits unserer Mauer völlige Ruhe herrscht.«

Tschang-tsung hebt verwundert den Kopf. »Völlige Ruhe? Das höre ich zum ersten Male in Meiner nunmehr siebzigjährigen Regierungszeit. Ich spreche Ihnen Meine Anerkennung aus. Sie dürfen Meines Wohlwollens versichert sein.«

Fürst Yün-chi wendet sich an seinen Onkel. »Erlauchter Tschang-tsung, darf ich etwas dazu bemerken?«

Der Herrscher macht eine auffordernde Geste. »Bitte, lieber Yün-chi.«

»Ehrwürdiger Kaiser! Ich kann mich über die vom Eunuchen Hu-scha-hu gemeldete Ruhe nicht freuen. Wenn unsere Grenzen von einfallenden Nomadenstämmen nicht bedroht werden, dürfte sich im Westen eine große Gefahr entwickeln. Die gegenwärtige Stille scheint mir eine Ruhe vor dem Sturm zu sein. Ich hörte davon, daß Toghrul vom Tschao-churi Temudschin, der sehr an Macht gewinnt, vernichtend geschlagen wurde.«

»Sind nicht beide unsere Verbündete?«

»Ja, gütiger Onkel, und das ist es, was mich aufhorchen läßt. Beide halfen uns seinerzeit im Kampf gegen die Tataren.«

»Richtig. Und darum begrüße Ich es, wenn Mein Tschao-churi, also Mein ›Bevollmächtigter gegen die Rebellen an der Grenze‹, eine Macht wie die des Wang-Chan zerschlägt. Wir müssen immer darauf achten, daß bei den Barbaren einer gegen den anderen kämpft. Solange das der Fall ist, haben Wir Ruhe. Unsere Dynastie hat sich nicht ohne Grund einmal mit Kabul-Chan, dann mit den Tataren und schließlich wieder mit Jessughei verbündet. Unsere Politik ist richtig.«

»Gewiß, ehrwürdiger Kaiser. Aber was machen wir, wenn dieser

Temudschin eines Tages alle Volksstämme jenseits der Mauer vereint?«

»Das wird er nicht wagen, weil er weiß, daß er das nicht darf. Außerdem glaube ich nicht, daß es leicht ist, alle Völker zusammenzufassen. Was halten Sie davon, Hu-scha-hu?«

Der Eunuche verneigt sich. »Ich lernte Temudschins Heer kennen und mache mir keine Sorge. Mit ihm würde ich leicht fertig werden.«

Eine kleine, in einen pompösen Umhang gehüllte Gestalt tritt einige Schritte vor. »Ist es erlaubt, etwas dazu zu sagen, Erlauchter Kaiser?«

»Aber bitte, General Kao-chi. Sie haben sich in mancher Schlacht gegen die Tataren bewährt. Ich höre lieber drei als nur zwei Meinungen, bevor Ich Entscheidungen treffe.«

»Edler Herrscher! Das beste wäre es, in die Steppe zu ziehen und Stämme, die zu mächtig werden, kurzerhand niederzukämpfen. Man soll nicht zögern, sondern handeln. Die Frage, ob jener Häuptling Temudschin dereinst einmal kommen wird oder nicht, beantwortet man am besten mit einer militärischen Meldung, die besagt, daß er nicht mehr kommen kann. Im Angriff liegt der halbe Sieg.«

Tschang-tsung lacht. »Kao-chi ist und bleibt ein drängender Heerführer.« Er sieht die Anwesenden fragend an: »Was meinen die Herren zu seinem Plan?«

Der Eunuche schüttelt den Kopf. »Wahnsinn wäre es, ohne Grund einen Streit vom Zaun zu brechen. Außerdem möchte ich bemerken, daß zwischen uns und den Mongolen die Wüste Gobi liegt. Die Auffassung Kao-chis über den Angriff kann ich ebenfalls nicht teilen. Sie ist nur bedingt richtig, da einem leichtfertig Angreifenden schnell die Luft ausgeht. Ich habe das an der Mauer oftmals beobachten können. Wenn die Worte unseres Generals jedoch wörtlich genommen werden sollen, dann hat er recht. Im Angriff liegt der halbe Sieg, in der Ausdauer hingegen der ganze. Doch lassen wir das. Ich glaube nicht, daß wir jemals in die Wüste ziehen müssen. Hunde, die bellen, beißen nicht.«

»Das ist es, was mich unruhig macht«, ereifert sich der General. »Dieser Temudschin bellt nicht. Also beißt er eines Tages.«

Der Eunuche lacht ein blechernes Lachen, in das zunächst Yün-chi, dann der Kaiser und schließlich alle Anwesenden einfallen.

»Meinen Sie wirklich, daß Hu-scha-hu an Temudschin dachte, als er von bellenden Hunden sprach?« fragt der Fürst anzüglich.

Kao-chi erstarrt. Wollte der Eunuche andeuten, daß er …? Beherrscht wendet er sich an den Kaiser. »Erlauchter Tschang-tsung, ich glaube, ich irrte mich.«

Ein junger Offizier flüstert seinem Nebenmann zu: »Endlich hat dieser Ehrgeizling, der es immer wieder versteht, seine Feigheit hinter großartigen Reden zu verbergen, einen Dämpfer erhalten. Hu-scha-hu weiß, was er will.«

»Psst!«

Der Sohn des Himmels wendet sich an Yün-chi. »Mein lieber Neffe. Da dieser Temudschin dir Sorge bereitet, Mein guter Huscha-hu jedoch meint, daß vorerst noch kein Grund zur Beunruhigung vorliegt, Unser tapferer Kao-chi hingegen in den Krieg ziehen möchte, ist es nicht leicht für Mich, eine ebenso richtige wie notwendige Entscheidung zu treffen.«

Der Fürst verneigt sich. »Der Himmel wird Ihren Geist erleuchten, Erhabener Tschang-tsung. Dennoch möchte ich darauf hinweisen, daß Ihr Tschao-churi in diesem Jahr vergessen hat, Ihnen seine Verehrung durch Übersendung von Geschenken kundzutun.«

»Das ist natürlich sehr schlimm«, entgegnet der Kaiser und verfällt für eine Weile in nachdenkliches Schweigen. Dann lächelt er zufrieden und sagt: »Du, Mein lieber Neffe, wirst am besten eine Reise zu den Mongolen unternehmen, um dir einen genauen Überblick und Mir jene Geschenke zu verschaffen, die Mein Tschao-churi zu senden vergaß. Ich hoffe, daß dir diese Reise deine Sorgen rauben wird.« Er wendet sich an den Eunuchen. »Da Sie sorglos in die Zukunft sehen, gehen Sie zu Ihrer Mauer zurück und befestigen den Wall weiterhin mit allen Ihnen zur Verfügung stehenden Kräften. Und Sie, Mein lieber General«, fährt er an Kao-chi gewandt fort, »sorgen dafür, daß Wir die von Ihnen sehnlichst herbeigewünschten Kämpfe dereinst mit einem schlagkräftigen Heer durchführen können. Betreiben Sie die Ausbildung der Soldaten in verstärktem Maße, und fördern Sie vor allen Dingen die Weiterentwicklung unserer neuen Feuerwaffen.« Nach diesen Worten gibt der Kaiser den Versammelten zu verstehen, daß die Audienz beendet ist.

Mit dreifachem Ko-tou verlassen Offiziere, Beamte und Würdenträger den Empfangssaal.

»Der Sohn des Himmels hat in unübertrefflicher Weisheit entschieden«, sagt ein junger Offizier an den Fürsten Wan-yen gewandt.

Der blickt mit verschleierten Augen auf den begeisterten Palastoffizier. »Wenn ich noch so jung wäre wie Sie, würde ich wahrscheinlich ebenso denken. Das Leben zeigte mir jedoch, daß man nicht nur weise, sondern auch klug sein muß.«

»Sind Weisheit und Klugheit nicht dasselbe?«

Wan-yen schüttelt den Kopf. »Der Kaiser sprach weise, handelte aber nicht klug. Er lachte, als es angebracht war, traurig zu sein. Wer das tut, muß später weinen.«

2

»Der braungebrannte junge Mann dort drüben ist Ssubutai«, sagt Temudschin im Bestreben, Chulans Gedanken in eine andere Richtung zu lenken. »Er hat die gleichen Augen wie du«, fügt er werbend hinzu, wobei er über ihre Schulter streichelt. »Sei jetzt wieder vernünftig. Es ist doch alles gut.«

»Laß das«, erwidert sie abwehrend. »Hier kann uns jeder sehen. Ich möchte nicht ...« Sie lehnt sich zurück, stützt die Ellenbogen auf den Boden und starrt über den träge dahinfließenden Onon. Kann sie Temudschin Glauben schenken? Immer wieder stellt sie sich seit der letzten Nacht diese Frage. Hat er die Frau Baibuka-Taiangs wirklich nur geheiratet, um das Land der Naimanen an das der Mongolen zu binden? Sie hatte den Tag seiner Rückkehr feiern und ihn zum glücklichsten aller Tage machen wollen, er aber hatte sich, genau wie früher schon einmal, sofort mit den Oerlök zu Beratungen zurückgezogen und war tagelang für niemanden zu sprechen gewesen. Solche Kuriltais waren für sie schon zur Selbstverständlichkeit geworden, dieses Mal spürte sie jedoch die beängstigende Interesselosigkeit, die er ihr gegenüber zur Schau trug. Tag und Nacht weinte sie, bis er endlich erschien und sie in die Arme schloß. Und nun? Warum ist sie jetzt nicht glücklich? Er hat ihr doch seine Liebe beteuert.

»Was sinnst du vor dich hin?« unterbricht der Chan ihre Gedanken. »Belaste deinen schönen Kopf doch nicht mit dummen Grübeleien.«

Chulan sieht ihn müde an.

»Immer noch böse wegen dieser Heirat?«

Sie machte eine wegwerfende Bewegung.

»Was bist du nur für ein widerspenstiges Geschöpf«, sagt er und beugt sich über sie. »Ich kann dir nicht mehr sagen, als daß ich nur dich liebe. Bei allem, was ich tue, stehst du vor mir. Wirklich, Chulan«, fügt er betont hinzu, als er ihre Augen skeptisch auf sich gerichtet sieht. »Was bedrückt dich eigentlich?«

»Nichts«, antwortet sie.

»Sei ehrlich« Woran dachtest du die ganze Zeit?«

»An das Los der Frauen«, erwidert sie nach kurzem Zögern. »Empfindest du nicht, daß die Lasten des Lebens ungleichmäßig verteilt sind?«

Der Chan zuckt die Achseln. »Die uns auferlegten Bürden kann man nicht mit gleichen Maßen messen. Die Frauen von Kriegern haben natürlich kein leichtes Dasein, und wenn ihre Männer daheim sind, sieht es vielfach so aus, als faulenzten sie. Wenn sie aber draußen kämpfen müssen ...«

»Erzähle mir nicht, daß euch das Kämpfen keinen Spaß macht«, unterbricht sie ihn. »Das betreibt ihr doch wie ein Ballspiel.«

Der Chan blickt sie verstimmt an. »Macht es dir keine Freude, wenn ich als Sieger heimkehre?«

»Aber natürlich«, antwortet sie. »Du weißt, wie stolz ich auf deine Leistungen bin. Nur sollte sich in der Beute deiner Feldzüge nicht jedesmal eine Frau befinden.«

Der Chan umarmt sie. »Ist jetzt alles wieder gut?«

Sie nickt. »Mit uns Frauen machst du ja doch, was du willst.«

Er beugt sich vor. »Wenn du das glaubst, muß ich dir sagen, daß ich gerade dieser Tage Anweisung gab, die Rechte und Freiheiten der

Frauen in einer Gesetzessammlung, die Tatatungo unter der Bezeichnung ›Jassa‹ für mich schreiben wird, festzulegen.«

Chulan sieht ihn erstaunt an. »Du willst den Frauen Rechte geben?«

»Ich habe sogar angeordnet, daß sie über ihren Besitz frei verfügen dürfen. Nach eigenem Ermessen und Belieben können sie verkaufen oder tauschen, was immer sie wollen. Ich mache sie dadurch selbständig und in gewisser Hinsicht unabhängig, und ich fordere von den Männern, daß sie ihren Frauen Vertrauen entgegenbringen. Allerdings verlange ich absoluten Gehorsam dem Manne gegenüber, und auf den Ehebruch seitens der Frau setze ich die Todesstrafe.«

Chulan zuckt zusammen. »Auf den Ehebruch setzt du die Todesstrafe? Es kann doch Fälle geben, wo mildernde Umstände ... Ich meine, wenn der Mann .. Ihr seid oft lange fort. Nicht, daß ich den Ehebruch verteidigen will. Ich bin nur erschrocken über die Todesstrafe.«

»Eben das will ich erreichen«, erwidert der Chan triumphierend. »Wenn Männer in den Krieg ziehen, müssen sie wissen, daß daheim alles in Ordnung ist. In jedem Fall. Ihr Kampf verliert sonst seinen Sinn.«

»Da hast du gewiß recht«, sagt sie nachdenklich. »Und du läßt jetzt eine ›Jassa‹, eine Gesetzessammlung, anlegen? Heute morgen sprachst du von einer ›Bilik‹.«

Temudschin nickt. »Alles, was ich mit meinen Oerlök festlege, wird in Form von Gesetzen bekanntgegeben, deren Nichtbefolgung strafbar ist. Das ungefähre Strafmaß gebe ich jeweils an. Die Gesetze werden in eiserne Tafeln eingemeißelt, damit sie nicht verlorengehen können, und wenn meine Nachkommen diese Anordnungen als unwandelbar betrachten, werden sie ihr Leben auch in tausend und in zehntausend Jahren noch in Freuden genießen, weil dann der Himmel immer mit ihnen sein wird. Beachten sie die ›Jassa‹ aber nicht in allen Punkten, dann wird das von mir erbaute Reich in das Nichts zurückfallen. Damit meine Nachfahren das wissen und alles richtig beachten und bedenken können, gab ich Tatatungo den Auftrag, meine erläuternden Aussagen, wie diese zum Beispiel, in der ›Bilik‹ zusammenzufassen *.«

Durch eine runde Öffnung fällt das gleißende Licht des Tages in das Innere des neuen Verhandlungszeltes, das Temudschin für besondere Beratungszwecke errichten ließ. In der Nähe seines Einganges stehen Boghurtschi, Muchuli, Belgutei und Ssubutai in angeregtem Gespräch, während in weiterer Entfernung Dschutschi und seine Brüder

* Die Jassa existiert nur noch in Bruchstücken. Der große Eroberer Timur erklärte anderthalb Jahrhunderte später, daß sein Aufstieg auf die genaue Befolgung der Jassa zurückzuführen sei. Dreihundert Jahre später baute der Großmogul Babur sein indisches Reich auf der Grundlage der Jassa auf.

Tschagatai, Ugedei und Tuli mit Dschelme, Kassar und Gökschu über Anekdoten lachten, die der weißbärtige Sorgan-Schira zum besten gibt.

»Dem Himmel sei Dank, daß Dschutschi wieder lacht«, sagt Boghurtschi an Ssubutai gewandt. »Wie hat er sich eigentlich auf dem Feldzug gegen die Tataren verhalten?«

»Er hat unablässig geflucht. Na, Hauptsache, er lacht wieder. Gestern sah ich ihn übrigens mit dem Chan und Chulan am Wasser sitzen.«

Muchuli seufzt erleichtert. »Dann kommt alles wieder in Ordnung. Um was geht es heute eigentlich?«

»Ich weiß es nicht«, antwortet der erste Gefolgsmann. »Wir sind in den letzten Tagen völlig vom Programm abgekommen. Alles soll schneller als schnell erledigt werden.«

Muchuli grinst. »Kann mir schon denken, warum. Temudschin hat aber recht. Seine Stellung muß geklärt werden.«

»Natürlich. Wir haben viel zuviel Chane, Noione, Begs und wie sich die Häuptlinge alle nennen.«

Ssubutai pfeift durch die Zähne. »Wird er ...?«

»Frag nicht so altklug«, unterbricht ihn Belgutei. »Du liegst noch in den Windeln.«

Dschebe klopft Ssubutai auf die Schulter. »Mach dir nichts daraus. Wir werden die Windeln mit der Zeit genauso dreckig machen wie die Alten.«

»Diese jungen Lästermäuler!« empört sich Muchuli.

»Es gibt schlimmere Mäuler dieser Gattung«, entgegnet Ssubutai.

Belgutei sieht ihn fragend an.

»Es ist mir peinlich, als Jüngster darüber reden zu müssen, aber es hilft nichts: Gökschu ist ein gefährliches Lästermaul.«

Belgutei läuft rot an. »Wenn er nicht bald mit seinen Redereien aufhört, haue ich ihm den Schädel ein. Er tut geradeso, als ob er täglich heiliger würde. Mir ist er kürzlich ganz dumm gekommen. Da wollte er ...«

Temudschins Erscheinen unterbricht das Gespräch. Mit ihm kommen Tatatungo und dessen besessener Schüler Schigi-Kutuku, den der Chan vor über einem Jahrzehnt Bürte schenkte, als er die Tataren hinter der Mauer abfing. Wenn Schigi-Kutuku sich seiner Vorfahren auch kaum erinnert, so hat er doch das heiße Blut der Tataren in sich. Der Stolz seiner Ahnen und die ihnen eigentümliche Grausamkeit leuchtet aus seinen Augen. Mit festen Schritten folgt er dem Schriftgelehrten zu dem Platz, den sie sich eingerichtet haben, um von den Besprechungen des Chans Aufzeichnungen machen zu können.

Während Schigi-Kutuku helle Häute aufrollt, stellt Tatatungo kleine Gefäße mit Tusche vor sich hin und prüft die Spitzen einiger Federkiele. Dann lehnt er sich gegen die Zeltwand und blickt durch deren Deckenöffnung zum Himmel empor.

Schigi-Kutuku mustert ein wenig hochmütig die Männer, die im

Halbkreis vor dem Chan Platz nehmen, der sich gedämpft mit Boghurtschi unterhält, bis er plötzlich unwillig den Kopf schüttelt.

»Das kommt nicht in Frage«, sagt er erregt. »Ich bin nicht mehr der Mann, der erst anderen die Würde eines Chans anbietet. Kraft meiner Macht fordere und befehle ich. Warum soll ich die Sache also zunächst im kleinen Kreis besprechen? Gökschu hat zu tun, was ich will. Ich sehe nicht ein, warum er nicht wie jeder andere gehorchen soll. Die Zeiten des Versteckenspielens sind vorbei.«

Temudschins Reich erstreckt sich vom Altai bis zum Schingan-Gebirge, vom Baikal-See bis an die Mauer von Chin. Über zweiunddreißig Völkerschaften mit zwei Millionen Menschen sind ihm untertan. Aber es sind Volksstämme, die stolz auf den Namen ihres Stammes sind, während der Chan sie stolz darauf machen möchte, dem Reich anzugehören, das er führt.

Abrupt wendet sich Temudschin an den Gelehrten. »Wo sind wir gestern stehengeblieben, Togotantu?«

Der Kanzler blickt auf das vor ihm liegende Pergament und beginnt einen weitschweifigen Vortrag über die Organisation des Heeres.

»Das genügt«, unterbricht ihn der Chan nach einer Weile. »Wir wollen die militärische Seite heute fallenlassen und wichtigere Dinge besprechen. Nicht, daß ich das Heer als unwichtig betrachte, aber der Aufbau unserer Streitmacht ergibt sich zwangsläufig aus den Erfahrungen, die wir machten, und aus der Anzahl der uns zur Verfügung stehenden Krieger. Da sich diese jedoch aus Männern der verschiedensten Stämme und Völker zusammensetzen, erscheint es mir vordringlich, dafür zu sorgen, daß zwischen ihnen keine Reibereien entstehen, was immer möglich ist, wenn sich dieser oder jener Volksstamm einbildet, mehr als ein anderer zu sein. Ich habe darüber nachgedacht und glaube, Streitigkeiten verhindern zu können, wenn ich durch ein Gesetz verbiete, daß Angehörige der mir unterstellten Völker Sklavendienste leisten.«

»Willst du etwa verbieten, daß mir gehörende Tai-Tschuten und Keraiten nicht mehr meine Sklaven sein dürfen?« ruft Gökschu erregt.

»Halts Maul!« faucht ihn Belgutei an. »Du hast nur zu reden, wenn dir das Wort erteilt ist.«

»Ruhe!« donnert Temudschin. »Wenn ihr euch prügeln wollt, verlaßt das Zelt.«

»Chan!« schreit Gökschu. »Ich verlange, daß du meine Heiligkeit in Schutz nimmst. Ich bin es leid ...«

»Gibst du wohl Ruhe!« unterbricht ihn Temudschin wütend.

Den Oerlök schwillen die Adern. Das Benehmen des Vertrauten des Himmels wird ständig dreister. Er redet, ohne gefragt zu werden, nimmt Platz, bevor der Chan sich gesetzt hat, macht unliebsame Bemerkungen und mischt sich in Dinge an, die ihn nichts angehen.

Der Chan weiß das, aber er kann auf Gökschu nicht verzichten. Wenigstens vorerst noch nicht. Die Stellung des Schamanen wurde zu mächtig. Versöhnlich lenkt er ein: »Die Sklaven wirst du wohl abgeben müssen, Gökschu. Doch du kannst dir dafür aus den Stämmen der Merkiten, Oiraten und Tataren, also aus Völkerschaften, die nicht in meinen Reihen kämpfen, genügend neue Sklaven aussuchen.«

»Und was versprichst du dir von deinem lächerlichen Gesetz?«

Belgutei springt auf, aber er schweigt wie Temudschin, der alle Gewalt aufbieten muß, um nicht die Nerven zu verlieren.

Boghurtschi will Gökschu zurechtweisen, doch der Chan sagt ihm: »Laß das meine Sache sein.« Dann wendet er sich in aller Ruhe an den Schamanen. »Hör zu, Gökschu. Ich dulde keine unsachlichen Bemerkungen. Erkläre mir, warum du mein Gesetz als lächerlich bezeichnest.«

Mit überheblicher Miene erhebt sich der Vertraute des Himmels. »Ich nehme an, daß ich jetzt sprechen darf, ohne durch Belgutei gefährdet zu sein«, beginnt er aggressiv. »Und nun zur Sache. Von Menschen geschaffene Gesetze sind und bleiben Stückwerk, weil sie nicht vom Himmel kommen. Gesetze sind jedoch notwendig; sie müssen aber einem Ziel dienen, das dem Menke-Kökö-Tengri wohlgefällig ist. Nun frage ich dich, was dem Himmel daran gefallen könnte, daß Sklaven nur aus Volksstämmen genommen werden dürfen, die dir nicht untertan sind?«

»Gerne will ich deine Frage beantworten«, erwidert der Chan aufgeräumt. »Der Menke-Kökö-Tengri ist für die Mongolen da, nicht wahr?«

Der Schamane nickt.

»Will der ewig blaue Himmel, daß Mongolen Sklaven sind?«

»Niemals!« entrüstet sich Gökschu.

»Will der Tengri nun, daß möglichst viele Mongolen seinem Wort lauschen, oder genügt ihm eine kleine Anzahl?«

Der Schamane wird unsicher, da er nicht weiß, worauf der Chan hinaus will. »Natürlich wünscht der Himmel, daß ihm möglichst viele Mongolen dienen«, antwortet er zögernd.

»Na also!« ruft der Chan und lacht. »Wenn ich verfüge, daß aus mir gehörenden Völkern keine Sklaven mehr genommen werden dürfen, so werden sich die mir unterstellten Volksstämme gehoben fühlen. Ich fasse Untertanen, gleichgültig, ob sie nun Tai-Tschuten, Keraiten oder Naimanen heißen, unter dem Begriff ›Kökö-Mongol‹, ›Himmelblaue Mongolen‹, zusammen. Ihr Nationalstolz wird dadurch geweckt und in der Brust selbst des kleinsten Nomaden wird ein stolzes Gefühl aufkommen, wenn er weiß, daß er einem Volk angehört, das frei von Sklaverei ist und das Recht hat, Waffen zu tragen. Einem Reich und einem Himmel sollen alle dienen: dem Himmel der Mongolen! Vergrößere ich dadurch nicht das Ansehen des Menke-Kökö-Tengri? Arbeite ich nicht für den Himmel, dessen Sprecher du bist? Diene ich damit nicht gerade dir? Und das nennst du lächerlich?«

Verstohlen blinzeln sich die Oerlök an.

Der Schamane fühlt, daß er gegen den Chan nicht ankommen kann, doch da das geplante neue Gesetz auch seine Macht vergrößern wird, macht es ihm nichts aus, im Augenblick der Unterlegene zu sein. Wenn sein Einfluß gewachsen ist, wird er weitersehen. Er erhebt sich deshalb und sagt: »Temudschin, ich beuge mich deiner Klugheit und schäme mich nicht, zu bekennen, daß ich unüberlegt redete. Ich beginne zu begreifen, daß hinter jedem deiner Befehle ein tiefer Sinn steht, auch wenn dieser nicht ohne weiteres erkannt werden kann. Ich verspreche dir, mich deinen Anordnungen zu unterwerfen.«

»Klare Worte und ein ehrliches Bekennen nehmen gemachten Fehlern ihre Bedeutung«, erwidert der Chan wie nebenbei und wendet sich an seine Freunde. »Sind wir uns bezüglich des Gesetzvorschlages einig?«

Beifälliges Gemurmel.

»Dann bitte ich den Kanzler, das Besprochene in geeigneter Form festzulegen«, sagt er und denkt: Eine günstigere Gelegenheit finde ich nicht wieder. Ich muß die Gunst der Stunde nutzen. »Hört zu«, fährt er sich erhebend fort. »Die Unterredung mit Gökschu geht mir nicht aus dem Sinn. Ich möchte nochmals mit euch über diese Angelegenheit sprechen, denn mir ist eben erst richtig zum Bewußtsein gekommen, daß wir eine ziemliche Verantwortung übernehmen, wenn wir das Gefolge des Schamanen durch unser Gesetz derartig vergrößern.«

Er hat gemerkt, wie sehr sich meine Macht steigern wird, denkt Gökschu beklommen.

»Ich bin dafür«, fährt der Chan nach kurzer Pause fort, »daß wir eine Macht schaffen, die eine Garantie dafür bietet daß die Befehle des Himmels immer befolgt werden.«

Gökschu glaubt nicht richtig zu hören. Eine Macht für den Himmel will Temudschin schaffen? Behende forscht er in den Gesichtern der neben ihm Sitzenden, deren bedenkliche Mienen ihm zeigen, daß kein abgekartetes Spiel vorliegt. Er muß den Chan unbedingt unterstützen. »Du hast vollkommen recht«, sagt er hastig. »Es muß eine Macht geschaffen werden, welche die Rechte des Himmels jederzeit verteidigen kann. Wenn du aber eine solche Macht schaffst, mußt du dir auch der Verantwortung bewußt sein, die du damit übernimmst.«

»Das sagte ich ja«, entgegnet der Chan. »Und deine Aufgabe muß es sein, diese Macht vor allen Völkern als eine vom Himmel befohlene Gewalt herauszustellen. Ich kann sie nur schaffen, wenn du sie befürwortest.«

Gökschu springt auf. »In diesem großen Augenblick bitte ich alle Oerlök, mir zu bestätigen, daß sie hinter dem Vertrauten des Himmels stehen werden, wenn Temudschin den Befehl zur Schaffung einer Macht für den Menke-Kökö-Tengri erteilt.«

Die Versammelten schauen unsicher zum Chan hinüber, der ihnen zu verstehen gibt, sich zu erheben.

»Temudschin!« ruft Gökschu voller Begeisterung. »Gib den Befehl bekannt, damit wir ihn wortlos anerkennen. Wir schwören dir, dafür Sorge zu tragen, daß deine Anordnung in die Tat umgesetzt wird. Als Vertrauter des Himmels werde ich noch heute dem Volk deinen Wunsch unterbreiten und ihm erklären, daß aus dir der Menke-Kökö-Tengri gesprochen hat.«

Die Heerführer, die nicht ahnen, was der Chan im Schilde führt, sind bis aufs äußerste gespannt, als er bedächtig erklärt: »Damit die Macht, die das Ansehen des Himmels verteidigen soll, überall anerkannt wird, stelle ich mich selbst an ihre Spitze. Auf Geheiß des Tengris und seines Sprechers Gökschu ernenne ich mich zum Cha-Chan, zum Herrscher der Herrscher. Alle Chane, Fürsten, Noione und Begs sind mir damit untertan. Ich danke dem Himmel für die mir erwiesene Gnade, ich danke dem Schamanen, der mich aufforderte, dem Wunsch des Himmels zu willfahren, und ich beuge mich der Last, die sich nun auf meine Schultern legt. Euch, meine Heerführer, werde ich rangmäßig entsprechend erhöhen.«

Das Gesicht des Schamanen wird blaß.

Temudschin sieht es und sagt: »Komm zu mir, Gökschu. Verkünde, was der Himmel befiehlt.«

Mit weichen Knien nähert sich der Schamane dem Chan. Er ist so benommen, daß er keinen klaren Gedanken fassen kann. Er weiß nur, daß ihm nichts anderes übrigbleibt, als gute Miene zu machen, und er ruft deshalb mit rollenden Augen: »Ich danke dir, Menke-Kökö-Tengri, daß du mir die Ehre erweist, den ersten Mongolen zum Herrscher der Herrscher zu ernennen.« Dann wendet er sich an Temudschin und erklärt mit ernster Miene: »Im Auftrag des Himmels ernenne ich dich hiermit zum Ssutu-Bogdo, zum gottgesandten Cha-Chan.«

Die Freunde beglückwünschen Temudschin. Sie drücken seine Hände und wissen kaum, wohin mit ihrer Freude. Verstohlen flüstert ihm jeder etwas zu.

Boghurtschi nimmt den Schamanen vorsorglich zur Seite, um ihn durch ein vertrauliches Gespräch abzulenken. Denn Gökschu muß dem Volk noch verkünden, was er eben aussprach. Wenn auch nicht zu befürchten steht, daß er Widerstand leisten wird, so ist es doch besser, alles in versöhnlicher Form zu erledigen.

Tatatungo nickt seinem Gebieter zu, als wollte er sagen: Ihr schafft, was Ihr schaffen wollt. Dann wendet er sich an die den Cha-Chan umringenden Freunde und fragt: »Welchen Namen soll der Cha-Chan nun erhalten?«

Erstaunt sehen ihn alle an. »Welchen Namen?«

Auch Temudschin ist verwundert. »Wie meinst du das, Togutunta?«

»Könnt Ihr meinen Namen nicht ein einziges Mal richtig aussprechen?« entgegnet der Kanzler betrübt. »Selbst heute nicht, da ich Euch einen guten Herrschernamen geben möchte?«

Temudschin lacht. »Hast recht, Tatatungo. Auf die Dauer ist es auch viel zu schwer für mich, nach immer neuen Wandlungen zu suchen. Aber ich verstehe nicht, was du mit dem ›Herrschernamen‹ sagen willst.«

»Nun, jeder große Regent bekommt bei seiner Ernennung eine Hoheitsbezeichnung. Cha-Chan ist ein Titel wie das Wort Kaiser. Und wie der heutige Kaiser von Chin als Herrscher Tschangtsung heißt, müßt auch Ihr einen besonderen Namen erhalten.«

Temudschin krault sich den Kopf. »Tschang-tsung hatte früher einen anderen Namen?«

»Ja, natürlich.«

»Hm. Ich bin aber stolz auf den Namen Bürtschigin, der sich aus dem Namen meines Urvorfahren, dem Prinzen Bürte-Tschino, bildete. Den Hinweis auf meine Sippe will ich nicht aufgeben. Nennt mich also Bürtschigin-Cha-Chan.«

»Bürtschigin-Cha-Chan?« Tatatungo schüttelt den Kopf. »Das kann man nicht gut aussprechen. Der Name muß klingen. Wie wäre es mit Bürtschigin-Chan? Nein,« korrigiert er sich. »Das klingt ebenfalls nicht.«

»Und es wäre auch dumm«, knurrt Temudschin unzufrieden. »Bürtschigin-Chan bin ich doch schon.«

Von diesem Augenblick an versuchen alle Heerführer, eine passende Bezeichnung zu finden. Das Gemurmel wächst und wird immer lauter, aber niemand findet einen gefälligen Namen, bis Sorgan-Schira mit verschmitztem Lächeln erklärt: »Ich weiß, was gut klingen würde.«

»Na, was denn?« fragt Temudschin erwartungsvoll.

»Ich habe mit dem Namen Bürtschigin gemacht, was du immer mit dem Namen von Tatatungo tust, und ich finde, daß Dschingin-Chan gut klingt.«

»Dschingin-Chan?«

»Ich hab's«, ruft Tatatungo erregt. »Sorgan-Schira hat mir den richtigen Weg gewiesen. Dschingis-Chan! Das ist ein Name, der klingt. Darin liegt Göttliches und Kriegerisches. Das Wort kann groß, erhaben, unerschütterlich und unschlagbar bedeuten. Es ist ein Wort, das sich an Bürtschigin und an Temudschin anlehnt, und ich bin sicher, daß es in keiner Sprache der Erde vorkommt. Nennt Euch Dschingis-Chan.«

Temudschin nickt beifällig. »Dschingis-Chan klingt wirklich gut. Du meinst, ich soll ...?«

»Natürlich, Dschingis-Chan.«

»Fehlt nicht das Cha vorm Chan?«

»Nein. Dschingis-Chan klingt viel bestimmter. Cha-Chan ist zu aufdringlich.«

»Vielleicht hast du recht. Aber erst geben wir bekannt, daß ich Cha-Chan geworden bin. Auf der Feier kann dann ...« Er unterbricht sich und wendet sich an den Schamanen. »Gökschu! Ich möchte deine Stellung als Vertrauter des Himmels festigen und übertrage dir die ehrenvolle Aufgabe, mir vor allen Stämmen den Namen ›Dschingis-Chan‹ zu verleihen.«

3

Während Boten des Cha-Chan über Steppen und Wüsten dahinjagen, um befreundete Häuptlinge und Stämme zum bevorstehenden Fest einzuladen, hält der vierundvierzigjährige Herrscher mit seinen Oerlök eine Besprechung nach der anderen ab. Als ginge ihn das geschäftige Treiben seines Volkes nichts an, sitzt er mit seinen Männern Tag und Nacht zusammen. Nur die veränderte Innenausstattung des großen Beratungszeltes deutet kommende Ereignisse an. Die Wände sind mit kostbaren Brokatstoffen ausgeschlagen, die Decke ist mit himmelblauer Seide bespannt, der Boden wurde mit Tierfellen aller Art belegt.

In schnellen Entschlüssen, die der Cha-Chan nach eingehenden Erörterungen mit seinen Oerlök und dem Kanzler Tatatungo faßt, entstehen immer neue Gesetze, die den Ehrbegriff der Mongolen steigern und Verbrechen wie Mord, Raub, Diebstahl und Ehebruch verschwinden lassen sollen. Und eines Tages ernennt er Schigi-Kutuku in einer jähen Anwandlung zum Obersten Richter. »Da du des Lesens und Schreibens kundig bist und ein eifriger Schüler Tatatungos wurdest, übertrage ich dir die Aufgabe, alle Vergehen nach den Gesetzen zu bestrafen, die wir in der ›Jassa‹ verankern. Niemandem bist du Rechenschaft schuldig. Doch du hast jeden Fall, über den du entscheidest, genau aufzuschreiben, damit deine Urteile keine Änderungen erfahren und sich mit der Zeit eine klare Linie abzeichnet.«

Nach diesen Worten erläutert er die Grundzüge der ihm vorschwebenden Rechtsprechung. Er erklärt, daß ihm ein erzwungenes Zeugnis nichts gilt und ein Urteil nur gefällt werden darf, wenn sich der mutmaßliche Täter selbst schuldig bekennt. Die Auffassung seiner Freunde, manch Schuldiger würde seine Tat dann ewig leugnen, teilt er nicht. Wohl gibt er zu, daß diese Gefahr besteht, er betont jedoch, daß er sie lieber in Kauf nehmen will, als nicht zu versuchen, den Ehrbegriff des Volkes so zu steigern, daß Feigheit und Lüge unmöglich werden. Ausführlich setzt er auseinander, daß Menschen mit Ehrbegriffen nicht so schnell gegen Gesetze verstoßen wie solche, die keine Ehrbegriffe kennen. Deshalb sei es unbedingt notwendig, den Untertanen zu zeigen, daß man ihnen Vertrauen entgegenbringt und keinerlei Druckmittel anwendet.

»Menschen müssen sich gegenseitig erziehen, wenn wahre Ordnung unter ihnen herrschen soll«, schließt er seine beschwörende Rede. »Nur dann werden Kinder auf ihre Väter hören, Frauen sich den Befehlen ihrer Männer unterwerfen und Männer Vertrauen zu ihren Frauen haben. Und die Regierung eines Reiches wird nur dann von allen unterstützt werden, wenn sie für Zucht und Ordnung sorgt und Lügnern, Dieben, Mördern und Räubern das Handwerk legt.«

Der Cha-Chan weiß aber auch, daß guter Wille und schöne Worte allein nicht genügen. Über das ganze Land verteilt, setzt er Buljarschi ein, Feldgendarme, die für Ordnung und Sicherheit zu sorgen haben. Darüber hinaus zählt es zu ihrer Aufgabe, verlaufene Tiere sicherzustellen und die rechtmäßigen Besitzer zu ermitteln. Nach dem neuen Gesetz wird Diebstahl mit dem Tode bestraft, damit niemand mehr bereit ist, ein zugelaufenes Pferd oder Kamel aufzunehmen. *

In diesen Tagen legt der Cha-Chan auch die Organisation des Heeres fest, das aus fast zweihunderttausend Kriegern besteht, die von fünfundneunzig Heerführern befehligt werden.

Die straffe Zusammenfassung der wichtigen Meldereiter, die als Verbindungsglieder zwischen getrennt marschierenden Einheiten fungieren sollen, übergibt der Cha-Chan seinem zweiten Gefolgsmann Dschelme, der die ›heiligen Boten‹ als unabhängige Truppe führt.

Darüber hinaus wird ein Jurt-Dschi eingerichtet, ein ständiger Generalstab, der Sommer- und Winterweiden verteilt und bestimmt, wieviel Männer sich jeweils von zehn Zelten für den Kriegsfall bereit zu halten haben. Er ernennt ebenfalls die Führer der Tuman, der Zehntausendschaften, und vereinigt die Stämme zu Divisionen, in denen der Nachbar des Ordus der Nebenmann in der militärischen Einheit ist.

Planmäßig baut Temudschin das Gerippe zu einer Organisation auf, die ihm ein Volk in Waffen schaffen soll. Und wenn die Einheiten nach der Cha-Chan-Feier in ihre Heimat zurückkehren und dort mit besonderen Übungen beginnen, die während der Feier bekanntgegeben werden sollen, wird der Jurt-Dschi eine weitere wichtige Aufgabe in Angriff nehmen. Durch Entsendung von ›Spähern‹ sollen die Verhältnisse in allen Nachbarländern ermittelt werden, so daß der Cha-Chan einen klaren Einblick in die Verhältnisse der einzelnen Reiche gewinnt.

Zum Schluß setzt der Herrscher noch eine Anzahl Targudschi ein, Verwaltungsoffiziere, die auf das Wohl seines Volkes zu achten und Streitigkeiten zu schlichten haben.

In den Trubel der Vorbereitungen zur Wahlfeier fällt die Kunde vom Herannahen einer Chin-Abordnung.

»Das hat mir gerade noch gefehlt«, schimpft Temudschin ärgerlich, als Boghurtschi ihm die Nachricht übermittelt. »Kannst du die Kerle nicht empfangen?«

»Es handelt sich um eine Abordnung des Kaisers von Chin«, er-

* Durch dieses Gesetz entstand ein Brauch, der sich in der Mongolei und in entlegenen Teilen Turkestans erhalten hat. Noch heute bekommen in diesen Ländern zugelaufene Kamele kein Wasser, damit sie, vom Durst gepeinigt, zu ihren Herren zurückkehren.

mahnt ihn Boghurtschi. »Einer solchen Macht mußt du Rechnung tragen.«

»Willst du mir unter die Nase reiben, daß die Städter uns überlegen sind? Es fragt sich nur, für wie lange noch. Ich hasse dieses verweichlichte Pack.«

Boghurtschi lacht. »Hast du kürzlich nicht gesagt, daß der Weg nach Chin sehr, sehr weit sei? Mach jetzt keine Fehler!«

»Ich berücksichtige ja alles, aber im Augenblick paßt mir dieser Besuch wirklich nicht. Was will die Abordnung überhaupt?«

»Höre sie an, und du wirst es wissen.«

»Stammt diese Weisheit von dir oder von Tatatungo?«

»Von mir.«

»Schade.«

»Warum?«

»Wenn sie von Tatatungo gewesen wäre, hätte ich ihn mit der Feststellung ärgern können, daß er manchmal klug redet.«

Fürst Yün-chi blickt abgespannt über die sich bis zum Horizont hin ausdehnenden Weiden. Umständlich holt er aus dem weiten Ärmel seines Gewandes ein Seidentuch hervor, mit dem er sich die Stirn betupft. Eine schöne Aufgabe hat Tschang-tsung ihm da aufgebürdet. In den letzten Tagen vermeinte er manchmal, in der Glut der Wüste sterben zu müssen. In Zukunft wird er dem Sohn des Himmels keine Empfehlungen mehr geben. Wahrscheinlich ahnt der Kaiser nicht einmal, was es heißt, zum Tschao-churi Temudschin geschickt zu werden.

Yün-chi betupft erneut seine Stirn und denkt an Yen-king. Er sieht die gepflegten Parkanlagen der Stadt vor sich und träumt von Mondscheinfahrten mit seiner Geliebten Ming-Lu, deren pfirsichweiche Haut nach Rosen duftet.

Der Fürst seufzt und tröstet sich in dem Gedanken, daß daheim der Regen jetzt unablässig auf die Dächer niederfällt. Er vernimmt das monotone Rieseln des Regens, in das sich die anheimelnden Töne von Zimbeln und Pipas mischen, auf denen seine Tochter Heng-Pi, Mondhäschen, in solchen Tagen mit ihren Freundinnen spielt. Was würde er dafür geben, wenn er Mondhäschen jetzt zuhören könnte! Er würde sich dann mit Ming-Lu in eine Ecke kuscheln und ... Oh, er darf nicht daran denken. Hinter ihm liegt die Wüste Gobi, vor ihm breiten sich die Weiden der Barbaren aus.

Ihn durchfährt ein Schreck, da ihm einfällt, daß der Beamte Li-to, als sie an jenem Neujahrsmorgen vor dem glitzernden See standen, das Wort ›Schlange‹ aussprach. Wenn ungünstige Worte wie Schlange, Dämon, Tod, Sarg, Löwe oder Tiger am Neujahrsmorgen ausgesprochen werden, kann man nur noch Unglück erwarten. Warum hat er das nicht gleich bedacht? Manches wäre noch zu retten gewesen. An die Fenster seiner Wohnung hätte er rote Zettel mit der Aufschrift kleben können: Kinder- und Narrenworte zählen nicht.

Nun werden sie beide, Li-to und er, Unglück haben. Li-tos Unglück steht schon fest: er wird seinen Posten verlieren.

Yün-chi steckt sein Seidentuch zurück und wendet sich an seine Begleiter: »Müssen wir wirklich durch diesen Fluß reiten?«

Der ortskundige Karawanenführer nickt. »Ja, hoher Fürst. An diesem Fluß, er heißt Kerulen, beginnt das Land der Mongolen.«

»Das Land der Barbaren!« korrigiert ihn Yün-chi ungehalten. »Sprechen Sie nur noch von Barbaren, damit ich ... Ach, es ist ja alles so schrecklich«, unterbricht er sich, schürzt den Rock und reitet mit angezogenen Knien durch eine seichte Stelle des Flusses.

Später, als sich die Karawane dem Ordu Temudschins nähert, staunt Yün-chi über die Pferdeherden, die in riesigen Rudeln über die Ebene donnern. Und je näher er an das Zeltlager des Tschao-churi heranrückt, um so verwunderter wird er. Tausende von Weibern melken die Stuten, während die Männer Rinder, Schweine und Schafe schlachten. Und alle singen, lachen und winken der Karawane zu.

»Der Kaiser von Chin schickt eine Abordnung«, ruft ein Krieger und weist auf den Fürsten und sein Gefolge, deren Gewänder großes Aufsehen erregen. »Wenn ihr etwas zu essen haben wollt«, fügt er an Yün-chi gewandt hinzu, »dann kommt her. Der Cha-Chan bewirtet alle Völker, die ihm untertan sind.«

Der Fürst stutzt. Cha-Chan, Herrscher der Herrscher? Was hat das zu bedeuten? Es scheint höchste Zeit zu sein, sich mit diesem Tschao-churi Temudschin zu befassen. Er scheint eine regelrechte Macht darzustellen. Kein Wunder, daß er keine Geschenke mehr schickt. Sein Zeltlager ist fast so groß wie die Stadt Yen-king. Noch heute wird er, Yün-chi, die Rückreise antreten. Er hat genug gesehen.

Durch eine lange, von Filzhüten gebildete gerade Straße reitet der Fürst in das Ordu ein, bis er einen freien Platz erreicht, der eine Ausdehnung von über tausend Meter im Quadrat hat. In seiner Mitte erhebt sich ein ungewöhnlich großes Zelt, vor dessen Eingang die Tug mit dem Falken der Bürtschigin und die Ssulde, das Feldzeichen Temudschins, aufgestellt sind.

Während Yün-chi noch auf den Eingang des Zeltes zureitet, tritt eine gedrungene Gestalt mit weißen Haaren aus dem Zelt und nimmt breitbeinig Aufstellung. Hinter ihr erscheinen Männer mit verwegenen Gesichtern.

Das sieht nicht nach einem Empfang aus, wie er mir als Neffen und Bevollmächtigten des Kaisers von Chin gebührt, denkt der Fürst und steigt von seinem Hengst herab.

Der Cha-Chan geht auf ihn zu und bleibt einige Schritte vor ihm stehen. »Als Tschao-churi des Himmelssohnes heiße ich dich willkommen«, sagt er nicht unfreundlich, aber ohne jede Feierlichkeit. »Was führt dich zu mir?«

Yün-chi glaubt nicht richtig zu hören. Soll er beleidigt werden? Woher nimmt dieser Tschao-churi das Recht, ihn einfach zu fragen, was er will, anstatt zunächst vom Wetter, von den Ahnen und den

Göttern zu sprechen? »Ich bin Fürst Yün-chi, der Neffe des Kaisers Tschang-tsung«, sagt er betont. »Seid Ihr der Chan der Mongolen?«

»Der war ich bis vor kurzem. Jetzt bin ich Cha-Chan der Kökö-Mongol, mein lieber Fürst. Was führt dich zu mir?«

Yün-chi greift nach seinem Seidentuch. Das Benehmen dieses Herrschers erscheint ihm so unglaublich, daß er ihm nicht zu sagen wagt, eigens seinetwegen von Yen-king gekommen zu sein. »Ich bin auf der Durchreise«, erwidert er, »und ich suche Euch auf, weil der Kaiser mich bat, Euch an die Ablieferung der Geschenke zu erinnern.«

Temudschin schlägt sich vor die Stirn. »Habe ich vergessen, die jährliche Abgabe zu schicken? Ich bitte den Kaiser um Verzeihung. Komm in mein Zelt, Fürst Yün-chi. Erhole dich von der Reise. Ich lasse inzwischen alles bereitstellen.« Er wendet sich an Boghurtschi, dem er hastig einige Worte zuflüstert.

Der Fürst betritt das Zelt und betrachtet verwundert die mit Brokat bespannten Wände.

Temudschin bemerkt das Erstaunen und weist mit fahriger Bewegung in den Raum. »Wir machen hier gerade alles etwas festlich, weil ich morgen zum Cha-Chan ausgerufen werde. Ihr seid gewiß großartigere Feste gewöhnt, was?«

Der Fürst nickt gedankenverloren.

»Willst du an der Feier teilnehmen?«

Yün-chi schüttelt den Kopf und betupft seine Stirn. »Sobald die Geschenke bereitgestellt sind, möchte ich weiterreisen. Ich muß nach Yen-king, wo mich dringende Staatsgeschäfte erwarten.«

»Schade«, entgegnet Temudschin. »Die Geschenke stehen übrigens schon bereit. Komm, ich will sie dir zeigen. Dem Kaiser kannst du sagen, daß alle Sachen fertig lagen und ich es lediglich vergaß, sie abzuschicken.«

Zufrieden folgt ihm Yün-chi. Er kann nun den unerfreulichen Bericht, den er geben muß, angenehm würzen und wird nicht in Ungnade fallen. Aber er vermag sein Erstaunen kaum zu verbergen, als er eine Karawane von Kamelen und Pferden sieht, die mit Fellen und Pelzen beladen sind. Das sieht ja nach einem Hinauswurf aus, denkt er unwillkürlich.

Der Mongolenherrscher reicht ihm die Hand. »Nimm es mir nicht übel, wenn in meinem Ordu heute alles anders als sonst ist. Die Feier ...«

»Ich verstehe«, unterbricht ihn der Fürst, lächelt verbindlich und besteigt sein Pferd.

Temudschin winkt ihm zu. »Sage dem Kaiser, daß er sich auf mich verlassen kann. Hinter der Chin-Mauer gibt es keine Rebellen mehr. Nur noch Kökö-Mongol.«

Bürte kann es nur schwer verwinden, nicht tätigen Anteil an den Vorbereitungen zur Cha-Chan-Feier zu haben. Als Frau des Herrschers muß sie sich zurückhalten und untätig zusehen, wie alle von beseligender Geschäftigkeit erfüllt sind. Sie fühlt sich ausgeschlossen, und im Bestreben, auch etwas für ihren Mann zu tun, läßt sie sich Margueriten bringen, mit denen sie seinen Thron in der Nacht vor der Wahl schmücken will.

Als die Nacht da ist, ergreift sie eine Fackel und begibt sich zum Versammlungszelt, das im Licht des hoch am Himmel stehenden Vollmondes wie die Zinne eines schneebedeckten Berges leuchtet.

Am Eingang bleibt sie jedoch erschrocken stehen. Auf der für den Thron errichteten Erhöhung brennt eine Fackel, und davor kniet eine Frau mit rotgoldenen Haaren.

Wie gebannt blickt sie auf die Frau, deren Gesicht sie nicht erkennen kann. Sie weiß, daß es Chulan ist. Behutsam geht sie einige Schritte weiter. Chulans von der Fackel erhelltes Gesicht schimmert in rosenfarbenen Tönen. Ihr Haar gleicht purem Gold, ihre Lippen leuchten in blutigem Rot.

Eine schöne Frau ist sie, denkt Bürte nicht ganz ohne Neid. Allerdings reichlich üppig.

Sie hat es kaum gedacht, da sieht sie, daß Chulan Margueriten vor sich liegen hat und mit geschickten Händen den Sessel schmückt, auf dem Temudschin Platz nehmen wird. Sekundenlang ist sie ratlos, dann sagt sie sich: Wenn Chulan tut, was ich tun wollte, dann ist sie nicht die Frau, für die ich sie hielt. Im nächsten Moment läßt sie alle Hemmungen fallen und nähert sich mit behenden Schritten dem Thron.

Chulan wendet sich erschrocken um und ruft: »Ist da jemand?«

Mit ruhiger Stimme antwortet Bürte: »Ja, ich bin es. Bürte.«

Temudschins zweite Frau springt auf.

Bürte geht auf sie zu und reicht ihr die Hand. »Wenn du Temudschins Thron verstohlen schmückst, bist du anders, als ich dachte«, sagt sie und weist auf die Blumen, die sie im Arm hält. »Ich wollte das gleiche tun. Offensichtlich haben wir doch etwas Ähnliches miteinander. Wie sollte es auch anders sein, da Temudschin uns beide wohl aus Liebe heiratete.«

Chulan senkt den Kopf. »Ich danke dir, Bürte. Gerade in den letzten Monden habe ich mich oft danach gesehnt, mit dir zu sprechen. Manchmal wollte ich schon zu dir gehen, fand aber nicht den Mut dazu.«

Bürte sieht sie verwundert an. »Mußt auch du schon die Schmerzen der Liebe ertragen?«

Chulan nickt.

Bürte streicht ihr über den Arm. »So ist das Leben. Taumelnde Freuden und tötende Schmerzen lösen sich ununterbrochen ab.

»Ich weiß«, sagt Chulan. »Was aber soll ich machen, wenn mein Herz eines Tages ohne Blut ist?«

Das fragte auch ich mich einmal«, antwortet Bürte. »Die Antwort gab mir der Cha-Chan. Als ich kein Blut mehr hatte, suchte er sich eine neue Quelle: er ging zu dir. Werde nicht verlegen«, fügt sie schnell hinzu, da Chulan das Blut zu Kopfe steigt. »Ich bin dir nicht böse, und ich sagte es nicht, um dich zu kränken. Ich will dir lediglich deine Pflichten und deine möglichen Aussichten aufzeigen. Wenn du ihn liebst, wie ich es tue, mußt du ihm den letzten Tropfen Blut geben. Wie seine Krieger, die für ihn sterben. Und wenn kein Blut mehr da ist, mußt du ihm schenken, was ich heute gebe. Er ist ein großer Baum und braucht viel Saft.«

Chulans Gesichtsausdruck wird ratlos. »Du gabst dich ihm als Opfer und opferst ihm noch, nachdem er dich geopfert hat?«

»Das ist das Schicksal aller Frauen, denen man Freuden bereitet, bevor man sie fallenläßt. Bei großen Männern wird das Schicksal der Frau besonders deutlich. Sie besitzen alles, um zu beglücken, haben aber nicht die Art, glücklich zu machen, weil sie selbst nicht glücklich sein können. In ihnen ist nur Streben, und darin liegt eine Unruhe, die niemals wahres Glück aufkommen läßt, weil alles Glücklichsein im Streben erstirbt.«

»Du meinst, es sei das Los aller Frauen, niemals restlos glücklich zu werden? Warum nur? Warum sind die Männer so?«

»Ach, Chulan, nach dem Warum dürfen wir nicht fragen, wenn wir nicht verzweifeln wollen. Es gibt keine befriedigende Antwort. Vielleicht stellt die Natur in uns Frauen unter Beweis, daß Großes nur durch Opfer gewonnen werden kann. Es ist doch etwas Großes, wenn wir einem Kind das Leben schenken.«

»Sicher, aber ...«

»Kein Aber!« fällt Bürte ein. »Als Tatatungo Temudschin dieser Tage über Chin unterrichtete, sagte er, daß Chin das Weltbild nach zwei Begriffen ausrichtet: Yang und Yin, das männliche und weibliche Prinzip. Das eine ist das Schaffende, das andere das Ruhende. Das Ja, das Nein. Das Befruchtende, das Befruchtete. Ich kann dir das nicht so erklären wie Tatatungo, aber mir wurde klar, daß beides sein muß, wie es ist, damit eine Ergänzung stattfindet. Wenn Sonne und Mond das gleiche wären, würde alles auf Erden verbrennen oder erstarren, und wenn Tag und Nacht das gleiche wären, würde immer Helligkeit oder Dunkelheit herrschen. Wie nun, wenn Mann und Frau ...? Es wird einen Grund haben, warum alles ist, wie es ist.«

»Möglich. Aber schmerzlich ist es doch, auf der Seite stehen zu müssen, die es so schwer hat.«

»Vielleicht dafür aber auch schöner. Glaubst du etwa, daß es den Männern Freude macht, in den Krieg ziehen zu müssen? Sie müssen nämlich, sie wollen nicht. Dieses Muß legt sich wie ein Zwang auf sie, dem sie sich nur widerwillig beugen, auch wenn das Muß ihrem eigensten Innern entspringt. Temudschin sagte einmal, daß er durch gewisse Maßnahmen bei seinen Kriegern immer für eine Begeisterung sorgen muß, die ihre Hirne umnebelt und dem inneren Zwang freien Lauf gewährt. Ich möchte nichts im Herzen haben, von dem ich in der Seele spürte, daß es mir artfremd ist. Aber die Natur hat das in den Männern nun einmal so eingerichtet, und sie müssen damit fertig werden, wie wir mit uns und – da hast du recht – auch noch mit ihnen. Yang und Yin liegt auf unseren Schultern, das männliche und weibliche Problem.« Sie blickt Chulan nachdenklich an. »Eigenartig, jahrelang suchte ich dich zu meiden, und nun dieses Gespräch. Komm, wir wollen den Thron gemeinsam schmücken.«

Chulan umarmte Bürte. »Hoffentlich bekomme ich einmal die Größe, die du hast.«

Bürte lächelt schmerzlich. »Ich hoffe, du mußt sie nie ertragen.«

Der Menke-Kökö-Tengri erstrahlt wie ein Lapislazuli. Über den Köpfen der sich an das Zelt des Cha-Chan herandrängenden Menschen wogt eine Wolke von Dunst, brandet ein Raunen wie das Rauschen des Meeres.

Boghurtschi steigt die Stufen eines Gerüstes empor, das vor dem Zelteingang errichtet und mit kostbaren Teppichen behangen wurde. Vor dem Gerüst sitzen die buntgekleideten Würdenträger des vereinigten Mongolenreiches mit ihren Frauen und Nebenfrauen, die sich mit möglichst auffälligen Dingen schmückten.

Oben angekommen hebt er die rechte Hand. Im gleichen Augenblick werden Hunderte von Kriegstrommeln gerührt. Sekundenlang dauert der Wirbel, dann ertönen dumpfe Kriegshörner in aufpeitschendem Rhythmus.

In das Heulen der Hörner schmettern jäh metallische Klänge von Bleichinstrumenten, und als der Cha-Chan auf einem mit Margueriten geschmückten Thron von acht Oerlök aus dem Zelt herausgetragen wird, wirbeln die Trommeln in den Lärm der Hörner und Blasinstrumente hinein.

Die in den vordersten Reihen sitzenden Würdenträger erheben sich, als Temudschin erscheint. Hinter ihm geht der Schamane des Ordus, Seine Heiligkeit Gökschu. Die Augen gen Himmel gerichtet, schreitet er, als wandle er nicht auf dieser Erde. In seine asketischen Züge aber hat sich ein verbissener Ausdruck gemischt. Wie geistesabwesend geht er an den Oerlök vorbei und stellt sich vor Temudschin.

Boghurtschi hebt die Hand. Der Lärm der Trommeln, Blasinstrumente und Hörner bricht ab.

Die Köpfe der Anwesenden recken sich.

Gökschu blickt zu Temudschin hinüber, bevor er sich mit zum Himmel erhobenen Händen an die Menge wendete. »Der Menke-Kökö-Tengri hat mich beauftragt, euch kommen zu lassen, um euch einen mir erteilten Befehl bekanntzugeben«, ruft er mit kreischender Stimme.

Temudschin erstarrt. Ist der Schamane wahnsinnig geworden? Hat er, der Herrscher der Herrscher, oder der Vertraute des Himmels den Völkern befohlen, zur Feier zu kommen?

»Mir wurde auferlegt, euch zu verkünden, daß der Chan der Bürtschigin von nun als Cha-Chan der Kökö-Mongol, der geeinten himmelblauen Mongolen, unser Land regieren wird«, fährt Gökschu fort. »Er soll über alle Stämme herrschen, die er unterwerfen kann, und er hat den Auftrag, noch viele Völker zu vereinen. Wenn er euch ruft, habt ihr ihm zu folgen. Kniet nieder und huldigt dem Ssuto-Bogdo Cha-Chan, der den Namen Dschingis-Chan tragen wird. Erfüllt den Ruf des ewig blauen Himmels. Seid ihm untertan und werdet unter seiner Herrschaft zu jenem edlen Kristall, das er aus euch machen soll. Wenn ihr sein Wort achtet, werdet ihr zum erhabensten Volk dieser Erde werden. Es lebe Dschingis-Chan! Dschingis-Chan! Dschingis-Chan!« schließt er mit sich überschlagender Stimme*.

»Dschingis-Chan! Dschingis-Chan!« schreien Hunderttausende, und der Sturm der Begeisterung verebbt erst, als der Herrscher im Zelt neben Bürte Platz nimmt, um die Ehrenbezeugungen der höchsten Würdenträger entgegenzunehmen.

Einige Stufen unterhalb von Bürte sitzen Chulan und die ehemalige Frau Baibuka-Taiangs sowie Oelön-Eke und die Frauen der Heerführer. Voller Verwunderung gewahrt Temudschin, daß Chulan sich angelegentlich mit seiner dritten Frau unterhält und Bürte einen Zuruf Chulans freundlich erwidert.

»Ihr sprecht miteinander?« fragt er verwirrt.

»Dürfen wir das nicht?« erkundigt sich Bürte.

Der Cha-Chan starrt sie fassungslos an. »Jetzt verstehe ich nichts mehr.«

»Ich auch nicht«, erwidert sie. »Ist es dir nicht recht, daß wir uns unterhalten?«

Dschingis-Chan fährt sich über die Augen und wendet sich an Chulan. »Verkehrst du mit Bürte?«

»Natürlich. Warum fragst du?«

»Ich dachte ... Ich wußte nicht ...«

Bürte lacht. »Kein Wunder. Du hast ja nur Zeit für deine Oerlök. Wir haben uns übrigens vereinigt, weil du einmal sagtest, man müsse getrennt marschieren, aber vereint schlagen.«

»Meine Frauen üben sich in Kriegstaktik?«

»So ist es«, ruft Chulan. »Sei vorsichtig. Wir kennen deine weichen Stellen.«

Beglückt schaut er von der einen zur anderen. »Ihr seid wie es scheint ziemlich vollkommen.«

»Haben aber auch unsere Fehler«, entgegnet Bürte. »Du hast nur die

* Der Franziskaner Laurentinus von Portugal und Johann von Plan Carpin waren die ersten Reisenden, denen es vierzig Jahre später im Auftrage von Papst Innocenz IV. gelang, in Karakorum mit einem Enkel Dschingis-Chans zusammenzutreffen. Übereinstimmend berichteten sie, daß die Mongolen einen Stolz zur Schau trugen, wie er auf der ganzen Erde nicht wieder anzutreffen sei. Ihre Erhabenheit ging so weit, daß sie beispielsweise am Hofe des Groß-Chans dem Großfürsten von Rußland und dem Sohn des Königs von Georgien keinerlei Achtung entgegenbrachten. Sogar Mongolen mit niedrigen Rängen ließen die gekrönten Häupter anderen Völkern kaltblütig hinter ihrem Rücken sitzen.

Fehler gewechselt. Sei also so klug und lege deine Fehler ab. Dann wird es leichter für dich werden.«

Er weiß nichts zu erwidern und wendet sich an seine Heerführer, denen er mit Ausnahme von Boghurtschi erlesene Kostbarkeiten schenkt, neue Titel verleiht und höchste Kommandostellen überträgt.

Später, als im Zelt getrunken, gegessen und getanzt wird, wandern seine Gedanken wieder fernen Dingen zu. Er sieht die Gesichter der fremden Häuptlinge und Fürsten. Sie erinnern ihn daran, daß noch vieles getan werden muß, um in Zukunft Ränke auszuschließen.

Boghurtschi tritt an ihn heran. »Was sinnst du schon wieder?«

Er zuckt die Achseln. »Meine Gedanken sind nur teilweise hier. Wenn ich die Gesichter meiner einstigen Feinde sehe und an den Weg denke, den wir noch gehen müssen …«

»Eben erst habe ich mir viele von ihnen mit gemischten Gefühlen angesehen«, unterbricht ihn der Freund.

»Und warum mit gemischten Gefühlen? Weil wir uns noch nicht genügend abgesichert haben!«

»Ich wüßte nicht, wie wir das könnten.«

»Ich habe mir schon etwas ausgedacht. Wie wäre es, wenn wir eine Sondertruppe von zehntausend Mann bilden würden, die nur mir und einer besonderen Gerichtsbarkeit untersteht? Aus diesem Tuman, Ketschiken genannt, das nur aus besonders großen und kräftigen Kriegern bestehen soll, wählen wir wiederum die besten aus, die wir zu einem Guran zusammenstellen, das meine Leibgarde bildet. Ich denke dabei nicht an den Schutz meiner Person, wenngleich wir diesen Punkt auf die Dauer nicht unbeachtet lassen dürfen. Ich möchte vielmehr die Schaffung eines Menschenreservoirs tarnen, das wir zur Bildung eines ergebenden Führerkorps benötigen. Wenn die Aufnahme in dieses Guran eine außergewöhnliche Ehre darstellt, wird sich bald ein besonderer Stolz in diesen Reihen entwickeln, den ich durch Erteilung von Sonderrechten und Unabhängigkeitsbestimmungen weiterhin heben werde. Und nun komme ich zum eigentlichen Sinn dieser Elitetruppen. In sie stecken wir, zwischen unsere zuverlässigsten Männer, die Söhne der Fürsten und Häuptlinge des gesamten Adels, die sich darüber geehrt fühlen werden, und wir schlagen zwei Fliegen mit einer Klappe. Erstens, im Notfall sind die Söhne prächtige Geiseln. Zweitens, wir erreichen, daß Nachkommen heranwachsen, deren Gesinnung nicht von überlieferten Rechten getrübt ist. Was sagst du dazu?«

»Du fängst an, mir unheimlich zu werden«, erwidert Boghurtschi in aller Offenheit. »Wenn wir diese Elitegarde errichten und bei größeren Feldzügen sämtliche Krieger der ehemaligen Feinde mitnehmen, kann in der Heimat praktisch nichts mehr geschehen.«

Dschingis-Chan schlägt seinem ersten Gefolgsmann auf die Schulter. »So machen wir es. Aber wir brauchen Pferde Pferde und nochmals Pferde. Kümmere dich um die Zucht.«

Gökschu, der in ziemlicher Entfernung von Dschingis-Chan Platz genommen hat, blickt verdrießlich über die Reihe der vor ihm sitzenden Oerlök. Ist er nicht Gökschu-Teb-Tengri, der Verkünder der Botschaften des Himmels? Alle Vertrauten erfuhren an diesem Tage eine besondere Ehrung, er aber wurde übergangen. Sogar die erhoffte Ernennung zum Obersten Geistlichen des Reiches blieb aus. Soll er weiterhin der einfache Schamane des Ordus bleiben? Nicht einmal das Recht, ein Heer von Jüngern um sich zu versammeln, wurde ihm eingeräumt. Nun, er kennt seine Mongolen. Er wird Dschingis-Chan zeigen, daß die Macht eines Schamanen weiter reicht, als er glaubt. Als Mittler zwischen Himmel und Erde hat er das Recht und die Pflicht, sich den Herrscher gefügig zu machen und ihn dem Menke-Kökö-Tengri näherzubringen.

Unwillkürlich beobachtet er Dschingis-Chan, und es entgeht ihm nicht, daß der Herrscher begehrlich hinter Chulan herblickt, als sie sich erhebt und mit wiegenden Hüften dem Ausgang des Zeltes zustrebt. Und dann macht er eine Feststellung, die ihn in höchste Erregung versetzt. Als Kassar an Chulan herantritt, wird Temudschins Auge plötzlich unruhig, und er erhebt sich, um hinter Chulan herzulaufen. Tatatungo aber kreuzt seinen Weg und verwickelt ihn in ein Gespräch.

Schnell folgt Gökschu Chulan und Kassar. Er eilt durch die Menschenmenge dem Ausgang entgegen und prallt dort unglücklicherweise mit Belgutei zusammen.

»Pi-hu-tze, paß gefälligst auf!« fährt ihn der Halbbruder Temudschins ärgerlich an.

»Laß den Teufel aus dem Spiel!« weist ihn der Schamane zurecht. »Und aufpassen? Es wäre besser, wenn ihr alle mehr achtgeben würdet. Aber wo ihr versagt, da werde ich auf dem Posten sein, damit Dschingis-Chan keinen Schaden erleidet.«

»Elender Wichtigtuer«, entgegnet Belgutei und geht zu seinem Bruder hinüber, dem Tatatungo gerade ein aus Jade geschnittenes Siegel überreicht.

Liebevoll streicht Dschingis-Chan über die eingravierten Zeichen. »Was bedeutet die Inschrift?«

»Der ewig blaue Himmel und Dschingis-Chan regieren alle Menschen.«

Der Herrscher ist tief beeindruckt und bedankt sich mit bewegten Worten.

Die Freude über das Siegel läßt ihn die Eifersucht vergessen, die ihn erfaßt hatte, als Chulan das Zelt mit Kassar verließ. Er genießt nun sein Glück und erfreut sich an den dargebotenen kriegerischen Tänzen, bis Tatatungo sich verabschieden will.

»Das kommt nicht in Frage«, widerspricht Dschingis-Chan. »Zunächst mußt du mir noch eine Geschichte von Buddha erzählen. Ich muß gestehen, daß dieser Kerl mir besonders gut gefällt.«

Tatatungo sieht in vorwurfsvoll an. »Was dieser ›Kerl‹ wohl sagen würde, wenn er dich so reden hörte.«

»Er würde sich bestimmt darüber freuen, daß ich ihn gut leiden kann«, entgegnet Dschingis-Chan im Brustton der Überzeugung.

»Das mag sein. Von großen Gelehrten spricht man aber nicht so unehrerbietig.«

»Unehrbietig soll das sein?« begehrt der Herrscher auf. »Wenn ich tot bin und jemand sagt von mir, ich sei ein toller Kerl gewesen, dann freue ich mich und begrüße den Betreffenden im Jenseits persönlich. Das ist doch eine Gunstbezeugung. Oder willst du behaupten, daß derjenige, der mich als tollen Kerl bezeichnet, nicht die Wahrheit spricht?«

Tatatungo lacht. »Bei dir trifft das Wort zu, bei Buddha aber ...«

»Komm, komm, davon verstehst du nichts. Erzähle mir lieber eine Geschichte von ihm.«

Der Kanzler legt nachdenklich den Kopf zurück und entdeckt in der Öffnung der Zeltdecke den hochstehenden Vollmund mit dem Bild des Hasen und Holzknechts darin. »Weißt du, wie der Hase dort hinaufkam und zum ›Mondhäschen‹ wurde?« fragt er und weist zum Himmel empor.

»Natürlich. Weil der Hase nie die Augen schließt und auch im Schlaf noch den Mond anstarrt. Es gibt nur zwei Geschöpfe, die mit offenen Augen schlafen: der Hase und der Mond.«

Tatatungo lächelt. »Das ist richtig. Ich fragte jedoch, ob du weißt, wie der Hase zum Mond hinaufkam? Die Geschichte hängt mit Buddha zusammen.«

»Dann erzähle sie«, fordert Dschingis-Chan ihn auf.

Tatatungo lehnt sich zurück. »Von seinen Schülern begleitet, ging Buddha einmal zu einer Waldlichtung, um in der dort herrschenden Ruhe Gedanken zu sammeln und Unterricht zu erteilen. In eben dieser Waldlichtung, in der zarte Gräser einen herrlichen Teppich bildeten und ein kristallener Bach die Welt zu einem Paradies verwandelte, lebte unter vielen Tieren auch ein kleines Häschen, mit einem winzigen Klecks auf seinem Stupsschwänzchen. Es trollte sich zwischen Blumen und Bäumen umher und freute sich so recht seines Lebens.«

Dschingis-Chan betrachtet den Kanzler verwundert.

»An jenem Tage sprach Buddha von der Lehre des Opfers und von den Gesetzen der Opferbereitschaft«, fährt Tatatungo fort. »Und da diese ihm besonders wichtig erschienen, redete er unablässig über sie. Er vergaß Tag und Nacht und sprach bis zum Mittag des dritten Tages, an dem er mit einem Male bemerkte, daß ihm niemand mehr zuhörte. All seine Jünger waren eingeschlafen. Vor Kummer darüber ging er in den Wald und rief: ›Ich bin allein und habe alle meine Gefährten verloren. Mich hungert und dürstet. Helft mir, ihr frommen Waldbewohner.‹ Sofort eilten viele herbei, um ihm zu helfen. Der Otter brachte Fische und erklärte: ›Bleib bei uns. Wir werden dich immer ernähren.‹ Der Löwe übergab seine soeben gemachte Beute und sagte: ›Ehre uns durch deine Anwesenheit und lehre uns, was du weißt.‹ Hinter ihm erschien ein kleines Häschen, das sich auf die Hinterläufe setzte und seine leeren Pfoten dem Gelehrten entgegenstreckte. ›Buddha‹, sagte es, ›ich bin mit Gras und Kräutern aufgewachsen und kann dir nur meinen Körper bieten.‹ Sprach's und setzte zum Sprung in einen Haufen brennender Scheite an, welche die anderen Tiere entzündet hatten. Doch dann hielt das Häschen plötzlich ein und begann damit, kleine Geschöpfe fortzuklauben, die in seinem Fell hausten. Dabei murmelte es verlegen: ›Meinen Körper darf ich einem Heiligen opfern, anderen aber darf ich das Leben nicht nehmen.‹Behutsam legte es einige winzige Insekten auf den Boden und stürzte sich in die Flammen.«

Dschingis-Chan macht einen höchst unzufriedenen Eindruck.

Tatatungo bemerkt es, fährt aber unbeirrt fort. »Der Heilige ließ die Flammen sofort verlöschen und sagte dem Häschen: ›Wer sich selbst vergißt, wird den Ozean des ewigen Friedens erlangen. Du sollst fortan in der Welt der Devas leben und deinen Platz im Mond haben, damit die Menschheit immer an das Opfer erinnert wird, das du bringen wolltest.‹ «

In diesem Augenblick tritt Gökschu an Dschingis-Chan heran und sagt leise: »Ich muß dich dringend sprechen. Es handelt sich um Chulan.«

Sofort erinnert sich der Herrscher daran, daß seine zweite Frau mit Kassar das Zelt verließ. Er erhebt sich und eilt mit Gökschu nach draußen.

Da stimmt doch etwas nicht, denkt Belgutei und folgt den beiden, die neben dem Zelteingang stehenbleiben und erregt debattieren.

»Doch, Temudschin«, hört er den Vertrauten des Himmels sagen. »Ich habe gesehen, daß Kassar seine Hand auf Chulans Arm legte und ihr etwas zuflüsterte. Ich beobachte die beiden nicht ohne Grund schon seit langem.«

Belgutei hat genug gehört und läuft zu Oelön-Eke und Bürte, denen er erklärt: »Kommt schnell, sonst geschieht ein Unglück!«

»Was ist denn los?«

»Kommt, bevor es zu spät ist!« beschwört er sie und hastet davon.

Indessen hört Dschingis-Chan nur noch mit halbem Ohr, was Gökschu ihm sagt. Sein Gefühl hat ihn also nicht betrogen. Gewiß, Kassar kannte Chulan schon länger als er, und er hatte ja selbst gesehen, daß sie das Zelt verließen. Hätte Tatatungo ihm nicht das Siegel geschenkt ... Dadurch hatte er alles vergessen. Einer rührseligen Kindergeschichte vom Mondhäschen hatte er zugehört, während Chulan sich womöglich verbuhlt. Tatatungo hätte lieber erzählen sollen, das Buddha mit Menschen macht, die sich ehebrecherisch mit der Frau eines Bruders einlassen. Aber er weiß auch so, was er zu tun hat. Er stürmt zu Chulans Zelt und reißt den Vorhang zur Seite.

Chulan liegt auf ihrem Lager und knackt gerade eine Nuß auf.

»Ist er schon fort?« schreit Dschingis-Chan und wendet sich um. »Aber täusche dich nicht: wir rechnen miteinander ab!«

Er eilt davon und ergreift im Lauf zwei Krieger, mit denen er wie von Sinnen in Kassars Zelt stürzt, wo er seinen Bruder vor einer Schnitzerei stehend antrifft. Seine Hände ballen sich zu Fäusten.

Kassar weicht unwillkürlich einen Schritt zurück.

Ohne den Blick zu wenden, kommandiert Dschingis-Chan: »Fesselt ihn!«

Die Krieger blicken ihn erschrocken an. Sie sollen den Bruder des Herrschers fesseln?

»Fesselt ihn!« schreit er erneut.

Die Männer nehmen ihre Leibriemen und schnallen Kassars Hände auf dem Rücken fest.

»Holt das Hinrichtungskommando«, schnaubt Dschingis-Chan. »Aber schweigt, wenn euch das Leben lieb ist, über alles, was ihr gesehen und gehört habt.«

Verwirrt verlassen die Krieger den Raum.

»Was habe ich dir getan?« fragt Kassar.

»Willst du dich dumm stellen? Auf frischer Tat bist du ertappt. Gökschu ...«

»Was gibt es hier?« unterbricht ihn Oerlön-Eke, die atemringend in das Zelt stürzt. »Willst du auch Kassar töten? Genügt es nicht, daß du mir Bektar nahmst?« Sie reißt ihre Kleidung auf. »Hier, diese Brüste haben euch alle genährt. Vernichte erst mich, wenn du unsere Sippe wegen Eifersüchteleien ausrotten willst. Ohne mich zu töten, wirst du nicht an Kassar herankommen.«

»Eifersüchteleien nennst du es, wenn Kassar sich mit Chulan verbuhlt?«

»Was behauptest du da?« schreit Kassar und zerrt an seinen Fesseln. »Was soll ich getan haben?«

Bürte stürmt in das Zelt. »Bist du von Sinnen?« fährt sie Temudschin an. »Was nützen uns deine Gesetze, wenn ein Bruder seines Lebens nicht mehr sicher ist, nur weil ein Schamane gegen ihn redet. Merkst du denn nicht, daß Gökschu lügt? Unabhängig davon: Wie kann man nur so wenig Vertrauen zu seiner Frau und zu seinem Bruder haben.« Sie schüttelt den Kopf. »Du solltest dich schämen.«

Dschingis-Chan betrachtet einen nach dem anderen. Täuscht er sich? Er wendet sich an Kassar. »Hast du wirklich nicht ...?«

Sein Bruder schüttelt verächtlich den Kopf.

»Ehrenwort?«

»Ich gebe es dir.«

Er befreit ihn von den Fesseln und reicht ihm die Hand. »Verzeih mir.«

Als Dschingis-Chan später mit Belgutei die Hütte verläßt, sagt ihm der Halbbruder: »Mit Gökschuh mache ich jetzt endgültig Schluß. Ich denke nicht daran, weiterhin tatenlos zuzusehen.«

»Kümmere dich um deine Sachen«, erwidert der Herrscher. »Gökschu ist der Vertraute des Himmels. Das Volk steht hinter ihm.« Während er dies sagt, überlegt er, was er tun könnte, um den Schamanen zu erledigen.

»Und wie soll ich in Zukunft mit diesem Teufel fertig werden?« ereifert sich Belgutei. »Er fährt mir bei jeder Gelegenheit über den Mund. Als Oerlök muß ich das Recht haben, mich zu verteidigen.«

»Dies Recht will ich dir nicht nehmen«, entgegnet Dschingis-Chan. »Mach mit ihm also, was du willst. Bedenke aber, daß ich die Heiligkeit eines Schamanen schützen muß.«

Keiner der Festgäste bemerkte etwas von dem, was sich in Kassars Zelt ereignete, und nachdem Dschingis-Chan sich erneut eine Weile seinen Oerlök gewidmet hat, findet es jeder natürlich, daß er sich verabschiedet, um ein wenig zu ruhen. Nur Gökschu nicht. Er kann sich die Ruhe und Gelassenheit des Herrschers nicht erklären. Ganz anders hatte er sich den Ausgang der von ihm eingefädelten Angelegenheit vorgestellt. Eine Unruhe überfällt ihn und treibt ihn zu den Zelten von Chulan und Kassar. In beiden Hütten brennen die Fakkeln, nichts Außergewöhnliches ist zu bemerken.

Auch am nächsten Tag nicht. Wie am Vortage sitzt Temudschin auf seinem Thron und trinkt den Würdenträgern zu, mit denen er sich offensichtlich sehr vergnügt. Angeregt unterhält er sich auch mit Bürte und Chulan. Nur Kassar ist nicht zu entdecken.

Die Trompeten blasen einen Tusch, und als alle Anwesenden erwartungsvoll zu Dschingis-Chan hinüberblicken, erhebt sich dieser und sagt: »Als ich gestern abend mit Bürte das Zelt verließ, machte sie mir Vorwürfe ob meiner Ungerechtigkeit. Sie meinte, es sei unglaublich, daß ich fast alle, aber eben nur fast alle meiner Getreuen auszeichnete.«

Aha, denkt Gökschu befriedigt. Er hat sich besonnen. Bürte ist also meine Verbündete. Das hätte ich nicht gedacht.

»Kurzum«, fährt Dschingis-Chan gutgelaunt fort, »Bürte hat sich mächtig darüber geärgert, daß ich Boghurtschi keine Gnadenbezeugung zuteil werden ließ.« Er wendet sich an seinen Freund. »Du wirst dich wundern, Boghurtschi, aber da ich schon aus meiner Ehe plaudern mußte, will ich das gleiche auch aus der deinen tun. Ich habe nämlich etwas Besonderes mit dir vor, und dich gestern absichtlich nicht bedacht, dafür aber am Abend, als du mit deiner Frau in deinem Zelt warst, heimlich von einem Vertrauten belauschen lassen.«

»Oh!« entfährt es der Frau Boghurtschis.

Der Herrscher wendet sich erneut an die Versammelten. »Mein Vertrauter berichtet mir, daß sich in Boghurtschis Zelt jemand sehr ungehalten darüber ausließ, daß ich meinen besten Freund so wenig beachtete. Boghurtschi verteidigte mich daraufhin mit tausend Zungen und erklärte schließlich: ›Wenn Temudschin und ich am Verhungern wären, ich gäbe ihm mein Letztes, weil sein Leben wichtiger als das meine ist. Er beförderte mich heute nicht, weil er weiß, daß mir Aufgaben wichtiger als Auszeichnungen sind, und mit Aufgaben hat er mich reichlich bedacht.‹ «

Dschingis-Chan wehrt einsetzende Beifallsrufe ab und reicht seinem Freund die Hand. »Ich danke dir, Boghurtschi. Von nun ab wirst du den Namen ›Külük-Boghurtschi‹ tragen. Ich ernenne dich zum Oberbefehlshaber aller Truppen und lege hiermit die Überwachung sämtlicher Angelegenheiten des Reiches in deine Hände.«

Und ich werde nicht zum Obersten Geistlichen ernannt, denkt Gökschu empört. Na warte, Temudschin. Ganz machtlos bin ich nicht. Er erhebt sich und will an den Oerlök vorbeigehen, als ihm Belgutei im Wege steht. »Platz für den Vertrauten des Himmels!« befiehlt er verbissen.

Belgutei fährt herum. »Wie kommst du dazu, mir gegenüber einen solchen Ton anzuschlagen?«

»Weißt du nicht, wer ich bin?« empört sich Gökschu mit schneidender Stimme. »Möchtest du vom hier versammelten Volk hören, daß ich heilig bin? Ich könnte es bitten, mir dies auf der Stelle zu bestätigen. Schweige also und mach Platz.«

Belgutei tritt nahe an den Schamanen heran. »Sei vorsichtig, Gökschu! Du trägst die Schuld, wenn ich dich eines Tages im Zorn erschlage.«

»Da haben wir's«, schreit der Schamane wie von Sinnen. »Mord und Totschlag sind in eurer Sippe gang und gäbe!«

Dschingis-Chan hört diese Worte und ruft den beiden zu: »Wenn ihr zuviel getrunken habt und euch prügeln wollt, tut das gefälligst draußen vor dem Zelt.« Dann wendet er sich an Boghurtschi, dem er zuflüstert: »Schick zuverlässige Männer hinter Belgutei her und treffe etwa notwendig werdende Maßnahmen.«

Während Gökschu seine Brüder und seinen Vater auffordert, mit ihm das Zelt zu verlassen, treten unauffällig eine Anzahl Krieger hinter Belgutei, der erregt dem Ausgang zustrebt.

Der Schamane folgt ihm, doch kaum tritt er in das Freie, da wird er von einer Faust gepackt, die ihn mit solcher Gewalt gegen einen Pfahl schleudert, daß sein Kreuz bricht. Im gleichen Augenblick werden seine Verwandten zum Schweigen gebracht und als Betrunkene festgenommen.

Noch am gleichen Abend gibt Dschingis-Chan in Gegenwart aller Verwandten des Schamanen der Versammlung bekannt, daß sich Gökschu am Nachmittag von seinem Vater verabschiedet habe, um für immer in den Himmel zu reiten. Der Vertraute des Menke-Kökö-Tengri bitte die Mongolen, ihm ein gutes Andenken zu bewahren und es ihm nicht zu verübeln, daß er seinen Leib mit in den Himmel genommen habe. Er müsse ihn behalten, damit er in zukünftigen Schlachten auf einem Schimmel über den Wolken mitreiten und Dschingis-Chan über alle drohenden Gefahren rechtzeitig warnen könne. Nach diesen Worten fordert der Herrscher sein Volk auf, Gökschu als einen Heiligen zu verehren, und nachdem er dem Vater sowie den Brüdern des Schamanen hohe Posten eingeräumt hat, übergibt er dem greisen Ussun, einem Häuptling aus der Linie der Bürtschigin, ein weißes Pferd mit der Weisung, als neues Oberhaupt der Schamanen sofort loszureiten und dafür zu sorgen, daß jeder Vertraute des Himmels die Betreuung seines Ordus im Sinne der Lehren Gökschus übernimmt.

In der Nähe des Kaiserlichen Palastes, dessen goldene Dächer die Landschaft beherrschen, liegt an einem künstlich angelegten See das Haus Yün-chis inmitten eines Gartens, dessen hinterer Teil an die Mauer des inneren Palastbereiches grenzt. Auf der nördlichen Seite stößt er an den Kaiserlichen Park, in dem die geschwungenen Majolika-Dächer der Lauben, Pavillons und Kioske an schillernde Kolibris erinnern.

Nahe des Kaiserlichen Palastgartens hat der Fürst zwischen zwei Pappeln eine Schaukel anbringen lassen, auf der sich seine Tochter Mondhäschen mit ihren Freundinnen vergnügt. Aber auch er benutzt die Schaukel in hellen Nächten mit seiner Geliebten Ming-Lu oder mit der Kurtisane Li.

Zufrieden betrachtet Yün-chi sein Gesicht im silbernen Spiegel seines Bades. Von einem Bronzeständer wählt er einen purpurroten Morgenrock mit goldenen Armstulpen. Nachdem er ihn angezogen hat, legt er sich einen weißen Seidenschal um den Hals und wirft erneut einen prüfenden Blick in den Spiegel. Dann geht er durch einen mit Rohrmatten belegten Vorhof zur Terrasse des Hauses, wo er seine Tochter gewahrt, die mit ihrer Freundin wie ein Phönixpärchen auf der Schaukel auf und nieder flattert.

Sekunden später schwingt sich Mondhäschen herab und eilt ihrem Vater entgegen. »Ich hörte schon von den Dienerinnen, daß du zurückgekehrt bist«, ruft sie mit glücklicher Stimme. »Warum hast du mich nicht wecken lassen? Wie erging es dir bei den Barbaren?«

Der Fürst lächelt. »Begrüße mich erst einmal, mein Kind.«

Sie legt ihre Hände gegeneinander. »Guten Morgen, Pa.«

»Guten Morgen, mein Häschen«, erwidert Yün-chi und betrachtet verliebt seine siebzehnjährige Tochter, die einer Elfenbeinschnitzerei des berühmten Kwang-hü gleicht. »Ich muß leider schon bald wieder fort«, fügt er hinzu. »Ja, bedaure mich nur. Schuld ist dieser Barbar Temudschin. Ich erzähle dir später von ihm. Jetzt möchte ich dich bitten, ein Gläschen Chrysanthemenwein mit mir zu trinken.«

»Ihr lieben Götter«, ruft sie erschrocken. »Mit mir willst du Chrysanthemenwein trinken?«

»Du brauchst dich nicht aufzuregen«, erwidert er schnell. »Ich möchte lediglich nichts unversucht lassen. Die das Leben verlängernde Zauberkraft dieser der Sonnenscheibe gleichenden Blüte soll mir heute bei meiner Berichterstattung behilflich sein.«

Während Heng-Pi den Wein holt, wirft der Fürst eine Handvoll Geld in ein Opferöfchen und betrachtet mit verschleierten Augen die zierliche Gestalt der Freundin seiner Tochter, die sich unbekümmert ihrer flatternden Gewänder graziös durch die Lüfte schwingt. Als Heng-Pi zurückkehrt, gewahrt er ihren erstaunten Blick und sagt verlegen: »Liegt im Anblick der auf und ab gehenden Schaukel nicht etwas sehr Beruhigendes?«

Sie schaut zu ihrer Freundin hinüber und antwortet spröde: »Mich erinnert die Schaukel eher an das Auf und Ab des Lebens, an die Höhen und Tiefen, die wir durchschreiten müssen.«

»Aber, Heng-Pi«, entgegnet er vorwurfsvoll. »Geziemen sich solche Gedanken für ein junges Mädchen? Nicht einmal als Mann umdüstere ich meine Sinne in solcher Weise. Genieße die Schönheiten des Lebens und lege keine Trauerschärpen um Blumen, die sich uns darbieten.«

»Die Schönheit des Lebens liegt nicht in der Buntheit von Blumen, die wir am Wegrand entdecken«, erwidert sie bestimmt. »Wäre es so, wir würden sehr arm sein, da Blüten schnell verwelken. Das Leben genießen heißt, es reich machen – ihm einen höheren Sinn geben.«

Der Fürst schüttelt unwillig den Kopf. »Für ein junges Mädchen hast du seltsame Gedanken. Sie erinnern mich übrigens an deine Mutter. Auch sie wollte dem Leben immer einen Sinn geben, konnte es aber nicht, weil sie so früh starb.«

»Wie kannst du so etwas sagen«, ereifert sich Heng-Pi. »Müssen wir nicht gerade in ihrem bei meiner Geburt gebrachten Opfer den Sinn ihres Erdendaseins erblicken?«

Der Fürst wird nervös. »Ich sprach gedankenlos und meinte es anders.«

»Es ist gut«, erwidert sie, denkt aber insgeheim: Wenn er unüberlegt redet, höre ich den Klang von Ton. Aus Ton aber macht man Töpfe.

Yün-chi verabschiedet sich und geht zum Palast des Kaisers, wo er in der Vorhalle den Fürsten Wan-yen trifft, dem er gleich vom Tschao-churi Temudschin berichtet. »Wir müssen aufbrechen und ihn vernichten, bester Wan-yen«, fügt er beschwörend hinzu. »Kao-chi hat vollkommen recht, wenn er ... Aber, lieber Wan-yen«, unterbricht er sich, da sein Gegenüber ein skeptisches Gesicht macht. »Warum sind Sie nur stets von einer undefinierbaren Traurigkeit erfüllt?«

»Sie kennen Laotse, nicht wahr?«

»Das will ich meinen.«

»Dann ist Ihnen das Ende seines einunddreißigsten Spruches nicht unbekannt: Glück wohnt links, Unheil rechts. Die Truppe steht links, der Führer rechts. Kriegsbotschaft ist Klagebotschaft. Menschentod ist Zährenquell. Sieg durch Gewalt ist Leichen.«

Yün-chi bemerkt den sich ihnen nähernden Eunuchen Huscha-hu

und seufzt erleichtert: »Ein Glück, da humpelt unser guter Hu-scha-hu heran.«

»Darf ich mich erkundigen, wie es Ihnen ergangen ist?«, begrüßt ihn der Eunuche nach einem ehrerbietigen Ko-tou. »Wie gefiel Ihnen die Gobi?«

»Schrecklich, schrecklich! Wenn Sie wüßten, wie dieser Temudschin ... Sie werden es nachher hören. Ich möchte nur wissen, was sich diese Barbaren eigentlich denken. Welch wahres Wesen mag in ihnen stecken?«

Hu-scha-hu lächelt. »Der Mensch erstrebe nie das Wissen vom Wesen des Menschen; denn würde er es ergründen. Er müßte an seinem Wissen zerbrechen.«

Yün-chi spielt den Beleidigten. »Wenn Sie nichts Tröstlicheres wissen, verschwinde ich wieder in die Wüste.«

Mit finsterem Gesicht nähert sich General Kao-chi, der nach einem Ko-tou in formellem Abstand vom Fürsten stehenbleibt.

»Kommen Sie, mein tapferer General«, fordert ihn Yün-chi auf. »Sie sind uns doch nicht gram?«

»Warum sollte ich, erlauchter Fürst?«

»Nun, weil Sie so tun, als wollten wir Sie beiß ...« Er unterbricht sich plötzlich und fährt unsicher fort: »Dabei habe ich gerade gedacht, mit was Sie mich wohl traktieren werden. Diese Herren haben mich nämlich derart mit Weisheiten belästigt, daß mir schon schwindelig ist.«

Kao-chi lächelt milde. Es stimmt ihn versöhnlich, daß es dem Fürsten peinlich ist, beinahe das Wort ›beißen‹ ausgesprochen zu haben. »So, so«, erwidert er befreit. »Beim Fürsten Wan-yen ist man es ja gewohnt, mit Weisheiten traktiert zu werden, die, wenngleich sie schwer zu verdauen sind, immer den Kern der Sache treffen. Daß mein guter Hu-scha-hu allerdings ... Das war mir unbekannt.« Er wendet sich an den Eunuchen. »Haben Sie auf der Mauer viel Zeit zum Lesen?«

»Gewiß, mein liebenswürdiger General«, antwortet Hu-scha-hu gelassen. »Was sollte ich anderes machen als lesen, spielen und Rätsel raten.«

»Dann sind Sie womöglich schon ein Experte im Rätselraten?«

»So ungefähr. Im Augenblick rate ich, zum Beispiel, daß Sie ein Rätsel kennen, welches Sie dringend anbringen möchten. Schießen Sie also los. Ich werde versuchen, es zu lösen.«

Der General lacht zufrieden. »Nun denn: Wer ist es, der Mann und Nicht-Mann, nach einem Vogel und Nicht-Vogel, der sieht und nicht sieht, mit einem Stein und Nicht-Stein wirft?«

Während Yün-chi und Wan-yen nachdenklich vor sich hin blikken, verfällt Hu-scha-hu in ein blechernes Lachen. »Bester General! Ich müßte keine Eunuchenschule besucht haben, wenn ich nicht wüßte, daß es sich hier um einen Eunuchen handelt, der mit einem Bimsstein nach einer Fledermaus wirft. Aber seien Sie unbesorgt: Eunuchen werfen auch mit richtigen Steinen, wenn sie einen seltsamen Vogel entdecken.«

Der Hofmarschall, der die Herren auffordert, sich dem Sohn des Himmels zu nähern, unterbricht das Gespräch.

Nach der üblichen Begrüßungszeremonie blinzelt der greise Tschang-tsung wohlwollend zu seinem Neffen hinüber. »Nun, wie ist es Euch ergangen?«

Der Fürst berichtet ausführlich von der beschwerlichen Reise, und der Kaiser legt seine faltige Hand vor den Mund, um ein Schmunzeln zu verbergen. Als Yün-chi am Ende seiner weitschweifenden Schilderung den Herrscher aber bittet, sofort Schritte gegen Dschingis-Chan einzuleiten, fragt Tschang-tsung erstaunt: »Nanu, seid Ihr immer noch nicht genügend informiert? Möchtet Ihr nochmals eine Reise antreten?«

Entgeistert starrt ihn Yün-chi an. »Nein, Erlauchter Kaiser. Aber ...«

»Kein Aber«, unterbricht ihn Tschang-tsung. »Ich habe genau zugehört und zur Kenntnis genommen, daß Wir einen außergewöhnlichen Tschao-churi haben, mit dem Wir in Frieden leben. Er vergaß zwar, mir die üblichen Geschenke zu schicken, sandte dafür nun aber, wie Mir gemeldet wurde, unaufgefordert mehr, als er mußte. Damit ist der Friede gesichert, und ich fordere Euch auf, in Unseren Annalen vermerken zu lassen, daß sich der Tschao-churi Temudschin zum Cha-Chan ernannt hat. Jeder, der nachblättert, ist damit gewarnt. Von Mir aus könnt Ihr auch Eintragungen über sein schlechtes Benehmen machen lassen, ansonsten merkt Euch jedoch folgendes: Solange ein Regent mit seinen Nachbarvölkern keinen Krieg hat, lebt er nicht in Unfrieden mit ihnen und sperrt er jeden ein, der solches nicht beachtet. Der Vollendete handelt ohne Tun und wirkt, ohne wirkend zu sein.«

4

»Das ist Wolohai«, sagt einer der ›Späher‹, der in den westlich von Chin gelegenen Tangutenstaat ausgesandt war, um für den Generalstab einen ausführlichen Bericht über Land und Leute zu erstellen. Er weist auf die erste größere Festung, die Dschingis-Chan seit seinem Einbruch in das Land Hsi-Hsia erblickt. Als Ortskundiger reitet er an der Seite des Herrschers, um die Armee durch möglichst unbewohnte Gebiete an Wolohai heranzuführen.

Dschingis-Chan betrachtet die Stadt von einer mit strohigen Gräsern und Dorngestrüpp bedeckten Anhöhe, auf der nur vereinzelt die sonst landesüblichen Kameliensträuche und Rhododendren zu finden sind. »Das ist Wolohai?« fragt er mit einer Stimme, die Enttäuschung und Sorge erkennen läßt.

Bedeutend kleiner hatte er sich diese Stadt vorgestellt. Nun übertrifft sie sogar die Vorstellung, die er sich von der Hauptstadt Hoang-hsing-fu (heutiges Ling-hsia) gemacht hatte. Gewiß, seine ›Späher‹ und auch Tatatungo hatten ihm berichtet, daß Hsi-Hsia mächtig sei und ein Heer wie Chin unterhalte, aber so groß wie Wolohai hatte er sich auch die größte Stadt nicht vorgestellt. Die Kaufleute, die er seit geraumer Zeit zum Tauschhandel empfängt und unauffällig über alle angrenzenden Länder aushorcht, hatten ihm Schilderungen gegeben, die ihn an seine Jugendzeit erinnerten und reizten, mit seinen Truppen aufzubrechen, um Hsi-Hsia zum Prüfstein ihrer Schlagkraft zu machen und Erfahrungen in der Einnahme von Festungen zu sammeln. Denn das wir ihm immer klarer: Er muß sich mit Chin auseinandersetzen. Ein Staat, der keine Einigung unter den Nomadenstämmen duldet, wird nicht lange zusehen, wenn der Chan eines Stammes plötzlich an Macht gewinnt.

Während er Wolohai betrachtet, fragt er sich beunruhigt: Wie kommt es, daß ich mir eine solche falsche Vorstellung gemacht habe? Ich muß alle Berichte falsch verarbeitet haben. Vielleicht, weil mir gemeldet wurde, daß der Tangutenstaat erst vor dreihundert Jahren gebildet wurde, als die Herrscher des uralten und überaus mächtigen Chinas, das sich vom ewigen Winter bis zum ewigen Sommer ausdehnte, schwach geworden waren. In jenen Tagen kam es zu einer Spaltung, die zur Bildung des nördlichen Staates unter der Dynastie Liao führte, während das südliche Gebiet unter die Herrschaft der Sung gelangte. Die Tangutenfürsten, die Hsi-Hsia als Statthalter regierten, zwangen daraufhin die Sung-Kaiser, sie als selbständige Könige anzuerkennen.

Hierin hatte Dschingis-Chan eine Schwäche erblickt. Er sagte sich: Der Staat Hsi-Hsia hätte niemals entstehen können, wenn die Teilung Chinas nicht vorausgegangen wäre. Jede Teilung aber muß mit einer Schwächung verbunden sein.

Minderung der Gewalt hatte er mit Machtlosigkeit verwechselt. Wahrscheinlich hätte er diesen Fehler nicht gemacht, wenn er durch die Kenntnis der Ereignisse im nördlichen Teil des ehemaligen Reiches nicht zu Fehlschlüssen verleitet worden wäre. Denn zweihundert Jahre später, also knapp hundert Jahre vor seiner Zeit, wurden die Liao-Regenten durch die Dynastie Chin abgelöst. Die Liao-Fürsten verließen ihr Land, um sich nicht unterwerfen zu müssen. Sie zogen nach Westen, wo sie zwischen Hsi-Hsia und Pamir das Reich Kara-Chitan gründeten, das nun ein alter Kaiser regierte, der wenig kriegslüstern war und sein Land von Statthaltern regieren ließ. In alledem sah er eine so große Schwächung der Kräfte, daß er glaubte, die Staaten Hsi-Hsia und Kara-Chitan könnten ihm zur Schulung seiner Armee dienen. Und nun dieses Wolohai! Wie sollen seine Krieger eine solche Festung einnehmen?

Im Licht der aufgehenden Sonne funkeln die Dächer in bunten Farben. Duftig kräuseln sich Rauchfahnen empor, aber dunkel droht der Wall, dessen Schießscharten und Türme einen unheimlichen Eindruck erwecken. Vor dem Wall liegt auch noch ein breiter Wassergraben, und das alles sollen seine Männer bewältigen? Pfeile werden herabschwirren. Brennendes Pech wird ihnen in Strömen entgegenfließen. Und oben erwartet sie ein Wald von Schwertern, Hellebarden und Keulen. Gewiß, er hat mit alledem gerechnet, und seine Krieger üben sich seit einem Jahr in der Kunst, Wälle zu stürmen. Auch ließ er große Eisenschilde anfertigen, die vor der angreifenden Truppe hergeschoben werden sollen. Doch was nützt das alles, wenn Mauern so hoch sind wie die der Festung Wolohai. Diese Stadt wird er niemals einnehmen können.

Soll er umkehren? Seine Krieger würden das nicht verstehen. In eine verteufelte Lage hat er sich gebracht. Er wird die Truppe stürmen lassen müssen, gewissermaßen zur Übung. So oder so müssen seine Männer das Erstürmen lernen, da hilft alles nichts.

Dschingis-Chan wendet sich an Boghurtschi. »Tolle Stadt, was?«

Der Heerführer nickt.

Der Herrscher nagt an seiner Unterlippe. »Wir müssen den eingeschlagenen Weg zu Ende gehen.«

»Uns bleibt keine andere Wahl.«

»Verfluchte Städter!« poltert Dschingis-Chan haßerfüllt. »Elendes, verweichlichtes Gesindel!«

Boghurtschi lacht hellauf.

»Worüber lachst du?«

»Über dich, weil du dich darüber empörst, daß es Völker gibt, die mächtiger sind als wir Mongolen. Behalte klaren Kopf, Temudschin! Laß dich nicht von falschem Ehrgeiz treiben.«

»Wenn du meinst, ich hätte eine Predigt nötig, dann laß den greisen Ussun holen«, braust Dschingis-Chan auf, denkt aber insgeheim: Boghurtschi hat schon recht. Doch mit Klugredereien ist mir jetzt nicht gedient. Im Glück wie im Unglück stand ich meinen Mann, und ich baue nun darauf, daß mich das Schicksal nicht im Stich läßt. Warum also zögern? Ich kenne die Gefahr und bin nicht unvorbereitet. Wenn es zum Kampf kommt, werde ich schon Mittel und Wege finden, den Sieg zu erringen.

»Führe drei Viertel des Heeres so an Wolohai heran, daß wir bei Sonnenaufgang von Osten her angreifen können«, sagt er schließlich. »Der Feind muß überrascht werden und von der aufgehenden Sonne geblendet sein. Mit der gesamten Streitmacht versuchen wir an einer Stelle eine Bresche zu schlagen. Der Rest des Heeres setzt sich gleichzeitig in Bewegung, holt jedoch nach Westen aus, um gegen Mittag plötzlich von der entgegengesetzten Seite den dann zweifellos unverteidigt liegenden Stadtteil zu überfallen. Wenn der Durchbruch im Osten nicht gelingt, soll die Westtruppe die Ostarmee so weit verstärken, daß unser Heer genau zur Hälfte geteilt ist. Gelingt kein Einbruch, werden wir am nächsten Tag von allen Seiten gleichzeitig angreifen, um den Versuch zu machen, die Kräfte des Gegners aufzuspalten.«

»Davon verspreche ich mir wenig«, entgegnet Boghurtschi. »Selbst Frauen und Kinder können auf dem Wall helfen.«

»Meinst du, ich weiß das nicht selber?« schreit Dschingis-Chan wütend. »Aber was soll ich tun?«

General Ning-kü dreht sich unwillig auf die andere Seite, als ihn ein schmetterndes Geräusch aufschreckt. Verschlafen rekelt er sich, doch dann erkennt er den aufpeitschenden Rhythmus des Kriegshornes.

Narrt ihn ein Traum? Ist einer der Wächter betrunken? Er springt aus dem Bett, als weitere Hörner in das Notsignal einfallen.

Bald drauf rasseln auf dem Kasernenplatz die Trommeln und ertönen schrille Pfiffe. Befehle und Kommandos erschallen von allen Seiten.

Ning-kü fährt behende in die Hosen.

»Was ist los?« fragt seine Frau ängstlich.

»Ich weiß es nicht. Vielleicht ist Krieg.«

»Ning!« kreischt seine Frau hysterisch.

Der General schlüpft in seine Stiefel, stülpt sich das Wams über und jagt davon. Er stürmt eine Treppe hinunter und läuft zwischen halb angezogenen Soldaten, die aus allen Räumen herausstürzen, durch Gänge und Flure zum Sammelplatz, wo ihm gemeldet wird, daß starke Reitereinheiten die Stadt von Osten angreifen.

»Übernehmen Sie das Kommando der Truppe«, befiehlt er einem höheren Offizier und eilt weiter. »Sie finden mich am Turm zwölf.«

Durch winkelige Gassen rennt er. Verwirrt schauen ihm überall Männer entgegen. Fragen schwirren umher. Das noch Unbekannte legt wie ein Polyp seine Fangarme um die Stadt.

»Wohin sollen wir uns wenden?«

»Nach Osten! Lauft zur Ostseite!«

Immer erneut ruft der General diese Anweisung, und pausenlos überlegt er: Woher mögen die Reiter kommen? Von Chin, Kara-Chitan, Sung? Unmöglich. Wenn starke Heereseinheiten gemeldet wären, könnte das zutreffen, so aber ... Es müssen Nomadenstämme sein. Dafür spricht auch, daß sie aus der Sonne kommen. In offenen Schlachten kämpft man so, um einen geblendeten Gegner zu haben. Im Städtekampf aber schiebt man sich aus dem dunklen Westen kommend an den Schatten der Mauer heran. Es müssen Nomadenvölker sein. Nein, das ist unwahrscheinlich. Die Tataren wurden ja vernichtet, wie der König auf dem letzten Neujahrsempfang in Hoang-Hsing-fu bekanntgab. Chin ist von diesem Druck befreit, und Hsi-Hsia hatte nie unter Tataren zu leiden.

Der General erreicht die Mauer und steht schließlich auf dem Wall, wo ihm erste Meldungen erstattet werden. Von Norden weht eine frische Brise. Er nimmt seine Haube ab und blickt durch die Zinnen auf das unter ihm liegende flache Gelände. Das sind Mongolen, denkt er erschrocken, als er sieht, daß die Angreifer auf kleinen Steppenpferden heranstürmen. Irgendwo hörte er kürzlich etwas über einen mongolischen ›Herrscher der Herrscher‹, der sich Dschingis-Chan nennen soll.

Gespannt beobachtet er die angreifenden Truppen, die nicht die geringste Ahnung von der Erstürmung einer Festung zu haben scheinen. Ihm kann es nur recht sein. Wenn sie in dieser Form an den Wall herankommen, lohnt sich das Schießen wenigstens.

Einige Offiziere melden sich zur Stelle. In Dreierreihen marschieren die Soldaten des Königs über die Mauer. Mit ihnen erscheinen viele Zivilisten, und da jeder erkennt, daß keine große Gefahr besteht, stürzen sich alle lachend an den Rand des Walles und blicken in die Tiefe.

Ning-kü wendet sich ungehalten an einen seiner Offiziere. »Sorgen Sie dafür, daß sich die Zivilisten auf der Mauer wie Soldaten benehmen! Und setzen Sie nur junge Männer ein. Alle anderen können verschwinden.« Er winkt einen zweiten Offizier heran. »Gehen Sie mit den Schülern der Kriegsschule zum Turm elf. Zeigen Sie ihnen, was da unten falsch gemacht wird. Die Auswirkung von Fehlern können sie nie wieder so plastisch vorführen. Da, sehen Sie nur. Die Horden rennen buchstäblich in den Tod hinein.«

Die Truppen Dschingis-Chans, die kein Zaudern gewohnt sind, werfen sich in ungestümen Tatendrang gegen die Mauer, brechen jedoch unter dem Hagel von Pfeilen und Steinen zusammen, der ihnen entgegengeschleudert wird.

Überlegen lächelnd beobachtet General Ning-kü die vergeblichen Angriffe der Feinde. »Verteilen sie unsere Kräfte gleichmäßig um die ganze Stadt«, sagt er dem Wallkommandanten. »Der Feind dürfte bald merken, daß er bei seiner Angriffsart nur Verluste erleidet. Er wird sein Heil dann an anderen Stellen versuchen. Wir wollen ihm überall einen Denkzettel erteilen. Schärfen Sie den Offizieren aber ein, daß sich unsere Männer nirgendwo sehen lassen sollen, bevor der Angreifer den Wall erreicht. Das Schießen ist dann lohnender. Lassen Sie auch mal Pech fließen; die Kerle werden so etwas nicht kennen. Es ist nicht zu glauben. Wie die ersten Menschen stellen die sich an.«

Interessiert blickt er zu den in Wellen angreifenden Mongolen hinunter und denkt: Verteufelt viel Mut haben sie. In der Ebene dürften sie eine nicht zu unterschätzende Gefahr sein. Aber was soll das sinnlose Anstürmen?

Eine Ladung von Steinblöcken poltert dröhnend in die Tiefe. Die Krieger auf der Mauer grölen vor Begeisterung.

Und das alles auf nüchternen Magen, denkt Ning-kü.

Sein Adjutant meldet sich zur Stelle.

»Wo haben Sie bis jetzt gesteckt?« erkundigt sich der General.

»Ich war im Westen.«

»Wohnen Sie nicht in der Nähe der Kaserne?«

Der Offizier wird bis unter die Haarwurzel rot. »Ja, mein General.«

»Aha! Na, schauen Sie sich das Treiben der Horden an und rufen Sie mich, wenn meine Anwesenheit notwendig werden sollte. Ich möchte erst einmal frühstücken. Ist ja schauderhaft, was man sich hier ansehen muß.«

Dschingis-Chan erkennt bald, daß der wilde Ansturm nur blutige Opfer kostet. Wo immer er seine Truppen einsetzt, sie werden kläglich zurückgeschlagen. Die Fragwürdigkeit seines Feldzuges wird ihm klar, und er befiehlt kurz entschlossen die Einstellung des Kampfes. In der Hoffnung, die Stadt aushungern zu können, beginnt er mit ihrer Belagerung. Aber schon nach wenigen Tagen muß er erleben, daß seine kampfgewohnten Männer unzufrieden werden. Sie fragen sich, was aus der Beute wird, wenn die Festung nicht eingenommen werden kann. Es müssen doch unübersehbare Schätze hinter den Mauern liegen.

Dschingis-Chan weiß, was seine Krieger denken, und er martert sein Hirn, um einen Ausweg aus der peinlichen Lage zu suchen, in die er sich selbst hineinmanövrierte. Doch es kommt ihm kein rettender Gedanke. Seine Nerven fangen an zu rebellieren.

Dschebe, der ihn heimlich beobachtet, wagt schließlich zu sagen: »Können wir nicht versuchen ...?«

»Nichts können wir machen«, unterbricht ihn der Herrscher wütend. »Dieses feige Volk versteckt sich hinter Schießscharten und zeigt sich erst, wenn wir unter der Mauer stehen. Gegen Falschheit und Feigheit kämpfe ich nicht. Bevor meine Krieger sich verbluten, soll das elende Pack verhungern.«

»Werde nicht ungerecht«, wirft Muchuli ein. »Die Städter tun nichts anderes als wir. Sie haben nur andere Methoden.«

»Das weiß ich selber«, entgegnet Dschingis-Chan ungehalten und denkt: Wenn ich doch eine List wüßte! Und wenn sie nur ein einziges Mal anwendbar wäre. »Mein Hirn ist scheinbar ausgetrocknet«, sagt er bedrückt an seine Heerführer gewandt. »Wißt ihr keine List, die wir anwenden könnten?«

Allgemeines Schweigen, bis Sorgan-Schira den Schriftgelehrten fragt: »Wie gehen eigentlich die Chin-Armeen in solchen Fällen vor?«

Tatatungo, der im Sand sitzt und einen Salamander beobachtet, antwortet ohne aufzublicken: »Sie werfen mit Maschinen Feuer in die Städte. Neuerdings sollen sie sogar Geschosse haben, die beim Aufprall unter furchtbarem Getöse auseinanderplatzen und Löcher in den Wall reißen.«

»Pi-hu-tze, das wäre etwas für mich«, begeistert sich Tschagatai, der sonst stille zweite Sohn Dschingis-Chans.

Sein Vater horcht verwundert auf. »Würde es dir Spaß machen, mit solchen Maschinen zu kämpfen?«

»Kämpfen weniger«, antwortet Tschagatai in aller Offenheit. »Aber ich möchte mit ihnen umgehen können.«

Die Miene des Vaters verdunkelt sich.

Tatatungo sieht es und sagt schnell: »Der Umgang mit Wurfmaschinen ist nicht einfach und erfordert viel Geschick und Verständnis. Wenn Ihr solche Geräte in Eure Pläne einbezieht, und sie funktionieren im entscheidenden Augenblick nicht, geratet Ihr in eine üble Lage.«

Dschingis-Chan wirft einen prüfenden Blick zu Tschagatai hinüber und fragt: »Weißt auch du keine List? Zum Teufel, es muß doch einen Ausweg geben!«

General Ning-kü beobachtet mißvergnügt die wohlformierte Gefechtseinheit der Mongolen, die in weiterer Entfernung an Wolohai vorbeireitet. Neben ihm steht der Stadtverwalter des Königs, ein kleiner rundlicher Beamter. »Schauen Sie, Song-hi«, sagt der General und weist auf die Reiter, »das sind mindestens zehntausend Krieger. Drei dieser Abteilungen umreiten die Stadt Tag und Nacht. Und sehen Sie das helle Zeltlager drüben auf der Anhöhe? Dort kribbelt es wie in einem Ameisenhaufen. Die Mongolen sind eine gefährliche Macht geworden. Sie verstehen es nur noch nicht, Städte einzunehmen, weil ihnen die notwendigen Waffen und Geräte fehlen. An einen Ausfall aber kann ich nicht denken. Unsere unberittenen Soldaten würden sofort niedergetrampelt werden, und aus dem gleichen Grunde ersuchte ich den König, uns keine Hilfstruppen zu senden. Wir müssen mit den Mongolen allein fertig werden.«

»Ich sehe das ein«, entgegnet der Stadtverwalter. »Sie müssen jedoch bedenken, daß ich für die Ernährung der Bevölkerung verantwortlich bin. Wir stehen vor der Ernte, und unsere Kammern waren nicht gerade übermäßig gefüllt.«

Dann hast du versagt, und der König wird mit dir und nicht mit mir abrechnen, denkt Ning-kü. Breche ich aus, bin ich der Dumme. Nicht ich, sondern du wirst eines Tages nach Hoang-Hsing-fu pilgern müssen, und wohin du von dort gehst, das wird sich zeigen. Um dir deine Sorgen zu nehmen, bringe ich keinen Soldaten des Königs in Gefahr.

Die Sonne versinkt, als sich die beiden dem größten Turm nähern, durch den der Hauptweg in die Stadt führt. Eine Anzahl Soldaten ist damit beschäftigt, Steine an den Rand der Mauer zu tragen.

»Gibt es etwas Besonderes?« fragt Ning-kü einen Offizier.

»Kleines Intermezzo, mein General. Einige Mongolen schleichen sich in reichlich dummer Weise an das Haupttor heran. Es sieht aus, als ob sie nicht ganz nüchtern wären. Ich will ihnen ...«

»Lassen Sie mich sehen«, unterbricht Ning-kü den Offizier, tritt an den Mauersims heran und gewahrt in der Tiefe einige lachende Männer, die hinter einem Pfeiler der Zugbrücke Deckung suchen. »Das sind tatsächlich Betrunkene«, sagt er schmunzelnd. »Gebt es ihnen ordentlich. Nein, halt«, verbessert er sich. »Laßt sie an das Tor herankommen und nehmt sie gefangen. Ich möchte mich mit diesen seltenen Vögeln unterhalten. Narren und Betrunkene sprechen bekanntlich die Wahrheit. Aber seien Sie vorsichtig!« warnt er den Offizier. »Das Tor darf nur geöffnet werden, wenn das Gelände völlig frei ist.«

»Hick!« macht einer der Mongolen, die gefangengenommen wurden.

Ning-kü, der mit einigen Offizieren den Dienstraum der Torwache betritt, amüsiert sich über den alten Krieger, der kraftlos auf einem Stuhl sitzt und vor sich hin glotzt.

»Hick!« macht er erneut.

Der General wendet sich an den Wachoffizier, hinter dem vier Mongolen sitzen, die verbissen vor sich hin starren. »Haben Sie die Männer verhört?«

Der Wachoffizier schüttelt den Kopf. »Die Kerle sprechen nicht. Nur der völlig Betrunkene redet; leider unzusammenhängendes Zeug. Er wird von seinen Kameraden bedroht. Es dürfte aber feststehen, daß diese Gesellen im bezechten Zustand in den Wahn verfielen, einen privaten Überfall zu versuchen. Immer den direkten Weg gehen dachten sie wahrscheinlich und wählten das Haupttor. Der dort sagte, er möchte nur Schmuck haben, sonst nichts. Ich glaube, es hat keine Zweck, daß Sie ...«

»Ich will mit ihm reden«, unterbricht ihn der General und gibt Befehl, alle anderen abzuführen. »Nun, alter Knabe«, sagt er und rüttelt am Arm des Mannes, der ihn aus glasigen Augen anstarrt. »Schämst du dich nicht, in deinem Alter so zu zechen?«

Der Betrunkene schüttelt den Kopf. »Nein.«

»Nein?« fragt Ning-kü unwillkürlich.

»Nein.«

»Was wolltest du hier?«

»Genau das, was ich – hick – was ich auch jetzt noch will.«

»Und was willst du, wenn ich fragen darf?«

»Schmuck haben.«

»Aha. Nun ja, für Schmuck hat jeder Verwendung.«

»Mit Ausnahme von unserem ... unserem Dschingis-Chan.«

»Der hat für Schmuck keine Verwendung?«

»Nein.«

»Weshalb ist er denn hier?«

Der Alte schluckt. »Das darf ich nicht sagen, sonst ... sonst erschlagen mich meine Freunde.«

»Die sind längst fort«, entgegnet Ning-kü und zieht sich einen Stuhl heran. »Mir kannst du ruhig alles sagen; es bleibt unter uns. Magst du einen guten Reisschnaps?«

Die Augen des Mongolen leuchten.

»Lauf zu meiner Frau und hole einen Krug Schnaps«, sagt der General einem Soldaten und wendet sich erneut dem Gefangenen zu. »Was will also euer Dschingis-Chan?«

Der Alte blickt um sich, und als er sieht, daß die anderen fort sind, rückt er näher an den General heran. »Er will Katzen und Schwalben haben«, erklärt er mit wichtigtuerischer Miene.

Ning-kü kneift die Augen zusammen. »Willst du dich über mich lustig machen?«

»Nein, Dschingis-Chan – hick – er braucht sie doch. Warum wären wir sonst hier?«

»Was braucht er?« fragt Ning-kü ungläubig.

»Katzen und Schwalben. Bei uns in der Steppe gibt es die nicht. Mäuse und – hick – Mücken machen uns das Leben zur Plage. Da hat ein Gelehrter, der lesen und schreiben kann, Dschingis-Chan gesagt, daß Katzen Mäuse fangen und Schwalben im Fluge Mücken fressen. Da staunst du, was? Aber der Gelehrte weiß das genau. Und Temudschin will diese Tiere jetzt haben. Eher geht er nicht wieder fort. Er muß euch besiegen, damit er alle Katzen und Schwalben bekommt, die hier leben.«

Der General starrt den Betrunkenen mit offenem Mund an.

»Bekomme ich jetzt meinen Schnaps?«

Ning-kü steht wie geistesabwesend auf. Wenn der Kerl die Wahrheit sagt ... Mäuse und Mücken können wirklich zu einer entsetzlichen Plage werden. Aber warum wenden sich die Mongolen dann nicht freundschaftlich an ihn? Der Fall ist klar. Weil sie neben Katzen und Mäusen auch noch Schmuck haben wollen. Nun, ich werde vorsorglich einen Parlamentär zu diesem Dschingis-Chan schicken, denn wenn der ganze Grund des Krieges Katzen und Schwalben wären ...

»Was ist mit meinem Schnaps?« unterbricht der alte Krieger die Gedanken Ning-küs.

Der General klopft ihm in leutseliger Stimmung auf die Schulter. »Den sollst du haben. Wie heißt du eigentlich?«

»Das sage ich nicht«, kichert der Alte kindisch.

»Nun gut. Wenn du die Wahrheit gesprochen hast, wirst du deinem Dschingis-Chan viele Katzen und Schwalben bringen können.«

Zwei Tage später hetzt die Bevölkerung von Wolohai lachend durch die Straßen der Stadt. »Dschingis-Chan will Katzen und Schwalben. Katzen und Schwalben will er. Hahaha ...!«

Eine nie gesehene Treibjagd setzt ein. Gegen Ablieferung von zehntausend Schwalben und tausend Katzen wollen die Mongolen das Land verlassen.

In den Straßen laufen alt und jung hinter mit steil erhobenen Schwänzen flüchtenden Katzen her, die in große Körbe gepfercht werden und ein infernalisches Gezeter anstimmen. Im übrigen herrscht in der Stadt ein unbeschreibliches Durcheinander. Mit Tüchern und Netzen bewaffnet jagt die gesamte Bevölkerung hinter Schwalben her. Junge Männer und Greise, Soldaten und Mädchen klettern zu den Nestern unter den Giebeln der Dächer hinauf, und die Kinder kreischen vergnügt, wenn wieder ein Vogel gefangen ist. Mit Tüchern umhange, verharren viele oft Stunden neben einem Nest, bis eine Schwalbe einfliegt. Dann legen sie schnell ihre Hand auf das Loch, und wenn ihnen der Fang gelungen ist, zeigen sie glückstrahlend ihre Beute.

Zum Kasernenplatz, auf dem in langer Reihe viele Behälter mit geifernden Katzen stehen, werden immer mehr Körbe mit Schwalben getragen, die von Offizieren gewissenhaft registriert werden.

»Der Katzenlärm ist entsetzlich!« schimpft Ning-kü und hält sich die Ohren zu.

»Wir hoffen, daß die Übergabe noch heute vorgenommen werden kann«, erklärt ein Beamter.

»Den Göttern sei Dank«, schnaubt der General und eilt davon. Wenige Stunden später werden die mit Katzen und Schwalben gefüllten Behälter an der Mauer herabgelassen.

Dschingis-Chan weilt persönlich in der Nähe des Walles und beobachtet schmunzelnd, wie unter anderem fünf Mongolen abgeseilt werden. »Verschwindet«, sagt er ihnen, als sie sich bei ihm melden wollen. Dann winkt er zum Stadtkommandanten hinauf und ruft ihm zu: »Du wirst unsere Lagerfeuer nur noch heute abend sehen. Morgen, in aller Frühe brechen wir auf. Wenn ich wieder einmal Katzen und Schwalben brauchen sollte, komme ich zu dir.«

»Bitte nicht zu bald«, erwidert der General. »Der Nachwuchs ...«

»Mein Bedarf ist vorerst gedeckt«, unterbricht ihn Dschingis-Chan lachend. »Auf Wiedersehen!«

»Auf Wiedersehen, Dschingis-Chan.«

Während die Lagerfeuer knistern, schüttelt sich Dschingis-Chan vor Lachen. »Hör auf!« sagt er schließlich zu Sorgan-Schira und wischt sich Tränen aus den Augen. »Ich kann nicht mehr.«

Auch die Oerlök krümmen sich über die Erzählung Sorgan-Schiras, der während seiner Schilderung zeitweilig wieder in die von ihm gespielte Rolle des Betrunkenen verfiel.

Als er endet, klopft ihm Dschingis-Chan auf die Schulter und erhebt sich, um mit Boghurtschi das Lager zu inspizieren. Überall brennen Feuer, vor denen Tausende von Kriegern hocken, die aus ihrer Filzkleidung kleine Streifen herausreißen, welche sie in Pech eintauchen und an die Schwänze der Katzen und Füße der Schwalben kleben.

»Wann werden wir fertig sein?« fragt Dschingis-Chan den Heerführer, dem er das Kommando für die Sonderaktion übertragen hat.

»Kurz nach Mitternacht kann es losgehen. Es dürfte die günstigste Zeit sein. Die Städter werden sich heute abend gewiß einen kleinen Freudentrunk genehmigen. Hast du übrigens die Abflußlöcher in der Mauer gesehen?«

Dschingis-Chan nickt. »Die Planken, die wir über den Wallgraben legten, um die Körbe in Empfang nehmen zu können, werden hoffentlich erst morgen fortgeschafft. Sonst fallen die Katzen aus. Aber es wurde ja schon dunkel, als wir aufbrachen, und General Ning-kü wird sein Tor verschlossen halten, solange wir noch in der Nähe sind.«

»Davon bin ich überzeugt.«

Um Mitternacht sind alle Männer gerüstet. Über zehntausend Krieger sind bereit, mit ihren Pferden loszujagen, wenn sie von den an den Feuern stehenden Kameraden einen Vogel oder eine Katze in die Hand gedrückt bekommen.

Endlich erschallt das verabredete Signal. Tausende beugen sich über die Flammen und entzünden die mit Pech getränkten Enden der Filzstreifen. Dann übergeben sie die Tiere den aufgesessenen Reitern, die sofort davonpreschen.

Dumpf donnert der Hufschlag von zehntausend Pferden dem nahe gelegenen Wolohai entgegen. Wie giftige Zungen flackern kleine Feuer, die unmittelbar vor der Mauer in die Luft oder auf den Boden geworfen werden.

Jaulend flüchten die Katzen vor den hinter ihnen hochschlagenden Flammen. In der Luft rauscht der Flügelschlag von zehntausend Schwalben, die Angstrufe ausstoßen und einem Feuerregen gleichen.

Gebannt blicken die Krieger auf das gespenstige Bild der über sie hinwegschwirrenden glühenden Funken, die sich plötzlich alle miteinander auf die Stadt stürzen. Schutzsuchend jagen Vögel und Katzen in ihre Nester und vertrauten Schlupfwinkel zurück.

Nicht lange dauert es, bis der aufpeitschende Rhythmus von Kriegshörnern ertönt. Doch die Flammen verbreiten sich zu schnell. Nach unwahrscheinlich kurzer Zeit brennt die Festung an allen Ekken und Enden, und als die Bevölkerung begreift, was geschieht, ist der Brand nicht mehr zu löschen. Noch bevor der Morgen über den Horizont steigt, nehmen Dschingis-Chans Truppen die Festung ein.

Boghurtschi und die ihn begleitenden Heerführer zeigen kein Erstaunen, als sie, geführt von Offizieren des königlichen Heeres, durch das Tor von Hoang-hsing-fu reiten. Als wäre der bunte Trubel der Menschen und Tiere für sie nichts Neues, folgen sie der Abordnung des Regenten von Hsi-Hsia, um als Dschingis-Chans Parlamentäre mit dem König zu verhandeln. Durch breit angelegte Straßen und über freie Plätze reitend, beobachten sie das farbige Bild der in kostbare Gewänder gekleideten Bürger, die zum Teil auf zwischen Stangen hängenden Stühlen und in goldenen Sänften getragen werden. Zwischen ihnen bewegen sich hochrädrige Wagen, die unter ihren Lasten knarren und ächzen. Die Frauen trippeln an den Auslagen der Geschäfte vorbei, und an den Straßenrändern stehen Männer, die enganliegende Hosen tragen. Ihre Gesichter schützen breitrandige Strohhüte vor den sengenden Strahlen der Sonne, und an den Füßen tragen sie Sandalen, die mit Riemen festgehalten werden.

Eigenartig, daß alle Menschen zufrieden lächeln, denkt Boghurtschi und erinnert sich unwillkürlich an die sorgenvolle Miene des Herrschers, der nicht frohlockt hatte, als Wolohai eingenommen war.

Ihn bedrückte die Tatsache, daß die Festung durch eine List niedergerungen wurde, die nicht nochmals angewendet werden kann. Am liebsten wäre er sofort in die Heimat zurückgekehrt, um Geräte anfertigen zu lassen, die dringend benötigt wurden, wenn Städte eingenommen werden sollten. Er weiß jedoch, daß seine Krieger mißmutig in die Heimat zurückkehren würden, wenn er, nachdem Wolohai gefallen ist, das Land unverrichteterdinge verläßt. Deshalb folgte er dem Rat seines ersten Gefolgsmannes, den Versuch zu machen, dem König von Hsi-Hsia gewisse Zugeständnisse abzuringen.

Boghurtschi hatte darum gebeten, das Oberhaupt des Tangutenstaates selbst aufsuchen zu dürfen. Er befürchtete, daß Dschingis-Chan in seiner gereizten Stimmung unklug handeln könnte. Und er hofft, den König durch sicheres Auftreten einzuschüchtern.

Mit der Entsendung Boghurtschis war Dschingis-Chan zunächst nicht einverstanden gewesen, er gab aber nach, als der Freund ihm bedeutete, daß niemand in Hoang-hsing-fu wisse, daß er, Boghurtschi, der Oberbefehlshaber der mongolischen Streitkräfte sei.

Gemeinsam mit den ihn begleitenden Heerführern und Abgeordneten reitet Boghurtschi durch einen sanft ansteigenden Palastgarten, in dem Lorbeergewächse, Zypressen, Sykomoren, Oleander und Myrthen einen betäubenden Duft ausbreiten.

Nur wenige Männer seines Gefolges betreten mit ihm das Palais, durch das er über marmorbelegte Gänge und Hallen zum Audienzsaal des Königs geführt wird. Angesichts der Pracht des Hofes muß er ein jäh in ihm aufsteigendes Gefühl der Erbärmlichkeit niederkämpfen. Dies um so mehr, als viele buntgekleidete Offiziere und Beamte zu Füßen des auf einem goldenen Thron sitzenden Königs stehen, der ihn verächtlich betrachtet.

Boghurtschi sucht halt in seiner alle Anwesenden überragenden Größe. Stolz und aufrecht geht er auf den Herrscher zu, vor dem er sich in untadeliger Form, aber betont knapp verneigt. Danach verkündet er dem König ohne Umschweife, daß Dschingis-Chan das Land nur verlassen wird, wenn Hsi-Hsia sich bereit erklärt, seine Unterwerfung durch jährlich zu leistende Tribute zu dokumentieren.

Entrüstet fährt ihn der König an: »Ich soll Vasall dieses … dieses …«

»Dschingis-Chan«, wirft Boghurtschi gelassen ein.

Der Regent ringt nach Luft und wendet sich an seine Generale. »Was sagen Sie dazu, meine Herren?«

Ein ehrwürdig aussehender Heerführer tritt vor und verneigt sich. »Erlauchter König! Nachdem wir den Parlamentär gehört haben, wäre es gut, ihn zu entlassen, damit wir uns beraten können.«

Verärgert nimmt Boghurtschi mit seinen Freunden in einem Nebenraum Platz und überlegt, wie er nun, da er den Verhandlungen nicht beiwohnen kann, eine vielleicht notwendige Minderung der erhobenen Forderung begründen soll.

Indessen sitzt der König sorgenschwer zwischen seinen Heerführern. Fast alle Generale raten ihm, Dschingis-Chan die geforderten Geschenke zu geben, weil die eigene Armee, den Berichten Ning-küs zufolge, nicht in der Lage sei, sich zu einer Entscheidungsschlacht zu stellen. Wenn die Festung Hoang-hsing-fu von den Mongolen vielleicht auch niemals eingenommen werden könne, so sei doch zu bedenken, welche Unkosten eine Belagerung mit sich bringe. Zweifellos würden die Geschenke keine solche Summe ausmachen. Ferner müsse berücksichtigt werden, daß selbst die Kaiser von Chin vorübergehend ähnliche Verpflichtungen eingegangen seien, um Zeit für eine Verstärkung ihrer Heere zu gewinnen. Und darauf komme es an. Man müsse sich die Möglichkeit verschaffen, den Emporkömmling in ein oder zwei Jahren zu vernichten. Denn Dschingis-Chan würde sicherlich wiederkommen, wenn ihn eines Tages keine Tribute mehr erreichen.

Bedrückt denkt der König daran, daß Barbaren und Nomadenvölker seit uralten Zeiten die Feinde des kultivierten Südens sind. Schon vor fast zweitausend Jahren (8. Jahrh. v. Chr.), als China noch als lokkerer Feudalstaat unter der Tschu-Dynastie stand, brachen wilde Horden in das Reich der Mitte ein und zwangen den Kaiser, seine Residenz in das Innere des Landes zu verlegen. Der Kampf aber wollte kein Ende nehmen. Erst als die Tsin-Herrschaft (3. Jahrh. v. Chr.) aus China einen Militärstaat machte und die Schutzwälle, welche einige Fürsten vor ihre Gebiete gelegt hatten, zu einer großen Mauer verband, die den Norden über eine Strecke von 3000 Kilometern abriegelt, gab es für eine Weile Ruhe. Bereits Jahrzehnte später aber machten verschiedene Hunnenstämme das sicher erscheinende Bollwerk illusorisch. Auch der Begründer der großen Han-Dynastie, General Lieon-Pang, und ebenfalls seine Nachfolger, die ganz Zentralasien eroberten und China zum Nachbarn des vorderasiatischen Parther-Reiches machten, konnten die Barbaren weder vernichten noch unterjochen. Wohl trieben sie die Reiterscharen nach Norden zurück, aber hinter der Wüste Gobi wuchs immer wieder eine Macht heran, die sich an irgendeinem Tage wie eine Lawine über die Kulturstaaten wälzte. Seit Jahrtausenden ist das so. Nichts änderte sich in all den Zeiten. Die Völker blieben, nur ihre Namen wechselten. Darf er, der König von Hsi-Hsia, also annehmen, daß er etwas ändern könnte?

Der Regent erhebt sich und sagt mit müder Stimme: »Meine Herren, Ich werde Ihren Rat befolgen, weil Ich glaube, daß von zwei Streitenden der Denkende siegt.«

»Erlauchter König!« wendet sich der alte Heerführer an den Regenten. »Denken Sie in Zukunft oft daran, daß der Vollendete, auch wenn er gering erscheint, wahrhaft groß ist.«

»Ich danke Ihnen, Mein lieber Po-hu«, erwidert der König und blickt seine Generale durchdringend an. »Lassen Sie Mich Ihnen etwas mit auf den Weg geben, das Sie in den nächsten Zeiten beherzigen sollten. Wenn Ungestüm ein Übel, Unmaß verwerflich und zu großer Ehrgeiz nicht zu achten ist und somit als Sünden angesehen werden – Ich erteile Ihnen schon heute Meine Absolution. Denken Sie immer daran, daß nur derjenige zufrieden ist, der sich zufrieden gibt. Seien Sie unzufrieden mit Ihren Leistungen! Und nun rufen Sie diese Mongolen.«

5

Nach seiner Rückkehr in die Heimat erteilt Dschingis-Chan dem Jurt-Dschi den Auftrag, alle Häuptlinge in das Ordu zu befehlen. Gleichzeitig läßt er ein Gesetz verkünden, das ihm die Möglichkeit gibt, Untergebene, die nicht kommen, wenn er es befiehlt, mit dem Tode zu bestrafen.

In vielen Nächten, die er in der Folge allein in seinem Zelt verbringt, findet er keine Ruhe. Die Tatsache, gegen die Städter nicht ankommen zu können, verwirrt ihn. Er weiß genau, daß sein Feldzug gegen Hsi-Hsia nur erfolgreich war, weil er Glück hatte, und diese Erkenntnis verletzt seinen Stolz und Ehrgeiz. Er will der Mächtigste, der Unschlagbare und Unantastbare sein. Solange es eine Macht gibt, die ihm zu widerstehen vermag, wird er keine Ruhe finden.

Mit zwiespältigen Empfindungen gewahrt er, daß sich Gefühle in ihm entwickeln, die ihm bislang fremd waren. Er kennt seine Fehler und ringt darum, von ihnen frei zu werden, weil er spürt, daß Verletztheit unangebracht ist und den klaren Blick trübt, den er jetzt besonders nötig hat. Auch ahnt er, daß er erst wieder ruhig schlafen wird, wenn seine Heere Städte erobert haben. Mit dem Widersinnigen, daß seine unschlagbaren Armeen keine Festungen einnehmen können, wird er nicht fertig.

Während Dschingis-Chan um die Rückgewinnung seines Gleichgewichtes kämpft, schulen die Oerlök ihre Krieger im Gebrauch von Sturmleitern und Schutzschilden. Besondere Abteilungen, die sich aus Angehörigen aller Stämme zusammensetzen, werden auf das vollkommenste ausgebildet, damit auch die Männer der entlegensten Ordus in der Kunst des Städtekampfes ihre Unterweisung erhalten.

Sogar die Frauen werden in die Vorbereitungen einbezogen. Sie müssen Strickleitern knüpfen und Sandsäcke nähen, die mit anderen Sturmgeräten in riesigen Arsenalen aufbewahrt werden. Jeder Volksstamm hat nach Anweisungen des Jurt-Dschis bestimmtes Belagerungsmaterial anzufertigen und abzuliefern.

In dieser Zeit erfährt Dschingis-Chan, daß es Gütschlük, dem Sohn Baibuka-Taiangs, im Naimanenland gelungen ist, verschiedene Stämme aufzuhetzen, mit denen er und der immer noch in den hohen Wäldern des Nordens regierende Merkitenfürst Tuchta-Beg schwere Ausfälle gegen Grenzgebiete des mongolischen Machtbereichs unternimmt. Im Vertrauen darauf, daß seine Krieger in offenen Schlachten unbesiegbar geworden sind, entschließt sich Dschingis-Chan zu einem Straffeldzug, an dem er selbst jedoch nicht teilnimmt. Unter dem Oberbefehl Dschutschis schickt er eine Armee nach Nordwesten, um die letzten Ruhestörer zu beseitigen.

Über ein Jahr zieht dieses Heer durch das Land der Naimanen, wo es die unbotmäßigen Stämme unterwirft und sich einen Weg über das Altai-Gebirge in das dahinter liegende unbekannte Land sucht. Gemeinsam mit den unermüdlichen Heerführern Ssubutai und Dschebe stürmt Dschutschi in das sich vor ihm ausbreitende weite Steppenland. Mühelos gelingt es ihm, die dort lebenden Kirgisen zu unterwerfen. Dann macht er mit der Armee eine Schwenkung nach Nordosten, übersteigt das Sajan-Gebirge und dringt, am Baikal-See vorbeiziehend, von Norden kommen in das Land der Merkiten ein, so daß sich das nach Norden flüchtende Volk zu einer Entscheidungsschlacht stellen muß, in der es vernichtend geschlagen und Tuchta-Beg getötet wird.

Dschutschis Bericht beglückt Dschingis-Chan so sehr, daß er ihm zu Ehren ein großes Fest veranstaltet, auf dem er erklärt: »Wenn es dem Sohn Baibuka-Taiangs auch gelungen ist, an den Hof des Kaisers von Kara-Chitan zu flüchten, so hat Dschutschi doch Unerhörtes geleistet. Er unterwarf ein gewaltiges Gebiet und sicherte mir dadurch den Rücken, den ich frei haben muß. Denn nun brechen wir auf, um den König von Hsi-Hsia dafür zu strafen, daß er zwei Jahre nach seiner Unterwerfung die Frechheit besitzt, mir die verlangten Geschenke zu versagen. Durch Dschutschi habe ich die Möglichkeit erhalten, ohne Sorge in das feindliche Gebiet ziehen zu können. Seine Leistung verdient eine großzügige Anerkennung. Ich schenke ihm das unterworfene Gebiet als eigenes Lehen*.«

Wie eine endlose Schlange windet sich das mongolische Heer durch die westlich des Chara-Narin-Gebirges gelegene Ebene auf den Tangutenstaat Hsi-Hsia zu, hinter dessen Grenze es auseinanderschwärmt, um den Kampf mit der ihnen entgegengesandten ersten Armee des Königs aufzunehmen. In kraftvollen Schlägen wird der Feind vernichtet und die neu errichtete Festung Wolohai erobert.

Im Hochgefühl des Siegers läßt Dschingis-Chan weitere Festungen unbeachtet und stürmt mit einem Tuman der Hauptstadt des Landes entgegen. Auf den Höhen des Hsi-schan-Gebirges durchbricht er die sich von Ost-Chin durch Hsi-Hsia bis an das Sung-schan-Gebirge erstreckende Große Mauer, und dann wälzen sich seine Krieger wie eine Sturmflut in die Ebene von Hoang-hsing-fu hinein, in der das

* Mit dieser Schenkung gründete Dschingis-Chan das Westreich Kiptschak, das später unter der Dynastie Dschutschi als das ›Reich der Goldenen Horde‹ bekannt wurde. Jahrhundertelang mußten die Regenten Rußlands, die den jeweils regierenden mongolischen Groß-Chanen untertan waren, ihnen Treue bekunden, und aus dieser Zeit stammt auch der noch heute geläufige Begriff ›Der weiße Zar‹. Die Mongolen, die ihre Himmelsrichtungen nach Farben einteilen, bezeichneten den westlich von ihnen ansässigen Regenten nach der Farbe des Westens.

vom Sohn des Königs geführte Heer geschlagen und bis an die Tore der Residenz verfolgt wird.

Die Tore aber, die sich hinter der Armee schließen, öffnen sich Dschingis-Chan nicht, und schon nach wenigen Tagen muß er die neuerliche Feststellung machen, daß Mut und Ausdauer allein nicht genügen, um eine befestigte Stadt zu erobern. Wichtigste Voraussetzung ist der Besitz moderner Hilfsgeräte. Schutzschilde, Sandsäcke und Sturmleitern allein nützen nichts.

In zäher Verbissenheit rennen die Mongolen immer wieder gegen den Festungswall an, aber Pfeile, Steine und Sturzbäche kochenden Wassers machen es unmöglich, den Mauerrand zu erreichen. Verzweifelt gibt Dschingis-Chan schließlich den Befehl, den Kampf einzustellen und die Stadt zu belagern.

Als Tatatungo ihn einige Tage später auf einer Anhöhe sitzen und mit finsterer Miene nach Hoang-hsing-fu hinüberblicken sieht, ahnt er, daß verletzter Stolz und gekränkte Eitelkeit das Denken des Herrschers zernagen und zermürben. Er setzt sich deshalb neben ihn, zeichnet eine Weile Kreise in den Sand und sagt dann wie zu sich selbst: »Wer Schranken beachtet und Unmögliches meidet, schafft Bedingungen, die zur Unvergänglichkeit führen.«

»Was willst du damit sagen?« fragt Dschingis-Chan gereizt.

»Denke darüber nach«, antwortet der Gelehrte gelassen und schaut zum Himmel empor.

Will er sagen, daß die Einnahme großer Städte unmöglich ist, fragt sich Dschingis-Chan. Das würde bedeuten, daß ich alle Pläne fallenlassen müßte. Sollten die Wälle mir Schranken auferlegen? Soll ich auf der Höhe meiner Macht erleben, daß Mauern mich hindern, mein Volk in ein besseres Dasein zu führen? Soll es nicht erhalten, was anderen Völkern als ein selbstverständlicher Besitz erscheint? Ist Besitztum ein unveräußerliches Recht?

Dschingis-Chan kann es nicht glauben. Angesichts der üppigen Lebensweise der wohlhabenden Völker empfinden seine Mongolen ihre Armut so sehr, daß sie bereit sind, Opfer über Opfer zu bringen, um ebenfalls Besitzende zu werden. Gerechtigkeit, nichts als Gerechtigkeit wollen sie.

Die Städter sehen natürlich etwas Verwerfliches darin, wenn man eine gerechte Verteilung der Schätze anstrebt, und um Gerechtigkeit zu verhindern, bauen sie Wälle um ihre Häuser. Er aber, der Chan der Chane, wird mit ihnen abrechnen. Der Tag wir kommen, da ihm nichts mehr unmöglich sein wird.

Unmögliches soll man meiden, sagte der Kanzler? Dschingis-Chan wendet sich an den Gelehrten. »Du hast wahrscheinlich recht, Tatatungo. Darf ich dich aber daran erinnern, daß du mir, als ich zum Herrscher der Herrscher ernannt wurde, zu verstehen gabst, daß ich erreichen kann, was ich will?«

Der Schriftgelehrte lehnt sich zurück. »Du hast eine gute Beobachtungsgabe, und vieles deutest du instinktiv richtig. Aber was hat meine damalige Andeutung mit dem zu tun, was ich dir eben sagte?«

»Sehr viel. Unmöglich Erscheinendes ist nämlich nicht unbedingt Unmögliches. Hättest du die Nomadenvölker einigen können? Nein. Wo für dich eine Schranke errichtet ist, muß für mich noch lange keine stehen. Und wenn du glaubst, daß ich mit diesem König nicht fertig werde, so täuschst du dich. Ich werde mit ihm fertig, und wenn ich die Stadt ein Jahr und länger belagern muß. Unmöglich ist für mich nur die Erstürmung des Walles. Er ist meine Schranke, und ich habe sie erkannt. Darum ist die Einnahme der Stadt für mich aber nicht unmöglich.

Der Kanzler nickt. »Deinen Hinweis auf die verschiedenen Grenzen muß ich anerkennen. Ebenfalls die Kraft, die in der Ausdauer liegt. Überschätze aber nicht deine Kraft. Auf Erden verläuft alles in gesetzmäßigen Bahnen. Schau her«, sagt er und zeigt auf einen Kreis, den er in den Sand gezogen hat. »Die Alten sahen ihr Höchstes in dieser Bahn, weil man sich in ihr nicht verirren kann. Deine Bahn liegt fest, und sie ist, wie bei jedem Menschen, ein Kreis. Nur wenn du deine Bahn nicht verläßt, wirst du dich nicht verirren, und dazu gehört, daß du deine Kraft niemals überschätzt. Denn wer sich überschätzt, verläßt seine Bahn.«

Dschingis-Chan lacht. »Ich habe ein Übermaß an Kraft und Willen. Meine Kraft ist größer und mächtiger als der gesamte Reichtum dieser Städter. Und darum werde ich siegen.«

Der Gelehrte seufzt. »Dann sehe ich Böses kommen, weil Übermaß Schmerz erzeugt und Reichtum Unheil bringt.«

Dschingis-Chan macht eine wegwerfende Bewegung. »Ein einfältiger Tor bist du. Ich bin doch anders als alle Welt. Ich bin ich!«

Tatatungo lächelt. »Ich bin auch ich.«

»Auch ich! Wie recht du hast. *Auch ich!* Hahaha ...«

»Was gibt es zu lachen?« erkundigt sich Boghurtschi, der in diesem Augenblick hinzukommt.

Dschingis-Chan wischt sich Tränen aus den Augen. »Ich bin ich. Du bist du. Er ist er.«

»Und Yün-chi ist Kaiser Wai-Wang von Chin«, wirft Boghurtschi trocken ein.

Der Herrscher sieht den Freund ungläubig an. »Er ist Kaiser von Chin?«

»Du bist Kaiser von Chin. Ich bin Kaiser von Chin«, murmelt Tatatungo.

»Was treibt ihr für Scherze?« fragt Boghurtschi verwundert.

Dschingis-Chan übergeht die Frage. »Brachten Melder die Nachricht? Ich kann kaum glauben, daß ein Mann, der sich dauernd die Stirn betupft und widerlich süßlich stinkt, Kaiser von Chin wurde.«

Boghurtschi zuckt die Achseln. »Er wurde es aber.«

Für meinen Krieg gegen Chin dürfte die Nachricht günstig sein, denkt Dschingis-Chan. Im Augenblick ist sie aber ungünstig, denn nun werde ich mich beeilen müssen. Yün-chi wird den Kampf gegen mich einleiten. »Was könnten wir tun, um diese Stadt zur Übergabe zu zwingen?« fragt er und kratzt sich den Hinterkopf. Dabei fällt sein Blick auf den durch die Stadt fließenden Hoang-ho. »Wäre es nicht möglich, über den Fluß in die Festung einzudringen?«

Boghurtschi schüttelt den Kopf. »Ich habe schon daran gedacht, die Ebene unter Wasser zu setzen, aber es würde nichts nützen, weil die Stadt höher liegt.«

Dschingis-Chan starrt den Freund an. »Die Ebene unter Wasser setzen ...? Wie wolltest du das machen?«

»Den Fluß ableiten«, antwortet Boghurtschi. »Man kommt auf die verrücktesten Gedanken, wenn man ...«

»Wir *werden* den Fluß ableiten!« unterbricht ihn der Herrscher erregt.

»Das nützt nichts.«

»Doch! Denn ich will die Ebene nicht überschwemmen, sondern der Stadt das Wasser nehmen.«

Seit Tagen jagt ein starker Südoststurm über die Ebene von Hoang-hsing-fu. Unablässig peitschen schwere Regenschauer Tausende von Kriegern, die am Hoang-ho damit beschäftigt sind, einen Staudamm zu errichten. Ihre Haare hängen ihnen in der Stirn, ihre Filzhosen kleben ihnen an den Schenkeln.

Dschingis-Chan steigt schlechtgelaunt von seinem Hengst und wischt sich über die Augenbrauen, als er die Baustelle erreicht, auf der sich eine lange Pfahlreihe im schäumenden Flußwasser abzeichnet.

Im großen Bogen, den der Hoang-ho vor Hoang-hsing-fu nach Westen macht, um dann wieder in der gewohnten Richtung weiterzufließen, läßt er den Staudamm errichten. Er wählte diesen Platz, um das auf der gegenüberliegenden Seite leicht abfallende Ufer als Austrittsstelle für den Fluß zu benutzen, den er im Osten an der Stadt vorbeileiten will. Doch seit Tagen niedergehende Regen erschwert die Bauarbeiten in ungeahnter Weise, und Dschingis-Chan fragt sich manchmal, ob er den Zorn des Himmels auf sich gezogen hat. Seit Gökschu erschlagen wurde, häufen sich seine Mißerfolge.

Mit zusammengekniffenen Lidern blickt er zum anderen Ufer hinüber, wo eine große Anzahl Krieger damit beschäftigt ist, die letzten Pfähle in das Flußbett zu treiben. Er entdeckt Tschagatai, der einer an einem hohen Gerüst hantierenden Arbeitsgruppe gerade Anordnungen zuruft. Während in dem Gerüst, das Tschagatai selber entwarf, ein schwerer Stamm hochgezogen wird, der im Niedersausen einen im Wasser aufgestellten Pfahl in den Grund rammt, versenken unübersehbare Kriegerscharen vor den schon eingerammten Pfählen wahre Berge von Sandsäcken.

»Das Wasser tritt drüben bereits über das Ufer«, sagt Boghurtschi und weist auf die andere Flußseite.

Dschingis-Chan schaut auf den träge dahingleitenden Fluß, dessen schmutziges Wasser sich auf dieser Uferseite staut und langsam zur Flußmitte abfließt, dort jedoch, als würde es von einer unsichtbaren Faust gefaßt, plötzlich in Strudeln fortgerissen wird. »Es könnte drüben eine Überschwemmung geben«, sagt er verbissen. »Viele Menschen werden um ihr Leben laufen müssen. Und Tschagatai meinte, das Wasser würde gegen den Bogen drücken und uns alle in Gefahr bringen. So ein Blödsinn. Nicht hier, sondern drüben werden ganze Völkerstämme ersaufen.«

Boghurtschi sieht den Herrscher befremdet an. »Freust du dich darüber?«

Dschingis-Chan stampft unwillig auf. »Was sollen deine in letzter Zeit immer idiotischer werdenden Gefühlsduseleien?«

»Ich bin nur mehr denn je bestrebt, einen nüchternen Kopf zu bewahren. Und warum? Weil deine Überlegungen, seit wir gegen Städte ankämpfen, nur noch von Haß geleitet sind.«

Dschingis-Chan wischt sich mit wütender Bewegung den Regen aus dem Gesicht. »Wenn du gerecht bist, wirst du zugeben müssen, daß sich mein Haß ausschließlich gegen unsere Feinde richtet. Ist das etwas Unrechtes? Im übrigen gebe ich zu, daß mir die Schlauheit und Geschicklichkeit der Städter Sorge bereitet. Meine Pläne werde ich aber dennoch verwirklichen, und ich wünsche nicht ...« Er unterbricht sich, da er sieht, daß sein zweiter Sohn auf ihn zugeht. »Wann hast du den Staudamm fertig?« ruft er ihm entgegen.

Tschagatai betrachtet unschlüssig den in den letzten Tagen stark angeschwollenen Hoang-ho. »Meine Arbeit ist spätestens morgen beendet. Ich bezweifle jedoch, einen Staudamm errichtet zu haben, wie du ihn dir wünschst. Du kennst meine Auffassung. Der Regen läßt den Strom bedenklich steigen, der Druck am Damm ist somit noch größer geworden.«

»Ich bin es leid, mir deine ewigen Bedenken anhören zu müssen«, entgegnet Dschingis-Chan und deutet auf das am Ufer langsamer fließende Wasser. »Du siehst doch, daß deine Überlegungen falsch sind. Der Hoang-ho steht hier schon fast still, während er drüben bereits über das Ufer tritt. Was willst du also noch? Die durch den Regen größer gewordene Wassermenge wird die Ebene zwar stärker überschwemmen, aber doch nicht ...« Er schüttelt den Kopf. »Wie sollte Flüssigkeit festgewachsenen Boden wegrücken können? Wenn du weiterhin derartig dummes Zeug redest, werde ich es mir noch sehr überlegen, ob ich dir ein eigenes Tuman für technische Aufgaben zur Verfügung stelle. Tue also, was ich dir befehle. Du wirst sehen, daß ich recht behalte.«

»Ich habe deine Anordnungen befolgt«, entgegnet Tschagatai aufsässig. »Sogar gegen meine Auffassung habe ich gehandelt. Wenn du mir aber ein Tuman geben willst, muß ich nach eigenen Gesichtspunkten handeln können.«

Dschingis-Chan schnaubt. »Sei nicht so eigensinnig Nach eigenem

Gutdünken kannst du dir die Geräte herstellen, die du benötigst. Davon verstehst du etwas. Ich sehe es am Turm, den du gebaut hast. Aber lassen wir das. Du meinst, daß wir morgen fertig sein werden? Na, die Städter werden schön fluchen und sich sehr bald ergeben. Hoffentlich hört der Regen nur auf.«

»Darum flehe ich Tag und Nacht«, erwidert Tschagatai.

Dschingis-Chan sieht ihn lauernd an.

Tschagatai bemerkt es nicht. Er denkt an die Worte, die ihm Tatatungo sagte, als er vor wenigen Tagen mit ihm über seine Sorgen sprach.

»Wenn dein Vater es nicht anders will, mußt du dich fügen«, hatte ihm der Gelehrte geraten. »Mach es wie das Wasser des Flusses, an dem du arbeitest: passe dich den gegebenen Bahnen an. Sich nicht anpassen bringt Leiden, sich fügen hingegen ...«

»Das nützt in diesem Fall nichts«, hatte Tschagatai verzweifelt ausgerufen. »Und wenn ich mich tausendmal dem Willen meines Vaters unterwerfe, das Wasser denkt nicht daran, ihm zu gehorchen. Es gibt Dinge, die so gewaltig sind, daß man sich ihnen anpassen muß. Auch mein Vater. Im Wasser liegt eine ungeahnte Kraft.«

»Dein Vater ist gleichfalls eine ungeahnte Kraft. Es gibt und wird immer Mächte geben, die sich in ihrer Größe ähnlich sind und sich deshalb nicht einander anpassen können. Dadurch entstehen die Leiden dieser Erde. Wir Menschen stehen zwischen solchen Gewalten und werden so oder so zermalmt. Entweder weil wir untätig zusehen, oder weil wir bemüht sind, die Leiden im Rahmen des Möglichen zu verringern. Aber mag am Ende das Ergebnis auch das gleiche sein, wir müssen hingehen und alles versuchen.«

»Ich werde es kaum können.«

»Heute noch nicht. Wenn sich die Richtigkeit deiner Überlegung aber erweist, wirst du es in Zukunft können. Neben Männern wie deinem Vater muß man ausharren, wenn man einen Einfluß gewinnen will, der sich zum Guten auswirken soll. Vielleicht trägt unser Streben hier und dort doch dazu bei, ein Leiden zu verringern.«

Während Tschagatai die Worte des Schriftgelehrten im Geiste nochmals hört, schlägt der Regen helle Blasen auf den Hoang-ho. Sturmböen ziehen schaumige Streifen. Aufgepeitscht schlagen Wellen an das Ufer.

»Was gibt es dort für eine Stockung?« fragt Boghurtschi und weist zu einer Stelle des Ufers hinüber, wo Transportkolonnen damit beschäftigt sind, schwere Sandsäcke zum Damm zu tragen.

Dschingis-Chan blickt in die gewisse Richtung und sieht, daß unzählige Krieger ihre Säcke fallen lassen und fortrennen.

Tschagatai rast davon.

Dschingis-Chan läuft mit Boghurtschi hinter ihm her.

»Der Druck des Wassers ist zu groß!« ruft Tschagatai. »Hier ist der erste Riß. Wir müssen die Bauarbeiten einstellen!«

Eine Erschütterung geht durch die Erde. An einer Stelle reißt der

Untergrund krachend ein, überall entstehen plötzlich Risse und Sprünge.

Hilfeschreiend versinken etliche Krieger. Von allen Seiten erschallt der Ruf: »Der Damm bricht! Zurück! Zurück!«

Brausend wälzt eine Wassermauer heran.

»Tschagatai!« schreit Dschingis-Chan und rennt zu seinem Pferd zurück. »Tschagatai!«

Sein Sohn rührt sich nicht, sondern verharrt in der Nähe des Einbruchs, als warte er darauf, von der immer weiter einsackenden Erde in die Tiefe gerissen zu werden. Unmittelbar vor ihm wälzt sich der Hoang-ho in die Ebene. Zwischen Hölzern und Geräten wirbeln Menschen und Tiere umher. Angstschreie und Hilferufe von allen Seiten.

Dschingis-Chan wirft sich auf sein Pferd und jagt auf den Sohn zu. »Tschagatai!« brüllt er und ergreift den wie abwesend Dastehenden, um ihn auf sein Pferd zu ziehen. Doch da bricht der Boden zusammen.

Geistesgegenwärtig wendet das Pferd und rast zurück. Tschagatai schleift am Boden.

»Tschagatai!« ruft Dschingis-Chan verzweifelt, als er feste Erde unter sich fühlt und den Sohn zu sich heraufhebt.

Der harte Griff bringt Tschagatai zur Besinnung. »Die Krieger!« ruft er. »Sie ertrinken!«

»Schweig und bring uns nicht in Gefahr«, fährt ihn Dschingis-Chan an und sprengt den Wall hinunter.

Boghurtschi stürmt ihm entgegen. »Zur anderen Seite! Der Fluß bricht auch drüben durch.«

Dschingis-Chan blickt zurück und erkennt mit Schrecken, daß keine Zeit mehr zu verlieren ist. Eine zelthohe Wasserwelle rast hinter ihm her.

»Schneller!« keucht Boghurtschi und reitet dicht an Dschingis-Chan heran. »Komm auf mein Pferd«, ruft er Tschagatai zu.

Der Sohn des Herrschers will im Vorwärtsstürmen überwechseln.

»Du bleibst!« befiehlt sein Vater.

»Nein!« schreit Tschagatai. »Allein bist du schneller. Du erreichst sonst den Hügel nicht.«

Dschingis-Chans Hand legt sich wie eine Zange um den Arm des Sohnes. »Du bleibst!«

Das Pferd strauchelt, kann sich in der nächsten Sekunde aber wieder fangen.

»Gib mir Tschagatai«, ruft Boghurtschi und schiebt sich erneut an den Freund heran. Dschingis-Chan schüttelt den Kopf. »Wir schaffen es. Dort sind schon die ersten Bäume.«

Bald darauf stürmen die Pferde den Hügel hoch. Der Herrscher läßt halten und blickt mit ausdrucksloser Miene über die Ebene von Hoang-hsing-fu, die sich mehr und mehr mit Wasser füllt. Tausende von Kriegern ringen um ihr Leben. Hilferufe und Verzweiflungsschreie mischen sich in das Tosen der Wassermassen.

Dschingis-Chan wendet sich ab und legt seinen Arm um den Sohn.

Von der Höhe, auf der die Zelte errichtet sind, eilen ihnen einige Oerlök und Tatatungo entgegen. Der Gelehrte klopft dem trübsinnig vor sich hin starrenden Tschagatai väterlich auf die Schultern. »Du kannst nichts dafür«, sagt er. »Wenn es nach dir gegangen wäre ...« Er unterbricht sich und blickt zu Dschingis-Chan hinüber.

Der nickt ihm aufmunternd zu. »Sprich es ruhig aus. Ich weiß, daß ich mich getäuscht und Tschagatai unterschätzte. In Zukunft werde ich mich in gewissen Dingen nach seinen Vorschlägen richten.«

»Ich freue mich, das zu hören«, erwidert Tatatungo. »Dennoch möchte ich dir in dieser Stunde einen Rat geben, den du beherzigen solltest. Das Unterschätzen eines Menschen ist weniger gefährlich als das Sich-Überschätzen.«

6

Kaiser Wai-Wang, der mit Heng-Pi an der großen Tafel des kaiserlichen Speiseraumes sitzt, führt den letzten Bissen der Abendmahlzeit zum Mund. Da er sich in letzter Zeit kaum um seine Tochter gekümmert hat, nimmt er sich vor, eine Änderung eintreten zu lassen. Gedankenverloren hebt er den Zeigefinger seiner ringgeschmückten Hand, woraufhin augenblicklich einige Diener herbeihuschen, um ihm mit Rosenwasser gefüllte Goldschalen zu reichen. Nach kurzem Eintauchen seiner Finger läßt er sich die Hände abtupfen, dann nickt er dem Zeremonienmeister huldvoll zu und fragt seine Tochter mit galanter Verbeugung: »Wollen Wir, bevor es dunkel wird, noch ein wenig in den Park gehen?«

»Gerne«, erwidert sie liebenswürdig.

Der Kaiser führt sie durch eine Terrassentür, die sich wie von Geisterhänden bewegt vor ihm öffnet. Im Freien bleibt er einen Augenblick stehen, atmet tief ein und stöhnt: »Ah ..., ist das köstlich! Die Abende sind jetzt wirklich berauschend.« Verstohlen mustert er seine Tochter, die einen enganliegenden Rock aus golddurchwirktem Brokat trägt. Ihr locker gehaltenes Haar ist von einer Orchidee geschmückt.

Über blütenweiße Kieswege gehen sie an Tempelchen, Lauben, Kiosken, Pavillons und Pagoden vorbei. Auf den Rasenflächen stehen kleine Figuren, die der Palastgärtner täglich neu zu gruppieren hat. Vergoldete Frösche, silberne Fische, fleißige Kobolde mit roten Kappen, Einhörner aus Marmor, Libellen aus Perlmutt, Kolibris und märchenhafte Feen überraschen an allen möglichen Plätzen.

Auf einer geschwungenen Marmorbrücke bleibt Heng-Pi stehen und weist auf das langsam unter ihr dahinfließende Wasser. »Schau nur, die ersten Leuchtfische in diesem Jahr.«

Der Kaiser nickt.

»Geht es dir nicht gut?« fragt sie besorgt. »Ich merkte schon beim Abendessen, daß dich etwas bedrückt.«

Er macht eine abwehrende Bewegung.

»Kann ich dir nicht helfen?«

»Nein, mein Kind«, antwortet er lächelnd. Als Kaiser habe ich natürlich Sorgen. Ich möchte, daß Meine Regierungszeit gut anläuft, damit Chin sich weiterhin festigt. Störungen sind mir deshalb zuwider. Heute aber hat man es gewagt, Mich aus Meiner Zufriedenheit aufzuschrecken. Daher Meine Nachdenklichkeit. Auch greifen Mich die Audienzen sehr an, denn es ist gar nicht so leicht, immer weise zu sein. Als Sohn des Himmels muß Ich jedoch stets kluge und geistreiche Antworten geben, ganz zu schweigen von den Entscheidungen, die Ich zu treffen habe. Gerade heute hatte Ich einen in dieser Hinsicht besonders schweren Tag.«

»Wer brachte die unliebsame Störung?« erkundigt sich Heng-Pi.

Kaiser Wai-Wang entnimmt der Ärmeltasche seines Rockes ein Seidentuch und betupft sich die Nase. »Ich habe den Gesandten Shan-hsi strafen müssen.«

»Warum?«

»Weil er den Frieden Unseres Landes erheblich störte. Stelle dir vor: Ich sandte ihn zu den Barbaren, zu jenem Tschao-churi, der sich damals, als Ich zu ihm ritt, zum Cha-Chan ernannte.«

»Ich entsinne mich. Temudschin ist sein Name.«

»Heute nennt er sich Dschingis-Chan. Er scheint ein Wichtigtuer zu sein; sonst hätte er sich wohl kaum einen Herrschernamen zugelegt. Damit will Ich jedoch nicht sagen, daß er als Mensch schlecht ist. Er ist nur ...«

»Aber, Pa!« unterbricht ihn die Tochter entgeistert. »Damals hast du mir gesagt, daß ...«

»Ich weiß, Ich weiß. Ich mochte ihn nicht leiden, und Ich kann ihn auch jetzt noch nicht ausstehen. Als Sohn des Himmels und Oberhaupt Unseres Reiches muß Ich in ihm aber Meinen Tschao-churi sehen, mit dem Ich in Frieden lebe, und jeder, der diesen Zustand gefährdet, muß als Kriegsstifter betrachtet werden. Mein Onkel, der ehrwürdige Kaiser Tschang-tsung, sagte einmal treffend: ›Ein Regent lebt, solange er mit seinen Nachbarvölkern keinen Krieg hat, nicht in Unfrieden mit ihnen, sondern sperrt jeden ein, der in ruhigen Zeiten vom Krieg spricht.‹ Darum mußte Ich Shan-hsi in den Kerker werfen lassen.«

»Ja, hat er denn vom Krieg gesprochen?«

»Bedeutend Schlimmeres hat er getan. Er meldete Mir, Dschingis-Chan in seinem Ordu nicht angetroffen zu haben. Und warum nicht? Weil dieser Barbar gerade gegen den König von Hsi-Hsia in den Krieg gezogen war. Shan-hsi folgte ihm auf sehr beschwerlichen Wegen und traf ihn an der Grenze des Tangutenstaates, als er schon wieder auf dem Rückmarsch in seine Heimat war. Stelle dir vor: Mein Tschao-churi hat die Residenz Hoang-hsing-fu durch Überschwemmung von aller Welt abgeschnitten und den König gezwungen, sich zu unterwerfen. Er mußte sein Vasall werden und ihm als Garantie seine Tochter zur Frau geben.«

»Wie furchtbar!«

»Das ist noch nicht das Schlimmste. Als Shang-hsi ihn aufforderte, Meine Botschaft mit einem Ko-tou entgegenzunehmen, hat er sich umgedreht und ... Erspare Mir, zu sagen, was er tat.«

»Das nennst du schlimmer als die Tatsache, daß dem Mongolen die Tochter eines Königs ausgeliefert wurde?«

»Aber, aber! Heng-Pi, wo sind deine Gedanken? Ich begreife wohl, daß du als Frau Mitleid mit der Tochter des Königs empfindest, du mußt jedoch bedenken, was es heißt, daß ein Barbar eine Botschaft von Mir, dem Sohn des Himmels, nicht würdig entgegennehmen wollte.«

Heng-Pi senkt bestürzt den Kopf. Sie weiß, daß der Kaiser recht hat. Aber fühlt er als Vater nicht das Furchtbare, das hier einem Geschöpf aus königlichem Geblüt widerfuhr? Ist die Mißachtung einer kaiserlichen Botschaft wirklich bedeutsamer als das Schicksal eines edlen Menschen?

Während Heng-Pi dies denkt, fährt ihr Vater unbekümmert fort: »Stell dir vor, mitten im Frieden berichtet Mir Shan-shi, daß Mein Tschao-churi ein Land überfiel. Ich glaubte Meinen Ohren nicht zu trauen. Ohne es zu wollen, sah Ich Mich plötzlich in die unangenehme Lage versetzt, über Krieg und Frieden entscheiden zu müssen. Aber sei unbesorgt, Ich habe weise entschieden, da Ich nicht daran denke, Meine Regierung mit einem Feldzug zu beginnen. Shan-hsi hat als Ruhestörer und Überbringer einer schlechten Nachricht seine verdiente Strafe erhalten, und die in seiner Meldung liegende Gefahr ist damit gebannt. Hu-scha-hu erhielt Weisung, den Wall jetzt besonders zu beobachten. Und den kriegslüsternen General Kao-chi ließ Ich vor die Mauer stellen, damit er sofort gegen die Mongolen kämpfen kann, wenn diese wirklich kommen sollten. Das ist die Kunst des Regierens. Mit drei Entscheidungen habe Ich eine große Gefahr im Nu beseitigt.«

Heng-Pi blickt ihren Vater verstört an. »Ich weiß nicht recht ... Bitte, laß uns zurückkehren. Es wird kühl.«

»Gerne, Mein Kind. Doch sag: Habe Ich nicht geschickt entschieden?«

Heng-Pi streicht sich über die Stirn. »Ich begreife nicht, warum Shan-hsi bestraft werden mußte. Er hat doch seine Pflicht getan und die Wahrheit gemeldet.«

»Gewiß. Aber er löste seinen Auftrag so schlecht, daß er Mir eine verhängnisvolle Nachricht bringen mußte. Du wirst zugeben müssen, daß er völlig versagte. Und er hat auch gewußt, was ihm bevorstand. Aus Sorge vor der Strafe hat er seinen Rückweg drei Monate über Gebühr ausgedehnt. Er wußte genau, daß Regenten nach alten Gesetzen zu richten haben, und Ich hoffe, du begreifst Mich nun?«

»Nein«, erwidert sie bestimmt. »Ich begreife überhaupt vieles nicht. Wenn ich an deiner Stelle stünde, würde ich mit mancher alten Gewohnheit brechen und die Hände nicht in den Schoß legen. Gute Nacht. Ich fühlte mich nicht wohl.«

»Oh, oh, oh! Mit alten Gesetzen und Gewohnheiten würdest du brechen? Das ist schlimm, denn dann ist der Tag, an dem du erkennen wirst, welch unerhörte Weisheiten in ihnen liegen, noch weit fort. Gute Nacht, mein Mondhäschen. Träume von schönen Dingen. Von Blumen und Vögeln.«

Dschingis-Chan, der seine Krieger nach der Rückkehr in die Heimat erneut schulen und die Arsenale mit Kriegsgeräten aller Art füllen läßt, verabschiedet einen ›Späher‹, der ihm an Hand einer Karte einen umfassenden Bericht über Chin erstattete. Danach begibt er sich in das Beratungszelt, in dem seine Oerlök und über zweihundert Heerführer versammelt sind. Zwischen ihnen stehen große Eisenkörbe mit glühendem Dung, auf den taubstumm gemachte Sklaven Holzkloben werfen, um die noch herrschende Kälte des Frühjahrs (1211 n. Chr.) zu vertreiben.

Während Dschingis-Chan auf seinen Platz zugeht, überdenkt er nochmals die Mitteilungen des ›Spähers‹, die ihm besonders wertvoll gewesen waren, weil ihm dieser rührige Agent eine Karte von Chin angefertigt hatte. Er kann sich nun ein so gutes Bild von der Lage der Städte, der Gebirge und Flüsse machen, daß er die Residenz Yen-king plastisch vor sich liegen sieht. Im Geiste reitet er schon durch Schan-si der reichen Provinzstadt Tatung-fu entgegen. Er ist sich allerdings darüber im klaren, daß es ihm ohne listenreiche Einfälle nicht gelingen wird, seine weitgesteckten Pläne zu verwirklichen. Der Kampf mit Hsi-Hsia zeigte ihm eindeutig, daß die Erstürmung von Festungen eine für ihn vorerst noch nicht lösbare Aufgabe darstellt. Um das mächtige Chin dennoch unterwerfen zu können, hat er einen Plan ausgearbeitet, der seine Gegner zwingen soll, in den weiten Ebenen hinter den Grenzgebirgen zu Entscheidungsschlachten anzutreten, in denen es ihm nicht schwerfallen wird, die nichtberittenen kaiserlichen Heere zu vernichten. Erst wenn er das geschafft hat, kann er in Ruhe an die Belagerung der Festungen herangehen.

Dschingis-Chan verkennt nicht, daß er bei der Unterwerfung Hsi-Hsias viel Glück entwickelte; sogar noch im Unglück. Denn daß der mißglückte und verlustreiche Staudamm noch zum Erfolg werden würde, hätte niemand zu denken gewagt. Wenn er auf seinen Sieg auch nicht stolz sein darf, so erkannte er doch, daß ein mit List geführtes Unternehmen selbst dann siegreich beendet werden kann, wenn sich scheinbar unüberwindbare Hindernisse in den Weg stellen. Auch in früheren Kämpfen hatte er diese Erfahrung schon gemacht. Er darf die List nicht mehr als Hilfsmittel betrachten; muß sie als Kampfmittel in seine Pläne einbeziehen. Die List muß vom Generalstab als erstes taktisches Gesetz vor alle Überlegungen gestellt werden.

Wenige Tage nachdem Dschingis-Chan seine Heerführer über seine Pläne informierte, nötigen ihn besondere Ereignisse, unverzüglich den Kampf gegen Chin aufzunehmen. Alakusch-Tekin, der ihn einstmals vor den Naimanen warnte, als Baibuka-Taiang Verbündete gegen ihn suchte, erbittet seine Hilfe gegen Chin-Streitkräfte, die plündernd in sein Land eingefallen sind. Dschingis-Chan zögert keinen Augenblick, ihm zu helfen. Auch wenn es besondere Erwägungen gewesen sein mögen, die den Ongutenführer veranlaßt hatten, sich auf seine Seite zu stellen, er hat ihm einen Dienst erwiesen, der einen Gegendienst verlangt.

Natürlich handelt Dschingis-Chan, der seinen listenreichen Heerführer Dschebe mit dreißigtausend Kriegern den Onguten zu Hilfe schickt, nicht selbstlos. Der Überfall auf Alakusch-Tekins Stämme kommt ihm sehr gelegen, weil er ihm die Möglichkeit bietet, den Feind abzutasten, ohne etwas zu riskieren. Darüber hinaus ergeben sich weitere Chancen für ihn, wenn er den Onguten entscheidend hilft. Denn in den Reihen der Bewachungsstreitkräfte der Chin-Mauer stehen viele Onguten als Söldner, derer er sich unter Umständen bedienen kann. Er erteilt deshalb einem ›Späher‹ den Auftrag, schnellstens zu ermitteln, wo stärkere Einheiten der Onguten im Dienst der Verteidigungsarmee stehen. Darüber hinaus erhält der Agent die Weisung, auf dem Westweg durch die Wüste Gobi zurückzukehren.

Nachdem alle Vorbereitungen beendet sind, ruft Dschingis-Chan seine Oerlök zusammen und erklärt ihnen: »Bevor ich zu den Heerführern spreche, will ich mit euch nochmals die wichtigsten Punkte festlegen. In den nächsten Tagen brechen zwei Tuman mit Rindern und Schafen nach Süden auf und legen auf dem Westweg durch die Gobi in bestimmten Abständen Versorgungsplätze an. Die Herden finden in einigen Tälern jetzt noch genügend Wasser, um den Marsch durchführen zu können. Gleichzeitig reiten zwei weitere Tuman über den Ostweg nach Süden und vereinigen sich mit Dschebe, so daß hier«, er zeigt auf einen nordwestlich von Yen-king gelegenen Punkt, »fünfzigtausend Krieger vereinigt sind. Während die westliche Gruppe jeden feindlichen Späher beziehungsweise Reisenden einfängt, so daß keine Nachricht vom Vorhandensein dieser Truppe an den Feind gelangen kann, soll die östliche Einheit Späher und Reisende verfolgen, aber entkommen lassen. Darüber hinaus soll sie ihre Vorbereitungen zum Marsch auf die Hauptstadt Chins möglichst geheimnisvoll, jedoch nicht unauffällig treffen, damit sich die kaiserlichen Armeen im Nordosten des Reiches sammeln. Wir selbst rücken mit der Hauptstreitmacht von hundertdreißigtausend Kriegern etwas später ab, und wir werden den Westweg benutzen, um dann plötzlich überraschend an einer noch festzulegenden Stelle, etwa zweihundert Kilometer westlich des Sammelpunktes vor Yen-king, über die Mauer zu dringen und in die Provinz Schan-si einzufallen. Um die Heimat nicht zu gefährden, nehmen wir alle Krieger unserer ehemaligen Feinde mit. Nur eine Ordnungsgruppe von zweitausend Mann lassen wir unter dem Befehl von Sorgan-Schira zurück. Marschordnung und Einteilung der Heeresgruppe arbeitet der Jurt-Dschi aus. Gebt dem Generalstab also die genaue Formierung innerhalb eurer Einheiten bekannt.« Er wendet sich an den zweiten Gefolgsmann. »Wie sieht es bei dir aus, Dschelme?«

»Alles in Ordnung.«

»Deine Pfeilboten bilden während des ganzen Feldzuges eine Sonderformation, die niemandem unterstellt ist. Auch nicht dem Generalstab. Die Wichtigkeit der heiligen Reiter wird sich jetzt erweisen, denn unsere Heeressäulen rücken über vierhundert Li voneinander getrennt vor und müssen in ständiger Verbindung bleiben, wenn sich meine Kampfart bewähren soll. Alles hängt von einem reibungslos arbeitenden Nachrichtendienst ab.«

»Ich habe mir die besten Pferde ausgesucht«, entgegnet Dschelme. »Und auf meine Männer kannst du dich verlassen.«

»Hm-em!« räuspert sich Muchuli vernehmlich. »Typisch für ihn, daß er sich die besten Tiere wegschnappt.«

Dschelme lacht. »Sei zufrieden, Muchuli. Der Jurt-Dschi gibt euch für jeden Krieger zwei Pferde. Über vierhunderttausend stehen bereit.«

»Bekommst du etwa nicht zwei Pferde für jeden Melder?« mault Muchuli.

Dschelme schüttelt den Kopf. »Jeder meiner Männer erhält vier.«

»Seine Göttlichkeit, der erhabene Kaiser Wai-Wang, fordert Sie auf, Ihre Privatangelegenheiten zu ordnen und sich zu der am Nachmittag anberaumten Audienz einzufinden.«

General Kao-chi hebt müde sein Haupt und geht mit schleppenden Schritten auf einen kleinen Hausaltar zu, der sich in einer Nische des Empfangsraumes befindet. Vor der Statue Buddhas verharrt er längere Zeit in vornübergeneigter Haltung, dann vollführt er einen dreifachen Ko-tou, erhebt sich und verläßt sein Haus.

Draußen weht der Frühling über die bunten Dächer. Es duftet nach Erde, Blüten und Kräutern. Die Akazien beginnen zu knospen, in den Fliedersträuchern perlen schneeweiße Dolden. Auf den Giebeln sitzen Tauben, die gurrend ihre Schnäbel reiben. Die Menschen haben ihre Winterkleidung abgelegt und gehen im leichten Ischang spazieren.

Wie geistesabwesend schiebt sich Kao-chi durch den bunten Trubel der Straßen. Er sieht nicht den seidigschimmernden Himmel. Das Dunkle des Lebens beschäftigt ihn. Für ihn geht das glanzvolle Dasein eines Generals der Chin-Armee zu Ende. Unwillkürlich befühlt er den Ischang, den er gegen die Uniform tauschte.

Seine Zeit ist vorbei. Ob nun Tod oder lebenslänglicher Kerker auf ihn wartet, was ändert das? Er hat sein Leben verwirkt; auf dumme Weise hat er es verspielt. Ehrgeiz und Eigensucht ließen ihn in das Land der Onguten einfallen. Er wollte Erfolge zu verzeichnen haben und überfiel das Grenzvolk, um dem Kaiser die Vernichtung von Feinden melden zu können. Doch das Unglück traf ihn mit eiserner Faust. Unter den Hufen von dreißigtausend Pferden wurde sein Fußheer zerstampft. Schwerter und Keulen prasselten wie Gewitterregen auf seine Armee nieder. Nur mit äußerster Mühe hatte er sich retten können. Und nun ...?

Ein halber Tag ist ihm noch geschenkt. Nur wenige Stunden kann er noch als freier Mensch verbringen. Er sucht vertraute Plätze auf, um alten Erinnerungen nachzuhängen, sieht aber nichts, sondern grübelt und grübelt.

Der General geht, bis er mit einem Male erstaunt seine Umgebung betrachtet. Wohin ist er gelaufen? Es steht im Stadtpark von Yen-king vor einem kleinen Hügel, auf dem ein Turm mit unzähligen Stufen errichtet ist. Soll er hinaufsteigen? Er verharrt unschlüssig, geht schließlich über gepflegte Wege an Rasenflächen, Hainen, Pavillons, Statuen und kleinen Tempeln vorbei.

Vor einer Kapelle bleibt er stehen, greift in seine Rocktasche und wirft eine Anzahl Münzen in ein Marmorbecken, das von einem Wassergraben umgeben ist. Klirrend schlägt das Geld in die halb gefüllte Opferschale. Einige Stücke aber fallen in das Wasser. Er blickt hinter ihnen her und gewahrt auf dem Grund des Grabens eine Jadeplatte, in welche die Worte eingraviert sind: ›Mensch! Liebst du das Leben, so schütze dich vor Enttäuschungen. Sterbe!‹

Nachdenklich durchschreitet Kao-chi den menschenleeren Park. Die Stille ist lähmend. Ein Eisvogel mit metallisch leuchtenden Federn fliegt vorbei. Ihn friert plötzlich. Hastig verläßt er den Park, um im Trubel und geschäftigen Treiben des Alltags seine Ruhe wiederzufinden.

Kulis hasten über den Fahrdamm. Klappernd trippeln Frauen vorbei. Händler bieten ihre Waren an. Lastenträger schleppen riesige Bastkörbe auf den Schultern. Maulesel schreien. Wagen knarren. Bettler strecken ihre Hände aus. Geschäftsleute bestürmen ihn. Er weiß kaum, wer ihm was anbietet. Tsi – Tschang – Wu – Lang, Ming – Shang – Bu – Bang. Die Silben schwirren wie Kolibris umher.

Der General sucht eine ruhige Seitengasse auf. Er riecht nach Knoblauch. An den Häuserwänden stehen Wahrsager, Bettler, Geschichtenerzähler und Prediger. Einer von ihnen, ein Greis, versucht schon am Tage mit einer brennenden Laterne die bösen Nachtgeister zu verscheuchen. Mit weinerlicher Stimme beschwört er verschiedene Dämone. Zwischendurch preist er Heilpflaster und Wundertees an.

Aus einem dunklen Winkel stürzt sich ein alter Mann auf den General und deklamiert mit hochgezogenen Augenbrauen:

»Du bist ein Fremder und hast Kummer,

Ich bin Wahrsager und habe Hunger.
Komm zu mir, damit ich dich erlabe,
Indem ich dir die Zukunft sage.«

Der General betrachtet den Greis skeptisch. »Kannst du wirklich die Zukunft sagen?«

»Frage nichts, Fremder,
Sage nichts, Fremder.
Ich werde dir alles sagen
Und wären es tausend bittere Klagen.
Willst du mich hören, so leih mir dein Ohr,
Sonst gehe fort, so klug als zuvor.«

»Nun gut«, entgegnet der General. »Was weißt du von der vor mir liegenden Zeit?«

Gespannt blicken alle Umherstehenden den Wahrsager an, der aus seinem verschmutzten Rock ein abgegriffenes Buch hervorholt. Jeder hofft, daß er etwas Gutes zu sagen weiß. Solches läßt vermögende Menschen großzügig werden.

Der Alte eröffnet seine Wahrsagung mit einem Sing-sang, der kundtun soll, daß er den Mut hat, auch Unangenehmes zu verkünden.

»Hier kommt ein Fremder von weit weither,
Seine Nase ist lang, die Nägel stehn quer,
Doch, meine Freunde, vielleicht ist seine Tasche voll Geld,
Und somit wäre etwas an ihm, was uns gefällt.
Mag er also auch keine Manieren haben,
Wir wollen bemüht sein, ihn zu ertragen.«

Kao-chi weiß, daß derartige Anspielungen keinen Mangel an Höflichkeit darstellen, sondern Scherze sind, die dem Wahrsager die zur Konzentration benötigte Zeit geben sollen.

Eine geraume Weile blättert der Greis in einem kabbalistischen Buch, dann betrachtet Kao-chi mit durchdringenden Augen und sagt ärgerlich:

»Eine Heirat kann ich dir nicht empfehlen,
Denn man muß halten, was man verspricht.
Ein Sarg, glaubst du, würde dir fehlen?
Sei unbesorgt, den brauchst du nicht.
Vor dir liegen noch viele Tage,
Doch bist du dir und anderen zur Plage,
Da Eigensucht sich vor dich gestellt,
Diese zügelloseste aller Sünden der Welt.
Merke auf, was ich dir jetzt sage,
Sonst wäre es besser, man trüge dich zu Grabe:
Man kann nicht zugleich schärfen und tasten,
Nicht lügen und beten und fasten,
Und Beinespreizen ist kein Gehn,

Ein Zehenstand niemals ein Stehn.
Wer sich ins Licht stellt, steht später im Schatten,
Und mag er dann flehen und rennen und hasten ...«

Der Wahrsager streckt plötzlich abwehrend die Arme von sich und ruft entsetzt: »Geh! Geh! Ich kann dir nichts mehr sagen. Geh!«

Erschrocken weichen die Anwesenden zurück.

Der General wird blaß und schaut ratlos um sich. Was mag in den Alten gefahren sein? Er greift in die Tasche, um einige Münzen hervorzuholen.

»Nein!« schreit der Greis gellend.

Kao-chi blickt in haßerfüllte Augen.

»Von dir will ich nichts. Dein Gewinn ist Verlust, erst dein Verlust wird Gewinn sein. Geh!«

Der General strafft sich. Ist er einem Narren in die Hände gefallen? Er dreht sich um und verläßt die Gasse.

Kaiser Wai-Wang streicht spielerisch über die polierte Lehne des Thronsessels und betrachtet dabei wohlgefällig seine zartrosa gefärbten Nägel. Nach einer Weile hebt er unmerklich den Kopf und blickt auf die vor ihm versammelten Offiziere und Würdenträger, die sich mit ihm die Rechtfertigungsrede General Kao-chis anhören. Wenn auch jeder weiß, daß das Urteil des Himmelssohnes feststeht und die Worte des Heerführers nichts mehr zu ändern vermögen, so horchen doch alle auf, als sie hören, was der General zu sagen hat. Denn die Art seiner Verteidigung ist geschickt, und in gewisser Hinsicht müssen sie ihm recht geben.

Offen bekennt Kao-chi, das Land der Onguten leichtfertig überfallen zu haben. Er erklärt, von dem Gedanken beseelt gewesen zu sein, die Macht des jungen Regenten durch einen glänzenden Sieg zu erweitern. Er wisse, so führt er des weiteren aus, daß er sich schuldig gemacht und sein Leben verwirkt habe. In Hinblick auf die Sicherheit des Reiches bitte er den Kaiser jedoch zu beachten, daß seine Armee nicht von Onguten, sondern von Mongolen vernichtet worden sei. Wenn seine Niederlage für den Generalstab zum Warnsignal werde, scheide er gerne aus dem Leben, denn dann wisse er, daß sein verlorener Kampf vom Schicksal bestimmt gewesen sei, um das Reich vor einem größeren Unglück zu bewahren.

Während die Anwesenden beifällig nicken, erhebt sich der Kaiser und sieht mit brennenden Augen auf den General hinab. Dann setzt er sich wieder und sagt mit fast heiserer Stimme: »Meine Herren! Sie wurden soeben Zeuge Meiner Erregung. Ich bin auf das höchste empört. General Kao-chi hat nicht nur ohne Genehmigung einen Überfall auf ein fremdes Volk unternommen, er besitzt auch noch den traurigen Mut, den Versuch zu machen, Mich gegen Meinen Untergebenen Tschao-churi aufzuhetzen. Wenn Dschingis-Chan mit den Onguten verbündet ist und diesen zu Hilfe eilte, so sehe Ich darin eine lobenswerte Pflichterfüllung, die auch dann lobenswert bleibt, wenn Wir durch die Schuld eines Generals die Leidtragenden wurden. Ich gestehe offen, die Pflichterfüllung Dschingis-Chans bestärkt Mich in der Annahme, daß Mein Tschao-churi ein gegebenes Wort unbedingt hält, und das gibt Mir die Gewißheit, daß Ich Mich absolut auf ihn verlassen kann. Ich wünsche, daß Meine Regierungszeit nicht von Kriegen gestört wird. Es ist Mein sehnlichster Wunsch, das Ansehen der Chin-Dynastie zu erhöhen. Störungen, die zur Gefahr werden können, müssen verbannt werden. Für Mich ist Dschingis-Chan ein Mir dienender Verbündeter, und er soll es bleiben, solange Unsere Interessen nicht zuwiderlaufen. Niemals werde Ich den Gedanken hegen, Mein Reich über die Mauern hinweg zu erweitern. Ich verhänge darum eine Nachrichtensperre über den Verlust Unserer Armee, und Ich verbiete jedem, im Tschao-churi Dschingis-Chan einen Feind zu sehen. Wir leben im Frieden mit ihm, und von einer verlorenen Schlacht ist Uns nichts bekannt.«

Der Kaiser macht eine Pause und wendet sich an General Kao-chi. »Ich müßte Sie mit dem Tode bestrafen. Als gütiger Sohn des Himmels begnadige Ich Sie jedoch zu lebenslänglichem Kerker, weil Sie – wenn auch geschlagen – das Volk der Onguten schwächten, mit denen Wir nicht in freundschaftlicher Verbindung stehen.«

Der General verneigt sich und will sich schon zurückziehen, als der Eunuche Hu-scha-hu einige Schritte vortritt und den Sohn des Himmels bittet, zur Angelegenheit des Generals noch Stellung nehmen zu dürfen.

»Mein lieber Hu-scha-hu«, erwidert der Kaiser wohlwollend, »Ich schätze Ihre besonnene Art und leihe Ihnen gerne mein Ohr.«

Der Eunuche verbeugt sich. »Erlauchter Sohn des Himmels! Ich bin glücklich, von Eurer Herrlichkeit als besonnener Diener geschätzt zu werden, und ich hoffe zuversichtlich, daß meine Worte Ihr Verständnis finden. Mit General Kao-chi verbindet mich bekanntlich keine Freundschaft, so daß ich es wohl wagen darf, in gewisser Hinsicht für ihn zu sprechen, ohne Gefahr zu laufen, als beeinflußt zu erscheinen. Selbstverständlich liegt es mir fern, seine Handlungsweise gutzuheißen. Seine soeben ausgesprochene Warnung vor Dschingis-Chan muß ich aber unterstützen. Wenn dieser Mongole in der Lage ist, die Armee eines Chin-Generals zu vernichten, dürfen wir unsere Augen nicht verschließen; denn nicht die Unerfahrenheit unserer Soldaten, sondern die beängstigende Überlegenheit des Gegners brachte ...«

»Hu-scha-hu!« unterbricht der Kaiser den Eunuchen mit sich überschlagender Stimme. »Sind Sie Ihrer Sinne nicht mehr mächtig? Haben Sie Meine Ausführungen nicht vernommen? Ich lebe mit Dschingis-Chan im Frieden, und Ich wünsche keinen Krieg!«

»Verzeiht, Erlauchter Kaiser, wenn ich bemerke, daß ein Friede zwischen zwei Parteien nur dann als gesichert angesehen werden darf, wenn beide Teile keinen Krieg wünschen.«

»Schweigen Sie, Hu-scha-hu!« ruft der Kaiser und erhebt sich..

Gebannt starren alle auf den Regenten und den unerschrocken vor ihm stehenden Eunuchen.

«Ich darf jetzt nicht schweigen, Erhabener Sohn des Himmels«, fährt Hu-scha-hu unbeirrt fort. »Ich muß Eure Herrlichkeit in die Wirklichkeit, in das wahre Leben zurückleiten. In das Leben treten heißt, dem Tod entgegenschreiten. Wenn wir das Leben lieben und bestrebt sind, es zu erhalten, müssen wir kämpfen. Einmal wie ein Tiger, der Opfer sucht, um satt zu werden. Ein andermal wie ein Stier, der sich gegen ein angreifendes Raubtier verteidigt. Ich sehe in Dschingis-Chan einen Tiger, der sich ...«

»Hu-scha-hu! Ich lasse Sie einsperren, wenn Sie nicht sofort Ihre streitsüchtige und unwahre Rede einstellen!«

Der Eunuche verbeugt sich verbindlich, in seinem Gesicht aber bleibt der Ausdruck stahlharten Widerstandes. »Erlauchter Sohn des Himmels! Ich glaube, Ihr werdet mich einkerkern lassen müssen, denn solange ich im Dienst des Reiches stehe, ist es mir nicht erlaubt, davon abzulassen, Eure Herrlichkeit zum Wohle des Landes zu beraten. Ich spreche deshalb meine Warnung nochmals aus, und ich beuge mich vor Eurer Weisheit, die erkennen wird, daß ein streitender Mensch wertlos, ein wertvoller hingegen streitlos ist. Bedenkt jedoch, daß auch bei einem wertlosen Menschen wahre Worte unschön und schöne Worte unwahr sind.«

Der Kaiser kann sich nicht mehr beherrschen. Er gibt einem Palastoffizier ein Zeichen, und unmittelbar darauf erschallt der kalte Rhythmus gleichmäßiger Schritte. Dann verkündet er mit eisiger Stimme: »Ich, der Sohn des Himmels, bestrafe hiermit den General Kao-chi und den Eunuchen Hu-scha-hu mit lebenslänglichem Kerker, weil sie den Frieden des Reiches und das Ansehen der Chin-Dynastie erheblich gefährdet haben.«

Die Bestraften verbeugen sich und verlassen den Saal.

Kaiser Wai-Wang läßt sich wie erschlafft auf seinen Thron sinken. »Meine Herren!« sagt er, »Nehmen Sie davon Kenntnis, daß das hier Geschehene nicht geschah. Gehen Sie an Ihre Plätze zurück, und widmen Sie Ihre volle Aufmerksamkeit dem Heer. Sie wissen, daß in nicht allzugroßer Entfernung vor Unserer Mauer das Volk der Mongolen lebt. Wenn Wir auch nicht daran zweifeln, mit diesem Volk im Frieden zu leben, so wollen Wir dennoch auf der Hut sein.« Nach einer kurzen Pause wendet er sich an den Fürsten Wan-yen. »Mein lieber Fürst! Angesichts der besonderen Lage ernenne Ich Sie zum Kommandanten der Stadt Yen-king. Sorgen Sie dafür, daß der Notstand zu jeder Tages- und Nachtzeit ausgerufen werden kann.«

Wan-yen verbeugt sich tief. »Ich danke dem Erlauchten Sohn des Himmels für die mir zuteil gewordene Gnade. Mit Hingabe und Tatendrang will ich mich der gestellten Aufgabe widmen. Möge der Himmel mir die Kraft geben, eine Schwäche zu bezwingen und in Stärke zu verwandeln. Mögen die Götter mir helfen, die Zersplitterung meiner Gedanken zu verscheuchen, damit Klarheit in mich einkehre und ich Rechtes tue, wenn ich auf den Grund unseres Lebensbrunnens schauen muß. Möge es mir dann vergönnt sein, den Brunnen nicht leer zu finden.«

7

Während Dschebe vor der großen Chin-Mauer fünfzigtausend berittene Streitkräfte zum Angriff sammelt, um die Aufmerksamkeit des kaiserlichen Heeres auf sich zu ziehen, erreicht Dschingis-Chan mit hundertdreißigtausend Kriegern und dreihunderttausend Pferden die Grenze der Wüste Gobi, wo er mit jenen beiden Tuman zusammentrifft, die zur Errichtung von Versorgungslagern und zur Erkundigung einer günstigen Ausgangsstellung vorausgesandt waren. Unmittelbar nach seinem Eintreffen jagen etliche Boten in östlicher Richtung davon.

Beim Durchmarsch durch die Wüste hatten Dschelmes Reiter die Forderung Dschingis-Chans, selbst im zerklüfteten Gelände stets mit den östlich vorrückenden Streitkräften in Verbindung zu bleiben, nur schwer erfüllen können. Dschelme hatte sich gezwungen gesehen, seine Einheit in Abständen von fünfundzwanzig Li quer über die Gobi zu verteilen und in der so gebildeten Front zwischen den zweihundert Kilometer voneinander getrennt marschierenden Heeren vorzurücken. Dadurch hatte jeder seiner Gruppen nur eine Entfernung von annähernd zwölf Kilometern zurückzulegen, um zur nächstgelegenen Nachrichtenstelle zu gelangen, und sobald eine Einheit die weit vernehmbaren silbernen Glocken hörte, machte sich der diensthabende Meldereiter zur Ablösung des ankommenden Boten fertig. Dschelme gelang es auf diese Weise, Befehle innerhalb von einem halben Tag an die östlichen Einheiten zu übermitteln. Voller Stolz berichtet er dem Herrscher, daß der Empfang einer am frühen Morgen aufgegebenen Meldung bereits am Abend durch eine gegenläufige Stafette bestätigt wurde.

Dschingis-Chan klopft ihm anerkennend auf die Schulter und sagt an Boghurtschi gewandt: »Wir sind nun in der Lage, genau zu errechnen, bis zu welcher Entfernung wir getrennt vorrücken dürfen. Wenn unsere Boten 400 Li in einem halben Tag bewältigen, können wir Formationen, die sich in solchen Abständen vorwärtsbewegen, in spätestens zwei Tagen vereinen. Die Heeresgruppen sollen sich deshalb vorerst nicht über größere Strecken trennen.«

Bald nach dieser Unterredung bricht die Dunkelheit herein, und als Mitternacht naht und der Vollmond die Hochebene zwischen der Chin-Mauer und der Wüste Gobi in ein mildes Licht taucht, rüstet sich ein Heer von Kriegern zum Abmarsch gegen das mächtige Chin. So weit das Auge reicht, steigen Dunstwolken wie dampfende Schleier empor.

In einiger Entfernung von der sich wie eine endlose Schlange gegen den hellen Sand abhebenden Linie entläßt Dschingis-Chan seine obersten Heerführer, denen er keine Erläuterungen mehr zu geben hat. Der Generalstab arbeitete genau berechnete Pläne aus, die jedem Anführer vermittelt wurden.

Zwischen den einzelnen Tuman liegen größere Abstände. Jede Zehntausendschaft reagiert auf Zeichen, die von der zu ihr gehörigen Führung gegeben werden. Und jede Kampfeinheit verfügt über eine Anzahl Meldereiter, die Anordnungen Dschingis-Chans oder des Jurt-Dschis schnellstens übermitteln.

Als der Bote des letzten Tuman seine Meldung über die vollzogene Aufstellung erstattet, gibt Dschingis-Chan den Befehl zum Aufbruch. Seine Stimme schwingt bewegt. Er weiß, daß sein Wort zweihunderttausend Mongolen zum Kampf gegen Chin in Bewegung setzt. Alle ihm zur Verfügung stehenden Kräfte hat er aufgeboten, um ein Reich zu überfallen, das es sich zur erhabensten Aufgabe machte, die Völker hinter der Mauer gegeneinander aufzuhetzen, um sie im eigenen Blut baden zu lassen.

Dschingis-Chan weiß natürlich auch, daß er mit seinem Angriff auf Chin alles verlieren kann. Doch er fühlt, daß er sich auf seine Krieger und auf den Generalstab verlassen kann. Sein Heer ist nicht mehr zu schlagen; er kann unbesorgt in die Zukunft sehen. Und sollten die Städte nicht einzunehmen sein, nun gut, dann wird er die Landbevölkerung so lange plündern, bis der Hunger seiner Männer gestillt ist.

Die Größe des Augenblickes bewegt ihn. Über eine Million Hufe tragen kampfbegierige Mongolen der endlos erscheinenden Mauer entgegen. Die Nacht erzittert. Staubfontänen ballen sich zu Wolken. Der Mond verhüllt sein Antlitz, und als der Morgen graut, stürzt sich eine Menschenlawine auf das im Schlaf liegende Chin.

Die Bewachungskräfte der Mauer, die sich todesmutig in den fast aussichtslosen Kampf werfen wollen, sehen plötzlich die Waffen der Onguten-Söldlinge auf sich gerichtet. Kampflos durchbricht Dschingis-Chans Heer den Wall, nachdem die technischen Einheiten Tschagatais breite Breschen geschlagen haben, so daß das Gros wie eine Sturzflut in die Provinz Schan-si fließen kann.

Während Dschingis-Chan mit der Hauptstreitmacht im fliegenden Ritt die Gebirgszüge des im Norden gelegenen Tafellandes überwindet und eine Reihe enger Täler durchquert, um schnellstens in die südliche Ebene der Westprovinz zu gelangen, schwenken die schwerer beweglichen und nur zum Teil berittenen Einheiten der kaiserlichen Armee von den vorsorglich bezogenen Verteidigungsplätzen vor Yen-king nach Westen ein, um den Mongolenhorden durch das steinige Randgebirge Nordchinas entgegenzurücken.

Dschingis-Chan, durch Späher und Melder über jede Bewegung des Feindes informiert, wählt ein weites Tal als Kampfplatz. Er befiehlt dem zur Täuschung weiter östlich aufmarschierten Dschebe, den heranrückenden Chin-Kräften in gemessener Entfernung so zu folgen, daß er die Einheiten des Kaisers jederzeit einholen und vom Osten kommend angreifen kann.

Wenn eine Plünderung des Landes verhindert werden soll, müssen die Truppen des Kaisers den Kampf aufnehmen, wo er sich ihnen bietet. Sie machen sich auch keine Sorgen, weil sie glauben, es mit einem Einfall zügelloser Steppenhorden zu tun zu haben, die im Kampf auf offenem Gelände unterlegen sind. Und ihr Heer zählt über zweihundertfünfzig tausend disziplinierte Soldaten.

Als ihre Vorposten erste Fühlungnahme mit im Westen eingefallenen Reiterhorden melden, formieren sie sich zu dichtgedrängten Kadern und rücken langsam an den Feind heran.

Sofort gibt Dschingis-Chan an Dschebe den Befehl, mit den im Osten stehenden fünfzigtausend Kriegern am nächsten Morgen der Chin-Armee in den Rücken zu fallen. Die von ihm selbst geführte Hauptstreitmacht, die er in langer Linie marschieren ließ, teilt er in drei gleich starke Heeressäulen auf, und während er mit einem Teil im Westen verharrt, um von dort den Angriff einzuleiten, schiebt er in der Nacht unbemerkt zwei Flügel an die nördlichen und südlichen Flanken des Feindes heran. Erst als das Gros des Gegners im Morgengrauen umstellt ist, gibt er den Befehl zum Angriff.

Die schnell beweglichen Tuman setzen sich von allen Seiten auf die Kader der kaiserlichen Armee in Bewegung. Vierhunderttausend Steppenpferde mit zweihunderttausend Mongolen rücken den eng aufgeschlossenen Truppen entgegen und eröffnen mit massierten Pfeilsalven die Schlacht. Ohne zu zielen, jagt jeder Reiter drei bis vier Geschosse auf den Gegner, um dann die Keule oder den Säbel zu ergreifen. Unter kriegerischem Geschrei rasen die Kolonnen wie ein Orkan dahin, bis sie mit den Schildern der zu Fuß heranrückenden Söldner zusammenkrachen. Lanzen brechen. Todesschreie gellen. Die Schlacht dröhnt. Wie Ungeheuer fressen sich die Tuman in den Leib der kaiserlichen Armee. Und dennoch: erst als sich die Sonne dem Westen nähert, verebbt der Lärm der Schlacht.

Klagen und Wimmern erfüllen den Abend. Daneben ist hin und wieder das Schnattern von Wildgänsen zu hören, die vom fremden Geruch des Blutes verwirrt mit hastigen Flügelschlägen über das Schlachtfeld streichen.

Das Heer des mächtigen Chin fand ewige Ruhe auf dem Boden der Heimat. Die Provinz Schan-si liegt ungeschützt vor den Mongolen.

Dschingis-Chan ist sich darüber im klaren, daß Kaiser Wai-Wang neue Heere aufstellen wird. Deshalb gönnt er seinen Männern keine Ruhe. Er beginnt sofort damit, Schan-si zu unterwerfen, um die Versorgung der Truppe sicherzustellen. Der Krieg muß den Krieg ernähren. Seine Einheiten teilt er in drei Blöcke ein, die unter den Kommandos seiner Söhne Dschutschi, Tschagatai und Ugedei ausschwärmen. Mit Tuli, dem Jüngsten, schließt er die Festung Tatung-fu ein, die durch Belagerung zur Übergabe gezwungen werden soll. Er hatte zwar vorgehabt, sie zu erstürmen, aber angesichts ihrer hohen Mauern gibt er den heimlich gehegten Gedanken auf.

Dschebe erhält den Auftrag, im östlichen Gebirge, in dem sich eine zweite Verteidigungsmauer befindet, einen günstigen Übergang nach Yen-king zu suchen. Doch früher, als Dschingis-Chan vermutete, muß er seine Verbände wieder zusammenziehen, um neuen Formationen der kaiserlichen Armee, die in Eilmärschen heranrücken, entgegentreten zu können. Noch dreimal müssen seine Einheiten zahlenmäßig weit überlegene Heere vernichten, und besorgt fragt er sich, wie oft Chin aus seiner unergründlichen Tiefe weitere Kräfte heranziehen kann. Und Tatung-fu bleibt uneinnehmbar. Nur kleine Städte werden erstürmt.

In dieser Phase meldet Dschebe, daß es ihm überraschend gelungen sei, einen schwach verteidigten Paß zu besetzen. Sofort bricht Dschingis-Chan die Belagerung von Tatung-fu ab, zieht alle Truppen zusammen und eilt in der Hoffnung, die Hauptstadt im geschlossenen Ansturm einnehmen zu können, mit allen Einheiten in die unendliche Weite vor Yen-king. Doch als er die Stadt erblickt, ist er vor Entsetzen fast gelähmt. Vor ihm liegen Gräben und Mauern, die unüberbrückbar sind. Er ahnt, daß er diese Festung niemals einnehmen wird. Deshalb gibt er den Befehl, keine Einheit an die Riesenstadt heranzuführen. Niemand soll sich den Mauern nähern. Er begründet diese Anordnung mit der Behauptung, noch nicht zu wissen, ob die Einnahme Yen-kings überhaupt ratsam sei, denn wenn er bedenke, wieviel Menschen in Yen-king leben, überfalle ihn die Sorge, seine Krieger könnten in der Menge der Städter wie eine Handvoll Wasser in der Wüste versickern.

Mit Boghurtschi und seinen Oerlök umreitet er Yen-king.

Unerbittlich drängt sich ihm der Wahnwitz des ganzen Unternehmens auf. Was hatte er sich eigentlich vorgestellt? Diese Festung wird er ebensowenig unterwerfen wie das gewaltige Reich, in das er eingefallen ist.

Klein und erbärmlich erscheint ihm mit einem Male die von ihm errungene Macht. Gewiß, er hat viel erreicht, und es gelang ihm auch, vier Armeen des Kaisers von Chin zu vernichten. Aber wozu? Steht hinter seinen Siegen noch ein Sinn? Kann er sein Volk von der Kargheit der Steppe erlösen? Nur Beute kann es erringen, sonst nichts. Als er den Feldzug antrat, hatte er sich zwar gesagt, daß er in der Plünderung seine Befriedigung suchen wolle, falls es ihm nicht gelingen sollte, die Städte niederzuringen. Nun hilft ihm dieser Gedanke nicht mehr. Das Bewußtsein, trotz der Unbezwingbarkeit seines Heeres nichts ausrichten zu können, bringt ihn zur Raserei. Sein Ehrgeiz ist tödlich verletzt.

Wenn er die Meldungen seiner Oerlök entgegennimmt, die zur Erkundung des Landes nach allen Seiten Truppen ausschwärmen ließen, wird ihm die Aussichtslosigkeit seines Unterfangens erst so recht bewußt. In Chin leben fünfzig Millionen Menschen. Wie soll er da mit zweihunderttausend Kriegern etwas ausrichten können?

In dieser Zeit, in der er bedrückt in die Zukunft blickt, kehrt Dschebe von einem wochenlangen Ritt nach Osten zurück und berichtet, daß er bis zur Grenze der Erde vorgedrungen sei, bis dahin, wo das Land im Wasser versinkt.

Die Meldung sendet mir der Himmel, denkt Dschingis-Chan. Wenn ich jetzt in die Heimat zurückkehre, kann ich berichten, daß wir bis an das Ende der Welt gelangten, die besten Heere des Kaisers vernichteten und unübersehbare Beute machten. Mein Ansehen ist dann für alle Zeiten gefestigt; denn ich gelte nun als ruhmreicher Sieger und ungeschlagener Feldherr. Was will ich mehr? Wenn ich nun mit einer planmäßigen Belagerung der Residenz beginne, die im heranrückenden Winter doch wieder abgebrochen werden muß, dann schmälert sich mein Ansehen. Ist es da nicht besser, gleich abzurükken? Lohnt sich die Einnahme einer solchen Stadt überhaupt? Hinter den Mauern muß ein entsetzlicher Schmutz herrschen.

Ich habe die Niederringung der Städte viel zu gewichtig genommen, sagt er sich. Was sollen meine Männer darin, wenn sie nachher doch in ihre Zelte zurückkehren müssen? Die Städter würden sie nur verderben. Es ist besser, gleich abzuziehen.

Der neue Kommandant der kaiserlichen Wachgarde begibt sich auf die Verteidigungsmauer der Stadt Yen-king, um einen nächtlichen Kontrollgang zu machen. Als er an die Zinnen herantritt, nimmt er seine Lederhaube vom Kopf und atmet mit tiefen Zügen die frische Luft ein. Seine Wangen brennen vom Genuß des Reisweines, den er anläßlich seiner überraschenden Beförderung zum Wallkommandanten spendierte.

So ein Krieg hat auch seine Vorteile, denkt er zufrieden. Wenn rangältere Offiziere in Schlachten fallen, verbessern sich für uns junge die Chancen. Das Unglück des einen ist das Glück des anderen. Man muß die Dinge nehmen, wie sie sind.

Er stülpt die Haube wieder auf und nimmt die Meldungen verschiedener Wachoffiziere entgegen. Dann schlendert er nach Westen, wo er die Silhouette eines alten Kriegers entdeckt, an den er sich unauffällig heranschleicht, um ihn zu erschrecken.

Der Soldat fährt verdattert herum, und als er erkennt, wer vor ihm steht, stottert er mühsam die vorgeschriebene Meldung.

»Schon gut«, unterbricht ihn San-hen gönnerhaft und blickt auf die unzähligen Lagerfeuer der Mongolen, die im weiten Umkreis brennen. »Herrlich, diese roten Fackeln, was?«

Der Wächter schaut ratlos drein. »Herrlich, sagten Euer Gnaden?«

»Ja. Ein prächtigeres Bild habe ich noch nicht gesehen.«

Der Alte schüttelt den Kopf und betrachtet das vom Feuerschein erleuchtete Gesicht des jungen Wallkommandanten. »Verzeihung,

Euer Gnaden, machten Sie nicht vor fünf Jahren in der Neujahrsnacht die Runde?«

San-hen nickt. »Woher wissen Sie das?«

»Ich erstattete Ihnen damals die Meldung.«

»Dann haben Sie ein gutes Gedächtnis. Ihr lieben Götter, mir kommt die dazwischenliegende Zeit wie eine Ewigkeit vor.«

»Ich weiß alles noch sehr genau«, fährt der Alte lebhaft fort. »Damals erlebte ich die schönste Nacht meines Lebens. Niemand war auf den Straßen oder in den Gassen. Ich glaube, ich war zeitweilig der einzige Mensch unter freiem Himmel. Und Euer Gnaden waren so gütig, mir ein gutes neues Jahr zu wünschen.«

»Mir ist die Nacht kaum noch in Erinnerung«, entgegnet San-hen.

»Das glaube ich«, erwidert der Wächter. »Ich wunderte mich damals darüber, daß Sie nur so kurz über das vom Mond erleuchtete Land blickten. Nun ja, Sie waren noch sehr jung«, fügt er verständnisvoll hinzu. »Wenn ich mich nicht irre, waren Sie damals der jüngste Offizier der Armee.«

San-hen räuspert sich. »Ja, ja, die Jahre vergehen im Fluge. Aber wir leben in einer großen Zeit, in einer sehr großen! Da muß alles schneller gehen, weil sich das Lebensband rascher als in anderen Zeiten abspult. Junge Offiziere werden dringend benötigt. Und warum? Weil Mut und Kühnheit, also Eigenschaften der Jugend, das Heer nun leiten müssen.«

Der Wächter betrachtet den Wallkommandanten verständnislos.

»Sind Sie anderer Meinung?«

»Ja und nein«, antwortet der Alte. »Mut und Kühnheit bereiten mir bei meinen Überlegungen auf nächtlichem Posten oft Sorge, weil beides gut und schlecht sein kann. Ich schaue da nicht richtig durch. Wie sollte ich das auch? Ich bin nur ein einfacher Mann, glaube allerdings, daß selbst Gelehrte das Urteil der Götter darüber nicht kennen.«

»Mut und Kühnheit sollen schlecht sein können?« entrüstet sich San-hen.

»Mit Verlaub, Euer Gnaden, so kommt es mir manchmal vor. Denn wer Mut hat und kühn ist, wagt zu töten. Wer aber keinen Mut hat und nicht kühn ist, wagt leben zu lassen. Nun frage ich mich, wer richtiger handelt. Ist derjenige, der keinen Mut hat und keine Kühnheit besitzt, nicht mutiger und kühner als jener andere, eben weil er es wagt, leben zu lassen?«

»Alter Narr«, empört sich der junge Offizier und verläßt den Wächter mit hastigen Schritten. Ihm ist eingefallen, daß er vom Stadtkommandanten zur kurzfristig anberaumten Nachtaudienz des Kaisers befohlen wurde.

Er eilt durch die sonst idyllischen, in dieser Stunde jedoch von nervöser Unruhe erfüllten Parkanlagen, in denen mit Hab und Gut beladenen Karren stehen und erschöpfte Männer, Frauen und Kinder auf der Erde schlafen. Überall sind Bauern, die hinter den Mauern der

Stadt Schutz suchten. Sie schlafen in Parks, in Hauswinkeln, Gassen und Gossen.

»Laufen Sie nicht so schnell, San-hen!« hört der junge Offizier eine melancholische Stimme hinter sich rufen.

Er blickt zurück und erkennt im Schein eines Lampions den Fürsten Wan-yen. »Was machen Sie hier?« entfährt es ihm unwillkürlich.

»Ich inspiziere einige Häuser. Es ist grauenvoll. Wir haben übrigens noch genügend Zeit bis zur Audienz und brauchen uns nicht zu beeilen.«

Gemächlich schlendern sie durch die wie unberührt daliegenden Parkanlagen des inneren Palastbereiches.

»Kennen Sie den Grund der nächtlichen Audienz, edler Fürst?« erkundigt sich San-hen.

»Ja«, antwortet Wan-yen wortkarg.

»Verzeihung, sonnengleicher Fürst, ich wollte nicht indiskret sein. Als Wallkommandeur interessiert es mich freilich zu erfahren, worum es heute geht.«

»Das kann ich verstehen.«

Verärgert über die Verschlossenheit des Fürsten sagt San-hen: »Man sollte die endlosen Beratungen und Audienzen einstellen und alle Männer des Reiches zusammenziehen, um eisernes Gericht zu halten.«

»Meinen Sie?«

»Ja.«

»Über wen wollen Sie zu Gericht sitzen?«

»Belieben Sie zu scherzen? Über Dschingis-Chan!«

»Haben Sie ihn?«

»Natürlich nicht. Aber ...«

»Mit vier Armeen, das heißt, mit annähernd einer Million Soldaten, versuchten wir ihn zu fangen«, unterbricht ihn Wan-yen. »Konnten wir es? Nein. Aber unsere Kräfte wurden aufgerieben. Aufgerieben!«

»Das Heer muß eben vergrößert und so verstärkt werden, daß es über Leben und Tod entscheiden kann.«

»Mein lieber San-hen! Mir würde es genügen, wenn Sie Mittel und Wege wüßten, diese Stadt aus ihrer eingeschlossenen Lage zu befreien. Darüber hinaus möchte ich Ihnen sagen, daß es über Leben und Tod nur ein Gericht gibt, das uns – den Göttern sei Dank – nicht anvertraut wurde. Leider wird dies nur selten bedacht, und viele Menschen nehmen sich das Recht heraus, selber Richter zu sein. Schrecklich. Sie erinnern an Holzfäller, die ihre Äxte an gesunde Stämme legen.«

San-hen zuckt die Achseln und tritt hinter dem Fürsten in die von Fackeln erleuchtete Audienzhalle, in der bereits eine große Anzahl von Würdenträgern versammelt ist. Ein dumpfes Geraune herrscht im Saal, bis der kaiserliche Zeremonienmeister durch dreimaliges

Klopfen seines mit einer Elfenbeinkugel verzierten Amtsstabes das Nahen des Himmelssohnes ankündet.

Der Kaiser betritt die Halle durch eine verdeckte Marmortür, die sich geräuschlos hinter ihm schließt. Schneller als gewöhnlich schreitet er an den Würdenträgern vorbei, und viel zu hastig steigt er die Stufen zum Thron empor. »Meine Herren«, sagt er, noch während er Platz nimmt und seinen roten Seidendamastrock zurechtstreicht, »Ich habe Sie rufen lassen, um mit Ihnen die in den letzten Stunden eingetretene neue Lage zu beraten. Das Verhalten Dschingis-Chans bereitet Mir ernstliche Sorge. Sein Einfall in Mein Reich verstößt nicht nur gegen Sitte und Gesetz, er verletzt auch in schändlicher Weise das Vertrauen, das Ich ihm entgegenbrachte. Er ist Mein Tschao-churi! Ich bin auf das tiefste empört und in höchstem Maße erzürnt.«

Der Regent unterbricht sich, um eine Agraffe zu befestigen, die sich an seinem Oberkleid gelöst hat. »Damals durfte Ich noch hoffen«, fährt er nach kurzer Pause fort, »daß die Mongolen den Versuch machen würden, Unsere Festung zu stürmen. Uns hätte das Gelegenheit gegeben, ihnen zu zeigen, daß derartige Unternehmungen blutig zurückgeschlagen werden. Ich hatte fest damit gerechnet, daß er sich den Kopf an Unserer Mauer einrennen würde, und Ich wollte ihm zeigen, daß es für ihn günstiger ist, mit Uns zu verhandeln und mit Geschenken beladen in die Heimat zurückzukehren. Dabei trug Ich Mich natürlich auch mit dem Gedanken, das Heer dann schnellstens neu zu organisieren, aber auf diesen schrecklichen Mongolen kann man sich absolut nicht verlassen. Völlig unberechenbar scheint er zu sein. Seit Wochen liegt er vor der Stadt, ohne einen Angriff zu unternehmen. Oftmals habe Ich Mich in letzter Zeit gefragt, was das alles bedeuten soll. Nach der heute abend eingegangenen Kunde bin Ich völlig verwirrt. Stellen Sie sich vor: Dschingis-Chan macht sich abmarschbereit! Wohin soll das führen, meine Herren? Was denkt sich dieser Mongolenherrscher eigentlich? Will er erneut das Land drangsalieren und kleine Städte und Dörfer brandschatzen? Woher nehmen Wir dann die Nahrung für den Winter? Ich weiß nicht weiter, Meine Herren. Was sollen Wir machen? Ich erbitte Ihre Vorschläge.«

Der Stadtkommandant tritt einige Schritte vor. »Gestatten Eure Herrlichkeit?«

Das Gesicht des Kaisers erhellt sich. »Ich freue Mich, bester Fürst, daß Sie sich als erster zu Wort melden. Hoffentlich ist Ihr Vorschlag so gut, daß Wir diese unerfreuliche Audienz bald beschließen können. Mich nehmen die Dinge furchtbar mit. Bitte, sprechen Sie.«

»Erlauchter Sohn des Himmels! Meiner Meinung nach liegt heute kein Grund zu größerer Beunruhigung vor als gestern. Wenn Dschingis-Chan seine Truppen abmarschbereit macht, so ist damit nicht gesagt, daß er tiefer in das Land eindringen will. Die Kälte naht. Es ist durchaus denkbar, daß er sich in ein Winterquartier zurückziehen will. Ich halte es deshalb für empfehlenswert und notwendig, einen Gesandten mit dem Auftrag zu ihm zu schicken, ihn durch Geschenke zu besänftigen und zu bewegen, das Land zu verlassen. Dabei sollte der Gesandte versuchen, herauszuhören, welche Pläne der Mongole hegt.«

Der Kaiser nickt beifällig. »Ihr Vorschlag ist ausgezeichnet, Mein guter Wan-yen.«

»Der Not entsprechend, möchte ich sagen, Erhabener Sohn des Himmels.«

»Ich werde sofort einen General zu Dschingis-Chan schicken.«

Der Stadtkommandant verneigt sich. »Darf ich darum bitten, einen Offizier auszuwählen, der sich mehr zur Erfüllung einer diplomatischen Mission eignet?«

»Ich werde den Gesandten persönlich auswählen und ihm genau vorschreiben, was er zu sagen hat. In dieser wichtigen Angelegenheit darf kein Fehler gemacht werden. Der Gesandte soll dem Mongolen Mein höchstes Erstaunen darüber zum Ausdruck bringen, daß sich ein Tschao-churi derartige Feldzüge erlaubt. Außerdem soll er verwundert die Frage stellen, warum Dschingis-Chan überhaupt in Chin eingefallen ist. Er wird daraus ersehen, daß Ich nichts gegen ihn persönlich hege, und der Gesandte soll auch durchblicken lassen, daß immer noch die Möglichkeit besteht, ihn weiterhin als Meinen Bevollmächtigten an der westlichen Grenze zu betrachten. Ich weiß schon, wie vorgegangen werden muß, wenn man wünschenswerte Antworten erhalten will.«

Wan-yen macht ein bedenkliches Gesicht. »Darf ich noch einen Vorschlag unterbreiten?«

»Aber, bitte, Mein hochverehrter Fürst.«

»Ehrwürdiger Kaiser! Begnadigen Sie den General Kao-chi und den Eunuchen Hu-scha-hu. Unser Land benötigt jetzt dringend seine fähigsten Männer.«

Der Regent wird ungehalten. »Bester Wan-yen! Kümmern Sie sich um Ihre Aufgaben, und unterbreiten Sie mir nur Vorschläge zu Fragen, die Ich aufgeworfen habe. Sie haben Mich verstimmt.«

Zur Zeit des Han-tu, des kalten Taues (Oktober), da letzte Feldfrüchte gehoben werden und die ersten kühlen Nächte das Laub der Bäume verfärben, nähert sich General Ti-schou, der Abgeordnete Kaiser Wai-Wangs, dem Lager des Herrschers der Mongolen.

Dschingis-Chan sitzt auf der Westseite seines Zeltes und blinzelt in die Strahlen der Sonne. Seit Tagen liegt er im Widerstreit mit sich selbst. Während er einmal froh darüber ist, sich zum Rückzug in die Heimat entschlossen zu haben, quält ihn ein andermal die Vorstellung, im Grunde genommen ein unterlegener Sieger zu sein. Soll er sich, nachdem er den großen Feldzug nun einmal begonnen hat, wirklich wieder bis hinter die Chin-Mauer zurückziehen? Wäre es nicht besser, nur ein Winterquartier aufzuschlagen und das verhaßte Land im kommenden Frühjahr erneut zu drangsalieren? Er sinnt und trachtet. Wenn seine Soldaten ihre Fähigkeiten in der Erstürmung von

Festungen in den Wintermonden auch kaum wesentlich verbessern werden, so könnte er im nächsten Jahr doch grausame Rache nehmen.

Dschingis-Chan blickt hoch, da sich in das Lied der Zikaden immer wieder Schreie von Wildgänsen mischen, die mit rauschenden Flügelschlägen über ihn hinwegstreichen. »Der Winter kommt!« sagt er und weist auf die nach Süden ziehenden Vögel.

Boghurtschi, der in diesem Augenblick auf ihn zugeht, lacht verstohlen. »Da hast du recht. Aber der Gesandte des Kaisers Wai-Wang, ein General namens Ti-schou, ist schon gekommen. Er will mit dir verhandeln.«

Dschingis-Chan springt auf. »Ist das wahr?«

»Ja.«

Das Gesicht des Herrschers wird blutrot. »Ich wünschen keinen Städter zu sehen«, schreit er unbeherrscht. »Und einen Abgeordneten des Kaisers schon gar nicht. Ich könnte mich vergessen und die Unantastbarkeit eines Unterhändlers mißachten. Jage ihn zum Teufel!«

»Sei vernünftig«, beschwichtigt ihn Boghurtschi. »Ich weiß überhaupt nicht, warum du ihn nicht sprechen willst.«

»Weil er ein falscher, verweichlichter und stinkender Städter ist.«

Boghurtschi macht eine ungeduldige Bewegung. »Ist dein Haß schon so grenzenlos geworden, daß du nicht mehr erkennst, welch günstige Gelegenheit sich dir hier bietet? Horche den Gesandten aus! Wo ist nur dein Verstand geblieben? Ich verliere allmählich die Lust, an deiner Seite zu stehen.«

Dschingis-Chan seufzt. »Ich weiß nicht, was mit mir ist. Ich komme mit mir selbst nicht mehr ins reine.«

Tatatungo, der bis dahin nichts sagte, lächelt zufrieden. »Buddha behält recht: Nur wer sich selbst besiegt ...!«

Dschingis-Chan stutzt. »Also gut, bringt mir den Gesandten des Kaisers, damit wir ihn gemeinsam aushorchen. Du kannst uns gut dabei helfen, Tatatungo.«

Der Gelehrte schüttelt den Kopf. »Wie sollte ich, der ich weder Staatsmann noch Feldherr bin und von unsauberen Geschäften nichts verstehe, euch helfen können? Wer von einer Sache nichts weiß, versteht bekanntlich auch nichts von ihr.«

Der Herrscher lacht hellauf. »Nun ist mir klar, warum mich so wenige verstehen. Sie wissen nichts von mir. Doch das ist meine Größe.«

»Stärke.«

Dschingis-Chan schüttelt den Kopf. »Größe!«

»Nein, nein«, widerspricht der Kanzler. »Stärke.«

»Nun gut, wenn du willst, soll es meine Stärke und Größe sein.«

Kurze Zeit darauf empfängt Dschingis-Chan den General mit den ihm gebührenden Ehren. Seine Ausführungen aber setzen ihn in höchste Verwunderung. Kaiser Wai-Wang läßt sein Nichtverstehen darüber zum Ausdruck bringen, daß sein Tschao-churi, mit dem er in Frieden lebe, in Chin eingefallen ist? Und er erklärt sich bereit, den

Herrscher der Mongolen durch kostbare Gaben zu versöhnen, wenn dieser das Land wieder verlassen würde?

Dschingis-Chan begreift nichts mehr. Er verwüstet Chin, und der Kaiser erklärt, im Frieden mit ihm zu leben? Und nun bietet er ihm sogar Geschenke an? Wo mag die Schwäche dieses Kaisers liegen?

Seine Gedanken kreisen. Er muß Näheres von Ti-schou erfahren. »Was du mir erzählt hast, setzt mich in Erstaunen«, leitet er nach kurzer Überlegung ein Gespräch ein. »Ja, ich bin so verwundert, daß ich nicht weiß, ob ich den Worten deines Herrschers Glauben schenken darf. Versetze dich in meine Lage«, fährt er hastig fort, als Ti-schou etwas sagen will. »Der Sohn des Himmels will mir Geschenke machen, nachdem ich ihn überfallen und seine Heere vernichtet habe. Wie soll ich das verstehen? Der stolze Vertreter eurer sonnengleichen Chin-Dynastie will mir ...?« Er unterbricht sich, da ihm ein unterdrücktes spöttisches Lächeln des Abgeordneten auffällt. Was mag das zu bedeuten haben, denkt er und fragt im nächsten Moment: »Warum lächelst du verstohlen?«

Der General wird verlegen. »Ich bitte um Verzeihung, aber mein Lächeln ist nicht so verwunderlich, wie es den Anschein haben mag. Sie sprachen von der ›sonnengleichen‹ Chin-Dynastie. Ich weiß nicht, wie ich mich ausdrücken soll, doch Ihre Informationen scheinen recht unzulänglich zu sein.«

Dschingis-Chan spielt den Erstaunten und droht seinem Siegelbewahrer mit dem Finger. »Hast du mich falsch unterrichtet, Tatatungo?« Dann wendet er sich an den General zurück. »Dieser Schriftgelehrte erzählte mir viel von den erhabenen Kaisern der Chin-Dynastie.«

»Herrschen die Regenten dieser Dynastie nicht seit fast einem Jahrhundert in hervorragender Weise über den Nordteil Ihres Landes?« fragt Tatatungo den General.

»Das schon«, erwidert Ti-schou. »Aber sie werden von seinen Bewohnern nur als Usurpatoren angesehen.«

»Interessant«, murmelt der Schriftgelehrte. »Erzählen Sie mir Näheres über die Zusammenhänge. Die heute regierende Dynastie stammt doch aus dem Norden, nicht wahr?«

Der General, der nicht erwartet hatte, in Dschingis-Chans Umgebung ein angeregtes Gespräch beginnen zu können, greift den Hinweis bereitwillig auf. Nicht zuletzt, weil er weiß, daß Verhandlungen sich leichter abwickeln lassen, wenn ein Gespräch in Fluß kommt. »Sie haben vollkommen recht«, antwortet er. »Die Chin-Dynastie stammt aus der Mandschurei. Aber eben darum gilt sie in den Augen vieler auch heute noch als barbarisch. Dabei ist nicht abzustreiten, daß sich die Chin-Kaiser in ihren Sitten unserem Reich angepaßt und das Land geeint haben. Und ihre besonderen Verdienste liegen ohne Zweifel darin, daß sie das Südreich Sung mit Kriegen überzogen und die Provinzen südlich des Hoang-ho für uns eroberten, wodurch die Macht des Reiches wesentlich gestärkt wurde. Es bleibt aber die Tatsache bestehen, daß sie die Liao-Dynastie stürzten. Das kann unser Volk nicht vergessen. Wir können Chin-Fürsten nicht als rechtmäßige Herrscher anerkennen und fühlen uns deshalb unterdrückt, geknebelt und geknechtet. Wie sollten wir sie da lieben?«

Dschingis-Chan blickt Ti-schou durchdringend an. »Du liebst deinen Kaiser nicht?«

»Doch«, beeilt sich der General zu versichern. »Es ist nur ... Verzeihen Sie, ich weiß nicht, ob Sie das begreifen können. Ich bin ein General des Kaisers Wai-Wang. Als solcher habe ich ihm zu gehorchen. Und ich gehorche ihm auch. Aber ich bin ein Nachkomme der Liao. Muß ich also nicht ständig daran denken, daß wir ... Mancher Offizier denkt wie ich, doch was sollen wir tun? Wir sind in einer unangenehmen Zwitterstellung, und niemand kann diesen Zustand ändern, weil die Macht der Liao in Herzen ruht, während die Gewalt der Chin die Fäuste knebelt.«

Dschingis-Chan räuspert sich. »Welche Kraft hältst du für größer: die der Herzen oder der Fäuste?«

Ti-schou lächelt. »Die Kraft der Herzen ist gewiß größer, aber es geht ja nicht um Kraft, sondern um Macht. Und Macht liegt in Fäusten, leider.

So sieht es also in Chin aus, denkt Dschingis-Chan zufrieden. Generale und Teile des Volkes sind mit der regierenden Dynastie nicht einverstanden. Die Sung-Kaiser im Süden sind Feinde, und im Nordosten, zwischen der Ebene von Yen-king und Korea, liegt Chitan, das Stammland der Liao. Wenn ich der Liao-Linie helfe, könnten sie wieder die Regenten dieses Reiches werden. »Gibt es noch direkte Nachkommen der Liao?« erkundigt er sich wie nebenbei.

»Ja. Fürst Liao, ein kluger Nachkomme dieser herrlichen Dynastie, lebt in Chitan. Er ist heute natürlich ein Vasall des Chin-Kaisers.«

»Glaubst du, daß er sich unter meine Oberhoheit stellen würde, wenn ich ihn auf den Thron von Yen-king setzte?«

»Sie tragen sich mit dem Gedanken ...? Ich bin ein Vertrauter des Fürsten. Auch wir könnten Ihnen helfen. Viele Generale sind Liao-Anhänger und würden sich uns anschließen, wenn sie wüßten, daß Sie uns beistehen.«

Dschingis-Chan sieht klar und weiß, wie er sich zu verhalten hat. Nun wird er Chin nicht verlassen, sondern sich mit dem Liao-Fürsten verbünden, dessen Anhänger ihm im kommenden Jahr die Tore der Festungen von innen öffnen sollen. Für die nächsten Monde wird er nach Norden ziehen, um in der Nähe der Doppelmauer sein Winterquartier aufzuschlagen. Dschebe meldete ihm, daß sich zwischen der inneren und äußeren Mauer die kaiserlichen Gestüte befinden. Den Reitereinheiten der Feinde wird er den notwendigen Nachschub rauben; gleichzeitig sollen sie ihm alle Sorgen um die Equipierung seiner Einheiten nehmen. Und seine Krieger sollen das Erstürmen von Mauern und Wällen bis zur Bewußtlosigkeit üben.

8

Im Monat Yü-Shui, Regenwasser (Februar 1212 n. Chr.), fällt tagelang milder Regen, der das Eis der Kanäle und Flüsse Nordchinas aufbricht. Bald darauf trocknet strahlender Sonnenschein die lehmige Erde. Käfer kriechen aus Ritzen und Spalten, und in der Hoffnung auf eine gute Ernte werfen die Bauern die Erde in Schollen und lassen bunte Wimpel mit der Inschrift ›Wacht auf, ihr lieben Insekten‹ von ihren Dächern wehen.

Während die Menschen sich ob des glücklich überstandenen Winters freuen und voller Hoffnung ihre Wasserkrüge reinigen, Schlafzimmer ausräuchern und Kirchhöfe fegen, schleifen die Krieger Dschingis-Chans ihre Waffen. Und als zur Ch'un Fen, zur Frühlingstag- und -nachtgleiche, die Arbeit auf den Höfen für einige Tage eingestellt wird, damit sich die aufgebrochene Erde unter den Strahlen der Sonne erholen kann, donnern plötzlich über eine Million Hufe durch das Land. Und zur gleichen Zeit, da die Mongolen erneut in die westliche Provinz Schan-si einfallen, bricht östlich von Yen-king ein Aufstand der Liao gegen den Kaiser von Chin aus.

Dschingis-Chan will eine schnelle Entscheidung herbeiführen, aber als sein Heer an die ersten Städte heranrückt, muß er zu seiner Überraschung feststellen, daß sie mit neuen, stärkeren Wällen versehen sind. Um keine Zeit zu verlieren, läßt er die Städte unbehelligt und greift die westliche Residenz Tatung-fu mit allen ihm zur Verfügung stehenden Einheiten an. Doch schon der erste, von ihm persönlich geleitete Sturmangriff, bei dem er durch einen Pfeil verwundet wird, bricht kläglich zusammen. Und während er in den nächsten Tagen unentschlossen auf Nachricht aus Chitan wartet und überlegt, welchen Weg er einschlagen soll, um Chin niederzuringen, sieht er sich plötzlich von gewaltigen Ersatzarmeen angegriffen.

Wohl gelingt es ihm, die Heere mit kraftvollen Schlägen zu vernichten, er kann aber nicht umhin, sich einzugestehen, daß sein Plan, Chin zu unterwerfen, in Frage gestellt ist. Er rechnete mit der Hilfe der Liao-Anhänger und setzte Faktoren ein, die ihm angesichts der erneut zutage tretenden Macht des Kaisers als fragwürdige Größen erscheinen. Wenn der Sohn des Himmels in der Lage ist, in einem einzigen Winter solche Kräfte neu zu mobilisieren, wie kann ihn dann ein Aufstand erschüttern?

Dschingis-Chan sieht nicht mehr klar und fragt sich, ob er infolge der neu aufgetauchten Heere nicht alles zu skeptisch beurteilt. Noch erreichte ihn ja keine Nachricht vom Fürsten Liao, und bevor diese nicht vorliegt, will er nichts entscheiden.

Dann aber erhält er Meldung über Meldung. Kaiserliche Truppen marschierten in Chitan ein und unterdrückten den Aufstand der Liao-Rebellen. Der Fürst geriet in äußerste Bedrängnis und wurde schwankend. Wenn er nicht schnellstens von den Mongolen unterstützt wird, ist er verloren.

Von Fieberträumen gepeinigt, wälzt sich Dschingis-Chan auf seinem Lager. Die erlittene Verwundung läßt ihn nicht zur Ruhe kommen. Dabei hatte er Glück im Unglück. Der Pfeil, der sein Seidenhemd nicht durchbohrte und mit dem eng gewebten Stoff in seine Brust eindrang, ließ sich leicht und ohne die sonst übliche Splitterbildung aus dem Fleisch entfernen. War es Zufall, daß die Seide nicht verletzt wurde? Dschingis-Chan gibt Befehl, das festzustellen. Wenn Seide die vermutete günstige Eigenschaft haben sollte, will er sofort alle Krieger mit entsprechenden Hemden ausrüsten lassen.

Aber ist die Hemdenfrage angesichts der Aussichtslosigkeit seines Feldzuges nicht müßig? Er hat einen Verbündeten erhalten, dem er helfen muß, anstatt Hilfe von ihm zu erhalten. Seine Lage ist schlechter und nicht besser geworden. Warum hat er sich nur mit Liao verbündet. Wäre es nicht besser, Schluß zu machen?

Unmöglich, er muß den Fürsten unterstützen. Noch nie ließ er einen Verbündeten im Stich. Der Kampf muß durchgestanden und zu Ende gebracht werden. Es gibt keine andere Wahl. Wenn er seine Krieger nochmals gründlich schulen läßt, müssen sie eines Tages Mauern erstürmen können. Natürlich kann man so etwas nicht nebenher betreiben. Die Ausbildung muß unter Leitung von Offizieren der Liao-Dynastie vorgenommen werden.

Dschingis-Chan ringt mit sich. Der Entschluß, seine Armee bis hinter die Chin-Mauer zurückzuziehen, fällt ihm schwer. Wenn er vorher wenigstens die Festung Tatung-fu erobern könnte.

Unruhig wandert er durch sein Zelt, bis ihm ein Gedanke kommt, der ihn fasziniert. So geht es, denkt er erleichtert. Dem Fürsten und mir wäre vorerst geholfen. Und im nächsten Jahr sehen wir weiter. Aber dann soll es eine Rache werden, die Yen-king niemals vergißt. Er schiebt den Vorhang seines Zeltes zur Seite und ruft: »Melder!«

Ein Krieger stürzt herbei.

»Hole Dschebe und Boghurtschi!«

Nach kurzer Zeit erscheinen die beiden Heerführer.

»Ich erhielt soeben die Meldung, daß sich uns eine ungeheure Streitmacht des Kaisers entgegenwälzt«, sagt er mit bedrückter Miene. »Sie soll fünf- bis sechsmal stärker sein als wir.« Das entgeisterte Gesicht seines Obersten Heerführers läßt ihn plötzlich lachen.

»Lachst du über diese Nachricht?« fragt Boghurtschi ärgerlich. »Glaubst du etwa, daß wir mit jeder Macht fertig werden?«

»Natürlich nicht«, erwidert Dschingis-Chan ernst. »Sonst ließe ich dich nicht mitten in der Nacht holen. Wir heben sofort die Belagerung von Tatung-fu auf und beziehen hinter der Chin-Mauer eine neue Ausgangsstellung. Den heranrückenden Heeren können wir uns unmöglich stellen. Gib Befehl an alle Einheiten, sich schnellstens abmarschbereit zu machen. Das gesamte Kampfgerät lassen wir zurück, weil der Feind versucht, uns noch heute Nacht zu überfallen.«

»Noch heute?« fragt Boghurtschi außer sich vor Verwunderung. »Wie ist das möglich? Warum erhalten wir erst jetzt die Meldung?«

»Ich weiß nicht, ob unsere Boten versagt haben oder ob sie abgefangen wurden. Im Augenblick ist das auch gleichgültig. Wichtig ist nur, daß wir uns beeilen müssen. Er wendet sich an den erfolgreichen Heerführer Dschebe. »Formiere deine fünf Tuman schnellstens und reite mit ihnen nach Chitan, wo der Fürst Liao unterstützt werden muß. Versuche unbedingt, die Stadt Liao-yang zu erstürmen. Sollte das unmöglich sein, dann ersinne andere Mittel, um den Fürsten bei guter Laune zu erhalten. Sage ihm, daß ich im nächsten Jahr siegen werde, eher sei es leider nicht möglich. Er könne sich aber auf mich verlassen.«

»Und was wird mit euch hier?«

»Sei unbesorgt. Ich weiß schon, wie ich mich aus der blöden Lage herausziehe. Wahrscheinlich melde ich dir die Einnahme von Tatung-fu, noch bevor du Chitan erreichst. Aber nun dürfen wir keine Zeit verlieren. Sagt den Kriegern, um was es geht, damit sie sich beeilen. Je schneller wir abrücken, um so besser.«

Überstürzt bricht das Heer auf. Über karstige Höhen und durch enge Täler reitet Dschingis-Chan nach Norden, wo er seine Krieger erst in der Mittagsstunde des nächsten Tages absitzen läßt.

Boghurtschi drängt ihn, keine allzu lange Rast einzulegen, weil die Große Mauer sonst nicht mehr bei Tageslicht überschritten werden könne.

Dschingis-Chan lacht. »Dummkopf! Krieger und Pferde sollen sich ordentlich ausruhen, damit sie am Abend frisch sind.«

Der erste Gefolgsmann stutzt. »Erst drängst du zum hastigen Aufbruch, dann wünschst du eine große Pause und nennst mich einen Dummkopf? Da stimmt doch etwas nicht!«

»Merkst du es endlich?«

Boghurtschi blickt ihn prüfend an.

Dschingis-Chan klopft ihm auf die Schulter. »Ich will dich nicht länger auf die Folter spannen. Die uns verfolgende Chin-Armee existiert nur in meiner Phantasie.«

»Was sagst du da?«

»Die Chin-Armee existiert nur in meiner Phantasie! Und ich will dir sagen, warum. Um jeden Preis müssen wir Tatung-fu erobern, damit Fürst Liao sieht, daß wir nicht machtlos sind. Darum sandte ich Dschebe nach Chitan. Und wir werden uns nach der Einnahme von Tatung-fu hinter die Mauer zurückziehen und erst im nächsten Jahr erneut in Chin einfallen. Der diesjährige Feldzug kann zu keinem günstigen Ergebnis mehr führen. Ich will deshalb die Zeit benutzen, unsere Krieger gründlich ausbilden zu lassen. Was sagst du dazu?«

»Ein bißchen viel auf einmal. Ich bin jedoch zufrieden, weil ich hinter den Überlegungen meinen alten Freund Temudschin wiedererkenne. Nur eines verstehe ich nicht: Du sprachst von der Einnahme Tatung-fus? Wir rückten doch ab.«

»Richtig. Aber nicht um zu flüchten, sondern um die Festung zu erobern. Denke einmal scharf nach! Was werden die Einwohner von Tatung-fu bis morgen früh tun? Sie werden sich, weil das von mir ausgestreute Gerücht vom Herannahen der Chin-Streitkräfte garantiert an ihre Ohren gedrungen ist, emsig über unsere Sachen hermachen, die ich bewußt liegen ließ. Dabei werden die Stadttore weit offenstehen. Begreifst du, worauf ich hinaus will? In der kommenden Nacht rasen wir zurück, und im Morgengrauen überrumpeln wir die Stadt!«

Hundertfünfzigtausend begeisterte Krieger hetzen ihre Pferde durch die folgende Nacht. Vor ihren Augen schwingen die Sterne wie Schwärme von Leuchtkäfern. Der Hufschlag dröhnt und wird erst gedämpft, als die Armee in den frühen Morgenstunden behutsam den letzten Berg vor Tatung-fu überwindet.

Übernächtigt blickt Dschingis-Chan auf die in einer Mulde liegende Provinzstadt, vor deren Mauern unzählige Menschen wimmeln, die das zurückgelassene Hab und Gut der Mongolen auf Karren laden und fortschaffen. Dann strafft er sich und gibt das Zeichen zum Angriff.

Wie herabstürzende Wasser jagen seine Einheiten auf die Festung zu, und ehe die erschrockenen Bürger begreifen, daß Mongolen auf sie losrasen, erreichen die ersten Abteilungen die Tore der Stadt, die kampflos in Dschingis-Chans Besitz gerät. Die erste große Chin-Festung ist gefallen.

Fürst Liao erfährt von dem Sieg, als Dschebe ihm mit fünfzigtausend Reitern zu Hilfe kommt. Nun vertraut er der Macht des Mongolenherrschers. Er ernennt sich zum König Liao-tung und stellt sein Reich unter die Schirmherrschaft Dschingis-Chans.

9

Die Bauern der Provinz Schan-si, die am Tag des Frühlings, Li-Ch'un (Anfang Februar), durch das ›Zu-und-von-der-Welt-Tor‹ zu ihren Äkkern wandern, sehen in der Klarheit des Tages ein günstiges Vorzeichen dafür, daß sich der Boden in diesem Jahr (1213 n. Chr.) gut pflügen läßt. Die auf ihren Schultern ruhenden Ackergeräte fühlen sie kaum. Frohe Weisen pfeifend tätscheln sie ihre Ochsen, Maultiere und Ziegen, bis die Erde plötzlich zu beben beginnt. Im Norden jagen Staubwolken in die Höhe, als stieße Pi-hu-tze giftigen Atem von sich. Aber Schlimmeres, viel Schlimmeres als der Teufel fegt über die Erde. In den Krieg verliebte Menschen, die keinen Unterschied zwischen Gut und Böse und Leben und Tod kennen, überfallen das Land.

Entsetzt werfen die Bauern ihre Sachen fort und rennen um ihr Leben, bis die Woge über sie hinwegdonnert und den Boden mit Menschenblut düngt.

Dschingis-Chan macht seinen Schwur wahr. Er rast mit seinen Kriegern durch die Nordprovinzen und nimmt Rache dafür, daß die großen Städte sich ihm nicht ergeben wollen. Keine Stadt wird nun übergangen. An jedem Wall sollen seine Männer sich schulen. Und während Tuli, der jüngste Sohn des Herrschers, viele Mauern als erster übersteigt, kämpfen seine Brüder Dschutschi, Tschagatai und Ugedei als Heerführer die Gebirgspässe frei und öffnen die Wege in weite Teile des großen Reiches. In unglaublich kurzer Zeit wird die Provinz Schan-si erobert und die Ebene von Yen-king abgeriegelt. Als die Liao-Anhänger sehen, daß die Mongolen das Land planmäßig erobern, folgen sie dem Ruf des Königs Liao-tung. Sechsundvierzig Chin-Divisionen, die unter der Führung von Liao-Generalen stehen, ergeben sich kampflos und treten in die Dienste Dschingis-Chans.

Während die Mongolen sich anschicken, auch größere Festungen zu erstürmen, hastet Hu-scha-hu mit ungelenken Bewegungen durch den Säulengang des Kaiserlichen Palastes. Sein gelähmtes Bein steht in merkwürdigem Kontrast zu seiner von Blut verfärbten rechten Hand, die den Griff eines Stiletts umspannt. Vor ihm her rennen einige Soldaten und Offiziere der ihm treu ergebenen Armee. Nach kurzem Geplänkel werden die Hüter des Palastes überwältigt und alle Ausgänge besetzt.

In der Mitte des Palais bleibt er schweratmend stehen und blickt einer Offiziersgruppe entgegen, die auf ihn zueilt.

Keuchend meldet ihm ein breitschultriger General, daß der Überfall allerorts gelungen ist.

Hu-scha-hu seufzt erleichtert. »Ich danke Ihnen, mein General.« Er gewahrt das blutige Stilett in seiner Hand, wirft es in einen Rhododendron-Strauch und holt ein Tuch aus seiner Ärmeltasche. »Scheußliche Geschichte.«

Der General nickt.

»Mir blieb nichts anderes übrig. Es geht nicht mehr um einzelne Menschen, sondern um das Reich. Aber es ist schwer, jemanden umzubringen. Denn man muß es selber tun und darf das Ekelhafte nicht durch andere erledigen lassen.« Er betrachtet seine Kleidung. »Geben Sie der Armee bekannt, daß ich als Oberbefehlshaber des Heeres die Führung aller Verbände übernehme und mit sofortiger Wirkung den Ausnahmezustand verhänge. Die Heeresführer haben sich morgen früh zu einer Lagebesprechung bei mir einzufinden. Eilen Sie, damit die Kunde vom Geschehen nicht meiner Bekanntmachung vorauseilt.«

Der Eunuche will sich eben entfernen, als Wan-yen mit energischen Schritten auf ihn zugeht. »Was ist geschehen, Hu-scha-hu?« fragt der Fürst erregt.

»Viel und dennoch wenig. Ein Mensch hauchte sein Leben aus.«

Wan-yen wird blaß. »Wer?« ruft er entsetzt.

»Kaiser Wai-Wang.«

Der Fürst erstarrt. »Die Götter seien Ihrer Seele gnädig. Ist das Ihr Dank dafür, daß der Sohn des Himmels Sie und Kao-chi begnadigte?«

»Denken Sie, ich nahm Rache, verehrter Fürst?«

»Warum taten Sie es dann?«

»Gibt Ihnen die Lage unseres Reiches nicht die Antwort? Ich bin zwar erst kurz aus dem Kerker, sehnte mich aber bereits nach dort zurück. In meinen Ohren klirrten die Nachrichten bis zur Unerträglichkeit. Was sich unter der Ägide Wai-Wangs in unserem Land und dieser Stadt abspielt, schreit zu den Göttern. Ich denke nicht an die Skandale und Spitzbübereien, die allem Anschein nach schon zur Tagesordnung gehören. Ich denke auch nicht an jene gerissenen Gauner, die sich Ämter erschlichen und kaiserliche Erlasse fälschten, um größere Geschäfte zu machen. Des weiteren denke ich nicht an die peinlichen Störungen, die das reichlich turbulent gewordene Liebesleben des Kaisers hervorrief. Als ich handelte und den Regenten mit diesen meinen Händen umbrachte, dachte ich ausschließlich an das Reich. Kaiserliche Audienzen waren zur Komödie geworden. Berater, die offen und ehrlich sagten, wie die Dinge liegen, wurden eingesperrt. Unschwer war zu erkennen, daß die Komödie, die sich vor unseren Augen abspielte, zur Tragödie werden mußte. Die Frage war nur, ob zur Tragödie für einen Menschen oder für ein Volk. Wohlan, ich habe den Mut aufgebracht, diese Frage zu beantworten. Ich stellte das Volk über den Kaiser, und ich fühle mich stark genug, den Kampf gegen die Mongolen aufzunehmen, um in letzter Stunde zu retten, was noch zu retten ist.«

Der Fürst betrachtet den Eunuchen mißtrauisch. »Und wer wird in Zukunft Befehle erteilen?«

»Ein mir genehmer Kaiser.«

Wan-yens Gesichtsausdruck entspannt sich, wird aber gleich darauf wieder skeptisch. Er fürchtet, daß der neue Oberbefehlshaber ein Anhänger der Liao-Dynastie ist. »Ein Ihnen genehmer Kaiser? Sie sprechen sehr offen, Hu-scha-hu.«

»Es wurde höchste Zeit, so zu reden. Jedes Versteckspiel ist jetzt fehl am Platze. Aber wundert es Sie, daß ich einen Kaiser wünsche, der mir genehm ist? Den Oberbefehl des Heeres übernehme ich, ebenfalls die Säuberung der verfilzten Ämter. Beamte, die über die Lager ihrer Kurtisanen zu Würden kamen, haben zu verschwinden, und ich bitte Sie, mich dabei zu unterstützen. Ich weiß natürlich, daß es Ihnen nicht leichtfallen wird, an der Seite eines Mannes zu stehen, der seinen Kaiser ermordete. Aber denken Sie daran, daß es keinen Sieg ohne Kampf, keinen Gehorsam ohne Befehl und keine Handlung ohne Tun gibt. Kaiser Wai-Wang wünschte weder Kampf, Befehl noch Tun.«

»Da stimme ich Ihnen zu. Aber wer soll Kaiser werden?«

»Ein Prinz der Chin-Dynastie.«

Wan-yen ist es zumute, als fiele ihm eine Last von den Schultern. »Ein Prinz der Chin-Dynastie? Mein lieber Hu-scha-hu ...« Die Stimme versagt ihm den Dienst.

»Haben Sie etwa geglaubt, ich würde einen Nachfolger der Liao wählen? Wenn ich auch tausendmal für dieses Herrscherhaus bin, ich werde niemals dulden, daß das Unglück eines Landes ausgenutzt wird. Es mag im Augenblick den Anschein haben, als würde mein Handeln von unkontrollierbaren Gesichtspunkten diktiert, aber ich verabscheue Gestalten, die mit dem Feind paktieren, während unzählige Söhne des Landes ihr Leben hingeben.«

Der Fürst ergreift die noch verfärbte Hand Hu-scha-hus. »Ich sehe, daß Sie aus lauteren Gründen handelten, und ich werde Sie unterstützen. Seit ich Stadtkommandant bin, entdecke ich zum erstenmal nichts Trübes auf dem Grund unseres Brunnens. Das Netz des Allüberall hat weite Maschen. Mögen sie weit genug sein, Sie entweichen zu lassen.«

Als Dschingis-Chan die Meldung von der Ermordung Kaiser Wai-Wangs erhält, bricht er alle Aktionen in Schan-si ab und dirigiert in der Erwartung, daß sich ihm die Tore von Yen-king nun kampflos öffnen werden, seine auseinandergezogenen Armeen zur Hauptstadt des Reiches. Gemeinsam mit Tuli übersteigt er die nördlichen Höhenzüge des Höng-schan-Gebirges, überwindet bei Tse-king die innere Mauer und dringt in die Ebene von Tschili ein.

Wäre er über die Bevölkerung Chins besser informiert gewesen, würde er gewiß anders gehandelt haben. Die Erzählung des Abgeordneten Ti-schou läßt ihn glauben, Chin sei ein geknebeltes Land, dessen Volksstämme begierig darauf warten, sich von Knechtschaft und Tyrannei zu befreien. Doch weit gefehlt. Den Chin sind die Chitanen der Liao-Linie ebenso fremd wie die Mandschus des Chin-Herrscherhauses. Diese wie jene sind vor Jahrhunderten als Eroberer in ihr Land eingefallen und haben erst mit der Zeit die Sitten und Gebräuche der Einwohner angenommen. Seit Urzeiten ist es die Bevölkerung gewöhnt, wechselnde Regenten mit Gleichmut zu ertragen. Anerkannt haben sie keinen, da sie von allen unterdrückt wurden. Wozu sich also auflehnen? Das Volk bleibt so oder so im Lande. Nur die Dynastien wechseln.

Dschingis-Chan weiß nichts von diesen Dingen. Er reitet zufrieden durch die Ebene von Tschili dem Fluß Ta-tsi-ing-ho entgegen, dessen Lauf er bis zur Hauptstadt folgen will. Daß es unablässig regnet, stört ihn nicht. Seine Pferde versinken fast im Schlamm.

In dieser Situation sieht sich Dschingis-Chan unerwartet von Westen und Norden angegriffen. Im Osten nimmt ihm der Fluß jede Bewegungsfreiheit, so daß er nur nach Süden ausweichen kann. Dort aber verstellen ihm starke Einheiten den Weg, und noch bevor er seine Krieger, deren Pferde sich auf dem Lehmboden kaum rühren können, in Bewegung zu setzen vermag, werden seine Randkämpfer aus den Sätteln gehoben.

Hu-scha-hu macht wahr, was er sagte. Er nimmt den Kampf auf und überfällt die unbesorgt Heranrückenden mit sorgsam zusammengestellten Armeen. Dabei nutzt er die für ihn günstige Wetterlage geschickt aus. Am Ostrand des Höng-schan-Gebirges lauert er den ostwärts ziehenden mongolischen Einheiten auf, läßt sie vorbeimarschieren und überfällt sie erst, als sie im durchweichten Gelände unbeweglich geworden sind. Seinen Haftgefährten General Kao-chi dirigiert er mit einer Schwenkung nach Süden zu sich herüber, um Dschingis-Chan auf diese Weise einzukreisen. Wenn Kao-chi zur festgelegten Zeit eintrifft, ist Chin gerettet.

Wegen seiner Beinbehinderung leitet Hu-scha-hu die Schlacht von einer Sänfte aus. Immer stürmischer greifen seine Soldaten die Mongolen an und erzielen unerwartet große Erfolge. Die dadurch verwirrt werdenden Einheiten Dschingis-Chans versuchen, ihre Pferde aus dem Schlamm herauszuziehen, doch je heftiger sie sich bemühen, um so tiefer sinken die Tiere ein.

Dschingis-Chan ahnt, daß die Schlacht verloren ist. Nur Flucht kann ihn noch retten. Zum erstenmal in seinem Leben gibt er den Befehl, sich vom Feind abzusetzen.

Hu-scha-hu kommandiert wie ein Besessener. Sein nach Taten drängendes Blut läßt ihn alles vergessen. In der Hitze des Gefechtes springt er aus seiner Sänfte. Mit zusammengebissenen Zähnen erträgt er die Schmerzen. Verzweifelt ruft er nach Kao-chi, der nicht zur verabredeten Zeit erscheint. Den Mongolen gelingt es dadurch, den Rückzug anzutreten. Als Kao-chi mit seinem Heer schließlich auftaucht, ist es zu spät. Die Schlacht, die eine siegreiche Entscheidung hätte bringen können, ist zu Ende. Hu-scha-hu läßt den General gefangennehmen und zum Zelt von Hsüan-tsung führen, einem jungen Prinzen der Chin-Dynastie, den er zum Sohn des Himmels ernannte.

»Erlauchter Kaiser!« erklärt er mit bewegter Stimme. »Ich kann Ihnen nur den Sieg einer Schlacht, nicht aber die Vernichtung des Mongolenheeres melden, weil dieser General einen von mir gegebenen Befehl nicht befolgte. Ich stand früher in keinem guten Einvernehmen mit General Kao-chi. Später saß ich mit ihm im Kerker, so daß ich voreingenommen bin und nicht über ihn richten kann. Deshalb bitte ich Eure Hoheit, zu entscheiden, was mit Kao-chi geschehen soll.«

Der schmächtige Sohn des Himmels blickt unsicher von einem zum anderen. Er weiß nicht, wie er sich verhalten soll. »Wie lautet das Strafmaß für solche Vergehen?« fragt er schließlich.

»Derartige Sünden können nur mit dem Tod gebüßt werden«, antwortet Hu-scha-hu.

»Ihr lieben Götter steht mir bei«, entfährt es dem jungen Kaiser, ängstlich blickt er zu Kao-chi hinüber.

Der General spürt, daß sich ihm eine kaum noch erhoffte Chance bietet, sein Leben zu verlängern. Er erklärt deshalb schnell: »Erhabener Kaiser! Schenken Sie mir den verdienten Tod, aber geben Sie mir vorher die Gelegenheit, gegen unsere Feinde zu ziehen, damit ich meinen Fehler gutmachen kann.«

Hsüan-tsung blickt den Eunuchen fragend an. Der mustert den General und nickt dem jungen Regenten nach kurzem Zögern zu.

Während General Kao-chi die Soldaten des Kaisers neu formiert und Hu-scha-hu nach Yen-king zurückgetragen wird, sammelt Dschingis-Chan an den Ausläufern des Höng-schan-Gebirges seine auseinandergerissenen Kräfte, die sich mit den zu Hilfe eilenden Einheiten seiner Söhne Tschagatai und Ugedei vereinigen sollen. Doch kaum hat er seine Reihen neu zusammengefaßt, da wird er von massierten Kadern angegriffen, die unter Kao-chis Kommando stehen.

Der General trägt eine Verbissenheit zur Schau, die seine Soldaten mitreißt und anfeuert. Mit dem Mut der Verzweiflung wirft er seine Infanterie gegen die Reiterverbände der Mongolen, und es gelingt seiner Truppe einen vollen Tag und eine Nacht hindurch stetig an Boden zu gewinnen. Auf die Dauer aber kommen sie gegen die beweglichen Reiterverbände nicht an. Am Morgen des zweiten Tages vollführt Dschingis-Chan ein Umfassungsmanöver, das die Entscheidung bringt.

General Kao-chi vermag nur wenige Divisionen aus dem Kessel herauszubringen, doch auch diese werden auf dem überhasteten Rückmarsch nach Yen-king aufgerieben. Mit spärlichen Resten erreicht der General die Residenz, die ihre Tore unmittelbar hinter ihm schließt.

Kao-chi gibt sich keinen Illusionen hin. Er weiß, daß er nun keine Gnade mehr finden wird. Kurz entschlossen ruft er die höchsten Offiziere der von ihm geretteten Einheiten zusammen. Wenig später dringt ein Sonderkommando in den kaiserlichen Palast ein und überfällt die dem Eunuchen ergebene Wache. Dann schwärmt eine Abteilung aus und riegelt das Palais ab.

Mit hastigen Schritten eilt der General zum Arbeitszimmer Hu-scha-hus, vor dessen Tür er einen Moment stehenbleibt und tief Luft holt. Sein Blick fällt dabei auf den Bronzekopf, der die kunstvoll gearbeitete Tür verziert. Als sich seine Hand auf den Griff legt, um das Schloß zu öffnen, fragt er sich unwillkürlich, wie er den Oberbefehlshaber des Heeres wohl antreffen mag. Ist der allein? Er zögert, die Tür zu öffnen und lauscht.

Hu-scha-hu fährt sich nervös über die Stirn. Er ist von einer Unruhe erfüllt, die er sich nicht erklären kann. Macht es der Lärm, der von der Stadt herüberschlägt, oder ist es der ungewohnte Klang fester Schritte, der eben an sein Ohr drang? Er legt den Pinsel, mit dem er gerade einen Befehl unterzeichnete, zur Seite und hebt den Kopf.

Die fiebernden Nerven seines kranken Körpers scheinen ihm Wahrnehmungen unerklärlicher Art zu gestatten: Im Holz der Tür glaubt er das Gesicht Kao-chis zu sehen. Narrt ihn ein Traum? Er streicht sich über die Augen. Das Gesicht des Generals bleibt. Brutal und höhnisch sind seine Züge.

Hu-scha-hu fühlt, daß Unabänderliches auf ihn wartet. Ihm ist zumute, als trete der Tod in den Raum. Kalte Luft streicht an ihm vorbei. Es wird ihm zur Gewißheit, daß hinter der Tür etwas ist, das ihn von dieser Erde abruft.

Für einen Augenblick stockt jedes Denken. Dann sehnt er sich mit einem Male inbrünstig nach seiner Mutter. Seinen Kopf möchte er in ihren Schoß legen, um die letzten Minuten seines Lebens zu verweinen.

Visionär sieht er stürmende Mongolen, die Festung Yen-king, vernichtete Armeen, verwüstete Häuser – Bilder des Grauens. Dann erscheint ihm, umstrahlt von einem überirdischen Licht, der schlanke Kopf des ermordeten Kaisers Wai-Wang; vorwurfsvoll weist er auf seine Brust, aus der helles Blut sickert.

»Nein!« schreit Hu-scha-hu und bedeckt sein Gesicht. Fieber muß mich ...

Die Tür öffnet sich. In ihrem Rahmen steht Kao-chi mit einem Schwert in der Hand.

Hu-scha-hu springt auf, stolpert über sein Gewand und schlägt zu Boden.

Der General ist mit wenigen Schritten bei ihm und stößt ihm das Schwert in den Rücken.

Hu-scha-hu bäumt sich auf.

Kao-chi zieht seine Waffe aus dem Körper. »War meine Sprache klar?« ruft er zynisch. »Beeile dich, Hu-scha-hu! Ich muß auch noch mit Hsüan-tsung reden.« Er ergreift sein Schwert mit beiden Händen, wirbelt es über sich hinweg und läßt es auf den Hals des Eunuchen niedersausen.

Der Kopf des Oberbefehlshabers des Heeres rollt am Boden.

General Kao-chi schleudert das Schwert fort, greift in das Haar des Ermordeten und hebt den Kopf hoch. Mit ausgestrecktem Arm betrachtet er das von Blut besudelte Gesicht und schreit: »Kaisermörder! Ein einfältiger Tor warst du. Nie dachtest du an dich. Meinst du, ich achte dich deshalb? O nein, ich denke anders als du. An mich denke ich, an mich allein. Auf die Welt kam ich nicht, um in Kerkern zu schmachten oder zu sterben, wann es dir oder einem anderen gefällt. Ich war einmal ein Narr, die Zeiten aber sind vorbei. Heute kenne ich weder gefühls- noch verstandsgeborene Pflichten. Nur mich kenne ich, mich ganz allein. Ein Leben will ich verbringen, wie es die Kinder tun, die in einer nur ihnen gehörenden Welt leben; in ungetrübten Höhen. Einsam, meinst du, wird solche Höhe sein? Möglich. Aber ungetrübt, wie es nur die einsame Höhe sein kann.«

Kao-chi hört Schritte und läßt den Arm sinken. Gleich darauf erscheinen einige Offiziere, die erschrocken in der Tür stehenbleiben.

»Kommen Sie, meine Herren«, ruft der General. »Wir haben den Regenten aufzusuchen.«

Die Offiziere folgen ihm entgeistert. Mit hastigen Schritten, Hu-scha-hus Kopf abgespreizt vom Körper haltend, eilt er durch Hallen und Korridore, bis das Privatgemach des Kaisers erreicht wird, dessen Tür er ungeniert aufreißt.

Hsüan-tsung, der lesend in einem Sessel sitzt, springt hoch. Auf dem Boden kauernde Hofdamen flüchten kreischend.

Kao-chi geht auf den Regenten zu, hebt seinen Arm und hält das Haupt des Eunuchen in Schulterhöhe. Unverwandt blickt er den leichenblaß werdenden Kaiser an. »Erhabener Sohn des Himmels!« sagt er mit kalter Stimme. »Zwischen dem Oberbefehlshaber des Heeres und mir entstand ein nicht beizulegender Streit. Ich bitte Eure Herrlichkeit, zwischen ihm und mir zu richten.«

Der junge Kaiser zittert wie Espenlaub. Er versteht die Drohung und erinnert sich daran, daß Hu-scha-hu ein Kaisermörder war, der sich selbst zum Oberbefehlshaber machte. »Sie haben recht gehandelt«, erklärt er mit bebender Stimme. »Hu-scha-hu ist der Mörder Kaiser Wai-Wangs, und Ich bitte darum, sein scheußliches Vergehen öffentlich bekanntzugeben. Zur Belohnung für Ihren der Chin-Dynastie geleisteten Dienst ernenne Ich Sie zum Oberbefehlshaber des Heeres.«

Dschingis-Chan rast vor Wut, als er hört, daß in Yen-king erneut eine Palastrevolution stattfand, die Tore der Stadt aber nach wie vor geschlossen bleiben.

»Was bilden sich diese Chin-Menschen eigentlich ein?« schreit er unbeherrscht. »Fühlen Sie denn nicht, daß ich die Ursache des Geschehens hinter der Mauer bin? Und glauben ihre Generale, Privathändel austragen zu dürfen, während ich Chin besetzt halte? Ihre Armeen sind doch vernichtet! Warum ergeben sie sich nicht? Wünschen sie weitere Beweise meiner Macht?«

Dschingis-Chan kommt es vor, als würde er nicht ernst genommen. Diese Vorstellung versetzt ihn in eine solche Raserei, daß er seine Einheiten mit den sechsundvierzig hinzugekommenen Chin-Divisionen in drei Heeressäulen gruppiert. Eine davon gibt er Kassar, um den Bruder, der sich seit jener unseligen Nacht sehr zurückhält, zu versöhnen. Er soll den Südteil der Mandschurei besetzen. Mit der zweiten Formation, die er nochmals in drei Gruppen gliedert, sollen seine drei ältesten Söhne durch die Hochebene von Schan-si nach Süden vorstoßen, während er selbst mit der von Tuli befehligten dritten Heeressäule durch die Tiefebene von Tschili nach Südosten ziehen will. Und es gelingt ihm, bis Schan-tung vorzudringen.

Plündernd und mordend stürmen zweihunderttausend Mongolen durch das Land, dessen Städte sie bis auf die uneinnehmbaren Festungen, die sie unbeachtet liegenlassen, buchstäblich entvölkern. Dann treiben sie Zehntausende von Männern, Frauen und Kindern gegen die Wälle der uneinnehmbaren Festungen, deren Soldaten sich nun weigern, Steinsalven zu schleudern und heißes Wasser oder Pech in die Tiefe fließen zu lassen.

Mit Ausnahme weniger Orte, die sich kampflos ergeben, werden vom Herbst bis zum Frühjahr 1214 n. Chr. über neunzig Städte geplündert und dem Erdboden gleichgemacht. Erst als das verwüstete Land von Seuchen heimgesucht wird, die auch die mongolischen Heere in Gefahr bringen, läßt Dschingis-Chan seine Einheiten durch das entvölkerte Land nach Yen-king zurückreiten. Nur elf unversehrte Städte ragen wie düstere Inseln aus dem Meer des Sterbens.

Dschingis-Chan kann seine siegestrunkenen Heerführer kaum davon abhalten, die Hauptstadt zu stürmen. Tag für Tag bitten sie ihn, Yen-king zum Überfall freizugeben.

»Ihr seid wie Kinder«, schimpft er verdrießlich. »Habe ich euch nicht genug Beute machen lassen? Seit über einem Jahr ziehen mit Gold, Silber, Edelsteinen und Seide beladene Karawanen in die Heimat. Ein riesiges Lager, das alle Schätze aufzunehmen vermag, ließ ich eigens errichten. Was sollen wir eigentlich mit dem ganzen Zeug? Ich weiß wirklich nicht, was man damit anfangen kann.«

Bevor Dschingis-Chan zugibt, daß Yen-king uneinnehmbar ist, sagt er lieber, daß Gold und Silber ihm nichts bedeuten. Auch haben ihn die ausbrechenden Seuchen erschreckt. Der Krieg bereitet ihm keine Freude mehr. Daß er tun und lassen kann, was er will, hat er gezeigt. Ihn reizt nur noch, den Städtern zu beweisen, daß er selbst die mächtigste Festung im Sturm erobern kann. Aber gerade das kann er nicht. Soll er nun warten, bis sich Yen-king ergibt? Jahrelang? Sein Ansehen würde sich nicht erhöhen, sondern schmälern. Und was hätte er davon? Die Oberherrschaft des Landes kann er nicht erringen. Wie sollte es ihn da noch interessieren, ob die Liao- oder Chin-Dynastie regiert.

Wenn er jetzt daheim wäre und mit Bürte über die Weiden gehen könnte, würde er Ruhe finden. Es vergeht kein Tag, an dem er nicht an Bürte denkt. Oft gibt ihm allein der Gedanke an sie neue Kraft. Ein Zusammensein mit Chulan wäre freilich reizvoller, aber er sehnt sich im Augenblick nach Ruhe. Das andere hat er zur Genüge.

Verteufelt geschmeidig sind diese Chin-Katzen. Und eine Haut haben sie! Wenn seine Krieger länger in einer Stadt wohnten, würden sie bestimmt verweichlichen, denn die zarten Körper ... Er hätte nie gedacht, daß zierliche Gestalten so reizvoll sein können.

Dschingis-Chan, der das Geschehen der letzten Jahre Revue passieren läßt, schlägt sich plötzlich vor die Stirn. Das wäre ein Abgang! Warum kam ich nicht früher auf den Gedanken? Eine Frau aus kaiserlichem Geblüt würde mein Ansehen erhöhen. Damit wäre sichtbar zum Ausdruck gebracht, daß ich das Reich bedingungslos unterwarf. Als Sieger könnte ich dann heimkehren.

Schon wenige Tage später gelingt es einem von ihm entsandten Parlamentär, mit Kaiser Hsüan-tsung ein Abkommen zu treffen, dem zufolge sich Chin zur allgemeinen Amnestie und zur Anerkennung des Chitan-Königs als unabhängigen Herrschers von Liao-tung verpflichtet, wenn Dschingis-Chan das Land verläßt. Darüber hinaus wird der Sohn des Himmels, der noch zu jung ist, um selber Nachkommen zu haben, zur Bekräftigung seines ehrlichen Friedenswillen die Tochter Kaiser Wai-Wangs mit entsprechender Ausstattung und Gefolge dem Herrscher der Herrscher zur Ehefrau geben.

10

Wohltuende Nachtruhe liegt über den Zelten der Mongolen, die nördlich der Großen Mauer in der Oase Dolon-nor aufgeschlagen wurden. Nach den Geschehnissen der letzten Wochen, dem Aufbruch von zweihunderttausend Kriegern mit annähernd fünfhunderttausend Pferden, dem beschwerlichen Ritt über das schroffe Nankou-Schan-Gebirge, den Vorbereitungen zur Errichtung des Sommerlagers und einem Blutbad, das Dschingis-Chan an der Grenze des verwüsteten Landes plötzlich unter den mitgenommenen Gefangenen anrichten ließ, erscheint die Stille unwirklich.

Die Luft in Dolon-nor ist schwül. Der nächtliche Himmel kommt nicht gegen die Hitze des Tages an. In schwankenden Stößen faucht heißer Wind über die Zeltstadt.

Wie tot liegen die Mongolen auf ihren Fellen. Kein Krieger ist unterwegs. Nur vereinzelte Wächter stehen am Eingang des Lagers und wischen sich den Schweiß vom Körper.

Aber es schlafen nicht alle im Lager. Im Westen beispielsweise schaut ein älterer Mann, ein gefangener Gelehrter, dessen eingefallene Wangen die Backenknochen stark hervortreten lassen, behutsam aus einem Zelt. Er blickt zu den Sternbildern hoch, prüft das vor ihm liegende Gelände und schlüpft schließlich ins Freie, wo er sich im Schatten der Zelte bis an das östliche Ende des Lagers schleicht. Hier verschwindet er in einem Lorbeerstrauch und ahmt das hohe »Tai-tai« des kleinen Wüstenvogels nach.

Bald darauf tritt eine zierliche weibliche Gestalt hinter ihn. »Sind Sie es, Yeliu-Tschutsai?«

Er fährt herum. »Nächtlicher Himmel, haben Sie mich erschreckt.«

»Psst!«

»Sonne, Mond und Sterne, Sie haben recht.«

»Kommen Sie«, sagt das junge Mädchen, tastet nach der Hand des Mannes und führt ihn einen Hügel hinauf, auf dem mehrere helle Zelte stehen. »Warten Sie«, flüstert sie, als sie ihr Ziel erreicht haben.

Am Eingang erscheint ein weiblicher Kopf. »Ist er da?«

»Ja.«

»Laß ihn herein«, sagt eine Stimme im Hintergrund.

Yeliu-Tschutsai betritt das Zelt und sieht sich der Tochter des ehemaligen Kaisers Wai-Wang gegenüber. Ehrfürchtig verbeugt er sich. »Euer Gnaden hatten die Güte, mich rufen zu lassen. Ich bin mir der übergroßen Ehre bewußt und stehe völlig zu Eurer Verfügung, erhabene Heng-Pi. Ich hoffe inständig, daß ich Euch helfen kann.«

Die Kaisertochter ist in ein zartgrünes Seidengewand gehüllt. Ihre Haare hängen locker über der Schulter. »Verzeihen Sie, lieber Yeliu-Tschutsai, wenn ich Sie so empfange, aber ...« Sie macht eine hilflose Geste. »Ich bin glücklich, Sie zu sehen, wenngleich Ihr Leid mich sehr ergreift. Sie können sich nicht vorstellen, wie froh ich war, als ich hörte, daß Sie im Lager sind. Allein die Vorstellung, einmal mit Ihnen sprechen zu können, gab mir schon Kraft. Oh, Yeliu-Tschutsai, wer hätte gedacht, daß wir uns hier wiedersehen würden.«

»Ihr seid sehr gnädig«, erwidert der Gelehrte und betrachtet das vom Leid zerquälte Gesicht Heng-Pis. »Ich will versuchen, Euren Schmerz zu verkleinern, obwohl ich weiß, daß das, was Ihr durchmacht, durch Worte nicht gelindert werden kann.«

»Sagen Sie das nicht, lieber Freund. In der Finsternis leuchtet selbst das geringste Licht erstaunlich hell. Ihre Klugheit, Ihre Weisheit und Ihr Wissen werden viel Licht in die Finsternis meines jetzigen Daseins bringen. Ich bin unendlich froh in dieser Stunde.«

Yeliu-Tschutsai verbeugt sich verlegen.

Sie sieht den ehemaligen Astronomen ihres Vaters wie durch einen Schleier. Der Anblick des vertrauten Gesichtes, aus dem Ruhe und Güte sprechen, tut ihr wohl. »Laßt uns allein«, sagt sie an ihre Freundinnen gewandt. »Ich rufe euch später.«

Die jungen Mädchen verneigen sich vor Heng-Pi, der vierten Frau Dschingis-Chans.

»Erzählen Sie zunächst von Ihnen«, fordert sie den Gelehrten auf. »Wie sind Sie in dieses Lager gekommen? Und was machen Sie hier?«

»Das ist eine Geschichte, deren Einzelheiten ich Euch ersparen möchte«, antwortet er bedächtig. »Sie beginnt auf einer Reise nach Tsinan, wo sie endet, weiß ich nicht. Ich geriet, wie so viele, in einen Überfall der Mongolen, die mich gefangennahmen. Fast ein Jahr lang wurde ich zu schwerer körperlicher Arbeit herangezogen, bis sich meine Lage nach dem Überschreiten der Großen Mauer plötzlich entscheidend änderte. Wir mußten eines Tages unsere Berufe angeben, und ich wurde mit Künstlern, Philosophen, Gelehrten, Technikern und Handwerkern von der Masse getrennt und mußte erleben, wie der Rest unserer armseligen Truppe – es waren Dreißigtausend – kaltblütig umgebracht wurde. Es war furchtbar. Einige Tage später suchte Dschingis-Chan unser Lager auf und fragte uns nach unserer Meinung über ihn. Nun, ich hatte keinen Grund, ihm zu schmeicheln, und ich tat es um so weniger, als ich kein sonderliches Interesse verspürte, mein unwürdiges Leben weiterzuführen.«

»Was sagten Sie ihm?« fragte Heng-Pi erwartungsvoll.

»Ich weiß nicht mehr genau, was ich im einzelnen sagte, nahm jedenfalls kein Blatt vor den Mund und schloß meine Ausführung mit dem Hinweis, daß er, der Chan der Chane, kein guter Kenner sei, weil er streitet, kein guter Kämpfer, weil er zürnt, kein guter Zwinger, weil er schlägt, und kein guter Verwalter, weil er nicht walten könne. Kurzum, ich erklärte ihm, daß er auf falschen Voraussetzungen aufbaue, und da ich feststellte, daß er nicht böse, sondern nachdenklich wurde, schoß mir der Gedanke durch den Kopf, zu versuchen, diesen Mann zu leiten. Woher mir diese Idee kam, weiß ich nicht. Ich entwickelte plötzlich Pläne und Gedankenzüge, über die ich früher niemals nachgedacht hatte, erläuterte ihm, daß nur der den rechten Weg geht und zur Unsterblichkeit gelangt, der in der Vollkommenheit des ewigen Sternenhimmels das Vorbild für einen Staat sieht, also im Nichtstreiten, Nichtzürnen, Nichtschlagen, im Gutsein, im Zusammenhalten der Güter dieser Erde.«

»Und was antwortete er?«

»Stellt Euch mein Erstaunen vor: Er bat mich, in seine Dienste zu treten. Es spricht für diesen Mann, daß er nicht aufbrauste, denn ich hatte ihm höchst unangenehme Dinge gesagt.«

»Sie haben angenommen?«

»Ja.«

Ihr Gesicht ist voller Entsetzen.

»Bedenkt folgendes«, erläutert der Astronom. »Als Berater, zu dem Dschingis-Chan mich inzwischen ernannte, habe ich die Möglichkeit, unserem Volk zu dienen. Ich kann mich bemühen, Auswüchse abzustellen. Wenn es mir gelingt, einen starken Einfluß zu gewinnen ...«

»Solches Dienen wird auch den Mongolen zum Vorteil gereichen«, unterbricht Heng-Pi den Gelehrten aufgebracht.

»Das stimmt«, erwidert er mit sanfter Stimme. »Aber meine Arbeit wird ebensosehr unserem Land zum Vorteil gereichen. Wir müssen heute zufrieden sein, wenn es uns gelingt, dem gequälten Leib unseres Reiches Ruhe zu verschaffen. Wenn unsere Regenten ... Sehen Sie sich nur Hsüan-tsung an. Bereitet Ihnen sein Verhalten keine Sorge?«

»Ich weiß nicht, was Sie meinen. Was ist mit ihm?«

»Er hat sich, kaum daß Dschingis-Chan das Land verließ, mit Feldmarschall Kao-chi, wie dieser General sich jetzt nennt, in die südliche Residenz jenseits des Hoang-ho begeben. Dschingis-Chan ist entrüstet, weil er neue Gefahren heraufkommen sieht. Nicht zu Unrecht schließt er aus dem Verhalten des Kaisers, daß dieser daran denkt, im Süden neu zu rüsten, um sich an Sung schadlos zu halten.«

Heng-Pi ist außer sich. »Hsüan-tsung hat Yen-king verlassen? Die Bevölkerung wird seine Abreise als Flucht deuten! Weiß der Regent denn nicht, daß sein Verhalten nach einer Preisgabe der Nordprovinzen aussieht?«

Der Gelehrte antwortet: »In einer Proklamation hat er erklärt, er würde stündlich an den Norden des Reiches denken und als sichtbares Zeichen seiner Verbundenheit ließ er den Kronprinzen und den ›Militärkommandanten des Nordens‹, wie er Fürst Wan-yen jetzt bezeichnet, in Yen-king zurück. Kao-chi ist der Schuldige. Er berät den jungen Regenten in einer Form, die neues Unglück heraufbeschwört. Glaubt mir, Heng-Pi, unter den gegebenen Umständen ist es dringend notwendig, daß wir, die wir in Dschingis-Chans Nähe verschlagen sind, Einfluß gewinnen. Wenn er nach Chin zurückgehen würde, wäre alles verloren.«

Heng-Pi läßt sich auf ein Kissen sinken und seufzt: »Armes Land. Wan-yen wird sich unsagbare Mühe geben, mit der Bevölkerung jedoch nicht fertig werden. Er ist der einzig selbstlose Mann in der Regierung, aber er ist kein Soldat. So furchtbar es klingen mag, Yeliu, ich denke oft, daß ausgerechnet der Mann, der meinen Vater ermordete, Chin hätte retten können. Mein Vater war ein unzulänglicher Kaiser.«

»Kriege werden selten von aktiven Soldaten gewonnen«, erwidert der Gelehrte ausweichend. »Meistens ist es das Blut von Bürgern und Bauern, das Siege erringt. Doch lassen wir das. Ich werde froh sein, wenn ich als Ratgeber so wirken kann, daß Dschingis-Chan nicht nochmals in Chin einrückt. Unendliches Elend würde über unsere Heimat kommen. Helft mir dabei, Heng-Pi. Ihr müßt begreifen, daß ich nicht von der Seite des Herrschers weichen darf, selbst dann nicht, wenn ich in seinem Sinne zu arbeiten habe. Nur so ergeben sich Möglichkeiten für die nähere und weitere Zukunft. Es mag sein, daß mein Ziel mit diplomatischen Winkelzügen besser erreicht werden könnte, doch ich bin kein geborener Lügner und besitze weder die Fähigkeit, Fallen zu stellen, noch Wahres unwahr zu machen. Auch wüßte ich nicht, wie derartige, in der Politik übliche Mittel für unser Land anwendbar gemacht werden könnten. Wir sind keine verhandlungsfähige Macht mehr. Meine Diplomatie muß heute sein, Dschingis-Chan mit gutem Rat zu dienen, so daß sich aus den daraus für ihn erwachsenden Vorteilen ein Vertrauen zu mir entwickelt. Nur so kann ich ihn gewinnen und in entscheidenden Augenblicken dafür sorgen, daß Dinge unterlassen werden, die unserer Heimat schaden würden. Ich weiß, es ist ein langer Weg, aber alles, was auf Ehrlichkeit und Anständigkeit aufgebaut ist, braucht lange Zeit.«

Heng-Pi wirft ihren Kopf in den Nacken. »Ich verstehe Sie, Yeliu-Tschutsai, begreife Sie aber nicht. Sie haben ein Geduldspiel vor, dessen Ausgang fraglich ist. Auf derartige Dinge dürfen wir uns nicht einlassen, solange es andere, bessere Wege gibt. Ich ließ Sie zu mir bitten, um einen solchen Weg mit Ihnen zu besprechen. Kann ich mich auf Sie verlassen, Yeliu?«

»Ich schwöre es bei den Seelen meiner Ahnen.«

»Dann will ich offen zu Ihnen sein. Sie wissen, daß ich von Hsüantsung geopfert wurde, um Dschingis-Chan zufriedenzustellen; ich erspare es mir, Ihnen zu schildern, welchen Widerwärtigkeiten ich ausgesetzt bin. Dschingis-Chan ist weder Mensch noch Tier. Er ist ein Teufel! Ein Teufel, der sich an Qualen weidet. Yeliu, wenn ich schon geopfert werden mußte, dann kann ich verlangen, daß mein Opfer einen höheren Sinn erhält. Wir liegen in Dolon-nor, an der Grenze von Chin. Dschingis-Chan behauptet, nicht weiterziehen zu können, weil die Wüste Gobi im Sommer nicht zu durchqueren sei. Das glaube ich nicht, denn immer, wenn ich versuche, mich ihm zu verweigern, droht er damit, nochmals nach Yen-king zu marschieren. Ich sehe seinen Augen an, daß er sich schon heute darauf freut. Er will hier nur Zeit verstreichen lassen, und die darin liegende Gefahr will ich bannen. Sie müssen mir dabei helfen, Yeliu. Sie sind der einzige, der es kann.«

»Ich werde Euch mit tausend Freuden helfen, wenn Ihr einen Weg wißt«, erwidert der Gelehrte.

Sie rückt näher an ihn heran. »Verschaffen Sie mir Gift, Yeliu-Tschutsai.«

»Ewige Götter!« entfährt es dem Astronomen.

»Ich weiß, was ich will«, fährt Heng-Pi gelassen fort. »Täglich muß ich mit Dschingis-Chan Chrysanthemenwein trinken, weil ihm irgend jemand gesagt hat, daß dieser Wein das Leben verlängert. Unwahrscheinliche Mengen stürzt er in sich hinein. Wenn ich Gift erhalte, wird es mir ein leichtes sein, dieses in den Krug zu geben, aus dem wir trinken. Yeliu, mein Leben ist so entsetzlich geworden, daß ich den Tag herbeisehne, der mich erlöst. Diese Erde vermag mir nichts mehr zu bieten. Ich und meine Freundinnen stehen aber unter schärfster Kontrolle, so daß es uns unmöglich ist, das notwendige Gift zu verschaffen.«

Yeliu-Tschutsai stöhnt. »Dem Himmel sei Dank, daß er Euch an mich verwiesen hat. Denn Euer Opfer, Heng-Pi, würde unser Volk in den Tod führen. Überlegt, was geschieht, wenn Ihr und Dschingis-Chan tot aufgefunden werdet. Schon am nächsten Tage würden die mongolischen Heere erneut in Chin einfallen und eine Hölle entfesseln, der niemand entrinnen könnte.«

Heng-Pi wird bleich. »Glauben Sie wirklich, daß sich die Mongolen ohne Dschingis-Chans Führung ...?«

»Aber natürlich, verehrte Heng-Pi. Die Horden würden in eine nie dagewesene Raserei verfallen.«

Die Tochter Wai-Wangs läßt den Kopf sinken und fühlt, daß die Kraft sie verläßt, die ihr in den letzten Wochen den Mut zum Ausharren gegeben hat. Wenn sie sich des Nachts auf ihrem Lager wälzte, wanderten ihre Gedanken dem Tode entgegen. Sie sah eine von Dschingis-Chan befreite Welt und erlebte die Erlösung aus ihrem gebrochenen Dasein. Träume waren es und Vorstellungen, in die sie sich von Tag zu Tag mehr verliebte.

Ihr anmutiges Gesicht war schmaler geworden, ihre Augen waren umschattet, aber die von wehmütiger Trauer gezogenen Linien des Leids verschönten ihr Aussehen.

Oft griff sie zum Spiegel, um sich an der pfirsichgleichen Haut ihrer Wangen zu erfreuen. Mit kindlicher Einfalt klammerte sie sich an ihr gutes Aussehen. Sie war von dem Gedanken beseelt, so lange sauber zu sein, wie sich ihre Reinheit in ihrem Äußeren ausdrücke.

Alles Schönen und Guten beraubt, sah sie ihr Leben zerbrochen am Boden liegen. Nur noch die Anmut ihres Körpers und die Schönheit ihrer sterblichen Hülle gehörte ihr.

Was Dschingis-Chan mit ihr auch tun mochte, sie blieb unberührt und war überzeugt, es bis zur Stunde ihres Todes zu bleiben.

Wie aber soll sie alles Zukünftige ertragen, wenn sie Dschingis-Chan nicht vergiften durfte?

»Ich weiß, welch schwere Gedanken Euch nun bedrücken«, sagt Yeliu-Tschutsai mit gütiger Stimme. »Laßt uns ein andermal weitersprechen. Ich befürchte, daß Ihr heute nicht die Kraft dazu habt.«

»Nein, nein«, entgegnet sie. »Ich muß wissen, wie ich Ihnen helfen könnte. Ihre Antwort würde morgen nicht leichter sein. Was kann ich tun, um Dschingis-Chan davon abzuhalten, erneut in Chin einzufallen?«

»Sichert Euch Einfluß, verehrungswürdige Heng-Pi«, antwortete er zögernd.

Sie schlägt die Hände vor das Gesicht. »Wissen Sie, was das bedeutet?«

Der Astronom tritt an sie heran. »Verzeiht, Heng-Pi. Ich sprach gedankenlos und begreife, daß Ihr auf keinen Fall ...«

»Ich sehe ein, daß ich es tun muß«, unterbricht sie ihn. »Ungerecht und klein wäre es, wollte ich angesichts der Not unseres Volkes versagen. Es ist nur schwerer, sich zu opfern, als geopfert zu werden. Da ich aber als Opfer auserkoren wurde, ist der Schritt, den ich noch zu tun habe, nicht mehr allzu groß. Sie werden in mir eine Verbündete sehen, Yeliu. Vielleicht können wir Chin vieles ersparen.«

»Möge Euch der Himmel unsterblich machen.«

Sie schüttelt den Kopf. »Wo es um Lohn und Ruhm geht, wird die Heimat vergessen.«

Der Gelehrte nickt bedächtig. »Das ist richtig. Unser Land könnte aber dennoch Euren Ruhm gebrauchen. Taten spornen an. Eure Unsterblichkeit würde manch trauriges Beispiel vergessen lassen.«

Wochen sind vergangen, seit der Reis in den Schlammboden gesetzt und Kürbispflanzen an Stangen befestigt wurden. Ta-Shu, die Große Hitze (Ende Juli), rückt heran. Die Körbe füllen sich mit goldenen Aprikosen, doch in Dolon-nor ist der Wechsel der Zeiten nicht zu spüren. Gleichbleibend heiß vergehen Wochen und Monde. Nur die mit frischem Obst gefüllten Körbe, die für Heng-Pi täglich aus Chin herangeschafft werden, zeigen, daß es bald Herbst sein wird und es nicht mehr lange dauert, bis der Marsch durch die Wüste angetreten werden kann. Noch ist es zu heiß. Der Wind, der gelegentlich vom Süden weht, bringt nur geringe Erfrischung und schafft das Drükkende nicht fort, das Tag und Nacht über der Oase lastet. Und manche Nachrichten, die mit dem Wind herüberwehen, sind der gereizten Stimmung Dschingis-Chans nicht gerade dienlich.

Schon wenige Monde nach Abschluß der Friedensverhandlungen mit Chin ist vielerorts eine Sammlung der national gesinnten Kräfte zu beobachten, die erkennen läßt, daß das Heer nicht gewillt ist, seine führende Stellung aufzugeben. Wenn diese Tatsache und die Abreise Hsüan-tsungs Dschingis-Chan auch mit Sorge erfüllen, so unternimmt er doch nichts, sondern tut so, als gehe ihn das alles nichts an. Aber er beobachtet das Treiben der verschiedenen Kräftegruppen in Chin, Sung, Chitan, Korea und in der Mandschurei, und er registriert gewissenhaft, was er hört. So die Bemerkung eines Sung-Abgeordneten, der ihm erzählt, daß das Reich Sung früher jährlich zweihundertfünfzigtausend Unzen Gold und zweihundertfünfzigtausend Ballen Seide kostenlos an Chin zu liefern hatte.

Bald darauf folgen Nachrichten, die ihn noch stärker aufhorchen lassen. Fürst Wan-yen, der Nichtsoldat, der die Verantwortung, die ihm auferlegt wurde, nicht leicht auf seinen Schultern trägt, hält sich nach der Abreise des Kaisers für verpflichtet, einen jungen, aber tatendürstigen Kronprinzen zu unterstützen, der die besten Kräfte des Landes um sich versammelt, den nationalen Widerstand organisiert und in erstaunlich kurzer Zeit eine große Anzahl der zerstörten Festungen wiederaufbaut. Und nicht nur das.

Der Kronprinz schafft aus dem Nichts ein schlagkräftiges Heer, das sich auf den Weg nach Chitan macht und dort, entgegen den getroffenen Vereinbarungen, die Hauptstadt Liao-yan besetzt und den König Liao-tung verjagt.

Yeliu-Tschutsai und Heng-Pi hören wenige Tage später davon und drücken sich begeistert die Hände, weil sie vermeinen, es sei ihrem Einfluß zuzuschreiben, daß Dschingis-Chan in Chin nicht eingreift.

Doch der Herrscher dachte nicht einen Augenblick lang daran, sich in eine Auseinandersetzung zwischen Sung, Chin und Chitan einzumischen. Was gehen ihn die Dynastien an. Seine Krieger sind ihm zu schade, für andere Kastanien aus dem Feuer zu holen. Gewiß, er droht seiner Frau Heng-Pi immer wieder, nochmals nach Chin zu ziehen, in Wirklichkeit aber hat er nicht die Absicht.

Bei dem Gedanken an Heng-Pi schmunzelt Dschingis-Chan. Er findet sie entzückend und wundert sich, daß etwas so Zierliches überhaupt leben kann. Mit einer Hand kann er sie durch die Luft wirbeln.

Und wie nett sie werden kann, wenn er ihr Angst macht und droht, nach Chin zurückzukehren. Diese Angst wird er ihr lassen. Er weiß, daß sie ihn nicht liebt und nur nett zu ihm ist, weil sie etwas erreichen will.

Oftmals nimmt ihm dieses Wissen allerdings die Freude an ihrer Schönheit, besonders wenn sie die Unnahbare spielt. Er haßt sie dann abgrundtief und nimmt sie, wie er es gerade will. Sie gibt sich ihm ja doch nur aus Berechnung.

Aber er wünschte sich ja nicht ohne Grund die Tochter eines Kaisers zur Frau. Sie soll Glanz auf seinen Namen legen, und er kann es kaum erwarten, mit ihr in die Heimat einzuziehen. Die Frauen des Ordus werden staunen. Er, Dschingis-Chan, hat eine richtige Prinzessin, die Tochter des Kaisers von Chin zur Frau. Die Weiber werden Mund und Nase aufreißen.

Für Yeliu-Tschutsai und Heng-Pi folgen schwere Tage, da Dschingis-Chan plötzlich größere Einheiten nach Chin sendet, um der ehemaligen kaiserlichen Leibgarde zu Hilfe zu kommen.

Der größte Teil dieser Garde, die mit Hsüan-tsung von Yen-king nach Kai-föng marschiert war, besteht aus Chitanen, und als das Reich des Liao-Königs durch den Kronprinzen besetzt wurde, gab

Kao-chi den Leibgardisten den Befehl, die Waffen abzuliefern, weil diese, wie er erklärte, gegen neue ausgetauscht werden sollten.

Die Chitanen aber fühlten, daß man sie waffenlos machen und sich ihrer entledigen wollte. Sie verweigerten deshalb den Gehorsam, sandten einen Hilferuf an den Herrscher der Mongolen und rückten nach Norden ab.

Unter den gegebenen Umständen sieht sich Dschingis-Chan verpflichtet, der Leibgarde zu helfen; es handelt sich ja um Soldaten, die sich auf Grund seines Bündnisses mit dem König ihres Heimatlandes als seine Untertanen betrachten. Unabhängig davon kommt ihm ihr Hilferuf gelegen, da Chin schon wieder unglaublich stark geworden ist. Er sendet deshalb Muchuli dem König von Liao zur Hilfe, schickt Ssubutai mit dem Auftrag, sich das Stammland der Chin näher anzusehen, in die Mandschurei und gibt einer mehreren Heerführern unterstellten Armee den Befehl, nach Süden zu eilen und sich mit der Garde zu vereinigen.

Heng-Pi ist über die Entwicklung der Dinge untröstlich, Yeliu-Tschutsai hingegen sagt ihr beschwörend: »Glaubt mir, es ist Euer Verdienst, daß Dschingis-Chan nicht selber auszog. Ihr habt unserem Reich einen unschätzbaren Dienst erwiesen, denn wenn der Herrscher in Chin eingefallen wäre ...«

»Sind Sie wirklich davon überzeugt?« unterbricht sie den Gelehrten.

»Ich bin es, erhabene Heng-Pi.«

»Dann will ich zufrieden sein«, erwidert sie und bedeckt ihre Augen.

Der Winter zieht durch das Land, und die Einheiten Dschingis-Chans stehen noch immer in Chin. Währens Ssubutai systematisch die Mandschurei durchkreuzt und bis nach Korea vordringt, das dortige Heer niederkämpft und die Landesfürsten unterwirft, versteht es Muchuli durch die geschickte Ausnutzung eines Zufalls, das Reich des Königs Liao-tung zurückzugewinnen, obwohl es von neu aufgestellten Chin-Armeen bereits besetzt worden war.

Auf dem Vormarsch nach Liao-yan gelingt ihm bei der Vernichtung einer kleine Formation die Gefangennahme des von Hsüantsung neu ernannten Statthalters, und er erkennt blitzartig die sich ihm bietende günstige Gelegenheit. Er nimmt dem Statthalter dessen Beglaubigungsschreiben ab und übergibt es einem in seinen Diensten stehenden Chin-General, den er eiligst in die Residenz schickt. Der General übernimmt die Regierung, öffnet den Mongolen die Tore und bewegt Muchuli, die Bevölkerung nicht zu bestrafen, sondern Milde walten zu lassen. Muchuli beherzigt diesen Rat und kann Dschingis-Chan schon nach kurzer Zeit melden, daß sich alle Städte ergeben haben und das Land nur noch von versprengten Einheiten zu säubern ist.

Als der Herrscher diese Nachricht erhält, kann er seine Verwunderung nicht verbergen. »Milde vermag Tore zu öffnen?« fragt er ungläubig.

Yeliu-Tschutsai, der gerade mit ihm, Tatatungo und weiteren Gelehrten am abendlichen Lagerfeuer sitzt, erwidert schlagfertig: »Wäre es nicht besser zu fragen, ob Furcht Tore öffnen kann?«

Dschingis-Chan lacht. »Furcht und Schrecken sind die Grundlagen meiner Erfolge. Nicht Milde.«

»Furcht und Schrecken mögen entscheidende Faktoren sein«, entgegnet Yeliu-Tschutsai. »Hinter ihnen lauert aber stets Empörung. Wir sind als freie Lebewesen geboren, und wir unterordnen uns nur in der Not dem Zwang, von dem wir uns sofort wieder befreien, wenn es möglich ist. Würden Eroberer dies bedenken, könnten sie sich viele Mühen ersparen.« Einschränkend fährt er fort: »Ich glaube natürlich gerne, daß Furcht und Schrecken Ihre Siege mitbegründeten. Sie sind aber auch die Gründe Ihrer Erfolglosigkeit in meiner Heimat.«

»Erfolglosigkeit!«

»Ja, denn Sie errangen Siege, aber keine Erfolge. Erfolgreich dürfen Sie sich erst nennen, wenn Ihre Feinde Sie anerkennen oder wenn unter Ihrem Einfluß in den besiegten Ländern geordnete Verhältnisse einkehren. Es würden in solchem Fall sogar greifbare Erfolge werden, weil Sie dann jährlich Tribute erhielten, über deren Höhe Sie sich scheinbar keine rechte Vorstellung machen. Zahlungen aber können nur geleistet werden, wenn das Volk in Ruhe arbeiten kann.«

»Das ist zweifellos richtig.«

»Und nun betrachten Sie einmal die großen Lehrer unserer Religionen. Sie alle haben mehr oder weniger nichts getan, als Milde, Güte und Liebe gepredigt, und obwohl keiner von ihnen Siege zu verzeichnen hat, liegen ihre Erfolge so tief in den Herzen der Menschheit verwurzelt, daß die von ihnen geschaffenen Reiche Jahrtausende überstehen. Kampflos wälzen sich ihre Anhänger durch alle Länder. Grenzen gibt es nicht für sie. Auf den Ruhmesblättern der großen Herrscher finden Sie hingegen nur Siege und nochmals Siege verzeichnet, von ihren Reichen aber ist zu lesen, daß sie stets wieder verfielen. Und warum? Weil an ihren Erfolgen Blut klebt, das jeden Eroberer, gleich wie er heißen mag, eines Tages umnebelt und ihm die klare Sicht raubt. Dann geraten sie in einen Strudel, werden durch die Sucht des Herrschens, des Mächtigseinwollens, des Sich-vor-nichts-verbeugen-Könnens zu Fall gebracht. Nur Milde und Güte vermögen unvergängliche Werte zu schaffen, nur Menschen mit solchen Eigenschaften erreichen Unsterblichkeit.«

Tatatungo nickt bestätigend. »Sie haben recht, Yeliu-Tschutsai. Zu den Religionslehrern möchte ich noch bemerken, daß ihre Erfolge nicht nur darin begründet liegen, daß sie Lehren über Gut und Böse, Milde, Güte und dergleichen Tugenden aufstellten. So paradox es klingen mag, die Beherrscher der Völker sind die Mitbegründer der überweltlichen Reiche. Am Anfang steht nämlich die Härte der weltlichen Regenten; erst sie bereitet den Boden für religiöse Lehren vor.

Ohne Unterdrückung gäbe es keine ›Reiche des Jenseits‹. Denken Sie an die Chou-Dynastie vor zweitausend Jahren. Während dieser militärisch ausgerichteten Herrschaft verwüstete der Krieg das Land dermaßen, daß alles zum Erliegen kam. Handel und Wandel, Ackerbau und Viehzucht, nichts blühte mehr. Nur noch der Krieg. Und der brachte ausschließlich Elend, Not und Schrecken. Es ist somit kein Zufall, daß gerade in dieser Zeit, da Gewalt die Tugenden des gesitteten Lebens zum Erlöschen brachte, die Menschheit nach Laotse und anderen Sternen am gewittrigen Himmel Ausschau hielt.«

»Hört auf, ihr beiden«, mischt sich Dschingis-Chan in das Gespräch. »Über solche Dinge könnt ihr euch unterhalten, wenn ihr allein seid. Ihr verwickelt euch doch nur in für mich völlig uninteressante Haarspaltereien. Ich will jetzt etwas über Laotse und die anderen Brüder hören. Aber kein blödes Märchen vom Mondhäschen!« droht er zu Tatatungo hinüber. »Zum Teufel, erst jetzt fällt mir auf, daß meine vierte Frau den gleichen Namen hat. Du mußt ihr das Märchen unbedingt erzählen, Tatatungo. Heng-Pi wird viel Freude an der Geschichte haben. Doch nun berichtet von Laotse und jenen Menschen, die eurer Meinung nach ewige Erfolge errungen haben. Ich bin gespannt zu hören, wie sie das machen. Vielleicht sattle ich um.«

Die Männer im Kreis lächeln.

Yeliu-Tschutsai und Tatatungo bemühen sich, einander den Vorrang zu geben. Mit blumigen Worten preist jeder das Erzählertalent des anderen.

»Jetzt wird es mir zu dumm!« erklärt Dschingis-Chan schließlich. »Da ihr euch nicht einigen könnt, befehle ich, daß Tatatungo beginnt. Das tue ich natürlich nicht ohne Grund«, fügt er an Yeliu-Tschutsai gewandt hinzu. »Ich muß dich nämlich rügen. Was du von meiner Erfolglosigkeit gesagt hast, gefällt mir ganz und gar nicht.«

»Ihre Worte zeigen mir, daß Sie nicht nur uns, sondern auch sich selbst durchschauen«, erwidert der Astronom gelassen. »Andere durchschauen ist Umsicht, sich selbst durchschauen Einsicht.«

Dschingis-Chan lacht. »Ich sehe, du machst den Versuch, mich zu lenken.«

»Möglich. Bedenken Sie jedoch, daß andere lenken nur Können ist. Lediglich wer sich selbst lenkt, gewinnt die Macht.«

»Himmel und Erde, Yeliu-Tschutsai fährt seine ›Chin-tien-lei‹ auf, um mich mit heißem Feuer zu überschütten. Das aber sind Methoden eines Eroberers. Hahaha ...! Können wir jetzt beginnen?«

»Beginnen können ist Stärke, beenden können erst ist Kraft.«

»Pi-hu-tze! Schlagfertig bist du, das muß man dir lassen. Ich glaube, dein Hirn wird selbst nach deinem Tod nicht zerfallen.«

»Doch, denn ich bin eine sterbliche Nichtigkeit. Nichtzerfall jedoch ist Ewigkeit, und Nichtigkeit nach dem Tode Unsterblichkeit.«

»Ich gebe mich geschlagen«, stöhnt Dschingis-Chan. »Los, Tatatungo, fange an. Wer war Laotse?«

Der Siegelbewahrer nimmt ein Stück Holz und wirft es in die Flammen. »Wie ich vorhin schon sagte, lebte dieser große Lehrer vor einer unendlich langen Zeit. Wie die Überlieferung berichtet, wurde er von einer Jungfrau geboren. Sein Vater war ein Sonnenstrahl, der den Leib einer jungen Magd befruchtete, und da er klug und weise auf die Erde kommen sollte, erblickte er das Licht der Welt erst nach einundachtzigjähriger Schwangerschaft mit schon schlohweißen Haaren, weshalb man ihn Laotse, Greiskind, nannte.«

»Willst du mich zum Narren halten? Ein Sonnenstrahl soll der Vater gewesen sein? Mir scheint, daß jene Jungfer leichtsinnig war.«

»Nein, Dschingis-Chan«, ereifert sich einer der anwesenden Chin-Gelehrten. »Laotse war ein Wunder. Und er vollführte viele Wunder.«

Der Herrscher grinst und wendet sich an seinen Kanzler. »Und was lehrte Laotse?«

»In einer Stunde tiefster Not schärfte er dem Volk die an sich schon uralte und ohne Prüfung anzunehmende Lehre des Taos, des Weges, neu ein. ›Folge deinem wahren Pfad‹, sagte er. ›Sei eingedenk: Glück ist Untätigkeit, Tugend ist Untätigkeit, Gott ist Untätigkeit. Wirf alles von dir, was du erbeutet und angesammelt hast: Vorurteile, Bräuche, Wissen und Neigungen. Kehre zur Natur zurück, wenn du ohne Begrenzung sein willst.‹«

»... ohne Begrenzung sein willst? Jetzt verstehe ich nichts mehr. Das Ganze scheint keine schöne Lehre zu sein.«

»Aber so hören Sie doch, was Laotse ...«

»Ich höre schon, Yeliu, verstehe aber nichts. Sage mir vernünftig, was Laotse wollte.«

»Der Kanzler hat sich vernünftig ausgedrückt«, widerspricht Yeliu-Tschutsai. »Laotse ist nur nicht leicht zu verstehen; man muß das von ihm Gesagte überdenken. Er sieht in der willkürlichen Eingebung der Natur das höchste Gesetz des Lebens, und er empfiehlt der Menschheit, den Versuch zu machen, durch Wu-wei, durch Unbeweglichkeit, das Glück zu erringen. Sie müssen wissen, daß ...«

»Nein, nein, nein!« empört sich Dschingis-Chan. »Ich will nichts mehr von ihm wissen. Durch Unbeweglichkeit ...! Der Kerl lehrt ja das Faulenzen. Daß er bei solchen Empfehlungen Anhänger gewinnen konnte, ist kein Wunder. Unbeweglichkeit ...!« Er speit in die Flammen.

Yeliu-Tschutsai zuckt die Achseln. »Das ist das Schicksal aller wirklich Großen. Ihre Gedanken sind so außerordentlich, daß sie nicht sofort begriffen und deshalb abgetan werden. Ein Mensch wie Laotse schuf natürlich keine irdischen Dinge, die wir wie gewonnene Schlachten und eroberte Länder aufzählen können. Er verließ die Erde in großer Einsamkeit und fuhr in den Himmel.«

Dschingis-Chans Augen leuchten verdächtig. »So, so, in den Himmel ist er gefahren! Hm. Und was sagen andere Gelehrte?«

Tatatungo sieht, daß Yeliu-Tschutsai über die unsachliche Art

Dschingis-Chans ungehalten ist. Er übernimmt deshalb die Antwort. »Konfu-tse litt ebenfalls unter dem Mißgeschick seiner Zeit, doch er sprach, anstatt vom künftigen Leben zu predigen, vom diesseitigen Dasein, von der Tatsache, daß wir existieren und Wirklichkeit sind. Er lehrte, daß es dem Menschen gezieme, so zu leben, daß überall Eintracht herrsche. ›Tue anderen so, wie du willst, daß sie dir tun‹, war die Grundlage seiner Lehre. Im Gegensatz zu Laotse riet er zur Tätigkeit. Nicht Leere, sondern Fülle war sein Ideal. Er suchte das Erfülltsein nicht durch Verneinung, sondern durch Übung von Tugenden zu erreichen. Wohlwollen, Festigkeit, aufrechter Sinn, Selbstbeherrschung und andere Prinzipien, die zur Selbstverbesserung des eigenen Ichs führen, sind für ihn dringende Notwendigkeiten.«

»Freut mich, daß er wenigstens nicht das Faulenzen lehrt. Dennoch will mir scheinen, daß auch er seiner Zeit besser gedient haben würde, wenn er das Schwert ergriffen und ein einiges Reich geschaffen hätte. Ich kann mir nicht helfen: Bei allen Lehren, von denen ich höre, geht es immer nur um leere Worte. Nirgends erblicke ich Taten bei diesen Predigern.«

»Aber Dschingis-Chan!« erregt sich der Astronom. »Wie können Sie sagen, ein Konfu-tse würde Besseres geschaffen haben, wenn er zum Schwert gegriffen hätte. Begreifen Sie denn nicht, daß die Menschheit Halt finden muß, wenn das Leben auf Erden unerträglich wird? Jedes Schwert, das man schmiedet, macht das Dasein unerträglicher. Konfu-tse schenkte der Menschheit mehr als mancher Herrscher, der sein Land durch Eroberungen vergrößerte. Er stieß schwertlos in das Innerste des Volkserlebens, erhob den Ahnenkult zu einem ethischen Prinzip. Ist das nicht etwas Beglückendes?«

Dschingis-Chan winkt ab. »Mir liegen solche Beglückungen nicht. Man soll doch all das Schöne, das Himmel und Erde uns durch ihre bloße Existenz schenken, nicht durch Lehren zerreden. Wir Mongolen haben es in dieser Hinsicht besser. Wir glauben an den Menke-Kökö-Tengri, ein wenig vieleicht auch noch an den Schamanen, aber da hört es auf. Mit Märchen, wie das von der Geburt Laotses, wird nichts erreicht.«

»Sagen Sie das nicht«, widerspricht der Astronom. »Betrachten Sie einmal die Gestalt des Christus, der im Westen lebte und von dortigen Völkern angebetet wird. Auch er entstammt dem jungfräulichen Leib einer Magd.«

»Tatsächlich?«

»Ja. Sie war allerdings verheiratet und wurde nicht von einem Sonnenstrahl befruchtet.«

»Das ist noch schlechter. Da gefällt mir die Sache mit dem Sonnenstrahl besser. Wann lebte dieser Christus?«

»Vor rund tausend Jahren, also wesentlich später als Laotse.«

»Und was lehrte er?«

»Auch er predigte seinen Jüngern von der Liebe der Menschen zueinander, von Güte, Milde und Reinheit.«

»Demnach sind die Lehren in ihren Bestrebungen alle sehr ähnlich.«

»Ist das verwunderlich? Große Geister haben immer das Bestreben, die Menschheit zu bessern und das Leben erträglich zu machen. Finden Sie nicht, daß das etwas sehr Lobenswertes ist?«

»Natürlich. Aber du sprachst eben von der Welt im Westen. Weißt du etwas über sie?«

»O ja. Ich bin durch Nestorianer recht gut über sie informiert.«

»Wer sind das nun wieder?«

»Nestorianische Christen glauben an die Lehre Christi, bestreiten jedoch, daß er der wirkliche Sohn Gottes ist.«

»Wer behauptet denn, er sei der Sohn Gottes?«

»Christus selbst.«

»Das hat er von sich gesagt?«

»Ja. Nach seinem Tode soll er in den Himmel zurückgekehrt sein.«

Dschingis-Chan grinste. »Wie Laotse und Gökschu.«

»Wer ist Gökschu?« fragte Yeliu-Tschutsai verwundert.

»Ein Schamane meines Landes, der in den Himmel fuhr, als er starb. Du kannst jeden Mongolen fragen«, fügt er bekräftigend hinzu.

»Ich glaube es Ihnen auch so, verstehe allerdings nicht, warum Sie es dann bei Laotse und Christus bezweifeln?«

Dschingis-Chan lacht schallend. »Warum? Weil ich das Märchen von Gökschus Himmelfahrt erfand! Frage Tatatungo. Er ist mein Zeuge. Wenn du dich jedoch erschlagen lassen willst, dann gehe in mein Ordu und erkläre, Gökschu sei nicht in den Himmel gefahren. Man wird dich steinigen. Begreifst du nun meine Einstellung zu alledem? Erst wenige Jahre ist Gökschu tot, und das dumme Volk glaubt nicht nur, was ich ihm aus Zweckmäßigkeitsgründen erzählte, es klammert sich sogar daran, daß der Schamane in den Himmel ritt. Ich aber weiß, wo er verscharrt liegt. Mein Halbbruder erschlug ihn, und er tat recht daran. Und nun verschont mich mit Religionslehren. Von mir aus kann jeder glauben, was er will. Ich persönlich bin froh, lediglich ein Herrscher zu sein, der nach weltlichen Dingen strebt und sich nicht nach Unsterblichkeit sehnt. Sollte mein Reich eines Tages wieder zerfallen, nun gut. Mir scheint es jedenfalls anständiger zu sein, ein Reich mit Schwert und Blut aufzubauen, als ewig Lügen verbreiten zu müssen, nur um Völker dumm und sich selbst unsterblich zu machen. Wenn die Menschheit an solchen Märchen Gefallen findet, ist das ihre Sache. Ich aber kann denken und wünsche, keine Redensarten mehr zu hören, mit denen man mir Erfolglosigkeit nachweisen möchte. Noch nie sah ich so klar wie heute, daß ich weiterhin eisern tun muß, was ich bislang tat: Länder erobern und Völker unterwerfen!« Er klopft dem Astronomen auf die Schulter. »Genug davon. Deine sonstigen Ratschläge sind mir herzlich willkommen. Mich interessiert, zum Beispiel, das Land im Westen. Erzähle, was du darüber weißt.«

II

Nachdenklich schreitet Fürst Wan-yen durch gelbe Tümpel, die ein tagelanger Frühjahrsregen (1216 n. Chr.) überall entstehen ließ. Er ist froh, allein zu sein, und besteigt einen kleinen Hügel, von dem aus man über Yen-king hinwegschauen kann.

Der sonst über der Stadt liegende Dunst ist vom Regen fortgewaschen und läßt die Farben stark hervortreten. Die Majolikadächer leuchten in Indischgold, Tiefblau und Purpurrot, und an den Peitschen einiger Weiden kündet duftiges Gelbgrün von der Auferstehung der Natur nach kalter Zeit. Die Verträumtheit des Stadtbildes tut dem Fürsten wohl, wenngleich sie nicht zu seinen Gedanken paßt. Aber es ist ein Bild, das er für immer in sich aufnehmen möchte.

Feldmarschall Kao-chi erteilte ihm den Befehl, Yen-king unverzüglich mit dem Kronprinzen zu verlassen und nach Kai-föng überzusiedeln, weil neu heranrückende Mongolenverbände gemeldet seien. Vergebens versuchte er dem General klar zu machen, daß der Nachfolger Hsüan-tsungs die Seele des Widerstandes sei, erfolglos bedeutete er dem Regenten, daß die Residenz nicht gehalten werden könne und mit einem Abfall der Nordprovinzen gerechnet werden müsse, wenn die befohlene Umsiedlung durchgeführt würde.

Doch der Kronprinz verließ die Stadt, noch bevor Muchuli mit seinen Einheiten von Chitan heranrückte, um die nach Yen-king befohlene Truppe zu verstärken und die riesige Stadt einzukreisen.

Nach der Abreise des Nachfolgers Hsüan-tsungs gerieten die Nordprovinzen in noch schlimmere Verhältnisse, als Wan-yen es befürchtet hatte. Es herrschten plötzlich chaotische Zustände. Städte, Provinzen, Statthalter und Gouverneure machten sich selbständig, und Könige und Königreiche, die wie Pilze aus der Erde schossen, baten Dschingis-Chan um Hilfe, fielen aber bei der erstbesten Gelegenheit wieder von ihm ab. Jeder kämpfte miteinander, gegeneinander und durcheinander.

Die Heerführer der Mongolen fanden sich nicht mehr zurecht. Sie hatten alle Hände voll zu tun, um nur diejenigen niederzuringen, die sich als Freunde ausgaben, aber eindeutig als Gegner erwiesen. Dschingis-Chan erteilte deshalb Muchuli den Oberbefehl über sämtliche in Chin stehenden Streitkräfte, und er befahl ihm, jeden Widerstand schnell und rücksichtslos zu brechen, da die Armee dringend für neue Aufgaben benötigt werde.

Trotz allem gelang es Wang-yen, Yen-king zu halten. Hartnäckig kämpfte er gegen Hungersnöte, Krankheiten, Seuchen und Generale, die wider seinen Willen stritten. Sein Kampf aber war vergeblich, weil Kai-föng ihm keine Hilfestellung gewährte. Es blieb ihm nichts anderes übrig, als den Befehl zu geben, die letzten Lebensmittel auszuteilen.

Der bittere Zug um Wan-yens Mund vertieft sich, als er die Stufen zur Mauer emporsteigt. Er weiß, daß er nicht mehr helfen kann, und tritt seinen letzten Gang an. Noch einmal will er die geliebte Stadt sehen, nachdem er die eingeschlossene Generalität vergebens anflehte, mit allen wehrfähigen Männern einen Ausfall zu versuchen. Er befahl schließlich den Ausbruch, um Lebensmittel zu beschaffen. Vergebens. Man verweigerte ihm den Gehorsam.

Auf der Höhe der Stadtmauer heult ein frischer Frühjahrssturm durch die Zinnen der Verteidigungsanlage. Wan-yen blickt nach Westen, wo in der Ferne die Höhenzüge des Nankou-Schan-Gebirges im bläulichen Abendlicht versinken. In der Tiefe reitet eine Truppe Mongolen vorbei.

Mit müden Schritten wandert der Fürst über den Wall, bis er neben einem Sauerdattelgebüsch stehenbleibt, das aus einer Fuge der Mauer herausquillt. Sein Blick sucht die blaue Kuppel des Tempels, in dem der Kaiser und Sohn des Himmels einst das Große Opfer darbrachte, um den Segen der Ahnen für das Volk zu erflehen.

Wan-yen laufen Tränen über die Wangen. Armes, begnadetes Volk, denkt er. Du kennst nur Fleiß, Arbeit und Bescheidenheit, liebst den Frieden und beugst dich in grenzenloser Ehrfurcht vor den Gesetzen der Natur. Warum mußt du immer wieder gepeinigt werden? In dir liegt doch alles, was ein Volk haben muß: Ursprünglichkeit, Ehrlichkeit, Sitte, Frömmigkeit. Aus deinem Schoß erwuchsen die herrlichsten Künste und größten Geister, du aber wirst gepeinigt, gestoßen und getrieben, als seiest du das Niedrigste, das Unbedeutendste auf dieser Welt.

Ohne sich dessen bewußt zu sein, ergreift der Fürst einen Zweig des Sauerdattelgebüsches. Er fühlt eine zarte Knospe, die neues Leben ankündet.

Er geht weiter und entdeckt eine Eisentafel, deren Text er halblaut liest. ›Wenn du um dein Wohlergehen besorgt bist, mußt du das Anständige in dir töten, damit du Menschen gleich dir vernichten kannst. Wenn du um deine Anständigkeit besorgt bist, mußt du das Unanständige in dir töten, damit du keine Menschen gleich dir vernichten kannst. Wenn du aber um Wohlergehen und Anständigkeit besorgt bist, dann stirb. Du verlierst nichts, gewinnst das ewige Leben.‹

Der Fürst streicht sich über die Augen und blickt noch einmal über das in der Dämmerung farblos werdende Yen-king hinweg. Dann nimmt er aus seiner Ärmeltasche ein in Falten gelegtes Papier, öffnet es und führt es an die Lippen. Den Kopf in den Nacken gelegt, läßt er weißes Pulver auf seine Zunge rieseln, und während er das Papier zerknittert, richten sich seine Augen voller Wehmut zum Himmel empor. »Verzeiht mir, ewige Götter, daß ich die Schmach nicht überleben kann. Ich tat was ich konnte, aber die Wahrer der Ordnung wurden zu Störern der Ordner. Würde in Eurem Reich geschehen, was sich in diesem Lande tut, das All müßte zerbrechen, die Erde zerfallen und jedes Wesen sein Leben aushauchen. Ich vermag Yen-king und mir nicht mehr zu helfen. Steht unserem Volk bei. Helft, Götter, nur Ihr könnt es noch.« Nach diesen Worten verbeugt sich der Fürst in Richtung von Kai-föng. »Erhabener Kaiser, ich habe den Festungswall nicht verlassen.«

Mit langsamen Schritten geht er nach Osten. Die Abendsonne wirft sein Schattenbild auf den Boden. Wan-yen blickt gebannt auf die vor ihm her wandernde Silhouette.

In der Ferne erklingt ein Gong. Der Schatten schwankt. Wan-yens Schritte werden schleppend. Das brodelnde Geräusch der Stadt verebbt für Sekunden. Die Silhouette fällt zusammen ...

Am Himmel leuchtet ein neuer Stern.

In Dolon-nor breitet sich plötzlich eine fieberhafte Geschäftigkeit aus. Während die Krieger erregt miteinander schwatzen und Dschingis-Chan die Oerlök zu einer Besprechung versammelt, läuft Yeliu-Tschutsai den Hügel zum Zelt Heng-Pis hinauf. Seine Augen leuchten wie feurige Kohlen.

Vor Heng-Pi, die unter einer schwarzen Seidendecke schläft, stehen deren Freundinnen und tuscheln miteinander.

»Ich wecke sie nicht«, sagt Ssüa-Pi zu ihren Gefährtinnen.

»Es ist aber höchste Zeit«, erwidert Tai-hung energisch. »Die Stunde des Scheusals naht.«

Nach mehrmaligem Zögern wird Heng-Pi schließlich geweckt. Sie macht einen zufriedenen Eindruck und läßt sich in aller Ruhe baden, frottieren, salben und frisieren. Dabei ist Lia-Tu sichtlich bestrebt, Heng-Pi aufzumuntern, doch als sie einmal albern kichert, wird sie von Ssüa-Pi zurechtgewiesen.

»Wir sollten uns glücklich preisen, daß Lai-Tu noch so fröhlich sein kann«, widerspricht ihr Heng-Pi. »Der beste Boden bringt nichts hervor, wenn Sonnenstrahlen ihn nicht erwärmen. Und wenn der Blitz einen Baum vernichtet, sterben in seiner Nähe stehende Bäume nicht vor Kummer. Sie recken ihre Äste vielmehr begierig in die entstandene Lücke hinein. Bestimmt haben sie sich seinen Tod nicht gewünscht, da er aber starb ... So ist nun mal das Leben.«

Sie hat es kaum gesagt, da ertönt vor ihrem Zelt ein Räuspern.

»Das muß Yeliu sein«, sagt Heng-Pi verwundert. »Was mag er um diese Zeit hier wollen?«

Der Gelehrte wird in das Zelt geholt und berichtet aufgeregt, er habe soeben erfahren, daß Dolon-nor verlassen und der Aufbruch in die Mongolei schon in den nächsten Tagen beginnen werde. Boten aus der Heimat Dschingis-Chans, aus Kara-Chitan und aus Chin seien fast zur gleichen zeit eingetroffen, und der Herrscher habe kurz darauf mehrere Melder nach Chin geschickt. Mit welcher Order sei nicht bekannt. Da aber bereits Vorbereitungen zum Abmarsch getroffen würden, sei mit einem Abzug zu rechnen. Bis zur Nacht werde er Näheres wissen.

Heng-Pi umarmt den Gelehrten und lacht zum erstenmal seit fast zwei Jahren wieder. »Yeliu, wir haben es geschafft! Gewiß haben Ihre dauernden Erzählungen von den Völkern im Westen viel dazu beigetragen, daß Dschingis-Chan unsere Heimat nun verläßt.«

Yeliu-Tschutsai schüttelt den Kopf. »In erster Linie dürftet Ihr Dschingis-Chan umgestimmt haben. Doch entschuldigt mich jetzt. Ich muß sehr vorsichtig sein. Niemand weiß, wie lange die anberaumte Sitzung dauert. Dschingis-Chan könnte ...«

»Laufen Sie«, unterbricht ihn Heng-Pi. »Ich erwarte Sie heute nacht zur gewohnten Zeit.«

Während der Astronom den Hügel hinabeilt, geht Dschingis-Chan mit Boghurtschi durch das Lager. »Die Nachrichten hagelten ja heute nur so«, sagt er sichtlich zufrieden. »Und sie paßten zusammen, als wären sie aufeinander abgestimmt. Daß Bürte so krank ist, macht mir viel Sorge. Wenn sie einmal nicht mehr da ist ... Ich weiß nicht, was ich dann tue.«

Boghurtschi sieht den Herrscher verwundert an. Gewiß Bürte stand für Dschingis-Chan immer über allem. Doch das hat er für eine Art Verherrlichung gehalten, die er ihr zuteil werden läßt, um das eigene Gewissen zu beruhigen.

Dschingis-Chan klopft ihm auf die Schulter. »Toll, was Muchuli geleistet hat, was?«

Boghurtschi nickt. »Weiß der Himmel. Rückt mit fünftausend Mongolen einfach in Yen-king ein und nimmt im Palais des Kaisers Platz! Möchtest du nicht doch noch schnell einen Blick in die Stadt werfen?«

Dschingis-Chan weicht aus. »Dieser Yeliu weiß verteufelt viel. Was er vom Urchaos erzählte ...« Er schüttelt sich. »Ich muß schon sagen: vor Gelehrten habe ich große Achtung. Was die alles im Kopf haben!«

»Hoffentlich machen sie dich mit ihrem Wissen nicht nervös. Ich habe bemerkt, daß du immer unzufrieden wirst, wenn Tatatungo längere Zeit mit dir spricht. Belaste dich nicht unnötig.«

Der Herrscher lacht. »Ich weiß schon, woher der Wind weht. Dich und die Heerführer stören die Bücherwürmer, weil sie zuviel wissen. Mir wären sie ja auch zu schlau, wenn ich sie nicht aushorchen wollte. Wie Krieger nicht richtig kämpfen können, wenn Handwerker ihnen nicht ordentliche Waffen schmieden, kann ich nicht vernünftig regieren, wenn Gelehrte mir nicht mit Ratschlägen zur Seite stehen. Ich bin schlau genug, um zu wissen, daß ich ein Feldherr und kein Staatsmann bin. Denkst du, ich will auf den Nutzen verzichten, den eroberte Länder einbringen können? Du hast ja keine Ahnung, welche Tribute ein Land wie Chin zu zahlen in der Lage ist, wenn es in Ruhe arbeiten kann.«

»Das ist eine gute Idee«, erwidert Boghurtschi.

Dschingis-Chan grinst. »Ich könnte dir noch mehr sagen, aber ...« Er nimmt den Freund beim Arm. »Erkundige dich bei Tatatungo oder Yeliu beiläufig über die Moslems.«

Boghurtschi sieht ihn verwundert an. »Warum fragst du sie nicht selber?«

»Wir hatten eine Auseinandersetzung, bei der ich mich festgeritten habe. Dieser Yeliu hatte mich geärgert. Er behauptete, ich hätte Siege, aber keine Erfolge errungen. Ist das nicht lächerlich?«

Boghurtschi nagt an seiner Unterlippe. »Zwischen Sieg und Erfolg macht er einen Unterschied?«

»Ja.«

»Das begreife ich nicht.«

»Ich auch nicht. Ist ja auch gleichgültig. Wichtig ist nur, daß ich über die Moslems und ihre Religion alles erfahre. Ich habe nämlich das Gefühl, daß dieser Gütschlük einen großen Fehler macht. Er verbietet den Islam, wie die Religion der Moslems heißen soll. Wenn der Islam viele Anhänger hat, könnten wir in Kara-Chitan schnell Verbündete finden.«

Boghurtschi stößt einen Pfiff aus. »Das wäre nicht schlecht. Ich kann mir aber nicht vorstellen, daß Gütschlük einen solchen Fehler macht.«

»Sage das nicht. In Religionssachen gibt es Fanatiker, die mit Blindheit geschlagen sind. Denke an Gökschu. Außerdem wurde mir von einem Ujguren berichtet, daß Gütschlük zum lamaistischen Glauben übergetreten ist, um die Enkelin des Kaisers von Kara-Chitan heiraten zu können. Wahrscheinlich ist das der Grund, warum er die Moscheen schließen läßt. Tibetische Lamas sollen außerordentlich fanatisch sein. Höre dich also um. Ich gehe jetzt zu meiner Frau, um sie mit der Nachricht zu beglücken, daß Yen-king mir gehört und die Stadt somit in der Familie bleibt. Hahaha ...!«

»Das solltest du nicht tun«, rät ihm der Freund. »Heng-Pi ist die Tochter eines Kaisers, und Yen-king ist ihre Heimatstadt. Bedenke das.«

»Alter Moralprediger. Ich werde dich eines Tages noch zum Oberschamanen ernennen.«

Dschingis-Chan tritt an Heng-Pis Zelt heran und lugt behutsam durch einen Spalt. Diese Puderlarven, denkt er wütend, als er die Freundinnen seiner Frau fröhlich beisammen sieht. Wenn ich komme, setzen sie Leidensmienen auf. Er ergreift den Vorhang und reißt ihn so plötzlich zur Seite, daß die Gesellschafterinnen erschrokken aufkreischen. »Hab' ich euch erschreckt, oder treibt euch das schlechte Gewissen in die Höhe?« schreit er. Ihm ist anzusehen, daß es ihm Lust bereitet, die Mädchen zu quälen. »Bringt Wein und Essen, ihr Magerstuten!« Dann lacht er schallend hinter ihnen her und nähert sich Heng-Pi, die ihm ängstlich entgegenblickt. Ihr ist zumute, als müßte sie das Leben aushauchen. Sie nimmt sich aber zusammen und begrüßt den ihr aufgezwungenen Mann mit einem Lächeln, das nicht frei von Bitterkeit und Wehmut ist.

Wenn er ihre graziöse Verneigung sieht, in der Ergebenheit, Demut und Gehorsam liegen, möchte er behutsam mit ihr umgehen. Er versuchte es auch schon, sie aber schien seine zärtlichen Küsse und Liebkosungen nicht zu begreifen. Im Gegenteil, sie sah ihn entsetzt an.

Anfänglich war er über ihre Gefühllosigkeit in wilde Raserei verfallen, inzwischen weiß er jedoch, daß sie ihn nicht liebt. In gewisser Hinsicht hat er sich damit abgefunden. Der Gedanke daran quält ihn nur noch, wenn er fühlt, daß sie sich über ihm stehend dünkt. Wie ein Fluch kommt es dann über ihn. In rasender Wut möchte er vernichten, was er im Grunde genommen anbetet. In solchen Augenblikken verwünscht er die Last des ewig Mannseinmüssens. Vorstellungen über ein anderes Zusammensein mit dem geliebten Menschen beschleichen ihn dann. Aber die lächerliche Angst, seine Kraft könnte unterschätzt werden, peitscht ihn immer wieder in unbeherrschte Bahnen. Seine Sinne sind mächtiger als der zeitweilig in ihm aufblitzende Wille, anders zu sein. Er gibt sich deshalb keine Mühe mehr, sich zu ändern, findet das Leben auch unbeschwerlicher, wenn alles nach seinem Geschmack verläuft. So macht er sich mit Eifer über geschmorte Schweinshaxen, Hühnerklein, Leberpasteten, gesottene Karpfen, Käseplatten und Früchte her, die auf goldenem Geschirr gereicht werden, das Heng-Pi vom Kaiser zur Hochzeit erhielt.

Eine geraume Weile ist der Raum von seinem Schmatzen und Schlürfen erfüllt. Für Heng-Pi, die nur wenig ißt, sind die gemeinsamen Mahlzeiten eine Tortur. Ganz besonders, wenn er seine fettigen Finger nach dem Essen an der Filzjacke abstreift, kräftig rülpst und sich, wie allabendlich, über das ›Gehabe‹ seiner Frau lustig macht. Er lehnt sich dann bequem zurück, verlangt einen Krug Chrysanthemenwein, jagt die Gesellschafterinnen fort und gurrt: »Komm her, mein Mondkätzchen. Lege dich an meine Seite und schnurre ein wenig.«

Das sagt er ihr auch an diesem Abend.

Sie setzt sich schüchtern neben ihn.

»Deine Zärtlichkeiten sind nicht gerade überzeugend«, knurrt er ärgerlich. »Dabei habe ich heute ein Geschenk für dich mitgebracht, das dir Spaß machen wird.«

Heng-Pi denkt an die Nachricht, die Yeliu-Tschutsai ihr brachte. Um den Gelehrten nicht zu verraten und Dschingis-Chan keine Freude zu nehmen, stellt sie sich erstaunt. »Für mich hast du ein Geschenk?«

»Du bekommst es aber nur, wenn du sehr lieb bist. Versprichst du mir das?«

Heng-Pi senkt die Lider. Will er sie wieder in den Zustand der Empörung versetzen? Sie weiß, daß er sich an Quälereien berauscht und auf ihre Auflehnung wartet, um sie dann mit brachialer Gewalt nehmen zu können.

Dschingis-Chan beobachtet sie lauernd. »Warum antwortest du nicht, Mondkätzchen?«

Sie beeilt sich etwas zu sagen, ihre Antwort fällt aber nicht überzeugend aus.

Gereizt richtet er sich auf. »Sprich nicht immer so kalt mit mir. Hast du denn überhaupt keine Wärme?« Er reißt sie in die Arme, umfaßt ihre kleinen Brüste und stößt sie jäh zurück. »Das nenne ich Wärme«, keucht er erregt und stürzt einen Becher Chrysanthemenwein hinunter.

»Trink nicht so hastig«, bittet Heng-Pi. Mit Grauen denkt sie an Abende, an denen er mehr als gewöhnlich trank.

Dschingis-Chan füllt sein Trinkgefäß. »Keine Sorge, kleines Kätzchen. Ich feiere heute nur ... Was meinst du wohl, was ich feiere?«

Sie zuckt die Achseln. »Ich weiß es nicht.«

»Mein Geschenk an dich! Fast zwei Jahre sehne ich mich danach, es dir geben zu können.«

»Du auch?« fragt sie erstaunt.

»Du *auch*?« wiederholt er ihre Frage. »*Du auch!* Wie meinst du das? Da stimmt doch etwas nicht.«

Heng-Pi zittert plötzlich wie Espenlaub. Ihr lieben Götter, steht mir bei, fleht sie insgeheim. Wenn ich nicht sofort eine Antwort gebe, wird er ... In ihrer Angst legt sie erstmalig ungezwungen ihre Hand auf seinen Arm. »Ich hörte davon, daß wir Dolon-nor verlassen. Deshalb meine Frage.«

Er stürzt den Wein hinunter und füllt den Becher so hastig nach, daß ein Teil der Flüssigkeit vorbeifließt. »So, so, das hast du schon erfahren. Und was weißt du sonst noch?«

»Was sollte ich wissen?«

»Vielleicht etwas über mein Geschenk an dich.«

»Ist das nicht dein Geschenk?«

»Daß wir abrücken?«

»Ja«, antwortet Heng-Pi erleichtert.

Er schüttelt den Kopf. »Ich habe immer gemeint, du würdest nicht gerne in meine Heimat gehen.«

»Oh, doch«, erwidert sie eifrig.

»Warum nur?«

Soll ich mich ihm erklären, fragt sie sich. Yeliu-Tschutsai hatte ihr einmal bedeutet, daß Dschingis-Chan sehr zugänglich werde und ein beinahe unbegreifliches Verständnis aufbringe, wenn man ihm die Wahrheit sage. Ohne es eigentlich zu wollen, antwortet sie: »Weil ich dann weiß, daß du nicht wieder nach Chin gehst.«

Er lacht schallend. »Dann mache ich dir heute ja drei Geschenke.«

»Drei?«

»Ja. Erstens ...« Er unterbricht sich, weil Ssüa-Pi in den Raum tritt, um neuen Wein zu bringen. »Guck nicht so ängstlich, sonst fresse ich dich eines Tages noch auf!« fährt er sie an. »Schau dir deine Herrin an! Sie lacht heute sogar.«

Ssüa-Pi gewahrt das entspannte Gesicht Heng-Pis und trippelt selig davon.

»Also«, beginnt er erneut, »da wäre erstens der Abmarsch. Zweitens, mein Versprechen, nie wieder nach Chin zu gehen, das ich dir geben werde, wenn du heute sehr, sehr lieb zu mir bist. Versprichst du mir das?«

Beinahe glücklich antwortet sie: »Ja.«

»Abgemacht«, erwidert Dschingis-Chan. »Ich gehe nie wieder nach Chin. Und nun kommt Nummer drei. Hier«, er greift in seine Rocktasche und drückt ihr etwas in die Hand. »Halte es gut fest. Es ist ein überaus kostbares Geschenk.«

Heng-Pi fühlt einen runden, sich in der Mitte verjüngenden länglichen Gegenstand. »Was mag das sein?« fragt sie. »Ein eigenartig geformtes Schmuckstück? Es fühlt sich wie Jade an.«

»Sieh nach, was es ist«, fordert er sie auf und setzt den Krug an die Lippen.

Sie öffnet die Hand und erbleicht. »Ein Siegel? Das ist ja das Siegel von Yen-king!«

Dschingis-Chan ergreift blitzartig ihre Hand und reißt sie an sich. »Ja, es ist das Siegel von Yen-king, das nun mir und dir gehört. Muchuli sandte es mir als sichtbares Zeichen der Unterwerfung der Festung. Hahaha ...! Hahaha ...!«

Heng-Pi versucht sich zu befreien, es gelingt ihr nicht. In ihrer Empörung schlägt sie ihm ins Gesicht.

Verwirrt läßt er sie los. »Das wirst du mir büßen!« brüllt er und versucht, sie aufs neue zu ergreifen.

Heng-Pi ist schneller. Sie eilt zur gegenüberliegenden Wand und reißt einen dort hinter einem altarähnlichen Aufbau versteckten Dolch an sich, den sie sich in die Brust stößt.

Dschingis-Chan erstarrt. Unfähig, sich zu rühren, sieht er mit schreckgeweiteten Augen, wie Heng-Pi zusammenbricht. Er hört das Aufschlagen ihres Kopfes, vernimmt ein unterdrücktes Stöhnen.

Aus Heng-Pis Brust ragt ein zierlicher Elfenbeingriff. Über ihre Lippen sickert blaßrotes Blut.

»Heng-Pi!« schreit Dschingis-Chan und rast wie von Furien gejagt aus dem Zelt.

Viertes Buch

I

Choresm-Schah Ala-ed-Din Muhammed schreitet durch den dunklen Gang der zum Haiat führt und tritt in den Innenhof seines Palastes in Buchara. Einen Augenblick schließt er die Lider vor dem grellen Sonnenlicht, das von den fast fensterlosen weißen Wänden herabfällt, dann geht er bedächtig durch großzügig gestaltete Gartenanlagen, bis er den in der Mitte des Hofes befindlichen Springbrunnen erreicht. Er tritt an das runde Becken und benetzt seine heiße Stirn. Dabei gewahrt er sein Spiegelbild und betrachtet sich angelegentlich. Seine hohe Stirn, seine kühn gebogene Nase, seine brennenden Augen und sein sinnlicher Mund geben ihm ein gutes Aussehen. Im Gegensatz zu den üblichen langen Bärten der Männer seines Reiches trägt er einen kurzen Knebelbart, der sein Kinn betont und ihm einen strengen Ausdruck verleiht.

Nach einer Weile verläßt Ala-ed-Din Muhammed den Brunnen und setzt sich auf eine Bank, die im Schatten des westlichen Gebäudeteils steht. Betäubend duften unzählbare Mengen von Rosen, die er zur Verschönerung seines Palastes aus den berühmten Züchtereien von Schiras kommen ließ. Zufrieden wandern seine Augen über den bunten Blumenteppich zum Dakhmas, dem Turm des Schweigens. Um bequem sitzen zu können, nimmt er seinen mit Edelsteinen besetzten goldenen Krummsäbel aus dem Schal, der seinen weißen Kürdi gürtet, und legt ihn neben sich. Dann lehnt er sich zurück und beobachtet gedankenverloren das emsige Treiben der Bienen.

Wenn man ein bestimmtes Ziel erreichen will, muß man unermüdlich tätig sein, denkt er. Auch er, der große Choresm-Schah Ala-ed-Din Muhammed, gelangte nur durch Fleiß zu der Macht, die er nun schon seit Jahren in Händen hält. Von seinem Vater, einem ehemaligen türkischen Sklaven, der sich hocharbeitete und durch einen Seltschuken-Sultan zum Statthalter der Provinz Choresm am unteren Amu-Darja ernannt wurde, hatte er zwar ein Reich geerbt, das sich von der persischen Hochebene bis zum Aralsee und von den Ausläufern des Pamir-Gebirges bis an das Kaspische Meer erstreckte. Es war aber nicht unabhängig gewesen und hatte es in ununterbrochenen Feldzügen nach allen Himmelsrichtungen erweitert. Im Osten eroberte er das Transoxanische Reich mit Samarkand und Fergana, im Westen drang er bis in den persischen Irak hinein. Im Norden schritt er über den Syr-Darja bis zur Kirgisischen Steppe vor, und im Süden besiegte er die Bergstämme von Afghanistan. Er wurde der gefeierte Herrscher Ala-ed-Din Muhammed, der Unbezwingbare, der Mächtige, der Große, der Schatten Allahs auf Erden. Aber welche Kämpfe hatte es gekostet!

Dabei hat er sein eigentliches Ziel noch nicht erreicht. Er träumt von der Vereinigung der gesamten islamischen Welt. Wohl schwächte er die weltliche Macht des Kalifen von Bagdad schon so weit, daß es ihm möglich wurde, an den Kalifen Nasir li-Din-Illahi das Verlangen zu richten, ihn als Sultan anzuerkennen.

Aber der Schah weiß, daß er nicht leichtfertig vorgehen darf. Wenn die Macht des Kalifen auch geschwächt ist, so hat dieser seine überragende Bedeutung als Oberhaupt aller Mohammedaner noch in keiner Weise verloren. Bei seinem letzten Feldzug gegen Afghanistan waren ihm Briefe in die Hände gefallen, in denen der Kalif alle noch unabhängigen Fürsten aufforderte, sich zum Bündnis gegen ihn, Ala-ed-Din Muhammed, zusammenzuschließen*. Dies versetzte den Schah in die Lage, auf einem sofort einberufenen Konzil zu erklären, der Kalif leite Umtriebe mit dem Ziel ein, die Macht des geeinten Reiches zu zersplittern. Und es gelang ihm, die versammelten Moslems für sich zu gewinnen und Nasir li-Din-Illahi das Recht auf den Thron von Bagdad absprechen zu lassen. Durch die unmittelbar darauf erfolgte Wahl eines Gegenkalifen ergab sich für ihn die Möglichkeit, das Heer zu versammeln und einen Feldzug vorzubereiten, denn nun konnte ein Krieg gegen Nasir li-Din-Illahi nicht mehr als eine Verletzung der Heiligkeit des Kalifats angesehen werden.

Der Schah fährt sich nervös über die Stirn. Er denkt an jene Gerüchte, die ihn zwangen, den Kampf gegen Bagdad vorerst noch nicht aufzunehmen. Es hieß, fern im Osten regiere ein mongolischer Cha-Chan, der Chin unterworfen habe und nun in das Land der Ujguren einmarschiere, um deren Moscheen wieder zu öffnen.

Wie die Nachricht vom Einschreiten des Kaisers von Kara-Chitan gegen die Mohammedaner vor Jahresfrist den Islam erschütterte und die westliche Welt in fieberhafte Unruhe versetzte, so horchten plötzlich alle Rechtgläubigen des Choresm-Reiches auf und richteten den Blick nach Osten. Kommt von dort ein Herrscher, der den Mohammedanern Hilfe bringt? Es heißt, er sei ein ordnungsliebender Regent. Wenn er das sagenumwobene Chin, von dem man nur eine undeutliche Vorstellung hat, mit Feldzügen überzog, dann sicherlich nur, weil dort Anhänger des Islams unterdrückt wurden. Welche Macht muß der Cha-Chan haben, wenn er Reiche wie Chin niederringen kann. Man sagt, er kämpfe ausschließlich, um den Moslems zu helfen. Und aus dem Land der Ujguren kam die Nachricht, seine Krieger hätten nichts, aber auch gar nichts geraubt und geplündert.

Die Gerüchte schwirren durch das Reich, und Ala-ed-Din Mu-

* Regenten gegenüber, die nach Alleinherrschaft strebten, übten die Kalifen s. Zt. die gleiche Politik, welche die Päpste gegen die ihnen zu mächtig werdenden deutschen Kaiser anwandten.

hammed ist sich bewußt, daß sie auch in das Palais des Kalifen dringen werden. Er ist klug genug, sich einzugestehen, daß nicht nur der Kalif, sondern auch manch unterworfener moslemischer Fürst die Gelegenheit benutzen möchte, sich von ihm zu befreien. Kann er unter diesen Umständen den Marsch nach Bagdad antreten? Darf er sich aus dem Osten seines Reiches, das nicht weit vom Land der Ujguren entfernt liegt, nach Westen wagen? Gewiß, Pamir, das Dach der Welt, schützt ihn im Osten, aber der Weg nach Mesopotamien ist weit, sehr weit. Er könnte nicht schnell genug an den Amu- und Syr-Darja zurückkehren, wenn feindliche Stämme einfallen würden. Deshalb sandte er unmittelbar nach dem Auftauchen der Gerüchte eine Karawane an den Cha-Chan, um Näheres über dessen Macht zu erfahren. Er muß die Pläne des Mongolen erkunden und ihn mit Geschenken für sich gewinnen. In seinem Land werden tausenderlei Dinge angefertigt, die dem östlichen Regenten gefallen und zu friedlichen Beziehungen bewegen werden. Kettenpanzer, Helme, Schilde, Krummsäbel aus gehärtetem Stahl, Schmuck, Glasgefäße, Seidenteppiche und viele andere Gegenstände bringt seine Abordnung nach Osten. Vor ihrer Rückkehr will er keinen Feldzug gegen Bagdad riskieren.

Seit Wochen schon sehnt Ala-ed-Din Muhammed die Karawane zurück. Nur für kurze Zeit darf er den Kampf gegen den Kalifen aufschieben, wenn er nicht Gefahr laufen will, in den Bergen vor der Mesopotamischen Tiefebene vom Winter aufgehalten zu werden.

Der Schah seufzt erleichtert, als er Schritte vernimmt und die schlanke, in ein weißes Gewand gehüllte Gestalt seines Leibarztes auf sich zukommen sieht. »Was führt Sie zu mir, Haakim Sani-ed-Daud?«

»Meine Sorge um Sie, erhabener Schah. Ich sah Sie hier sitzen und möchte Sie schnellstens entführen. So schön dieses Plätzchen auch sein mag, die Hitze wird Ihnen schaden. Zumal heute der Samum aus der Wüste weht. Kommen Sie, Ala-ed-Din Muhammed.«

Der Schah macht eine ungeduldige Bewegung. »Ich halte es in den Räumen nicht mehr aus. Die Wände erdrücken mich. Warten, warten und nochmals warten ist seit Wochen meine einzige Beschäftigung. Und das zu einem Zeitpunkt, da mein Heer gerüstet ist wie noch nie. Wenn ich den Befehl zum Aufbruch nicht in aller Kürze geben kann, muß ich meine Pläne um ein Jahr verschieben.«

»Ich weiß, die Pässe des Bachtiarigebirges werden vereist sein. Fünfhundert Farsakh hat die Armee zurückzulegen, das sind tausend Kilometer. Ich kenne Ihre Sorgen, Muhammed. Aber glauben Sie, daß sie geringer werden, wenn Sie Ihre Nervosität in dieser Hitze steigern?«

Der Schah weist auf den Brunnen. »Min el mai kullun. – Vom Wasser werden alle Dinge lebendig.«

Der Haakim schüttelt den Kopf. »So ist der Spruch des Korans nicht aufzufassen. Kommen Sie, seien Sie vernünftig. Die Karawane kann jeden Tag eintreffen. Bis dahin müssen Sie sich gedulden.«

Muhammed erhebt sich widerwillig. »Sie haben recht. Zur Strafe dafür aber, daß Sie mich aus meiner Ruhe aufscheuchten, müssen Sie eine Partie Schach mit mir spielen. Ein Glück, daß Allah uns dieses Spiel schenkte. Was sollten wir machen, wenn wir diesen Zeitvertreib nicht hätten?«

Der Arzt lacht. »Uns blieben immer noch Frauen und Knaben.«

Der Schah winkt ab. »Abwechslung muß sein, wenn keine Langeweile aufkommen soll.«

Der Haakim wiegt bedenklich den Kopf. »Sie werden alle Dinge schnell leid, verehrter Muhammed.«

»Bis auf den Krieg alle, da haben Sie recht«, entgegnet der Schah aufgekratzt. »Schlachten erfrischen mich und geben mir Spannkraft.«

Aus dem in den Haiat führenden Gang eilt der Wakä-nuis, der Privatsekretär des Schahs. Ungebührlich hastig meldet er, daß soeben eine Vorhut der nach Osten entsandten Boten eingetroffen sei und der Tscharvadas, der Karawanenführer, gegen Abend in Begleitung einer Abordnung des Mongolenherrschers eintreffen werde.

Muhammeds Augen glänzen. »Endlich!« ruft er erleichtert. »Informieren Sie sofort alle Würdenträger und höheren Offiziere. Wir wollen die Mongolen mit großem Pomp empfangen, um ihnen ein eindrucksvolles Bild von unserer Macht zu geben.«

Der Adjutant hastet davon.

»Kommen Sie, Sani-ed-Daud. Jetzt spielen wir eine Partie Schach. Schach dem Kalifen!«

Als das Licht des Tages sinkt, schreitet Ala-ed-Din Muhammed durch einen von Öllampen erhellten Gang an den Gemächern des Männerhauses entlang dem hinteren Teil des Palastes entgegen. Die Wände sind mit Blumen, Laubwerk und Girlanden in Blau und Gold bemalt. Von einer Balustrade blickt er im Vorübergehen durch eine kleine Fensteröffnung in den Innenhof, der das Frauenhaus vom Merdana trennt. Hoch aufgerichtet geht er auf eine von zwei Soldaten flankierte Tür zu, die zum Diwan-Chaneh, zum Hauptsaal des Palastes, führt.

Seine Hand umfaßt den Knauf seines goldenen Säbels, als sein bewährter Eischik agasi baschi, der Marschall Timur Melik, auf ihn zugeht. Der stämmige Feldherr mit der scharfen Hakennase führt seine Rechte an die Brust, verbeugt sich und tritt zur Seite.

Der Schah nickt ihm und dem Ichtimad daulet, dem Reichskanzler, gönnerhaft zu. Doch als er den Diwan-Chaneh betritt, der von Fackeln erhellt wird, zeigt sein Gesicht nur noch herrische Züge.

Auf den fast fensterlosen Wänden spielen die Schatten der Würdenträger des Reiches, die sich ehrfürchtig vor ihm verneigen. Zunächst die Begs und Chane des Landadels, danach die Mollas, Emire und Zadehs, und schließlich die Schah-Zadehs, die dem Herrscher zunächststehenden Prinzen.

Muhammed blickt zur Urusi hinüber, einer kostbaren Wand aus buntem Glas, vor der dreißig der schönsten Knaben des Landes stehen. Während er verhalten an ihnen vorübergeht, flackern seine Augen. Dann nimmt er auf dem Thron Platz und nickt seinem Sohn Dschelal-ud-Din zu, dessen gutes Aussehen ihn immer wieder beglückt.

Dschelal-ud-Din hat eine außergewöhnlich athletische Figur. Seine Augen sind furchtlos, und in mancher Schlacht hat er sich bereits als tollkühner Draufgänger hervorgetan.

Nach den üblichen Reverenzen der Vornehmsten, denen Muhammed mit unnahbarer Miene die Hand zum Kuß reicht, führt eine Gruppe unbekleideter Mädchen mehrere Tänze vor, denen der Schah gelangweilt zuschaut. Er wird erst lebhaft, als der Tscharvadas in den Raum eintritt. Ihm sowie dem Kaufmann Mahmud Jelwadsch, einem von Dschingis-Chan als Gesandter mitgeschickten ujgurischen Mohammedaner, widerfährt die besondere Ehre, von hohen Beamten bei den Armen gefaßt und unter den Schultern gestützt vor den Schah geführt zu werden.

Nachdem der Karawanenführer den vorgeschobenen Fuß des Schahs geküßt hat, darf Mahmud Jelwadsch die Knie Muhammeds mit den Lippen berühren. Der Kaufmann überreicht nach Erfüllung aller Zeremonien eine große Anzahl von Silber- und Goldbarren, ferner kostbare Jade- und Elfenbeinschnitzereien sowie Seide und Pelze. Dabei übermittelt er die Grüße Dschingis-Chans und teilt Ala-ed-Din Muhammed mit, der Herrscher der Mongolen werde in Freundschaft mit ihm leben, wenn er, der Beherrscher des Westens, die im Kiptschak liegende Grenze des Ostreichs respektiere. Darüber hinaus bitte Dschingis-Chan den Schah, freundschaftliche Handelsbeziehungen zwischen Ost und West zu gestatten und zu pflegen.

Muhammed sieht den Kaufmann Mahmud Jelwadsch aufmerksam an. Ohne den üblichen Sermon fragt er: »Du bist Mohammedaner?«

»Ja, großer Schah des Westens.«

»Wie kommt es, daß du als Moslem einem ungläubigen Herrn dienst?«

Mahmud Jelwadsch verneigt sich. »Ich bin Ujgure und wurde Untertan des Mongolen Dschingis-Chan, als dieser unser Land aus Knechtschaft und Tyrannei befreite. Wir waren Vasallen Kara-Chitans geworden und wurden von grausamen Statthaltern drangsaliert. Als Mohammedaner diene ich Dschingis-Chan natürlich nicht. Ich verehre ihn jedoch, weil er die Tore unserer Moscheen wieder öffnen ließ.«

»Übermittelst du mir die Botschaft als Diener Dschingis-Chans?« fragt der Schah streng.

Die Anwesenden horchen auf. Worauf will Muhammed hinaus? Will er den Gesandten in die Enge treiben, um ihn aushorchen zu können?

Mahmud Jelwadsch weiß, daß er als Moslem – er ist sogar aus Choresm gebürtig – den Schah nicht belügen darf, wenngleich die Lüge in seiner Heimat mehr zu Hause ist als sonst irgendwo in der Welt. Er antwortet deshalb schnell: »Ja, als Diener Dschingis-Chans erhielt ich den Auftrag, dem großen, erhabenen und mächtigen Herrscher des Westens für die übersandten Geschenke zu danken.«

Der Schah blickt den Kaufmann durchdringend an. »Sage mir als Mohammedaner, ob das Heer Dschingis-Chans ebenso stark ist wie das meine.«

Der Ujgure spürt, daß von seiner Antwort nicht nur sein zukünftiges Dasein abhängt. Ihm ist unversehens die Entscheidung über die Stellung der beiden großen Mächte zueinander in die Hände gelegt. Er muß Worte wählen, die Muhammed gefallen, muß aber auch die Wahrheit sagen, weil er sonst im Jenseits keine Seligkeit finden würde. »Laßt mich einen Augenblick nachdenken, großer Herrscher des Westens«, antwortet er, um Zeit zu gewinnen. »Ich bin mir der hohen Verantwortung bewußt, die ich als Moslem Ihnen gegenüber zu tragen habe.«

Der Schah nickt wohlgefällig und lehnt sich zurück.

Mahmud Jelwadsch sieht im Geiste die bunt ausstaffierten Krieger Muhammeds und vergleicht sie mit den sich dagegen armselig ausnehmenden Mongolen, die auf jeden Prunk verzichten. Und dann weiß er, was er sagen muß, um ohne zu lügen, die Wahrheit verschweigen zu können. »Erhabener, großer, mächtiger Schah!« beginnt er behutsam. »Wenn ich den Glanz Eurer Streiter mit dem der Krieger Dschingis-Chans vergleiche, sehe ich im Choresm-Heer das Licht der Sonne, welches die Erde erleuchtet, in der Mongolenarmee hingegen eine kleine Öllampe, welche die Dunkelheit spärlich erhellt. Außerdem übertrifft die Zahl Eurer Krieger bei weitem das Herr Dschingis-Chans.«

Ala-ed-Din Muhammed ist zufrieden. Er überschüttet den Ujguren mit kostbaren Geschenken und entwirft noch in der gleichen Nacht einen Vertrag, demzufolge sich beide Herrscher verpflichten, durch Einrichtung ständiger Karawanen rege Handelsbeziehungen miteinander zu pflegen. In der gleichen Nacht aber versammelt er auch seine obersten Heerführer, denen er erklärt: »Wir brechen unverzüglich nach Bagdad auf, denn wir haben viel Zeit einzuholen, die uns dieser lächerliche Mongole raubte. Das sagenhafte Chin-Reich kann nicht so mächtig sein, wie wir vermeinten. Sonst hätte dieser Herrscher der Herrscher ...« Er unterbricht sich und lacht geringschätzig. »Dieser Dschingis-Chan scheint reichlich überheblich zu sein. Mir, Ala-ed-Din Muhammed, will er Vorschriften machen. Ich soll die im Kiptschak liegende Grenze respektieren.« Der Schah wird wütend. »Eine Unverschämtheit ist es, mir Vorschriften machen zu wollen. Wenn uns nicht endlose Steppen und unübersteigbare Berge von den Mongolen trennen würden, könnte ich versucht sein, diesem überheblichen Herrscher der Herrscher einen Denkzettel zu erteilen. Aber vielleicht erinnere ich mich an ihn, wenn ich dem Kalifen von Bagdad die notwendige Lehre erteilt und die Welt des Islams vereinigt habe.«

2

Während der Schah des Choresm-Reiches zum Kampf aufbricht, geht Dschingis-Chan niedergeschlagen durch sein Ordu. Wie anders hatte er sich die Rückkehr vorgestellt. Glanzvoll sollte sein Einzug gefeiert werden. Als den mächtigsten Eroberer aller Zeiten, dem sogar der Kaiser von Chin seine Tochter zur Frau gab, hatte er sich empfangen lassen wollen. Aber es kam anders. Heng-Pi tötete sich, und Bürte erkrankte so schwer, daß der Medizinmann das Schlimmste befürchtet. Und Chulan, die Tag und Nacht an Bürtes Lager sitzt, grollt. Kaum ein Wort spricht sie mit ihm, weil er sich in seinem Schmerz über Bürtes Zustand daran erinnerte, daß es Merkiten waren, die das Unglück über seine Ehe brachten. Wutentbrannt sandte er Dschutschi mit dem Auftrag los, alle noch lebenden Merkiten zu töten. Alle!

Er sieht kein Unrecht darin, dieses Volk zu vernichten. Er tut es aus Liebe zu Bürte. Besteht nicht die Möglichkeit, daß sie gesundet, wenn er ihr sagen kann, daß das elende Volk, das ihr einst so grausame Schmerzen bereitete, völlig ausgerottet ist? Wenn Bürte erfährt, daß er jetzt noch Rache nimmt, wird sie wissen, wie sehr er sie liebt.

Im übrigen weiß Dschingis-Chan genau, warum er gerade Dschutschi, dem ›Gast‹, den Auftrag erteilte. Ssubutai, den er an Dschutschis Seite stellte, wird schon dafür sorgen, daß sein Befehl wörtlich ausgeführt wird. Wenn der Älteste doch endlich seine Zimperlichkeit ablegen würde. Was soll er mit einem Nachkommen anfangen, der ihn entsetzt anstarrt, wenn er den Befehl erhält, die Merkiten auszurotten. Er müßte sich vielmehr freuen, die Schmach rächen zu können, die seiner Mutter im Land der Merkiten angetan wurde.

Dschingis-Chan fragt sich verzweifelt, ob sein Denken wirklich so schwer zu verstehen ist. Auch Chulan begreift ihn nicht. Nun gut, sie ist die Tochter eines Merkitenfürsten, vergißt aber, daß sie seine Frau wurde. Wie kann sie ihn da um Gnade für ihre verräterische Heimat anflehen? Müßte sie sich nicht eher schämen, diesem Volk einmal angehört zu haben?

Dschingis-Chan läßt sich nicht beirren. Ihm geht es nicht nur darum, Rache zu nehmen. Er muß sich Ruhe an den Grenzen verschaffen. Zur Genüge hat er gesehen, wohin es führt, wenn er sich nachgiebig zeigt. Den Naimanen gegenüber ließ er Milde walten, zum Dank dafür versammelten sie sich unter Gütschlük gegen ihn. Wo er nicht hart vorgeht, wird er zu immer neuen Kriegen gezwungen. Es hilft nichts, er muß töten und nochmals töten.

Verzweifelt preßt er seine Hand gegen die Stirn. Seine Schläfen schmerzen. Kein Wunder, er erlebte in letzter Zeit nur Enttäuschungen. Heng-Pi, Bürte, Chulan, Dschutschi ... Das Volk feiert seit Wochen das Wiedersehen nach fünfjähriger Abwesenheit, er hingegen ist einsam wie zu jener Zeit, da er als Junge sehnsüchtig und ängstlich auf eine Nachricht von Belgutei wartete. Damals war er allein, heute ist er allein. Ist es das Schicksal aller großen Menschen, nicht verstanden zu werden? Selbst Boghurtschi zieht sich in letzter Zeit zurück. Seit Heng-Pi tot ist, sprechen sie nur noch über dienstliche Dinge. Als hätte er Heng-Pi umgebracht.

Gewiß, er ging manchmal hart mit ihr um, aber das war kein Grund, sich zu töten. Schon gar nicht wegen eines lächerlichen Siegels. Der Menke-Kökö-Tengri weiß, welch bittere Tränen er ihr nachweinte. Was hatte er nicht alles mit ihr vorgehabt!

Wenn er sich früher allein fühlte, konnte er sich wenigstens an der Vorstellung berauschen, dereinst große Schlachten zu schlagen. Die Zeiten sind vorbei. Kleinkriege interessieren ihn nicht, und große Feldzüge kann es nicht mehr geben, weil alle bedeutenden Feinde unterworfen wurden. Dschebe sandte er kürzlich mit nur zwanzigtausend Kriegern gegen Gütschlük. Im Land der Ujguren hatte er die Erfahrung gemacht, daß das Öffnen einer einzigen Moschee größere Erfolge zu bringen vermag als ein Heer von zehn- oder zwanzigtausend todesmutigen Kriegern. Er gab Dschebe die Weisung: »Keiner darf plündern! Erkläre dem Volk von Kara-Chitan, daß unser Kampf nicht ihm, sondern Gütschlük gilt, der die Tore ihrer Gotteshäuser schloß.« Dschebe hatte sich nach seinen Worten gerichtet, und alle Stadttore hatten sich kampflos geöffnet.

Die Menschen sind schon merkwürdig, denkt Dschingis-Chan. Aber mir kann es recht sein, wenn sie so sind. Die Freude am Besiegen und Unterwerfen ist mir allerdings genommen.

Wenn es doch noch mächtige Länder gäbe, in denen man sich in offenen Schlachten messen könnte. Im Osten versinkt das Land im Wasser, im Norden liegt Schnee und Eis, im Süden sitzt Muchuli und sorgt als Statthalter von Chin, Chitan und Korea für Ruhe, Ordnung und Tribute. Nur im Westen gibt es noch nicht unterworfene Reiche, aber Berge und Salzwüsten legen ein kaum unüberwindbares Hindernis in den Weg. Mit dem Choresm-Schah Ala-ed-Din Muhammed hat er vorsorglich Handelsbeziehungen vereinbart, so daß ihm die Späher des Jurt-Dschis, die mit den Karawanen ziehen sollen, bald Näheres über das Choresm-Reich und weitere ferne Länder melden werden. Möglich, daß er dann nach Westen zieht. Sein Heer wird er jedenfalls entsprechend ausrüsten.

Yeliu-Tschutsai berichtete ihm viel vom Westen, doch was er erzählte, bezog sich nur auf Religion, Kultur und Wissenschaft. Von der Stärke und Größe der Länder wußte er wenig. Er meinte, die Kultur eines Landes stünde immer in einem bestimmten Verhältnis zu seiner Größe und Macht. Möglich. In Chin führte aber gerade die

Kultur zum Verfall der ursprünglich vorhanden gewesenen Kraft. Vielleicht ist Kultur sogar eine Verfallserscheinung. Wenn es so wäre, müßten Feldzüge im Westen ziemlich leicht werden.

Aus dem Zelt Bürtes treten zwei Männer, die eilig auf Dschingis-Chan zugehen. Einer von ihnen ist der Medizinmann, der gedämpft erklärt: »Ich habe Bürte dreimal zur Ader gelassen, mehr darf ich nicht tun. Sie ist äußerst schwach.«

Der greise Ussun, der den Medizinmann begleitet, streicht über seinen schneeweißen Bart. »Ich rufe den Menke-Kökö-Tengri ununterbrochen um Hilfe an, aber wenn der Himmel sich nach Bürte sehnt ...«

»Rede kein dummes Zeug«, unterbricht ihn Dschingis-Chan aufgebracht. »Wenn du keinen besseren Trost für mich weißt, dann schweige und erkläre dem Tengri, daß er sich zu gedulden hat. Ich kann nicht auf Bürte verzichten, hörst du? Sage das dem Himmel.« Unwirsch läßt er die Männer stehen und geht auf Bürtes Zelt zu, dessen Vorhang er behutsam öffnet.

Das schwache Licht einer am Boden stehenden Öllampe erhellt den Raum nur spärlich. Chulan sitzt am Kopfende von Bürtes Fellager.

»Gehe in deine Hütte und ruhe dich aus«, sagt Dschingis-Chan leise. »Ich übernehme die Wache.«

Ohne ihn anzusehen, erwidert Chulan: »Ich kann nicht schlafen. Lege du dich hin.«

»Nein, ich möchte mit Bürte allein sein.«

Chulan blickt ihn ausdruckslos an. Ihre Augen haben den Glanz einstiger Tage verloren.

»Begreifst du nicht? Geh und komme gegen Morgen wieder.«

Chulan verläßt das Zelt.

Dschingis-Chan setzt sich auf den freigewordenen Platz und betrachtet Bürtes Gesicht. Ihre Augen sind geschlossen, die Wangen eingefallen. Sie atmet in kurzen Stößen. Schweißtropfen perlen auf ihrer Stirn.

Behutsam streicht er über den Rücken ihrer Hand und denkt: Seltsam, ihre Hände drücken die Not ihres Körpers aus, während ihr Gesicht, so schmal es auch geworden ist, von Tag zu Tag verklärter wird.

Er legt seine Stirn an ihre Hand und gibt sich der Ruhe hin, die ihn an Bürtes Seite stets überkommt. Ihm ist es, als hülle ihn ein schützender Mantel ein.

»Du darfst mich nicht verlassen«, flüstert er. »Du darfst nicht, Bürte. Wo könnte ich noch Ruhe finden? Gehetzt müßte ich umherirren. Bitte, gehe nicht von mir. Das Leben hat uns beide einsam gemacht. Wir ... Ach, wäre ich doch anders zu dir gewesen.«

Während Ala-ed-Din Muhammed (Anfang 1218 n. Chr.) sein Heer mit Mühe durch den Irak Adschimi auf die parallel verlaufenden Züge des Gebirges von Luristan führt, um nach Bagdad zu gelangen, stürmt Dschebe wie ein Wirbelwind nach Kara-Chitan. Das plötzliche Erscheinen der Mongolen, die kampflose Übergabe verschiedener Städte, in denen sich Dschingis-Chans Krieger mustergültig benehmen, und der immer größer werdende Jubel der Bevölkerung über die allerorts geöffneten Moscheen setzen Gütschlük in Bedrängnis. Er zieht seine Streitkräfte zusammen und versucht eine Entscheidung herbeizuführen, muß aber bereits nach kaum begonnener Schlacht flüchten, weil seine zum Teil moslemischen Einheiten die Waffen strecken. In äußerster Not flieht er in die Berge Pamirs, wohin ihm einige Einheiten Dschebes folgen. Die berittenen Krieger können sich in dem unwegsamen Berggelände jedoch nur schwer bewegen, und da Gütschlük weiter zur Grenze von Badachschan flüchtet, verspricht Dschebe den eingeborenen Jägern eine Belohnung, wenn sie den Kaiser verfolgen und töten. Schon wenige Tage später, während seine Einheiten noch damit beschäftigt sind, Herden der berühmten weißmäuligen Pferde zusammenzutreiben, tragen verwegene Gestalten den Kopf des Kaisers in das Lager Dschebes, der das Haupt an Dschingis-Chan schickt und darum bittet, versuchen zu dürfen, nach Westen einen Weg über das ›Dach der Welt‹ ausfindig zu machen. Er habe erfahren, daß das Reich des Choresm-Schah Ala-ed-Din Muhammed hinter den Bergen Pamirs liege, und für die zwischen Ost und West wandernden Karawanen könne möglicherweise eine Verkürzung gefunden werden.

Dschingis-Chan, der trotz Bürtes schleichender Krankheit davon träumt, sich die Welt im Westen näher anzusehen, erteilt sofort die erbetene Genehmigung und weist ihn an, alles daranzusetzen, einen kürzeren Weg zu finden. Denn der von den Karawanen benutzte Weg durch die Dsungarische Pforte führt über Tausende von Kilometern.

Die Nachricht von der Befreiung Kara-Chitans erreicht den Schah in einem Augenblick, da seine Krieger verzweifelt versuchen, die von starken Schneefällen unpassierbar gewordenen Pässe des vor Mesopotamien gelegenen Gebirgsmassivs zu übersteigen. Besorgt läßt er das Heer zwischen Hamadan und Bagdad halten. Dschingis-Chans Reich grenzt nun unmittelbar an sein Land. Gewiß, die Berge Pamirs sind nicht zu übersteigen, aber von Kara-Chitan aus könnte eine Armee den Ritt durch die Hungersteppe Golodnaja wagen und bis an den Syr-Darja vordringen. Von dort wären noch sechshundert Kilometer durch die Wüste Kysyl-Kum zurückzulegen. Dennoch bleibt zu bedenken, daß er mit seinem Heer zur Zeit eintausendfünfhundert Kilometer von Buchara entfernt steht. Kann er ein solches Risiko eingehen? Wer nicht geschlagen werden will, muß nicht günstige, sondern ungünstige Faktoren berücksichtigen, sagt er sich. Ein kluger Feldherr wird einen Krieg nicht weiterführen, wenn er erkennt, daß er sich in den einkalkulierten Gefahren täuschte. Er, Ala-ed-Din Muhammed, hat sich in den Schwierigkeiten des Winterfeldzuges und in Dschingis-Chan getäuscht. Wenn der Mongole ein Reich wie

Kara-Chitan so schnell niederzwingen kann, muß er ungeheuer stark sein.

Diese und ähnliche Überlegungen bringen den Schah zwar in eine gereizte Stimmung, rauben ihm aber nicht den klaren Verstand. Er weiß, daß er vorsichtig operieren muß und gibt darum den Befehl zum Rückmarsch.

In Buchara bittet ihn der Kommandeur der östlichen Grenzfeste Otrar in ungewöhnlich drängender Form um eine Audienz. Hellhörig geworden empfängt der Schah den Satrapen, der ihm nach dem üblichen einleitenden Sermon berichtet, daß sich in der letzten, aus mohammedanischen Kaufleuten bestehenden Karawane Dschingis-Chans einige Mongolen versteckt hätten, die zweifellos Spione seien. Er habe sie festgesetzt und bitte um Entscheidung, was mit den Männern geschehen solle.

Muhammed ist nicht wiederzuerkennen. »Ich habe geahnt, daß dieser Mongole sich mehr für mein Reich interessiert, als mir lieb sein kann«, ruft er erregt. »Schlage den Kerlen den Kopf ab, damit man drüben erfährt, daß es niemandem gestattet ist, in meinem Land herumzuspionieren.«

Der Kommandeur von Otrar reitet in die Grenzfestung zurück, in der er vorsichtshalber die gesamte, hundertfünfzig Mann starke Karawane einsperren ließ. Angesichts der Schätze, die er auf den Lasttieren feststellte, kann er sich nicht mehr dazu entschließen, die Händler abziehen zu lassen. Er befiehlt die Hinrichtung aller Karawanenmitglieder bis auf einen Sklaven, den er beauftragt, Dschingis-Chan über das Ende der Spione, Kaufleute, Diener und Treiber zu informieren.

Nervös tritt Dschingis-Chan in das große Beratungszelt seines Ordus, in dem sich seine Oerlök und der Generalstab zur monatlichen Besprechung versammelt haben, um über die Organisation des Heeres zu beraten.

Boghurtschi betrachtet aufmerksam das Gesicht des Herrschers, das fahl geworden ist. Er sieht um Jahre gealtert aus. Seine schneeigen, an den Seiten strähnig herabhängenden Haare geben ihm das Aussehen eines Greises.

Den ersten Gefolgsmann erfaßt Mitleid. Ist das der Kamerad, der ihm einst die gestohlenen Pferde zurückeroberte? Ist es das Gesicht eines Mannes, der Siege über Siege errang? Hat dieser Mensch nicht dringender denn je den Freund nötig? Angesichts der Tatsache, daß der kaltherzige Herrscher aus Sorge um Bürte leidet, fühlt er sich wieder zu ihm hingezogen. Er tritt an Dschingis-Chan heran und sagt ihm leise: »Ich stehe hinter dir, Temudschin. Verfüge wie einst über mich.«

Ein schmerzlicher Zug spielt um Dschingis-Chans Mund. »Ich danke dir.«

»Wie geht es Bürte?«

»Unverändert. Sie schläft fast immer.« Er legt seine Hand an die Stirn. »Laß uns beginnen.«

Als erster berichtet Dschutschi in gereizter Form von der Vernichtung der Merkiten. Offen bekennt er, den Sohn des Fürsten Tuchta-Beg nicht getötet, sondern als Gefangenen mitgebracht zu haben, weil er von der Schießkunst dieses wahrscheinlich besten Schützen der Erde so begeistert sei, daß er Gnade für ihn erbitte und hoffe, den Gefangenen als persönliches Eigentum behalten zu dürfen.

Dschingis-Chan, der sich den Bericht des Sohnes schweigend anhörte, erwidert nach kurzem Zögern mit einer wie aus einem Grabe kommenden Stimme: »Alles könnte ich dem Sohn Tuchta-Begs verzeihen, nur nicht, daß er Merkite ist. Dein Wunsch ist nicht erfüllbar, Dschutschi.« Er wendet sich einem Offizier des Jurt-Dschis zu. »Jessukah, wie sieht es mit der Auswertung unserer in Chin gemachten Erfahrungen aus?«

Während Dschutschi in den Hintergrund tritt und Jessukah sowie andere Spezialoffiziere des Generalstabes die Arbeiten verschiedener Techniker, Handwerker, Wissenschaftler und Ärzte erläutern, die mit Aufgaben zur Erhöhung und Vervollkommnung der Schlagkraft der Truppe betraut sind, sitzt Dschingis-Chan wie abwesend da. Nur hin und wieder stellt er Fragen, die zeigen, daß ihm nichts entgeht. Als der Bericht des Generalstabes beendet ist, fordert er die beschleunigte Ausrüstung seiner Krieger mit Hemden aus Rohseide, da die angestellten Versuche die von ihm gehegte Vermutung bestätigte. Die Seide zerreißt nicht, dringt vielmehr mit der Pfeilspitze in das Fleisch, so daß selbst abgebrochene und zersplitterte Geschosse leicht entfernt werden können.

Tschagatai berichtet über die fortschreitenden Arbeiten seiner Truppe, die er durch Chin-Fachkräfte für Erd- und Wasserbauten verstärken konnte. Er meldet dem Vater gerade die Fertigstellung der ersten tausend Ho-pao, Maschinen für schwere Brandpfeile, und fünfhundert Chin-tien-lei, kanonenähnliche Wurfmaschinen, die durch Explosion von Pulver brennende Gefäße mit Naphtha schleudern *, als ein abgehetzt aussehender Bote das Zelt betritt und darum bittet, eine eilige Meldung erstatten zu dürfen.

Verwundert blickt der Herrscher auf. »Ist deine Nachricht so dringend, daß du es wagst, eine Sitzung zu stören?«

»Ja, Dschingis-Chan! Ich gehöre zur westlichsten Kurierstelle im Uluss deines Sohnes Dschutschi. An der Grenze deines Reiches fanden wir einen zerlumpten Mann, der behauptet, ein Gesandter des Kalifen von Bagdad zu sein, in dessen Auftrag er eine eilige Botschaft

* Konstantin Anklitzer, der als Franziskanermönch den Ordensnamen Berthold trug und wegen seiner eifrigen alchimistischen Arbeiten den Beinamen Schwarz erhielt, entdeckte erst Jahrzehnte später (1259 n. Chr.) die explosive Wirkung des Pulvers. – Tschagatai baute die Chin-tien-lei nach Angaben und mit Hilfe von Chin-Spezialisten.

an den Herrscher der Herrscher, den ›christlichen König von Indien‹, wie er sagte, zu überbringen habe. Da wir vieles von der wundersamen Stadt Bagdad hörten und wissen, daß der Kalif ein mächtiger Herrscher ist ...«

»Ihr habt recht getan«, unterbricht Dschingis-Chan den Melder. »Führe den Gesandten zu mir. Wenn ihr auch nicht ahnen konntet, daß der Kalif ein Nachkomme des Propheten Mohammed und der Oberste Priester aller Moslems ist, so sollt ihr dennoch eine gute Belohnung erhalten. Ich brenne darauf, Näheres über die Welt im Westen zu erfahren. Aber was sagtest du?« fragt er plötzlich. »An wen wurde der Abgeordnete gesandt? An den ›christlichen König von Indien‹?«

»Ja.«

»Nun, der bin ich nicht. Doch das soll mir gleich sein. Los, bringe den Burschen herein.«

Ein Mann, dessen Kleidung völlig zerrissen ist, wird in das Zelt geführt. Obgleich das Äußere des Fremden einen heruntergekommenen Eindruck macht, erkennt Dschingis-Chan an dessen lebhaften Augen sofort, daß er einen klugen Menschen vor sich hat.

Der Gesandte verbeugt sich.

»Du bist ein mohammedanischer Abgesandter des Kalifen von Bagdad?«

»Ja.«

»Dann sei an meinem Hofe herzlich willkommen. Setz dich zu mir, erlabe dich und berichte, welche Botschaft dir der Nachkomme des Propheten aufgetragen hat.«

Der Gesandte nimmt Platz und trinkt einen Schluck Kumys. »Ich muß mich berichtigen«, beginnt er. »Ich bin zwar ein Abgesandter des Kalifen, aber kein Mohammedaner.«

Der Herrscher blickt erstaunt auf. Wie ist das möglich, fragt er sich. Er erinnert sich genau an das, was ihm Yeliu-Tschutsai über die Moslems und Mohammed erzählt hat. Dieser Mohammed gefiel ihm. Alles, was über ihn berichtet worden war, hatte einen tiefen Eindruck auf ihn gemacht. Der ›Preisenswerte‹ benutzte die Religion als Mittel zur Gründung eines einheitlichen arabischen Reiches, wobei er sich nicht scheute, Schlachten zu schlagen. Er gehörte also nicht zu jenen verweichlichten Rednern, die ausschließlich von Liebe Güte und Reinheit reden. Wie aber ist es möglich, daß das vom Propheten eingesetzte Kalifat einen Boten entsendet, der kein Glaubensgenosse ist? »Wie kommt der Kalif dazu, einen Abgeordneten zu senden, der nach Ansicht der Moslems ungläubig ist?« fragt Dschingis-Chan befremdet.

Nun ist es am Gesandten, erstaunt zu sein. »Wäre es dem Herrscher des Ostens, von dem wir wissen, daß er christlich gesinnt ist und ›König von Indien‹ heißt, wirklich lieber, einen Mohammedaner anstelle eines Christen zu sehen? Ich bin Nestorianer und ...«

»Moment«, unterbricht Dschingis-Chan ihn hastig. »Ich bin der König von Indien*?«

»Ja«, antwortet der Gesandte. »Und ich bin nicht nur der Abgeordnete des Kalifen Nasir li-Din-Illahi, der als Oberhaupt der Moslems in Bagdad regiert, sondern auch Beauftragter des Patriarchen der nestorianischen Christen, die in Mesopotamien, Arabien und Persien stark verbreitet sind.«

Dem Herrscher bleibt der Mund vor Staunen offenstehen. »Was sagst du da? Christen und Mohammedaner sind doch miteinander verfeindet! Erwartest du, daß ich dir Glauben schenke, wenn du behauptest, beide Parteien zu vertreten? Wieso sollten Moslems und Christen ...?«

»Das kann ich schnell erklären«, fällt der Abgeordnete ein. »Zuvor möchte ich Euch aber von der Richtigkeit meines Auftrages überzeu-

* Dieser Irrtum fand fast ein Jahrhundert vorher seinen Ursprung und erhielt zur Zeit Dschingis-Chans im Orient erneute Nahrung. Als die Liao-Dynastie unter dem Drängen der aus der Mandschurei einfallenden Chin-Herrscher zusammenbrach, flüchtete der energische Fürst Yeliu-tasche mit seinem Heer nach Westen und gründete in Turkestan das Reich Kara-Chitan. (Die Liao sind aus Chitan.) Bald darauf schlug er die Seldschuken, die zu dieser Zeit die Länder von Ägypten bis nach Pamir beherrschten. Da zu gleicher Zeit die Kreuzritter gegen Damaskus kämpften, wurde von diesen der Kampf Yeliu-tasches gegen die islamischen Seldschuken dahingehend gedeutet, daß der ›König von Indien‹, von dessen Existenz man durch Alexander den Großen wußte, ein Christ sei, der den Kreuzrittern beistehen wolle. Aus dem ›chitanischen Fürsten Yeliu-tasche‹ wurde der ›christliche Priester Johannes‹, dem man, da die Seldschuken die Kreuzritter schlugen, diese jedoch vom östlichen Herrscher vernichtet wurden, unermeßliche Macht zulegte.
Später, als das Seldschukenreich zerfiel und Ala-ed-Din Muhammed das Choresm-Reich errichtete, verbreitete sich die Nachricht von der Schließung der Moscheen in Kara-Chitan (durch Gütschlük). Für die Christenheit bestand nun kein Zweifel mehr, daß das mächtige Reich im Osten ein Feind der Moslems und sein Herrscher ein Nachkomme des christlichen Priesters Johannes sein müsse. (Der Bote des Kalifen war von Bagdad fortgeschickt, bevor die Nachricht von der Öffnung der Moscheen eintraf.)
Es sei an dieser Stelle erwähnt, daß in den folgenden Jahren die Auffassung, in Indien regiere ein christlicher König, nochmals besonderen Auftrieb erhielt, als die Stammfahne der Bürtschigin (weiß mit schräg gestelltem Falken) mit der Standarte der Kreuzritter verwechselt wurde. Die Überzeugung der Europäer, im Osten regiere ein mächtiger Christenfürst, war so stark verankert, daß man die Georgier, also Christen, als nicht wirklich gläubig bezeichnete, nachdem diese von östlichen Einheiten geschlagen worden waren.
Doch nicht nur Christen, auch Juden sahen im ›König von Indien‹ den Erlöser, den sie erwarteten. Sie feierten, wie die Christen, das Auftauchen der östlichen Macht in ganz Europa, und sie sammelten allerorts Geld für ihn, als ein Schreiben des Kreuzpredigers Jakob von Vitry in das schon bestehende Durcheinander weiteren Wirbel brachte. Es hieß nämlich in dem Brief, daß der Enkel des ›christlichen Priesters Johannes‹ der Sohn des Königs Israel, ›rex Judeorum‹, sei. Erst später wurde festgestellt, daß es sich hier um einen Schreibfehler handelte. Es sollte nicht ›rex Judeorum‹, sondern ›rex Indeorum‹ heißen.

gen. Ich habe ihn wirklich im Namen des Patriarchen und des Kalifen zu erledigen. Beide Kirchenväter waren sich bewußt, daß Ihr meine Ausführungen mit Skepsis aufnehmen würdet; sie fertigten mir deshalb eine Beglaubigung aus, die mich ausweisen soll. Da ich das Land der Feinde des Kalifen, das Reich des Choresm-Schah Ala-ed-Din Muhammed, zu durchqueren hatte, war es zu gefährlich, mir die Beglaubigung in Form eines Dokumentes mitzugeben. Bitte, habt die Liebenswürdigkeit, mir die Haare schneiden zu lassen. Ihr werdet in meine Kopfhaut tätowiert die Bestätigung darüber lesen, daß ich sowohl vom Kalifen als auch vom Patriarchen gesandt wurde, um Eure Hilfe zu erflehen.«

Dschingis-Chan lacht, als er von der merkwürdigen Art der Nachrichtenübermittlung hört. »Teufel, der Einfall könnte von mir sein. Herunter mit den Haaren!«

Der Abgeordnete schmunzelt und fährt fort. »Wir Nestorianer wissen natürlich, daß Ihr nicht der ›christliche Priester Johannes‹, sondern ein Enkel desselben seid, und mit Freude vernahmen wir, daß Ihr die Rechtgläubigen in Kara-Chitan durch Schließung der Moscheen unterstütztet.«

Dschingis-Chan schüttelt sich vor Lachen. »Was ihr nicht alles wißt. Ich schließe Moscheen? Und der Kalif wendet sich dennoch hilfeheischend an mich?« Er wischt sich Tränen aus den Augen. »Ich begreife zwar nichts mehr, aber fahre fort. Bin gespannt, was ich noch zu hören bekomme.« Er wendet sich verstohlen an Boghurtschi. »Merkst du was? Man verwechselt mich mit Gütschlük.«

Mit ernster Miene fährt der Gesandte fort: »Der Kalif von Bagdad sitzt in arger Bedrängnis, weil der Schah Ala-ed-Din Muhammed, der das Land mit Krieg überzog, die Unterwerfung des wahren Nachkommen des Propheten fordert. Da Nasir li-Din-Illahi dem Verlangen des Schahs unmöglich nachkommen kann, rüstet Muhammed – nach Einsetzung eines Gegenkalifen, um die Unantastbarkeit des Kalifats von Bagdad aufzuheben – zum Feldzug gegen Mesopotamien. Die Stellung Nasirs ist im Augenblick so gefährdet, daß er sich wohl oder übel mit Tod und Teufel, von seinem Standpunkt aus also auch mit Christen, verbünden muß. Er wandte sich deshalb an unseren Patriarchen, mit dem er infolge des jahrhundertelangen Nebeneinanderlebens der Kirchenoberhäupter in Bagdad in recht gutem Einvernehmen steht. Und da er unserem Patriarchen versprach, eine nahe dem Christenviertel gelegene Moschee abreißen zu lassen, erklärte sich dieser bereit, der Bitte des Kalifen zu entsprechen und mich als Abgeordneten zu Euch, dem König des Ostens, zu entsenden, um Eure Hilfe gegen den raublüsternen Choresm-Schah zu erflehen. Ich muß noch bemerken, daß wir, die Christen Mesopotamiens, der weltlichen Macht Nasirs unterstehen und somit ein Interesse daran haben, daß dem Kalifen geholfen wird. Wir Christen bitten Euch inständig, im Augenblick zu übersehen, daß eine mögliche Unterstützung auch den Moslems zugute kommen würde.«

Dschingis-Chan nickt bedächtig. »Interessant. Sehr interessant. Der Choresm-Schah ist also nicht der einzige Herrscher des Westens?«

»Oh, im Westen gibt es noch viele Völker und Stämme«, antwortet der Gesandte unbekümmert. »Erst bei den rothaarigen Menschen in Nordwesten, also Tausende von Kilometern hinter Mesopotamien, versinkt das Land im Meer.«

»So, so. Und Ala-ed-Din Muhammed ist ein ungerechter Schah?«

Zutiefst überzeugt antwortet der Abgeordnete: »Er ist ein unduldsamer Regent, der alle Menschen, ob es sich nun um Moslems oder um Christen handelt, plündert und brandschatzt. In seinem Land gibt es mehr Unzufriedene als Zufriedene.«

Dschingis-Chan horcht auf. »Auch die Mohammedaner sind nicht mit ihm einverstanden? In seinem Reich müssen doch viele Angehörige des Islams leben.«

»Das ist richtig. Aber er ist ein ausgesprochener Eroberer, der sich um Religionen nicht kümmert. Ihm geht es nur um den Besitz möglichst vieler Länder.«

Ein Krieger tritt an Dschingis-Chan heran und bittet ihn, sofort zu Bürte zu kommen. Der Herrscher erhebt sich hastig und sagt an den Gesandten gewandt: »Erkläre dem Kalifen und dem Patriarchen, daß ich nicht der König bin, für den man mich hält. Ich bin ein Eroberer gleich Muhammed, mit dem ich ein Handelsabkommen getroffen habe, das sich recht gut anläßt. Für mich gibt es also keinen Grund, gegen ihn in den Krieg zu ziehen. Im übrigen hege ich für Geistliche, die sich in die Politik einmischen, keinerlei Sympathien. Geistliche sollen beten und nicht gegen Herrscher streiten, wenn sie nicht wollen, daß sie zermalmt werden. Deine Ausführungen waren mir aber sehr interessant. Sehr!«

Als Dschingis-Chan das Zelt Bürtes erreicht, steht Chulan vor dem Eingang und greift nach seiner Hand. »Komm«, flüstert sie mit brüchiger Stimme.

Er bleibt erschrocken stehen. Chulans Finger fühlen sich wie abgestorben an.

»Schnell, Temudschin!«

Dschingis-Chan vermag sich kaum zu bewegen. Wird Bürte ihn verlassen? Er kann es nicht glauben, will es nicht wahrhaben. Kann denn nichts mehr für sie getan werden? Während ihn Chulan in das Zelt zieht, ist ihm zumute, als blieb sein Herz stehen.

Fiebriger Geruch schlägt ihm entgegen. Er weiß plötzlich, daß für Bürte keine Hoffnung mehr besteht. Ihr Sterben wird für ihn zur Gewißheit; er spürt, daß der Tod bereits in das Zelt eingetreten ist. Alles in ihm bäumt sich auf, doch im gleichen Augenblick, da ihm zumute ist, als würde die Erde auseinandergerissen, denkt er nicht mehr an den Verlust, den er erleiden wird. Der erscheint ihm unwichtig gegenüber dem Gedanken, daß Bürte kein unruhiges Ende finden könnte.

Insgeheim bittet er den Tengri, ihr den Tod schnell und schmerzlos zu schenken.

Sein Blick fällt auf ihr Antlitz, das sich bleich von den braunschwarzen Fellen abhebt, auf denen sie liegt. Das Mirakel ihres wochenlangen Verfalls, in dem sie fast immer schlafend auf ihrem Lager lag, hat ihr Gesicht verschönt. Losgelöst von allem Irdischen ist der Ausdruck ihrer geschlossenen Augen. Unendliche Süße liegt auf ihren bleichen Lippen.

Der Medizinmann legt seine Hände auf die Schultern des Herrschers.

»Wie lange noch?« fragt Dschingis-Chan.

Der Arzt hebt die Schultern. »Der Tod kann jeden Augenblick eintreten.«

»Laßt mich mit ihr allein«, erwidert Dschingis-Chan mit spröder Stimme.

Der greise Ussun schaut ihn fragend an.

»Du auch.«

Chulan schluchzt.

Als alle das Zelt verlassen haben, kniet Dschingis-Chan sich vor Bürte nieder und streicht behutsam über ihr weich zurückfallendes Haar. Unentwegt blickt er in ihr klein gewordenes Gesicht.

»Ich weiß, daß du mich nicht allein lassen möchtest«, flüstert er, »aber es muß wohl sein. Ich glaube, du konntest vor Angst, mich zurücklassen zu müssen, nicht sterben. Ist es nicht so? Werde ruhig, Bürte. Du mußt Ruhe haben. Nur einmal noch möchte ich deine Augen sehen, nur einmal noch.«

Ihr Atem geht schwerer, ihre Herzstöße werden stärker.

»Soll ich den Medizinmann holen?«

Noch während er es fragt, heben sich ihre Lider. Klar sehen ihn Bürtes dunkelbraune Augen an.

Er versucht zu lächeln. »Bürte ...!« Tränen rollen ihm über die Wangen.

Der Ausdruck ihrer Augen wird dunkler, so als versuche sie, das Erschaute zu begreifen. Kaum hörbar haucht sie: »Temu ...!«

Er drückt ihre Hand. »Bleib ruhig, Bürte. Strenge dich nicht an. Ich bin bei dir und werde immer bei dir bleiben. Du weißt, im Menke-Kökö-Tengri werden wir wieder vereint sein. Dort sind wir beide für immer zusammen.«

Bürte lächelt überirdisch. »Schön, daß du in dieser Stunde bei mir bist«, sagt sie fast stimmlos. »Es ist das schönste Geschenk für mich. Ich ahne, wie schwer das Leben für dich nun werden wird. Denke an mich, wenn dich Unruhe plagt. Vielleicht hilft es dir. Du hast viele menschliche Eigenschaften, und da die einen bei dir groß sind, müssen es die anderen wohl auch sein. Erst wenn du den Weg findest, der jenseits des Menschlichen liegt, wirst du zur Ruhe kommen. Suche den Weg nicht auf der Erde; du kannst ihn nicht finden, weil das Menschliche in dir zu stark ist und du darüber ungehalten wirst.

Wenn große Menschen ungehalten sind, werden sie unmenschlich, wenn sie sich beherrscht zeigen, hingegen unsterblich. Erkenne das, Temu. In dieser Erkenntnis liegt ein Dank, der in das Jenseits hinübergreift.« Erschöpft schließt sie die Augen. »Ich bin glücklich, dich noch einmal gesprochen zu haben. Nun kann ich ruhig ...« Ihre Lippen bewegen sich noch einige Male, formen aber keine Worte mehr.

»Bürte!« keucht Dschingis-Chan und horcht an ihrer Brust.

Ihr Herz hat aufgehört zu schlagen.

Dschingis-Chan umklammert Bürtes Schultern und weint in haltlosem Schmerz.

Über einen Monat kommt kein Wort über die Lippen des Herrschers. Als fände er sich nicht zurecht, wandert er planlos durch das Lager. Besorgt beobachten ihn die Freunde, wenn er schweigend den Beratungen beiwohnt. Sie überlegen, was sie machen könnten, um ihn aus seiner Lethargie herauszureißen, aber die Angelegenheit ist besonders heikel, weil niemand weiß, ob ihn der Schmerz über den Verlust seiner ersten oder zweiten Frau verändert hat. Denn Chulan ist seit Bürtes Tod spurlos verschwunden. Dschutschi erklärte hämisch: »Ich kann sie verstehen. Für eine Frau ist es unmöglich, an der Seite eines Mannes auszuharren, der die Angehörigen ihres Volkes gnadenlos niedermetzeln läßt.«

Insgeheim gibt ihr mancher recht. Aber durfte Chulan gerade jetzt davonlaufen? Im Augenblick hat Dschingis-Chan sie doch dringend nötig. Zumal er sich auch nicht mehr an Oelön-Eke wenden kann, die während des Chin-Feldzuges starb. Und dann verließ auch Dschutschi das Lager, weil ihm der Vater den besten Schützen der Erde nicht überlassen wollte. Dschelme, der von Boghurtschi hinter Dschutschi hergejagt wurde, hatte ihn nur mit Mühe in das Ordu zurückbringen können. Aber er war wenigstens wieder da, während die Reiter, die der erste Gefolgsmann zur Suche von Chulan in alle Himmelsrichtungen schickte, erfolglos zurückkamen.

Wie eine Schar Küken umgeben die Oerlök Dschingis-Chan, der unnahbar und schweigsam bleibt. Seine Augen blicken stumpf. Nur sein manchmal lauernder Blick läßt erkennen, daß noch Leben in ihm steckt. Irgend etwas scheint auch in ihm zu gären, denn er studiert immer wieder die Landkarten der westlichen Welt, die ihm mohammedanische Kaufleute schenkten. Dann aber kommt der Tag, an dem ihm ein Sklave vorgeführt wird, der am Rande der Dsungarei aufgegriffen wurde und behauptet, zur letzten Karawane gehört zu haben, die in das Choresm-Reich entsandt wurde. Er berichtet, der Satrape der Festung Otrar habe den Zug zunächst festsetzen und später niedermetzeln lassen. Er selbst sei verschont worden, damit er die Nachricht vom Ende der Karawane überbringe.

»Ist das die Wahrheit?« ruft Dschingis-Chan und wendet sich an Boghurtschi. »Träume ich oder bin ich wahnsinnig geworden?«

Der Freund legt ihm beschwichtigend die Hand auf die Schulter. »Du hast leider richtig gehört.«

»Ist die Welt denn ein Narrenhaus? Haben wir, der Schah des Choresm-Reiches und ich, uns nicht das Wort gegeben, Handelsbeziehungen zu pflegen? Noch heute setze ich eine Abordnung in Marsch, die vom Ala-ed-Din Muhammed Genugtuung und Auslieferung des schuldigen Satrapen fordern soll. Bis dahin verbiete ich allen Kaufleuten, in das Choresm-Reich zu ziehen.«

Nach vielen Wochen kehrt die zum Schah entsandte Abordnung mit abgesengten Haaren in das Ordu zurück. Dschingis-Chan ist entsetzt, als er hört, daß sich Ala-ed-Din Muhammed über sein Verlangen zunächst lustig machte und dann, als ihm der Gesandte bedeutete, daß eine Nichtauslieferung des schuldigen Kommandanten den Herrscher der Herrscher erzürnen würde, den Gesandten kurzerhand köpfen, seinen Begleitern die Haare absengen ließ und sie mit dem Auftrag in die Mongolei zurückschickte, Dschingis-Chan zu bestellen, ein ungläubiger Hund solle sich nicht erdreisten, dem Beherrscher des Islams und Schatten Allahs Vorschriften zu machen.

Sekundenlang erstarrt Dschingis-Chan. Dann erhebt er sich und erklärt mit unerbittlicher Miene: »Ich schwöre in dieser Stunde, daß ich meinen Gesandten rächen werde! Schickt noch heute Boten in alle Himmelsrichtungen. Jeder Mongole, Ujgure und Reiter des Kiptschak, der über siebzehn Jahre alt ist hat sofort zu den Waffen zu greifen und sich zu seinem Sammelplatz zu begeben. Sämtliche Chin-Artilleristen sowie die chitanischen, kara-chitanischen und Tangutenregimenter haben sich kampfmäßig gerüstet bereit zu halten und Weisungen des Jürt-Dschis, der unverzüglich die Marschrouten festlegt, Folge zu leisten. Tschagatai rückt mit seinen Einheiten so bald als möglich ab, um erforderliche Flußübergänge zu errichten. Wir marschieren in das Choresm-Reich. Unser Schlachtruf lautet: Krieg dem Schah!«

3

Während Dschebe sich unter Führung einheimischer Gebirgsbewohner bemüht, von Kaschgar aus einen Weg zu suchen, der vom nordwestlichen Zipfel der Wüste Takla Makan über die unendlichen Höhen Pamirs nach Westen an den Unterlauf des Amu-Darja oder nach Nordwesten in das blühende Ferganatal führt, legt der Generalstab die Marschrouten für das gewaltige Heer fest.

Der von Dschingis-Chan geforderte Aufmarsch ist so gewaltig, daß mancher Offizier des Jurt-Dschis in Verzweiflung gerät. Vom heimatlichen Ordu bis an den Syr-Darja, der voraussichtlich ersten Verteidigungslinie des Choresm-Reiches, sind annähernd viertausend Kilometer über weite Öden und Gebirge, durch Wüsten und Wälder, über

Hungersteppen und Salzgebiete zurückzulegen. Viertausend Kilometer soll ein Heer von zweihundertfünfzigtausend Kriegern mit über einer Million Pferde zurücklegen, um zunächst einmal an die Grenze des feindlichen Landes zu gelangen. Von dort aus führt der Weg dann durch die sechshundert Kilometer breite Wüste Kysyl-Kum, deren Überquerung noch niemand wagte.

Der Jurt-Dschi arbeitet fieberhaft. Dschingis-Chan will seine Truppen schon in einem Vierteljahr, unmittelbar nach der Schneeschmelze (Frühjahr 1219 n. Chr.), durch die Dsungarische Pforte nach Westen führen. Nur in dieser Jahreszeit, in der spärliche Gräser die futterarmen Gebiete beleben, besteht die Möglichkeit, das Riesenheer an den Feind heranzuführen. Es gibt keinen anderen Weg. Wohl hofft Dschingis-Chan auf eine günstige Nachricht von Dschebe, den er über die veränderte Lage informierte und nochmals aufforderte, alles daranzusetzen, einen kürzeren Weg nach Westen zu finden, doch er ist sich der Schwierigkeiten bewußt, die sich seinem erprobten Heerführer entgegenstellen werden. Die Wahrscheinlichkeit, eine günstigere Route zu finden, ist gering. Allein die gradlinige Entfernung von Kaschgar nach Buchara beträgt mehr als tausend Kilometer. Tausend Kilometer über drei- bis siebentausend Meter hohe Bergketten! Wie sollte es möglich sein, derartige Höhen mit Pferden zu überwinden? Nur wenn Dschebe eine günstige Talsohle findet, kann daran gedacht werden, Ala-ed-Din Muhammed von zwei Seiten anzugreifen. Es ist lediglich eine Hoffnung, daß sich dieser Wunsch erfüllt, aber Dschingis-Chan gibt sie nicht auf. Vorsorglich sendet er Dschebe zwanzigtausend Dachas, doppelwandige Fellmäntel, damit seine Krieger vor Kälte geschützt sind.

Dem Generalstab befiehlt er die Sammlung der Streitkräfte am unteren Irtysch, östlich des Saissau-nor-Sees im nördlichen Gebiet der Ujguren, um von dort durch die Hungersteppe Golodnaja nach Westen auf die Grenzfeste Otrar am Syr-Darja vorstoßen zu können.

Die Ausrüstung der Krieger wird auf das höchste vervollkommnet. Jeder Reiter erhält drei Reservepferde sowie Nah- und Fernkampfwaffen. Verschiedenartige Pfeile, Schleuderspieße, Stoßlanzen, Haken, Säbel, Keulen, Streitäxte und Fangseile, deren Gebrauch die Krieger nochmals intensiv üben, sind die auserwählten Kampfmittel. Und erstmalig ist das Heer durch Artillerieeinheiten verstärkt, die ihre zerlegbaren Wurf- und Schleudermaschinen auf Jaks und Kamelen transportieren, die durch Joche miteinander verbunden werden.

Tschagatai soll mit seinen Pioniertruppen die Führung der Heeressäule übernehmen. Auf dem Weg zum Syr-Darja müssen annähernd fünfzig Brücken errichtet werden, damit die Armee unmittelbar nach der Schneeschmelze zügig vorrücken kann.

Reibungslos läuft die in Bewegung gesetzte Kriegsmaschine Dschingis-Chans. Abteilungen und Formationen greifen Hand in Hand. Die Truppen der unterworfenen Völker beginnen bereits mit der Sammlung ihrer Einheiten auf den saftigen Weiden am Oberlauf des Irtysch, als der König von Hsi-Hsia melden läßt, er sei nicht bereit, seine Armee zur Hilfeleistung zu entsenden.

Dschingis-Chan glaubt nicht richtig zu hören, als er vernimmt, daß der Regent des kleinen Tangutenstaates den Mut hat, ihm die Stirn zu bieten. Im ersten Augenblick lacht er hell auf, dann aber werden seine grauen Augen grün. »Ich könnte diesen König mitsamt seinem Volk vom Erdboden verschwinden lassen«, erklärt er. »Wichtiger ist es mir jedoch im Augenblick, meinen getreuen Gesandten zu rächen. Aber ich werde mit Hsi-Hsia abrechnen, und wäre es in meiner Todesstunde.

Als Ala-ed-Din Muhammed gemeldet wird, daß sich im Gebiet der Ujguren große Reiterverbände sammeln, verflucht er den Temperamentausbruch, der ihn verleitete, die Tötung eines Gesandten zu befehlen. Zornig jagt er die Überbringer der schlechten Nachricht davon. Dann beginnt er eine erregte Wanderung über die polierten Fliesen des Diwan-Chanehs. Vor der zum Innenhof des Merdana führenden Glaswand bleibt er stehen und schaut mit grimmiger Miene zum Springbrunnen hinunter, dessen Wasserfontäne im Licht der Sonne wie flüssiges Silber glänzt. Plötzlich aber muß er lachen. Was kann ihm schon geschehen? Besitzt er nicht ein glänzend ausgerüstetes Heer von vierhunderttausend Mann? Sichert ihn nicht die Golodnaja vor feindlichen Überfällen aus dem Nordosten? Und sollten die Mongolen den Weg durch die tausendfünfhundert Kilometer weite Hungersteppe wirklich bewältigen, dann wäre das nicht schlimm für ihn. Am Syr-Darja würde er die von Sonne, Sand und Samun Entkräfteten gebührend empfangen und in den Fluß werfen. An welcher Stelle sie auch heranrücken mögen, seine Grenzfestungen entlang dem Syr-Darja sind nicht niederzuringen. Möglich, daß die Mongolen im Gelände beweglich sind, Festungen aber sind und bleiben uneinnehmbare Bollwerke.

Ala-ed-Din Muhammed streicht über seinen Knebelbart. Was seine Späher über die Mongolenhorden im allgemeinen berichteten, erscheint ihm nicht glaubwürdig. Trockenes Fleisch und steinharte Milch sollen sie mit sich führen. In der Not trinken sie angeblich das Blut ihrer Pferde, und diese sollen sich von Wurzeln ernähren können, welche sie unter der Erdkruste hervorkratzen. Die Krieger sollen sich nicht einmal scheuen, das Fleisch von Pferden, Katzen und Hunden zu verschlingen. Sogar Schweinefleisch sollen sie fressen. Und den Frauen ihrer Gegner sollen sie die Bäuche aufschlitzen.

Der Schah preßt seine Nase gegen die Glaswand und denkt: Wenn ich den Kaufmann Mahmud Jelwadsch ergreifen lassen könnte, würde ich ihn vierteilen lassen und den Geiern zum Fraß vorwerfen. Dieser Halunke hat mich belogen. Womöglich hat er, als er vom Glanz meiner Krieger sprach, nur das äußere Bild gemeint. Wurde er, Ala-ed-Din Muhammed, der Schatten Allahs auf Erden von einem hergelaufenen Kaufmann hereingelegt? Nein, so leicht kann man mich nicht täuschen. Meine Spione werden Opfer der Angst sein. Im Bestreben, viel zu erfahren, haben sie überall herumgehorcht und nichts als Gerüchte zusammengetragen. Die Menschen machen nun einmal aus Fliegen Raubvögel. Jetzt heißt es ruhig bleiben und vorsichtig sein.

Vorsicht ist die Tugend der wirklich großen Feldherren, denkt Ala-ed-Din Muhammed. Bin ich etwa kein großer Krieger? Ein zweiter Alexander bin ich! Ich werde dem Mongolenherrscher zeigen, worin wahre Größe liegt. Gewiß nicht im leichtfertigen Durchwandern von zermürbenden Steppen. Otrar und alle anderen Festungen entlang des Syr-Darja werde ich vorsorglich verstärken, und wenn die wahnwitzigen Mongolen tatsächlich über den Fluß vordringen sollten, kann ich ihnen immer noch mein Heer entgegenwerfen. Bis dahin lasse ich es im Raum von Samarkand und Buchara stehen. Die sich hinter dem Syr-Darja ausbreitende Wüste Kysyl-Kum wird mehr Mongolen zur Strecke bringen, als es meine Krieger in tagelangen Schlachten vermöchten. Warum sich also zum Kampf stellen?

Ala-ed-Din Muhammed blickt zu den schneebedeckten Höhenzügen des Hissar-Gebirges hinüber, das sich östlich von Buchara bis auf fünftausendfünfhundert Meter erhebt. Es ist ein schönes Gefühl, nur von einer Seite angegriffen werden zu können, denkt er zufrieden, wendet sich um und geht auf ein reich mit Ornamenten verziertes Tischchen zu, auf dessen Messingplatte Pomeranzen, Zitronen und andere Früchte bereitgestellt sind. Genüßlich wählt er einen Pfirsich, und während er diesen mehr schlürft als ißt, greift er zum Koran, um die Sure über den Sieg zu lesen.

Die Verbindung zwischen Dschingis-Chan und Dschebe, die niemals abreißt, obwohl sie über dreitausend Kilometer voneinander getrennt sind, ist eine der größten Leistungen der Meldereiter. Gewiß, die zu überbrückende Entfernung wird zusehends kleiner, nachdem die Hauptstreitmacht das Ordu am Onon verlassen hat, um sich am oberen Irtysch mit den Verbündeten zu vereinen. Die Schwierigkeit aber, mit denen die Pfeilboten zu kämpfen haben, werden täglich größer. Sie können nicht mehr den Weg durch Ost-Turkestan wählen, südlich am Tien-schan-Gebirge entlang, das sich von Buchara bis zur Wüste Gobi über eine Entfernung von zweitausendfünfhundert Kilometern ausdehnt. Sie müssen nun über Pässe von viertausend Meter Höhe reiten, wenn sie zu Dschingis-Chan gelangen wollen, der täglich weiter vorrückt und bereits durch die nördlich des Tien-schan-Gebirges gelegene Dsungarei zieht. Von annähernd zwanzig Boten, die Dschebe über unbekannte und zerklüftete Gebirgsketten am Chan-Tengri vorbei nach Norden jagt, um Dschingis-Chan davon in Kenntnis zu setzen, daß er einen Weg gefunden hat, der es ihm ermöglicht, von Kaschgar nach Fergana durchzustoßen, erreichen nur vier erschöpfte Reiter die letzten Höhen des Boro-horo-Gebirges, wo sie angesichts der Dsungarischen Hochebene vor Entkräftung fast zusammenbrechen. Unter Aufbietung ihres letzten Willens erreichen sie die Spitze der Armee, die sich wie eine endlose Schlange durch das Land windet.

Dschingis-Chan ist außer sich vor Freude, als er die Nachricht erhält. Wenn er insgeheim auch immer hoffte, daß Dschebe ihm die Möglichkeit biete, den Choresm-Schah von zwei Seiten anzugreifen – er hatte in den letzten Tagen, da er sich dem Sammelplatz am Saissaunor näherte, nicht mehr damit gerechnet. Um so begeisterter stimmt ihn die günstige Kunde, und seine Freude wird nur wenig durch die Tatsache geschmälert, daß nur eine kleinere Einheit das Gebirge zu überqueren vermag. Ihm ist schon damit gedient, wenn eine einzige Abteilung im Rücken des Gegners auftaucht, den Feind verwirrt und zu falschen Rückschlüssen verleitet.

Damit das von Dschebe geplante Unternehmen, das möglicherweise nicht ohne große Verluste durchzuführen ist, auf alle Fälle gesichert wird, sendet Dschingis-Chan ihm unter Führung seines Sohnes Dschutschi eine Verstärkung von zehntausend Mann. Sein Plan ist klar. Zur gleichen Zeit, da zweihundertfünfzigtausend Reiter mit einer Million Pferden und vielen Jaks und Kamelen, die Tausende von Wurfmaschinen und Katapulte befördern, nach Westen auf den Syr-Darja zureiten, sollen unter Dschebes Führung annähernd dreißigtausend Krieger mit hunderttausend Pferden den Ritt über das Dach der Welt antreten, um zu versuchen, in das Ferganatal und damit in den Rücken des Choresm-Schahs zu gelangen.

Unter Leitung einer Gruppe von Männern, die sich auf der Suche nach einem Weg über das Gebirgsmassiv besonders hervorgetan haben, und entsprechend den Weisungen einiger mohammedanischer Bergbewohner, die verpflichtet wurden, im unbekannten Gelände die Führung zu übernehmen, dringen die Einheiten Dschutschis und Dschebes von Kaschgar aus in nord-westlicher Richtung in das Gebirge ein.

Wenn die Sonne die Hochebene von Takla Makan auch schon erwärmt und der Kysyl-su bereits anschwillt und gewaltige Wassermassen von den mittleren Höhen des Trans-Alai-Gebirges durch die Täler jagt, so entstehen für Krieger und Pferde dennoch große Schwierigkeiten, bevor sie in die Gebiete von Schnee und Eis vordringen. Denn die Gebirgshänge haben fließenden Grund, der oftmals ins Gleiten gerät. Die Pferde sinken bis zu den Knöcheln ein und scheuern sich die Fesseln blutig. Oder sie stolpern in fußtiefe Spalten und rutschen um viele Längen zurück. Von allen Seiten erschallen Warnrufe. Überall entstehen abwärtssausende Knäuel, aus denen Schreie und Flüche erklingen. Mit blauen Lippen, zerschundenen Händen, zerrissener Kleidung und todmüde erreichen die Krieger nach drei Tagen einen plateauförmigen Nebenpaß, der einen letzten Rückblick über die sich hinter Kaschar ausdehnende Wüste gestattet.

Dschebe versammelt seine Tuman auf der trostlosen Höhe, die nur von feinem Kies bedeckt ist, aus dem bei jedem Schritt Wasser hervorsickert. Ein kurzer Überblick zeigt ihm, daß Hunderte von Pferden bereits verlorengingen. Und nun soll der eigentliche Aufstieg zum viertausend Meter hohen Paß des Terek Dawan erst erfolgen. Besorgt beobachtet er seine abgekämpften Krieger, die sich frierend ihre Wunden verbinden und die Füße ihrer Pferde mit Lappen umwikkeln.

Er überlegt, ob er die Mühen des vor ihm liegenden Marsches unterschätzt hat. Hunderte von Kilometern sollen über futterarme und zum Teil verschneite Gebiete zurückgelegt werden. Und am Ende der Strecke gilt es zu kämpfen. Es handelt sich ja nicht mehr darum, einen kürzeren Weg zu erkunden, sondern jenseits der Berge kampfmäßig zu operieren.

Besorgt schaut Dschebe zu den Bergen hoch, über die er hinweg marschieren soll. Die Luft ist kalt. Über den Kämmen segeln zarte Wolken, die im Licht der sinkenden Sonne rosig leuchten. Im Westen erstarren die Berge. Ihre Felsen färben sich grau.

Dschebe versucht, ein genaueres Bild über das Gelände zu erhalten, doch er kann von der erreichten Höhe noch keinen Überblick gewinnen. Wohl glaubt er, in der Ferne Gebirgsrücken zu erkennen, die überwunden werden müssen, aber zu oft erreichte er in den vergangenen Wochen einen Bergrücken, von dem er vermeinte, es sei der ersehnte, und immer wieder hatte er sich getäuscht. Auf all seinen Erkundungsritten stellten sich ihm stets Bergkämme in den Weg, die vorher nicht zu sehen gewesen waren.

Doch das bereitet ihm an diesem Tag keine Sorge. Ihn bedrückt die Verschiedenheit der früheren Aufstiege mit einer kleinen Abteilung, gegenüber dem nun angetretenen Marsch mit dreißigtausend Kriegern und hunderttausend Pferden. Wo er jetzt steht, wollte er am ersten Abend sein. Und er brauchte drei Tage!

Dschutschi geht mit dem Karawanenführer auf ihn zu. Während der Sohn Dschingis-Chans, der die Berge zuvor noch nicht sah, über den Sonnenuntergang begeistert ist und den Ausblick auf die vorausliegenden Höhenzüge überschwenglich bewundert, sieht der Bergführer Simpol-Isa, der sich von seinem scheckigen Jarkentpferd niemals trennt, besorgt zu Dschebe hinüber.

Der alte Bergbewohner aus dem Kokschal-tau-Gebirge, südlich des siebentausend Meter hohen Chan-Tengri, war Dschebe durch seine sachliche Art aufgefallen, und was er berichtete, ließ ihn aufhorchen. Er behauptete, sein Vater hätte in der Jugend nestorianische Mönche von Ost-Turkestan nach Fergana geführt, und er erinnerte sich daran, daß mehrfach vom Terek-Dawan und vom Kysyl-Art die Rede gewesen sei. Mehr wußte er nicht. Aber er bot sich an, die sagenhaften Übergänge mit den Mongolen zu suchen. Später, als der Weg zum Terek-Dawan gefunden war, bestand für ihn kein Zweifel mehr, in das Fergana-Tal zu gelangen. So unbekannt ihm das Gelände auch war, er erklärte Dschebe mit solcher Bestimmtheit, die Führung des Abstieges übernehmen zu können, daß der Heerführer keinerlei Bedenken hegte und den Abmarsch vorbereitete, ohne das Terrain sondiert zu haben.

Verwundert gewahrt Dschebe das bedrückte Gesicht des Mohammedaners. »Quält dich etwas?« fragt er den Karawanenführer, der seinen struppigen Bart krault.

Der Alte kratzt sich den Hinterkopf. »Die Pferde. Sind zuviel.«

»Zuviel?« fragt Dschutschi erstaunt.

»Tja!«

»Weil sie zuviel fressen. Wir kommen schlechter vorwärts, als ich dachte. Viel zu langsam. Wir sind zu viele. Ich mache mir große Sorgen. Für so viel Tiere werden wir keine Weiden finden. Auch nicht genügend Japkaksträucher.«

»Dann werden wir ihnen eben Heu geben«, tröstet ihn Dschebe.

»Heu?« fragt der Mohammedaner und blickt über die Kiesfelder. »Heu?«

Der Heerführer nickt. »Wir sind nicht unvorbereitet. Die Sättel unserer Pferde sind so dick, weil sie mit gepreßtem Heu gefüllt sind. Eine große Menge liegt auf jedem Tier, auch wenn du nichts davon siehst.«

Das Gesicht Simpol-Isas erhellt sich. »Dann ist es gut«, sagt er erleichtert, schüttelt aber gleich darauf erneut den Kopf. »Wir kommen dennoch zu langsam vorwärts. Wir sind zu viele. Ich bleibe dabei.«

Dschebe nagt an seinen Lippen. »Ich denke, daß der Vormarsch ab morgen schneller vonstatten geht. Der fließende Boden liegt doch hinter uns, nicht wahr?«

Der Alte reibt sich die Nase. »Tja, der Fließsand liegt hinter uns. Vor uns aber liegen Schnee, zerklüftete Berge, dünne Luft und Kälte.« Er nimmt sein Pferd und wendet sich einer Mulde zu. »Heute Nacht wird es stürmisch werden.«

»Woher weißt du das?«

Simpo-Isa weist in die Ferne.

Dschebe blickt in die gewiesene Richtung, kann jedoch nichts Besonderes bemerken.

Dschutschi lacht. »So ein verrückter Kerl.«

Dschebe schüttelt den Kopf. »Wenn der Alte dort etwas sieht, genügt mir das. Er hat in all den vergangenen Wochen immer recht behalten. Komm, der morgige Tag wird anstrengend. Wir wollen uns gründlich ausschlafen.«

»Daraus wird bei dieser Kälte nicht viel werden«, entgegnet Dschutschi. »Wir hätten doch Zelte mitnehmen sollen.«

Dschebe weist auf einige am Boden schlafende Krieger. »Schau sie dir an. Sie schlafen sogar verteufelt gut. Im übrigen kannst du ja von der Hitze träumen, durch die unsere Hauptstreitmacht nun vorrückt.«

Unruhig wälzt sich Dschingis-Chan auf seinem Lager. Der nächtliche Himmel bringt nicht die ersehnte Kühlung. Die Hitze quält ihn derart, daß er sich besorgt fragt, ob er für eine Überquerung der Hungersteppe schon zu alt geworden ist. Doch wenn er in die Dunkelheit hinaushorcht, kann er unschwer feststellen, daß nicht nur er, sondern Tausende und aber Tausende trotz übergroßer Müdigkeit nicht schlafen können. Überall wird geflucht, geächzt und gestöhnt.

Tagelang reiten sie schon durch totes Land. Die Höhen des Altai liegen weit zurück. Durch die am Tarbagatai liegende Senke führte er sein Heer in die Golodnaja hinein. Das milde, von vielfachen Regenfällen begünstigte Wetter, das sie bis an die Grenze der Dsungarei begleitet hatte, schlug jäh um. Sengender Westwind fegte ihnen entgegen und machte die Strecke zum Balchasch-See, in dessen Nähe sie nun liegen, zu einem zermürbenden Ritt. Niemand hatte vermutet, daß die Glut hier schon so unerträglich werden würde, und nun, da Menschen und Tiere bereits nahe dem Verdursten sind, muß er einen weiten Bogen um den Balchasch-See machen, damit niemand das Wasser sieht, das, wie er von Meltem weiß, salzig ist.

Dschingis-Chan wischt sich den Schweiß von der Brust. Er darf sich nicht beirren lassen. Seine Einheiten müssen vom See ferngehalten werden. In zwei Tagen werden sie einen kleinen Fluß erreichen, der um diese Jahreszeit noch Wasser führt. An ihm sollen sich alle wie Schwämme vollsaugen.

Das unruhige Rumoren der auf weiter Fläche umherliegenden zweihunderttausend Kämpfer mitsamt ihren Pferden übertönt das Bellen der Wölfe und Heulen der Schakale, die in ständig wachsenden Rudeln auftauchen und ermattete Tiere aus der Menge herausreißen. Nur hin und wieder wird ihr Spektakel, der sich vielfach mit dem Gelächter der Hyänen vermischt, für die Truppe hörbar.

Wie flüssiges Blei steigt am Morgen das Licht über den Horizont. Dschingis-Chan fühlt sich erleichtert, obwohl er weiß, daß sich die Hitze nun wieder bis zur Unerträglichkeit steigern wird. Hauptsache, die zermürbende Zeit des Grübelns, des Schlafenwollens und Nichtschlafenkönnens ist vorüber. Seufzend gibt er den Befehl, zum Abmarsch zu blasen.

Die Wüste ist bald vom Rasseln der Ketten, Schlagen der Waffen und Stampfen der Pferde erfüllt. Aufsteigender Staub ballt sich zu mächtigen Wolken. Wie von Geisterhand geleitet bildet sich eine Formation nach der anderen, und ohne daß jemand Nahrung zu sich nimmt, setzt sich nach kurzer Zeit ein nicht enden wollender Zug nach Westen in Bewegung. Jeder reitet an dem ihm zugewiesenen Platz; niemand wechselte seinen Nebenmann.

Die Sonne lugt über den Horizont. Während vier Millionen Hufe über sandigen Boden dahindonnern, nehmen die Reiter aus ihren Satteltaschen ein Stück getrocknete Milch, die sie allerdings nur widerwillig kauen, weil sie infolge des Mangels an Speichel an Zähnen und Gaumen kleben bleibt.

Später schleudert die Sonne glühende Pfeile auf die westwärts ziehenden Kolonnen, die sich trotz des aufgewirbelten Sandes in Form einer Schlange durch die Steppe bewegt. Jeder reitet lieber durch Staub und Dunst als in der ungeschützten Glut des Feuerballes. Dschingis-Chan richtet deshalb die Art der Marschordnung nach dem jeweiligen Stand der Sonne: von der Schlangenlinie über eine sich seitlich vorschiebende Reihe zu einer sich in den Nachmittagsstunden wieder zurückbildenden Schlangenlinie. Wäre das Gelände der Golodnaja einigermaßen eben, würde er nur des Nachts reiten lassen.

Der Boden steigt leicht an, als die Ausläufer der im Norden liegenden Höhen des Kysy-rai passiert werden. Die Monotonie der mit spärlichen Gräsern bestandenen Erde wird gelegentlich durch Granit- und Porphyrblöcke unterbrochen, die in bizarren Formen aus dem Boden herausstarren. So müssen hungernde Steine aussehen. Hungernde Steine und dürstender Boden. Und der Himmel sendet Glut und Hitze.

Schweiß vermischt sich mit Staub zu schmutzigen Krusten. Lippen werden spröde, Augen stumpf, Hände kraftlos. In den Ohren dröhnt das Donnern von vier Millionen Hufen. Kein anderer Laut ist zu hören. Jedes Wort geht unter. Man muß rufen und schreien, wenn man sich verständigen will. Aber es hat ja niemand mehr etwas zu sagen, jeder hat nur noch zu ertragen: stechende Sonne, glühenden Staub, heißen Wind und das ununterbrochene Donnern der vier Millionen Hufe. Zur Labsal wird es, wenn ein Pferd einmal wiehert. Darin liegt etwas, das aufrichtet, an saftige Weiden und glückliche Stunden erinnert.

Dschingis-Chans Krieger wischen sich den Schweiß fort und beneiden ihre Kameraden, die das Glück haben, über das Dach der Welt reiten zu müssen. Kälte ist zu ertragen, sagen sie sich. Gegen Kälte kann man sich schützen.

Der gewagte Ritt über Pamir kommt nur langsam vorwärts. Das Wetter hat sich wesentlich verschlechtert. Die Krieger frieren erbärmlich in ihrer feucht gewordenen Kleidung. Hagelböen, mit Schnee vermischter Regen und eisiger Wind wechseln mit gelegentlichen Sonnenstrahlen, die durch dunkle Wolkenlücken fallen.

»Echt tibetisch«, knurrt Simpol-Isa, als er nach einem Hagelschauer sein Kopffell zurückstreift.

Dschebe blickt besorgt den endlosen Zug entlang, der sich nur langsam an einem steilen Abhang hinaufbewegt. Der schmale, von abgesprengtem Geröll überschüttete Pfad ist so eng, daß höchstens zwei Pferde nebeneinander laufen können. Die Truppe ist so aufgeteilt, daß jeder Reiter ein Reservepferd an seiner Seite hält und zwei vor sich hertreibt. Ständig poltern Steine in die Tiefe. Oft ertönt auch der markerschütternde Schrei eines abstürzendes Pferdes.

Erst am Nachmittag ist der kurze, aber gefährliche Aufstieg zum höhergelegenen Plateau bewältigt. Dschebe atmet auf. Die Zahl der verlorengegangenen Lasttiere liegt wesentlich unter dem veranschlagten Verlust. Darüber kann er sich aber nicht freuen. Die Hochebene, über die er beim Erkundungsritt in strahlendem Sonnenschein dahingejagt war, hüllt sich zusehends in Nebel und Schneerauch ein, der so dicht wird, daß Dschebe nicht mehr weiß, welche Richtung er einschlagen soll.

Auch Simpol-Isa wird unsicher. Er bittet Dschebe, die Karawane halten zu lassen, damit er den bei seinem früheren Ritt weiter im Süden angetroffenen Fluß suchen kann, der in dreitausend Meter Höhe fast gradlinig nach Nordwesten fließt.

Der alte Bergführer hat die Truppe noch nicht lange verlassen, da wird der Wind stärker. Während die Krieger ihre Fellhauben tiefer in die Stirne ziehen, drehen die Pferde ihre Hinterteile gegen den Sturm, der über die Ebene heult. Weiße Striche fegen über den schwarzgrünen Schieferboden, und dann beginnt ein so starkes Schneetreiben, daß die Beine der Tiere in kurzer Zeit tief im Schnee stecken.

Die Mongolen verlieren ihre Kameraden zeitweilig aus den Augen. Sie schmiegen sich eng an ihre Steppenpferde, die ergebungsvoll vor sich hin starren.

Dschebe wird von einem Gefühl grenzenloser Verlassenheit überfallen. Immer wieder horcht er in den Sturm hinein. Er befürchtet, Simpol-Isa könne den Weg im Schneesturm nicht zurückfinden.

Um so größer ist sein Erstaunen, als der Mohammedaner plötzlich vor ihm steht und sagt: »Komm.«

»Wie hast du zurückgefunden?«

»Kann man eine solch lange Karawane verfehlen?«

»Das vielleicht nicht. Aber du kamst direkt zur Spitze des Zuges.«

»Ging ich nicht auch von hier fort?«

»Natürlich. Aber der Schneesturm! Du hattest doch keine Sicht.«

»Interessiert es dich eigentlich nicht, ob ich den Fluß fand, an dem wir entlangreiten können?«

»Gewiß.«

»Am Ufer gibt es sogar Japkakpflanzen. Das ist bei der Pferdemenge zwar nicht von allzugroßer Bedeutung, aber immerhin ... Mein Jarketenpferd wird satt werden. Wir müssen uns aber beeilen, wenn wir die schützenden Hänge der nächsten Erhebung noch bis zum Abend erreichen wollen. Hier heult der Wind zu laut. Da kann man nicht schlafen.«

Der Zug hat noch keine weite Strecke zurückgelegt, da erkennt Dschebe, wodurch Simpol-Isa den Weg zurückfinden konnte. In kurzen Abständen ragen aus dem Schnee dunkle Steinmale, die der Alte errichtete. Er weist auf einen der Haufen und sieht den Mohammedaner fragend an.

Simpol-Isa nickt und schließt den Kragen seiner Dacha.

Der Sturm nimmt zu und peitscht den Schnee in die Gesichter der Reiter, die mit gesenkten Köpfen auf ihren Pferden sitzen, welche eng beieinander gehalten werden müssen. Immer wieder versuchen sie, dem scharfen Wind den Schwanz zuzukehren. Sie beruhigen sich erst, als der Fluß erreicht ist und der Marsch in nordwestlicher Richtung fortgesetzt wird, so daß der Sturm sie ein wenig von hinten erfaßt.

Das Schneetreiben nimmt bedrohliche Formen an. Dschebe kann zeitweilig den Fluß nicht mehr entdecken an dem sie entlangreiten. Unsicher tastet er sich vorwärts. Mit Schaudern denkt er an den endlosen Zug, der ihm blindlings folgt. Oft weiß er nicht, wohin er sich wenden soll. Die Flocken fliegen wie endlose Bänder an ihm vorbei.

Auch Simpol-Isa hält sein Pferd mehrfach an und streckt seinen Kopf vor, als wittere er in dem Schneetreiben. Dann sprengt er zur Seite, taucht gleich darauf wieder auf, deutet die einzuschlagende Richtung an und schreit: »Weiter!«

»Sollen wir nicht anhalten?« fragt Dschebe besorgt.

»Nein. Wir würden einschneien. Tiere wie Menschen brauchen Bewegung. Im übrigen wird es bald heller werden.«

Dschebe macht eine skeptische Miene. Er hat es zwar längst verlernt, dem Alten zu mißtrauen, aber angesichts des herrschenden Unwetters fällt es ihm schwer, zu glauben, daß das Schneetreiben in Kürze zu Ende gehen soll. Es vergeht jedoch nur wenig Zeit, bis die Sicht zunimmt und aus zerfetzten Nebelschleiern Wolkenformen werden, die sich vom Boden abheben. Und bald darauf entstehen Lükken, in denen ein strahlend blauer Himmel sichtbar wird.

Das bedrückende Schweigen, das sich auf alle gelegt hatte, weicht schlagartig. Die Krieger jubeln über die Sonne, als empfingen sie pures Gold. Am liebsten möchten sie sich im Schnee wälzen, aber Simpol-Isa weist auf Wildspuren, die zu einer Gruppe von Antilopen führen, welche im Norden der Karawane dahineilt.

»Wir müssen den vor uns liegenden Bergvorsprung unbedingt erreichen«, sagt er an Dschebe und Dschutschi gewandt. »Dort werden wir unter dem Schnee vermutlich Weiden finden.«

Dschutschi blickt über die glitzernde Fläche zum bezeichneten Berg hinüber. »Woher willst du das nun wieder wissen?«

»Ich weiß es nicht, ahne es nur«, erwidert der Mohammedaner.

»Und was gibt dir die Ahnung?«

Der Alte knüpft seine Dacha auf. »Die Antilopen.«

Mit Annäherung an die Wüste Mujun-Kum, die in einer Breite von dreihundert Kilometern als letzte und schwierigste Etappe vor dem Syr-Darja liegt, sinkt das anfänglich machtvolle Donnern der vier Millionen Hufe mehr und mehr zu einem Brodeln herab, das schließlich in ein schleifendes Geräusch übergeht. Der vorwärtsstrebende Rhythmus ist verschwunden. Entkräftet schleppen sich die Pferde nach Westen. Seitlich von der Karawane heulen Wölfe, bellen Schakale, lachen Hyänen.

Die Wangen der Krieger sind fleckig und eingefallen. Ihre aufgesprungenen Lippen sind von einer Salzkruste überzogen, ihre Augen blicken starr, der Ausdruck ihrer Gesichter ist leblos.

Nur langsam kommen die Einheiten Dschingis-Chans vorwärts. Immer erneut bleiben die Pferde stehen und geben heisere Laute von sich. Die mit Wasser gefüllten Widderschläuche sind seit Tagen leer. Seitdem schlitzen die Krieger die Halsadern der Tiere auf, trinken das Blut, schließen die Venen und reiten weiter. Das süßliche Blut stillt den Durst nicht, rettet aber das Leben und hilft im Augenblick weiter.

Quälend empfinden alle den Durst, seit ein kleiner See passiert wurde, an dessen Ufer Dschingis-Chan die zuverlässigsten Krieger aufstellte, um Mensch und Tier daran zu hindern, das salzige Wasser zu trinken. Sie sahen die glitzernde Flüssigkeit, wußten, daß keine Luftspiegelung sie täuschte, und mußten weiterziehen, ohne den brennenden Durst gestillt zu haben. Warum gönnte ihnen Dschingis-Chan dieses Wasser nicht? Zugegeben, es war Salzwasser, aber was spielt das für eine Rolle, wenn man ausgedörrt ist. In der Not hilft Salzwasser wie jede andere Flüssigkeit. Es ist völlig unwichtig, ob man hinterher noch mehr gequält wird. Durstiger wie durstig kann man nicht werden, hatte der Herrscher erklärt. Den höchsten Grad des Ausgetrocknetseins haben sie doch längst erreicht. Dschingis-Chan tat wirklich nicht recht daran, sie zu hindern, das Wasser zu trinken. Er hätte ihnen eine Pause gönnen können. Und an den Kriegern, die sich erschlagen ließen, als sie mit Gewalt versuchten, an den See zu gelangen, hätte er erkennen müssen, daß Not und Pein jedes erträgliche Maß überstiegen haben.

Wie verlockend hatte der rote Tonboden am Ufer ausgesehen. Weiden und niedrige Tamarisken wuchsen dort neben Dornengestrüpp und Keuschheitsbäumen. Sogar Reiher und Möwen waren vorhanden. Und da soll Wasser ungenießbar sein? Sie sahen auch die von einigen Wächtern entdeckten saftiggrünen, gerippten Melonen. Was will es schon besagen, wenn Dschingis-Chan die Kostprobe ausspuckte und behauptete, das Fleisch sei ungenießbar. Er hat wahrscheinlich keinen Durst.

Seit dem Passieren des Salzsees sind die Hirne vieler Krieger verwirrt. Der Vortrupp hatte das Wasser zunächst als eine der üblichen Luftspiegelungen angesehen und war unbeirrt vorgerückt, bis die Spitze des Zuges erkannte, daß tatsächlich Flüssigkeit vor ihnen lag. Die Männer schrien begeistert auf, doch als sie feststellten, daß sie an einem Salzsee standen, war es zu spät, der Truppe durch eine Schwenkung den Anblick des Wassers zu ersparen.

Sorgenvoll blickt Dschingis-Chan in die Gesichter seiner Krieger, als er sich der Mühe unterzieht, am Zug entlang zu reiten, um seine Männer durch anfeuernde Worte aufzumuntern. »In wenigen Tagen erhaltet ihr, was euch fehlt«, ruft er ihnen zu. »Wasser, Kampf und Beute!« Sein Ruf überzeugt aber nicht mehr.

Liegt es an seiner brüchig gewordenen Stimme oder an den gepeinigten Hirnen, daß seine Aufmunterungen wie im Winde verwehen? Bei niemanden gewahrt er das sonst übliche Aufblitzen in den Augen.

Sie müssen durchhalten, denkt er beschwörend. Sie müssen, müssen, müssen! Er wendet sich an seine Heerführer und sagt ihnen: »Fordert eure Leute auf, mehr Blut zu trinken. Und wenn so viel Tiere krepieren, daß jeder nur noch über ein Reservepferd verfügt.«

Eisig pfeift der Wind über weite Schneeflächen, die östlich des Tienschau-Gebirges unter den Strahlen der Sonne funkeln und glitzern. Dschebes Krieger sind völlig geblendet. Nur hin und wieder öffnen sie ihre Lider zu schmalen Schlitzen, um die Pferde zu dirigieren und anzutreiben. Von der Schönheit der Bergwelt sehen sie nichts. Auch die majestätische Ruhe der mächtigen Alai-Ketten, an deren schneefreien Abhängen grüne Schieferfelsen schimmern, nehmen sie nicht wahr. Vor ihren immer wieder geschlossenen Augen tanzen schwarze, gelbe und rote Kreise. Bis über die Nasenspitzen vermummt, vernehmen sie weder den heulenden Sturm noch das schabende Geräusch der durch den Schnee schleifenden Hufe. Sie fühlen nur die stechende Kälte. In ihren Ohren dröhnt es unablässig. Die dünne Luft macht sie taumelig. Sie wanken neben ihren Pferden, die nicht mehr imstande sind, die Last eines Menschen zu tragen. Ihre Fesseln sind vom verharschten Schnee wundgescheuert, obwohl sie mit Häuten und Fellen umwickelt wurden. Schon tagelang geht es über unendliche Schneeflächen dem Terek-Dawan entgegen.

Die Höhe wird bald erreicht sein, aber welche Strapazen mußten überwunden werden, um in die Nähe des heiß ersehnten Passes zu gelangen!

Der erste Schneefall hatte ihnen viel Sorge bereitet, doch als sie am nächsten Morgen weiterzogen, wurden ihre Mienen bald heiterer. Sie erreichten schon nach kurzem Ritt ein völlig schneefreies Plateau mit einem Boden, der hart wie ein festgestampfter Karawanenweg war. Einen Tag und eine Nacht lang stürmten sie über diese Ebene dahin. Einige Male veranstalteten sie sogar eine Treibjagd auf Pantholops-Antilopen. Erst in der zweiten Nacht lagerten sie in einer weiten Mulde, die von einem stillstehenden Wasserarm durchzogen wurde. Der Boden war nun zwar nicht mehr so gut, aber sie fanden, was sie brauchten: Wasser, spärlichen Graswuchs und Japkak. Wenn die Sträucher auch abgestorben waren und nicht als Pferdefutter dienen konnten, so wurden sie als Brennmaterial doch freudig begrüßt.

Es war die letzte angenehme Nacht. Keiner der Krieger, der an jenem Abend in die roten Lagerfeuer blickte, ahnte, welche Mühen der nächste Tag bringen würde. Auch Simpol-Isa wußte es nicht, als er in vorgerückter Stunde unter sein Wams griff und eine kleine Flöte hervorholte, auf der er wehmütig klingende Lieder spielte.

Das Wetter war am nächsten Morgen umgeschlagen, doch es war noch erträglich. Wohl ballten sich vor den Gebirgsketten einige Wolken mit blauschwarzen Unterseiten, und es zogen auch dichter werdende Nebelstreifen in die Täler hinab, aber es blieb windstill, und es sah aus, als könnten die Wolken nicht über die Berge Transalais hinwegsteigen. Der Boden war fest und trocken, so daß das Heer gut vorwärts kam.

Dann aber, als ein nach allen Seiten von rotzackigen Bergen umgebener Kessel passiert werden mußte, den Simpol-Isa einen echten Meidan nannte, fingen die Strapazen urplötzlich an. Der unverändert gut aussehende Boden brach unter den Hufen der Pferde ein; er war von Feldmäusen restlos unterwühlt. Kilometerweite Strecken mußten so zurückgelegt werden. Die Pferde strauchelten und stolperten, und manches Tier mußte mit gebrochenen Vorderbeinen zurückgelassen werden. Und als rufe der Tod seine Helfershelfer herbei, tauchten im Rücken der Karawane die ersten, fast schneeweißen Wölfe auf, die sich mit lautem Geheul auf die am Boden liegenden Pferde stürzten.

Unter entsetzlichen Mühen wurde der Kessel durchquert, und als ein weiterer Anstieg auf besserem Grund begann, nahm der Himmel mit einem Male ein gespenstisches Aussehen an. Schwefliggelbe Wolkenmassen wälzten sich über die Kämme auf die Reitereinheiten herab. Die Luft schien stillzustehen. Man hatte den Eindruck, sie würde zusammengepreßt. Dann aber heulte und pfiff plötzlich ein ohrenbetäubender Orkan über die Truppe dahin. Die Pferde bäumten sich auf. Ihre Mähnen knatterten wie Fahnen im Wind. Nur mit äußerster Anstrengung gelang es den Kriegern, ihre Tiere zusammenzuhalten.

Der orkanartige Wind legte sich jedoch bald darauf, und es begann ein Schneefall, der jede Sicht raubte. Eine unheimliche Ruhe breitete sich aus. Wie durch ein weiches Kissen bewegten sich die Reiter gleich einem dunklen Geisterzug den nächsten Berg hinauf.

Tage voller Mühen und Schmerzen folgten. Unter Aufbietung letzter Kräfte arbeiteten sich die Mongolen durch Schneefelder, die bis an die Hüfte reichten. Sie schlugen die Adern der Tiere auf, tranken Blut, säbelten Pferde nieder und verschlangen ihr Fleisch. Sie zogen den getöteten Tieren das Fell vom Leib und wickelten es um die eiternden und halbverfrorenen Fesseln der Lasttiere. Ihre aus Ziegenleder und Widderhäuten gefertigten Wasserschläuche hatten sie längst auseinandergeschnitten und den Pferden um die Beine gebunden.

Doch der höchste Punkt des Marsches soll bald erreicht werden. Wenn sie ihre Augen öffnen, sehen sie den viertausend Meter hohen Paß schon vor sich liegen. Die Senke zwischen der hügelähnlichen Kuppe und der südlich steil ansteigenden Bergkette ist der Terek-Dawan.

Dschebe schirmt seine Augen ab und blickt zur Paßhöhe empor. Fast greifbar liegt sie vor ihm. Doch er muß sich noch bis zum Mittag gedulden, um in das Land zu schauen, das er erreichen will. Zufrieden wendet er sich an Dschutschi und an den Karawanenführer, die neben ihm durch knirschenden Schnee stapfen. »Wir haben es bald geschafft.«

»Mit welchen Opfern!« entgegnet Simpol-Isa unzufrieden. »Allah verflucht uns, weil wir so vermessen waren, diese Berge zu übersteigen. Fast die Hälfte der Pferde und Hunderte von Menschen haben wir verloren.«

»Das stimmt«, erwidert Dschutschi. »Aber nicht wir, der Tengri raubte ihnen das Leben.«

»Das ist nicht wahr«, erbost sich der Mohammedaner. »Ich habe dir schon oft gesagt, daß wir, die wir die Beschaffenheit dieser Landschaft kennen, die Schuldigen sind. Wir wußten, daß die Berge ...«

»Geht euer Streit schon wieder los?« unterbricht ihn Dschebe. »Gebt doch endlich Ruhe. Mir machen die Zwistigkeiten unter den Kriegern gerade genug zu schaffen.« Eine unheimliche Wut packt ihn plötzlich. Seit Tagen möchte er sich am liebsten auf alle Streitenden stürzen. Nur mit eisernem Willen gelang es ihm immer wieder, sich zurückzuhalten. Er fühlte, daß auch mit ihm etwas nicht stimmt. Liegt es an der dünn gewordenen Luft? Nie zuvor erlebte er Uneinigkeiten zwischen den Kriegern, doch jetzt müssen er und andere Heerführer dauernd eingreifen und schlichten.

Um sich abzulenken, schaut er zu den Bergen des Westens hinauf. Er kann es sich leisten, da er weniger stark unter den weitverbreiteten Augenschmerzen leidet. Über dem Hochplateau zeigt sich eine in den letzten Tagen vielfach beobachtete Luftspiegelung. In einer silbern flimmernden Schneefläche spiegeln sich vorausliegende Berge wie in einem See. Er genießt den Anblick mit einem Gefühl des Behagens, denn er weiß, daß das Schwerste hinter ihnen liegt. Der Himmel ist wolkenlos, und er, Dschebe, kann endlich die Angst verlieren, Dschingis-Chan zu enttäuschen. Mag der eisige Wind auch noch stechend in sein Gesicht fahren, er hat sein Ziel erreicht und will in dieser Stunde die Schönheit und Erhabenheit der Bergwelt in sich aufnehmen.

Während er mit Dschutschi die letzte Strecke zur Paßhöhe zurücklegt, bewundert er das kräftige Blau des Himmels, gegen den sich die schneebedeckten Bergriesen leuchtend abheben. Und dann kommt der große Augenblick, in dem er erstmalig in die Niederungen Ferganas blickt. Wenn das Tal, in das er hinabsteigen will, auch noch nicht zu sehen ist und erneut gewaltige Strecken über steinige und vegetationsarme Hänge zurückgelegt werden müssen, so ist doch jedem klar, daß das Schlimmste hinter ihnen liegt, denn die Westseite des Gebirges ist schneefrei. Überall leuchten Farben, und die aus den Tälern heraussteigende Luft duftet nach Harz und Erde.

Verbissen treibt Dschingis-Chan seine Streitmacht aus der Wüste Mujun-Kum auf die welligen Anhöhen des Kara-taus, der letzten Bodenerhebung vor dem Syr-Darja. Er ahnt, daß die Kräfte von Mensch und Tier ihrem Ende entgegengehen. Wenngleich seine Krieger schon seit Tagen teilnahmslos auf ihren Pferden sitzen, er spürte immer noch Leben in ihnen. Und dennoch: stumpf und gleichgültig treiben sie wie steuerlose Schiffe durch das Sandmeer.

Dschingis-Chan ist es oft zumute, als läge zwischen Sonnenauf- und -untergang ein ganzes Jahr. Er fühlt, daß sein Gedächtnis sich trübt, vergegenwärtigt sich immer wieder, was geschehen würde, wenn er – wie seine Krieger – in stumpfe Energielosigkeit hinübertriebe. Gefährlich genug ist es schon, daß ihm oftmals all das, was ihm vor wenigen Tagen noch als erstrebenswert erschien, nun bedeutungslos erscheint. Er holt dann den letzten Glauben an sich selbst hervor und überschüttet ihn mit der unerschütterlichen Überzeugung, daß er sein Ziel auch dann erreichen wird, wenn weitere Kraftproben von ihm verlangt werden sollten.

Manchmal allerdings, besonders wenn er an Bürte denkt, überfällt ihn eine grenzenlose Sehnsucht nach der letzten Stunde. Die Dunkelheit eines Grabes erscheint ihm dann nicht als etwas Düsteres, sondern als eine beseligende Stille, in die kein Lauf der Zeit mehr eingreifen kann. All das Gewesene, das Wichtiggenommene und schwer Erkämpfte, sinkt zur Nichtigkeit herab, wenn er bedenkt, daß das Erlebte nicht einmal an eine Sekunde der Ewigkeit heranreicht.

Trotzdem erschrecken ihn solche Gedanken. Aber es ist nicht Angst vor dem Tod, das ihn befällt. Ihn zwingt vielmehr das von ihm Geschaffene, an das Leben zu denken. Sein Werk ist noch nicht abgeschlossen und vollendet. Erst die Grundmauern des ihm vorschwebenden Gebäudes sind errichtet, und das Gerüst, das seine Söhne benutzen sollen, um den von ihm begonnenen Bau zu vollenden, muß noch erstellt und so gestaltet werden, daß es nicht gleich beim ersten Sturm zusammenbricht.

Er darf sich nicht von Grübeleien einfangen lassen, sondern muß den unbeugsamen Willen haben, einmal Geplantes allen Widerständen zum Trotz in die Tat umzusetzen. Die Hirne seiner Krieger mögen in der Hitze erlahmen. Das ist sogar ganz gut. Dann können sie die Pein besser ertragen, die er ihnen noch abverlangen muß, bis ihnen der Syr-Darja Wasser spendet.

Sengend faucht glühender Samum über die Leiber der Krieger. Über höckrige Felsklippen klettern ihre Pferde erschöpft der letzten Erhebung des Karataus entgegen. Der aufgewirbelte Staub gleicht in der sinkenden Abendsonne lodernden Flammen.

Und dann wird das fast nicht mehr Erhoffte wahr: die Spitze des Zuges reitet über die letzte Erhebung. Mit ungläubigen Augen starren die Krieger auf den grünschimmernden Streifen, der ihnen verheißungsvoll entgegenleuchtet. Wortlos umschlingen sie die Hälse ihrer Pferde, die mit geblähten Nüstern die Abhänge hinuntertaumeln.

4

Ala-ed-Din Muhammed stemmt seine Hände in die Hüften und schreit wie von Sinnen: »Was behauptest du da?«

Der vor ihm stehende Melder weicht erschrocken zurück.

»Mongoleneinheiten steigen über das Dach der Welt in das Ferganatal herab? Über das Dach der Welt ...?« Der Schah wendet sich um und geht zum großen Fenster des Diwan-Chaneh, durch das er entgeistert zu den im Osten liegenden schneebedeckten Bergen hinüberstarrt, bis er die Fäuste ballt und schreit: »Mir, Ala-ed-Din Muhammed, wollen diese Horden in den Rücken fallen?« Ungestüm schlägt er in die Scheibe, die klirrend zerbricht.

»Allah!« ruft der Ichtimad daulet erschrocken. »Beruhigen Sie sich, erhabener Muhammed. Sie werden ... Oh, Sie bluten ja.«

Der Herrscher lacht abfällig. »Das nennen Sie Blut? Lassen Sie das!« faucht er wütend, als der Ichtimad daulet die Schnittwunde abtupfen will. »Der lächerliche Schnitt kam zur rechten Zeit. Er machte mich nüchtern. Sie regen sich jetzt über diese Lappalie genauso auf, wie ich mich zuvor über die Meldung des Boten. Aber ebenso leicht, wie der Haakim das Blut hier zurückdrängen wird, werde ich die Mongolen vernichtend schlagen.«

Der Kanzler blickt den Schah besorgt an. »Ich hoffe, Sie beurteilen die Lage richtig.«

»Zeichnete ich mich bei meinen Feldzügen nicht dadurch aus, daß ich die Dinge stets nüchtern betrachtete?«

»Gewiß, großer Ala-ed-Din Muhammed. Ihre Stärke war es immer, den Gegner nicht zu unterschätzen. Dennoch möchte ich mir erlauben ... Bleiben wir bei dem von Ihnen gewählten Vergleich mit der Wunde: Könnte nicht ein unsichtbarer Splitter die sicherlich nur geringfügige Verletzung zur erheblichen Gefahr werden lassen?«

Der Schah wirft sich in die Brust. »Natürlich besteht diese Gefahr. Aber wer sagt denn, daß ich sie nicht sehe? Wie ich den Arzt zur Behandlung der Wunde rufen werde und sie nicht von Ihnen abtupfen lasse, so werde ich selbst den einfallenden Horden entgegenziehen. Es erscheint mir zwar unwahrscheinlich, daß eine kleine Mongoleneinheit – um eine solche kann es sich ja nur handeln – meinen Kriegern gefährlich werden könnte. Aber ich will an den Glassplitter denken. Außerdem interessiert mich dieser Feind. Ich möchte wissen, wie er aussieht und kämpft. Es ist nämlich eine unglaubliche Leistung, über Pamir zu reiten. Noch heute breche ich mit meiner Armee auf. Weisen Sie die Festungskommandanten am Syr-Darja an, den Osten besonders aufmerksam zu beobachten, denn wenn Dschingis-Chan uns wirklich überfallen will, muß seine Hauptstreitkraft die Golod-naja durchqueren. Das Gros unseres Heeres belasse ich im Raum von Samarkand, damit es vom Ferganatal und vom Syr-Darja gleich weit entfernt ist und jederzeit dorthin dirigiert werden kann, wo der Feind erscheint. Weitere Einheiten dürften nicht über das Gebirge kommen. Doch ich will vorsichtig sein, solange ich nicht weiß, wo Dschingis-Chan steckt. Mein Sohn Dschelal-ud-Din soll mich begleiten.«

Der Haakim Sani-ed-Daud eilt auf ihn zu. »Was haben Sie nur getan, erhabener Schah?«

Muhammed lacht. »Darf ich, der ich viele feindliche Heere zusammenschlug, zur Abwechslung nicht einmal eine Scheibe zertrümmern? Sie wissen doch, daß ich in allen Dingen den Wechsel liebe.«

Vorbei an Chodschent, der Festung am Ausgang des Ferganatals jagen die Truppen des Schahs über das hügelige Vorgelände der mächtigen Bergwelt den entkräfteten Einheiten Dschebes und Dschutschis entgegen, die sich bereits genötigt sahen, einige Ortschaften zu plündern. Die ergatterten Lebensmittel helfen ihnen, aber noch bevor Krieger und Pferde sich erholen können, melden vorausgesandte Späher das Herannahen einer glänzend aussehenden Heeresformation.

Dschebe fragt die Vorhut lange aus, weil er befürchtet, das prächtige Aussehen der feindlichen Truppen habe zur Überschätzung des Gegners geführt. Er möchte den Kampf aufnehmen, ist aber nicht gewillt, seine Männer einer Belastung auszusetzen.

Als er die Späher nach allem befragt hat, ist er sich darüber im klaren, daß er einem Gefecht ausweichen muß. »Wir ziehen uns in die Berge zurück«, sagt er zu Dschutschi, der sich verwundert die endlose Fragerei angehört hatte.

»Du willst flüchten?« empört sich der Sohn des Herrschers.

Dschebe blickt ihn unwillig an. »Bezeichne meine Vorsicht von mir aus als Flucht. Hauptsache, wir machen jetzt keine Dummheit, sondern gehen klug zu Werke.«

»Seit wann heißt klug sein, feige sein?« entgegnet Dschutschi aufgebracht.

Dschebe verschlägt es sekundenlang die Stimme. »Ich will deinen Angriff überhören«, sagt er schließlich. »Denn sonst ... Im übrigen möchte ich dich fragen, ob klug sein, etwa tapfer sein heißt. Ich glaube kaum. Klugheit sollte aber vor einer Tapferkeit schützen, die eine Kraftvergeudung darstellt. Sei vernünftig Dschutschi. Wir dürfen den Kampf mit den Truppen des Schahs im Augenblick nicht aufnehmen. Wir würden unterliegen.«

Der Sohn Dschingis-Chans wirft den Kopf in den Nacken. »Und ich ziehe dennoch in den Kampf. Ich habe genug von den Vorhaltungen meines Vaters, der es mir verübelt, daß ich mich für das Ausmerzen von Völkern nicht begeistern kann. Wenn wir heute den Kampf nicht aufnehmen, wird er mich der Feigheit bezichtigen.«

»Unsinn! Unsere Aufgabe ist es, Streitkräfte vom Syr-Darja fernzuhalten. Was können wir also Besseres tun, als eine Armee in die Berge zu locken? Noch heute werde ich deinen Vater davon unterrichten, daß wir feindliche Einheiten auf uns gezogen haben, und ich werde ihm vorschlagen, daß wir, sobald er den Unterlauf des Syr-Darja erreicht hat und der größte Teil der uns angreifenden Truppen zu ihm hinüberschwenken wird, dem Oberlauf des Syr-Darja folgend über Chodschent nach Norden vorstoßen, um uns mit ihm zu vereinigen. Bis dahin sorgen wir dafür, daß wir alle miteinander wieder kampfkräftig werden.«

Dschutschi macht eine wegwerfende Bewegung. »Mach, was du willst, aber von mir haben die Boten zu melden, daß ich den Kampf aufnehme. Du wirst mich nicht umstimmen, und ich will dir auch sagen, warum nicht. Mein Vater ist niemals einem Kampf ausgewichen. Wenn ich jetzt ebenfalls nicht ausweichen will, so einfach, weil ich drei Brüder habe. Ich bin der Älteste, und mein Vater ist bekanntlich nicht mehr der jüngste.«

Dschebe erkennt, daß ihm nichts anderes übrigbleibt, als seine Krieger zu formieren und sich, so gut es geht, auf die Schlacht vorzubereiten. Die Vortruppen Muhammeds rücken bereits auf Sichtweite heran, als Melder in nördlicher Richtung davonjagen, um über drei- bis viertausend Meter hohe Berge zur tausend Kilometer entfernten Heeressäule Dschingis-Chans zu gelangen.

Zur gleichen Zeit erreichen Ala-ed-Din Muhammed und sein Sohn Dschelal-ud-Din einen günstig gelegenen Hügel, von dem sie das bevorstehende Gefecht beobachten wollen. »Es ist gut, daß wir selber nicht angetreten sind«, sagt der Schah, nachdem er die Mongolen eine Weile beobachtet hat. »Es lohnt sich wirklich nicht. Fellbekleidete Krieger auf zottigen Pferden! Nicht einmal Stahlschilde und Kettenpanzer haben sie. Schade, ich hatte mehr erwartet.«

Beinahe mitleidig verfolgt er die in breiter Front auf seine Einheiten losrasenden Mongolen. Voller Stolz ruht sein Blick auf seinen schlachterprobten Streitkräften, die ihre Lanzen im Schein der hochstehenden Sonne in aller Ruhe auf den Gegner richten und geschlossen abschleudern, so daß es aussieht, als schlüge eine glitzernde Meereswoge in kühnem Bogen zum Gegner hinüber. Das gleichzeitig gegebene Hornsignal versinkt jedoch in einem ohrenbetäubenden Kampfgeschrei, das dreißigtausend Mongolen plötzlich anstimmen.

Erschrocken fährt der Schah zusammen, als er den Feind vorschnellen sieht, als wäre keine Lanzensalve über ihn hereingebrochen. Und dann schwirren Wolken von Pfeilen in die Reihen der eigenen Kämpfer.

Die Truppen prallen zusammen, aber es entsteht nicht das gewohnte unübersehbare Gemetzel. In unverständlicher Weise schwenken die sich in zahllose Blöcke teilenden Gegner zu den Seiten, treiben an einzelnen Stellen Keile in die Reihen und brechen mehrere Abteilungen aus den fest formiert gewesenen Verbänden heraus. Dann werden Zeichen mit bunten Fähnchen gegeben, und Sekunden später beginnt eine beängstigende Umfassung der abgesprengten Kampfgruppen.

»Das hätte ich nicht für möglich gehalten«, entfährt es dem atemlos werdenden Schah. »Die Kerle sind ja auf das höchste Maß gedrillt.

Ihre Manöver werden von Geisterhänden geleitet. Wir müssen das Heer auseinanderziehen. Man versucht uns einzukreisen. Los, Dschelal-ud-Din, wir haben keine Zeit zu verlieren«, ruft er und gibt seinem Hengst die Sporen. »Informiere die Heerführer der südlichen Gruppe. Ich schlage mich zur Mitte durch. Alle Kräfte sollen gegen die Umklammerung ankämpfen, die zur tödlichen Gefahr werden kann. Ohne zahlenmäßige Überlegenheit wären wir schon verloren.«

Ala-ed-Din Muhammed stürzt sich verbissen in den Kampf. Weitausholend schwingt er seinen Krummsäbel in Arme hinein, die sich gegen ihn erheben wollen. Schnell und exakt pariert er nach beiden Seiten, und als er von vorne angegriffen wird, reißt er seinen Apfelschimmel hoch und sprengt über erschrocken sich duckende Mongolen hinweg.

Einige Krieger stürmen ihm entgegen und umschließen ihn schützend. Sofort zieht er die Verbände auseinander, die schon anfingen, ihre Bewegungsfreiheit zu verlieren. Aber während der Schah sich zum Zentrum seiner Armee durcharbeitet, verfolgt Dschutschi dessen Weg. Mit drei Guran, die er schnell abtrennt, zieht er am Rand der wogenden Schlacht entlang, um eine günstige Lücke zu finden, in die er sich überraschend auf Muhammed stürzen kann. Dauernde Angriffe des Gegners hindern ihn jedoch, bis er plötzlich durch den aufgewirbelten Staub des immer verbissener werdenden Kampfes die stattliche Gestalt des Schahs erspäht, der aufrecht auf seinem Pferd sitzt und mit erhobenem Säbel nach Westen weist. Dschutschi fühlt, daß sich ihm die letzte Chance bietet. Er wirft sein Pferd herum, blickt in die Gesichter der ihm folgenden Krieger und ruft: »Dort ist der Schah! Stürzt euch auf ihn!«

Das augenblicklich schwenkende Guran durchbricht in jähem Ansturm die vorderste Linie und nähert sich dem Oberhaupt des Choresm-Reiches. Seine Krieger erkennen die Gefahr und werfen sich wie Löwen den Angreifern entgegen. Doch wie seine Verteidiger die Gefahr wittern, so spüren die in der Nähe kämpfenden Guran die außergewöhnliche Gelegenheit, die sich ihnen bietet. Auch Dschebe, der durch Zeichen schnell herbeigeholt wird, stürzt sich an der Spitze seiner Gruppe in das Zentrum des Kampfes.

Ein erbittertes Gefecht um den Schah entsteht. Dschutschi rückt laufend näher an ihn heran, aber Ala-ed-Din Muhammed schlägt einen Mongolen nach dem anderen nieder. Dschutschi läßt sich nicht beirren und dringt weiter vor. Schon glaubt Dschebe, das fast unmöglich Erscheinende werde Wirklichkeit, da bemerkt er, daß der Sohn Dschingis-Chans in Bedrängnis gerät.

Eine athletische Gestalt wirft sich plötzlich vor den Schah und leitet einen tollkühnen Gegenangriff ein, der so unerwartet und schnell vorgetragen wird, daß Dschebe der Atem stockt. Er erkennt, daß Dschutschi Gefahr läuft, von seiner Truppe abgeschnitten zu werden, und kämpft sich verbissen zu ihm durch.

»Zurück, Dschutschi!« ruft er verzweifelt. »Schnell! Wir laufen Gefahr, eingekreist zu werden.«

Dschelal-ud-Din und Muhammed erkennen ihre Chance und greifen erneut an. Nur unter Aufbietung letzter Kraft gelingt es Dschebe und Dschutschi, sich frei zu schlagen und ihre Truppen durch eine Schwenkung vom Gegner abzusetzen.

Als sich der Abend senkt, suchen die schwer angeschlagenen Einheiten der Mongolen im höher gelegenen Bergland Zuflucht. Dschebe läßt sich nichts anmerken, aber es fällt ihm schwer, eine Meldegruppe nach Norden zu schicken, um Dschingis-Chan vom Ausgang der Schlacht zu berichten.

Fast zur gleichen Zeit erhält Ala-ed-Din Muhammed vom Syr-Darja die Nachricht, daß große Kampfverbände durch die Golodnaja vorrücken. Es ist also eingetroffen, was er vermutete. Eine kleine Einheit ist über die Berge in den östlichen Teil seines Landes eingefallen, um ihn zu verleiten, Truppen vom Syr-Darja fortzunehmen. Wenn die Nachricht auch die Richtigkeit seiner Überlegungen bestätigt und ihm zeigt, daß er klug handelte, als er den Befehl gab, die Festung am Grenzfluß zu verstärken und das Gros des Heeres im Raum von Samarkand zu versammeln, so ist er doch sehr bedrückt. Die Kampfart und verbissene Zähigkeit der Mongolen ist beängstigend. Es kann kein Zweifel mehr darüber bestehen, daß er die Schlagkraft der Steppenhorden gewaltig unterschätzte.

Während der Schah nachdenklich in die Flammen des Lagerfeuers schaut und überlegt, was er tun soll, nähert sich ihm sein Sohn Dschelal-ud-Din. Die Miene des Vaters erhellt sich, als er das unbekümmerte Gesicht seines Lieblings sieht. »Setz dich zu mir«, fordert er ihn auf. »Laß uns überlegen, was nun zu unternehmen ist.«

Dschelal-ud-Din sieht den Schah verwundert an. »Was können wir anderes tun, als den geschlagenen Gegner verfolgen?«

»Zum Beispiel darüber nachdenken, wie wir Fehler vermeiden«, erwidert Ala-ed-Din Muhammed. »Du sprichst die Sprache der Jugend. Sie klingt schön und ist heiß wie das Feuer, das uns erwärmt. Setz du dich aber nahe an ein Feuer, wenn du weißt, daß du in kurzer Zeit in eine eisige Nacht hinausreiten mußt?«

»Natürlich nicht. Ich würde die Kälte doppelt spüren.«

»So ist das auch mit der feurigen Sprache der Jugend. Man erwärmt sich schnell an ihr, aber hinterher empfindet man die Kälte doppelt. Erwärme dich also jetzt nicht am eigenen Feuer, sondern überlege kühl mit mir, was für uns das Zweckmäßigste ist. Meines Erachtens müssen wir schnellstens alle Kräfte in den Raum von Samarkand werfen, um in einer großangelegten Schlacht die über den Syr-Darja vordringenden Einheiten zu vernichten. Das heutige Gefecht hat uns gezeigt, daß es nicht leicht ist, Mongolen niederzuringen. Wir benötigen jeden Krieger, wenn die notwendig werdende Entscheidungsschlacht zu unseren Gunsten ausgehen soll.«

»Du willst den Feind hier gewähren lassen?«

»Ja.«

»Und im Raum von Samarkand willst du zunächst untätig verharren?«

»Soll ich dem Gegner durch die Kysyl-Kum entgegenziehen? Nein, die rote Wüste soll Dschingis-Chan zermürben, wenn ihn die Golodnaja noch nicht genügend geschwächt hat. Unsere Grenzfesten werden sich zu verteidigen wissen. Der Gedanke, mit ihnen eine Zeitlang ohne Verbindung zu sein, beunruhigt mich nicht sonderlich. Ich betrachte sie ohnehin nur als Inseln, die meinem Reich vorgelagert sind.«

»Gut. Aber warum willst du vor Samarkand vierhunderttausend Mann zusammenziehen und das Ferganatal unbesetzt lassen? Hier sind doch mindestens zwanzigtausend Mongolen versammelt.«

»Gewiß. Ich benötige jedoch jeden Krieger dort, wo es zur Entscheidung kommen wird. Das Ferganatal müssen wir im Augenblick sich selbst überlassen. Es geht nicht anders. Dschingis-Chan will unsere Kräfte zersplittern, und ich wäre schön dumm, wenn ich ihm diesen Gefallen erweisen würde. Im übrigen sind die über die Berge gekommenen Mongolen keine unmittelbare Gefahr. Und dafür, daß sie nicht weiter nach Westen vordringen, sorge ich schon. Ich werde die Festung Chodschent meinem bewährten Marschall Timur Melik anvertrauen. Er ist ein Garant dafür, daß die Horden spätestens vor Chodschent vernichtet werden.«

Dschelal-ud-Din fährt sich durch das Haar. »Du hast sicher recht, aber es fällt mir verteufelt schwer, mich von einem geschlagenen Gegner abzusetzen.«

»Glaubst du, mir fiele das leicht? Wir müssen es tun, um einem stärkeren Gegner entgegenzutreten, und mir wäre wohler, wenn ich wüßte, welche Truppe Dschingis-Chan persönlich befehligt. Seine Armee dürfte die gefährlichste sein.«

Fast einen Monat lang verhalten sich die Einheiten Dschingis-Chans ungewöhnlich ruhig. Sie erholen sich fern der Grenzfestungen am Syr-Darja von den Strapazen des Vormarsches und überfallen nur gelegentlich kleinere Ortschaften. Während der ganzen Zeit aber, da sich ihre Pferde auf saftigen Weiden tummeln und Muhammed ungeduldig mit einem riesigen Heer vor Samarkand auf den Angriff wartet, halten reitende Boten die Verbindung zwischen Dschingis-Chan und Dschebe aufrecht.

Als der Herrscher vom Ausgang der Schlacht hört, lächelt er und befiehlt Dschutschi, sich langsam dem Oberlauf des Syr-Darja zu nähern und von dort weiter nach Chodschent vorzudringen. Dschebe erteilt er den kaum begreiflichen Auftrag, unverzüglich mit fünftausend Mann über die höchsten Bergketten Pamirs nach Süden zu reiten, um den Oberlauf des Amu-Darja zu erreichen. Dem Flußlauf folgend soll er jede Ortschaft in Brand setzen und mit der Bevölkerung so grausam wie nur möglich verfahren, damit der Schah, von Schreckensbotschaften überschüttet, gezwungen wird, Teile seines Heeres nach Süden zu dirigieren. Er selbst, Dschingis-Chan, wird zu gegebener Zeit mit fünfzigtausend Kriegern den Syr-Darja überschreiten und die sechshundert Kilometer breite Wüste Kysyl-Kum im Sturm durchreiten, um im Norden den Unterlauf des Amu-Darja zu gewinnen, dem er so lange nach Süden folgen will, bis er, vom Westen kommend, auf die massierte Ansammlung der feindlichen Streitkräfte zureiten kann.

So erschrocken Dschebe über den ihm erteilten Befehl ist, so sehr begeistert er sich an der Größe des Plans. Dschingis-Chan verlangt von ihm, Hunderte von Kilometern über sechs- bis siebentausend Meter hohe Bergketten zurückzulegen. Auf dem Weg nach Süden gibt es keinen Paß, den er benutzen könnte. Nur Schnee, Eis, Sturm und Kälte liegen vor ihm, aber die Vorstellung, Ala-ed-Din Muhammed von Süden kommend angreifen zu können, während andere Einheiten zu gleicher Zeit von Osten, Norden und gar von Westen heranrücken, läßt ihn alles vergessen. Unfaßbar erscheint es ihm, daß Dschingis-Chan von Westen, also aus dem Rücken des Feindes kommend, gegen Samarkand vorrücken will, während er, Dschebe, mit seinen Kriegern dem Lauf des Amu-Darjas folgend zunächst nach Westen und dann nach Nordwesten zieht, um sich mit Dschingis-Chan zu vereinen und die Provinz Afghanistan vom Choresm-Reich zu trennen. Kann man bei einem solch grandiosen Plan an Strapazen denken? Verblassen da nicht alle Schreckensbilder, die eben noch vor Augen standen? Während der Überquerung des Terek-Dawans hatte er geglaubt, das Erlebte niemals vergessen zu können. Nun sieht er nur noch die Schönheit der glitzernden Schneeflächen und die Erhabenheit der Bergwelt. Wie eindrucksvoll muß es sein, eine Höhe von sechs- bis siebentausend Metern zu erreichen. Gewiß, es wird kalt werden, trotz der vorgeschrittenen Jahreszeit, aber haben Dschingis-Chan und sein Gefolge nicht weitaus mehr zu ertragen? Die Hitze in der Golodnaja muß fürchterlich gewesen sein, und der schon betagte Herrscher wird sich nicht leicht zu dem Ritt durch die noch viel schlimmere Wüste Kysyl-Kum entschlossen haben*. Dschebe ahnt das. Er beschwört seine Krieger, die neue Anordnung freudigen Herzens auszuführen. »Was wir freiwillig auf uns nehmen, verliert sein Gewicht«, sagt er ihnen. »Schwer ist nur, was uns aufgebürdet wird.«

Als Dschingis-Chan an der Spitze seiner auserwählten Heeresgruppe über glühenden Sand nach Westen jagt, um den Amu-Darja zu erreichen, leiten seine Söhne Ugedei und Tschagatai die Belagerung der Grenzfeste Otrar ein. Dschutschi zieht indessen der Festung Chodschent entgegen, und Dschebe beginnt mit fünftausend Kriegern einen Großangriff auf das Dach der Welt. Mit Masken vor den

* Als im 19. Jahrhundert das von Rußland gegen Chiwa entsandte Heer versuchte die gleiche Wüste zu durchqueren, verlor es sämtliche Pferde.

Gesichtern und in wärmende Felle eingemummt, reiten sie auf kräftigen Pferden, denen die Köpfe verhangen und die Beine umwickelt wurden. In zäher Verbissenheit dringen sie in eisige Kälte und gefährlichen Stürmen in immer größere Höhen vor. Stündlich steigt ihr Wunsch, das Dröhnen aus den Ohren zu verlieren und die Augen wieder richtig öffnen zu können. Aber ebenso wie die Krieger Dschingis-Chans in der Wüste nur an die Erfüllung der ihnen gestellten Aufgabe denken, so sehen auch Dschebes Reiter nichts anderes als das Ziel vor sich: den Amu-Darja.

»Du lügst!« schreit Ala-ed-Din Muhammed und schlägt dem vor ihm stehenden Melder in das Gesicht. »Gib zu, daß du lügst, du elender Sohn einer Hure. Ich werde dich lehren, die Wahrheit zu sagen. Wer gab die Geschenke für die Meldung, daß im Süden, am Oberlauf des Amu-Darja, Mongolen stehen?« Die Fäuste des Herrschers trommeln erbarmungslos auf den Krieger nieder. »Los, rede!«

»Ich weiß, daß du der Schatten Allahs auf Erden bist«, wimmert der Bote. »Wie sollte ich es wagen, dich zu belügen? Töte mich meinetwegen, aber sende dein Heer in den Süden deines Reiches, damit der leidenden Bevölkerung geholfen wird. Hütten, Dörfer und Städte brennen. Das Vieh wird davongetrieben. Frauen und Mädchen werden geschändet, Kinder erstochen. Hilf uns, Ala-ed-Din Muhammed!«

Die in der Stimme des Melders liegende Verzweiflung läßt den Schah aufhorchen. Ratlos sieht er die ihn umgebenden Würdenträger an. »Es ist doch unmöglich, daß am Oberlauf des Amu-Darja Mongolen stehen. Wie sollten sie dorthin gekommen sein?«

»Vielleicht über die Berge«, wagt der Ichtimad daulet einzuwerfen.

»Über die Berge?« braust der Schah auf. »Sechs- bis siebentausend Meter hohe Sättel müßten sie dann überwunden haben.« Er schüttelt den Kopf, läßt sich auf ein Kissen sinken und starrt vor sich hin. »Gehen Sie, meine Herren. Ich will allein sein. Nein, schicken Sie mir meinen Sohn.«

Über die Berge sollen die Mongolen gekommen sein? Das Blut schießt ihm in den Kopf. Vor seinen Offizieren hat er den Melder geschlagen. Was ist nur mit ihm? Früher war er stets beherrscht. Warum gerät er nun schon außer sich, wenn nur das Wort ›Mongole‹ fällt? Das Choresm-Heer wurde doch noch nie geschlagen und steht gerüsteter denn je zum Kampf bereit. Woher kommt seine Unruhe? Ahnt er mehr, als er weiß?

Seit dem Erscheinen der Mongolen im Ferganatal spürt er, daß eine drohende Gefahr über ihm schwebt. Genaugenommen befiel ihn schon ein eigenartiges Gefühl, als die ersten Gerüchte über die Mongolen auftauchten. Darum schickte er ja gleich eine Karawane zu Dschingis-Chan. Und später horchte er alle entsandten Kaufleute aus. Der Instinkt warnte ihn, aber sein Verstand redete dagegen.

Unsinn, beschwört er sich. Es ist durchaus möglich, daß ich alles, was mit den Mongolen zusammenhängt, viel zu tragisch nehme. Es stehen doch vierhunderttausend Krieger bereit! Und die erste Schlacht wurde eindeutig gewonnen.

Wenn die Mongolen allerdings den Oberlauf des Amu-Darja erreicht haben, verlor ich eine entscheidende Schlacht. Denn südlich vom Amu-Darja leben die erst kürzlich von mir unterworfenen Bergvölker Afghanistans. Wenn ich von ihnen getrennt werde, kann ich keine neuen Truppen rekrutieren. Dann besteht sogar die Gefahr, daß sich Afghanistan erhebt und mit dem Feind marschiert. In diesem Fall würde ich von Süden, Norden und Osten angegriffen sein.

Dschelal-ud-Din betritt den Diwan und geht hastig auf seinen Vater zu. »Ist es wahr, daß ...?«

»Ja!« unterbricht ihn der Schah.

»Was willst du tun?«

»Ich frage mich, was ich tun kann«, antwortet der Herrscher resigniert. »Soll ich Truppen nach Süden senden?«

»Selbstverständlich. Sofort müssen entsprechende Einheiten abrükken. Denke an Afghanistan!«

»Ich weiß«, sagt der Regent und nimmt eine unruhige Wanderung auf. »Ich werde dich ... Was gibt es?« unterbricht er sich ärgerlich, als der Wakä-nuis in den Raum tritt. »Ich wünsche nicht gestört zu werden.«

Der Adjutant verbeugt sich. »Es sind weitere Boten aus dem Süden und Westen gekommen. Darf ich sie zu Ihen führen? Ich glaube, es ist wichtig.«

»Her mit ihnen«, antwortet der Schah und wendet sich seinem Sohn zu. »Es ist sicherlich gut, wenn wir die neuesten Meldungen kennen, bevor wir über Gegenmaßnahmen beraten.«

Die eintretenden Melder verneigen sich linkisch und berichten nach dem üblichen Sermon von zahllosen Untaten eingefallener Mongolen, bis Ala-ed-Din Muhammed sie anschreit und auffordert, ihm nur Sachliches zu melden.

»Klagende Ausschmückungen und Erlebnisse interessieren mich nicht«, fügt er hinzu. »Ich muß die Bewegungen des Feindes und die Größe des Heeres kennen, das am Amu-Darja steht.«

Keiner der Anwesenden vermag darüber ein klares Bild zu geben. Sie alle wissen nur, daß ihre Heimatorte brennen und ungeheure Massen verrohter Krieger mordend, sengend und schändend durch das Land ziehen.

Um der Audienz ein schnelles Ende zu bereiten, fragt der Schah ungeduldig: »Weiß einer von euch Wesentliches oder Abweichendes gegenüber dem zu berichten, was soeben vorgetragen wurde?«

»Ja«, antwortet eine Fistelstimme. »Ich verstehe das Ganze nicht. Alle hier behaupten, die Mongolen stünden im Südosten. Das stimmt doch nicht. Sie bewegen sich von Nordwesten nach Südosten. Ich kenne die Himmelsrichtungen genau.«

»Wie bewegen sie sich?« fragt Muhammed nervös.

»Sie kommen vom Unterlauf des Amu-Darja und ziehen nach ...«

»Du meinst den Oberlauf«, korrigiert ihn der Schah.

»Verzeihung, großer Herrscher, ich meine den Unterlauf. Die Mongolen reiten direkt auf Buchara zu.«

»Also meinst du doch den Oberlauf«, grollt der Schah. »Vom Gebirge bis ungefähr Buchara redet man vom Oberlauf.«

Der Mann sieht den Schah ängstlich an. »Darum sagte ich Unterlauf. Die Mongolen sind nicht über das Gebirge gekommen, wie hier behauptet wird, sie sind durch die Wüste an den Fluß gelangt. Und nun ziehen sie in südöstlicher Richtung hierher.«

Im erregten Stimmengewirr der empörten Melder aus dem Süden wird der Schah blaß. Was sagte der Bote? Die Mongolen ziehen nach Südosten? Mit blutleeren Lippen fragt er: »Wo sahst du die Feinde?«

Der Mann weiß, daß er eine furchtbare Nachricht bringt. »Südlich von Schor-Toschgi«, antwortet er kaum hörbar.

»Dort sind Mongolen?« schreit Muhammed und stürzt sich auf den Melder. »Redest du die Wahrheit oder bis du ein Narr?«

Dem Mann versagt die Stimme.

»Rede, du Hundesohn!«

»Ich ... ich sagte die Wahrheit. Südlich von Schor-Toschgi sind Mongolen. Mich ließen sie laufen, weil ich so schmächtig bin. Sie töten wahllos. Wenn sie unsere Frauen vergewaltigen, rufen sie jubelnd den Namen ihres Anführers.«

»Und wie heißt der?«

»Dschingis-Chan.«

Ala-ed-Din Muhammed ist wie gelähmt. Der Herrscher der Herrscher steht im Nordwesten? Rückt von dort heran? Schwindel erfaßt ihn. Die Decke dreht sich.

Dschelal-ud-Din springt hinzu. Er stützt den schwankenden Vater und jagt die Anwesenden fort. »Beruhige dich«, sagt er, als sie alleine sind.

Ala-ed-Din Muhammed bekommt sich wieder in die Gewalt. »Was soll ich? Mich beruhigen angesichts der Tatsache, daß Dschingis-Chan mich von allen Seiten angreift! Ich soll mich beruhigen?« Er zieht seinen Krummsäbel, rennt zu Urusi und schlägt blindlings in die kostbaren Scheiben. »Hahaha ... Ich beruhige mich! Ich beruhige mich!«

Dschelal-ud-Din fällt dem Schah in die Arme, führt ihn zu einem Nemud und sagt: »Setz dich und laß uns überlegen, was zu tun ist.«

»Was bleibt uns anderes übrig, als den Feind ...« Er unterbricht sich und stützt den Kopf in die Hände. »Waren das nicht deine Worte nach der Schlacht im Ferganatal? Ich will lieber nicht weiterreden, sonst muß ich erleben, daß du mir Ratschläge zurückgibst, die ich einst dir erteilte. Es ist weit mit mir gekommen.«

»Ach was. Dir sind die Nerven durchgegangen. Was wolltest du vorhin eigentlich vorschlagen, als wir vom Adjutanten unterbrochen wurden?«

»Das hat keinen Sinn mehr. Ich wollte dich nach Süden schicken, damit ich in Samarkand bleiben kann. Jetzt müssen wir anders vorgehen. Wir sitzen im östlichen Teil unseres Landes und sind eingekreist. Dem haben wir Rechnung zu tragen. Ich muß bestrebt sein, ohne mich auf ein Gefecht einzulassen, aus der Zange herauszukommen. Keinesfalls darf ich als geschlagener Schah dastehen. Denn nun müssen wir schnellstens das gesamte Land mobilisieren. Nach einer verlorenen Schlacht wäre das nicht mehr möglich. Käme es jetzt zu einem Gefecht, würden wir wahrscheinlich unterliegen, weil uns die Größen der feindlichen Einheiten unbekannt sind. Bis jetzt ist uns nur ihre Geschicklichkeit im Aufmarsch bekannt. Wenn ich Verlust vermeiden will, muß ich Buchara noch heute verlassen und nach Süden ziehen.«

Dschelal-ud-Din sieht den Schah fassungslos an.

Der zuckt die Achseln. »Mir bleibt keine Wahl. Vom Stammland im Norden sind wir bereits abgeschnitten. Beeile ich mich nicht, erreiche ich auch den Süden nicht mehr. Im Augenblick kann ich nichts anderes tun, als den Rest des Heeres bis zu meiner Rückkehr in die Festungen Buchara und Samarkand zu legen, die dadurch uneinnehmbar werden. An ihren Mauern werden sich die Mongolen die Zähne ausbeißen. Und dann sehen wir weiter.«

5

Um einer drohenden Umklammerung zu entgehen, verläßt ein großer Teil des Choresm-Heeres in Eilmärschen den Raum von Samarkand. Sobald die Armee durch neu aufzustellende Einheiten verstärkt ist, will der Schah den Kampf gegen die Mongolen von Afghanistan aus aufnehmen. Aber während Ala-ed-Din Muhammed mit seiner Leibgarde über den Amu-Darja reitet, um die im Norden des Berglandes gelegene berühmte Stadt Balch aufzusuchen, die schon vor Jahrhunderten als wichtiger Kreuzungspunkt für alle Karawanen galt, die auf der ›Seidenstraße‹ von Chin nach Rom zogen, rückt Dschingis-Chan bereits vor die Tore von Buchara.

Am Wasser des Amu-Darja haben sich seine Krieger und die unermüdlichen Steppenpferde schnell erholt. Völlig frisch, als hätten sie sich nie den Strapazen der roten Sandwüste unterworfen, umreiten sie mit strahlenden Gesichtern die Hauptstadt, die von einem gut zwölf Kilometer langen Verteidigungswall geschützt ist, hinter dem hunderttausend Menschen wohnen. Aber es ist ein lächerlicher Lehmwall von nur etwa acht Meter Höhe, der zum Teil sogar mit Gräsern und Dornengestrüpp bewachsen ist. Auch die Stadt sieht nicht drohend aus. Im Gegenteil, helle, fast fensterlose Häuser mit flachen Dächern grüßen einladend über den von elf Türmen flankierten Wall hinweg. Scharf und gradlinig heben sich ihre weißen Wandflächen gegen den indigoblauen Himmel ab.

Zwischen den Häusern wiegen sich dunkelgrüne Dattelpalmen im frischen, von den Bergen herabfallenden Wind. Über den ineinander verschachtelten Mauerflächen leuchten die mit goldenen Kacheln belegten Kuppeln von annähernd dreihundert Moscheen. Danebenstehende Minaretts bis zu sechzig Meter Höhe wirken wie Finger, die zum Himmel hinaufweisen. Nur im Norden von Buchara, auf einer künstlichen Anhöhe zwischen zwei gewaltigen Türmen, steht ein finster anmutendes Bauwerk: die Zitadelle der Stadt.

Dschingis-Chan, der mit Boghurtschi und anderen Heerführern den Wall umreitet, zeigt zu ihr hinüber. »Das scheint das einzig Wehrhafte an dieser Stadt zu sein. Ich denke, wir werden in einigen Tagen einmarschieren können.«

»Willst du Schleudermaschinen einsetzen?« fragt Boghurtschi mit Bedauern in der Stimme.

»Buchara gefällt dir wohl, was?«

Boghurtschi nickt.

»Mir auch.«

»Könnten wir nicht eine alte List anwenden? Hier kennt man unsere Methoden doch noch nicht.«

»An welche denkst du?«

»An die mit dem Nebenausgang.«

Dschingis-Chan blickt nachdenklich zur Stadt hinüber. »Versuchen wir es. Mir liegt viel daran, den Moslems zu zeigen, daß wir nicht gegen die Bevölkerung, sondern nur gegen den Schah kämpfen.«

Durch die runde Deckenöffnung des Beratungssaales der Zitadelle fällt das Licht der Sonne in schrägen Strahlen auf den mit bunten Kacheln bedeckten Boden. Während an den fensterlosen Wänden debattierende Offiziersgruppen stehen, wandern zwei Generale lebhaft aufeinander einredend im Saal auf und ab.

»Ich bitte Sie, verehrter Hani-el-Mutawak!« sagt einer von ihnen und blickt seinen Waffengefährten empört an. »Wollen Sie etwa andeuten, daß ich …?«

»Gar nichts will ich andeuten, mein lieber Fendi y Saiz.«

»Dann drücken Sie sich vorsichtiger aus! Es ist nicht meine Schuld, wenn wir untätig in Buchara sitzen. Ala-ed-Din Muhammed hat einen großen Fehler gemacht, und wir haben die Pflicht, diesen zu korrigieren, sobald sich uns eine Chance bietet. Die Gelegenheit ist jetzt gegeben, und ich werde sie ergreifen.«

»Und ich mache Sie darauf aufmerksam, daß Sie sich damit gegen den Schah stellen.«

»Das Gegenteil ist der Fall! Betrachten Sie unsere Lage doch mit offenen Augen, mein lieber Fendi y Saiz. Ala-ed-Din Muhammed sandte einen Teil des Heeres nach Afghanistan, um in Süden neue Truppen zu sammeln. Daß er damit gleichzeitig einen möglichen Aufstand des erst seit kurzem unterworfenen Bergvolkes verhindert, ist geschickt operiert. Soweit ist alles gut. Daß der Schah uns aber in eine Stadt verbannt, die zwar einen festungsartigen Charakter hat, in Wirklichkeit aber nur aus Akademien besteht und einen religiösen Mittelpunkt darstellt, ist ganz und gar nicht in Ordnung. Der Schah muß den Kopf verloren haben.«

»Ich muß doch sehr bitten, verehrter Hani-el-Mutawak! Wie reden Sie von Ihrem obersten Herrn und Gebieter?«

»Offen und ehrlich. Ich anerkenne die Richtigkeit der Truppenansammlung im Raum von Samarkand und gebe zu, daß es notwendig wurde, das Heer nach Süden zu dirigieren, als wir fast eingekreist waren. Ob die erfolgte Umschließung hätte unterbunden werden können, vermag ich nicht zu sagen und will ich nicht untersuchen. Unverantwortlich aber ist es, Zehntausende von Soldaten in Buchara einzusperren. Die Stadt ist für eine Belagerung überhaupt nicht vorbereitet und kann sich nur kurze Zeit halten. Und was ist dann? Sollen wir uns gefangennehmen lassen? Nein, wir müssen bestrebt sein, unsere Schlagkraft dem Herrscher dadurch zu erhalten, daß wir den Versuch machen, nach Süden auszubrechen, und wir haben diese Möglichkeit, da eindeutig festgestellt wurde, daß die Nebenausgänge im Osten der Stadt nicht bewacht werden. Die Mongolen scheinen zu glauben, daß nur die Hauptstraßen benutzbar sind. Und darum, lieber Fendi y Saiz: Sie werden mich und meine Krieger nicht aufhalten können. Ich breche noch in dieser Nacht aus und rücke nach Afghanistan ab. Ala-ed-Din Muhammed wird mir nicht zürnen, sondern sich bedanken.«

»Ich begreife nicht, woher Sie Ihren Mut und Ihre Einbildungskraft nehmen«, entgegnet der andere General aufgebracht. »Als Krieger haben wir zu gehorchen. Wohin würden wir kommen, wenn jeder Offizier handeln wollte wie Sie? Abgesehen davon: Besteht nicht die Möglichkeit, daß der Schah besondere Pläne mit uns hat? Vielleicht rechnet er mit unserem Hiersein, kalkuliert unsere Schlagkraft ein und ...«

»... verrechnet sich so oder so«, fällt Hani-el-Mutawak unehrerbietig ein. »Über kurz oder lang muß sich die Stadt ergeben.«

General Fendi y Saiz beißt sich auf die Lippen. »Ich glaube nicht, daß eine Übergabe so schnell vollzogen wird.«

»Dann empfehle ich Ihnen dringend, mit den Imams und Kadis in Verbindung zu treten. Ich war bei ihnen und habe mir sagen lassen, über wieviel Nahrungsmittel die Stadt verfügt. Es ist beschämend. Und denken Sie an das Wasser. Wenn die Mongolen den Schahrud stauen, muß Buchara die Tore öffnen. Ich bleibe dabei: Muhammed handelte unverantwortlich. Er hat all diese Punkte nicht bedacht. Doch Fehler macht jeder. Es geht mir nicht darum, sie festzustellen. Ich möchte sie vielmehr beseitigen, ehe es zu spät ist. Deshalb fordere ich Sie nochmals auf, sich mit Ihren Einheiten meinen Truppen anzuschließen und Buchara zu verlassen.«

General Fendi y Saiz strafft sich. »Ich bedauere, es erleben zu müssen, daß ein hoher Offizier unserer glorreichen Armee seinen Posten verläßt.«

Wenige Tage später öffnen die Stadtältesten von Buchara die Tore der Festung. Die Nachricht von der Vernichtung der Einheiten Hani-el-Mutawaks erschütterte die Bevölkerung so sehr, daß sie die Kadis und Imams aufforderte, die Mongolen durch freiwillige Übergabe zu besänftigen. Und ihre Argumente waren einleuchtend, denn sie fragten:

»Glauben die Stadtväter ernstlich, mit Kriegern fertig zu werden, die durch unendliche Wüsten und über unüberwindbar gehaltene Berge reiten? Glauben die Stadtväter mit Männern umgehen zu können, die listig genug sind, Stadttore nicht zu bewachen, um ahnungslose Heere zum Ausbruch zu verleiten? Wenn General Fendi y Saiz sich nicht ergeben will, ist das eine Sache, die die Einwohner von Buchara nichts angeht. Bei allem Verständnis für die Lage der Offiziere müssen die Stadtväter an Frauen und Kinder denken und nicht an Krieger, die in der Zitadelle hausen. Wenn diese unbedingt kämpfen wollen, nun gut, dann sollen sie ihre Zitadelle verteidigen, nicht aber die Stadt.«

Die Tore Bucharas öffnen sich, und Dschingis-Chan reitet an der Spitze seiner Leibgarde durch leere Straßen. Die Menschen sind geflüchtet, und mit ihnen verschwand das farbenprächtige Bild, das sonst die Straßen und Gassen belebt. Dennoch macht Buchara einen großen Eindruck auf ihn. Immer erneut passiert er an freien Plätzen gelegene Moscheen und Medressen. An zahllosen Bazars reitet er vorüber, vor denen sich Seidendecken, Teppiche, Kupferarbeiten, Gläser, Keramiken und kostbare Waffen in Mengen türmen. Die Behausungen der Handwerker und Händler sind zu winzig, um die feilgebotenen Schätze hereinholen zu können. Sie kennen es nicht anders, als daß Tag und Nacht alles vor ihren Wohn- und Arbeitsräumen liegenbleibt.

Besorgt stehen Perser, Kirgisen, Armenier, Afghanen, Usbeken, Hindus, Tadschiken und Tataren hinter den Perlenschnüren ihrer Eingänge, und erst als die Spitze des Zuges vorüber ist, ohne daß sich jemand der Waren bemächtigte, schöpft mancher von ihnen neue Hoffnung. Dann aber erstarren sie, als sie sehen, daß sich die nachfolgenden Krieger johlend über die kostbaren Auslagen hermachen.

Dschingis-Chan schmunzelt über das Freudengeheul in seinem Rücken. Unbeirrt reitet er der größten Moschee entgegen, in der sich die Oberhäupter und Reichsten der Stadt auf sein Geheiß zu versammeln haben. Es interessiert ihn nicht, ob seine Krieger in dieser Stunde rauben, plündern und vergewaltigen. Er hat ihnen das Recht gegeben, zu tun und zu lassen, was sie wollen.

Während die ersten Männer, die ihre Angehörigen beschützen wollten, erschlagen auf die Straßen fliegen, erreicht Dschingis-Chan den Platz, auf dem das gewaltige, mit einer leuchtend blauen Kuppel geschmückte Heiligtum der Mohammedaner steht. »Pi-hu-tze!« entfährt es ihm, als er die riesige Moschee erblickt. »Solche Bauwerke kann dieses Volk errichten? Aber was nützt es ihnen?« fügt er abschwächend hinzu. »Sie können sich ja nicht einmal verteidigen. Was nützt der ganze Reichtum, wenn ein anderer kommt und ihn fortnimmt. Ich bin lieber ein Besitzloser, der sich was holt, als ein Besitzender, dem alles genommen wird.« Beschwingt gibt er seinem Hengst die Sporen. »Jetzt werde ich den Mollas, Kadis, Imams und wie die Emirs und Scheiks hier alle heißen, einmal erklären, warum ich gekommen bin und wann ich wieder gehe.«

Mit weitausgreifenden Sprüngen jagt er sein Pferd auf den Gebetstempel zu, und als das Tier vor den Stufen zum Portal scheut, ruft er übermütig: »Los, Karo! Stell dir vor, da oben wäre eine Stute.«

Erschrocken fahren die im Gebet versammelten Geistlichen und Würdenträger herum, als hinter ihnen der Klang von Hufen gegen die Wände schlägt. Dann aber, als Dschingis-Chan an ihnen vorüber die Stufen zum Altar hochsprengt, hüllen sie sich entsetzt in ihre Tücher ein. »Allah! Allah!« jammern sie und werfen sich zu Boden. »Dein Tempel. O Allah, was haben wir getan, daß dieses Haus entheiligt werden muß? Zeige dem Frevler, daß du der Allmächtige bist. Sende Blitz, Feuer und Schwefel. Vernichte ihn, vernichte ihn!«

Es schlägt kein Blitz vom Himmel herab, es regnet weder Feuer noch Schwefel. Aber ein Hengst läßt weißschaumige Flocken auf den Altar Gottes fallen.

Ängstlich heben die Versammelten die Köpfe. Ist das der berüchtigte Dschingis-Chan? Warum umstellen uns seine Krieger? Will er ein Massaker veranstalten? Sie blicken zum Altar und beobachten, was die gedrungene Gestalt dort tut.

Mit lässiger Bewegung streift der Herrscher seine Lammfellhaube zurück und schaut zu der sich kühn wölbenden Kuppel hoch. Dann wandert sein Blick an den mächtigen Säulen herab und bleibt auf der versammelten Menge ruhen. Das also sind die obersten Herren von Buchara. Er betrachtet ihre Gesichter. Gute Köpfe darunter. Fast alle tragen einen dunklen Bart. Ob die Menschen hier nicht grau werden?

Dschingis-Chan kommt sich plötzlich alt vor. Er ist der einzige weißhaarige Mann in der Moschee. Wird man ihn ansehen, wie er einst Toghrul betrachtete? Als einen gebrechlichen Greis Ihn überkommt das Bedürfnis, den Versammelten zu zeigen, daß er noch elastisch wie ein junger Bursche ist. Sogleich eilt er die Altarstufen hinab und steigt übertrieben hastig zur Kanzel empor, von der er befriedigt auf die Männer herabblickt, die zu ihm hinaufschauen.

Ihr werdet euch noch wundern, denkt er, stützt sich auf die Marmorplatte der Balustrade und ruft mit drohender Stimme: »Es ist nur ein Gott, und Muhammed ist sein Prophet!«

Die Versammelten halten den Atem an. Hörten sie richtig? Der Herrscher der Mongolen wendet sich mit dem ersten Satz ihrer Glaubenslehre an sie? Er, der mit einem Pferd in die Moschee reitet, wagt es ...?

»Ihr wißt«, fährt Dschingis-Chan nach wohlberechneter Pause fort, »daß die Offenbarung Gottes gemäß eurem Propheten in der Welt eine fortschreitende ist, die in Adam ihre erste und in Mohammed ihre letzte Stufe fand. Und da der Erhabene nicht, wie andere Propheten, als besondere Gabe das Wunder, sondern den Koran erhielt, dieser jedoch als das vollkommene Wort selbst das höchste Wunder ist, bedarf es nach Mohammed keines Propheten mehr. Mit Recht heißt er darum: Chatam ul unbija – Siegel der Propheten.«

Die Menge ist wie erstarrt, Dschingis-Chan aber hebt seine Rechte und schlägt auf die Marmorplatte. »Ihr fühltet euch sicher in dem Bewußtsein, daß nach Mohammed kein Prophet mehr kommt, der euch eure Sünden nennt und gerechte Strafen erteilt«, schreit er mit gespielter Wut. »Ihr, die ihr die Edelsten des Reiches sein wollt, glaubtet im Pfuhl des Lasters leben zu können. Oder wie nennt ihr es, wenn ihr Wein trinkt? Verbietet euch der Koran nicht den Genuß dieses Getränkes? Aber das ist noch das kleinste Vergehen, dessen ihr euch schuldig gemacht habt. Ihr dientet einem Herrscher, der sich der ›Schatten Allahs auf Erden‹ nennt. Ihr erhobt euch nicht gegen ihn, sondern gabt ihm eure Stimme, als er zum Feldzug gegen die Kalifen von Bagdad, also gegen die unmittelbaren Nachkommen der Propheten rüstete. Vergaßt ihr Elenden den sechsten Hauptsatz des Korans, der vom Jüngsten Gericht kündet? Wollt ihr leichtfertig auf Freuden verzichten, die das Paradies euch zu bieten vermag? Ist euch das Glück, das euch im Jenseits in Form höchster irdischer Freuden erwartet, wenn ihr für den Glauben kämpft, weniger wert als das geringe Glück dieser Erde?

Allah zürnt euch ob all eurer Vergehen, angefangen vom Genuß des Weines und dem Laster des Glückspiels, das ihr im geheimen ausübt, bis zu den verwerflichen Taten eures Regenten, der friedliebende Kaufleute tötet und die Unantastbarkeit der Gesandten mißachtet. Ihr unterstützt den Schah Ala-ed-Din Muhammed und habt dadurch eine große Schuld auf euch geladen. Gott zürnt euch und möchte dennoch helfen. Aber wie? Er kann nach Mohammed keinen Propheten mehr auf die Erde senden, und er weiß, daß das Jüngste Gericht für euch furchtbar sein wird, wenn ihr weiterhin mit der Sünde verbuhlt bleibt. Deshalb suchte er nach einem Ausweg. Denn so gewaltig sein Zorn auch sein mag, Güte, Milde und nie endenwollendes Mitleid kennen bei ihm keine Grenzen. In seinem Wunsch, euch davor zu bewahren, am Jüngsten Tag in die ewige Verdammnis gestoßen zu werden, entsann er sich seiner im fünften Hauptsatz des Korans gelehrten, alles widerstandslos beherrschenden Macht, wodurch die Geschicke der Menschen, der guten wie der bösen, von vornherein durch ihn bestimmt sind. In seinem hohen Gerechtigkeitssinn sagte sich Allah, daß er, der euer Geschick leitet, und somit Anteil an eurer Schuld hat, verpflichtet ist, etwas zu tun, das euch auf den rechten Weg zurückzuführen vermag. Und da er nach Mohammed keinen Propheten mehr senden kann, der euch ermahnt, sandte er mich als seine Geißel. Ich soll euch peitschen und bis auf das Blut peinigen, bis ihr wieder zu Menschen geworden seid, wie sie sein Prophet Mohammed aus euch machen wollte. Als Geißel Gottes bin ich gesandt! Als Geißel Gottes handeln meine Krieger! Und als Geißel Gottes werde ich überall dort sein, wo das Gesetz Allahs nicht befolgt wird! Die Qual, die ich bringe, ist groß, doch unendlich klein im Vergleich zu ewigen Verdammnis, die euch erwartet, wenn meine Schläge ihren Zweck nicht erfüllen. Allah ist Allah, Mohammed ist sein Prophet und Dschingis-Chan ist seine Geißel!«

Erwartungsvoll blickt Dschingis-Chan auf die Menge nieder, um die Wirkung seiner Worte festzustellen. Sein Atem geht schneller. Er fährt sich mit der Hand über die Stirn.

Die Edlen der Stadt sind tief beeindruckt. Sie fühlen die zwingende Kraft, die zu ihnen sprach, und sind im Augenblick unfähig zu denken. Das Gehörte hat sie betäubt. Allah zürnt ihnen? Ja, so muß es sein; das Glück würde sie sonst nicht verlassen haben. Gott ist dennoch milde und gütig? Ja, so muß es sein; er hätte sonst mit Feuer und Schwefel gestraft und sie in ein nicht nur zeitlich begrenztes Unglück gestürzt. Dschingis-Chan ist die Geißel Gottes? Ja, so muß es sein; er würde sonst nicht ungestraft in den Tempel reiten und dort predigen können, daß sich einem die Haut zusammenzieht.

Der Molla des Gotteshauses tritt mit vor Ergriffenheit feuchten Augen aus der Reihe der Geistlichkeit und kniet vor Dschingis-Chan nieder. »Erhabener Herrscher der Herrscher! Ich ahnte, daß Allahs Zorn über unsere Verfehlungen riesengroß sein würde, und ich bin aufgewühlt von seinem Willen, uns die Möglichkeit zu geben, unsere Schuld schon auf Erden zu tilgen. Nenne uns die Lasten, die wir auf uns nehmen müssen, um vor dir, Allahs Geißel, Gnade zu finden.«

Dschingis-Chan Augen blitzen. »Zunächst werdet ihr alle Schätze der Stadt und die der dreihundert reichsten Männer abliefern. Auch alles, was vergraben wurde«, fügt er hinzu, da er in einigen Gesichtern Erleichterung zu sehen glaubt. »Ferner hat die Bevölkerung die Teile der Stadt vor der Zitadelle, in der sich die Krieger Ala-ed-Din Muhammeds verschanzt haben, freizukämpfen. Ich gebe diesen Befehl in der Hoffnung, daß die Krieger des Schahs nicht auf eigene Brüder schießen werden. Eine Zerstörung Bucharas muß vermieden werden.«

Während Dschingis-Chan noch spricht, denkt er zynisch: Sollten die Einheiten des Schahs nicht gegen ihre Landsleute kämpfen, wird die Festung unversehrt in unsere Hände fallen. Eine solche Nachricht dürfte andere Stadtväter ermuntern, die Tore rechtzeitig zu öffnen. Geht die Streitmacht Ala-ed-Din Muhammeds jedoch gegen die Bevölkerung vor, dann wird sie alle Sympathien im Volk verlieren. Ich profitiere also in jedem Fall. Und wenn das Volk mit den Soldaten nicht fertig wird, dann weiß jeder, daß ich die Stadt schonen wollte, aber nicht schonen konnte. Die Schuld wird in diesem Falle dem Schah zugesprochen werden.

Dschingis-Chan wendet sich erneut an die Versammelten. »Sendet zuverlässige Boten in alle Städte eures Reiches und laßt den Oberhäuptern melden, daß ich nicht beabsichtige, das Land zu drangsalieren. Ich habe lediglich die Schuldigen zu bestrafen, und der erste unter den Schuldigen ist Ala-ed-Din Muhammed. Ihm gilt mein Krieg, nicht dem Volk. Unnachsichtig werde ich mit denen verfahren, die den Schah von nun an noch unterstützen. Städte, die sich weigern, mich oder meine Beauftragten aufzunehmen, werden in Brand geschossen. Verkündet das!«

Wenige Tage später sieht sich Dschingis-Chan gezwungen, in den Kampf der Bewohner Bucharas gegen die sich hartnäckig verteidigenden Krieger des Schahs einzugreifen. Kurzerhand läßt er das Stadtviertel um die Zitadelle in Brand setzen. Das Feuer läßt sich aber nicht auf ein Stadtviertel beschränken; es greift um sich, und in unheimlich kurzer Zeit brennt Buchara an allen Enden. Drei Tage schlagen lodernde Flammen zum Himmel empor, dann werden die überlebenden Verteidiger der Zitadelle bis auf den letzten Mann niedergemetzelt.

Von der Stadt der Moscheen und Akademien bleiben nur vereinzelte, unansehnlich gewordene Teile übrig, um die sich der unversehrt gebliebene Wall mit seinen elf Türmen wie zum Gespött erhebt. Nicht lange, denn das arm gewordene Volk erhält den Befehl, die Türme und den Wall zu schleifen.

6

Die Nachrichten aus Buchara lähmen Ala-ed-Din Muhammed. Seit geraumer Zeit hält er sich in Balch auf, jener alten Stadt im Norden Afghanistans, die durch das in ihrer Nähe befindliche riesige Relief Dareios I. berühmt wurde und als der Geburtsort Zoroasters und ehemalige Residenz des Kyros weithin bekannt ist. Der Schah fühlt, daß es Dschingis-Chan darauf ankommt, einen Keil zwischen ihn und die Bevölkerung zu treiben, und er ist sich der ungeheuren Gefahr bewußt, in der er schwebt. Denn Gegenmaßnahmen kann er nur ergreifen, wenn ein mächtiges Heer hinter ihm steht. Solange das nicht der Fall ist, muß er sich ruhig verhalten, um die Feinde nicht auf sich zu ziehen.

Dschebe, der in Eilmärschen entlang des Amu-Darjas nach Nordwesten zieht, ahnt nicht, in welch geringer Entfernung er am Choresm-Schah vorbeireitet. Wohl trat ihm in Höhe von Balch ein Heer entgegen, das er sofort in die Flucht schlug, er verfolgte es aber nicht, weil der Herrscher seine gesamte Streitmacht nach Samarkand befohlen hatte.

Dschingis-Chan nimmt an, daß sich Ala-ed-Din Muhammed in Samarkand aufhält, der stärksten östlichen Festung des Choresm-Reiches. Auch vermutet er, daß der Schah den Bewohnern dieser Stadt, die sich aus Ujguren, Tadschiken, Persern, Indern, Afghanen und einer großen Zahl von Juden zusammensetzt, nicht ganz trauen wird, weil unter den Mitgliedern der herrschenden Familien nach dem Untergang des Seldschukenreiches Aufruhr und Fehde ausbrach, wobei Samarkand zum Zankapfel zwischen den Ujguren und den am Aralsee beheimateten Charesm wurde. Der Schah weiß, wie gut er, Dschingis-Chan, mit den Ujguren steht; er wird deshalb die Einwohner der Festung selbst unter Kontrolle halten wollen. Dschingis-Chan beordert kurz entschlossen alle Einheiten in den Raum der östlichen Residenz, um einen Gürtel um die Stadt zu legen, der dem Schah jede Möglichkeit zur Flucht raubt.

Von Osten kommend rückt Dschutschi aus dem Ferganatal heran. Nach schweren Kämpfen hatte er Chodschent, die reiche Handelsstadt am Ausgang der fruchtbaren Provinz, allen Widerständen zum Trotz niedergerungen. Seine Krieger waren mit gewohntem Schwung an die Eroberung dieser glänzend befestigten Stadt herangegangen, aber der Kampf wurde schwer, weil Marschall Timur Melik, einer der kühnsten und fähigsten Männer des Choresm-Reiches, Chodschent verteidigte. Erst als Dschutschi Schleudermaschinen einsetzte und die Stadt durch Brandgeschosse in Gefahr geriet, in Flammen aufzugehen, verzichtete Eischik agasi baschi im Interesse der Bevölkerung auf eine weitere Verteidigung. Er verließ die Stadt und verschanzte sich mit seinen Kriegern auf einer Insel im Syr-Darja, von der aus er sich zur ständigen Gefahr im Rücken der Feinde zu machen gedachte. Doch er kannte die Zähigkeit der Mongolen nicht. Wenn er ein wenig nachgedacht hätte, müßte er sich gesagt haben, daß Einheiten, die das Dach der Welt überwinden, es auch fertigbringen, einen Fluß zu überbrücken.

Für Dschutschi war dies jedenfalls kein Problem. Er ließ die Bevölkerung von Chodschent zum Hilfsdienst antreten und befahl ihr, in ununterbrochener Arbeit so lange Steine in den Fluß zu werfen, bis ein Damm zur Insel fertiggestellt sei.

Der Marschall sah den Wall immer näher heranrücken und konnte nichts unternehmen. Er konnte sich nicht dazu entschließen, gegen die eigene Bevölkerung vorzugehen. So blieb ihm nichts anderes übrig, als zu flüchten. Resigniert bestieg er mit seinen Kriegern die ihm zur Verfügung stehenden Boote, um den Fluß hinabzufahren.

Damit aber hatte Dschutschi gerechnet. Seine mit Brandpfeilen ausgerüsteten Männer standen bereits weiter unten am Ufer des Syr-Darjas, über den er Ketten hatte spannen lassen, um die Schiffe des Marschalls aufzuhalten und zu Zielscheiben zu machen. Die Ketten zersprangen jedoch unter der Wucht des Aufpralls, und die enttäuschten Mongolen konnten nur wenige Geschosse hinter den Eischik agasi baschi des Choresm-Schahs hersenden.

Dschutschi gab den Kampf nicht auf. Er hetzte seine Männer am Fluß entlang und ließ aus überall zusammengeholten Booten und Nachen eine Pontonbrücke über den Syr-Darja schlagen, die er mit

Truppen besetzte. Und es kam, was kommen mußte. Nach einer Zeit geduldigen Wartens stießen die Schaluppen des Marschalls krachend gegen die errichtete Wehr, aber der erwartete Schlachtenlärm blieb aus. Alle Boote waren leer.

Daraufhin ritt die Streitmacht Dschutschis in Windeseile den Weg so lange zurück, bis sie an die Stelle kam, an der Timur Melik seine Einheiten ausgeschifft hatte. Dschutschi nahm sofort die Verfolgung auf, stellte den Marschall in offenem Gelände und zwang ihn zu einer Schlacht, die erst endete, als kaum einer der Feinde mehr lebte. Nur Wenigen gelang die Flucht.

Dschutschi ist deshalb in bester Laune, als er Samarkand fast gleichzeitig mit Dschebe und seinen Brüdern Tschagatai und Ugedei erreicht.

Dschingis-Chan umarmt seine Söhne und Heerführer, die ihn überschwenglich begrüßen. »Schafft mir den Schuldigsten der Schuldigen aus den Augen«, ruft er und weist auf den gefesselten Satrapen der Festung Otrar, den Ugedei und Tschagatai mitbringen. »Ich will mir den heutigen Tag durch seinen Anblick nicht verderben lassen. Gießt ihm glühendes Blei in die Augen, damit er die Erde nicht mehr sehen kann. Und foltert ihn. Reißt ihm jedes Glied einzeln vom Körper.« Mit strahlenden Augen sagt er zu Tschagatai und Ugedei: »Ihr habt lange gebraucht, bis ihr den Schurken hattet. War der Kampf um Otrar so schwer?«

Ugedei nicht. »Der Satrape ahnte scheinbar, was ihm bevorsteht. Er verteidigte die Festung bis zum letzten Mann. Und als es nichts mehr zu verteidigen gab und ihm alle Kampfmittel ausgegangen waren, verbarrikadierte er sich im Turm der Zitadelle und wehrte unsere Angriffe mit Ziegeln und Steinen ab, die er aus dem Mauerwerk herausbrach. Es war nicht an ihn heranzukommen.«

»Großartig!« begeistert sich Dschingis-Chan und wendet sich an einen gerade vorbeigehenden Krieger. »Lauf schnell der Gruppe dort nach und sage dem Anführer, er soll dem Kerl nicht Blei, sondern Silber in die Augen gießen. Das sind wir ihm schuldig«, fährt er lachend an seine Söhne gewandt fort. »Erzählt weiter. Wie geriet er schließlich in eure Hände?«

Ugedei grinst. »Während er den Turm von oben her abtrug, ließ ich das Mauerwerk unten aufbrechen. Es war eine tolle Arbeit, aber schließlich kippte er um.«

»Der Turm?«

»Ja. Du wolltest den Kommandanten ja lebend haben.«

Dschingis-Chan lacht schallend. »Das ist eine Lösung, die von mir sein könnte. Scheinst doch etwas von meinem Blut in dir zu haben. Nur deine Trinkerei ...« Er droht mit dem Finger. »Die hast du nicht von mir geerbt. Steck das Saufen dran. Du bist sonst eines Tages erledigt.«

»Ist doch halb so schlimm«, beschwichtigt ihn Ugedei. »Der eine liebt unbeherrscht, wie du, der andere sauft unbeherrscht – wie ich.

Da beides einer ungezügelten Triebhaftigkeit entspringt, dürfte ich meine Veranlagung doch von dir geerbt haben.«

Dschingis-Chans Gesicht verfinstert sich. »Was sagst du da? Ich liebe unbeherrscht?«

Ugedei sieht den Vater erschrocken an. »So habe ich es nicht gemeint«, sagt er schnell. »Ich wollte nur zum Ausdruck bringen, daß du nicht gerade enthaltsam lebtest.«

»Behaupte ich das?« braust der Herrscher auf. »Im übrigen möchte ich wissen, was körperliche Enthaltsamkeit und Nichtenthaltsamkeit mit der Liebe zu tun hat. Zählt man die Weiber am Wege?«

»Es sollte ein Scherz sein.«

Dschingis-Chan sieht den Sohn prüfend an. »Dein Glück«, sagt er schließlich und geht brüsk auf sein Zelt zu. »Kommt, wir müssen mit den Oerlök wegen Samarkand beraten.«

»Wir kommen sofort«, ruft Tschagatai ihm nach und hält den Bruder zurück. »Nimm es nicht so tragisch, Ugedei.«

Der schüttelt den Kopf. »Begreifst du das Ganze?«

»Etwas schon. Vater hat in seinem Leben dreimal wirklich geliebt, und jede Liebe brachte ihm eine Enttäuschung. Unsere Mutter war seine große, im Herzen ruhende Liebe. Er kam aber nie darüber hinweg, daß sie bei den Merkiten in den Armen eines anderen Mannes gelegen hat. So eng er mit ihr verbunden war und so schuldlos er sie wußte, er geriet in einen Widerstreit der Empfindungen und wurde mit sich selbst nicht mehr fertig, wenn er daran dachte. Seit Mutter tot ist ...

Chulan hingegen war seine große Geliebte. Anfangs hat er wahrscheinlich gemeint, sie würde ihm mehr werden, aber das war wohl eine Täuschung. Doch wie dem auch sein mag, er liebte Chulan unsagbar, allerdings ausschließlich körperlich. Ob ihr Verlust ihn sehr bewegt hat, weiß niemand, weil ihr Verschwinden mit dem Tod unserer Mutter zusammenfällt. Da er ihren Namen nie wieder nannte, ist anzunehmen, daß er schwerer getroffen wurde, als er es zeigt. Vielleicht macht er sich auch Sorgen um sie. Wer weiß das?«

»Und die dritte?«

»Heng-Pi. Das war eine eigenartige Liebe. Auf der einen Seite behandelte er sie wie etwas, auf das man unendlich stolz ist. Sie glich einer Blume. Er ergötzte sich an ihrer Schönheit. Dann aber quälte er sie, weil er genau wußte, daß er sie nie wirklich besitzen würde.«

Ugedei schüttelt den Kopf, »Mit anderen Worten: Alle drei haben ihm Kummer bereitet.«

»Jede auf ihre Art. Ob sie es wirklich getan haben oder nicht, bleibt sich dabei gleich. Er empfindet es so. Und darum ist er so verändert. Wehe, wenn jemand das Gespräch auf Frauen bringt. Er nimmt zwar keine Stellung, aber ...«

»... tobt!« ergänzt Ugedei. »Da kann man nichts machen.«

Von einem Felsen, in den Stufen eingeschlagen sind, blickt Ala-ed-Din Muhammed über hügeliges Vorland zu den schneebedeckten Ausläufern des Tien-schan-Gebirges hinüber. In sanften Krümmungen schlängelt sich im Tal ein gelber Fluß, der östlich durch ein bizarres Standsteingebirge fließt und dann in kühnem Bogen zum Oberlauf des Amu-Darja wendet, diesen jedoch nie erreicht, weil sein Wasser auf dem Wege dorthin im Sand versickert.

Es wäre gut, sich den Fluß zum Vorbild zu nehmen, denkt der Schah. Ich müßte mich den haßerfüllten Augen meines Gegners entziehen und von der Erdoberfläche verschwinden können. Einem listenreichen Feind aus dem Wege zu gehen, heißt ebensowenig feige zu sein, wie eine gefährliche Übermacht zu meiden. Es wäre dumm, wollte ich gegen einen Mann wie Dschingis-Chan nur mit Mitteln operieren, die man für gewöhnlich im Kampf anwendet. Das Gelände um mich herum ist von Lügen unterminiert. Die Worte, die der Mongole in Buchara an die Würdenträger richtete, zeigen seine Verschlagenheit. Alles an ihm ist Lüge, nichts ist ihm heilig.

Das Volk fällt natürlich auf einen Menschen herein, der im Brustton der Überzeugung von seiner Sendung spricht. Geißel Gottes! Die Vermessenheit ist so groß, daß sie nicht mehr erkannt werden kann. Bewußt werden Angst und Grauen wachgerufen, um Hirne zu lähmen. Gegen solche Methoden kann man mit normalen Kampfmitteln nicht ankommen. Nur Gleiches oder Ähnliches kann da helfen.

Ala-ed-Din Muhammed tastet nach seinem Jambea und läßt die darüberhängende Perlenschnur zur Beruhigung durch die Finger gleiten. Er weiß nicht mehr, was er tun soll.

Die letzten Nachrichten aus Samarkand rauben ihm jede Hoffnung, offensichtlich verlor Dschingis-Chan das Interesse an der einstmals von Alexander eroberten Festung, als er erfuhr, daß er, der Schah, nicht in der Stadt weile. Vor den Toren der vielfach umkämpften östlichen Residenz, in deren durch Bewässerung fruchtbar gemachter Provinz der große Eroberer einst seinen Feldherrn Klitos erstach, der ihm am Granikos das Leben gerettet hatte, soll Dschingis-Chan gerufen haben: »Nicht eine Mauer, sondern der Mut der hinter ihr stehenden Verteidiger entscheidet darüber, ob eine Festung erobert wird oder nicht. Samarkand wird in meine Hände fallen, weil der Schah, der einzige, der die Festung hätte halten können, nicht hinter ihren Toren steht. Und wie diese Stadt, so wird sich das ganze Reich kampflos unterwerfen, denn Ala-ed-Din Muhammed ruht nicht im Herzen seines Volkes. Mich interessieren weder Samarkand noch Herat, weder Mesched noch Teheran – mir geht es einzig und allein um den Schah. Habe ich ihn, dann besitze ich sein Reich.«

Verzweifelt denkt der Schah: Seinen kühnsten Oerlök, den Bezwinger Pamirs, sowie einen als Draufgänger bekannten Heerführer namens Ssubutai soll Dschingis-Chan mit dreißigtausend Kriegern losgehetzt haben, um mich, Ala-ed-Din Muhammed, gefangenzunehmen. Dreißigtausend Mann setzt er auf die Spuren eines einzigen

Menschen. Das wird ihm das Genick brechen. Man kann nicht dreißigtausend Kriegern den Auftrag geben, Tausende von Kilometern durch ein Land zu stürmen, das durch Dutzende von Festungen geschützt ist. Erobert wurden nur Buchara, Otrar, Chodschent und einige unwichtige Grenzfesten. Was bildet sich dieser Mongole eigentlich ein?

Der Adjutant des Schahs steigt mit dem Haakim Sani-ed Daud die Stufen zum Felsen empor.

Ala-ed-Din Muhammed erkennt schon von weiten die unheilverkündenden Mienen der beiden. »Wieder eine Hiobsbotschaft?« fragt er bedrückt.

Der Haakim nickt: »Ja, großer Schah.«

»Wollen Sie mich nicht auch noch großer Eroberer, mächtiger Herrscher des Westens und siegreicher Feldherr nennen? Sagen Sie kurz und bündig, was es gibt.«

»Samarkand ist gefallen.«

Muhammed starrt entgeistert in das Gesicht des Arztes. Dann wirft er sich zu Boden und verdeckt seinen Kopf.

Der Wakä-nius blickt zum Haakim hinüber, der den Zeigefinger auf den Mund legt und sich neben den Schah setzt.

Kein Wort wird gesprochen. Leichter Wind läßt trockene Blätter rascheln.

Nach einer Weile richtet sich der Schah auf. »Wißt Ihr Näheres?«

Der Arzt nickt.

»Erzähle!«

»Abgesehen von einem kurzen Kampf verlief die Einnahme wie in Buchara. Das Volk bestürmte den Scheik-ul-Islam, die Tore zu öffnen. Es wies darauf hin, daß die Mongolen sowohl in Ujguren als auch in Kara-Chitan die Moscheen geöffnet hätten, also keine Feinde des Islams seien. Und es machte auf die Rede Dschingis-Chans aufmerksam, der in Buchara versicherte, der Kampf gelte nur dem Schah. Zu guter Letzt protestierte man noch dagegen, daß Samarkand seine Stellung als selbständiges Chanat durch Sie verloren habe. Sie werden gewiß damit gerechnet haben, verehrter Ala-ed-Din Muhammed, daß die Anhänger des ehemaligen Chans Osman, den Sie vor Jahren aus der Stadt herauslockten, um ihn zu töten ... In Samarkand ist man nicht gut auf Sie zu sprechen.«

»Das weiß ich selber, und darum steckte ich mein Heer dorthin. Aber warum haben meine Krieger nicht eingegriffen?«

»Eine Revolte brach aus.«

»In meiner Armee?«

»Ja. Dreißigtausend Chankli-Türken traten zu den Mongolen über. Der Rest schloß sich in der Zitadelle ein.«

Ala-ed-Din Muhammed läßt den Kopf sinken. »Und was geschah weiter?«

»Der Scheik-ul-Islam und fünfzigtausend seiner Anhänger durften in der Stadt bleiben. Ihnen geschah nichts. Die übrigen Einwohner wurden herausgetrieben und nach Aussortierung der Künstler, Handwerker und Gelehrten bis auf den letzten Mann getötet.«

Der Schah schlägt die Hände vor das Gesicht. »Dschingis-Chan vergrößert also weiterhin die Kluft zwischen mir und meinem Volk, indem er meine Anhänger tötet und meine Gegner unbehelligt läßt. Und das alles geschieht im Namen Allahs. Es ist nicht zu begreifen. Kämpften denn wenigstens die mir ergebenen Einheiten um die Zitadelle?«

Der Arzt seufzt. »Dschingis-Chan forderte von den Chankli-Türken einen Ergebenheitsbeweis. Er ließ das Bollwerk durch sie stürmen. Keinem Ihrer Krieger wurde das Leben geschenkt.«

»Diese Hunde!« schreit der Schah. »Ich schwöre Ihnen, daß ich die Chankli-Türken zu Tode foltern werde, wenn ich ...«

»Von ihnen lebt keiner mehr«, unterbricht ihn der Arzt.

»Was sagen Sie da?«

»Dschingis-Chan ließ alle Chankli-Türken niedermetzeln. ›Krieger‹, so verkündete er, ›die ihren Herrscher verlassen und gegen eigene Brüder kämpfen, sind Verräter.‹«

Die Augen des Schahs leuchteten. »Das hat er gesagt?«

»Ja.«

»Allah sei Dank!«

Der Arzt macht ein bedenkliches Gesicht. »Ich bin der Meinung, daß Dschingis-Chan den Befehl erteilt hat, um dem Volk ein Theater vorzuspielen. Man wird ihn jetzt als eine gerechte Geißel Gottes ansehen. Unbestechlich und unbeirrbar, wird man ihn nennen.«

Die Augen des Schahs flackern. »Ist dieser Mensch denn nur aus List und Tücke zusammengesetzt? Es hilft nichts, ich muß handeln. Wir müssen Balch verlassen. Ich kann keinem Afghanen mehr über den Weg trauen, muß in einer meiner Festungen Schutz suchen. Dort kann ich in Ruhe ein neues Heer aufstellen und damit beginnen, die Massen gegen die Maßnahmen dieses wahnwitzigen Mongolen unanfechtbar zu machen. Das Bergvolk hier«, er zuckt die Achseln, »werde ich abschreiben müssen. Ich wollte es an mich fesseln, aber wichtiger ist mir der Westen. Haben Sie Nachricht von Dschelal-ud-Din?«

Der Adjutant verneint die Frage und berichtet, daß Timur Melik versuche, sich mit Dschelal-ud-Din zu vereinen.

»Gut«, erwidert der Schah und tritt an den Rand des Felsens. »Wir brechen nach Merw auf. Unterwegs werden wir dem Volk erklären, daß es, wenn es überleben will, schnellstens alle ungeschützten Orte verlassen und sich in die Festungen begeben soll.«

»Verzeihen Sie, Ala-ed-Din Muhammed, erhöhen Sie damit nicht die Gefahr für Ihr Land?«

»Wieso?«

»Ein heilloses Durcheinander wird entstehen. Wege und Städte werden von Menschen und Tieren verstopft sein.«

»Das ist es ja, was ich will«, entgegnet der Schah verbissen. »Eine Panik soll über das Volk kommen, damit es sich bis zum letzten Atemzug verteidigt. Es wird nur kämpfen, wenn es weiß, daß der Tod hinter ihm steht. Buchara und Samarkand zeigen, wohin es führt, wenn dem Volk nicht die Angst im Nacken sitzt.«

»Und Sie befürchten nicht, daß man Ihnen später den Vorwurf machen wird, alles in Verwirrung gebracht zu haben, anstatt den Kampf entschlossen aufzunehmen? *«

»Wie soll ich gegen einen Feind vorgehen, dessen Waffen Lug, Trug, List und Tücke sind?« entgegnet Ala-ed-Din Muhammed zornig. »Ich kann nicht danach fragen, was für Vorwürfe man mir dereinst machen wird. Vorwürfe werden nur gemacht, wenn man verliert. Tausend Anschuldigungen werden dann erhoben. Im übrigen weiß ich genau, wann und welche Fehler ich begangen habe. Heute mache ich bestimmt keinen. Um Zeit zu gewinnen, kann ich die Städter nur noch zum Ausharren anfeuern und sie zwingen, zwischen dem Feind und mir eine Wüste zu errichten. Dem Gegner muß die Möglichkeit genommen werden, sich zu verproviantieren und Sklaven zu sammeln, die gegen uns zu arbeiten haben. Daß Dschingis-Chan diesen Plan verfolgt, beweist die Aushebung der Gelehrten, Künstler und Handwerker.«

Nach tage- und nächtelangem Ritt erreicht der Schah mit seinem Gefolge die am Murgab gelegene Festung Merw. Um nicht erkannt zu werden, reitet er als vornehmer Araber verkleidet, mit einem Hemd über weißen Leinenhosen, einer Weste mit engen Ärmeln und einem weiten Oberrock, in dessen Stoffgürtel ein gewöhnliches Jambea steckt, durch das von zwei Türmen flankierte Haupttor in die Stadt ein.

Durch dichtbevölkerte Straßen nähert er sich dem Zentrum der Festung, wo er an den beiden kleinen Grabmoscheen vorüberreitet, in denen die Fahnenträger des Propheten Mohammed begraben liegen. Dann nimmt er Richtung auf die weithin sichtbare Moschee des vor Jahrhunderten gestorbenen Sultans Sandschar, hinter der er sich durch ein enges Tor dem Palast des Stadtoberhauptes nähert, der ihn unter einem Mdella empfängt und nach den üblichen Empfangszeremonien gleich um eine vertrauliche Rücksprache bittet.

Ala-ed-Din Muhammed sieht den Imam verwundert an und fragt hitzig: »Macht Sie die Predigt Dschingis-Chans unruhig?«

»Nein, erhabener ...«

»Kommen Sie«, unterbricht ihn der Schah und betritt den Palast.

Das Stadtoberhaupt folgt ihm.

Als sie den Diwan erreicht haben, fragt der Schah kalt: »Was gibt es?«

»Ich habe schlechte Nachrichten«, antwortet der Würdenträger. »Kurz bevor ich erfuhr, daß Sie sich auf dem Weg nach hier befinden,

* Dieser Vorwurf wird Ala-ed-Din Muhammed von persischen sowie arabischen Chronisten gemacht.

meldete mir ein Eilbote, daß feindliche Abteilungen, die Sie in Balch vermuteten, von dort nach Merw abgerückt sind und bei Andschui die Grenzfeste Afghanistans passiert haben.«

»Das ist unmöglich!« entfährt es dem Schah. »Bei Andschui sollen …?« Er unterbricht sich und nagt an seinen Lippen. »Wir werden Merw sofort in den Verteidigungszustand versetzen. Wieviel Krieger haben Sie zur Verfügung? Und wie groß ist die Anzahl der einsatzfähigen Männer aus der Bevölkerung?«

Der Imam räuspert sich: »Ich bitte um Verzeihung, aber die Bevölkerung … Ich weiß nicht …«

Ala-ed-Din Muhammed strafft sich. »Ich verstehe.«

»Edler Regent! Merw läßt sich nicht so leicht verteidigen, wie es den Anschein haben mag. Die Mauern sind … Wozu belüge ich Sie?« fährt das Staatsoberhaupt plötzlich mit veränderter Stimme fort. »Die Gerüchte sind es, die mich bedrücken. Ich befürchte das Schlimmste für Sie, wenn Sie hierbleiben. Meine …«

Der Schah unterbricht ihn mit herrischer Geste. »Seien Sie unbesorgt. Ich habe nicht vor, länger als eine Nacht in Merw zu bleiben. Aber dieses Gespräch setzen wir fort, wenn ich über mehr Zeit verfüge.«

Seit Wochen rasen Dschebe und Ssubutai mit dreißigtausend Kämpfern hinter Ala-ed-Din Muhammed her. Pausenlos verfolgen sie ihn, doch immer wieder gelingt es ihm, rechtzeitig zu entkommen. Hinter Merw verlieren sie seine Spur, bis ihnen die Einwohner von Nischapur melden, daß sich der Schah in ihrer Festung aufhält und den Versuch macht, ein neues Heer zu organisieren.

Das Verhalten Dschingis-Chans und seiner Heerführer hat das Volk in zwei Gruppen gespalten. Wo immer die Mongolen auftauchen, benehmen sie sich mustergültig. Gewiß, sie verlangen stets die bedingungslose Übergabe, aber überall, wo diese erfolgt, reiten sie weiter, ohne daß es zu Ausschreitungen irgendwelcher Art kommt. Das Hab und Gut der Bevölkerung wird nicht angetastet. Ihr Kampf scheint wirklich nur Ala-ed-Din Muhammed zu gelten, dem einzig Schuldigen an diesem Feldzug. Wenn irgend möglich, belassen sie die Kommandanten der Städte in Amt und Würden und schaffen sie so eine wohlgesinnte Oberschicht.

Täglich legen sie hundert und mehr Kilometer zurück, um den Befehl Dschingis-Chans auszuführen, den Schah so schnell wie möglich gefangenzunehmen. Herat, Merw und viele andere Orte öffnen die Tore noch bevor die Mongolen in ihren Verteidigungsbereich einreiten. An Festungen, von denen bekannt ist, daß sie den Schah nicht beherbergen, reiten Dschebe und Ssubutai vorbei, als existierten sie nicht. Wo ihnen jedoch der geringste Widerstand entgegentritt, vernichten sie das Leben von Zehntausenden in bestialischer Weise.

So in Zaweh. Die Einwohner dieser Festung fühlten sich hinter ihren Mauern so sicher, daß sie den vorbeireitenden Kriegern Ssubutais von den Zinne ihres Bollwerkes herab Schmähungen nachriefen. Sofort ließ der Heerführer seine Tuman wenden und Brandwerfer sowie Schleudermaschinen auffahren. Drei Tage später war die Stadt ein Trümmerhaufen. Keinem Bewohner gelang die Flucht. Was nicht bei lebendigem Leibe verbrannte, wurde niedergeschlagen. Erst nachdem sich Ssubutai von der restlosen Vernichtung überzeugt hatte, wurde die Spur des Schahs wieder aufgenommen.

Immer deutlicher erkennt Ala-ed-Din Muhammed, daß es Dschingis-Chan gelungen ist, einen nicht mehr zu beseitigenden Keil zwischen das Volk und ihn zu treiben. Die Bewohner seines Reiches leben in der ständigen Angst, ihr Hab und Gut zu verlieren, und jedes Mittel, es zu erhalten, ist ihnen recht. Sogar Verrat. Der Untergang Zawehs hat ihnen eindeutig gezeigt, was mit einer Stadt geschieht, die sich verteidigt. Gegen Feuerschleudern kann niemand ankommen.

Ala-ed-Din Muhammed sieht sich nicht mehr nur von Mongolen, sondern auch von den eigenen Landsleuten bedroht. Er verläßt Nischapur und jagt durch den ganzen Irak-Adschni. Bei Teheran gelingt es ihm, dreißigtausend türkische Krieger zu vereinen, mit denen er sich todesmutig den Feinden entgegenwirft. Die Schlacht ist jedoch bald zu seinen Ungunsten entschieden. Durch geschicktes Wenden und Schwenken wird sein Heer eingeschlossen, und dann schlägt das unerbittliche Schwert des Siegers auf die Häupter seiner Getreuen hernieder. Ihm bleibt nichts anders übrig, als zu flüchten.

Flucht, Flucht und nochmals Flucht wird seine Aufgabe. Nirgendwo findet er Schutz. Verfolgt von den Feinden, verlassen von den Freunden, verraten vom eigenen Volk, flüchtet er über Rei, Teheran und Hamadan in die Berge Luristans. Dreitausend Kilometer hetzt er durch eigenes Land der Stelle entgegen, an der er vor zwei Jahren sein Heer über verschneite Pässe nach Mesopotamien führen wollte. Soll er nun in das Land seiner Feinde, in das Reich der Kalifen Nasir-Din-Illahi fliehen?

Der Schah erkennt, daß er nicht nur an der Grenze seines Landes steht. Der Verrat des Volkes, das ihm noch vor wenigen Monden zujubelte und ihn als den Schatten Allahs auf Erden feierte, raubt ihm die letzte Kraft. Mit dem Hinschwinden des Vertrauens auf das eigene Volk verliert er den Glauben an sich selbst. Der Mut verläßt ihn. Er wird sich der Sinnlosigkeit seines Tuns bewußt. Was soll er noch auf dieser Erde? Seine Fähigkeit, ein Riesenreich mit unzähligen Volksstämmen zu vereinen und zum Wohle aller zu regieren, zerspellt an der Begabung eines Mannes, der es versteht, ein Volk mit genau berechneter Falschheit zu verwirren und in Angst zu jagen.

Es hat keinen Sinn, sich weiterhin aufzulehnen. Die Hartnäckigkeit, mit der ihn die Krieger Dschingis-Chans verfolgen, läßt unschwer erkennen, daß sie nicht gewillt sind, ein Tor offenzulassen, durch das er schlüpfen könnte. Was hätte er auch davon? Der Verrat zermartert ihn. Wie könnte er noch daran denken, einem Land zu helfen, das ihn so schmählich im Stich läßt. Das Volk wird sich eines Tages nach ihm sehnen und ihn um Hilfe anflehen, dann nämlich, wenn es erkennt, daß Knechtschaft, Tyrannei und Elend durch das Land reiten. Denn es gibt keinen Sieger, der vergessen könnte, Sieger zu sein, der sich vorstellen könnte, Unterlegener zu sein. Und es gibt keinen Unterlegenen, der vergessen könnte, Unterlegener zu sein, der sich vorstellen könnte, im Siegesfall wie der Sieger zu sein.

Aber lohnt es sich, für ein Volk zu kämpfen, das charakterschwach wie das seine ist? Muß eine solche Nation nicht durch alle nur denkbaren Tiefen gehen, um zur Besinnung zu kommen? Muß es nicht Tausenden von Flammen der Pein und des Schmerzes ausgesetzt werden, damit es seine Schlacken verliert und geläutert aus der Asche heraussteigt? Und liegt nicht im Untergang einer alten Welt der Keim zum Aufstieg einer neuen? Er, Ala-ed-Din Muhammed, wird das Ende des Reinigungsprozesses gewiß nicht erleben. Sein Sohn vielleicht. Aber auch das ist unwahrscheinlich. Denn es ist kein Weg vom Tal zur lichten Höhe zurückzulegen, es ist ein Aufstieg durchzuführen, der über Abgründe und steile Felswände führt.

Als dem Schah gemeldet wird, daß seine Mutter, die er von Nischapur aus aufforderte, Gurgentsch mit dem Kronschatz zu verlassen, in die Hände der Feinde geraten ist, weiß er, daß keine Möglichkeit mehr besteht, sich noch lange zu halten. Seine Mittel sind erschöpft, und Dschebe und Ssubutai hängen wie Bluthunde an seiner Spur. Wenn er nicht nach Mesopotamien, in das Reich seiner Feinde flüchten will, kann ihn nur noch der Versuch retten, sich durch Verkleidung dem Zugriff seiner Verfolger zu entziehen. Er entschließt sich, diesen Versuch zu machen. Noch am gleichen Tage steigt er mit seinem Leibarzt auf eine in der Nähe seines Lagers gelegene Anhöhe. Kurze Zeit darauf reiten zwei schmutzig aussehende Gestalten auf abgemergelten Pferden zur anderen Seite des Hügels hinab. Die Männer trennen sich, nachdem sie eine Weile schweigend nach Osten ritten. Dann verschwinden sie in nordwestlicher und nordöstlicher Richtung.

Wenige Tage später gehen die gleichen Gestalten über den flachen Strand des Kaspischen Meeres auf eine mit Tamarisken, Weiden und hohem Rohr bewachsene Bucht zu. Sie dringen in das üppig wuchernde Strauchwerk ein und schlagen mit ihren Messern Schlingpflanzen fort, bis sie eine versteckt gelegene Wasserfläche erreichen, auf der ein mit Filzplanen überzogenes Kaik verankert liegt. Ohne zu reden, rollen sie die Decken zusammen, binden das Schiff vom Ufer los und setzen ein orangerotes Segel, das sich in der im Windschatten liegenden Bucht kaum strafft.

Langsam gleitet die Barke durch glattes Wasser dem Ausgang der Bucht entgegen. Die Strahlen der Sonne lassen auf dem Grund liegende Steine erkennen. Fische flüchten vor dem ungewohnten Schatten, der über sie hinwegzieht.

Ala-ed-Din Muhammed blickt zur Mastspitze hoch und sagt: »Wir werden nachhelfen müssen.«

Der Haakim nickt, nimmt eine Stange und beginnt in das seichte Wasser zu stechen.

Der Schah sieht ihm eine Weile zu und beobachtet den spielerischen Tanz der Sonnenstrahlen auf dem Wasser, bis das Aufschlagen der Stange einen am Ufer hockenden orientalischen Balbul erschrokken aufsteigen und zu einem nahe gelegenen Strauch fliegen läßt, von dem sich sein scharlachroter Kopf und seine karmoisinfarbenen Flügel prächtig gegen das Grün der Blätter abheben.

Deine Farben erinnern mich an meine frühere Kleidung, denkt Ala-ed-Din Muhammed. Du wirst immer einen Zufluchtsort haben, ich hingegen ... Außer diesem Kaik, diesem Gewand und meinem getreuen Sani-ed-Daud besitze ich nichts mehr. Mein Volk wollte ... Nein, die Mongolen wollten ... Unsinn, ich wurde unbescheiden, wollte mehr haben, als ich hatte. Du kleiner Vogel, frißt nie mehr als du brauchst. Wir Menschen aber ...

Der Schah streicht sich über die Stirn. Ist es nicht Unsinn, was ich denke? Dschingis-Chan ist ebenfalls unbescheiden. Jeder Herrscher ist es, wird es zwangsläufig.

Das Segel wird von einer Bö erfaßt und bläht sich. Der nun leise über das Leinen rauschende Wind und das ritzende Geräusch des vom Bug geteilten Wassers reißen den Schah aus seinen Gedanken. Er ergreift das Steuer, doch als das Kaik hart am Wind durch die Fluten des Kaspischen Meeres nach Norden kreuzt, um ihn zu einer unbedeutenden Insel zu bringen, versucht er erneut, den Kummer über das Verhalten seines Volkes durch Selbstvorwürfe zu verbannen. Sein Herz erstarrt, wenn er an diejenigen denkt, die in seiner unmittelbaren Umgebung standen und heute ein übles Spiel gegen ihn treiben. Aber er will sich nicht verhärten. In dem Augenblick, da die Küste seines Landes in der Ferne entschwindet und Erde und Blumen ihre letzten Grüße in den herben Geruch der See mischen, in diesem Augenblick, da er von den schneebedeckten Gipfeln des Elbrus für immer Abschied nehmen muß, will er gut an sein Volk denken.

Ohne sich dessen bewußt zu sein, geht er den Weg vom Herrscher zum Menschen zurück. Er spürt die Pein des Beherrschtwerdens und bäumt sich gegen das Schicksal auf, das ihn zur Flucht zwingt. Wie sein Volk, so flüchtet auch er, um irgendwo in Ruhe leben zu können. Wie konnte er sich erdreisten, über Menschen zu fluchen, die nur Frieden wollen und nicht einsehen können, daß um eines einzelnen Menschen willen all das zerstört wird, was sie in jahrelanger Arbeit aufgebaut haben. Ist ihr Wunsch nicht natürlich?

Grauen packt Ala-ed-Din Muhammed, da ihm bewußt wird, was es heißt, beherrscht zu werden. Ein noch größeres Entsetzen aber überfällt ihn, als er erkennt, daß niedrige Instinkte wie Unbotmäßigkeit, Unbeherrschtheit, Rücksichtslosigkeit, Eingebildetheit, Überheblichkeit und Unnachgiebigkeit die hervorragenden Eigenschaften eines

Herrschers sind. Als der Schah dieses in dem ihm von der Not vorgehaltenen Spiegel erkennt, braucht er sich den Bart nicht mehr zu raufen und kann er nicht mehr toben, wie er es einst getan hat. Er kann nur noch hoffen, daß ihn Bilder, die sich vor sein geistiges Auge drängen, nicht wahnsinnig werden lassen.

Später, als die Berge in der Ferne verschwinden und der Horizont schließlich den Trennungsstrich zwischen Himmel und Erde zieht, fühlt Ala-ed-Din Muhammed, daß etwas von ihm weicht. Angesichts der Klarheit der würzigen Luft, der Weite des Meeres und der Höhe des unendlichen Himmels ist ihm zumute, als fielen Stricke von seinen Gelenken. Er tut einen Seufzer, als wollte er den Geist aushauchen, der ihn bis dahin beherrschte.

Noch einmal blickt er nach Süden, dann bedeckt er die Augen und weint lautlos vor sich hin.

7

Während Dschebe und Ssubutai mit dreißigtausend Kriegern das Reich Ala-ed-Din Muhammed über Tausende von Kilometern durchstreifen und Stadt für Stadt ihnen die Tore öffnet, beschäftigt sich Ugedei immer intensiver mit den Geschützen, an denen er großen Gefallen findet. Mit Hilfe von Spezialisten und Gelehrten, die sein Vater ihm schenkte, arbeitet er Verbesserungen aus, deren Erprobung manches Dorf in ein Ruinenfeld verwandelt. Zur gleichen Zeit organisiert Dschelal-ud-Din mit Marschall Timur Melik im Süden des Reiches ein neues Heer, und als der Sohn des Schahs so weit ist, daß er die Bergvölker Afghanistans zum Aufstand gegen die Mongolen aufrufen kann, sitzt Dschingis-Chan scheinbar untätig im Raume von Samarkand. Jedenfalls zieht er mit seinen Armeen nicht durch das Land, sondern lagert in der fruchtbaren Ebene, in der er von Zeit zu Zeit die Nachricht seiner auf Ala-ed-Din Muhammed angesetzten Oerlök entgegennimmt.

Ihre Meldungen über die bedingungslose Kapitulation fast aller Festungen zeigen ihm die Richtigkeit seines Vorgehens. Solange der Schah keinen Kontakt zur Bevölkerung findet, braucht er nicht zu kämpfen. Darum hetzt er drei Tuman hinter ihm her und bleibt selbst in aller Ruhe im Osten sitzen.

Aber er ist nicht untätig, sosehr es auch den Anschein haben mag. Ständig kommen und gehen Boten, die er in alle Richtungen entsendet, um Erkundungen anzustellen. Meldung um Meldung fügt er zusammen, bis er ein genaues Bild über die Vorgänge im Innern des Reiches gewonnen hat. Und während er freundlich und offensichtlich sorglos den Vorträgen lauscht, die hohe Würdenträger auf sein Geheiß über Mohammed, Christus, Buddha und andere Religionsstifter vor seinen Heerführern zu halten haben, denkt er besorgt an die Zukunft. Das Bild, das er durch die zusammengetragenen Nachrichten gewonnen hat, ist keineswegs so günstig, wie es die Oerlök vermuten. Sie leben herrlich und in Freuden, lassen sich wie Fürsten bedienen und nennen die schönsten Frauen des Landes ihr eigen.

Durch das Verschwinden Ala-ed-Din Muhammeds, der seit über einem halben Jahr unauffindbar ist, trat eine merkwürdige Unruhe unter der Bevölkerung und unter den von den Mongolen bestätigten Stadtkommandanten ein. Dschingis-Chan konnte sich dies zunächst nicht erklären, fand dann jedoch heraus, daß die Ursache der charakterschwache älteste Sohn Ala-ed-Din Muhammeds, Uslag-Schah, war, der den Zeitpunkt für gekommen hielt, sich als der rechtmäßige Nachfolger des Regenten gegen seinen tatkräftigen und vom Schah zum Nachfolger bestimmten jüngeren Bruder zu erheben. Dschelal-ud-Din hörte davon und erschien mit einem Heer in der Provinz Choresm, um für die Wiederherstellung der Einigkeit zu sorgen. Er konnte aber nicht Fuß fassen, weil viele Heerführer Uslag-Schah unterstützten, in dem sie einen ihnen genehmen, weil nicht energischen Herrscher erblickten.

Mit Interesse verfolgte Dschingis-Chan die entstehenden Streitigkeiten, die ihm sehr gelegen kamen. Er wartete die Entwicklung der Dinge in aller Ruhe ab, setzte aber, als eine Verschwörung angezettelt wurde, die Dschelal-ud-Din zwang, aus der am Aralsee gelegenen Provinz Choresm in das südliche Gebiet Choresm zu flüchten, sofort seine schnellste Truppe mit dem Auftrag in Bewegung, den Sohn Ala-ed-Din Muhammeds abzufangen.

Doch dann geschah etwas, womit er nicht gerechnet hatte. Dschelal-ud-Din schlug die verhältnismäßig kleine Einheit vernichtend und verschwand spurlos. Die Nachricht von seinem Sieg über die Mongolen jagte wie ein Lauffeuer durch das Land. Sie wurde aufgebauscht und mit wilden Gerüchten vermischt, und schon bald hieß es überall, daß gewaltige Armeen vernichtet und Uslag-Schah getötet sei. Tatsächlich war Uslag-Schah von den Mongolen ins Jenseits befördert worden, das Gerücht aber behauptete, Dschelal-ud-Din, der unerschrockene Liebling Ala-ed-Din Muhammeds, habe die Tat vollbracht, um in Ruhe ein riesiges Heer aufbauen zu können, das die Mongolen eines Tages vertreiben solle.

Dschingis-Chan weiß, daß das Verhalten Dschelal-ud-Dins, der aus einer neuerlichen Schlacht nicht nochmals als Sieger hervorgehen könnte, sehr klug ist. Überdies zwingt ihn der Sohn Ala-ed-Din Muhammed, stets gegenwärtig zu sein, daß aus der Stimmung im Volk ein Funke entspringt, der einen Aufstand entfachen kann. Aus diesem Grunde sieht er sich genötigt, die gesamte Streitmacht im Osten des Reiches stehenzulassen, denn nur von dort aus kann er dem Sohn des Schahs, der sich irgendwo im unwegsamen Bergland Afghanistans aufhalten soll, den Weg nach Westen verlegen, falls er versuchen sollte, sich mit anderen Teilen des Landes zu vereinigen.

Dschingis-Chan ist sich darüber klar, daß sein Kampf gegen das Choresm-Reich im Grund genommen ein wahnwitziges Unterfangen ist. Millionen Männer kann das Land mobilisieren, und er verfügt nur über zweihunderttausend Krieger. Wenn die Bevölkerung sich einig wäre, würde er bald in arge Bedrängnis geraten. Deshalb darf er seine Einheiten auf keinen Fall aufteilen; er muß vielmehr abwarten, ob Dschebe und Ssubutai dem Schah wieder auf die Spur kommen. Noch besteht die Möglichkeit, daß Ala-ed-Din Muhammed eine neue Armee aufstellt.

Dann aber erreicht ihn die Nachricht, daß der Schah auf einer kleinen Insel im Kaspischen Meer sein Leben aushauchte. Aus Kummer, wie ihm gemeldet wurde. Diese Mitteilung erschüttert Dschingis-Chan mehr als er zeigt. Wohl ist er zufrieden, daß sein Widersacher endgültig ausgeschaltet ist, das Ende Ala-ed-Din Muhammeds aber führt ihm vor Augen, wie vergänglich Macht und Ruhm sind, und daß es zweckmäßig ist, gelegentlich an den eigenen Tod zu denken. Er wird bald sechzig Jahre alt. Welcher seiner Nachkommen besitzt die Fähigkeit, das Erbe anzutreten, das er zu übergeben hat? Muß das Fundament des von ihm errichteten Gebäudes nicht noch bedeutend gefestigt werden? Keiner seiner Söhne verfügt über außergewöhnliche Fähigkeiten. Wenn er an Dschelal-ud-Din denkt ... Das wäre ein Nachkomme!

Dschutschi? Er hat sich gut herausgemacht, aber er ist und bleibt der weiche ›Gast‹.

Tschagatai ist ein ausgesprochener Grübler. Schlachten interessieren ihn nicht. Brücken bauen und Dämme errichten, das ist seine Welt. Am liebsten würde er Brücken über Völker schlagen, um sie wie Ufer miteinander zu verbinden. Solchen Unsinn redet er. Es ist nicht zu begreifen. Kanonen interessieren ihn nicht, weil sie Krach machen. Sagt er. In Wirklichkeit entsetzt ihn ihre Wirkung.

Da ist Ugedei anders. Der Herrscher übergab deshalb ihm die Artillerie. Ugedei freut sich, wenn Steinblöcke und Naphtha auf die Häupter der Feinde herabregnen. An friedlichen Ortschaften probiert er seine Geschütze aus. »Was nützen mich tausend Wurfgeräte, wenn ich die Wirkung der Geschosse nicht kenne«, empörte er sich, als seine Brüder ihn wegen seines Tuns angriffen. »Die Auswirkung muß mir ebenso bekannt sein wie die Flugbahn. Sonst ist die Hilfe, die ich euch bringen soll, nichts wert.«

Wahrhaftig, Ugedei ist anders als Dschutschi und Tschagatai. Schade nur, daß er trinkt. Dabei ist in der Jassa eindeutig festgelegt, daß sich niemand öfter als dreimal im Monat betrinken darf. Und was tut Ugedei? Er behauptet, sich nur einmal im Monat zu betrinken; es dauere bei ihm nur so lange. Gerne würde er dreimal trinken, der Monat sei aber zu kurz.

Und Tuli? Zugegeben, er ist mutig und geht unerschrocken an den Feind heran. Er ist aber mit einem Bogen Pergament zu vergleichen, das glatt, sauber und noch nicht beschrieben ist.

Dschingis-Chan, der gedankenverloren Figuren in den Sand malt, blickt auf, als ein Schatten in seinen Gesichtskreis tritt.

Yeliu-Tschutsai lächelt ihn an.»Ich sagte eben zu Tatatungo, daß wir uns Ihnen nähern können, ohne bemerkt zu werden.«

Dschingis-Chan grinst. »Wie habt ihr den Tag verbracht?«

»Wir waren auf der Hochfläche östlich von Samarkand, wo Maracanda einst stand.«

»Wer ist das?«

»In grauer Vorzeit gab es hier eine Stadt, die Maracanda hieß. Samarkand wurde erst später erbaut. Der Leiter der am Markplatz gelegenen Medresse war so freundlich, uns zu begleiten und uns Erläuterungen zu geben. Er machte uns auch mit der Geschichte Alexander des Großen vertraut, der Maracanda vor fünfzehnhundert Jahren eroberte.«

Dschingis-Chan blickt scheel von der Seite. »War dieser Alexander wirklich so mächtig?«

»Das kann man wohl behaupten.«

»Aber er ist niemals in Chin gewesen.«

»Das nicht.«

»Bis wohin kam er denn?«

»Im Osten drang er bis an den Indus vor.«

»Weiter kam er nicht? Dann wird es höchste Zeit, daß ihr mich auch den Großen nennt.«

Die Gelehrten lachen.

»Alexander, sein Name bedeutet ›der Männerbeschützende‹, war nicht in Chin, weil er nicht von der Mongolei, sondern von Makedonien aus in den Krieg zog«, nimmt Tatatungo das Gespräch wieder auf.

»Makedonien? Wo liegt das?«

»Weit im Westen. Der Weg nach dort dürfte etwa dem von Onon nach hier gleichen.«

»Nach Westen erstrecken sich noch so weite Länder?«

»Bis Makedonien ist es so weit wie von Onon bis hierher. Und von dort ist noch ein langer Ritt bis zum Ende der westlichen Welt.«

Dschingis-Chan erhebt sich. »Ihr müßt mir alles erzählen, was Ihr von diesen Ländern und Alexander wißt.«

Yeliu-Tschutsai gibt sich einen verwunderten Anschein. »Darf man den Grund erfahren?«

Der Herrscher hakt sich bei den unzertrennlich gewordenen Gelehrten ein. »Es hängt mit meinen Sorgen um die Zukunft der Mongolen zusammen; ich sprach mit euch schon darüber. Meine Söhne sind zu schwach, als daß ich ihnen etwas übergeben könnte, das nicht fest wie ein Felsen gewachsen ist. Ich muß also dafür sorgen, daß unserer Macht von außen keine Gefahren mehr drohen können. Da Ala-ed-Din Muhammed tot ist, habe ich die Heere von Ssubutai und Dschebe frei, Ihnen möchte ich den Auftrag geben, so weit als möglich nach Westen und Norden zu reiten. Ich will endlich einen genauen Überblick über die dort liegenden Länder gewinnen, damit ich ...« Er schweigt plötzlich und blickt mißmutig vor sich hin.

»Bedrückt Sie etwas?«

Dschingis-Chan zuckt die Achseln. »Ich dachte gerade daran, daß ich sechzig werde, und ich frage mich, ob ich vollenden kann, was ich angefangen habe.«

Yeliu-Tschutsai streicht über sein Kinn. »Dann sollten Sie nicht an eine weitere Ausdehnung dieses Feldzuges denken. Es liegt eine zu große Gefahr darin.«

»Ich weiß«, entgegnet Dschingis-Chan mürrisch. Aber hätte ich als kleiner Bürtschigin nicht großräumig gedacht, stünde ich heute nicht vor Samarkand.«

»Das ist richtig. Damals mußten Sie jedoch noch nicht an die Zeit denken.«

»Natürlich nicht. Doch selbst wenn ich den Feldzug gegen den Westen nicht mehr durchführen kann, die Planung und Vorbereitung erledige ich noch. Derartige Dinge sind wichtiger als die Durchführung.«

»Gewiß. Sie sollten aber bedenken, daß Ihre Krieger solch große Gebiete nicht ohne weiteres durchreiten können. Manchen Kampf wird die Truppe auf sich nehmen müssen, allein um die notwendige Nahrung zu erhalten. Ein derartiger Erkundungsritt läßt sich nicht schnell durchführen.«

»Habe ich das behauptet? Ich werde meinen Heerführern drei Jahre Zeit geben. Sie sollen nach Westen reiten, bis sie an das Meer kommen, das man Marmarameer nennt. Danach sollen sie an der Küste entlang nach Norden ziehen und versuchen, das Schwarze Meer zu umreiten. Wenn sie auf dem Rückweg dann das Kiptschak durchqueren, können sie in drei Jahren gut wieder am Onon sein. Boten werden die Verbindung zwischen uns aufrechterhalten, so daß ich notfalls eingreifen kann.«

»Sie gehen mit Entfernung und Zeit um wie Händler mit Nickelstücken«, wirft Yeliu-Tschutsai ein.

»Viel mehr sind Entfernung und Zeit auch nicht wert, wenn man Unternehmungsgeist, zuverlässige Krieger und genügsame Pferde besitzt«, entgegnet Dschingis-Chan. »Eine Entfernung erhält erst Bedeutung, wenn sie nicht überwindbar ist. Und Zeit wird kostbar, wenn der Tod ...« Dschingis-Chan macht eine wegwerfende Bewegung. »Genutzte Zeit ist kostbarer als ungenutzte. Darum sollen meine Krieger noch zu meiner Zeit so weit wie möglich nach Westen reiten.«

»Und was geschieht im Choresm-Reich?« fragt Tatatungo. »Sie sagten kürzlich, daß Sie sich gewisse Sorgen machen.«

»Wenn ich mir Sorgen mache, ist das für meinen Gegner schlecht. Dann trifft er mich nicht unvorbereitet an. Im übrigen werde ich nichts unternehmen, solange hier Ruhe herrscht. Ich weiß, daß es die Ruhe vor dem Sturm ist, und ich werde Dschutschi, Tschagatai und Ugedei vorsorglich nach Gurgentsch senden, damit sie die am Amu-Darja gelegene Festung einnehmen. Ihr Kommandant fühlt sich hinter seinen Mauern und Wassergräben offensichtlich reichlich sicher.«

»Gemeinsam wollen Sie die drei nach Gurgentsch entsenden?« fragt Tatatungo erstaunt.

»Ja. Tuli möchte ich hierbehalten. Ich habe mich im Laufe der Jahre zu sehr an ihn gewöhnt. Oder sollte ich auch ihn ...?«

»Nein, nein«, erwidert der Gelehrte hastig. »Ich wundere mich nur darüber, daß Sie die drei zusammen losschicken wollen.«

»Warum?«

»Weil Sie das noch nie getan haben.«

Dschingis-Chan lacht. »Du merkst auch alles. Aber da du meine Söhne in vielen Dingen unterrichtet hast, will ich vor dir nicht verheimlichen, warum ich es tue. Der Kampf um Gurgentsch wird hart werden. Im harten Kampf aber werden die Menschen nervös. Ich möchte sehen, wie sich meine Nachkommen vertragen. In ihren Reihen befinden sich einige geheime Berichterstatter.«

Bevor Dschingis-Chan seine Söhne nach Gurgentsch schickt, beauftragt er Ugedei, ihm an der relativ stark befestigten Stadt Termes die Wirkung der verbesserten Feuerschleudern und Wurfmaschinen vorzuführen. Die am Oberlauf des Amu-Darja gelegene Festung wurde von Dschebe, als er mit seinen Einheiten von Pamir kommend am Grenzfluß entlangzog, unbehelligt gelassen, und die Bevölkerung, die Ala-ed-Din Muhammed oftmals in ihren Mauern beherbergte, weigert sich beharrlich, die Tore zu öffnen.

Mit dem Ugedei gegebenen Befehl verbindet Dschingis-Chan einen Wunsch Tatatungos und Yeliu-Tschutsais, die einen Ritt in den Raum von Balch machen möchten, um das Relief des persischen Königs Dareios zu sehen, von dem ihnen die einheimischen Gelehrten viel erzählt haben. Ihm selbst ist eine Abwechslung ebenfalls willkommen, da er sich seit Monden in Samarkand aufhält und Vorträge über Mohammed kaum noch ertragen kann. Denn gegen vieles, was der große Prophet lehrte, lehnt er sich entschieden auf.

»Warum hat Mohammed, der seinen Kampf mit dem Angriff auf den Götzendienst begann, das Pilgern nach Mekka nicht verboten?« fragte er die Gelehrten einmal erregt. »Doch nur, weil der Gepriesene die Handelsinteressen, die mit dem Heiligtum verbunden sind, berücksichtigen wollte. Er tat es aber auch, weil er das götzendienerische Element des Kaaba-Heiligtums in seine Lehre aufnahm, um unter den fanatischen Arabern leicht Anhänger zu gewinnen. Das kommt dabei heraus, wenn man Glaubenslehrer und Staatsmann zu gleicher Zeit sein will. Man kommt an Kompromissen nicht vorbei, wenn man um sein Gefolge buhlen muß. Und das mußte Mohammed. Sonst gefällt er mir ja ganz gut, aber ich gefalle mir besser, weil ich ein Herrscher bin, der seine Anhänger nicht mit Lügen, sondern mit Feuer und Schwert zusammentreibt.« Verächtlich fuhr er fort: »Glaubt ihr etwa, daß Allah nicht überall ist? Wenn ich, Dschingis-

Chan, schon an vielen Plätzen bin, dann wird Allah, so es ihn gibt, bestimmt überall sein. Das Pilgern nach Mekka ist also großer Unsinn. Und genauso dumm ist die Scheidung der Tiere in reine und unreine. Was für uns Menschen geschaffen wurde, ist genießbar, was uns nicht zugedacht ist, ungenießbar oder giftig.«

Als sich einer der Gelehrten gegen diese Auffassung auflehnte und behauptete, Allah habe gewisse Pflanzen nicht giftig gemacht, um sie als ungenießbar zu kennzeichnen, sondern um zu beweisen, daß nicht der Mensch, sondern allein das höhere Wesen über Sein und Nichtsein entscheidet – weshalb Mohammed auch den Fatalismus gelehrt habe – höhnte Dschingis-Chan: »Du meinst, kein Mensch könne seinem Schicksal entrinnen?«

»So ist es«, erwiderte der Gelehrte. »Allah ist die alles widerstandslos beherrschende Macht.«

»Und was sagt Mohammed, wo es auf moralische Vorschriften ankommt?«

Der Gelehrte hatte ihn fragend angesehen. »Ich weiß nicht, was Sie meinen.«

»Das weißt du schon, du willst es nur nicht sagen«, rief Dschingis-Chan und wandte sich an die anwesenden Heerführer. »Der Prophet spricht sich im Sinne der Willensfreiheit aus. Nun frage ich euch, lassen sich Willensfreiheit und Fatalismus miteinander vereinbaren? Ich verzichte auf solche Lehren. Aber das ist meine private Meinung, und da ich jedem das gleiche Recht zubillige, dulde ich jede Religion. Menschen, die meine Gesetze befolgen, sollen ungefährdet den Himmel anbeten können, der ihnen am besten gefällt. Bei mir kann jeder nach seiner Meinung leben, getötet aber wird ausschließlich auf meinen Befehl.« Schmunzelnd fügt er hinzu: »Solange man sich nach meiner Auffassung richtet, kann uns nichts passieren.«

Und doch geschieht etwas, das Dschingis-Chan nicht bedachte. Durch seine tolerante Haltung allen Religionslehren gegenüber entsteht unter den Moslems ein abgrundtiefer Haß gegen ihn. Sie müssen zusehen, wie Christen Kreuze auf ihre Kirche setzen, wie Juden die Pforten ihrer Synagogen öffnen, wie Parsen heilige Feuer entzünden und Schiiten sich von den ihnen aufgezwungenen Mollas befreien. Zur gleichen Zeit, da Dschingis-Chan vor Termes die mit Hilfe von Wurfmaschinen wie von Geisterhand geschleuderten Basaltblöcke durch die Luft sausen sieht und unzählige Töpfe mit Naphtha auf die Dächer der Stadt prasseln, findet die erste geheime Besprechung zwischen moslemischen Würdenträgern und Festungskommandanten statt, die nicht gewillt sind, weiterhin den Befehlen des Mongolen zu gehorchen.

Dschingis-Chan ahnt nichts von diesem Treffen. Er umarmt Ugedei nach dem Bombardement und erklärt: »Wenn ich auch weiß, daß Trunksucht, Tafelfreuden und Kleiderpracht Eigenschaften sind, die zu glänzenden Schlössern, verwüsteten Feldern und leeren Scheunen führen, also Diebstahl an dem sind, was uns der Tengri schenkt, ich vergebe dir deine Schwächen angesichts deiner großen Leistungen.«

Ugedei lacht: »Ich danke dir dafür, daß du mich in gewisser Hinsicht vor dem Gesetz straffrei machst. Das ist doch wohl der Sinn deiner Worte, oder?«

Dschingis-Chan nimmt ihn zur Seite. »Du irrst, Ugedei. Mir geht es nicht darum, Familienmitglieder vor einer Rechtsprechung nach der Jassa zu bewahren. Denke an Togutschar. Degradierte ich ihn nicht zum einfachsten Krieger, weil er eine Stadt plünderte, die sich kampflos ergeben hatte? Ich mache keine Unterschiede, Ugedei! Ich würde dich wie jeden anderen einsperren lassen, wenn du dich nicht nach meinen Weisungen richtest. Bei dir geht es mir um etwas anderes. Du bist einer meiner Nachfolger, und ich setze große Hoffnungen auf dich. Nur deine Trunksucht stört mich. Nun habe ich im Laufe der Jahre aber erfahren müssen, daß Gesetze Verbrechen erzeugen wie Verbote den Zwang. Ich will dich fördern, will dich frei machen von jedem Druck und dich dir selbst überlassen, und ich hoffe, daß dich das auf den rechten Weg führt.«

Wenige Tage später rückt Ugedei nach Norden ab, um mit Dschutschi und Tschagatai den Widerstand der Festung Gurgentsch zu brechen. Dschingis-Chan reitet mit seiner Leibgarde, Yeliu-Tschutsai, Tatatungo und einem Gelehrten aus Samarkand in die Berge Afghanistans.

Das Gelände südlich des Amu-Darja ist stark hügelig. Die Talsohlen zwischen den Erhebungen sind von vielen Bächen durchzogen, die irgendwo aus dem Boden heraustreten und unvermutet wieder versickern. Es sind weder stehende Wasser noch Flüsse; es sind auch keine Sümpfe, obwohl sie von zahlreichen Elritzfischen belebt sind. An ihren Rändern wachsen Farne und vielerlei Sträucher, und nicht weit von ihnen entfernt sind Pappeln, Granatbäume und vereinzelt sogar Palmen zu finden.

Hinter Balch wird das Gelände zerklüftet. Der Boden wird zusehends felsiger, und bald reitet Dschingis-Chan durch Schluchten, in denen sich kristallklare Wildbäche über Felsblöcke ergießen. Er genießt den ungewohnten Anblick der wildromantischen Gegend und atmet mit tiefen Zügen die im Sprühregen der Wasserfälle gekühlte Luft ein.

Nach Tagen wird die an der einst von Babylon zum Fernen Osten führende alte Karawanenstraße erreicht, an der das kleine Dorf Behistun liegt, in dessen unmittelbarer Nähe sich die über fünfhundertfünfzig Meter senkrecht abfallenden Felswand aus weißem Marmor befindet, in die Dareios seine Siege in Keilschrift einmeißeln ließ.

Überrascht von den Ausmaßen des Kolossalreliefs, das die Schrift zu beiden Seiten umrahmt, setzt sich Dschingis-Chan auf die Erde und starrt in die Höhe.

Yeliu-Tschutsai ist wie von einem Fieber ergriffen. Seine Wangen zeigen hektische Flecken, seine Augen glänzen. Dauernd stellt er Fragen an den Gelehrten aus Samarkand, ohne diesem Zeit zur Beantwortung zu lassen. »Dschingis-Chan!« ruft er schließlich beglückt. »An dieser Stelle stand vor über siebzehnhundert Jahren der große König Dareios aus dem Geschlecht der Achaemiden.«

»Ist das so bedeutungsvoll?« fragt Dschingis-Chan ungehalten.

Der Gelehrte antwortet mit eindringlicher Stimme: »Es ist historischer Boden, auf dem wir stehen!«

»Weil jener Dareios hier war?«

Yeliu-Tschutsai fragt sich unwillkürlich: Ist er schon wieder eifersüchtig?

Er hat es kaum gedacht, da fährt Dschingis-Chan fort: »Daß ich, der Herrscher der Herrscher, diesen Ort aufsuche, ist scheinbar unwichtig gegenüber der Tatsache, daß Dareios hier war.«

»Aber nein«, lenkt Tatatungo ein. »Ihr Hiersein macht den Boden doppelt historisch. Von Ihnen wird man später genauso berichten wie von Dareios.«

»Dann ist es gut«, sagt der Herrscher befriedigt und blickt erneut in die Höhe. »Gerechtigkeit muß sein. Ich bin ja schließlich nicht irgendwer.« Er streicht über seinen Bart. »Sind ja gewaltige Figuren, die Dareios da einschlagen ließ. Was bedeuten sie?«

»Am besten wird es sein, wenn uns das der Gelehrte aus Samarkand erklärt«, antwortet Yeliu-Tschutsai. »Bitte, verehrter Dar-ed-Amer, würden Sie die Güte haben ...«

Der in ein Gewand aus weißem Leinen gehüllte Geschichtslehrer verbeugt sich vor Dschingis-Chan und beginnt seinen Vortrag. »Schon unter Kyros nahm Dareios eine hohe Stellung als Staatsmann ein. Den Nachfolger dieses Regenten, Kambyses, begleitet er als Leibwächter nach Ägypten. Nach dem Tod Kambyses übernahm er als Haupt des Königshauses den Kampf gegen den falschen Smerdis auf, den er festsetzte und später in einer Burg in Medien erschlug.«

»Falscher Smerdis?« fragt Dschingis-Chan. »Wer war das?«

»Verzeihung, ich nahm an, Ihnen sei seine Geschichte bekannt. Jener Kambyses, von dem ich sprach, hatte einen Bruder namens Smerdis, dem er, zufolge eines Traumgesichts, nicht mehr traute und deshalb vor seinem großen Feldzug nach Ägypten heimlich ermorden ließ. Nun kommt das wohl Einmalige an der Geschichte. Ein Gaukler mit dem Namen Gaumata erfuhr von der begreiflicherweise geheimgehaltenen Tötung des Smerdis. Schnurstracks gab der Gaukler sich das Aussehen des Ermordeten und regierte als Smerdis während der langjährigen Abwesenheit des Kambyses. Er übertrug die Herrschaft der Perser wieder auf die Meder, gewann die Völker des Landes für sich und konnte sich nach dem Tod von Kambyses noch sieben Monate lang behaupten. Dann erschlug ihn Dareios.«

»Der Kerl gefällt mir«, begeistert sich Dschingis-Chan. »Schade, daß Dareios ihn erwischt hat.«

Yeliu-Tschutsai lacht. »Ich möchte nicht hören, was Sie sagten, wenn Sie in die Mongolei zurückkehrten und dort einen Pseudo-Dschingis-Chan antreffen würden.«

»Den Kerl würde ich in tausend Fetzen zerreißen«, erwidert er empört, muß dann aber selber lachen. »Müßt ihr mich denn immer wieder festnageln, wenn ich einmal nicht nachdenke? Aber schön ist es doch, was der Gaukler da gemacht hat. Mir könnte so etwas übrigens nicht passieren.«

Yeliu-Tschutsai hebt warnend die Hand. »Kambyses war ein großer König.«

»Aber kein Dschingis-Chan!« entgegnet der Herrscher und reibt sich zufrieden die Hände. Dann wendet er sich an den Gelehrten aus Samarkand. »Erzähle weiter von deinem Dareios. Mit ihm scheint ja nicht viel los gewesen zu sein, wenn du zu Beginn schon schnurrige Geschichten von Gauklern einflechten mußt.«

Der Gelehrte geht auf die Bemerkung des Herrschers ein. »Sie haben recht«, erwidert er. »Viel ist von Dareios nicht zu sagen. Er ließ die Keilinschriften und jene wohlerhaltenen Reliefs in den Marmor hauen.«

Dschingis-Chan sieht ihn skeptisch an. »Was bedeuten die Figuren?«

»Das ist die symbolische Darstellung seiner Siege. Die Gruppe links stellt Dareios dar, der, von zwei Kriegern begleitet, seinen Fuß auf den am Boden liegenden Magier Gaumata setzt. Dem König gegenüber sehen Sie auf der rechten Seite neun hintereinanderstehende Personen, die, je weiter sie entfernt sind, an Größe zunehmen. Allen Gestalten sind die Hände gebunden. Sie versinnbildlichen die von Dareios getöteten neun Könige, angefangen vom kleinsten bis zum mächtigsten.«

Dschingis-Chan räuspert sich. »Und was bedeutet die Gestalt, die über allen schwebt und eine Krone in der Hand hält?«

»Das ist Ahuramazda, der höchste Gott der alten iranischen Nationalreligion. Zum Lohn für seine Taten reicht er Dareios die Krone des Königs.«

»Ahuramazda? Habe nie von ihm gehört.«

»Er ist schon den alten Griechen als oberster Herr der Perser bekannt. Den aus reinstem Licht entstandenen Urheber der guten Dinge und Schöpfer der Welt nennt ihn Dareios in seiner Schrift dort oben: ›Den größten der Götter‹. Die authentische Quelle über ihn ist die von Zarathustra beziehungsweise von dessen Jüngern herrührende Liederschrift ›Gatha‹.«

»Wer sind die Griechen? Und wer ist Zarathustra?«

»Zarathustra ist der Stifter der berühmten dualistischen Glaubenslehre der alten Iranier. Nach seiner Auffassung stehen sich Ahuramazda (Gott) und Angromainyu (Teufel) als gute und böse Geister, als Licht und Finsternis gegenüber. Während Gott weitere edle Geister, wie Wahrhaftigkeit, gute Gesinnung, Weisheit, Herrschaft, Gesundheit und Langlebigkeit zur Seite stehen, helfen dem Teufel Trug und Zorn. Nach Zarathustra wird am Ende aller Tage das große Gericht abgehalten und Vergeltung geübt. Seiner Lehre gemäß ist es die Aufgabe des Menschen, Gott im Kampf gegen den Teufel beizustehen, damit dereinst, nach dem großen Sieg über das Böse, das unvergängliche Reich Ahuramazdas errichtet werden kann.«

»Die Lehre gefällt mir, weil sie nicht die Erlösung vom Weltübel, sondern das Besiegen des Bösen und Schlechten zu ihrer Aufgabe macht«, sagt Dschingis-Chan und fragt Yeliu-Tschutsai unauffällig: »Kennst du die Lehre Zarathustras?«

»In ihren Grundzügen, ja.«

»Das genügt. Komme zu mir, wenn Dar-ed-Amer fertig ist. Ich muß mit dir sprechen.« Erneut wendet er sich an den persischen Gelehrten. »Du wolltest mir noch erzählen, wer die Griechen sind.«

»Die Griechen wohnen weit von uns entfernt im Westen auf dem Zipfel einer Halbinsel, die im Norden mit dem Festland verbunden ist. Dareios zog gegen jenes Land. Mit siebenhunderttausend Kriegern überschritt er den Bosporus, eine Meerenge, die das Marmarameer mit dem Schwarzen Meer verbindet. Die ein bis drei Kilometer breite Enge hat den Namen Bosporus, Rinderfurt, erhalten, weil nach der griechischen Sage Io, die Tochter des Inachos, die wegen ihres Liebesverhältnisses zum Gott Zeus in eine Kuh verwandelt wurde, durch diese Furt geschwommen sein soll. Als Dareios nach Makedonien zog, schlug er über dieses gewaltige Wasser eine Brücke. Man muß sich das einmal vergegenwärtigen: Vor siebzehnhundert Jahren überquerte Dareios mit siebenhunderttausend Kriegern den Bosporus, kämpfte gegen Makedonien und Thrakien, das sind große Länder im Westen, schlug über einen dort befindlichen großen Fluß, Donau genannt, eine zweite Brücke und zog nach Norden, nach Rußland bis an den Oaros (Wolga). Solche Strecken legte Dareios zurück. Hindernisse kannte er nicht. Ich glaube, Sie werden zugeben müssen, daß er wirklich Größe besaß.«

Dschingis-Chan ist beeindruckt. »Was sagt ihr dazu?« wendet er sich an Tatatungo und Yeliu-Tschutsai. »Habe ich nicht den richtigen Gedanken gehabt, als ich mich entschloß, Dschebe und Ssubutai nach Westen zu schicken? Ich habe geahnt, daß dort manches Land erobert werden kann. Die beiden Heerführer sollen so bald als möglich losjagen – auf den Spuren von Dareios, aber auf den Pferden Dschingis-Chans. Hahaha ...«

»Unsere Bedenken galten nicht den Entfernungen, sondern der Zeit«, wirft der Kanzler ein.

Dschingis-Chans Gesichtsausdruck wird ernst. »Komm, Yeliu-Tschutsai, ich habe mit dir zu reden. Tatatungo wird sich inzwischen mit Dar-ed-Amer unterhalten.«

Der Herrscher geht mit dem Astronomen über Felsplatten zu einem kleinen Bach hinunter, der von Sträuchern und langhalmigen Gräsern umstanden ist. »Setz dich zu mir«, sagt er, als sie das Ufer erreichen. »Ich muß dich in Ruhe sprechen.«

Der Gelehrte sieht ihn verwundert an.

Dschingis-Chan ergreift einen Stock, der am Boden liegt. »Ist der nicht schön gewachsen?«

»Ja.«

»Herrlich glatt, nicht wahr?«

Der Gelehrte nickt.

»Aber morsch«, sagt Dschingis-Chan und bricht den Stock entzwei. »Morsch und zu nichts zu gebrauchen. Morsch, wie ich es bin.«

Der Astronom lacht. »Sie sind noch nicht morsch, Dschingis-Chan.«

»Noch nicht! Weißt du, was das heißt? Bald! Bald, Yeliu-Tschutsai!«

Betroffen fragt der Gelehrte: »Was ist mit Ihnen?«

Ich fühle, daß ich nicht mehr lange lebe. Ich muß aber noch lange leben. Ich muß! Mein Werk ist noch nicht vollendet. Du weißt, welche Pläne ich hege, und dir ist nicht unbekannt geblieben, daß unter meinen Söhnen keiner ist, dem ich mein Reich guten Gewissens übergeben könnte. Vorhin sagte Dar-ed-Amer, als er von Zarathustra sprach: Gott stehen gute Geister wie Wahrhaftigkeit, Weisheit, Herrschaft, Gesundheit und Langlebigkeit zur Verfügung. Gibt es solche Geister wirklich? Ich frage nicht, weil ich ihre Existenz bezweifle. Im Gegenteil, ich erlebte ja, daß mir Herrschaft und Gesundheit geschenkt wurden. Was ich aber nicht weiß und unbedingt wissen muß. Wird mir auch Langlebigkeit beschert sein?«

Yeliu-Tschutsai unterdrückt seine Verwunderung. »Ja, Dschingis-Chan, das ist eine Frage, die niemand beantworten kann. Ihr Leben verlief allerdings so, daß ich sagen möchte: Alle Geister, die guten wie die bösen, standen Ihnen helfend zur Seite. Warum sollte sich der Geist der Langlebigkeit also nicht zu Ihnen gesellen?«

»Die gute wie die bösen? Wie soli ich das verstehen?«

Der Astronom lächelt. »Nehmen Sie etwa an, daß Ihre Taten nur an das Eingreifen guter Geister gemahnen?«

»Darüber will ich jetzt nicht streiten«, entgegnet Dschingis-Chan unwillig. »Mich interessiert im Augenblick nur der Geist der Langlebigkeit. Meinst du wirklich, daß er mir dienen wird?«

»Ich glaube und hoffe es.«

»Mir genügt das nicht. Ich muß es wissen, Yeliu! Ich brauche ...«

»Wahrhaftigkeit nennt Zarathustra den ersten der sechs Geister, die Gott zur Verfügung stehen«, fällt Yeliu-Tschutsai ein. »Wünschen Sie, daß ich Ihnen angesichts dieser Lehre mit Unwahrhaftigkeiten diene?«

Schweigen.

»Es hat doch keinen Sinn, Sie zu belügen, Dschingis-Chan. Der Geist der Langlebigkeit läßt sich nicht kommandieren. Die Dauer unseres Daseins ist uns nicht in die Hand gegeben. Wir können sie wohl beeinflussen, aber nur zu einem geringen Teil.«

»Ein kleiner Teil würde mir schon genügen. Mir kommt es auf ein paar Jahre an, auf ein paar lächerliche Jahre. Gemessen an der Ewigkeit ist das, was ich verlange, nicht einmal ein Staubkorn in der Wüste.«

»Möglich. Aber auch der in unsere Hände gelegte Teil will erworben sein. Er ist von unserer Lebensführung, also vom Zustand unseres Körpers abhängig.«

»Das kann nur bedingt richtig sein, wenn du behauptest, die Lebensführung sei ausschlaggebend«, triumphiert Dschingis-Chan. Wie man Kranke mit entsprechender Medizin gesund machen kann, muß man Nichtkranken auch eine erhöhte Widerstandskraft geben können.«

»Theoretisch mögen Sie recht haben«, entgegnet der Gelehrte. »Aber was bei dem einen oder anderen möglich ist, trifft nicht für alle zu.«

»Sei keine Unke, sondern denke darüber nach, was ich tun könnte, um mein Leben zu verlängern. Und wäre es nur für ein Jahr. Ich brauche Zeit! In Chin gibt es doch viele Gelehrte. Weißt du keinen, der mir helfen könnte?«

Der Astronom streicht über seinen dünnen Bart. »Ich kenne einen weisen Mann, den die Chin-Kaiser oft um Rat angingen. Sein Name ist Tschang-tschun. Möglich, daß er Rat wüßte. Ich glaube es zwar nicht, denn er sagte einmal: ›Nur derjenige, der das Wesen des Lebens kennt, steht über dem Leben.‹ «

»Moment mal, jetzt kommen wir der Sache schon näher. Er hat erklärt: ›Wer das Wesen des Lebens kennt, steht über dem Leben?‹ Dann muß man auch sagen können: Wer das Wesen des Todes kennt, steht über dem Tod.«

Der Gelehrte schmunzelt: »Nicht schlecht gedacht, Dschingis-Chan. Aber wer kennt schon das Wesen des Todes?«

»Vielleicht der Weise Tschang-tschun.«

»Das glaube ich nicht.«

»Raube mir keine Hoffnung. Ich werde Tschang-tschun kommen lassen.«

»Kommen lassen!« entsetzt sich der Astronom. »Sie scheinen zu vergessen, wieviel Li wir von Chin entfernt sind? Tschang-tschun ist über achtzig Jahre alt.«

»Über achtzig ist er? Und da bezweifelst du, daß er das Geheimnis des langen Lebens kennt? Ich hätte dich für klüger gehalten. Aber das sage ich dir: Jetzt werde ich ihn sofort holen lassen.«

Yeliu-Tschutsai schüttelt den Kopf. »Mehr als viertausend Kilometer beträgt die gradlinige Entfernung von hier nach Yenking. Und Tschang-tschun kann nicht reiten.«

»Dann lasse ich ihn eben tragen.«

Der Astronom ringt die Hände. »Er wird die Klimaveränderungen nicht ertragen und sterben!«

»Das wird er nicht tun, weil er das Geheimnis des langen Lebens kennt«, triumphiert Dschingis-Chan. »Und dem heißen Klima der

Wüsten wird er nicht ausgesetzt sein, weil ich ihn durch Indien tragen lassen werde.«

»Und wenn er sich weigert? Mancher Kaiser bat ihn vergebens an seinen Hof.«

»Das kann ich verstehen«, entgegnet Dschingis-Chan gelassen. »Zu mir wird Tschang-tschun aber kommen. Ich schwöre es dir.«

8

Schon seit einem halben Jahr reiten Dschebe und Ssubutai mit dreißigtausend Kriegern nach Westen, um unbekannte Länder zu erkunden. Währenddessen kämpfen Dschutschi, Tschagatai und Ugedei vergeblich gegen die Festung Gurgentsch an. Alle vorgetragenen Angriffe verlaufen ergebnislos, weil in der wüstenartigen Umgebung der Stadt keine Steinblöcke aufzutreiben sind, die gegen die Mauern geschleudert werden könnten. Und Feuerwerfer können nicht eingesetzt werden, weil die Schleuderkraft der Wurfmaschinen nicht ausreicht, um schwere Naphthatöpfe über die vorhandenen Wassergräben hinweg in das Innere der Stadt zu katapultieren. Alle Angriffe scheitern und werden blutig zurückgeschlagen, obwohl Dschingis-Chan bereits so viel Einheiten entsandte, daß fünfzigtausend Mongolen vor Gurgentsch stehen.

Der erfolglose Kampf macht den Herrscher unruhig. Er weiß, daß die Augen aller Festungskommandanten auf die in der Nähe des Aralsees gelegene Hauptstadt gerichtet sind. Einige von ihnen mögen denken, daß sich ihre Festungen niemals so lange wie Gurgentsch halten könnte, weil ihnen kein Seeweg zur Verproviantierung zur Verfügung steht. Das schlechte Bild aber, das seine Einheiten abgeben, wird in mancher Brust neue Hoffnungen aufkommen lassen. Und das angesichts der Tatsache, daß er durch seine tolerante Haltung allen Religionen gegenüber den Kirchenältesten der Moslems eine gefährliche Waffe in die Hand gab. Mit vielem hatte er gerechnet: mit dem Nationalstolz, den Ala-ed-Din Muhammed in das Volk pflanzte, mit der Weite des Landes, mit starken Festungen, mit glühender Hitze und starrender Kälte, nicht aber mit dem Fanatismus der Mohammedaner und ihrem Haß gegen jede andere Religion.

Unheimlich ist ihm nun die Ruhe, die ihn umgibt. Er sehnt sich danach, den Kampf zu entfesseln, wenngleich er im gegenwärtigen Zeitpunkt eine Auseinandersetzung für gefährlich hält. Seine besten Heerführer reiten mit dreißigtausend Mann irgendwo im Westen umher, seine Söhne liegen mit fünfzigtausend Kriegern vor Gurgentsch. Zu allem Übel baten ihn die Fürsten von Ujgurien und Kara-Chitan, in die Heimat zurückkehren zu dürfen. Ihre Männer seien es nicht gewohnt, für längere Zeit von Frauen und Kindern getrennt zu sein. Frauen und Kinder! Wenn er so etwas schon hört. Doch sollte er nein sagen und sich ein Heer von Unzufriedenen schaffen? Nur noch hunderttausend Krieger stehen ihm zur Verfügung. Auf sie kann er sich allerdings verlassen wie auf sich selbst.

In Dschingis-Chans sorgenvolle Überlegungen platzt die Nachricht, daß zwischen Dschutschi und Tschagatai ein schwerer Streit ausgebrochen ist. Der Älteste betrachtet Gurgentsch als seine Stadt, weil der Vater ihm das Kiptschak schenkte, und Tschagatai rechnet den Aralsee als zu seinem Gebiet gehörig, weil Dschingis-Chan ihm erklärt hatte: ›Alles, was südlich vom Aralsee liegt, soll dir gehören.‹

»Das ist nun der Dank dafür, daß ich meinen Söhnen Gebiete schenkte, die Kaiserreiche darstellen«, ereifert sich der Herrscher vor Yeliu-Tschutsai und Tatatungo. »Sie zanken sich um eine Festung, die noch nicht eingenommen ist. Aber ich habe es ja geahnt. Dschutschi und Tschagatai sind Hitzköpfe, die zu nichts zu gebrauchen sind. Denkt an Dschutschis Auflehnung, als er die Tataren vernichten sollte. Der gleiche Geist brach durch, als ich ihn gegen die Merkiten einsetzte. Und wenn Dschebe nicht bei ihm gewesen wäre, als Ala-ed-Din Muhammed heranrückte, ich weiß nicht, wo er gelandet wäre. Das gleiche gilt für Tschagatai. Seine Verbissenheit kennt keine Grenzen. Am Staudamm vor Hoang-hsing-fu …«

»… gab ihm die Entwicklung recht«, fällt Tatatungo trocken ein.

»Anerkannte ich nicht die Richtigkeit seiner Überlegungen?« empört sich Dschingis-Chan. »Ich erwähne es nur, um zu zeigen, daß er schon damals nicht nachgeben konnte. Um das und um nichts anderes geht es hier. Wenn zwei sich zanken, geschieht das, weil jeder glaubt, im Recht zu sein. Einer aber muß selbst auf die Gefahr hin nachgeben, daß ihm Unrecht geschieht oder etwas getan wird, das nicht richtig ist. Es ist besser, etwas falsch einzuleiten und dann konsequent durchzuführen, als durch ein Gegeneinander chaotische Zustände heraufzubeschwören. Ich erinnere an Dschebes Schlacht um Ferganatal. Er gab nach und führte das Falsche so lange konsequent durch, bis sein Meinungsgegner den Fehler einsah und nachgab. Fehler werden immer gemacht, dagegen ist nichts zu sagen. Man muß sie aber zu gegebener Zeit erkennen und beseitigen. Wären Dschutschi und Tschagatai nicht so idiotische Hitzköpfe, würden sie mich in ihrem Streit um eine Entscheidung bitten. Aber nein, sie müssen sich verbeißen.«

»Was werden Sie machen?« fragt Yeliu-Tschutsai besorgt. »Wollen Sie nach Gurgentsch aufbrechen?«

»Ich denke nicht daran. Einigkeit werde ich befehlen! Wenn zwei sich zanken, lacht der dritte. Ugedei erhält ab heute den Oberbefehl über Dschutschis und Tschagatais Truppen. Seine Brüder sollen wissen, welche Folgen ein Streit hat, und ich will sehen, wie Ugedei seine Aufgabe löst. Vielleicht ist es ganz gut, daß die beiden sich in die Haare gerieten.«

Wenige Tage darauf erhält Dschingis-Chan von einem nach Gurgentsch entsandten Heerführer die Mitteilung, daß sich Dschutschi und Tschagatai dem jüngeren Bruder bedingungslos unterwarfen und daß Ugedei zwischen ihnen vermittelt habe, ohne seine Macht fühlen zu lassen. Durch seine an die Kampfhähne gerichtete Bitte, ihm beratend zur Seite zu stehen, habe er Einigkeit erzielt.

Die Entspannung, die dieser Bericht auslöst, hält nur wenige Tage an, da Dschelal-ud-Din plötzlich von Afghanistan aus zum heiligen Krieg gegen die Unterdrücker des Islams aufruft. Durch den erfolgreichen Widerstand Gurgentschs ermutigt, schließen viele Städte ihre Tore, und über Nacht werden im ganzen Land Treibjagden auf Mongolen veranstaltet, die gnadenlos gevierteilt werden. Auch Angehörige des eigenen Volkes, die mit Gegnern paktierten, werden hingerichtet. Der Tod reitet allüberall und treibt die Bevölkerung in einen Blutrausch.

Dschingis-Chan ist vorbereitet. Seine Tuman liegen seit Wochen in Alarmbereitschaft und erhalten den kürzesten Befehl, der jemals erteilt wurde: »Ausrotten!«

Ein erbarmungsloser Kampf beginnt. Auf beiden Seiten dominiert der Vernichtungswille. Die für den Krieg nicht ausgerüstete, jedoch bis auf das Blut aufgepeitschte Welt des Islams erhebt sich mit Millionen Männern gegen hunderttausend kampferprobte Kämpfer.

Tuli rast an der Spitze des geschlossen aufmarschierenden Heeres von Samarkand nach Südwesten und läßt Dorf um Dorf, Stadt um Stadt und Festung um Festung in Ruinen verwandeln. Nichts, aber auch gar nichts läßt er unversehrt. Rauchende Trümmer und verkohlte Leichen weisen seinen Weg. Zehntausend, fünfzigtausend, hunderttausend, dreihunderttausend – immer mehr Menschen liegen unter Schutt und Asche. Wie eine Lawine wälzen sich seine Einheiten durch das Land. Was lebt, wird getötet. Hin und wieder schenkt er der Bevölkerung einer Stadt allerdings das Leben, aber nur, um sie vor großen Festungen als Schutzschild vor seinen Einheiten marschieren zu lassen, bis seine Artillerie in Stellung gebracht ist. Dreitausend Maschinen für schwere Brandpfeile, sechshundert Schleudern für Naphthagefäße und zweihundertfünfzig Katapulte für Felsblöcke führt er mit sich.

Die Festungen haben keine Möglichkeit, sich zu wehren. Sie können weder die entstehenden Brände löschen noch die Breschen schließen, die krachende Basaltblöcke in ihre Wälle schlagen. Merw, die Oase in der Wüste Kara-Kum, die schon im Weisheitsbuch Zarathustras als eine der blühendsten und größten Ortschaften des Morgenlandes genannt wird, kann sich mit Mühe drei Wochen halten. Dann sind an zweitausend Strickleitern übergeworfen, über welche die Mongolen in die brennende Stadt eindringen.

Die Bevölkerung ahnt nicht, was ihr bevorsteht. Moatugan, der Sohn Tschagatais, wurde bei der Erstürmung getötet. Welche Anordnung mag der Herrscher geben, wenn er erfährt, daß sein Enkel fiel?

Als Tuli Dschingis-Chans Entscheidung bekanntgibt, erschrecken selbst die Mongolen. In Merw darf kein Mann und keine Frau, kein

Greis und kein Kind, keine Katze und kein Hund sein Leben behalten. Wer immer in der Riesenstadt lebt, muß umgebracht werden.

Der Befehl wird gnadenlos ausgeführt. Von Sonnenauf- bis -untergang dringen nicht enden wollende Schreie über den Wall der Festung. Als die vom Morden, Töten und Würgen übermüdeten Krieger die Stadt verlassen, sind bereits die ersten vom Geruch des Todes angelockten Wölfe, Hyänen und Schakale zu hören*.

Die bald an allen Fronten kämpfenden Truppen verfallen dem Blutrausch. Während Tuli nach Herat eilt und Dschingis-Chan mit der Säuberung des Hindukusch beginnt, wo Festung um Festung in Asche gelegt wird**, treten die unter Ugedei vereinigten Heere der drei ältesten Söhne zum Generalangriff auf Gurgentsch an, nachdem Tschagatais Pioniere in wochenlanger Arbeit die kaum begreifliche Ableitung des Amu-Darja bewältigte***.

Durch die Ableitung des Flusses glaubt Ugedei eine schnelle Übergabe der Stadt erzwingen zu können, er weiß jedoch nicht, daß die Einwohner der Festung durch Bohren von Erdlöchern leicht in den Besitz von Wasser gelangen konnten****. Als ihm dies bekannt wird, befiehlt er kurz entschlossen, die nun wasserleeren Verteidigungsgräben zuzuschütten, und fährt seine Chientien-lei und Hoa-pho auf, die einen wahren Regen von Brandpfeilen und Naphthatöpfen auf Gurgentsch niederprasseln lassen. Dann erstürmt er mit fünfzigtausend Kriegern die Mauern der brennenden Festung, in der um jede Straße gekämpft werden muß.

Um sich die Mühe des Abschlachtens der Überlebenden zu ersparen, befiehlt Ugedei, die Stadt in ein einziges Flammenmeer zu verwandeln. Dann leitet er den von Tschagatai gestauten Amu-Darja nach Gurgentsch hinein und läßt Menschen und Tiere unter der wildschäumenden Kopfwelle für immer verschwinden*****.

* Merw wurde erst im 15. Jahrhundert wieder aufgebaut. Nach arabischen Berichten sollen die Mongolen bei der Zerstörung der Stadt (1219 n. Chr.) über eine Million niedergemetzelt haben.

** In der Nähe des Ortes Bamian (2500 m NN), wo die Gebirgsrücken des Hindukusch und Kuh-i-Baba zusammenstoßen, liegt ein vierzehn Kilometer langer, an beiden Seiten von über tausend Meter hohen Felswänden eingefaßter Übergang, den sowohl Alexander der Große als auch Dschingis-Chan benutzten. Das ganze Tal ist noch heute mit den Ruinen der Stadt Shulghuleh übersät, die Dschingis-Chan in eine Steinwüste verwandeln ließ. Die seitdem unbewohnt gebliebene Gegend führt heute den Namen: Moblig – Verfluchter Ort.

*** Der Amu-Darja führt im Unterlauf 3000 cbm Wasser in der Sekunde (Rhein: 2500 cbm/sec.; Rhône 2800 cbm/sec.).

**** Im gesamten Bereich der Wüste Kysyl-Kum, die als ein ausgetrocknetes Seebecken anzusehen ist, stößt man in etwa vier Meter Tiefe auf Wasser.

***** Durch die doppelte Umleitung des Amu-Darja wurde der Fluß in ein völlig neues Bett gelegt. Noch heute sind deutlich Spuren eines ehemals in das Kaspische Meer führenden Stromes zu erkennen. Das noch immer sichtbare trockene Flußbett, Usboi genannt, kennzeichnet den früheren Verlauf des Flusses, der heute mit seinem Delta merklich nach Norden abknickt und in den Aralsee fließt. Es liegen

Das Herz des Choresm-Reiches liegt in den letzten Zuckungen. Millionen und abermals Millionen Menschen sind unter rauchenden Trümmern begraben. Das Land ist verwüstet und mit Ruinen übersät, zwischen denen die letzten Überlebenden mit vom Grauen gezeichneten Gesichtern vegetieren. Sie kriechen über Berge von Schutt und suchen irgend etwas zwischen den Trümmern. Was, das wissen sie nicht. Sie haben keine Vorstellung mehr von Leben und Tod.

Als Yeliu-Tschutsai mit Dschingis-Chan an den Ruinen einer Ortschaft vorbeireitet, sieht er auf einem Steinhaufen alte Weiber sitzen, die hilfeheischend um Nahrung für ihre Kinder bitten. Verstohlen blickt der Gelehrte zum Herrscher hinüber, um festzustellen, ob ihn die Not des Volkes berührt. Er sieht, daß Dschingis-Chan sein Gesicht abwendet.

Der Gelehrte täuscht sich jedoch, wenn er annimmt, der Herrscher schaue zur Seite, um den Bildern des Grauens zu entgehen. Er beobachtet vielmehr seine Männer, die ihm nicht gefallen wollen. Daß sich die Gesichter geschlagener Völker verändern, kann er verstehen, nicht aber die Veränderung im Ausdruck seiner Krieger. Müßten ihre Augen jetzt nicht funkeln und blitzen? Abgesehen von wenigen afghanischen Stämmen, die Dschelal-ud-Din zum Kampf aufrief, ist das Choresm-Reich unterworfen. Keine einzige Stadt gibt es mehr. Buchara, Merw, Mesched, Herat, Teheran, Nischapur, Gurgentsch, Rai, Hamadad – alles liegt in Trümmern. Müßten seine Männer angesichts der ihnen zugefallenen Beute, die in endlosen Karawanen in die Heimat geschafft wird, nicht jubeln und frohlocken? Was ist nur mit ihnen? Nicht den leisesten Ausdruck eines Gefühls vermag er in ihren Gesichtern zu entdecken. Sollte das unablässige Töten ...? Sind sie des Mordens müde geworden? Starb mit dem vielfachen Tod, den sie brachten, auch in ihnen etwas? Das Lachen, die Quelle des unbeschwerten Lebens? Nun ja, es war kein normaler Krieg, den sie im letzten Jahr führen mußten. Es war überhaupt kein Krieg mehr. Es wurden nicht Schlachten geschlagen, es wurde abgeschlachtet.

Freude macht auch ihm das ewige Töten nicht. Oft kamen ihm sogar Bedenken, und er ist wahrhaftig nicht zart besaitet. Aber er mußte grausam vorgehen. Wie oft hatte er versucht, seine Kriegsführung zu mildern; stets wurde er dafür gestraft. Er braucht nur an Herat zu denken.

Nachdem die Stadt niedergerungen und ihr Kommandant gefallen war, schenkte Tuli den Bürgern das Leben. Was war die Folge? Ein Aufstand. Die neu eingesetzten Würdenträger wurden in bestialischer Weise zu Tode gefoltert, so daß Tuli nichts anderes übrigblieb,

historische Beweise dafür vor, daß sich der Amu-Darja früher in das Kaspische Meer ergoß. Eine eingehende Untersuchung der orographischen Verhältnisse führte 1879 zu dem Ergebnis, daß der Fluß nur durch menschliche Einwirkung, nicht aber durch eine Hebung der aralokaspischen Niederung erfolgt sein kann.

als zum zweiten Male nach Herat zu ziehen. Erneut mußte mancher Mongole sein Leben lassen, um die bereits besiegt gewesene Bevölkerung zur Vernunft zu bringen. Kann man es einem Heerführer da verübeln, wenn er keinem Menschen mehr das Leben läßt?

Tuli sorgte dafür, daß niemand übrigblieb. Nach der restlosen Vernichtung der Stadt zog er nicht einfach davon. Er ließ in der darauffolgenden Nacht noch einmal wenden, und als er im Morgengrauen nach Herat zurückkehrte, wurden noch fast dreitausend Einwohner gefunden, die sich während des Blutbades versteckt hatten. Als er die Festung eine Woche darauf nochmals kontrollieren ließ, fanden seine Krieger wiederum fast fünfzig Menschen, die in den Trümmern hausten. Natürlich wurden auch sie getötet. Aber hat Tuli das gewollt? Die Bevölkerung war es, die ihn zwang, unnachsichtig vorzugehen.

Es ist nur gut, daß Bürte nicht mehr lebt. Sie hätte für den jetzigen Kampf kein Verständnis. Oft denkt Dschingis-Chan in letzter Zeit an ihre im Sterben gesprochenen Worte: ›Denke an mich, wenn dich die Unruhe plagt. Vielleicht hilft es dir.‹

Es ist genug da, was ihn martert. Besonders quält ihn die Sorge um die Zukunft des Reiches. Wie sollen seine Söhne miteinander auskommen, wenn schon heute Streit in der Familie herrscht? Der Zwist zwischen Dschutschi und Tschagatai ist zwar beigelegt, aber Dschutschi zog es nach der Einnahme von Gurgentsch vor, nicht zurückzukommen. Sein Groll über die Tatsache, dem dritten Sohn unterstellt gewesen zu sein, ist so groß, daß er mit seinen Kriegern in das Kiptschak auswanderte und bestellen ließ, er sei krank.

»Die Boten, die ich hinter ihm her sandte, werden froh sein, wenn sie ausgesprochen haben, was sie diesem ›Gast‹ übermitteln müssen«, sagt Dschingis-Chan seinen Freunden. »Dschutschi soll bloß nicht denken, ich würde mich scheuen, gegen ihn ins Feld zu ziehen.«.

Es ist wahrhaftig gut, daß Bürte nicht mehr lebt, denkt Dschingis-Chan. Wenn sie das alles erleben müßte ...! Was hatte sie in ihrer letzten Stunde gesagt? ›Wenn du den Weg findest, der jenseits des Menschlichen liegt ...‹ Nein, den kann ich nicht finden. Sie hatte recht, als sie sagte, das Menschliche sei zu stark in mir, um einen solchen Weg gehen zu können. Ruhe werde ich erst im Jenseits haben.

An das Jenseits aber will Dschingis-Chan noch nicht denken. Seine Gedanken konzentriert er auf das Diesseits. Er muß noch lange auf dieser Erde weilen, wenn er sein Reich festigen und Feldzüge vorbereiten will, die seine Söhne aneinanderschweißen sollen. Er wird sie schon zwingen, miteinander auszukommen. Ihm muß nur die Zeit verbleiben, die er noch benötigt.

Nun, der Weise aus Chin wird ja geholt. Da Yeliu-Tschutsai der Meinung war, der Greis könnte sich weigern, die weite Reise anzutreten, gab der Herrscher dem nach Chin entsandten Abgeordneten vorsorglich entsprechende Anweisungen. Er ist überzeugt, daß sein an Tschang-tschun gerichtetes Schreiben die gewünschte Wirkung haben wird. Nie zuvor dürfte sich ein Herrscher in solcher Ergebenheit an einen Gelehrten gewandt haben. Als Beherrscher des größten Reiches der Erde wandte er sich hilfesuchend an den Herrscher über Geist und Wissen. Zwischen die von ihm gewählten Worte der Demut legte er allerdings einen unmißverständlichen Befehl. Der Weise wird kommen.

Dschingis-Chan sehnt den Gelehrten herbei. Er soll ihm das Mittel zur Langlebigkeit geben, damit er, sobald Dschelal-ud-Din geschlagen ist, auch noch Indien niederringen kann. Das Land liegt so günstig, daß er es auf dem Rückmarsch in die Heimat unterwerfen möchte. Er weiß zwar noch nicht, ob es möglich ist, von Tibet aus über das Dach der Welt zu steigen, aber die tüchtigsten Offiziere des Jurt-schi sind bereits unterwegs, um das Gelände zu erkunden. Und dann wird in Hsi-Hsia Rache genommen! Wie konnte sich der König einbilden, ihm, dem Herrscher der Herrscher, die vertraglich verpflichtete Hilfeleistung ungestraft verweigern zu dürfen. Er ist natürlich ohne ihn fertig geworden. Die Welt vom Japanischen bis zum Kaspischen Meer gehört ihm, und was im Choresm-Reich noch zu erledigen ist, sind Aufräumungsarbeiten, über die zu reden nicht lohnt. Überdies muß er noch gut ein Jahr im Lande verbleiben, weil Dschebe und Ssubutai vorher nicht zurück sein können.

Wäre ich doch jünger, denkt er verzweifelt. Wie gerne würde ich den Ritt durchführen, den die beiden nun machen. Im Westen müssen unendlich reiche Länder liegen.

»Schigi-Kutuku ist von Dschelal-ud-Din angegriffen und geschlagen worden!« ruft ein Melder Dschingis-Chan zu, der mit seinen Söhnen und den Gelehrten vor seinem Zelt sitzt.

Ugedei springt auf. »Was machen wir?«

Dschingis-Chan lacht und ruft dem weiter entfernt stehenden Boghurtschi zu: »Hast du es gehört? Schigi-Kutuku ist von Dschelal-ud-Din geschlagen!«

Verständnislos vernehmen alle Anwesenden, daß Boghurtschi lachend zurückruft: »Du hast also recht behalten.«

»Natürlich. Aber schau dir die Gesichter hier an.«

»Ich verstehe nicht, was es da zu lachen gibt«, erregt sich Ugedei.

»Das will ich dir sagen. Wie ihr wißt, versteht Schigi-Kutuku zwei Dinge meisterhaft: Das Herausholen von Wertgegenständen aus den letzten Schlupfwinkeln unserer Feinde und das Halten wichtigtuerischer Reden vor Laien.«

»Und was hat das mit seiner Niederlage zu tun?«

»Warte ab!« weist Dschingis-Chan seinen Sohn zurecht. »Vor Tagen hörten Boghurtschi und ich zufällig, wie Schigi-Kutuku vor Karawanenleuten großtuerisch davon sprach, in welcher Weise er mit dem immer noch in Afghanistan lebenden Sohn Ala-ed-Din Muhammeds umgehen würde, wenn er kämpfen dürfte. Leider wäre es jedoch seine Aufgabe, Beute zu sammeln. Na, wir hörten uns in aller Seelenruhe an, was er tun würde, um Dschelal-ud-Din aus seinem

Nest herauszulocken, und nun werdet ihr staunen: Seine Überlegungen waren so gut, daß Boghurtschi und ich uns nur verdutzt ansehen konnten. Kein Wunder, dachte ich. Das Herausfinden verborgener Dinge gehört zu seiner Arbeit. Über die Art seiner neuartigen Schlachtführung, die er vor den Leuten entwickelte, waren wir ebenfalls überrascht. Diesmal aber nicht, weil sie gut, sondern weil sie unheimlich schlecht war. Bald darauf war es dann an Schigi-Kutuku, äußerst verwundert zu sein; denn wir sagten ihm, er solle mit dreißigtausend Kriegern losziehen und Dschelal-ud-Din aufzuspüren. Ihr hättet ihn sehen sollen. So klein war er.« Dschingis-Chan deutet eine winzige Größe an.

»Aber Vater!« ruft Tschagatai entsetzt. »Wie konntest du unsere Krieger für einen solchen Unsinn opfern?«

»Glaubst du wirklich, ich würde einen meiner Männer leichtfertig opfern? Nein, mein Junge. Menschen anderer Stämme sind mir nicht viel wert, Mongolen aber ...«

»Hast du nicht gehört, das Schigi-Kutuku geschlagen wurde!«

»Sehr genau sogar. Eine Schlacht verloren zu haben, heißt aber nicht, zusammengehauen zu sein. Sei unbesorgt, meinen Kriegern kann Dschelal-ud-Din nicht gefährlich werden. Und Schigi-Kutuku ...? Nach allem, was Boghurtschi und ich hören mußte, wird er das Schlachtfeld so schnell geräumt haben, daß nicht viel geschehen sein kann. Und mehr wollte ich nicht. Der Sohn Ala-ed-Din Muhammeds soll nach seinem ersten, wirklichen Sieg eine zweite Schlacht gewinnen, damit er auf den Geschmack kommt. Keiner meiner Heerführer aber hätte sich dazu hergegeben, eine Schlacht zu verlieren. Merkt ihr nun, worum es mir geht? Ich habe keine andere Meldung erwartet und mußte unwillkürlich lachen, als ich sie hörte und mir den entsetzt fliehenden Schigi-Kutuku vorstellte.«

Nun lachen auch die Söhne des Herrschers und die Gelehrten.

»Wir dürfen jetzt keine Zeit verlieren«, sagt Dschingis-Chan an Boghurtschi gewandt. »Laß die gesamte Armee aufsitzen. Wir müssen unsere flüchtenden Abteilungen schnellstens erreichen. Vielleicht gelingt es uns dann, eine Entscheidungsschlacht herbeizuführen, bevor Dschelal-ud-Din merkt, was gespielt wird. Ich will endlich mit dem Krieg hier fertig werden.«

So schnell wie Dschingis-Chan es sich erhofft hat, kommt es nicht zu einem Treffen mit Dschelal-ud-Din. Der Sohn Ala-ed-Din Muhammeds ist nicht nur ein unerschrockener Draufgänger, er ist auch ein Freund rauschender Feste. Im stolzen Bewußtsein, die Mongolen geschlagen zu haben, feiert er den unerwarteten Sieg. Mit vollen Zügen kostet er die Freuden, die sich einem siegreichen Feldherrn bieten. Er sieht sich bereits als kommender Schah des Choresm-Reiches und läßt sich dementsprechend huldigen. Nachdem er aber bei einer Vorführung grausamer Folterungen an gefangenen Mongolen mit den verbündeten Afghanen reichlich viel Wein getrunken hat, gerät er mit ihnen in einen Streit, aus dem im Nu eine wilde Schlägerei entsteht, in der die Waffen gezückt werden. Aus dem Nichts heraus beginnt ein Kampf auf Leben und Tod, an dem sich alle Krieger beteiligen. Und vor der Macht der zahlenmäßig überlegenen und im Trinken weitaus festeren Verbündeten kann sich Dschelal-ud-Din mit den Seinen nur durch einen schnellen Aufbruch retten.

Diese Flucht zwingt Dschingis-Chan, den Sohn Ala-ed-Din Muhammeds bis über die Berge Afghanistans hinaus zu verfolgen. Erst am Ufer des Indus gelingt es ihm, die verhältnismäßig geringen Kräfte des Gegners zu stellen und zu einer Entscheidungsschlacht zu zwingen. Doch schon unmittelbar nach Beginn des Gefechtes erkennt Dschingis-Chan, daß er keinen leichten Sieg erringen wird. Dschelal-ud-Din und die Seinen verstehen es hervorragend, mit dem Schwert umzugehen. Gleich nach der Schlachteröffnung tragen sie eine unerwartete Härte in den Kampf, der für die Mongolen zu einem Ereignis wird, das sie so schnell nicht vergessen werden. Für alle Zeiten trägt sich Dschelal-ud-Din durch todesmutige Angriffe in das Buch der Geschichte ein. Zum erstenmal steht Dschingis-Chan einem zahlenmäßig unterlegenen Gegner gegenüber, den er nicht ohne weiteres schlagen kann. Er muß erbittert um den Sieg ringen und sagt am Abend neidlos: »Die heutige Schlacht ist ein Ruhmesblatt, das Dschelal-ud-Din mit goldenem Blut geschrieben hat.«

Tatsächlich stürzten Dschingis-Chans Männer von ihren Pferden, als kämpfe jeder der Feinde mit zehn Schwertern in der Hand. Guran um Guran und Tuman um Tuman mußte eingesetzt werden, um in das Zentrum des Gegners vorzustoßen, von dem aus Dschelal-ud-Din die Schlacht leitete. Dschingis-Chan opferte schweren Herzens viele Krieger, weil er erkannte, daß ohne Ausschaltung Dschelal-ud-Dins kein Sieg errungen werden konnte.

Der Sohn des Schahs durchschaute die Absicht des Herrschers und schloß schnell seine Leibgarde zusammen, mit der er in plötzlichem Angriff die Linie der Mongolen durchbrach und der völlig überraschten Reservetruppe Dschingis-Chans entgegenraste. Und dann tat er etwas Unglaubliches. Vor aller Augen riß er die Standarte der Mongolen an sich und stürmte mit ihr davon.

Die Krieger Dschingis-Chans waren wie gelähmt, und als sie sich von ihrem ersten Schrecken erholt hatten, war es zu spät. Dennoch jagten Tausende von Mongolen hinter Dschelal-ud-Din und seiner Leibgarde her.

Der Sohn Ala-ed-Din Muhammeds sah, daß seine auf schnellen Steppenpferden reitenden Gegner aufholten. Doch er verlor nicht die Nerven. »Wir springen in den Fluß!« rief er seinen Männern zu, gab seinem Hengst die Sporen und sprang mit ihm vom steilabfallenden Felsufer in den zwanzig Meter unter ihnen dahinfließenden Indus.

Dschingis-Chan starrte bewundernd hinter Dschelal-ud-Din und seiner Leibgarde her, die schwer mit der Strömung zu kämpfen hatten. Als einige Krieger ihre Bogen anlegten, um auf die Davontreibenden zu schießen, rief er erregt: »Laßt das! Ihr trefft sie doch nicht mehr.« Dann trat er an den Rand des senkrecht abfallenden Ufers und schaute wehmütig hinter Dschelal-ud-Din her, die die eroberte Fahne hoch über sich hielt. »Welch ein Sohn!« murmelte er. »Welch ein Sohn! *«

9

Seit Monden wartet Dschingis-Chan vergeblich auf zwei zu sich befohlene Menschen, die beide nicht erscheinen: Dschutschi und der Weise aus Chin. Der älteste Sohn ließ ihm bestellen, er könne nicht kommen, da er krank sei, sende ihm aber zum Zeichen seiner Ehrerbietung zehntausend Nedschedpferde.

»Ist das der Dank dafür, daß ich ein Leben lang nichts anderes tat, als für jeden meiner Söhne ein eigenes Reich zu schaffen?« ruft er aufgebracht und sendet erneuert den Befehl an Dschutschi, unverzüglich zu erscheinen.

»Es ist grauenvoll«, sagt er zu Yeliu-Tschutsai, den er immer mehr zu seinem engsten Vertrauten macht. »Die wichtigsten Kämpfe habe ich überstanden, meine Hauptwidersacher sind vernichtet und ich fange gerade an, Ruhe und Ordnung in die von mir unterworfenen Völker zu bringen, da gibt es Streit zwischen Vater und Sohn. Und warum? Weil ich mir erlaubte, im Kampf um Gurgentsch die Befehlsgewalt auf Ugedei zu übertragen. Wie soll das werden, wenn ich nicht mehr bin?«

»Vielleicht tun Sie Dschutschi unrecht«, entgegnet der Gelehrte. »Es besteht doch die Möglichkeit, daß er wirklich krank ist. Seine Pferdegabe ist beachtlich und zeigt ...«

»Unsinn«, unterbricht ihn Dschingis-Chan. »Dschutschi war nie krank, ist nicht krank und hat nicht krank zu werden! Wohin kommen wir, wenn ich solches dulde. Womöglich meldet mir der Weise aus Chin auch noch, er sei auf der Reise krank geworden und könne nicht kommen.«

Yeliu-Tschutsai schüttelt den Kopf. »Daß Krankheiten sich nicht fortbefehlen lassen, wissen Sie ebensogut, wie es Ihnen bekannt ist, daß Tschang-tschun noch nicht hier sein kann. Ich sagte Ihnen

* Kurze Zeit darauf sandte Dschingis-Chan eine kleine Abteilung nach Lahore, Multan und Peschawar, um den jungen Schah aufzuspüren. Der Truppe gelang es jedoch nicht, den Geflüchteten zu finden. – Mit seiner Leibgarde unterwarf Dschelal-ud-Din in Indien einige Völkerstämme und erzwang die Übergabe der Stadt Delhi. Er heiratete die Tochter des ansässigen Regenten und fiel nach dem Tode Dschingis-Chans wieder in Afghanistan und Persien ein. Dort stationierte Mongolenarmeen trieben ihn jedoch nach Vorderasien zurück, wo er auf einem Raubzug ermordet wurde.

gleich, daß er außerstande ist, ein Pferd zu besteigen. Und jetzt, da er entgegen Ihrer Annahme doch durch die Wüste Gobi reisen muß ...«

»Das ist nicht meine Schuld«, wettert Dschingis-Chan dazwischen. »Ich wollte ihn über Pamir nach hier tragen lassen. Aber nein, der Herr hat einen Dickkopf.«

»Sie sollten anders von ihm reden«, empört sich Yeliu-Tschutsai. »Tschang-tschun unterzieht sich den Beschwerlichkeiten der sehr viel weiteren Reise, weil er die in großen Höhen vorherrschende dünne Luft nicht ertragen hätte.«

»Dann mach mich nicht dafür verantwortlich, daß ich auf ihn warten muß. Sein Wunsch wird erfüllt, ich aber bin der Dumme. Versteht ihr denn nicht, daß ich keine Zeit zu verlieren habe?«

»Doch!« erwidert der Gelehrte. »Ihre Sorge um das Lebensende wird aber nachgerade krankhaft. Sie sind rüstig und brauchen sich keine Gedanken um das Sterben zu machen. Wenn Sie fortfahren, immer nur daran zu denken, rufen Sie den Tod eines Tages herbei.«

»Gibt es das?« fragt der Herrscher erschrocken.

»Natürlich.«

»Dann werde ich nicht mehr daran denken. Komme, Yeliu, laß uns arbeiten. Vielleicht verliere ich dadurch die Unzufriedenheit, die mich gepackt hat, seit ich hier am Indus sitze. Das Nichtstun macht mich ganz krank.«

Der Astronom lacht.

»Warum lachst du?«

Da Yeliu-Tschutsai nicht sagen mag, daß ihn das plötzliche Bestreben Dschingis-Chans, nicht an den Tod zu denken, sehr amüsiert, antwortet er: »Ich stellte mir eben vor, was Tschang-tschun auf Ihre Bemerkung vom Nichtstun gesagt haben würde. Er ist bekanntlich ein Meister des Taos.«

»Was glaubst du, würde er gesagt haben?«

»Etwa mit Laotse: Der Vollendete führt das Volk wissens- und wunschlos. Er kirrt die Kenntnisbetörten und meidet das Tun, damit das Rad der Gemeinschaft hinderungslos schwingt.«

»Geh mir mit diesem Laotse. Ich bin der beste Beweis dafür, daß man durch Tun weiterkommt. Hätte ich nichts getan ...«

»Was wäre dann?« fragt Yeliu-Tschutsai schnell.

Dschingis-Chan sieht ihn erstaunt an. »Glaubst du, ich stünde dann hier?«

»Das sicherlich nicht. Doch was ist damit erreicht, daß Sie am Indus stehen?«

»Dumme Frage.«

»Nein, Dschingis-Chan. Stellen Sie sich einmal vor, weder sie noch Ala-ed-Din Muhammed oder sonst irgendein Herrscher hätte in den letzten Jahren Krieg geführt, also all das, was Sie und der Schah taten, wäre nicht getan. Glauben Sie, daß es dem Volk dann schlechter erginge?«

Der Herrscher zuckt die Achseln.

»Seien Sie ehrlich, Dschingis-Chan. Würde es dem Volk dann nicht besser gehen?«

»Möglich. Aber was geht mich dieses Volk an? Ich habe an mein Volk zu denken.«

»So spricht jeder Herrscher. Und da jeder so denkt und redet, leiden alle Völker. Sehen Sie das nicht ein?«

Dschingis-Chan krault sich den Nacken. »Von der Seite habe ich das Nichtstun noch nicht betrachtet. Meint Laotse es so?«

»Ja. Hören Sie sich folgende drei Worte an. Anpassung tilgt Leiden! Kein Volk brauchte die Leiden eines Krieges zu fühlen, wenn Herrscher sich anpassen würden.«

Es entsteht eine längere Pause, während Dschingis-Chan mit einem Stock im Sand herumstochert, bis er schließlich sagt: »Nun hör mir mal gut zu. Alle Lehren, die bestrebt sind, die Menschheit zu verbessern, klingen schön und gut, und doch lohnt es sich nicht, sich mit ihnen zu befassen, weil das, was sie sagen, undurchführbar ist. Nimm den Fall, von dem wir eben sprachen. Wenn nur ein einziger Herrscher aus der Reihe tanzt und sich nicht anpaßt, stehen wir wieder da, wo wir heute stehen. Niemals wird es möglich sein, alle Menschen dahin zu bringen, sich den Mitmenschen gegenüber anzupassen. Und das hat seinen guten Grund. Denn würden sich alle anpassen, gäbe es keine Persönlichkeiten mehr. Vor lauter Anpassung würde jedes Streben in uns Menschen ersticken. Und was wäre dann? Ein kläglicher Untergang wäre die Folge. Stumpf und ohne Streben würden wir dahinleben. Nein, Yeliu, die schönen Lehren stimmen nicht. Sie haben natürlich, wie alles in dieser Welt, ihren Zweck. Ihre Aufgabe ist es, dafür zu sorgen, daß das Streben der Masse nicht zu groß wird. In der Masse führt Streben nämlich zur Brutalität, beim Herrscher höchstens zur Willkür.«

Der Gelehrte macht einen bestürzten Eindruck.

»Was ist mit Ihnen, Yeliu?«

»Sie haben stark an den Wänden des Hauses gerüttelt, in dem ich lebe. Ich bin sehr verwirrt. Nie dachte ich in dieser Weise. Sie haben nicht ganz unrecht, wenn Sie ...«

»Na, siehst du«, unterbricht ihn Dschingis-Chan freudestrahlend. »Auch bei mir kannst du was lernen.«

Yeliu-Tschutsai schaut ihn nachdenklich an. »Wie kamen Sie darauf, so zu denken?«

»Nun, ich bin davon überzeugt, daß Menschen wie ich vom Menke-Kökö-Tengri gesandt sind. Wenn die Natur es nicht wollte, würde sie nicht von Zeit zu Zeit einigen Menschen jene Fähigkeiten geben, die sie beispielsweise mir verlieh. Wenn es der Natur zuwider wäre, würden Menschen wie ich niemals vom Glück verfolgt werden. Ich möchte sogar behaupten, daß das Unglück, das an uns herantritt, einen tiefen Grund hat und somit kein wirkliches Unglück ist. Meiner Meinung nach tritt das Unglück in irgendwelcher Form an uns heran, damit wir Größe erhalten. Denn Großes erwächst nur aus

Leid. Außerdem schützt ein erlebtes Unglück vor dem Untergang in schweren Zeiten. Die Natur will, daß wir nicht untergehen, bevor wir unsere Aufgabe erfüllt haben. Aus dieser Überzeugung gehe ich bei Aussagen Laotses und ähnlicher Gestalten immer davon aus, daß sie sich täuschen. Was sie sagen, kann nämlich nicht stimmen, weil es dem Leben widerspricht. Ich suche also grundsätzlich einen Fehler in dem, was sie sagen, und ich finde einen, weil ich ihn finden will. Im übrigen kannst du nicht erwarten, daß ich mich als Herrscher brotlos machen lasse. Nach Laotses Auffassung brauch es ja keine Herrscher zu geben. Was sollte ich tun, wenn ich niemanden bekämpfen dürfte?«

»Denke an die Menschen, die durch dich sterben mußten.«

»*Mußten*, Yeliu-Tschutsai! Das hast du recht gesagt. Sie *mußten* sterben, ob durch mich oder durch Seuchen, das bleibt sich gleich. Glaube doch nicht, daß solches Töten unnatürlich ist. Wäre es so, dann würde das im Laufe der Jahrhunderte durch Herrscher, Seuchen und Naturkatastrophen hervorgerufene Sterben die Menschheit längst ausgerottet haben. Sie lebt aber und nimmt trotz allen Tötens immer mehr zu. Warum? Weil die Natur es so will. Sie hat ihre Gründe dafür, mögen wir sie erkennen oder nicht. Grundlos ist nichts in dieser Welt. Denke an die Schwalben, die sich lediglich im Fluge ernähren können. Warum? Weil die Natur will, daß durch sie der Bestand bestimmter Insekten reduziert wird. Würden sie, wie andere Vögel, ihre Nahrung am Boden aufnehmen können, unterließen sie die mühselige Jagd, und die Mücken würden bald zu einer Plage, gegen die wir Menschen nicht ankommen könnten. Und was würde geschehen, wenn zuviel Schwalben lebten? Es gäbe keine Insekten mehr, und die wichtige Befruchtung der Blüten unterbliebe. Die Folge: Die Erde würde unfruchtbar. Also, sagte sich die Natur, muß etwas getan werden, damit nicht zuviel Schwalben aufkommen. Und siehe da, wenn es nur wenige Tage ununterbrochen regnet, die Schwalben also nicht auf die Jagd gehen können, sterben sie in Massen und – der Ausgleich ist gesichert. Und weil so viele Schwalben sterben, brüten die Weibchen mehrere Male im Jahr. Du siehst, Yeliu, es ist eine Kette ohne Ende. Eine Kette des Tötens, um des geregelten Lebens willen. Unser aller Dasein ist nun einmal ein Weg, der zum Tode führt.«

»Hören Sie auf!« entsetzt sich der Astronom. »Ich weiß, irgendwo haben Sie recht, doch ... Kommen Sie, wir wollen lieber arbeiten.«

Dschingis-Chan lacht. »Siehst du, Yeliu, es gibt Dinge, vor denen man flüchtet. Ich hoffe, du kannst dir nun in Zukunft besser vorstellen, wie mir zumute ist, wenn ich ausflüchtig werden muß.«

»Nein, Dschingis-Chan, so ist das nun nicht. Ich ...«

»Schluß!« unterbricht ihn der Herrscher. »Ich habe dich in die Enge getrieben, und dabei wollen wir es für heute belassen. Mal möchte auch ich recht behalten. Arbeiten wir also. Was macht dein Plan bezüglich der Verwaltung des Choresm-Reiches? Du deutetest vor Tagen an, daß es vorteilhafter wäre, wenn ich ...«

»Ja«, fällt der Gelehrte lebhaft ein. »Da der Krieg beendet ist, müssen Sie nun dafür sorgen, daß das Volk in die Lage versetzt wird, Tribute zu zahlen. Von der Zerstörung haben Sie bekanntlich nichts. Vorbedingung für ein geregeltes Leben ist die Schaffung einer Behörde, die für Ordnung und Sicherheit sorgt. Nur dann kann das Volk in Ruhe arbeiten. Die Behörde muß darüber hinaus die Fähigkeit besitzen, das Reich zu verwalten, Steuern einzuziehen und dergleichen mehr. Dabei bitte ich zu bedenken, daß eine solche Behörde, wenn Mongolen in ihr tätig werden, vom Volk mit Mißtrauen betrachtet würde. Ich schlage deshalb vor, die Verwaltung völlig in die Hände der Einwohner zurückzulegen. Nur bestimmte Gesetze müssen Sie erlassen, nach denen sich die Beamten zu richten hätten. Um Reibereien zwischen Heer und Verwaltung zu vermeiden, würde ich einige mongolische Verbindungsoffiziere als Kontrollbeamte einsetzen, die Ihre Interesse wahrnehmen.«

Dschingis-Chan macht ein zufriedenes und dennoch bedenkliches Gesicht. »Befürchtest du nicht, daß wir dann bald wieder Aufstände erleben?«

»Nach Ihrem Vernichtungskampf?«

»Nun gut, verfahren wir nach deinen Vorschlägen. Am besten wäre es, wenn du die Verwaltungsstellen einrichtest. Würdest du es übernehmen?«

»Gerne. Sie können sich darauf verlassen, daß ich sowohl die Ihren als auch die Interessen des Landes berücksichtigen werde.«

»Achte mehr auf die meinen, Yeliu.«

»Ihre Interessen sind am besten gewahrt, wenn ich die des Landes achte.«

»Mach, was du für richtig hältst; von solchen Dingen verstehe ich nichts. Ich bin Feldherr und sehne mich nicht danach, Staatsmann zu werden. Da ist übrigens noch ein Punkt, den du berücksichtigen mußt. Ich erfuhr, daß die Geistlichkeit bisher die gleichen Steuern zu entrichten hatte wie die Bürgerschaft. Befreie sie von dieser Abgabe. Mich kostet das nichts. Die Mollas aber werden sich geehrt fühlen und auf meiner Seite stehen.«

In diesem Augenblick eilt Tatatungo auf Dschingis-Chan zu und ruft schon von weitem: »Es wird soeben gemeldet, daß Tschangtschun in wenigen Tagen Samarkand erreicht.«

Der Herrscher springt auf. »Yeliu! Reite mit Boghurtschi in die Hauptstadt und empfange den Weisen wie einen Kaiser. Stelle ihm den Palast des Schahs zur Verfügung. Er soll wissen, wie sehr ich ihn achte. Überdies kannst du in Samarkand gleich deinen Verwaltungsplan besprechen und das Erforderliche einleiten.«

Der Gelehrte macht keinen zufriedenen Eindruck.

»Gefällt dir mein Vorschlag nicht?« fragt Dschingis-Chan.

»Doch, doch. Nur ... Ist es notwendig, daß der Greis auch noch den Weg von Samarkand zum Indus zurücklegen muß?«

»Das ist notwendig!« antwortet der Herrscher bestimmt. »Du weißt, daß ich jetzt nicht nach Samarkand reiten kann. Der Generalstab muß hier bleiben, weil wir versuchen, über Tibet einen kürzeren Weg in die Heimat zu finden.«

Tatatungo räuspert sich. »Wenn Yeliu-Tschutsai nach Samarkand reist, sollten wir vorher über den Bau am Onon sprechen. Von Samarkand aus läßt sich alles wesentlich leichter einleiten. Ich habe die Pläne mit den Baumeistern besprochen. Sie sind gleich mir der Meinung, daß die Ausmaße des von Ihnen geplanten Walles zu gering sind.«

Dschingis-Chan stampft zornig auf. »Ich will keine Riesenstadt errichten. Erleben wir nicht täglich, wie schnell die Krieger in den Städten verweichlichen? Früher waren sie glücklich, wenn sie ein Weib fanden, heute müssen es geölte und nach Rosen duftende Larven sein, mit denen sie sich in Betten herumwühlen. In Betten! Und das soll ich unterstützen? Glaubt ihr, solche Kerle könnten noch durch glühende Wüsten, durch Eis und Schnee reiten? Nein, sie können nur noch in Betten liegen und in Teestuben herumhocken. Ich habe meine Krieger aus den Städten herausgejagt, um sie vor schädlichen Einflüssen zu bewahren, und ich werde nicht so verrückt sein, ihnen zwischen Onon und Kerulen eine Stadt zu bauen.«

»Darum geht es nicht«, entgegnet der Kanzler mit Nachdruck. »Für Beute und Tribute muß ein sicherer Platz geschaffen werden. Gold, Silber, Seiden, Getreide und sonstige Dinge verlangen Baulichkeiten, um die eine Mauer gezogen ist. Ansehnliche Verwaltungsgebäude, Beratungs-, Empfangs- und Gasthäuser gehören ebenfalls dorthin. Und wenn der Wall nur einige hundert Meter im Quadrat betragen soll ...«

»Ich will mich nicht auf eine bestimmte Größe festlegen«, unterbricht ihn Dschingis-Chan einlenkend. »Die Mauer soll nur nicht so groß werden, daß in ihrem Inneren einmal eine Stadt entstehen könnte. Mein Volk soll hart bleiben und in Hütten leben. Mehr will ich nicht. Wenn ich die Baumeister gewähren lasse, errichten sie mir eine Stadt in der Größe des Karakorumgebirges.«

Der Siegelbewahrer lacht. »Ich sorge schon dafür, daß der Wall nicht größer als unbedingt notwendig wird.«

»Und wie groß wäre das?«

»Sagen wir: tausend Meter im Quadrat.«

»Also doch ein Karakorum!«

»Ein kleines Karakorum.«

»Was sagst du dazu?« fragt Dschingis-Chan an Yeliu-Tschutsai gewandt.

»Zur Größenordnung möchte ich in Ihrem Interesse keine Stellung nehmen, weil ich gewohnt bin, mit astronomischen Zahlen zu jonglieren; das Gebirge erscheint mir also äußerst niedrig. Ansonsten aber muß ich sagen, daß der Name für das Bauwerk nicht schlecht wäre.«

»Welcher Name?«

»Karakorum. Er erinnert an das mächtige Gebirge und bedeutet: Der schwarze Wall.«

10

Unter den wärmenden Strahlen der Mittagssonne wandert die Karawane Tschang-tschuns langsam über die Höhen des Hindukusch-Gebirges.

»Dort drüben liegt der Kalupaß«, sagt Yeliu-Tschutsai und neigt sich zu dem alten Gelehrten hinunter, der zurückgelehnt in einer von acht Sklaven getragenen Sänfte sitzt, die zwischen vergoldeten Bambusrohren hängt.

Yeliu-Tschutsai, der dem Weisen gemeinsam mit Boghurtschi das Ehrengeleit von Samarkand zum Hauptlager des Herrschers am Indus gibt, blickt besorgt auf den abgespannt aussehenden Greis, dessen zerknitterte Gesichtshaut ungewöhnlich bleich ist.

Tschang-tschun fährt sich mit gespreizten Fingern durch sein schlohweißes Haar und blickt in die gewiesene Richtung, nachdem er die Innenfläche seiner feucht gewordenen Hand vorwurfsvoll Boghurtschi gezeigt hat.

Der Weise gewahrt im vor ihm liegenden Gebirgsrücken einen schmalen, drohend aussehenden Einschnitt, dessen Seiten nahezu senkrecht abfallende Granitfelsen bilden. Das vor den Höhen liegende Gelände macht einen trostlosen Eindruck und zeigt deutliche Spuren vulkanischer Tätigkeit. Die Abhänge sind kahl und nur selten von Dornengestrüpp oder Gräsern bewachsen. Bisher hatten sie noch Nadelwälder und von Pappeln, Weiden, Platanen, Maulbeerbäumen und riesigen Rhabarberfeldern belebte Höhen angetroffen, nun aber gibt es nicht einmal mehr Stinkasand oder Teufelsdreck, dessen unangenehm riechender Milchsaft zur Herstellung von Arzneien verwendet wird.

Tschang-tschun wendet sich an Yeliu-Tschutsai. »Kein Wunder, daß man dieses Gebirge Hindukusch, Hindutöter, nennt. Wie hoch ist der Paß?«

»Dreitausendfünfhundert Meter, verehrter Tschang-tschun.«

»Ist es der, von dem Sie berichteten, daß Alexander der Große ihn benutzte?«

»Ja. Er führt nach Bamian.«

»Ewige Götter, steht mir bei. Muß ich auch diese Stätte des Grauens sehen? Möge die Welt an den Taten Alexanders und Dschingis-Chans erkennen, wohin es führt, wenn ...« Er unterbricht sich und schaut verächtlich zu Boghurtschi hinüber. »Es kann nicht schaden, wenn du als der oberste Heerführer deines Herrschers weißt, daß Gewalt nicht das Werkzeug des Guten, sondern des Schlechten ist. Ihr verwechselt Kraft mit Gewalt. Aus Kraft erwachsen Schönheit und Freude, aus Gewalt hingegen nur Leiden.«

Boghurtschi blickt verbissen über das vor ihm liegende Gelände. Er sehnt den Tag herbei, an dem er den Gelehrten Dschingis-Chan übergeben kann, denn es vergeht keine Stunde, in der Tschang-tschun sich nicht empört an ihn wendet, um verächtliche Bemerkungen über den Herrscher und seine Krieger zu machen. Und diesen Menschen läßt Temudschin eigens von Chin zu sich kommen! Das beste Obst muß auf Geheiß Dschingis-Chans über das Gebirge getragen werden, weil der Weise es ablehnt, Fleisch zu essen. Es ist lächerlich. Er, Boghurtschi, ist sicherlich nicht mit Dschingis-Chans Grausamkeiten einverstanden, aber ebensowenig gefällt ihm sein Gehabe mit den Gelehrten. Wenn andere denken würden, was diese Männer auszusprechen wagen, gäbe es täglich Hinrichtungen.

Anfangs hatte er geglaubt, Dschingis-Chan versammele die Gelehrten aus Wichtigtuerei um sich. Dann aber sagte ihm der Freund einmal: »Es ist nicht nur Freude am Wortstreit, sondern das Streben nach Erkenntnissen, das mich zu diesen Männern drängt. Ein Herrscher, der sich mit dem Erkennen der Dinge zufriedengibt, wird über kurz oder lang Fehler machen, weil er Gefahr läuft, das Denken zu vernachlässigen. Erkennen ist nämlich nichts anderes als Wahrnehmen. Ich kann einen Stern sehen, ihn also wahrnehmen und erkennen, weiß aber nichts von ihm. Erst wenn ich über meine Wahrnehmung nachdenke und mich frage, warum er leuchtet, seinen Platz verändert und dergleichen, komme ich zu Rückschlüssen, die Erkenntnisse darstellen. Mir geht es natürlich nicht darum, Erkenntnisse zu sammeln; das ist Aufgabe der Gelehrten. Ich will lediglich mein Denken schulen, damit ich gewohnt bin, alles von allen Seiten zu betrachten. Wie notwendig das ist, erlebte ich, als ich trotz der Warnung Bürtes zu Toghrul reiten wollte. Ich bildete mir ein, mit meinem Instinkt auszukommen, der mir sagte: Geh! Als meine Mutter mir jedoch vordachte, was Dschamugha, Sengung und die anderen dem Wang-Chan sagen würden, wurde mir klar, daß ich keinesfalls zu Toghrul gehen durfte. In jener Stunde paarten sich Wahrnehmungen mit Überlegungen, und ich gewann die Erkenntnis, daß ich mich vor zukünftigen Fehlern nur durch intensives Nachdenken schützen kann.«

Die krächzende Stimme des Greises reißt Boghurtschi aus seinen Gedanken. »Siehst du endlich ein, daß es richtig ist, was ich sagte?«

»Ja«, erwiderte Boghurtschi und überlegte: Was meint er eigentlich?

»Es wird auch Zeit, daß du einsichtig wirst«, fährt der Greis mit Nachdruck fort. »Merke dir: Einsicht führt zu Wissen.«

Abrupt wendet er sich an den auf der anderen Seite der Sänfte reitenden Astronomen. »Glauben Sie, daß es richtig ist, was ich eben sagte? Ich bereue beinahe schon, dem obersten Heerführer Dschingis-Chan diesen Rat erteilt zu haben. Man soll doch überlegter reden.«

Yeliu-Tschutsai sieht den Greis verwundert an.

»Begreifen Sie nicht? In den Hirnen von Mördern führt Wissen zu Unnützlichkeiten. Ach, diese Reise quält mich noch zu Tode. Aber ich werde eurem unverschämten Herrscher meine Meinung sagen, darauf könnt ihr euch verlassen.«

Boghurtschi reitet zur Seite.

Tschang-tschun kichert hinter ihm her. »Immer wenn ich ihn beleidige oder Dschingis-Chan angreife, verschwindet er. Scheint ein ordentlicher Mann zu sein. Durch nichts läßt er sich bewegen, seine Haltung als Ehrenabgeordneter aufzugeben.«

Yeliu-Tschutsai dämpft seine Stimme. »Sie sollten es ihm nicht so schwer machen. Er ist ein aufrechter und treu ergebener Heerführer.«

»Also Töter, Würger, Mörder! Ich bin empört, Yeliu-Tschutsai. Durch Wüsteneien und endlose Steppen, über wildrauschende Flüsse und felsige Berge, durch Städte, in denen der Geruch des Todes die Luft verpestet, werde ich gezerrt, als wäre ich erst siebzig Jahre alt. Die Unverfrorenheit, mich in meinem Alter fünftausend Kilometer weit fortzuschleppen, übersteigt mein Vorstellungsvermögen. Mein Hirn gerät in Aufruhr, wenn ich daran denke, daß meine Arbeit daheim unterbrochen ist. Wissen Sie, was das heißt? Ich war dabei, die notwendigen Mittel für eine Taotische Schule zu sammeln! Wenn ich zurückkehre, werde ich nicht mehr die Kraft dazu haben.«

Der Astronom beugt sich herab. »Hören Sie, Tschang-tschun. Für Dschingis-Chan ist es eine Kleinigkeit, Ihnen die Mittel zur Verfügung zu stellen. Wenn Ihnen an der Schaffung des Klosters gelegen ist, dann seien Sie jetzt klug und nicht borstig. Mit etwas Verbindlichkeit erreichen Sie, was Sie wollen.«

»Meinen Sie? Aber das sage ich Ihnen: Was wahr ist, muß wahr bleiben. Und was ich denke, werde ich aussprechen!«

»Wenn Sie einen Teil des Gedachten verschweigen könnten, wäre nichts dagegen einzuwenden«, erwiderte Yeliu-Tschutsai lächelnd.

»Gut, ich werde daran denken.«

Der Astronom atmet erleichtert auf.

»Eines aber steht fest: Krieger sind und bleiben Mörder!«

Vom Gipfel des Kalupasses blickt Dschingis-Chan der Karawane entgegen. Als er die Nachricht vom Nahen Tschang-tschuns erhielt, ritt er mit fünfzigtausend Kriegern auf die Wasserscheide zwischen Indus und Amu-Darja, um als größter Herrscher dem größten Gelehrten auf der größten Höhe dessen langen Weges einen würdigen Empfang zu bereiten.

Verwundert bemerkt er, daß die dem Weisen zugeteilte Ehrengarde von dreitausend Kriegern erst in weiter Ferne folgt. Neben Tschang-tschuns Sänfte reiten nur Yeliu-Tschutsai und Boghurtschi, und außer den acht Trägern sind lediglich vier vorausgehende Herolde und drei Brahmanen zu sehen. Was mag das zu bedeuten haben?

Als die Sänfte fast die Stelle erreicht, an der Dschingis-Chan vor seinen mustergültig ausgerichteten Tuman den Gelehrten erwartet, sprengt Boghurtschi vor und meldet die wohlbehaltene Ankunft des Weisen aus Chin.

Der Herrscher gewahrt einen kleinen, fast häßlichen Greis mit wulstigen Lippen und hängenden Schultern, der ihn streitsüchtig anblickt. Dennoch verneigt er sich vor ihm und erklärt mit erhobener Stimme: »Auf dem höchsten Punkt deines Weges begrüße und empfange ich dich als den größten Gelehrten der Erde. Ich heiße dich herzlich willkommen.«

Kaum hatte er geendet, da entfesseln unzählige Trommeln, Zimbeln und Trompeten einen Lärm, wie ihn Tschang-tschun noch nicht erlebt hat. Erschrocken preßt er sich die Ohren zu und schließt die Lider.

Verwundert wirft Dschingis-Chan einen Blick zu Boghurtschi und Yeliu-Tschutsai hinüber, die ihm zu verstehen geben, die Musik einstellen zu lassen. Das scheint ja ein komischer Kauz zu sein, denkt er und gibt Weisung, den Begrüßungstusch zu beenden.

Der Weise läßt seine Hände sinken und seufzt. Im nächsten Augenblick aber krümmt er sich wie unter unsagbaren Schmerzen, da fünfzigtausend Krieger plötzlich seinen Namen rufen. Abgehackt und rhythmisch schlägt der Ruf: »Tschang-tschun! Tschang-tschun! Tschang-tschun!« gegen die Felswände.

Das Gesicht Dschingis-Chans wird eisig. Was soll dieses aufreizende Gebaren? Spürt Tschang-tschun nicht, daß er, der Herrscher der Herrscher, ihm einen außergewöhnlichen Empfang bereitet? Empört gibt er seinen Kriegern das Zeichen, zu verstummen. Und an den Weisen gewandt sagt er: »Ich hieß dich willkommen. Weißt du keine andere Erwiderung, als dich wie unter Schmerzen zu krümmen?«

Der Greis betrachtet ihn aus schmalen Schlitzen und erwidert gelassen: »Wenn ich etwas sagen soll, muß ich denken können. Wo Lärm herrscht, kann ich das nicht. Schicke deine Krieger also fort; sie stören mich.«

»Sie werden dein Denken nicht mehr stören«, entgegnet Dschingis-Chan beherrscht. »Sage mir, was du jetzt denkst, da Ruhe eingetreten ist.«

Tschang-tschun blickt zu den steilen Bergwänden hinüber »Daß es erstaunlich ist, daß die Felsen, die sich ihre Ohren nicht zuhalten konnten, unter dem Geschrei nicht eingestürzt sind.«

»Ah ...!« entfährt es Dschingis-Chan, der begreift, daß der Gelehrte ihn brüskieren will. Im gleichen Augenblick weicht seine Empörung, zumal er ahnt, wie schwer Tschang-tschun die Reise gefallen sein muß. Jetzt kommt es darauf an, ihn durch passende Antworten zu gewinnen. Lächelnd entgegnet er: »Ich wundere mich, daß du darüber erstaunt bist. Als denkender Mensch müßtest du doch wissen, daß Himmel und Erde taubstumm sind.«

Verblüfft blickt Tschang-tschun auf. »Eine unangenehme Wahrheit, von der ich nicht sprechen wollte, da du mich riefst, den Himmel zu bitten, dir Langlebigkeit zu schenken. Wenn er taub und stumm ist ...«

»... muß er nicht blind sein«, fällt Dschingis-Chan ein. »Du wirst Zeichen kennen, die zur Verständigung dienen.«

»Gewiß, man weist auf die Taten des betreffenden Menschen, und der Himmel weiß Bescheid.« Mit dieser Antwort glaubt Tschang-tschun, der Gefallen an der Unterredung findet, den Herrscher in die Enge getrieben zu haben.

Doch Dschingis-Chan antwortet mit verblüffender Selbstverständlichkeit: »Siehst du, ich wußte, daß du dich mit dem Himmel verständigen kannst. Deshalb ließ ich dich holen.«

Tschang-tschun mustert das verschlagene Gesicht des Herrschers und entgegnet: »Hast du nicht verstanden, was ich sagte? Man zeigt auf die Taten, sagte ich. Trümmer, Ruinen und Tote sind in diesem Sinne auch Taten.«

Dschingis-Chan lacht. »Denkst du, ich meine, es wären keine? Das wäre ja noch schöner. Ich vollbringe sie doch nicht, damit sie verheimlicht werden. Würde man das tun, wäre es Betrug.«

Der Greis staunt. »Du hältst deine Taten für etwas Gutes?«

»Sehe ich so aus, als betrachte ich mich als Werkzeug des Guten?«

»Weiß der Himmel, so siehst du nicht aus. Aber für wessen Werkzeug hältst du dich?«

»Für ein Werkzeug des Himmels, der mich auf die Erde setzte, wie ich bin. Wünschte der Himmel mich in meiner Art nicht, würde er mir ein anderes Wesen gegeben haben.«

Tschang-tschun ringt nach Luft. »Das ist vermessen, Dschingis-Chan! Nach deiner Theorie könnte jeder Mensch, der eine böse Tat begeht, darauf hinweisen, vom Himmel zur Erfüllung seiner schlechten Taten auf die Erde gesetzt und somit straflos zu sein. Nein, Dschingis-Chan. Wie das All seine Ordnung, die Erde ihr Festes und jede Seele ihr Bewußtsein haben muß, weil ohne Ordnung das All zerstiebt, ohne Festes die Erde zerfällt und ohne Bewußtsein keine Seele denkbar ist, so muß auch jedes Wesen sein Leben haben, da es ohne Leben zergeht. Sein Leben, sagte ich! Sein ihm vom Himmel geschenktes Leben, das ihm niemand nehmen darf! Wenn das Töten von der Natur gewollt wäre, würde ein von Blut getränkter Boden gut gedeihen. Wo jedoch Krieg herrscht, werden Felder erntelos. Der Natur gemäß ist nur das, was waltet. Zum Walten aber gehört keine Gewalt, da sich das Gute nicht mit Glanz rüstet, nicht mit Ruhm brüstet, nicht auf Strenge gründet, nicht nach Macht strebt und nicht auf Taten stützt, sondern gewaltig, glänzend und ruhmvoll durch sich selbst ist.«

Dschingis-Chan blickt nachdenklich vor sich hin.

Tschang-tschun sieht es und fährt ruhiger fort: »Aus dem Kampf um das Dasein, der unerhörte Härten mit sich bringt, damit wir innerlich nicht verfaulen, leitest du Rechte ab, die dir nicht zustehen. Wohl darf und soll der Streit um das nackte Leben im Menschen das natürliche Streben erwecken, sich das Dasein zu erleichtern. Dieses Streben darf aber nicht dazu verleiten, einen Ehrgeiz aufkommen zu lassen, der außerhalb des Rechts steht. Falscher Ehrgeiz kommt jedoch zwangsläufig auf, wenn sich die innere Ausrichtung des Menschen nicht auf gemeinnützliche, sondern eigennützige Gesichtspunkte stützt. Mit solcher Auffassung zu einer Macht zu gelangen, die weniger im Walten als im Herrschen ihre Aufgabe sieht, ist nicht sonderlich schwer. Jeder aber, der Gewalt über Walten setzt, befindet sich außerhalb der menschlichen Gemeinschaft. Und da stehen alle Herrscher. Nicht umsonst fürchtet sich das Volk vor ihnen, und wenn es sich einmal nicht vor ihnen fürchtet und ihnen gar zujubelt, dann wird es eines Tages bitter dafür bestraft. Es ist eine furchtbare Tatsache, daß die ausgleichende Rückwirkung weniger den Herrscher als die Allgemeinheit trifft, die unschuldig erleiden muß, was über sie kommt. Denn das Volk ist und bleibt unschuldig. Es wählt nur zwischen der Knute des Mannes aus den eigenen Reihen und der des Feindes, und es hofft, daß die eigene Geißel weniger schmerzhaft ist als die des Feindes. Grauenhaft ist das alles. Noch schrecklicher aber ist es, daß gerade die genannten Umstände die Herrscher zu der Annahme verleiten, daß sie etwas tun, was der Natur nicht zuwider, ja sogar in ihrem Sinne ist. Würden Herrscher nachdenken, müßten sie ihren Denkfehler erkennen. Doch sie vergessen immer wieder, daß sie außerhalb des Rechts stehen, sich somit außerhalb der vorgeschriebenen Bahn befinden. Außer der Bahn aber ist alles aus der Bahn, und jeder Höhepunkt, der von Herrschern erreicht wird, bedeutet deshalb Niedergang. Wenn das Recht verlorengeht, entsteht ein Urteilsbedürfnis, das in seiner Folge Urteilsherrschaft gebiert. Herrschaft aber bedingt das Entschwinden jeden ursprünglichen Wirkens, ohne das eine Gemeinschaft zerfällt. Wundere dich also nicht, wenn sich das Volkstum überall dort spaltet, wo Macht vor das Recht gesetzt wird. So, und nun frage ich dich, ob du noch willst, daß ich mit dir komme?«

»Ob ich noch will?« wiederholt Dschingis-Chan. »Mehr denn je. Aber von nun an richte ich mich nach deinen Wünschen. Wenn du jetzt zurückkehren möchtest, magst du es tun. Entscheide selber.«

Der Greis streckt impulsiv seine Hand aus. »Ich freue mich auf ein Zusammensein mit dir, da ich sehe, daß du Wahrheiten vertragen kannst. Wahrheit verträgt nur der Einsichtige, und Einsicht führt zu Wahrheit und zu Wissen.«

In der Nähe von Attol, wo der Indus den einzigen größeren Nebenfluß vom Westen empfängt, ist an den Ausläufern des Sefi-d-Kuh-Gebirges ein Lager errichtet, in dem Tschang-tschun in idyllischer Ruhe leben und denken kann. Seine mit kostbaren Brokaten drapierte und mit Fellen aller Art ausgelegte Hütte steht neben einigen Silberpappeln, die Tag und Nacht erzählen, was ihnen der Wind berichtet. Vor dem Zelt breitet sich eine Wiese mit üppigen Gräsern und Blumen aus.

Tschang-tschun blickt zufrieden über den bunten Teppich zur Niederung des Indus hinunter. Während in der östliche Ebene sanfte Hügel in sattem Grün prangen und Mangobäume, Apfelsinensträucher, Aloen, Barki, Areka und Gewürznelken ein trauriges Bild schaffen, erstarren die Erosionsterrassen der Gebirge im Westen in schwarzen Porphyritfelsen und vulkanischem Tuff. Nur wenn in hellen Nächten das warme Licht des Mondes die Felsen und Wände des Quarzporphyrs schimmern läßt, verlieren die Berge ihr drohendes Aussehen.

Der Gelehrte dreht den Kopf zur Seite und lauscht. Sind das nicht Hufe, die den Berg heraufstürmen? Wer wagt es, ihn in seiner Ruhe zu stören? Er hat es kaum gedacht, da erinnert er sich daran, daß der Herrscher ihn aufsuchen will. Unwillkürlich muß er lächeln. Langlebigkeit! Sonst scheint Dschingis-Chan ein kluger und schlauer Mensch zu sein. Was ihm Yeliu-Tschutsai da über die Langlebigkeitswünsche des Herrschers erzählte, paßt so gar nicht zu ihm. Daß Sorge um die Zukunft einen Mann so verwirren kann.

Bald darauf reitet eine kleine Gruppe über eine Bodenwelle hinweg auf Tschang-tschun zu. Allen voran Dschingis-Chan, der behende vom Pferd springt und sich wohlgefällig umblickt. »Fühlst du dich hier wohl, Tschang-tschun? Die notwendige Ruhe dürftest du ja haben. Ehrlich gesagt, ich hielte es in solcher Stille nicht aus.«

Der Weise hebt warnend den Finger. »Der strebende Mensch wahrt Würde und Ruhe selbst dann, wenn er tätig ist. Sonst vergißt er in weltlichen Höhen, daß jenseits vom Diesseits etwas liegt, das mehr als weltliche Größe ist. Verflucht ist der Weltlich-Große, der dieses nicht bedenkt und das Band der Gemeinschaft lockert. Denn schnell verblendet der Lust leichtfertiger Wahn die an Ordnung Gewöhnten und zerstört die Ordnung.«

»Mein lieber Tschang-tschun!« erwidert Dschingis-Chan feierlich. »Du sprichst vom strebenden Menschen. Ich bin ein Mann, der nach Höherem strebt, wurde dadurch zum Rückgrat einer Gemeinschaft. Wurde, sagte ich. Es mag sein, daß du denkst: er wurde nicht, er machte sich selbst. Laß uns darüber hinwegsehen, denn mir geht es um etwas anderes. Wie du sagtest, ist der rechte Weg einer Gemeinschaft die Ordnung. Meinem Reich fehlt die Ordnung noch, und ich bin der einzige, der sie herstellen kann. Darum ließ ich dich kommen. Ich bitte dich von ganzem Herzen, mir mit Rat und Tat zur Seite zu stehen, damit mir die Zeit verbleibt, die ich noch benötige, um das Werk zu vollenden. Ich hörte davon, daß es einen Geist der Langlebigkeit gibt ...«

Tschang-tschun unterbricht Dschingis-Chan mit einer herrischen Geste. »Der Gott der Langlebigkeit schützt das Leben bis zu jenem Tage, an dem es nach der im Schicksalsbuch festgelegten Zeit ablaufen soll. Seine Aufgabe ist es nicht, das Leben zu verlängern, sondern es bis zum vorgeschriebenen Zeitpunkt zu erhalten. Er ist also ein Gott, dem du mit deinen Schlachten dauernd in das Handwerk gepfuscht hast, und er wird deshalb sicherlich schlecht auf dich zu sprechen sein.«

Dschingis-Chan schüttelt den Kopf. »Ich habe keinen Grund, das zu befürchten, da durchaus die Möglichkeit besteht, daß ich ein Werkzeug eben dieses Gottes bin, der die im Schicksalsbuch gemachten Bestimmungen durch mich verwirklichen läßt. Aber woher weiß man eigentlich, daß es ein Buch gibt, in dem festgelegt ist, wann das Dasein eines jeden abläuft?«

Tschang-tschun antwortet nicht sogleich, sondern begrüßt zunächst die sich ihm nähernden Gelehrten Yeliu-Tschutsai und Tatatungo. Dann setzt er sich auf ein mit reichen Ornamenten verziertes

Lederkissen und wendet sich wieder Dschingis-Chan zu. »Ich will es dir erzählen. Nimm Platz.«

Dschingis-Chan und sein Gefolge setzen sich.

»Vor unendlich langer Zeit ging ein Knabe durch einen in der Nähe seiner Vaterstadt gelegenen Wald«, beginnt der Weise. »Darin traf er einen alten Mann, der sehr elend aussah. Der Junge hatte ihn kaum gesehen, da faßte er ihn bei der Hand und sagte: ›Komm!‹ Ohne ein weiteres Wort zu verlieren führte er den Alten in ein armseliges Haus und erklärte ihm dort: ›Setz dich!‹ Dann suchte er den Nebenraum auf. Bald darauf hörte der Mann, wie der Junge seine Mutter bat, ihm das Abendbrot zu geben, und als sie ihn fragte, warum er es bereits am frühen Nachmittag brauche, antwortete er: ›Ich traf einen Menschen, der noch weniger hat als wir. Er muß etwas zu essen haben.‹ Da gab ihm die Mutter, was er wünschte. Der Knabe ging zu dem Fremden zurück, stellte einen Teller mit Reis und Fisch vor ihn und sagte: ›Das wird dir guttun.‹

Der Mann sah den Jungen prüfend an und erklärte: ›Ich sehe nicht schlecht aus, weil ich hungrig bin, sondern weil ich vor einigen Tagen meine Frau verloren habe. Mir geht es finanziell viel besser als dir, denn ich bin ein berühmter Wahrsager und verdiene viel Geld. Behalte also das Wenige, das du hast!‹ Und er fügte noch hinzu: ›Du bist ein guter Junge. Schade nur ...‹

Hier stockte der Wahrsager.

›Was ist schade?‹ fragte der Knabe, und als der Alte seinem immer stärker werdenden Drängen schließlich nachgab und den Satz zu Ende sprach, da weinte der Kleine so bitterlich, daß die Mutter bestürzt herbeilief.

›Was ist mit ihm?‹ wandte sie sich ängstlich an den Fremden.

›Ich sagte deinem Sohn, daß er mit neunzehn Jahren sterben muß. Es ist schade um ihn, denn er ist so gut.‹

Die Frau wurde leichenblaß und machte dem Wahrsager bittere Vorwürfe, ihrem Kind derartiges gesagt zu haben. Und sie beschwor ihn, ihr zu helfen, das Leben des Knaben zu verlängern.

Dem Alten ging der Kummer der Mutter so nahe, daß er etwas tat, was kein Wahrsager tun darf. Er sagte dem Jungen: ›Nimm ein großes Stück Wildbret sowie einen Krug Reiswein und gehe ...‹ Er neigte sich vor und flüsterte dem Knaben etwas ins Ohr. Dann richtete er sich wieder auf und fuhr fort: ›Du findest dort zwei ehrwürdige Väter, die in einer Partie Schach vertieft sind. Stelle Fleisch und Wein vor die beiden hin und sage kein Wort, bevor das Spiel beendet ist. Sobald das der Fall ist, reiche ihnen, was du mitgebracht hast und bitte sie, wenn sie gegessen haben, höflich darum, dir ein längeres Leben zu schenken. Sie werden dir helfen, wenn du genau beachtest, was ich sagte.‹«

Tschang-tschun nimmt aus einem langhalsigen Tonkrug einen Schluck Wasser und fährt fort: »Der Junge machte sich auf den Weg. Man sagte, er sei auf einen hohen Berg gestiegen, genau weiß das aber niemand. Auf jeden Fall fand er die beiden im Schachspiel versunkenen Männer, die langwallende Bärte trugen und Stirnen hatten, welche so hoch waren, daß der Knabe im ersten Augenblick meinte, sie trügen eigenartig lange Kopfbedeckungen. Er wartete, wie ihm geheißen war, reichte Speis und Trank und sah den Greisen wortlos zu, wie sie sich an dem Gebotenen gütlich taten. Als sie fertig waren und das Schnalzen ihrer Zungen verstummte, trug er seine Bitte vor, daß die Alten, die sich zunächst verlegen ansahen, schließlich ihre Bücher hervorholten. Nach einer Weile des Herumblätterns schauten sie sich wieder an, kratzten die Hinterköpfe und überlegten, was sie tun sollten. Endlich, es war schon viel Zeit verstrichen, seufzte einer der beiden erleichtert auf und malte in die Luft einen Kreis mit einem Strich nach unten. Da nickte der andere und sagte: ›Ja, so geht es.‹

Der Junge sah nun, wie die Männer die in dem Buch hinter seinem Namen stehende Zahl Neunzehn durch säuberliches Übermalen der Eins in eine Neunundneunzig verwandelten. Dann sagte ihm einer der Greise: ›So, nun gehe zurück und erkläre dem Wahrsager in unserem Namen, er solle sich nicht erdreisten, nochmals einem Sterblichen die Zahl seiner Lebensjahre zu nennen. Und sage ihm auch, daß ab heute kein Wahrsager mehr wissen wird, wo wir wohnen. Denn wohin würde es führen, wenn wir unsere Geschäftsbücher dauernd ändern müßten!‹

Als der junge Mann zu seiner Mutter zurückkehrte, war der Wahrsager gestorben. Er hatte ihr aber kurz zuvor noch sein ganzes Vermögen gebracht. Vor Freude darüber, daß der Sohn erst mit neunundneunzig Jahren sterben würde, ließ sie mit dem Geld einen Tempel für die Götter des Glückes und der Langlebigkeit errichten, um allen Menschen die Möglichkeit zu geben, zu ihnen zu beten und sie zu bitten, ihr Leben so lange wie möglich zu erhalten. Seit dieser Zeit werden Fu-Schen, der ›Mann des Nordpols‹, und Shou-Hsing, der ›Mann des Südpols‹, von allen Chin-Völkern verehrt.«

Dschingis-Chan blickt sinnend vor sich hin. »An der Geschichte ist manches, was mir nicht gefällt. Unbegreiflich aber ist es mir, wie man zu Göttern beten und sie bitten kann, das Leben zu erhalten, wenn die Lebenszahl eines jeden endgültig festgelegt ist. Außerdem möchte ich wissen, wie die Männer es merkten, daß sie angefleht werden, wenn sie den ganzen Tag Schach spielen.«

»Das weiß ich auch nicht«, erwidert Tschang-tschun. »Zu deiner ersten Bemerkung ist jedoch zu sagen, daß eine Beeinflussung denkbar ist. Die Geschichte mit dem Knaben zeigt eindeutig, daß die beiden Greise sehr gutmütig sind.«

»Es besteht also die Möglichkeit, das Leben zu verlängern.«

»Eine Möglichkeit läßt sich nicht leugnen, aber es ist eben nur eine Möglichkeit.«

»Das ist mir gleichgültig, Tschang-tschun. Wo in meinem Leben Möglichkeiten waren, wurden sie ausgenutzt. Kennst du ein Elixier, das helfen könnte? Man sagt doch eurem Chrysanthemenwein nach ...«

»Es wird viel behauptet, Dschingis-Chan.«

»Aber wie es Medizinen gibt, die Krankheiten beseitigen, muß es doch auch Mittel zur Verlängerung des Lebens geben. Kennst du wirklich kein Elixier? Sei ehrlich, Tschang-tschun. Du bist so alt, daß ich annehme ...«

Der Weise lacht. »Nein, Dschingis-Chan, ich nehme keine Mittel. Wenn etwas in meinem Leben dazu beitrug, mich alt werden zu lassen, so war es das bescheidene Dasein, das ich führte. Ich wurde zwar schon oft gefragt, ob ich Pfirsichblüten ...«

»Pfirsichblüten?« unterbricht ihn der Herrscher. »Was ist damit?«

»Es wird behauptet, daß eine lebensverlängernde Kraft in ihnen wohnt.«

»Du glaubst nicht daran?«

Tschang-tschun wiegt den Kopf. »Das wäre zuviel gesagt. Man erzählt von einem Schriftgelehrten, daß er ...« Er schüttelt das Haupt. »Ob es wahr ist, weiß ich nicht.«

»Was sagt man von dem Schriftgelehrten?« fragt Dschingis-Chan und tritt nahe an den Weisen heran. »Tschang-tschun, ich will nichts unversucht lassen!«

»Hör dir an, welche Bewandtnis es mit den Pfirsichblüten hat, und entscheide dann selber.

Vor ungefähr vierhundert Jahren ging ein Schriftgelehrter, der in der Abgeschiedenheit eines einsamen Tales lebte, durch seinen Garten, als plötzlich einige reizend aussehende junge Mädchen in Gewändern aus hauchdünnen Geweben auf ihn zuliefen und sich als Fräulein Pflaume, Fräulein Granatapfel und Fräulein Pfirsich vorstellten. Sie baten darum, sich im Garten ein wenig auszuruhen zu dürfen, und als ihnen das gestattet wurde, erzählten sie von dem weiten Weg, der sie in das Tal geführt habe, um sich mit ihrer Tante zu treffen, an die sie eine große Bitte zu richten hätten.

Der Schriftgelehrte war noch jung an Jahren, und die unerwartete und angenehme Unterbrechung seines einsiedlerischen Daseins entzückte ihn dermaßen, daß er die drei Damen, die beim leisesten Lufthauch wie Wistariaranken schwankten, inständig bat, ihm den Abend zu schenken. Selbstverständlich würde er auch die Tante als einen willkommenen Gast begrüßen.

Hocherfreut über die freundliche Aufnahme, willigten die Jungfrauen ein, und es dauerte nicht lange, da kam Tante Zephir im weiten Seidengewand daherspaziert. Sie war sehr glücklich, eine angenehme Bleibe zu finden, und sie genoß die Leckerbissen, die der junge Schriftgelehrte anbot. Vom Wein angeregt, wollte die Dame Zephir in vorgerückter Stunde wie die jungen Mädchen tanzen, aber infolge irgendeiner Unachtsamkeit schüttete sie ihren Wein auf das hauchdünne Gewand von Fräulein Pfirsich, die darüber ihre Selbstbeherrschung verlor, weil das nasse Gewebe nun an ihrer Haut klebte und ihre Körperformen sichtbar werden ließ.«

Dschingis-Chan lacht. »Das hätte ich gerne gesehen. Sag mal, war sie prall?«

Der Greis schüttelt vorwurfsvoll den Kopf. »Wenn Sie besser aufgepaßt hätten, wüßten Sie es, Dschingis-Chan. Zart waren die jungen Mädchen! Zart wie Blüten nun einmal sind.«

»Schade. Aber wenn sie nicht üppig war, brauchte sie sich doch nicht so anzustellen.«

»Soll ich die Geschichte weitererzählen oder nicht?« fragt Tschang-tschun streng.

»Natürlich weitererzählen.«

»Dann unterbrich mich nicht. Also, es entstand ein furchtbarer Streit zwischen den jungen Mädchen und der Tante, und plötzlich waren die eben noch lustig versammelten Gäste des Schriftgelehrten unauffindbar und verschwunden.

Betrübt begab er sich zur Ruhe, doch mitten in der Nacht weckte ihn ein Geräusch, das an den zarten Klang feiner Silberglocken erinnerte. Und siehe da, vor ihm stand die hübsche Jungfrau Pfirsich und bat ihn händeringend um Hilfe, da sie sonst sterben müsse.

›Wie kann ich Euch helfen?‹ fragte der junge Mann verstört.

›Laß eine schwarze Fahne anfertigen, auf der Mond und Sterne zu sehen sind, und pflanze sie im Garten auf, noch bevor die Nacht zu Ende geht und der böse Ostwind kommt.‹

Der Gelehrte fragte nicht lange, warum und wieso, sondern weckte seine Dienerschaft und gab den Auftrag, die besagte Fahne anzufertigen. Während das Gesinde fieberhaft damit beschäftigt war, seinen Befehl auszuführen, überlegte er unentwegt, welche Bewandtnis es mit der Fahne auf sich haben könnte. Doch sosehr er auch nachdachte, er fand keine plausible Erklärung. Seine Verwunderung aber wuchs, als am nächsten Morgen, nachdem er die schwarze Fahne in den Garten gesetzt hatte, der von Osten heranheulende Sturm vor seinem Gehege zu einem sanften Säuseln erstarb, so daß sich die Blüten der Bäume selig darin schaukelten und nicht fortgerissen wurden.

Am Abend erschienen dann die jungen Damen wieder bei ihm, um ihm einen Kranz von Pfirsichblüten zu überreichen. ›Wir haben dir sehr zu danken‹, sagte eine von ihnen. ›Du hast unseren Onkel herrlich getäuscht. Als er den Mond und die Sterne sah, dachte er, es wäre Nacht, und schlief ein. Uns allen hast du das Leben gerettet, denn Tante Zephir, die wegen des gestrigen Streits erbost ist, will uns in diesem Jahr nicht helfen. Wenn du diese Blüten ißt und die Fahne jeden Morgen aufpflanzt, bis aus den Blüten kleine Früchte geworden sind, wirst du nie altern. Es ist unser bescheidener Dank für die Rettung, die du uns vor Onkel Orkan brachtest.‹«

Als Tschang-tschun endet, erkennt er, daß der Herrscher ungehalten ist. Er fügt deshalb schnell noch hinzu: »Der Schriftgelehrte soll über hundert Jahre alt geworden sein und ein völlig jugendliches Aussehen behalten haben. Seit jener Zeit nehmen viele Menschen in

Wasser gelöste Pfirsichblüten, die ein gutes Mittel gegen Herzbeschwerden sind und zur Erneuerung des Lebens beitragen sollen.«

Dschingis-Chan verzieht den Mund. »Die Geschichte ist zu süß, als daß sie einem Mann wie mir schmecken könnte. Da ich aber nichts unversucht lassen will, werde ich mir Pfirsichblüten kommen lassen.« Er schüttelt den Kopf und lacht. »Pfirsichblüten für Dschingis-Chan! Ich hätte nicht gedacht, daß ich jemals etwas anderes als Blut verlangen würde. Doch lassen wir das«, fährt er in verändertem Tonfall fort. »Yeliu-Tschutsai erzählt mir, daß ich dich davon abhielt, die zum Bau eines Klosters benötigten Mittel zu sammeln. Stimmt das?«

Tschang-tschuns Wangen nehmen eine beinahe mädchenhafte Röte an. »Ja, das stimmt.«

»Dann mache ich dir folgenden Vorschlag. Du hältst vor meinen Söhnen und Heerführern Vorträge über Dinge, die außerhalb des Diesseits liegen, und dann reist du nach Yen-king zurück, wo dir ein Flügel des ehemaligen kaiserlichen Palais zur Verfügung gestellt wird. Um das von dir ersehnte Kloster brauchst du dich nicht mehr zu kümmern. Ich werde es bauen lassen. Was nun den Gott der Langlebigkeit angeht, ich sehe ein, daß man das Leben nicht willkürlich verlängern kann. Solltest du aber an dem Tempel vorbeikommen, der den Männern des Nordens und Südens geweiht ist, so gehe hinein und bitte sie, mir ein Leben zu schenken, das ausreicht, um mein Reich zu festigen und zu ordnen. Nur darum geht es mir. Vielleicht hilft deine Bitte.«

Tschang-tschun blickt den Herrscher gerührt an. »Mir fehlen die Worte, dir zu danken, Dschingis-Chan. Bis jetzt sah ich in meiner Reise einen Verlust, nun aber wird sie zum doppelten Gewinn. Dein Geschenk ist dabei die kleinere Gabe, die ich empfange. Reich gemacht fühle ich mich durch die Einsicht, die du gewannst. Sie wird sich nicht nur auf die Langlebigkeit erstrecken. Auch zeigt mir deine Bemerkung vom Ordnen und Festigen des Reiches, daß Siege und Beute dir heute weniger gelten als das Erhalten des Erworbenen. Du hast also erkannt, daß weitere Feldzüge deinen Machtbereich zwar vergrößern können, dir aber die Möglichkeit nehmen, ein stark gegründetes Geschlecht zu schaffen. Und so ist es, Dschingis-Chan. Wenn du die Zeit, die dir vom Schicksal noch geschenkt wird, in diesem Sinne nützt, wirst du nach deinem Tode noch wirken, als seiest du nicht gestorben. Auf diese Weise gewinnst du eine größere Langlebigkeit, als du sie dir je erwünscht und erhofft hast.«

»Nimmst du etwa an, ich würde keine Feldzüge mehr unternehmen?« fragt der Herrscher beinahe mitleidig.

Lächelnd antwortet der Weise: »Wenn du dich auch nicht dahingehend ausgesprochen hast, so habe ich doch erkannt, daß du längst weißt, welche Schäden dir weitere Feldzüge bringen. Mich kannst du nicht täuschen. Du sorgst um die solide Untermauerung deines Reiches. Wie aber könntest du sie bewerkstelligen, wenn Kriege dich fesseln? Du sagtest, das Innere deines Reiches sei noch hohl. Glaubst du, ich wüßte nicht, daß dann die Gefahr einer allgemeinen Erhebung nach deinem Tode besteht?« Nachdenklich werdend fährt er fort: »Es ist eigenartig, wie sich die Dinge wandeln. Zunächst wolltest du Langlebigkeit, um in deinem Reich für Ordnung und Sicherheit sorgen zu können. Nun gewinnst du durch dein Schaffen eine Langlebigkeit, die über den Tod hinausgeht. Du erreichst also mehr, als du wolltest.«

Dschingis-Chan, der sich dem Gehörten nicht verschließen kann, betrachtet den Greis mit gemischten Gefühlen. Will Tschang-tschun ihn von weiteren Kriegen abhalten? Um die Aufrichtigkeit des Gelehrten zu prüfen, fragt er: »Was bringt mir mehr Ruhm: Krieg oder Frieden?«

»Krieg«, antwortet der Weise, ohne zu zögern.

Dschingis-Chan ist verwirrt, da er eine andere Antwort erwartet hatte. »Und dennoch hältst du es für möglich, daß ich mich für den Frieden entscheide?«

»Ja. Und zwar, weil du sagtest, daß dir der dauernde Bestand des Reiches am Herzen liegt. Dies läßt sich mit einem Streben nach weiteren Ruhmestaten, die du zweifellos als Feldherr noch erreichen kannst, nicht vereinbaren.«

»Du gibst also zu, daß ich etwas tun müßte, was meinen persönlichen Ruhm schmälern würde.«

»So mag es auf den ersten Blick aussehen. Vergiß jedoch nicht, daß der Ruhm eines siegreichen Feldherrn schnell verblaßt, wenn seine Fähigkeiten als Staatsmann so gering sind, daß das, was er auf der einen Seite schafft, auf der anderen Seite zerfällt*.«

11

Monat um Monat vergeht, ohne daß Dschutschi dem Befehl des Vaters Folge leistet. Er läßt immer nur bestellen, infolge Krankheit nicht in der Lage zu sein, den Marsch zum Hauptquartier des Herrschers antreten zu können. Wohl sendet er mit jedem Boten kostbare Geschenke, doch was nutzen Dschingis-Chan alle Zeichen der Unterwerfung, wenn das, was er befiehlt, nicht erfüllt wird. Er verlangt bedingungslosen Gehorsam, und er wünscht, daß all seine Söhne und Oerlök durch Tschang-tschun mit den Lehren Laotses vertraut gemacht werden.

Natürlich will er aus seinen Nachkommen und Heerführern keine Jünger taotischen Geistes machen. Sie sollen lediglich im Denken geschult werden und Achtung vor Männern gewinnen, deren Gedanken Brücken vom Diesseits zum Jenseits schlagen. Nur so scheint ihm Garantie dafür gegeben zu sein, daß sie sich nach seinem Tode an Ge-

* Tschang-tschun starb im gleichen Jahr und Monat wie Dschingis-Chan, dessen Söhne das dem Weisen gegebene Versprechen erfüllten und in Yen-king ein taotisches Kloster bauen ließen.

lehrte wenden und sich von ihnen beraten lassen. Darauf kommt es ihm an.

Als Dschutschi nach einem weiteren halben Jahr immer noch nicht erschienen ist und Tschang-tschun ihn händeringend bittet, in die Heimat zurückkehren zu dürfen, gibt Dschingis-Chan nach und verabschiedet den Gelehrten unter Ehrenerweisungen, wie sie wohl nie wieder einem Nichtstaatsmann zuteil werden dürften.

Die Zuversicht, die den Herrscher seit der Aussprache mit Tschang-tschun erfüllt, hat zur Folge, daß er sich völlig auf die Verwaltung der unterworfenen Länder konzentriert. Er will den Boden seines Reiches durch Schaffung von Ruhe und Ordnung festigen, und er fühlt sich bestätigt, als der Jurt-Dschi nach endlosen Bemühungen zu dem Ergebnis kommt, daß es keinen Weg über das Dach der Welt gibt. Dschingis-Chan sieht hierin einen Fingerzeig des Himmels, nicht durch Indien in die Heimat zurückzukehren. Er ordnet deshalb den Abmarsch an und reitet vom Indus nach Samarkand, um auf dem gleichen Weg, den er gekommen ist, in die Heimat zurückzukehren.

Der Jurt-Dschi beginnt bereits damit, in der Golodnaja große Versorgungsbasen mit Wasser und Nahrung anzulegen, als in kurzen Abständen beunruhigende Nachrichten einlaufen. Zunächst meldet ein Bote aus dem Uluss Dschutschis, daß Ssubutai weit nördlich des Schwarzen Meeres steht und davon Kunde gegeben hat, daß Dschebe, der glänzende Heerführer und Bezwinger Pamirs, gefallen ist. Von Dschutschi berichtet der Bote nichts.

Dann erreicht den Herrscher die Nachricht vom Tode Muchulis, des Statthalters von Yen-king. Fast gleichzeitig trifft die Meldung ein, daß der in Kai-föng lebende Kaiser Hsüang-tschung zu seinen Ahnen abberufen wurde und jener tatkräftige Kronprinz, der mit Hilfe des einstmaligen Stadtkommandanten Wan-yen den Versuch machte, die nationalen Kräfte des Landes zu organisieren, den Thron bestieg.

In einem kurz vor seinem Tode aufgesetzten Schreiben ersucht Muchuli den Herrscher, seinen Sohn Buru, den er in die Verhältnisse des Landes eingewiesen hat, zu seinem Nachfolger zu machen. Er bittet zu entschuldigen, daß es ihm nicht gelungen ist, die südliche Residenz Kai-föng niederzuringen, hofft jedoch sehr daß es seinem Sohn gelingen werde, das von ihm ersehnte Ziel zu erreichen.

Dschingis-Chan ist sich der Gefahr bewußt, die durch den Wechsel seines Statthalters und durch die Thronbesteigung Schu-hsüs entstanden ist. Er bestätigt deshalb den Sohn Muchulis als Verwalter der Reiche Chin, Korea, Chitan und der Mandschurei, und er trifft alle Vorbereitungen zum Abmarsch, um gegebenenfalls eingreifen zu können. So fähig Buru auch sein mag, im Falle einer Erhebung müßte er unterliegen, da ihm nur vierzigtausend Krieger unterstehen.

In dieser Phase wird Dschingis-Chan gemeldet, daß der König von Hsi-Hsia, der sich weigerte, Hilfskräfte zum Kampf gegen den Choresm-Schah zur Verfügung zu stellen, nach kurzer Krankheit starb und daß sein Sohn bei der Thronbesteigung erklärte: »Ich betrachte mich nicht als Vasall eines Nomadenhäuptlings und rufe die Welt zum Kampf gegen die Mongolen auf, die im letzten Jahrzehnt allein in den Ländern Chin und Hsi-Hsia den Tod von achtzehn Millionen Menschen verschuldeten. Wenn wir nicht untergehen wollen, müssen wir den Angriff und nicht den Widerstand organisieren.«

Unter den gegebenen Umständen hat es für Dschingis-Chan keinen Sinn, länger im Westen zu verharren. Wenn er den Abmarsch dennoch hinausschiebt, so weil er auf Ssubutai warten will, der sich mit dreißigtausend Kriegern auf dem Rückmarsch aus dem Fernen Westen befindet. Auf ihn und seine kampferprobten Einheiten will er in der Auseinandersetzung mit Hsi-Hsia nicht verzichten.

An Dschutschi entsendet er ›den letzten Boten‹, dem er unmißverständlich zu verstehen gibt, daß sein Sohn geächtet und verfolgt wird, falls er nicht augenblicklich mit seinen Kriegern kommt, um an notwendig werdenden neuen Unternehmungen teilzunehmen. Der Bote ist erst wenige Tage unterwegs, da erscheint Batu, der älteste Sohn Dschutschis, und meldet dem Herrscher: »Mein Vater beauftragt mich, dir die letzten Grüße zu überbringen. Im Sterben bat er nochmals darum, ihm zu verzeihen, daß er nicht gekommen ist. Es war ihm nicht möglich. Er grüßt dich, die Brüder und alle Heerführer, und er hofft, im Tengri mit dir und Bürte für ewig vereint zu sein.«

Mit zitternden Händen sucht Dschingis-Chan Halt an einer Zeltsäule. Doch dann strafft er sich und sagt mit milder Stimme: »Wie unrecht tat ich deinem Vater. Von Tschagatai verlangte ich, nicht zu weinen, als ihm der Tod seines Sohnes gemeldet wurde. Verstehe deshalb, daß ich mich in dieser Stunde nicht gehenlasse.«

Im großen Heerlager, das der Jurt-Dschi auf riesigen Weiden in der Nähe der Dsungarischen Pforte errichten ließ, herrscht ein Jubel, wie ihn die Krieger Dschingis-Chans seit langem nicht mehr erlebten. Die von Samarkand abgerückten Armeen haben sich mit den Einheiten Ssubutais vereinigt, die in dreijährigem Erkundungsritt sechstausend Kilometer zurücklegten, um dem Herrscher einen umfassenden Bericht über die Welt im Westen geben zu können. Das Erzählen, Prahlen und Schwadronieren nimmt auf beiden Seiten kein Ende. Zwischendurch vertreibt man sich mit hübschen Sklavinnen aus Hamadad, Herat, Merw, Buchara und Samarkand die Zeit.

Während Feste aller Art die Krieger unterhalten, versammelt Dschingis-Chan seine Oerlök und Generalstabsoffiziere zur Entgegennahme von Ssubutais Bericht über seinen Erkundungsritt.

Er ist härter geworden, denkt Dschingis-Chan, als er den Heerführer begrüßt und dessen stahlblaue Augen auf sich gerichtet sieht. Unwillkürlich drängt sich ihm ein Bild aus vergangener Zeit auf, als er mit Chulan am Onon lag und ihr sagte: ›Der braungebrannte Mann dort drüben ist Ssubutai. Er hat die gleichen Augen wie du.‹

»Prächtig siehst du aus«, sagte er und zieht Ssubutai zu sich hinüber. »Heute sitzt du auf dem Ehrenplatz neben mir. Ich bin glücklich, dich wiederzusehen.«

»Ich nicht minder«, erwidert der Oerlök und nimmt Platz.

Dschingis-Chan gebietet Ruhe. »Ich habe euch zusammengerufen, damit ihr den Bericht über den größten Erkundungsritt der Weltgeschichte hört. Das wenige, was mir Ssubutais Melder laufend berichteten, hat mich schon so beeindruckt, daß ich den unumstößlichen Entschluß gefaßt habe, einen Feldzug gegen den Westen zu organisieren.«

Die Versammelten fallen in einen Jubelschrei, der kein Ende nehmen will. Erst als der Herrscher energisch Ruhe gebietet, legt sich der frenetische Beifallssturm.

Mit Bedauern in der Stimme fährt Dschingis-Chan fort: »Ich werde an dem Feldzug nicht teilnehmen können, weil wir zunächst nach Hsi-Hsia und möglicherweise auch nach Chin reiten müssen, um in den unterworfenen Gebieten nach dem Rechten zu sehen. Die Schuld dafür, daß wir nochmals gegen diese Länder anzutreten haben, liegt bei mir. Ich sage dies in aller Offenheit, damit ihr aus meinem Fehler lernt. Sowohl in Chin als auch im Tangutenstaat haben wir nur halbe Arbeit geleistet. Beide Länder hätten wir nicht verlassen dürfen, ohne ihre Städte völlig zu vernichten. Führt in Zukunft restlos zu Ende, was begonnen wird, sonst bleiben euch Nackenschläge nicht erspart. Mir bleibt heute nur die Möglichkeit, dieses künftige Unternehmen, welches das größte seiner Art werden soll, bis ins kleinste vorzubereiten. Eure Aufgabe wird es sein, es zügig durchzuführen. Wenn ihr euch an das haltet, was ich festlege, werdet ihr beziehungsweise eure Nachkommen als Sieger in die Heimat zurückkehren. Eure Nachkommen, sage ich, weil ich schon jetzt erkenne, daß von uns nur noch wenige unter den Lebenden weilen werden, wenn dieser Feldzug sein Ende nimmt.*. Ich sage euch dies, damit ihr Ssubutais Bericht nicht nur als eine Schilderung von Kriegstaten und Erlebnissen anseht. Lauscht seinen Ausführungen mit jenem Ernst, der aufgebracht werden muß, wenn man ein klares Bild über kommende Dinge gewinnen will. Und nun, Ssubutai, berichte!«

Während sich der Heerführer erhebt, lehnt sich Dschingis-Chan behaglich zurück.

»Wie ihr wißt, sammelten Dschebe und ich unsere Einheiten in einer Stärke von dreißigtausend Mann im Raum von Teheran. Von dort ritten wir zunächst über das von den Ausläufern des Elbrus- und des Taurusgebirges wild zerklüftete Aderbeidschan, um zum weiter nördlich gelegenen Höhenzug des Kaukasus zu gelangen. Wir hatten

* Zur Unterwerfung Europas arbeitete Dschingis-Chan einen Plan aus, für den er achtzehn Jahre ansetzte. Nach seinem Tode begann der Feldzug, in dem Ssubutai unter anderem bis nach Liegnitz vordrang. Der Tod Ugedeis – und nicht, wie oft behauptet wird, ein in Schlesien errungener ›Sieg über die Tataren‹ – rettete Europa vor dem sicheren Untergang.

Aderbeidschan gerade verlassen und traten in das fruchtbare Land der Kura in Georgien ein, als unser Vortrupp feindliche Kräfte meldete, die, wie es hieß, in Kettenpanzer gehüllt und mit Stahlschilden, Lanzen und langen Schwertern ausgerüstet seien. Da wir zügig nach Georgien gelangt waren und unseren Spähern so leicht keine feindlichen Vortruppen entgehen, ist es mir unverständlich, daß uns plötzlich ein kriegsmäßig ausgerüstetes Heer entgegenziehen konnte*. Dschebe und ich besprachen die Lage, und dann wurde es auch schon höchste Zeit für mich, da ich den Angriff übernehmen sollte.

Die Feinde stürzten sich begeistert in die Schlacht, und es wurde uns bald klar, daß wir es mit erprobten Kämpfern zu tun hatten. Nach kurzem Gefecht gab ich den Befehl zur Flucht nach Süden. Daraufhin schwenkten die feindlichen Krieger ihre Standarte, die auf den ersten Blick mit unserer Tug verwechselt werden kann. Statt des schwarzen Falken zeigt sie ein schwarzes Kreuz auf weißem Feld. Allem Anschein nach war die Truppe sehr glücklich, uns so leicht davonjagen zu können.

Wir zogen uns immer schneller zurück, so daß der Feind kaum folgen konnte. Und das war es, was wir bezweckten; denn Dschebe, der sich mit seinen Kriegern in ein östlich gelegenes Tal zurückgezogen hatte, preschte nun vor und faßte die ›edle Ritterschaft‹, wie sie sich nannte, von hinten, während ich zum erneuten, nun wirklichen Angriff überging.«

Dschingis-Chan reibt sich die Hände. »Die werden dumme Gesichter gemacht haben. Ja, unser guter Dschebe hatte immer prächtige Einfälle. Habt ihr die Feinde zusammengehauen?«

»Das kann man wohl sagen. Mit der Verfolgung haben wir uns allerdings nicht lange aufgehalten, weil uns daran gelegen war, möglichst widerstandsfähig zum Kaukasus zu gelangen, dessen schneebedeckte Gipfel uns ziemliche Sorgen bereiteten**. Wir kümmerten uns also nicht um den geschlagenen Gegner, sondern begannen mit dem Aufstieg, der zunächst durch dichte Wälder führte, die aber bald unbewachsenen Hängen und Felsen wichen.

Die Schwierigkeiten, die sich uns in den Weg stellten, sind kaum zu beschreiben. Eis, Schnee und Kälte quälten uns von morgens bis abends. Die Überquerung des Kaukasus verlief ähnlich wie der Ritt Dschebes über Pamir, nur mit dem Unterschied, daß wir schon bald alle Lasten zurücklassen mußten, weil uns nicht genügend Reservepferde zur Verfügung standen. Katapulte, Schleudermaschinen und

* Es handelte sich um die besten Kräfte Georgiens, die gerade von der christlichen Königin Russudan ausgerüstet worden waren, um für den Papst einen Kreuzzug anzutreten.

** Königin Rustsudan sandte nach Ssubutais und Dschebes Abzug ein Schreiben an den Papst, in dem sie erklärte, ihre Ritterschaft hätte angreifende Mongolen in die Flucht geschlagen, doch sei der Kampf so hart gewesen, daß sie ihr Versprechen, an einem Kreuzzug teilzunehmen, zurückziehen müsse.

Brandpfeilwerfer wurden zerstört und in Schluchten geworfen. Was entbehrlich erschien, sauste in Abgründe.

Über weite Schneefelder erreichten wir die Höhe der Gebirgskette und gelangten an einen kleinen Fluß, der sich aus viertausend Meter Höhe durch enge Felsschluchten in die nördliche Ebene ergießt. Wir folgten seinem Lauf über Pfade, die so schmal waren, daß gerade ein Reiter auf ihnen stehen konnte, und wir zwängten uns schließlich durch die Darjalschlucht, um zum nördlichen Seitenkamm des Kaukasus zu gelangen.

Endlich, nach Wochen unsagbarer Schwierigkeiten, ritten wir erschöpft in die Ebene ein und wurden von einem Heer empfangen, das sich aus Bergvölkern zusammensetzte und uns den Eintritt in die Niederung verwehren wollte. Wie wir später erfuhren, hatten sich Terkkosaken, Armenier, Osseten, Tscherkessen, Kurmücken und Inguschen mit den Komanen, dem kampffreudigsten Stamm des ganzen Kiptschaks verbündet.

Gegen die anrückenden Völker waren wir machtlos, das erkannten wir gleich. Aber wir mußten den Kampf aufnehmen, weil wir nicht mehr die Kraft hatten, uns auf die Höhen des Gebirges zurückzuziehen. Wir setzten uns deshalb das Ziel, einen Durchbruch zu erzwingen und nach Norden zu flüchten. Später wollten wir weitersehen. Es kam zum Gefecht, in dem wir weder siegten noch unterlagen, doch es gelang uns während der Schlacht, aus allen möglichen Volksstämmen Gefangene zu machen, die wir eifrig verhörten. Was wir erfuhren, war erstens, daß die Komanen die Anführer im Kampf gegen uns waren; zweitens, daß die Bergvölker von den Komanen, die sich als die Herren des Gebietes vom Kaspischen bis zum Schwarzen Meer dünken, alle naselang zum Streit aufgerufen werden; drittens, daß die Komanen ein völlig unzuverlässiges Volk sind. Das genügte uns. Wir sandten daraufhin Geschenke in das Komanenlager und forderten die Anführer auf, sich mit uns zu vereinen. Wir erklärten ihnen, daß sie zu uns und nicht zu Bergvölkern gehören. Und sie gingen auf unseren Vorschlag ein und verrieten ihre Verbündeten.«

Dschingis-Chan richtet sich auf. »Was habt ihr getan?«

»Sie getötet!«

Der Herrscher seufzt erleichtert. »Ich hatte schon befürchtet ...«

»Nein, nein«, ruft Ssubutai. »Die Grundregeln des Anstandes sind uns in Fleisch und Blut übergegangen.«

Dschingis-Chan lacht. »Das möchte ich euch auch geraten haben!« Er wendet sich an die Versammelten. »Hütet euch vor Verrätern. Wenn man gezwungen ist, sich mit Verrätern zu verbünden, tut man es, um sie zu vernichten. Wer diese Regel außer acht läßt, wird mit Haut und Haaren gefressen. Doch zurück zu Ssubutai. Was geschah weiter?«

»Wir räumten zunächst unter den Bergvölkern auf, die nun gleich einer Angst und Schrecken verbreitenden Lawine vor uns herflüchteten. Wir konnten es uns nicht leisten, ständig zu kämpfen, dafür war die Zahl unserer Krieger zu gering.«

»Recht so!« ruft Dschingis-Chan. »Seid niemals grausam um der Grausamkeit willen, aber wendet die Grausamkeit als Waffe an, wo immer es geht. Sie ist ein unglaublich scharfes Instrument.«

»Nun war es nicht mehr schwer für uns, zum Schwarzen Meer zu gelangen und an seinem Ufer entlangzureiten«, fährt Ssubutai fort. »Volksstämme, die ihr Land nicht verlassen wollten, kamen uns mit Geschenken entgegen. Sippschaften, die den Mut besaßen sich nicht zu ergeben, ergriffen die Flucht.«

Dschingis-Chan lacht.

»Im Norden des Schwarzen Meeres liegt ein kleineres Binnenmeer, das Asowsche Meer genannt. Wir umritten es, zogen an seiner Nordküste nach Westen und rückten gegen die südlich in das Schwarze Meer hineinragende Halbinsel Krim und ihre Hafenfestung Sudak vor, die von sogenannten Genuesen erbaut wurde. Leider wußte das tüchtige Handels- und Seefahrervolk der Genuesen nicht, daß man Mongolen mit Geschenken zu empfangen hat. In ihrer Dummheit schlossen sie die Stadttore. Wir öffneten sie natürlich wieder, beschädigten dabei allerdings die Angeln.«

Dschingis-Chan räuspert sich. »Werde nicht überheblich, Ssubutai!«

Der Heerführer wird flammenrot. Gewiß wäre er unfähig gewesen, weiterzusprechen, wenn ihm nicht mancher der Oerlök heimlich zugezwinkert hätte. »Wir ritten über weite Äcker, Weiden und Steppen nach Westen«, fährt er mühsam fort, »überquerten dann einen großen Fluß, Dnjepr genannt, und kamen nach endlos langem Ritt an den Dnjestr, der die Grenze zwischen den Fürstentümern Rußlands, die wir durchquerten, und den Königreichen Ungarn und Polen bildet.

Wir wußten nicht, was wir sagen sollten, als wir erfuhren, daß sich hinter den Karpaten, das sind Berge jenseits des Dnjestr, noch weite Länder erstrecken, und wir wollten schon in ein südlich gelegenes, angeblich sehr reiches byzantisches Reich aufbrechen, als mir berichtet wurde, daß Zehntausende von Komanen nach Byzanz geflüchtet seien und den dortigen Kaiser um Schutz angefleht hätten. Des weiteren hieß es, der Kaiser habe die Komanen in seinem Reich angesiedelt und rüste nun eifrig zu unserem Empfang. Das gleiche wurde von einem König aus Ungarn berichtet, dem sich andere Stämme unterworfen hatten, die vor uns davongelaufen waren.

Nach längeren Überlegungen faßten Dschebe und ich den Entschluß, den Dnjestr nicht zu überschreiten. Unsere Aufgabe war Aufklärung und nicht Unterwerfung. Bei der geringen Anzahl der uns zur Verfügung stehenden Krieger mußten wir Unternehmungen meiden, die unseren Auftrag gefährdeten.«

»Rührend, wie ihr euch an meinen Befehl hieltet«, wirft Dschingis-

Chan schmunzelnd ein, um seinen vorhergehenden Verweis zu verwischen. »Hattet ihr nicht vielleicht auch etwas Angst?«

»Wie sehr, das wirst du gleich hören«, erwidert Ssubutai erleichtert. »Ohne den Dnjestr zu überschreiten, stellten wir zunächst Erkundungen über die Länder jenseits des Flusses an und ließen Karten von Polen sowie dem sich daran anschließenden Germanien, von Ungarn, Serbien, Bulgarien und einigen weiteren Reichen anfertigen. Wenn der Generalstab das Material, das wir zusammentrugen, gründlich sichtet, wird er auf Jahre beschäftigt sein. Doch zurück zu uns. Wir bekamen nun die von dir angedeutete Angst«, fährt er an Dschingis-Chan gewandt fort, »und flüchteten nach Osten zurück. Allerdings etwas nach Nordosten.«

»Wie kamt ihr darauf, daß der Nordosten für euch sicherer sein würde?«

Ssubutai schmunzelt. »Zuverlässigen Berichten zufolge war der Komanen-Chan Kuthan zu seinen eigentlichen Feinden geflüchtet, zu den Fürsten Mstislaw von Halicz, Kiew und Tschernigwo, denen er alles, was er besaß, untertänigst zu Füßen legte. Wenn Kuthan bei seinen Feinden Aufnahme findet, werden diese auch uns aufnehmen, sagten wir uns. Wir sind ja ebenfalls ihre Gegner. Die Fürsten aber schickten von überallher, von Kiew, Gomel, Minsk und Smolensk, gut ausgerüstete Einheiten an den Unterlauf des Dnjepr, so daß wir nicht mehr mit einer allzu freundlichen Aufnahme rechnen konnten. Unversucht wollten wir jedoch nichts lassen. Wir sandten deshalb eine Abordnung an den Mstislaw von Kiew und schlugen ihm vor, sich nicht ausgerechnet mit Kuthan zu verbünden, der die russischen Fürstentümer jahrelang überfallen und drangsaliert hatte. Man verstand unsere Sprache aber nicht. Vielleicht auch zu gut. Doch wie dem auch sein mag, die Fürsten vertrauten Kuthan mehr als uns und ließen unsere Abordnung umbringen.«

»Teufel!« entfährt es Dschingis-Chan. »Hast du sie gerächt?«

»Durch ein starkes Heer ließen die Fürsten zu gleicher Zeit eines meiner vorgeschobenen Guran überfallen und bis auf den letzten Mann niedermetzeln«, fährt Ssubutai unbeirrt fort. »Für uns gab es jetzt nur noch eins: Rache!«

»Richtig!«

»Ich sandte sofort zwei meiner besten Reiter mit den schnellsten Pferden in das Russenlager, um den Rachefeldzug ordnungsgemäß anzukündigen. Der Befehl wurde ausgeführt, und als man begriff, was übermittelt worden war, jagten meine Männer bereits zurück.«

Im tobenden Beifallsschrei aller Anwesenden reicht Dschingis-Chan seinem Heerführer die Hand. »Solange solcher Geist uns leitet, werden wir nicht untergehen. Wenn edle Gesinnung, unerschrockener Geist, bedingungsloser Gehorsam und todesmutige Bereitschaft sich paaren, entsteht ein Fundament, das kein Sturm zu erschüttern vermag. Aber nun berichte weiter. Wie nahmst du Rache?«

»Uns standen annähernd siebzigtausend Russen und zehntausend

Komanen gegenüber, von denen uns die Letztgenannten weniger disziplinierter erschienen. Darauf basierte der Schlachtplan, den Dschebe entwarf.«

»Dschebe hatte immer die besten Ideen.«

»In ständiger Fühlungnahme, ohne uns jedoch auf ein Gefecht einzulassen, zogen wir uns tagelang nach Westen zurück, um den Feind durch unsere Kampfunfreudigkeit zuversichtlich zu stimmen. Als aber ein Fluß mit steilen Kreidefelsen in unserem Rücken lag, rannten wir mit unseren plötzlich wohlformierten Guran gegen die Polowci Kuthans an und sprengten ihre Reihen. Ein heilloses Durcheinander entstand, und ehe sich die Feinde von ihrem Schrecken erholen konnten, schlossen wir das Heer der russischen Fürsten von Osten her ein und drängten es Meter um Meter nach Westen an den Rand des steil abfallenden Ufers, das nun für uns wie eine mächtige Armee arbeitete. Denn diejenigen, die an die Uferböschung herankamen, wollten nicht hinabstürzen und wehrten sich gegen ihre nachfolgenden Kameraden, wodurch eine Panik entstand, die wir ausnutzten, bis die Nacht hereinbrach. Keine zehntausend konnten flüchten. Eine Armee von siebzigtausend Kriegern war an einem Tag niedergemetzelt beziehungsweise in den Fluß getrieben worden.«

»Großartig«, ruft Dschingis-Chan. »Großartig!«

»Die Kunde vom großen Sterben drang in die Städte, wo sechs Großfürsten und siebzig Adlige den Mord an unserer Abordnung mit dem Tode bezahlten.«

Wieder wird Ssubutai von Begeisterungsstürmen umtobt. Als er endlich fortfahren kann, sagt er mit veränderter Stimme: »Da uns die Städte Nordrußlands nichts mehr bieten konnten, zogen wir so weit nach Osten, wie es uns befohlen war. Es wurde ein glatter Erkundungsritt, bei dem wir nur an der oberen Wolga auf Widerstand stießen, der jedoch sofort gebrochen wurde. Aber so wenig Kraft dieser Kampf auch verlangte, wir zahlten den höchsten Preis: Dschebe!«

Dschingis-Chan erhebt sich und umarmt Ssubutai. Dann geht er aus dem Zelt, als habe er erst in diesem Augenblick erfahren, daß sein großartiger Heerführer Dschebe nicht wiederkehrt.

12

Woche um Woche reitet die Armee Dschingis-Chans dem heimatlichen Ordu am Onon entgegen. Der Herrscher drängt nicht wie sonst, er reitet still und in sich gekehrt mit Yeliu-Tschutsai und Tatatungo vor seinen Söhnen einher. Besonders mit dem Astronomen verbinden ihn immer engere Bande. Er spürt, daß sich dieser Gelehrte am Feuer seines Blutes erwärmt hat und nicht mehr nur daran denkt, zum Wohle Chins zu wirken.

Yeliu-Tschutsai würde freilich nichts gutheißen, was seiner Heimat schaden könnte. Als Nachkomme einer alten chitanischen Familie kann er sich jedoch in die Denkweise eines Nomadenvolkes versetzen. Und für Chin ist es gut, daß die kräftige Faust eines Dschingis-Chans jeden Haß, Zank und Streit innerhalb der verschiedenen Dynastien verhindert. Waren es nicht gerade die Kämpfe der Herrscherhäuser, die das fleißige Volk immer erneut zum Ärmsten der Armen machten? So wie die Dinge liegen, ist es richtiger, von einem mächtigen Herrscher regiert zu werden, als von drei oder vier schwachen Regenten.

Endgültige Ruhe wird es in Chin natürlich auch unter Dschingis-Chan nicht geben. Er leitet aber wenigstens Dinge ein, die dafür sorgen, daß nach seinem Tode keine völlig neue Situation entsteht. Alle nur erdenklichen Bestimmungen werden erlassen, um eine reibungslose Weiterarbeit auch nach dem Ableben des Herrschers zu garantieren. Gewiß, Tribute hat Chin in beträchtlichem Umfang zu entrichten, doch sie sind nicht höher als zu anderen Zeiten. Immer zahlte entweder Sung an Chin oder Chin an Sung, und derjenige, der den Tribut empfing, verwandte ihn stets für Verteidigungsmaßnahmen gegen denjenigen, der ihn zu leisten hatte.

So oder so ändert sich nichts, sagte sich Yeliu-Tschutsai. Es ändert sich überhaupt nie etwas. Das nach Frieden lechzende Volk begleicht in jedem Falle die Rechnung und wird niemals von Lasten befreit.

Dschingis-Chan wendet sich an die beiden Gelehrten. »Seht ihr den Wald, der dort drüben in die Steppe greift? In ihn flüchtete ich einst vor Targutai. Ein finsterer Wald. Es drohte mich zu ersticken, brachte mir jedoch die Rettung.«

»Hätten Sie es damals für möglich gehalten, ein großer Feldherr zu werden?« fragt Yeliu-Tschutsai.

Der Herrscher nickt. »Ich wußte es. Nicht, daß ich genauere Vorstellungen gehabt hätte. Ich spürte aber, zu etwas Besonderem auserkoren zu sein. Dieses Gefühl wurde vielleicht dadurch erweckt, daß der Schamane meines Vaters weissagte, ich würde ein großer Krieger werden. Mein Ehrgeiz rief dieses Bewußtsein immer wieder wach in mir. Besonders nachdem die Erfahrung mich gelehrt hatte, daß man erreicht, was man erreichen will, wenn man sich durch nichts vom einmal eingeschlagenen Weg abbringen läßt und den Glauben an sich selbst unter keinen Umständen verliert. Zur unbeirrbaren Gewißheit muß der Gedanke werden, daß man das gesetzte Ziel erreicht, und man darf diese Überzeugung auch in Stunden höchster Not nicht aufgeben. Ich sehe noch deutlich das Gesicht Sorgan-Schiras vor mir, als ich ihm im Wald nachrief, er solle seinen Sohn Dschelme zum Burkan-Kaldun senden, wo ich junge Männer um mich versammeln würde, um gegen Targutai zu ziehen. ›Sieh erst mal zu, daß du aus der Gefahr herauskommst!‹ entgegnete er aufgebracht. Dann aber lachte er und bestätigte mir, daß es richtig ist, selbst in höchster Gefahr den Mut nicht zu verlieren. Natürlich erlebte ich auch Augenblicke, in denen ich am liebsten Schluß gemacht hätte. Aber ich überbrückte solch mutlose Stunden mit Zukunftsbildern, die meine Verzagtheit verbannten. Not ist einem nie stärker bewußt als in Stunden wirklicher Not, und das Streben, in größere Höhe zu gelangen, ist am gewaltigsten, wenn man in einer scheußlichen Tiefe hockt. Dieses Wissen bereitet mir heute viel Sorge, denn meine Söhne und Enkel erlebten weder Nöte noch Tiefen. Woher sollen sie also das Grauen kennen, das mich einst packte und vorwärtstrieb?«

»Sie haben Ihren Nachkommen doch alles geschildert.«

»Geschildert ist nicht erlebt, Tatatungo. Nein, ich muß ...« Dschingis-Chan verstummt und reitet schweigend weiter, bis die Versonnenheit des Rückzuges durch Boten verdrängt wird, die Berichte aus Chin und Hsi-Hsia überbringen.

Nach ihren Meldungen ist die Lage im Tangutenstaat und in Chin weitaus bedrohlicher, als der Herrscher annahm. Der fast gleichzeitig erfolgte Tod Hsüang-tschungs, Muchulis und des Königs von Hsi-Hsia wird von nationalen Kräften dazu benutzt, das Volk aufzuwiegeln. Und Schidurgho, der Nachfolger des Königs von Hsi-Hsia, strebt eine Vereinigung seines Heeres mit den Kampfeinheiten Chins an, so daß fünfhunderttausend Krieger unter einem Kommando stehen würden und geschlossen gegen die Mongolen antreten könnten. Zu dieser Verbindung ist es noch nicht gekommen, weil es den Chin-Armeen gelang, von Kai-föng aus in die von Buru kontrollierten Provinzen einzufallen und einige Städte überraschend zu besetzen.

Dschingis-Chan hört sich die bedrohlichen Nachrichten in aller Ruhe an und erklärt dann ohne zu überlegen: »Wir reiten beschleunigt zum Onon. Frauen, Kinder, Hab und Gut werden sofort von den Kriegern getrennt und folgen als Karawane unter Führung von zwei Guran. Im Ordu halten wir uns nicht länger als unbedingt notwendig auf. Während des Rittes soll der Jurt-Schi den Abmarsch bereits besprechen, damit die Ausarbeitung daheim schnell vonstatten geht. Dabei ist zu beachten, daß die Trennung von Hsi-Hsia und Chin jetzt das wichtigste ist. In der Planung ist die Einnahme von Städten nicht zu berücksichtigen, sondern nur das große Ziel anzusteuern: die Vernichtung Schidurghos. Schnee und Eis sind einzukalkulieren, da es in den Winter geht.« Er wendet sich an die Gelehrten. »Während der Generalstab die Kriegsführung übernimmt, wollen wir nicht faulenzen. Uns obliegt Wesentlicheres.«

Beide sehen ihn fragend an.

»Die zukünftige Staatsführung«, flüstert er und blickte um sich, als wollte er sich vergewissern, daß ihn niemand hört. »Ich fühle, daß ich zum letzten Male lebend in die Heimat zurückkehre, und ich möchte alles geordnet haben.«

Am Onon schließt sich Dschingis-Chan mit Yeliu-Tschutsai und Tatatungo oft tagelang von seiner Umgebung ab. Von den fieberhaften Vorbereitungen zum Abmarsch nach Hsi-Hsia vernimmt er nichts. Auch sieht er nicht die unzufriedenen Mienen der Frauen, die sieben

Jahre auf ihre Männer gewartet haben und nun erfahren, daß sie in wenigen Tagen wieder allein sein werden.

Die Pergament-Rollen im Zelt des Herrschers häufen sich. Tatatungos Hand ist vom vielen Schreiben fast schon erlahmt. Die ›Jassa‹ wird durch neue Gesetze vervollständigt, die ›Bilik‹ um viele Aussprüche erweitert.

Als Tatatungo einmal mit Dschingis-Chan allein ist, fragt ihn dieser: »Würdest du eine Zurücksetzung darin erblicken, wenn ich Yeliu-Tschutsai zum Reichskanzler mache?«

Der Gelehrte lacht. »Bevor wir uns kennenlernten, sagte mir Baibuka Taiang: ›Tatatungo, du bist zwar kein Staatsmann, aber als mein Kanzler und Siegelbewahrer hast du mir manch guten Rat erteilt.‹ Er hatte recht. Ich bin kein Staatsmann, könnte nie einer sein. Neidlos werde ich mich freuen, wenn Yeliu-Tschutsai der Wahrer Ihres Gedankengutes wird. Einen besseren könnten Sie nicht finden. Außerdem sind auch meine Tage gezählt. Ich bin fast zehn Jahre älter als Sie.«

Dschingis-Chan klopft ihm auf den Rücken. »Zum Teufel, warum werde ich nicht so alt?«

»Wer sagt denn, daß Sie es nicht werden?«

»Ich spüre das, wie ich vieles vorher verspürt habe. Aber ich will mich nicht beklagen. Ich durfte ein reiches Leben führen. Weißt du noch, wie du das erstemal vor mir standest? Ich konnte deinen Namen zunächst nicht behalten.«

»Sie wollten nicht nicht behalten!«

Dschingis-Chan lacht. »Und dann erzähltest du mir von Buddha.«

»Den Sie einen Kerl nannten.«

»Hahaha ...! Aber es war bedeutungsvoll für mich, daß du meinen Lebensweg kreuztest. Und welche Freundschaft wurde daraus!«

»Sie wurde nicht, sie war sofort da.«

»Wahrhaftig, ich spürte gleich, daß wir uns gut verstehen würden. Wir sollten mehr auf solche Dinge achten. Wenn Verbindungen nur zwischen Menschen geschlossen würden, die sich vom ersten Augenblick an sympathisch sind, gäbe es weniger Kummer auf dieser Welt. Ach, man müßte tausend Jahre leben, um alles richtig zu erlernen. Wahrscheinlich machte man aber auch dann noch Fehler. Warum nur?«

»Weil uns das Leben auferlegt ist. Über alles können wir nach freiem Willen entscheiden, nur nicht über unser In-die-Welt-gesetztwerden. Jeder kann sich das Leben nehmen, doch niemand vermag es sich selbst zu geben. Das Geborenwerden ist ein hartes: Du mußt!«

»Und unser hoher Kriegsherr und Staatsmann muß sich endlich einmal ausruhen«, erklärt der hinzukommende Astronom.

»Bist du eifersüchtig, weil ich mich so gut mit Tatatungo unterhalte?« fragt Dschingis-Chan.

»Natürlich«, erwidert Yeliu-Tschutsai. »Abgesehen davon ist unsere Arbeit beendet. Sie müssen ...«

»... noch ein Weilchen mit mir plaudern, Yeliu. Ich habe noch nie eine solche Ruhe verspürt wie in den letzten Tagen. Kommt, ich lasse Kara-Kumys holen. Hängen wir einmal nur alten Erinnerungen nach.«

Der Weg vom Onon nach Hsi-Hsia, der den Armeen Dschingis-Chans einst unendlich weit erschien, kommt den Kriegern unglaublich kurz vor. Noch keine vierzehn Tage sind sie geritten, da haben sie die Grenze des Tangutenreiches bereits erreicht. Und bald darauf werden sie in erste Kämpfe verwickelt.

Dschingis-Chan läßt sich jedoch auf keine Entscheidungsschlacht ein. Er versucht, möglichst schnell nach Süden durchzustoßen, um die Verbindung zwischen Chin und Hsi-Hsia zu unterbinden. Und es gelingt ihm in wuchtig vorgetragenen Manövern die Linien der ihm entgegengeworfenen Einheiten zu durchbrechen. Dann rast er in das Land hinein, als flüchte er vor dem Feind.

Seine Krieger begreifen ihn nicht. Was hat das zu bedeuten? Warum weicht er dem Gegner aus? Gewiß, sie sind nur hundertachtzigtausend Mann, wohingegen die vereinigten feindlichen Armeen über fast eine halbe Million Soldaten verfügen. Aber gab es schon einen Feind, den sie nicht besiegen konnten? Nun, Dschingis-Chan wird wissen, warum er sich so eigenartig verhält.

Das Mongolenheer stürmt nach Süden, bis der Hoang-ho vor Hoang-hsing-fu erreicht wird. Ohne Tarnung läßt Dschingis-Chan seine Einheiten am östlichen Ufer des zugefrorenen Flusses in breiter Front in Stellung gehen, so daß der Feind schon von weitem die gewählte Kampfformation erkennen kann.

Die zahlenmäßig überlegenen Gegner sind über die bei den Mongolen ungewohnte Kampflinie verwundert. Warum stellt Dschingis-Chan seine Krieger unmittelbar am gegenüberliegenden Ufer auf, fragen sie sich. Denkt er etwa, die Eisdecke würde sie nicht tragen? Weiß der Himmel, er scheint anzunehmen, daß das Eis bricht, wenn große Einheiten über die Fläche stürmen. Endlich täuscht er sich einmal. Sie kennen ihren Hoang-ho und wissen, daß er fast bis auf den Grund gefroren ist.

Doch was beabsichtigt der Herrscher mit der langen Linie? Will er sie umfassen? Den Wunsch werden sie ihm nicht erfüllen. Sie können eine ebenso lange Reihe bilden, und dann stehen jeweils drei Tanguten einem Mongolen gegenüber. Will er das? Baut er darauf, mit einer dreifachen Überzahl fertig zu werden?

Das wird es sein. Offensichtlich glaubt Dschingis-Chan, sich durch eine lange Reihe vor einer Umfassung schützen zu können. Zweifellos hat er nach dem geglückten Durchbruch so schnell die Flucht ergriffen, weil er merkte, daß die vereinigten Armeen nicht mit den Streitkräften der früheren Jahre verglichen werden dürfen. Nun, es wird sich erweisen, ob ein Mongole mit drei Tanguten fertig werden kann.

Die Einheiten Hsi-Hsias und Chins formieren sich zur langen Linie und stürmen mit höchster Geschwindigkeit auf die Reihen der Mongolen los. Doch kaum jagen sie über den gefrorenen Fluß, da beginnen ihre Pferde auf dem Eis zu rutschen. Wer sein Pferd noch abfangen kann, stürzt entweder über bereits am Boden liegende Tiere oder erhält von hinten einen Stoß, der ihn straucheln läßt. Überall bilden sich unentwirrbare Knäuel. Ein Teil der Soldaten versucht zu wenden, stößt aber mit den nachfolgenden Kämpfern zusammen.

Darauf hat Dschingis-Chan gewartet. Endlose Pfeilsalven jagen plötzlich in die Reihen der gestürzten Gegner. Und dann treten die Mongolen zum Gegenangriff an, ohne zu rutschen und zu wanken; denn die Hufe ihrer Pferde sind mit rauhen Tüchern umwickelt.

Dschingis-Chan begreift selber nicht, wie schnell die Schlacht zu Ende geht. Ehe er es sich versieht, hat jeder seiner Krieger zwei am Boden liegende Feinde erschlagen. Dreihundertfünfzigtausend Gegner sind vernichtet.

Da befohlen wurde, die nach Hoang-hsing-fu flüchtenden Tanguten nicht zu verfolgen, machen sich die Krieger daran, die Taschen der Getöteten zu durchsuchen und die unerschöpflichen Einfälle ihres Herrschers zu loben, bis der Ruf ertönt: »Dschingis-Chan ist auf dem Eis gestürzt!«

Eine ungeheure Erregung bemächtigt sich der Einheiten, die besorgt zu der Stelle drängen, an der sich Dschingis-Chan befinden soll. Eine beklemmende Stille legt sich über den Fluß. Der Herrscher ist bewußtlos. Wie alt ist er eigentlich? Vierundsechzig. Wenn das nur gut geht. Wer in dem Alter stürzt ...

Doch dann jubeln alle Krieger. Dschingis-Chan steht auf und winkt ihnen zu.

Nachdem er sein Heer auf diese Weise beruhigt hat, legt sich Dschingis-Chan auf ein Lager, das Tschagatai in aller Eile herrichten ließ. Die Leibgarde tritt hinzu und spannt eine Decke über ihn, damit er vor dem Schnee geschützt ist, der mit einem Male in dicken Flokken fällt.

»Stellt euch nicht so an«, schimpft er ungehalten und preßt seine Linke in die Taille.

»Haben Sie Schmerzen?« fragt ihn Tatatungo besorgt.

»Mir scheint, ihr wollt mich krank machen«, antwortet er unwirsch. »Wenn ihr nicht aufhört, mich vor meinen Kriegern wie einen Greis zu behandeln, stehe ich auf und reite davon.«

»Du wirst in wenigen Augenblicken in dein Zelt gehen können«, sagt ihm Tschagatai. »Ich lasse es drüben aufschlagen.«

Dschingis-Chan nickt dem Sohn zu, kann ein Stöhnen aber nicht unterdrücken.

»Fehlt dir was?«

»Nein, nein. Sind Ugedei, Tuli und Batu in der Nähe?«

»Sie werden eben geholt.«

»Gut. Ich möchte mit euch reden. Wo ist Boghurtschi?«

Der erste Gefolgsmann tritt an Dschingis-Chan heran.

»Was macht der Feind?«

»Der ist vernichtet. Die Reste flüchten nach Hoang-hsing-fu.«

»Hör zu, Külük. Ich habe mit meinen Söhnen zu sprechen und möchte dich, Yeliu-Tschutsai und Tatatungo dabei haben. Veranlasse beim Jurt-Dschi, daß Ugedei mit seinen Abteilungen morgen nach Chin abrücken kann. Batu soll mit den Tuman seines Vaters den Westteil des Tangutenstaates durchstreifen. Gebt ihm aber erfahrene Heerführer mit. Tschagatai soll Hoang-hsing-fu belagern, Tuli rückt mit mir zur Länderecke, wo Chin, Sung und Hsi-Hsia zusammentreffen. Mein Befehl an alle lautet: Ausrotten! Ist das klar?«

Boghurtschi nickt, schließt seine Dacha enger und verschwindet im dicht fallenden Schnee.

Dschingis-Chan starrt in die Flocken und fragt sich: Finde ich hier mein Ende? Mir geht es schlechter, als ich es zugebe. Schemenhaft sieht er Gestalten kommen und gehen. Er tastet nach seinem schmerzenden Rücken. Das beste wird sein, die Schmerzen nicht zu beachten, denkt er. Ich kann doch nicht krank werden. Das würde mir gerade noch fehlen. Ist es die Strafe dafür, daß ich zu Dschutschi sagte: ›Wer krank wird, das befehle ich!‹?

Tschagatai erscheint. »Dein Zelt steht, Vater.«

Ugedei und Tuli eilen herbei.

»Vater ist gestürzt! Helft mir, ihn in das Zelt zu tragen.«

»Ach, ist ja halb so schlimm«, wehrt Dschingis-Chan ab. »Wischt euch erst mal den Schnee aus den Augenbrauen. Und eure Nasen tropfen.«

Wenig später haben die Söhne den Herrscher in das Zelt getragen, und alle beorderten Personen sind um ihn versammelt. Ihm zu Füßen stehen Boghurtschi, Tatatungo und Yeliu-Tschutsai. Rechts von ihm haben Ugedei und Tschagatai, links Tuli und Batu Aufstellung genommen.

»Zunächst muß ich euch alle miteinander enttäuschen«, beginnt Dschingis-Chan. »Ihr macht Gesichter, als stündet ihr an einem Sterbelager. Es tut mir leid, doch so weit ist es noch nicht.«

»Aber, Vater!« entgegnet Tschagatai abwehrend.

»Keine Empörung, mein Junge«, erwidert der Herrscher und blickt von einem zum anderen. »Ich bin etwas unglücklich gefallen, und da ihr morgen in verschiedene Richtungen davonzieht, will ich die Gelegenheit benutzen, mit euch über die Verteilung des Reiches zu sprechen. Allerdings nur über Grundsätzliches, weil ich, um jeden Streit zu vermeiden, alle Einzelheiten schriftlich festlegen ließ.« Er fährt sich über die Stirn und macht eine kurze Pause. »Das von mir geschaffene Reich soll für alle Zeiten ungeteilt bleiben und von *einem* Groß-Chan regiert werden. Regierender Herrscher kann nur ein Nachkomme werden, der auf einem Kuriltai gewählt wurde, an dem *alle* lebenden Erben teilgenommen haben. Wer sich außerhalb einer solchen Versammlung, die nur im östlichen Gebiet des Reiches stattfinden darf, zum Regenten macht oder einen solchen Groß-Chan unterstützt, verfällt dem Tode. Als östliches Gebiet gelten das Reich Chin Hsi-Hsia und die übrigen Länder Ostasiens, die ich Ugedei und seinen Nachkommen vermache. Tschagatai erhält das Land der Ujguren und die westlich sowie südlich daran anschließenden Regionen. Tuli teile ich unser Stammland, die Mongolei und mein Heer zu, Batu übernimmt als ältester Sohn Dschutschis das Reich seines Vaters; die Gebiete westlich und nördlich des Altai. Sein Reich trifft im Süden des Aralsees mit dem Reich Tschagatais zusammen.«

Dschingis-Chan lehnt sich wie erschöpft zurück. »Die Bestimmung, daß alle Erben am Kuriltai teilnehmen müssen, soll sichern, daß keiner meiner Nachkommen übergangen werden kann. Die Aufstellung eines Gegen-Chans ist unmöglich. Die Anordnung, daß eine Erbenversammlung nur im Osten erfolgen darf, gebe ich, weil festgelegt wurde, daß der Regierungssitz des Groß-Chans im Osten des Reiches liegen muß. Diese politische Bestimmung soll bezwecken, daß Versuche anderer Staaten, mit uns in Beziehung zu treten, nur möglich sind, wenn deren Abgeordnete den Marsch durch das ganze Reich antreten. Aus bestimmten Gründen verspreche ich mir etwas davon.«

Nach einer längeren Pause fährt Dschingis-Chan fort: »Wie ich schon sagte, kann ein Groß-Chan nur durch die Wahl aller erfolgen. Ich will euch nicht beeinflussen, spreche aber den Wunsch aus, daß ihr Ugedei als meinen ersten Nachfolger wählt.«

Der dritte Sohn des Herrschers ist sichtlich verwirrt. »Ich soll ...?«

»Ja, du! Oder befürchtest du, nicht die Fähigkeit zu haben?«

»Nein, aber Tschagatai ist der ältere.«

»Was meinst du dazu?« fragt Dschingis-Chan den zweiten Sohn, den er heimlich beobachtete.

»Das kann ich mit wenigen Worten sagen. Tatenloses Regieren schafft frohe, eifriges Regieren hingegen traurige Völker. Wie solle ich mich angesichts dieser Tatsache danach sehnen, einen Staat zu leiten? Ich trete gerne zugunsten von Ugedei zurück. Zur Führung eines Volkes hat er geeignetere Qualitäten.«

Dschingis-Chan gefällt die Antwort nicht. Dennoch erwidert er: »Ich bin glücklich, dich so sprechen zu hören und will dir den Grund nennen, warum ich Ugedei als meinen Nachfolger vorschlage. Die Art, in der er euren Streit vor Gurgentsch beilegte, zeigte mir neben der Tatsache, daß er seine Machtstellung nicht mißbrauchte, seine Fähigkeit zu regieren. Ansonsten habe ich keinen Grund ihn vorzuziehen.«

»Erkläre dich nicht, Vater«, entgegnet Tschagatai. »Du hast mir ein Gebiet geschenkt, das Kaiser- und Königreiche umschließt. Wie sollte ich da unzufrieden sein?«

Dschingis-Chan nickt. »Vor lauter Sorge um die Zukunft unseres Reiches vergaß ich die Größe der jedem von euch zugedachten Gabe.

Offensichtlich macht sich der Mensch, der viel hinterläßt, im Sterben Gedanken darum, ob es nicht zu wenig ist.« Er richtet sich auf und lächelt. »Mir geht es schon wieder besser. Wahrscheinlich, weil ich Angst habe, mein Reich abgeben zu müssen: Ihr werdet es erleben: bis ich abtrete, habt ihr graue Bärte. Aber es ist gewiß gut, daß ich euch alles gesagt habe, bevor ihr abrückt. Tuli bleibt übrigens bei mir. Sollte etwas mit mir geschehen, wird er bis zur Wahl des Groß-Chans die Führung übernehmen. Ich gebe diese Anordnung, um die Möglichkeit zu haben, gegebenenfalls noch notwendige Maßnahmen einzuleiten. In Kriegszeiten kann ein Tod im unrechten Augenblick katastrophale Folgen haben. Tuli wird sich in militärischen Dingen von Boghurtschi, in Staatsfragen von Yeliu-Tschutsai und in rechtlichen Angelegenheiten von Tatatungo beraten lassen. Solange diese Männer leben, können sie aus ihren Ämtern als Oberster Heerführer, Reichskanzler und Siegelbewahrer nicht entlassen werden. Ihre Vorschläge sind stets zu berücksichtigen. Es wird zum Vorteil unseres Reiches sein.«

13

Über rissig gewordenen Lehmboden jagt die Leibgarde Dschingis-Chans durch Täler und Wälder und über Berge und Höhen, um jeden Ort, selbst das armseligste Gehöft des Ming-schang zu durchsuchen. Was sie im Umkreis des Länderdreiecks antreffen, wird getötet. Kein unberufener Beobachter darf in der Nähe des weißen Zeltes leben, das für den Herrscher errichtet wurde.

Die Gardisten führen den Befehl mit Gleichmut aus. Sie sind es gewohnt, ganze Länder zu entvölkern. Für die Gründe haben sie sich nie interessiert. Dschingis-Chan weiß, was er tut. Das genügt. Er ist das Gewissen aller.

Außerdem zeigte der Krieg des letzten halben Jahres deutlich, wie falsch es ist, feindlichen Völkern das Leben zu schenken. Im Tangutenstaat ließ der Herrscher vor Jahren Gnade vor Recht ergehen; er begnügte sich mit Tributen. Und was ist der Dank dafür? Das elende Pack erhebt sich erneut und kämpft, als wäre es unterdrückt gewesen. Dabei stand kein Mongole im weiten Land. Nur Tribute waren zu zahlen, sonst nichts. Dschingis-Chan tut gut daran, dieses Geschmeiß zu vernichten. Nicht umsonst haben sie im Choresm-Reich gelernt, für Ruhe zu sorgen. Und wenn es die des Todes ist.

Eine andere Ruhe jedoch, eine beinahe unheimliche Stille liegt über dem Hügel, auf dem das weiße Zelt des Herrschers errichtet wurde. Vor seinem Eingang steckt die Fahnenstange umgekehrt in der Erde. Das Feldzeichen der Bürtschigin liegt auf dem Boden, um anzuzeigen, daß Dschingis-Chan schwer erkrankt ist. Das darf kein unberufenes Auge sehen.

Kein Lufthauch bewegt die Zweige der schlanken Zypressen, die das Zelt des Herrschers umstehen. Über der Erde lastet eine bleierne Schwüle. Die Luft flimmert.

In der Nähe des Zeltes, zwischen Kamelien- und Korneenbüschen, unterhalten sich drei Medizinmänner, auf die Yeliu-Tschutsai zugeht. »Nun?« fragt er, als er die Gruppe erreicht. »Wie sieht es aus?«

Einer der Ärzte zuckt die Achseln. »Die Hitze macht ihm sehr zu schaffen. Es ist eine ungünstige Jahreszeit für diese Krankheit. Vor zehn Tagen hatten wir erst Li-Ch'iu, den Beginn des Herbstes (8. August 1229 n. Chr.), und Chu-Schu, die Grenze der Hitze, ist erst in fünf Tagen erreicht. Wir überlegten eben, ob es nicht zweckmäßig wäre, Dschingis-Chan auf einen Berg zu schaffen.«

»Das ist unmöglich«, erklärt der Reichskanzler und wischt sich mit einem Tuch über die Stirn.

»Wir haben von dem Gedanken ebenfalls Abstand genommen, aber erst nach reiflicher Überlegung«, bemerkt der Medizinmann spitz. »Die augenblickliche Schwüle ist äußerst gefährlich für einen Transport.«

»Können wir denn nichts für ihn tun?« fragt Yeliu-Tschutsai.

Die Medizinmänner schüttelt die Köpfe. Bedrückt geht der Astronom zum Zelt des Herrschers, dessen Eingangsvorhang zurückgeschlagen ist. Trotzdem herrscht im Innern eine furchtbare Hitze.

Dschingis-Chan liegt auf einer Filzdecke und blickt schweratmend in die Spitze des Zeltes. Seine Wangen sind eingefallen, sein Mund steht offen, seine Lippen sind farblos wie seine Haut. Würde er nicht so schwer atmen, könnte man meinen, vor einem Gestorbenen zu stehen. Eigentliches Leben ist auch nicht mehr in ihm. Es ist eher ein Ringen mit dem Sterben, das vor Wochen begann und nun zum erbitterten Kampf gegen den Tod wurde. Denn Dschingis-Chan will leben. Der schon gewonnene Abstand vom Diesseits weicht und wird kleiner für ihn, je deutlicher er das Herannahen des Unabwendbaren spürt. Er will das Sterben jedoch nicht hinausschieben, weil ihn die Sorge um die Zukunft seines Reiches plagt. Es ist das Gewissen, das ihn nicht zur Ruhe kommen läßt. Wie ein glatter Spiegel, der das wahre Bild des Lebens ohne jede Verzerrung zurückwirft, steht das Gewissen plötzlich vor ihm. Dinge, die er nie empfand, werden zu ungeheuren Lasten. Er wehrt sich dagegen und ringt mit den Dämonen der eigenen Taten, doch die Bilder weichen nicht. Schatten gemordeter Menschen stehen auf und würgen an seiner Kehle, und er, der es wagte auszurufen ›Ich liebe die Menschen, weil ich sie quäle!‹, weiß sehr genau, daß die Schatten ihn martern, weil er sie mit einem Leid überschüttete, das nicht vergessen werden kann.

Ich war in meiner Jugend ein Verlassener, ein Einsamer, versucht er sich zu verteidigen. Doch dann hört er tausend, zehntausend, hunderttausend Kehlen schreien, daß es Lüge ist, was er sagt. Jetzt erst, da du sterben mußt, kannst du wirkliche Einsamkeit spüren. Nun sollst du fühlen, wie grausam Einsamkeit ist, wenn sie aufgezwungen wird. Aber du kommst noch viel zu gut davon, denn die Einsamkeit, die dich nun umfängt, brachtest du Millionen von Menschen, als du ihnen nahmst, was für sie das Höchste auf Erden war. Du erlebst nur ein paar qualvolle Stunden. Sie aber werden dir bei vollem Bewußtsein zeigen, was dich im Jenseits erwartet. Nichts! Gar nichts! Leere wird sein, wo Fülle war. Auch Bürte erwartet dich nicht. Alles, was du im Diesseits raubtest, wird dir im Jenseits genommen sein. Für immer. Das wird sich nie ändern. Das ist ewig. Wenn dein Leben mit einem Tropfen im Meer verglichen wird, dann sind alle Wasser der Erde noch kein Tropfen der Ewigkeit.

»Lüge!« schreit Dschingis-Chan. »Es gibt Grenzen! Die Grenze ... Wo liegt sie?«

Yeliu-Tschutsai, Tuli und Tatatungo stürzen in das Zelt.

»Wo liegt die Grenze?« schreit Dschingis-Chan erneut und wirft den Oberkörper zurück.

»Holt die Medizinmänner!« zischt der Reichskanzler und eilt auf den Herrscher zu. »Welche Grenze meinen Sie?«

Dschingis-Chans Lider formen sich zu Schlitzen. Er fährt sich über das Gesicht und fragt keuchend: »Wo ist die Grenze der Ewigkeit?«

»Ewigkeit ist grenzenlos«, erwidert der Gelehrte und trocknet Dschingis-Chans Stirn.

»Gibt es eine ausgleichende Gerechtigkeit?«

Der Reichskanzler sieht ihn verwundert an: »Wie meinen Sie das?«

»Wie ich es sagte.«

»Ausgleichende Gerechtigkeit? Ja, also ... Ah, da sind die Medizinmänner«, unterbricht er sich erleichtert.

In ernster Haltung geht einer von ihnen auf den Herrscher zu und befühlt den Puls. »Du hast einen Traum gehabt? Wir werden dir ein Beruhigungsmittel geben, damit du schlafen kannst.«

»Schlafen kann ich auch ohne euch«, erregt sich Dschingis-Chan. »Gebt mir etwas, damit ich lebe. Wenn ihr das nicht könnt, dann schert euch raus!«

Der Medizinmann läßt sich nicht beirren und schüttet etwas Pulver in eine mit Wasser gefüllte Schale, die er Tuli übergibt. Dann verläßt er mit seinen Beratern den Raum.

Dschingis-Chan blickt suchend umher. Irgend etwas scheint ihn zu beschäftigen. »Tuli?«

»Ja, Vater?«

»Wo ist Boghurtschi?«

»Ich lasse ihn holen.«

Dschingis-Chan nickt und schließt die Augen.

Tatatungo und Yeliu-Tschutsai betrachten besorgt das Gesicht des Herrschers. Schweiß rinnt über seine Stirn. Sein Unterkiefer sinkt nach unten.

Die Luft im Zelt ist nicht mehr zu ertragen. Yeliu-Tschutsai wehrt verzweifelt einige Fliegen ab. Tatatungo setzt sich.

Draußen zirren unzählige Zikaden. Über den Bergen ballen sich

Wolken zu mächtigen Türmen. Die Luft wird schweflig. Schwache Windstöße lassen die Zypressen rauschen.

»Die Natur hilft sich selbst«, flüstert Tatatungo. »Wir werden Erlösung durch ein Gewitter bekommen.«

»Ja, die Natur hilft sich selbst«, wiederholt Yeliu-Tschutsai versonnen.

Dschingis-Chan ringt nach Luft. In seinen Ohren braust es, als tobe ein Orkan. Mühsam öffnet er die Augen. Wohin er schaut, er gewahrt nur von Blut überflossene Gestalten. Über den gemarterten Menschen aber starren ihn unablässig zwei gebrochene Augen an: die Augen Bektars, des Halbbruders und ersten Menschen, den er erschlug.

Dschingis-Chan ist dem Wahnsinn nahe. Ein brennendes Verlangen erfaßt ihn, die Hände zu reinigen, die seit jenem Tag vom Blut verklebt sind. Oder die Welt aus den Angeln zu heben und zu zertrümmern, damit nichts übrigbleibt. Nichts! Weder Bektar noch er noch die Ewigkeit.

Vor seinen Augen bewegen sich Schleier, durch die er kaum zu sehen vermag. Undeutlich tauchen Tuli und Boghurtschi auf. Was wollte er doch …? »Bist du es, Boghurtschi?«

»Ja, Temudschin.«

Beinahe röchelnd sagt er: »Tuli soll nach Kai-föng … Alle töten! Die Sung sind Feinde der Chin. Verbündet euch. Zieht durch Sung. Überfallt Kai-föng. Von Süden … Verstehst du, Tuli?«

»Ja, Vater.«

»Schwöre, daß du meinen Befehl ausführst!«

»Ich schwöre es.«

»Alle zu töten!«

»Ich schwöre dir, in Kai-föng alle zu töten!«

Der Atem Dschingis-Chans geht unregelmäßig.

Boghurtschi tritt an ihn heran und wischt ihm den Schweiß von der Stirn.

»Was ist mit Hoang-hsing-fu?«

Schidurgho sieht ein, daß sein Land zur Wüste wird. Er bietet die Unterwerfung an, wenn wir versichern, daß ihm nichts geschieht.«

Dschingis-Chans Gesicht erhellt sich. »Ich sagte einmal, ich würde an Hsi-Hsia Rache nehmen, und wenn es in meiner Todesstunde wäre! Schidurgho soll hierher kommen. *Ich*, Dschingis-Chan, verbürge mich mit *meinem* Leben für seine Sicherheit.« Er schließt die Augen. »Mein Zelt bleibt stehen, und mein Tod wird verheimlicht, bis Schidurgho … Schwöre!«

»Ich schwöre dir, daß Schidurgho das Zelt nicht lebend verlassen wird. Nicht wir, sondern du bürgst mit deinem Leben dafür, daß ihm nichts geschieht.«

Dschingis-Chan versucht sich zu erheben.

»Sie müssen liegenbleiben«, ermahnt ihn Yeliu-Tschutsai.

Der Herrscher sieht ihn wie aus weiter Ferne. »Tragt mich zum Burkan-Kaldun und bepflanzt den Berg mit Bäumen, damit …« Ein Hustenanfall unterbricht ihn. »Mein Grab soll nicht gefunden werden. Erhebt es zum Gesetz, daß keinem Fremden gezeigt werden darf, wo ich begraben bin. Ich will nur Mongolen sehen.« Über seine Lippen fließt Speichel. Er versucht, noch etwas zu sagen, seine Kräfte reichen aber nicht aus.

Über das Zelt schieben sich mächtige Wolken. Schwalben streichen dicht über den Boden. In der Ferne rollt langgezogener Donner.

Dschingis-Chan hört es und fragt sich: Streiten Himmel und Hölle um meinen Leib? Wenn Himmel und Hölle um mich kämpfen ...

Seine Gedanken erstarren. Was will die Hölle von mir? Mich in ewiges Feuer legen? Soll ich das Meer von Blut trinken, das ich fließen ließ? Nein, das kann nicht sein. Ich war es doch, der der Hölle den blutigen Fraß vorwarf. Durch mich erlebte der Teufel die fetteste aller Zeiten. Was will er also von mir? Sich bedanken? Das wird es sein. Er will sich bedanken.

Und was mag der Tengri von mir wollen? Mir zeigen, in welchen Freuden diejenigen leben, die ich erschlug? Oder will er mir Schönheiten vorführen, die mir für alle Ewigkeiten vorenthalten bleiben sollen? Dazu hätte er kein Recht, da unter den Menschen, die ich vernichtete ebensoviel böse wie gute Kreaturen waren. Gibt es überhaupt Menschen, die dem Himmel gefällig sind? Wenn ja, dann gehöre ich zu ihnen, weil ich einen großen Teil der Erde von Haß, Zank und Streit befreite. Wo Kaiser, Könige und Schahs sich einst gegenseitig die Köpfe einschlugen, befiehlt nur noch ein Groß-Chan. Gewiß, ich kämpfte, schlug und mordete, tat es aber nur, um unterdrückten Völkern zu helfen. Für mich tat ich es nicht. Ich wurde nicht satter als jeder andere. Der Himmel ist mein Zeuge. Er sandte mich auf diese Erde, um in seinem Sinne zu wirken, und er wird sich nun bedanken wollen.

Himmel und Hölle wollen sich bei mir bedanken? Dschingis-Chan wird es heiß und kalt zugleich.

Vögel verstummen, Grillen schweigen. Wie gelähmt wirkt die Erde. Regungslos stehen die Grashalme. Man könnte meinen, sie lauschen auf das heranrückende Unwetter. Werden Hagelkörner sie zu Boden schlagen?

Schwarz wälzt sich eine mit eisgrauen Fransen behangene Wand durch das Tal. Blitze fahren wie Schwerter durch die Wolken. Felsen zucken in grünem Licht. Staub wirbelt auf. Blätter fliegen umher. Der Wind wird zum Sturm. Die Zweige der Zypressen wehen wie Trauerfahnen.

Das Licht des Tages stirbt. Erste Tropfen schlagen auf das Zelt. Dann kracht es, als würde die Erde auseinanderbrechen.

Dschingis-Chan versucht sich aufzurichten. »Himmel und Hölle schlagen sich um meinen Leib«, schreit er. »Beide möchten mich haben. Mich, Dschingis-Chan. Hahaha ...!«

Das schaurige Lachen bricht jäh ab. Seine Lippen sind von Schaum bedeckt. Seine Hände verkrampfen sich. Er ringt nach Luft.

Vor seinen Augen öffnet sich ein Tor. Aus der Ferne schallt der Ruf einer am Boden liegenden Frau, die ihm die Arme entgegenstreckt.

»Bürte!«

Zerfetzte Leiber drängen sich dazwischen. Gesichter ohne Augen sehen ihn an. Lippenlose Menschen schreien: Nie wirst du von den Qualen befreit werden, die nun über dich kommen. Nie!

»Zu Hilfe!«

Ein Blitz schleudert magischblaues Licht und formt eine Kugel, die auf ihn zurollt. Umstrahlt vom Schein der Reinheit werden zwei Augen sichtbar. Gebrochen, starr, tot.

»Bektar!«

Donner schlagen gegen Felswände. Heiße Luft weht durch das Zelt. Die Fahnenstange mit dem Wimpel der Bürtschigin steigt empor. Gebannt starrt Dschingis-Chan auf die zersplissene Schnur, die das Feldzeichen hält. Der Faden reißt. Die Ssulde sinkt. Aus der Tiefe gellen Schreie ...

Hagel prasselt herab. Der Sturm wird zum Orkan. Ohrenbetäubend krachen Donnerschläge. Blitze lassen das Gesicht des Herrschers aufleuchten.

Tuli und Yeliu-Tschutsai beugen sich über Dschingis-Chan. Tatatungo lehnt an der Wand, Boghurtschi steht am Fußende des Lagers. Seine Hände sind ineinander verkrampft. Waren das nicht Schreie des Todes? Er versucht die Augen Dschingis-Chans im zuckenden Licht der Blitze zu erspähen. Jeder fürchtet sich vor weiteren Wahnsinnsschreien des Herrschers.

Die Zeit vergeht. Schweigend warten die Freunde im Lärm des Gewitters. Eine Verständigung ist unmöglich. Was sollen sie auch sagen. Dschingis-Chan ist ruhig geworden.

Wohltuend dringt kühle Luft in den Raum. Erlöst atmen alle auf, als der Sturm weicht und der Zeltvorhang geöffnet werden kann.

Das Licht der untergehenden Sonne fällt auf das Lager des Herrschers und beleuchtet sein wie aus grobem Stein gemeißeltes Gesicht.

Erschrocken legt Yeliu-Tschutsai sein Ohr an Dschingis-Chans Brust. Sekundenlang lauscht er, dann richtet er sich auf und wendet sich an Tuli. »Dein Vater fand seine Ruhe.«

»Laßt mich mit ihm allein«, erwidert Tuli und schließt die Lider Dschingis-Chans. »Wir beide waren fast immer zusammen.«

Als Boghurtschi mit den beiden Gelehrten ins Freie tritt und tief Luft holend die frische Luft einatmet, fallen die letzten Tropfen.

»Gut, daß die Natur ihm Ruhe gab«, sagt Tatatungo nach einer Weile.

»Ich frage mich, ob sein Tod nicht auch der Natur die notwendige Ruhe bringt«, entgegnet Yeliu-Tschutsai.

»Das ist gut möglich«, erwidert Boghurtschi. »Aber wie lange wird sich die Natur nach Ruhe sehnen? Als Gelehrte solltet ihr einmal darüber nachdenken, ob das Auftreten von Herrschern vergleichbar ist mit Gewittern, die uns heimsuchen und doch Erlösung bringen.

Kommen und gehen sie wie diese, verschieden an Stärke je nach der herrschenden Atmosphäre? Sind sie nicht Ursache, sondern Wirkung? Bereinigen sie verpestete Luft? Es würde mich interessieren, eure Meinung zu hören.«

Betreten senken die Gelehrten die Köpfe. Vor ihren Augen richten sich die ersten, mit Tropfen behangenen Grashalme wieder auf. Viele werden sich nicht wieder erheben. Erschlug sie der Himmel, damit andere leben können?

C. C. Bergius, erfahrener Flugkapitän mit Millionen von Flugkilometern, hat wie viele andere Autoren das Leben gründlich kennengelernt, ehe er sich an den Schreibtisch setzte. Von Jugend auf gehörte seine Liebe der Fliegerei; das immer Neue, Gefahrvolle dieses Berufes zog ihn an. Schon als Abc-Schütze war er in jeder freien Minute auf dem kleinen Flugplatz in seiner westfälischen Heimatstadt zu finden. Mit siebzehn machte er seinen ersten Flug, wurde Fluglehrer, Kunstflieger und schließlich Wetterflieger. Er erprobte Blindfluggeräte und Langstreckenflugzeuge, unternahm riskante Kurierflüge.

Nach dem Kriege, als er nicht mehr im Cockpit einer Maschine sitzen durfte, begann Bergius zu schreiben, und nun kam ihm sein Erfahrungsschatz sehr wohl zustatten. Die in rascher Folge entstehenden Romane, Tatsachenberichte und Biographien zeugen von der umfassenden Sachkenntnis und dem vitalen Temperament des Verfassers. Ob Bergius von eigenen Erlebnissen auf den Luftstraßen der Welt erzählt *(Söhne der Ikarus; La Baronena)* oder die abenteuerliche Geschichte der Luftfahrt schildert *(Die Straße der Piloten)*, ob er in historischen Romanen vergangene Zeiten heraufbeschwört *(Der Fälscher; Sand in Gottes Mühlen; Der Feuergott; Spanisches Roulette; Schakale Gottes; Das Medaillon)* oder in die heutige Zeit führt *(Heißer Sand; Oleander Oleander; Nebel im Fjord der Lachse; Der Tag des Zorns)* immer bietet er hochinteressanten anregenden Lesestoff voller Spannung und Information. Der vorliegende biographische Roman über den Mongolenherrscher *Dschingis-Chan*, sein erstes Werk, beweist es.